Para mi padre, David French,
y mi madre, Elena Hvostoff-Lombardi

El silencio del bosque

Tana French

El silencio del bosque

Traducido del inglés por
Isabel Margelí Bailo

AdN Alianza de Novelas

Título original: *In the Woods*

Diseño de colección: Estudio Pep Carrió

PAPEL DE FIBRA
CERTIFICADA

Copyright © Tana French, 2007
© de la traducción: Isabel Margelí Bailo, 2024
© AdN Alianza de Novelas (Alianza Editorial, S. A.) Madrid, 2024
   Calle Valentín Beato, 21
   28037 Madrid
   www.adnovelas.com

   ISBN: 978-84-1148-517-3
   Depósito legal: M. 30.067-2023
   Printed in Spain

SI QUIERE RECIBIR INFORMACIÓN PERIÓDICA SOBRE LAS NOVEDADES DE ALIANZA DE NOVELAS, ENVÍE UN CORREO ELECTRÓNICO A LA DIRECCIÓN:

adn@adnovelas.com

Supongo que solo era el perro negro y horrible de alguien.
Pero siempre me he preguntado…
¿y si realmente era Él, y decidió que yo no valía la pena?

TONY KUSHNER,
Una habitación luminosa llamada día

Prólogo

Imagina un verano sacado de alguna película juvenil de iniciación ambientada en un pueblecito de los cincuenta. No se trata de una de esas sutiles estaciones irlandesas preparada para el paladar de un entendido, con matices de acuarela en un pellizco de nube y lluvia suave; es un verano desaforado y extravagante, de un azul caliente y puro de serigrafía. Este verano te explota en la lengua con sabor a briznas de hierba masticadas, tu propio sudor, galletas maría con mantequilla chorreando por los agujeros y botellas de limonada agitadas para beber en una cabaña en un árbol. El viento te hace cosquillas en la cara cuando vas en bicicleta, y las mariquitas al subirse por tu brazo; cada bocanada de aire está llena de césped segado y colada tendida al viento, y repica y borbotea con cantos de pájaros, abejas y hojas, pelotas de fútbol que rebotan y cantilenas para saltar a la comba, «¡Uno, dos, tres!». Este verano no acabará nunca. Empieza cada día con la melodía de la furgoneta de helados y tu mejor amigo llamando a la puerta, y termina con un crepúsculo largo y lento y las siluetas de las madres en los umbrales llamando para que volváis, a través de los murciélagos que rechinan entre los saúcos. Este es *el* Verano, engalanado en toda su gloria.

Imagina un laberinto ordenado de casas en lo alto de una colina, a pocos kilómetros de Dublín. Algún día, declaró el gobierno, esto será un prodigio hormigueante de vitalidad periférica, una solución perfecta al hacinamiento, la pobreza y demás enfermedades urbanas; por ahora se trata de unos cuantos puñados de casas adosadas, lo bastante nuevas aún para parecer asombradas y torpes allá en su colina. Mientras el gobierno se extasiaba hablando de McDonald's y multicines, unas cuantas familias jóvenes —que huían de los edificios de pisos y los cuartos de baño exteriores de los que no se hablaba en la Irlanda de los setenta, o soñaban con grandes jardines traseros y calles donde sus hijos pudieran jugar a la rayuela, o tan solo compraron lo máximo que les permitía un sueldo de maestra o de conductor de autobuses— metieron sus cosas en bolsas de plástico y se lanzaron a un camino lleno de baches en el que crecían la hierba y las margaritas, rumbo a su nueva vida.

Eso fue hace diez años y el vago hechizo estroboscópico de cadenas de tiendas y centros comunitarios invocados como «infraestructuras» hasta el momento no se ha materializado (a veces, algún político menor se desgañita en el Parlamento, hablando sobre turbias especulaciones inmobiliarias, sin que nadie se entere de ello). Los granjeros siguen llevando a sus vacas a pacer carretera a través y la noche enciende tan solo una escasa constelación de luces en las colinas circundantes; detrás de la urbanización, donde los planos originarios situaban el centro comercial y el pulcro parquecito, se extienden dos kilómetros cuadrados y quién sabe cuántos siglos de bosque.

Nos acercamos y seguimos a tres niños que escalan la fina membrana de ladrillo y cemento que contiene el bosque más allá de las casas adosadas. Sus cuerpos tienen la economía perfecta de la latencia; son aerodinámicos y espontáneos, como ligeros artefactos voladores. Lucen tatuajes blancos —un relámpago, una estrella y una A— allí donde se pegaron tiritas recortadas para que el sol los bronceara alrededor. Una mata de pelo rubio sale volando: un punto de apoyo, rodilla sobre el muro, un buen impulso y ya no está.

El bosque es todo parpadeos, murmullos e ilusión. Su silencio es una conspiración puntillista de un millón de sonidos minúsculos: crujidos, agitación y chillidos anónimos y truncados; su vacuidad está henchida de una vida secreta que corretea justo por el rabillo del ojo. Cuidado: las abejas entran y salen zumbando de las grietas del roble inclinado; si te paras a dar la vuelta a cualquier piedra, una extraña larva se retorcerá con furia mientras una hilera ordenada de hormigas te sube por el tobillo. En la torre en ruinas, antiguo bastión abandonado, unas ortigas gruesas como tu muñeca anidan entre las piedras y, al alba, los conejos sacan a sus crías de los cimientos para que jueguen sobre antiguas tumbas.

El verano pertenece a esos tres niños. Conocen el bosque tan bien como los paisajes microscópicos de sus rodillas rasguñadas; si alguien los dejara con los ojos vendados en una de esas hondonadas o claros, hallarían la salida sin dar un solo paso en falso. Este es su territorio y en él reinan agrestes y altaneros como animales jóvenes; trepan a los árboles y juegan al escondite en sus huecos a lo largo del día interminable y de la noche, mientras sueñan.

Corren hacia la leyenda, hacia las historias para no dormir y las pesadillas que los padres nunca oyen. Por los senderos imprecisos y perdidos nunca te sentirás solo: ellos corretean en torno a las piedras caídas y tras de sí serpentean como estelas de cometa sus gritos y sus cordones de zapatos. Y ¿quién es el que aguarda a la orilla del río con las manos en las ramas de sauce y cuya risa cae oscilando desde otra rama más alta?; ¿de quién es el rostro en el sotobosque que ves con el rabillo del ojo, hecho de luz y sombras de hojas, que aparece y desaparece en un parpadeo?

Esos niños no vivirán su iniciación, ni este verano ni ningún otro. Este agosto no reclamará de ellos reservas ocultas de fuerza y coraje para afrontar la complejidad del universo adulto y salir de él más tristes y sabios, y unidos para siempre. Este verano les exigirá algo distinto.

1

Te lo advierto: recuerda siempre que yo soy detective. Nuestra relación con la verdad, aunque primordial, es fragmentada, confusa y refracta la luz como trozos de cristal. Ella es el núcleo de nuestra carrera, la meta de cada uno de nuestros movimientos, y la perseguimos con estrategias laboriosamente construidas a base de mentiras, ocultación y todas las variantes de engaño. La verdad es la mujer más deseable del mundo y nosotros, los amantes más celosos, nos negamos instintivamente a que cualquiera tenga el menor atisbo de ella. La traicionamos de forma rutinaria y pasamos horas y días sumidos en mentiras para luego volver a ella enarbolando esa cinta de Moebius de los amantes: «Lo hice solo por lo mucho que te quiero».

Se me da bien crear imágenes, sobre todo baratas y facilonas. Pero no dejes que te engañe para que nos veas como a un puñado de caballeros andantes que galopan en jubón tras la Dama de la Verdad sobre su palafrén blanco. Lo que nosotros hacemos es burdo, grosero e inmundo. Una chica es la coartada de su novio para la noche en que sospechamos que robó un supermercado de la zona norte y apuñaló al empleado. Al principio flirteo con ella y le digo que no me extraña que su chico se quedara en casa con una novia así; es una rubia de bote, grasienta y con los rasgos sosos y atrofiados por varias generaciones de malnutrición, y por dentro estoy pensando que si yo fuese el chico me alegraría de cambiarla incluso por un compañero de celda peludo apodado el Cuchilla. Entonces le explico que hemos encontrado billetes marcados de la caja en el pantalón del elegante chándal blanco de su novio y que él asegura que fue ella la que salió esa noche y le dio el dinero al volver.

Lo hago de forma tan convincente, con una mezcla tan delicada de malestar y compasión ante la traición de su novio, que al final su fe en cuatro años de vida compartida se desintegra como un castillo de arena y entre lágrimas y mocos, mientras su chico está sentado con mi compañero en la sala contigua sin decir nada salvo «Que te jodan; yo estaba en casa con Jackie», ella me lo cuenta todo, desde el momento en que él salió de casa hasta los detalles de sus deficiencias sexuales. Yo le doy unos golpecitos suaves en el hombro y le entrego un pañuelo, una taza de té y una hoja de declaración.

Este es mi trabajo, y no te dedicas a algo así —o, si lo haces, no duras mucho— si no tienes cierta afinidad con sus prioridades y exigencias. Lo que quiero dejar claro antes de empezar mi historia son estas dos cosas: anhelo la verdad. Y miento.

Este es el expediente que leí al día siguiente de convertirme en detective de homicidios. Volveré sobre esta historia una y otra vez y de muchas formas distintas. Puede que sea poca cosa, pero es mía: esta es la única historia del mundo que nadie excepto yo podrá contar nunca.

La tarde del martes 14 de agosto de 1984, tres niños —Germaine (Jamie) Elinor Rowan, Adam Robert Ryan y Peter Joseph Savage, todos ellos de doce años— estaban jugando en la calle donde vivían, en la pequeña localidad de Knocknaree, en el condado de Dublín. Era un día despejado y cálido, así que muchos vecinos se encontraban en sus jardines y numerosos testigos vieron a los niños en distintos momentos a lo largo de la tarde, haciendo equilibrios sobre el muro del final de la calle, montando en bicicleta y columpiándose con un neumático.

En aquella época Knocknaree estaba muy poco poblada y había un bosque bastante grande junto a la zona urbanizada, separado de esta por un muro de metro y medio de altura. Hacia las 15:00, los tres niños dejaron las bicicletas en el jardín delantero de los Savage y le dijeron a la señora Angela Savage, que se encontraba allí tendiendo la colada, que se iban a jugar al bosque. Lo hacían a menudo y conocían bien aquella parte de la arboleda, así que la señora Savage no temía que se perdieran. Peter llevaba un reloj de muñeca y ella le pidió que estuviera de vuelta hacia las 18:30 para la merienda. La vecina de al lado, la señora Mary Therese Corry, confirmó esta conversación y varios testigos vieron cómo los niños saltaban el muro al final de la calle y se adentraban en el bosque.

Como a las 18:45 Peter aún no había vuelto, su madre llamó a las madres de los otros dos niños, suponiendo que habrían ido a jugar a casa de alguno de ellos. Ninguno había regresado. Peter Savage era un niño en el que se podía confiar, así que en un primer momento los padres no se preocuparon; presumieron que los niños se habrían distraído jugando y se habrían olvidado de mirar la hora. Cuando faltaban aproximadamente cinco minutos para las siete, la señora Savage se acercó al bosque desde su calle, se adentró un poco y llamó a los niños. No obtuvo respuesta y no vio ni oyó nada que le indicara que hubiera alguien por allí.

Volvió a casa para servir el té a su marido, el señor Joseph Savage, y a sus cuatro hijos pequeños. Después de la merienda, el señor Savage y el señor John Ryan, padre de Adam Ryan, se adentraron un poco más en el bosque, llamaron a los niños y tampoco obtuvieron respuesta. A las 20:25, cuando empezaba a oscurecer, a los padres empezó a preocuparles seriamente que los niños pudieran haberse perdido, así que la señorita Alicia Rowan (madre soltera de Germaine), que tenía teléfono, llamó a la policía.

Se inició una búsqueda en el bosque. Por entonces ya había cundido el temor de que los niños se hubieran escapado. La señorita Rowan había decidido que Germaine iría a un internado de Dublín, donde permanecería de lunes a viernes para volver a Knocknaree los fines de semana; estaba previsto que partiera al cabo de quince días y a los tres niños les había disgustado mucho la idea de separarse. No obstante, un registro preliminar de los dormitorios de los chicos reveló que no faltaba ropa, ni dinero ni efectos personales. La hucha de Germaine, con forma de muñeca rusa, contenía 5,85 libras y estaba intacta.

A las 22:20, un agente con linterna encontró a Adam Ryan en una densa zona cercana al centro del bosque, de pie con la espalda y las palmas contra un gran roble. Estaba escarbando el tronco con las uñas, con tanta fuerza que estas se le habían roto en la corteza. Parecía llevar allí algún tiempo, aunque no había respondido a las llamadas del equipo de rescate. Lo llevaron al hospital. Se llamó a la Unidad de Perros Adiestrados y buscaron a los dos niños desaparecidos hasta un punto no muy alejado de donde habían hallado a Adam Ryan; allí los animales empezaron a confundirse y perdieron el rastro.

Cuando me encontraron, llevaba pantalón corto vaquero, una camiseta blanca de algodón, calcetines blancos y zapatillas de deporte blancas con cordones. Estas estaban muy manchadas de sangre, pero los calcetines no tanto. Un análisis posterior de la distribución de las manchas demostró que la sangre había calado en el calzado desde dentro hacia fuera, y en los calcetines, en menor concentración, de fuera hacia dentro. La conclusión fue que me habían quitado las zapatillas y habían derramado sangre en su interior; más tarde, cuando esta empezó a coagularse, me las habían vuelto a calzar, y la sangre se había transferido a los calcetines. La camiseta tenía cuatro desgarros, de entre cinco y diez centímetros de largo, que surcaban la espalda en diagonal desde la mitad del omoplato izquierdo hasta la parte de atrás de las costillas derechas.

No tenía heridas, salvo unos rasguños leves en las pantorrillas, unas astillas bajo las uñas que luego se demostró que coincidían con la madera del roble y un profundo arañazo en cada rótula, que en ambos casos empezaba a formar costra. Hubo ciertas dudas sobre si me los había hecho en el bosque o no, pues una niña más pequeña, Aideen Watkins, de cinco años, que había estado jugando en la calle afirmó que me había visto caer desde el muro aquel mismo día y aterrizar sobre las rodillas. Sin embargo, su testimonio varió al repetirlo y no se consideró fidedigno. Yo estaba prácticamente en estado catatónico: no me moví voluntariamente durante casi treinta y seis horas y no hablé en otras dos semanas. Cuando lo hice, no recordaba nada desde que había salido de casa esa tarde hasta el examen médico en el hospital.

Comprobaron la sangre de mis zapatillas y calcetines para averiguar el grupo sanguíneo —los análisis de ADN no eran una opción en la Irlanda de 1984— y descubrieron que era A positivo. Mi sangre también resultó ser de ese grupo; sin embargo, se consideró improbable que de los arañazos de mis rodillas, aunque eran profundos, pudiera haber brotado sangre suficiente para empaparme tanto el calzado. Dos años atrás, previamente a una apendicectomía, habían comprobado el grupo sanguíneo de Germaine Rowan y, según su historial, también ella era A positivo. Peter Savage, a pesar de que su grupo sanguíneo no constaba en ninguna parte, fue descartado como fuente de las manchas: sus padres resultaron ser del tipo O, lo que hacía imposible que él pudiera pertenecer a otro. A falta de una identificación concluyente, los investigadores no pudieron descartar la posibilidad de que la sangre procediera de un cuarto individuo, ni de que tuviera múltiples orígenes.

La búsqueda se prolongó toda la noche del 14 de agosto y durante las siguientes semanas: grupos de voluntarios peinaron los campos y colinas cercanos, se exploró cada ciénaga conocida, todas las alcantarillas de la zona y unos submarinistas inspeccionaron el río que atravesaba el bosque, todo sin resultado. Catorce meses después, el señor Andrew Raftery, un vecino del lugar que paseaba su perro por el bosque, distinguió un reloj de muñeca entre la maleza, a unos cincuenta metros del árbol en el que me habían encontrado. Era un reloj peculiar: en la esfera había un dibujo de un jugador de fútbol en plena acción y la manecilla pequeña tenía un balón en la punta, y el señor y la señora Savage lo identificaron como el que había pertenecido a su hijo Peter. La señora Savage confirmó que este lo llevaba la tarde de su desaparición. La correa de plástico parecía haber sido arrancada de la esfera metálica con cierta fuerza, tal vez al engancharse con una rama baja mientras Peter huía. El departamento técnico identificó algunas huellas dactilares parciales en la correa y en la esfera; todas encajaban con las huellas encontradas en las pertenencias de Peter.

A pesar de los numerosos llamamientos de la policía y de una excepcional campaña por parte de los medios, nunca se halló ningún otro rastro de Peter Savage ni de Germaine Rowan.

Me hice policía porque quería ser detective de homicidios. Mi etapa de entrenamiento y uniforme —Templemore College, interminables y complicados ejercicios físicos, rondas por pueblos pequeños con una grotesca chaqueta fluorescente, investigando cuál de los tres delincuentes locales analfabetos había roto la ventana del cobertizo de la señora McSweeney—, fue como un penoso letargo descrito por Ionesco, una prueba de tedio que, por alguna absurda razón burocrática, debía soportar para poder ganarme mi puesto actual. Nunca pienso en esos años y soy incapaz de recordarlos con claridad. No hice amigos; para mí, mi desapego respecto al proceso entero era involuntario e inevitable, como el efecto secundario de un sedante, pero los demás agentes lo vieron como una altivez deliberada, un estudiado desdén por sus orígenes y ambiciones sólidamente rurales. Tal vez lo fuera. Hace poco encontré una anotación en mi diario de la academia donde describía a mis compañeros de clase como «una tropa de paletos retrasados que respiran con la boca y van por ahí envueltos en una miasma tan densa de tópicos que prácticamente puedes oler el beicon, la col, la mierda de vaca y los cirios del altar». Aun en el supuesto de que tuviera un mal día, creo que eso demuestra cierta falta de respeto por las diferencias culturales.

Cuando entré en la brigada de Homicidios hacía ya casi un año que tenía mi nueva ropa de trabajo colgada en el armario: trajes de hermoso corte elaborado con tejidos tan maravillosos que parecían vivos al tacto, camisas con las más delicadas rayas diplomáticas en verde o azul, suaves bufandas de cachemira... Me encanta el código no escrito del vestuario. Fue una de las primeras cosas que me fascinaron de este trabajo; eso y su particular lenguaje elíptico y funcional para referirse a huellas, indicios, pruebas forenses... En uno de los pueblecitos tipo Stephen King al que me destinaron después de Templemore se cometió un asesinato: un incidente rutinario de violencia doméstica que había superado incluso las expectativas del autor, pero dado que la anterior novia del tipo había muerto en circunstancias sospechosas, la brigada de Homicidios mandó a un par de detectives. Durante la semana que estuvieron allí no apartaba la mirada de la cafetera siempre que estaba sentado ante mi escritorio, de modo que pudiera ir a prepararme un café cuando fueran a hacerlo los detectives; me tomaba mi tiempo para añadir la leche y escuchar a hurtadillas el ritmo veloz y racionalizado de su conversación: «Pide un toxicológico», «hoy llega la ID dental»... Volví a fumar para poder seguirlos al aparcamiento y encenderme un cigarrillo a pocos metros de ellos, con la mirada perdida en el cielo y escuchando. Ellos me dedicaban breves sonrisas extraviadas, a veces un chispazo de un Zippo deslustrado, antes de rechazarme con un leve giro del hombro y regresar a sus estrategias sutiles y multidimensionales. «Habla con la madre primero, dale a él un par de horas para que se quede sentado en casa preocupándose por lo que le has dicho y luego llámale de nuevo.» «Monta un escenario y lleva al sospechoso a visitarlo, pero no le des tiempo suficiente para echar un buen vistazo.»

Contrariamente a lo que se pudiera esperar, no me convertí en detective como parte de una misión quijotesca para resolver el misterio de mi infancia. Leí el informe una vez, el primer día, tarde y a solas en las oficinas de la brigada, con la lámpara de mi escritorio como única fuente de luz (nombres olvidados lanzaban ecos que revoloteaban como murciélagos en mi cabeza y testificaban con la tinta desvaída de un bolígrafo que Jamie le había dado una patada a su madre porque no quería ir al internado, que unos adolescentes «de aspecto peligroso» se pasaban las noches vagando por el lindero del bosque, que una vez la madre de Peter había aparecido con un moretón en la mejilla...) y ya no volví a mirarlo nunca. Lo que yo ansiaba eran esos misterios, esas texturas casi invisibles como un braille legible solo para los iniciados. Aquellos dos detectives de Homicidios eran como purasangres de paso por pueblos de mala muerte, como artistas de trapecio preparados para brillar en todo su esplendor. Hacían las apuestas más altas y eran expertos en el juego.

Sabía que lo que hacían era cruel. Los humanos son despiadados y salvajes; y eso, ese mirar a través de unos ojos penetrantes y fríos y ajustar con delicadeza un factor u otro hasta resquebrajar el fundamental instinto de conservación de un hombre, eso es salvajismo en su forma más pura, refinada y altamente desarrollada.

Habíamos oído hablar de Cassie días antes de que se incorporase a la brigada, probablemente antes de que se lo ofrecieran. Nuestra radio macuto es tan ridículamente eficiente como una vieja cotilla. La brigada de Homicidios es pequeña y estresante, con solo veinte miembros permanentes, y ante cualquier tensión añadida (alguien que se va, alguien nuevo, demasiado trabajo o demasiado poco) tiende a desarrollar cierta histeria febril y claustrofóbica, henchida de complicadas alianzas y rumores frenéticos. Yo suelo quedar fuera de la espiral, pero de Cassie Maddox se hablaba lo bastante alto como para que hasta yo me enterase.

No en vano era mujer, lo que provocaba cierta indignación mal expresada. A todos nos han entrenado para que nos horroricemos ante el demonio de los prejuicios, pero existe una honda y pertinaz vena nostálgica por los cincuenta (incluso entre la gente de mi edad; en la mayor parte de Irlanda los cincuenta no terminaron hasta 1995, momento en el que saltamos directamente a los ochenta de Thatcher), cuando podías asustar a un sospechoso para que confesara bajo la amenaza de contárselo a su madre y los únicos extranjeros del país eran estudiantes de medicina y el trabajo era el único sitio en el que estabas a salvo de las mujeres gruñonas. Cassie era solo la cuarta mujer que entraba en Homicidios, y al menos una de las otras tres había sido un error colosal (y deliberado, según algunos) que pasó a formar parte de la leyenda de la brigada cuando estuvo a punto de hacer que los matasen a ella y a su compañero al ofuscarse y arrojar su pistola a la cabeza de un sospechoso acorralado.

Además, Cassie solo tenía veintiocho años y hacía poco que había salido de Templemore. Homicidios es una brigada de élite y nadie por debajo de los treinta entra en ella a menos que su padre sea político. En general tienes que pasarte dos años como refuerzo, yendo a echar una mano allí donde necesiten a alguien para tareas de campo, y luego te trabajas el ascenso pasando por una o dos brigadas más, eso como poco. Cassie tenía menos de un año en Narcóticos a sus espaldas. Radio macuto, inevitablemente, aseguraba que se acostaba con un sujeto importante, o bien que era la hija ilegítima de alguien, o bien, añadiendo un toque de originalidad, que había pillado a alguien importante comprando drogas y ese puesto era el precio por mantener la boca cerrada.

A mí no me suponía ningún problema la idea de Cassie Maddox. Tan solo llevaba unos meses en Homicidios, pero no me gustaba el estilo Nuevo Neandertal de las charlas de los vestuarios, ni las competiciones de coches o de lociones para el afeitado, ni los chistes sutilmente intolerantes que se justificaban como «irónicos», lo que siempre me daba ganas de soltar un sermón largo y pedante sobre la definición de ironía. En general, prefiero las mujeres a los hombres. También tenía mis propias inseguridades respecto al lugar que ocupaba en la brigada. Con casi treinta y un años me había pasado dos como refuerzo y otros dos en Violencia Doméstica, así que mi nombramiento no era tan poco claro como el de Cassie, pero a veces pensaba que los jefes daban por hecho que yo era un buen detective de la misma forma inconsciente y preprogramada con que algunos hombres dan por hecho que una mujer alta, delgada y rubia es hermosa, aunque tenga la cara de un pavo con hipertiroidismo, porque cuento con todos los accesorios. Tengo un perfecto acento de la BBC, aprendido en el internado como camuflaje protector, y los efectos de la colonización tardan mucho en eliminarse: aunque los irlandeses animarán a absolutamente cualquier equipo que juegue contra Inglaterra y aunque conozco varios pubs donde no podría pedir una bebida sin arriesgarme a que un vaso se estrellara contra mi nuca, siguen dando por sentado que alguien con el labio superior agarrotado es más inteligente, mejor educado y generalmente más susceptible de tener razón. Además de eso, soy alto, con una complexión delgada y huesuda que puede parecer esbelta y elegante si mi traje tiene el corte adecuado, y resulto bastante atractivo de un modo poco convencional. Los de Personal sin duda debieron de pensar que yo iba a ser un buen detective, seguramente el brillante y solitario inconformista que arriesga el cuello sin miedo y siempre atrapa a su hombre.

No tengo prácticamente nada en común con ese tío, aunque no estaba seguro de que nadie más se diera cuenta. A veces, tras demasiado vodka a solas, me venían vívidas escenas paranoicas donde el comisario principal descubría que en realidad yo era el hijo de un funcionario de Knocknaree y me trasladaban a Derechos de Propiedad Intelectual. Y supuse que, con Cassie Maddox por ahí, era mucho menos probable que la gente perdiera el tiempo sospechando de mí.

Cuando al fin llegó, la verdad es que fue una especie de anticlímax. La abundancia de rumores me había dejado la imagen mental de alguien digno de un telefilme, con unas piernas interminables, el pelo de anuncio de champú y tal vez con un traje de látex. Nuestro comisario, O'Kelly, la presentó en la reunión del lunes por la mañana y ella se puso en pie y soltó algo estereotipado sobre lo encantada que estaba de incorporarse a la brigada y que esperaba cumplir con su nivel de exigencia; apenas alcanzaba la altura media, y mostraba un tocado de rizos negro y una complexión de muchacho flaco con los hombros cuadrados. No era mi tipo —siempre me han gustado las chicas femeninas, chicas dulces y pequeñas con huesos de pajarito a las que puedes coger y rodear con un solo brazo—, pero tenía algo: quizá su forma de estar de pie, con el peso sobre una cadera, recta y natural como una gimnasta; quizá fuera solo el misterio.

—He oído que viene de una familia de masones que amenazó con disolver la brigada si no la aceptábamos —dijo Sam O'Neill detrás de mí.

Sam es un tipo robusto, jovial e imperturbable de Galway. No creía que fuera uno de los susceptibles a sucumbir a la fiebre del rumor.

—Por el amor de Dios —dije yo, tragándomelo.

Sam sonrió, sacudió la cabeza y pasó de largo junto a mí para ir a su sitio. Me giré para mirar a Cassie, que estaba sentada con un pie apoyado sobre la silla que tenía delante y con la libreta recostada sobre un muslo.

No vestía como una detective de homicidios. En cuanto te familiarizas con tu puesto, aprendes por osmosis que se espera que tu aspecto sea profesional, educado, discretamente caro con solo una pizca de originalidad. Proporcionamos al contribuyente el tópico tranquilizador por el que paga. La mayoría de nosotros compramos en Brown Thomas[1] durante las rebajas y de vez en cuando llegamos al trabajo con complementos embarazosamente idénticos. Hasta ese momento, lo más estrambótico que había entrado en nuestra brigada era un cretino llamado Quigley, que hablaba como el Pato Lucas con acento de Donegal y llevaba camisetas con eslóganes («loco cabrón») debajo de la camisa porque se creía muy atrevido. Cuando por fin se dio cuenta de que no impresionaba a nadie y no nos interesaba ni remotamente, le pidió a su madre que viniera a verle y se lo llevara de compras a Brown Thomas.

Aquel primer día clasifiqué a Cassie en la misma categoría. Llevaba pantalones militares, un jersey de lana de color vino con unas mangas que le llegaban por debajo de las muñecas y unas zapatillas anticuadas, y lo interpreté como un signo de presunción: «Estoy por encima de vuestras convenciones, ¿sabéis?». La chispa de animosidad que eso encendió aumentó mi atracción hacia ella. Hay una parte de mí que se siente intensamente atraída por las mujeres que me irritan.

No le hice mucho caso durante las dos semanas siguientes, salvo del modo general en que te fijas en cual-

---

[1] Cadena de tiendas con primeras marcas. *(N. de la T.)*

quier mujer con un aspecto decente si estás rodeado de hombres. Tom Costello, nuestro veterano canoso, se encargaba de mostrarle cómo funcionaba todo y yo estaba liado con el caso de un indigente al que habían dado una paliza mortal en un callejón. Parte del deprimente e inexorable sabor de la vida de aquel hombre se había filtrado en su muerte y era uno de esos casos que están perdidos de antemano: sin pistas, nadie había visto nada, nadie había oído nada, el asesino debía de estar tan borracho o drogado que a lo mejor ni siquiera recordaba lo que había hecho, así que mi ímpetu de novato entusiasta empezaba a decaer un poco. Además, tenía como compañero a Quigley y la cosa no funcionaba; su idea del humor era representar largas escenas de *Wallace y Gromit* y luego soltar una risa de Pájaro Loco para mostrarte lo graciosos que eran. Empezaba a caer en la cuenta de que me lo habían asignado no porque fuera a ser amable con el chico nuevo, sino porque nadie más lo quería. Así que no me quedaban tiempo ni energía para conocer a Cassie. A veces me pregunto cuánto podríamos haber continuado así. Incluso en una brigada pequeña siempre hay gente con la que nunca llegas más que a saludarte o a sonreírte en los pasillos, simplemente porque vuestros caminos nunca se cruzan en ningún otro sitio.

Nos hicimos amigos por su moto, una Vespa del 81 de color crema que no sé por qué, a pesar de su categoría de clásico, me recuerda a un alegre chucho con rasgos de pastor escocés en su pedigrí. La llamo «carrito de golf» para fastidiar a Cassie; ella llama a mi abollado Land Rover blanco el «vehículo de compensación» y añade algún que otro comentario compasivo sobre mis novias, o el Ecomobile[2] cuando se siente marrullera. El carrito de

---

[2] Híbrido entre coche y motocicleta. *(N. de la T.)*

golf eligió un día cruelmente húmedo y ventoso de septiembre para estropearse a la salida del trabajo. Yo salía del aparcamiento cuando vi a esa chiquilla chorreante bajo su chubasquero rojo, con el aspecto de Kenny de *South Park,* de pie junto a su pequeño ciclomotor, chorreante también, y chillándole al autobús que la acababa de empapar. Paré y grité por la ventana:

—¿Necesitas que te eche una mano?

Ella me miró y contestó a gritos:

—¿Qué te hace pensar eso?

Y entonces, cogiéndome completamente por sorpresa, se echó a reír.

Durante unos cinco minutos, mientras intentaba poner la Vespa en marcha, me enamoré de ella. Ese chubasquero tan grande la hacía parecer una niña, como si tuviera que llevar botas de agua a juego con mariquitas pintadas y dentro de la capucha roja hubiera unos ojos castaños e inmensos con gotas de lluvia en las pestañas y un rostro de gatito. Deseé secarla suavemente con una toalla grande y esponjosa frente a una chimenea encendida. Pero entonces dijo:

—Déjame a mí, hay que saber cómo girar esta cosita.

Yo levanté una ceja y repetí:

—¿Esta «cosita»? Francamente, las chicas…

Me arrepentí al instante; nunca se me ha dado bien hacer bromas y además nunca se sabe, tal vez fuera una de esas feministas fervientes que te echan el rollo extremista y yo me acababa de ganar un sermón sobre Amelia Earhart bajo la lluvia. Pero ella me miró detenidamente de soslayo, dio una palmada que me salpicó y dijo, con una voz entrecortada a lo Marilyn:

—Oooh, siempre había soñado con un caballero de brillante armadura que viniera a rescatarme, pobrecita de mí. Solo que en mis sueños era más guapo.

Entonces, lo que tenía ante mis ojos se transformó de golpe como si hubieran agitado un caleidoscopio: dejé de estar enamorado de ella y empezó a gustarme muchísimo. Miré su chaqueta con capucha y dije:

—¡Oh, Dios mío, van a matar a Kenny[3]!

A continuación cargué el carrito de golf en la parte de atrás de mi Land Rover y la llevé a su casa.

Vivía en un estudio, que es como los arrendatarios llaman a una habitación amueblada con espacio para traerse a un amigo, en el último piso de una casa medio en ruinas de estilo georgiano, en Sandymount. Era una calle tranquila; por encima de los tejados, las grandes ventanas de guillotina daban a la playa de Sandymount. Había estanterías de madera abarrotadas de libros viejos, un sofá victoriano tapizado de un virulento tono turquesa, un futón grande con un edredón de *patchwork* y ningún motivo decorativo ni póster, solo un puñado de conchas, piedras y castañas en el alféizar de la ventana. No recuerdo muchos detalles de aquella noche y Cassie asegura que ella tampoco. Recuerdo algunas de las cosas de las que hablamos y tengo alguna imagen extremadamente clara, pero sería incapaz de repetir casi ninguna palabra concreta. Este hecho me resulta raro y, dependiendo de mi humor, muy mágico; hace que esa noche se parezca a esos estados de amnesia temporal de los que hace siglos se culpa a las hadas o las brujas o los alienígenas y de los que nadie regresa siendo el mismo. Pero esos agujeros liminales de tiempo perdido suelen ser solitarios; hay algo en la idea de que sea compartido que me lleva a pensar en unos gemelos que extienden las

---

[3] Frase recurrente que en cada capítulo de *South Park* aparece en algún momento u otro. *(N. de la T.)*

manos lentamente y a ciegas en un espacio ingrávido y sin palabras.

Sé que me quedé a una cena de estudiantes: pasta fresca con salsa de bote y whisky caliente en tazas de porcelana. Recuerdo a Cassie abriendo un armario inmenso que ocupaba casi toda una pared y sacando una toalla para que me secara el pelo. Alguien, presumiblemente ella, había colocado estantes dentro del armario, desalineados, a alturas extrañas y repletos de una increíble variedad de objetos: no pude mirar bien, pero había cacerolas de esmalte desportilladas, libretas jaspeadas, jerséis de colores pastel y pilas de hojas con garabatos. Parecía formar parte del fondo de una de esas viejas ilustraciones de casitas de cuentos de hadas. Recuerdo que al fin pregunté:

—¿Y cómo acabaste en la brigada?

Llevábamos un rato hablando de cómo se estaba adaptando y me pareció que había dejado caer el comentario con mucha naturalidad, pero Cassie dibujó una sonrisa casi inapreciable y pícara, como si estuviéramos jugando a las damas y me hubiese pillado intentando ocultarle un movimiento en falso.

—¿Por ser una chica, quieres decir?

—De hecho, quería decir siendo tan joven —respondí, aunque, por supuesto, me refería a las dos cosas.

—Ayer Costello me llamó «hijo» —explicó Cassie—. «Bien hecho, hijo.» Luego se puso nervioso y empezó a farfullar. Creo que temía que le pusiera una demanda.

—Seguramente era un cumplido, a su manera —dije.

—Así es como me lo tomé. La verdad es que es muy cariñoso. Se llevó un cigarrillo a la boca y extendió la mano; le lancé mi mechero.

—Alguien me contó que te estabas haciendo pasar por prostituta cuando te topaste con uno de los jefes

—dije, pero Cassie se limitó a tirarme otra vez el mechero y sonreír.

—Quigley, ¿verdad? A mí me dijo que tú eres un
topo del MI6.

—¿Qué? —exclamé, indignado y cayendo de bruces
en mi propia trampa—. Quigley es idiota.

—¡No me digas! ¿En serio? —dijo mientras se echaba
a reír.

Al cabo de un momento me uní a ella.

Lo del topo me preocupaba —si alguien llegaba a
creérselo, nunca volverían a contarme nada—, y el hecho de que me tomaran por inglés me irritaba de un
modo irracional, pero me hacía cierta gracia la absurda
idea de verme como James Bond.

—Soy de Dublín —expliqué—. El acento es porque
estudié en un internado de Inglaterra, y ese paleto lobo-
tomizado lo sabe.

Y así era: durante mis primeras semanas en la brigada, me había exasperado tanto preguntándome qué hacía un inglés en el cuerpo de policía de Irlanda, como
cuando un crío te tira del brazo y repite sin parar: «¿Por
qué, por qué, por qué?», que finalmente rompí mi norma de restricción informativa y le conté lo del acento.
Por lo visto, debería haber hablado más claro.

—¿Qué haces trabajando con él? —quiso saber Cassie.

—Volverme loco poco a poco —respondí.

Algo, aún no sé muy bien qué, hizo que Cassie se decidiera. Se inclinó hacia un lado, se cambió la taza de
mano (ella jura que en ese punto estábamos bebiendo
café y afirma que yo creo que en realidad era whisky caliente porque aquel invierno lo bebimos a menudo, pero
yo lo sé, recuerdo la punta afilada de un clavo de olor en
la lengua y aquel vapor denso) y se levantó el jersey justo por debajo del pecho. Fue tal mi sobresalto que tardé

un instante en darme cuenta de qué me estaba enseñando: una larga cicatriz, todavía roja, hinchada y flanqueada por marcas de puntos, que se curvaba sobre la línea de una costilla.

—Me apuñalaron —dijo.

Era tan obvio que me avergonzó que nadie hubiera caído en ello. Un detective herido en acto de servicio puede elegir destino. Supongo que habíamos pasado por alto esa posibilidad porque, en general, un apuñalamiento habría provocado prácticamente un cortocircuito en radio macuto y, en cambio, no habíamos oído nada de eso.

—Dios —exclamé—. ¿Qué ocurrió?

—Yo estaba de incógnito en la Universidad de Dublín —continuó Cassie. Eso explicaba lo del vestuario y la laguna informativa, pues los de incógnito se toman muy en serio la cuestión de la confidencialidad—. Así es como me convertí en detective tan deprisa. Había una banda traficando en el campus y Narcóticos quería averiguar quién estaba detrás, así que necesitaban a alguien que pudiera hacerse pasar por estudiante. Me matriculé en un posgrado de psicología. Había estudiado unos cursos en Trinity antes de Templemore, de modo que estaba familiarizada con ese lenguaje y además parezco joven.

Era cierto. Su rostro tenía una claridad especial que no he visto nunca en ningún otro; la piel era limpia como la de un niño y los rasgos —boca ancha, pómulos redondos y altos, nariz inclinada y largas cejas curvadas— hacían que las demás caras parecieran confusas y borrosas. Por lo que yo sé, nunca llevaba maquillaje, a excepción de un bálsamo de labios rojizo que olía a vainilla y le daba un aspecto aún más juvenil. Pocas personas la habrían considerado hermosa, pero mis gustos siempre han tendido más al corte a medida que a los productos de marca, y me daba mucho más placer mirarla a ella que a cualquiera de esos clones rubios y tetudos a los que, según me ordenan insultantemente las revistas, debería desear.

—¿Descubrieron tu tapadera?

—No —respondió ella, ofendida—. Encontré al camello principal, un niño rico y obtuso de Blackrock que estudiaba administración de empresas, cómo no, y me tiré meses haciéndome amiga suya, riéndole sus chistes de mierda y leyendo sus trabajos. Entonces le sugerí que yo podría venderles a las chicas, que no se pondrían tan nerviosas comprándole las drogas a otra mujer, ¿no? Le gustó la idea, todo iba sobre ruedas, le soltaba indirectas diciendo que podría facilitar las cosas si iba yo misma a ver al proveedor en lugar de que me pasara él el material. Pero entonces el Chico Camello empezó a pasarse un poco esnifando su propio *speed:* era mayo y se acercaban los exámenes. Se puso paranoico, decidió que yo intentaba quedarme con su negocio y me apuñaló. —Tomó un sorbo de su bebida—. Pero no se lo cuentes a Quigley. La operación sigue abierta, así que se supone que no debo hablar de ella. Deja que el pobre capullo disfrute con sus fantasías.

Estaba terriblemente impresionado. No por el apuñalamiento (después de todo, me dije, no se trataba de que ella hubiera hecho algo extraordinariamente audaz o inteligente; solo había sido demasiado lenta esquivando el ataque), sino por el secretismo y la adrenalina del trabajo de incógnito y por la absoluta naturalidad con que me contó la historia. Yo, que me lo he currado para tener un aire de perfecta y tranquila indiferencia, reconozco la autenticidad cuando la veo.

—Dios —dije otra vez—. Apuesto a que le dieron una buena cuando lo pillaron.

Nunca he golpeado a un sospechoso —no veo la necesidad de hacerlo, siempre que les hagas creer que podrías—, pero hay tipos que sí lo hacen y es probable que cualquiera que apuñale a un poli se lleve unos moretones de camino a comisaría.

Levantó una ceja, asombrada.

—No lo hicieron: eso habría dado al traste con toda la operación. Lo necesitaban para llegar al proveedor, así que volvieron a empezar con un nuevo agente de incógnito.

—Pero ¿no quieres que pague por lo que te hizo? —pregunté, frustrado ante su calma y la repulsiva sensación de mi propia ingenuidad—. ¡Te apuñaló!

Cassie se encogió de hombros.

—Después de todo, si lo piensas bien, no le faltaba razón: yo solo fingía ser su amiga para joderle y él era un camello enganchado a sus drogas. Y los camellos enganchados a sus drogas hacen esas cosas.

Después de eso mi recuerdo vuelve a ser confuso. Sé que, decidido a impresionarla a mi vez y puesto que nunca me habían apuñalado ni me había visto envuelto en un tiroteo ni nada parecido, le conté una historia larga, enmarañada y cierta en su mayor parte sobre cómo, mientras trabajaba en Violencia Doméstica, había aplacado a un tío que amenazaba con saltar del tejado de un bloque de pisos con su bebé (para ser sincero, creo que debía de estar algo borracho; esa es otra razón por la que estoy tan seguro de que tomábamos whisky caliente). Recuerdo una conversación apasionada sobre Dylan Thomas, creo que con Cassie de rodillas sobre el sofá y gesticulando mientras su cigarrillo se consumía olvidado en el cenicero. Bromeando, agudos pero vacilantes como niños tímidos en un corro, asegurándonos los dos subrepticiamente, después de cada respuesta, de no haber cruzado ninguna línea ni herido ningún sentimiento.

Fuego en la chimenea, los Cowboy Junkies y Cassie siguiendo la melodía con una voz dulce y ronca.

—Las drogas que te daba el Chico Camello —dije más tarde—, ¿se las vendiste de verdad a las estudiantes?

Cassie se levantó para calentar agua.

—Alguna vez —respondió.

—¿Te preocupaba?

—Todo lo que tenía que ver con la confidencialidad me preocupaba —afirmó Cassie—. Todo.

Cuando fuimos a trabajar a la mañana siguiente ya éramos amigos. Realmente fue así de sencillo: plantamos las semillas sin pensarlo y despertamos con nuestro brote privado. A la hora del descanso la mirada de Cassie y la mía se cruzaron y le propuse con gestos ir a fumar un cigarrillo; salimos a sentarnos con las piernas cruzadas, cada uno en un extremo de un banco, como dos sujetalibros. Cuando se acabó el turno ella me esperó, refunfuñando por lo mucho que tardaba en recoger mis cosas («Es como salir con Sarah Jessica Parker. No te olvides el perfilador de labios, cielo, no queremos que el chófer tenga que volver por él»), y propuso: «¿Una pinta?» mientras bajábamos las escaleras. No puedo explicar qué alquimia transmutó una sola noche en el equivalente a años de amistad compartida. Lo único que puedo decir es que reconocimos, con demasiada claridad incluso para sorprendernos, que hablábamos el mismo idioma.

Cuando Costello acabó de enseñarle el funcionamiento de todo, nos convertimos en compañeros. O'Kelly puso algún inconveniente, pues le desagradaba la idea de que dos flamantes novatos trabajaran juntos; además, eso significaba que habría que buscar a otra persona para Quigley. Pero yo había encontrado, por pura potra más que por astuta deducción, a alguien que había oído a alguien alardear de haber matado al indigente, así que estaba a buenas con O'Kelly y me aproveché de ello. Nos advirtió de que solo nos daría los casos más sencillos y los que estaban perdidos, «nada que requiera una auténtica labor de investigación», y nosotros asentimos dócilmente y le reiteramos nuestro agradecimiento, sabedores de que los asesinos no son tan considerados como para asegurarse de que los casos complicados surjan en orden estricto de rotación. Cassie trasladó sus cosas a un escritorio junto al mío y a Quigley se lo endilgaron a Costello, que nos lanzó tristes miradas de reproche durante semanas, como un labrador martirizado.

A lo largo de los dos años siguientes nos forjamos, creo yo, una buena reputación dentro de la brigada. Detuvimos al sospechoso de la paliza en el callejón y lo interrogamos durante seis horas hasta que confesó; aunque si se borraran todas las repeticiones de «Jódete, tío» de la cinta dudo que quedaran más de cuarenta minutos. Era un yonqui llamado Wayne («Wayne —le dije a Cassie mientras le conseguíamos un Sprite y lo observábamos reventarse las espinillas a través del espejo unidireccional—. Es como si al nacer sus padres le hubiesen tatuado en la frente: "Nadie de mi familia ha terminado la educación secundaria"»), que le había dado una paliza al indigente, conocido como Beardy Eddie, por robarle la manta. Después de firmar su declaración, Wayne quiso saber si podría recuperarla. Lo entregamos a los agentes de uniforme y le dijimos que ellos estudiarían el asunto y luego nos fuimos a casa de Cassie con una botella de champán; estuvimos hablando hasta las seis de la mañana y llegamos al trabajo tarde, avergonzados y aún con risa tonta.

Pasamos por el previsible proceso en el que Quigley y algunos otros me preguntaron durante un tiempo si me la estaba tirando y, en tal caso, si era una fiera; una vez les quedó claro que no me la tiraba, pasaron a su probable lesbianismo (a mí Cassie siempre me ha parecido de una feminidad muy evidente, pero entiendo que, para ciertas mentalidades, el corte de pelo, la ausencia de maquillaje y los pantalones de pana de la sección masculina encajaran con las tendencias sáficas). Cassie acabó por hartarse y zanjó el asunto apareciendo en la fiesta de Navidad con un vestido de noche de terciopelo negro sin tirantes y un guapo jugador de rugby llamado Gerry que parecía un toro. En realidad era su primo segundo y estaba felizmente casado, pero era muy protector con Cassie y no puso objeción a mirarla con adoración durante toda la velada si eso le allanaba el camino de su carrera.

Después de aquello, los rumores desaparecieron y la gente nos dejó más o menos a nuestro aire, cosa que nos fue bien a ambos. Al contrario de lo que parece, Cassie no es una persona especialmente sociable, o no más que yo; es vivaz y rápida con las bromas y es capaz de hablar con quien sea, pero si podía elegir prefería mi compañía a la de un grupo numeroso. A menudo yo dormía en su sofá. Nuestro índice de casos resueltos era bueno e iba en aumento, y O'Kelly dejó de amenazar con separarnos cada vez que nos retrasábamos con el papeleo. Fuimos al juicio en que condenaron a Wayne por homicidio sin premeditación («Oh, joder, tío»). Sam O'Neill dibujó una hábil caricatura de nosotros dos como Mulder y Scully (todavía la tengo en alguna parte) y Cassie la enganchó en un lateral de su ordenador, al lado de una pegatina enorme que decía: «¡El poli malo se queda sin donuts!».

Visto con perspectiva, creo que Cassie apareció justo en el momento adecuado para mí. La deslumbrante e irresistible imagen que me había dibujado de la brigada de Homicidios no incluía elementos como Quigley, los cotilleos o los interminables interrogatorios circulares a yonquis con vocabulario de seis palabras y acento de torno de dentista. Yo me había imaginado un estilo de vida tenso y alerta en el que todo lo pequeño y mezquino quedaba desintegrado por una vertiginosidad tan eléctrica que soltaba chispas, y la realidad me había asombrado y defraudado, como un niño que tras abrir un reluciente regalo de Navidad se encuentra dentro unos calcetines de lana. De no ser por Cassie, creo que podría haber acabado como ese detective de *Ley y orden,* el que sufre úlceras y piensa que todo es una conspiración del gobierno.

2

Nos hicimos cargo del caso Devlin la mañana de un miércoles de agosto. De acuerdo con mis notas eran las 11:48, así que todos los demás habían salido por café. Cassie y yo estábamos jugando a Worms en mi ordenador.

—¡Ja! —exclamó ella, lanzando uno de sus gusanos contra uno de los míos con un bate de béisbol y arrojándolo por un acantilado.

Mi gusano, Barrendero Willy, me chilló: «¡Oh, ese es mi chico!» mientras caía al océano.

—Me he dejado ganar —aseguré.

—Por supuesto —respondió Cassie—. Ningún hombre de verdad podría ser derrotado por una chica. Hasta el gusano lo sabe: solo un marica con los huevos como pasas y sin testosterona podría…

—Afortunadamente estoy lo bastante seguro de mi masculinidad como para no sentirme amenazado ni remotamente por…

—Chis —dijo Cassie, girándome la cara de nuevo hacia el monitor—. Buen chico. Ahora a callar, pórtate bien y juega con tu gusano. Dios sabe que no lo hará nadie más.

—Creo que pediré el traslado a un sitio más agradable y tranquilo, como la Unidad de Emergencias —contesté.

—Ahí necesitan respuestas rápidas, cariño —replicó Cassie—. Si tardas media hora en decidir qué hacer con un gusano imaginario, no van a dejar que te encargues de los rehenes.

En aquel instante O'Kelly irrumpió en las oficinas de la brigada.

—¿Dónde está todo el mundo? —preguntó.

Cassie apagó la pantalla rápidamente: uno de sus gusanos se llamaba O'Smelly[4] y lo había estado metiendo a propósito en situaciones desesperadas para ver cómo la oveja explosiva lo hacía volar por los aires.

—Tomándose un descanso —expliqué.

—Unos arqueólogos han encontrado un cuerpo. ¿Quién se queda el caso?

—Nosotros —respondió Cassie, impulsándose con el pie en mi silla para rodar con la suya hasta su mesa.

—¿Por qué nosotros? —quise saber—. ¿Es que no pueden encargarse los forenses?

Los arqueólogos están obligados por ley a avisar a la policía si encuentran restos humanos a menos de dos metros y medio de profundidad bajo el nivel del suelo. Es el procedimiento habitual, por si a algún genio se le ocurre ocultar un asesinato enterrando el cadáver en un cementerio del siglo xiv con la esperanza de que se considere que los restos son de la Edad Media. Supongo que creen que cualquiera que se atreva a cavar más de dos metros y medio y no sea descubierto merece cierta indulgencia por su gran dedicación. Los agentes uniformados y los forenses reciben llamadas con bastante regularidad, como cuando hay hundimientos o la erosión saca a la superficie un esqueleto, pero no suele ser más que una formalidad, ya que es relativamente fácil distinguir unos restos recientes de unos antiguos. Los detectives solo son requeridos en circunstancias excepcio-

---

[4] *Smelly:* apestoso; juego de palabras entre O'Smelly y O'Kelly. *(N. de la T.)*

nales, por lo general cuando una turbera ha conservado la carne y los huesos están en tan buen estado que el cuerpo guarda la rotunda inmediatez de un cadáver fresco.

—Esta vez no —explicó O'Kelly—. Es reciente. Una mujer joven, parece un asesinato. Los agentes uniformados nos han reclamado. Están en Knocknaree, así que no tendréis que pernoctar allí.

Algo raro le pasó a mi respiración. Cassie dejó de meter cosas en su mochila y sentí que su mirada se posaba en mí durante medio segundo.

—Lo siento, señor, pero la verdad es que ahora mismo no podemos hacernos cargo de otra investigación de asesinato. Estamos en pleno follón del caso McLoughlin y…

—No te ha importado cuando has creído que solo se trataba de conseguir una tarde libre, Maddox —la interrumpió O'Kelly. Le tiene antipatía a Cassie por una serie de motivos increíblemente previsibles (su sexo, su ropa, su edad, su historial semiheroico), y esa previsibilidad irrita a Cassie mucho más que la antipatía—. Si teníais tiempo para pasar un día en el campo, también lo tenéis para una investigación seria. Los del Departamento Técnico ya están de camino.

Y se fue.

—Oh, mierda —dijo Cassie—. Oh, mierda, menudo gilipollas. Ryan, lo siento mucho, no sabía que…

—No pasa nada, Cass —respondí.

Una de las mejores cosas que tiene Cassie es que sabe cuándo cerrar la boca y dejarte en paz. Le tocaba a ella conducir, pero escogió mi coche de camuflaje favorito, un Saab del 98 que funciona de muerte, y me lanzó las llaves. Ya en el coche, sacó el portacedés de su mochila y me lo pasó; el conductor elige la música, pero yo suelo olvidarme de traerla. Opté por lo primero que me pareció que tendría unos bajos potentes y subí el volumen.

No había vuelto a Knocknaree desde aquel verano. Entré en el internado pocas semanas después de cuando debería haberlo hecho Jamie, aunque no en el mismo; el mío estaba en Wiltshire, lo más lejos que mis padres podían permitirse, y cuando volvía para Navidades nos quedábamos en Leixlip, al otro lado de Dublín. Después de dar con la autovía, Cassie tuvo que sacar el mapa, buscar la salida y guiarnos luego por carreteras secundarias llenas de baches y hierba en los arcenes, con matas que crecían salvajes y arañaban las ventanillas.

Obviamente, siempre he deseado recordar qué sucedió en ese bosque. Las pocas personas que están al corriente del asunto de Knocknaree sugieren invariablemente, tarde o temprano, que pruebe la regresión hipnótica, pero por alguna razón esa idea me resulta desagradable. Recelo de todo aquello que tenga algún tufillo a *new age,* no por las prácticas en sí, que por lo poco que conozco desde una distancia prudencial pueden tener su aquel, sino por quienes las usan, gente que siempre parecen ser de los que te acorralan en las fiestas para explicarte cómo descubrieron que son unos supervivientes y merecen ser felices. Me preocupa salir de la hipnosis con esa mirada edulcorada de iluminación autosatisfecha, como un quinceañero que acaba de descubrir a Kerouac, y ponerme a practicar el proselitismo en los pubs.

El yacimiento de Knocknaree era un campo inmenso ubicado en una pendiente poco pronunciada, en la ladera de una colina. Estaba removido hasta las entrañas, rebosante de incomprensibles elementos arqueológicos: zanjas, pilas de tierra gigantes, casetas prefabricadas, fragmentos de muros de piedra áspera diseminados como si se tratara del contorno de un estrambótico laberinto, que le daban un aire surrealista y posnuclear. Uno de sus lados estaba flanqueado por una gruesa hilera de árboles y otro por un muro (con pulcros gabletes que asomaban por encima) que se extendía desde los árboles hasta la carretera. Hacia lo alto de la pendiente, cerca del muro, los técnicos estaban apiñados en torno a algo acordonado con la cinta blanca y azul que se usa para las escenas de un crimen. Seguramente los conocía a todos, pero el contexto —monos blancos, manos enguantadas y atareadas, indescriptibles y delicados instrumentos— los transformaba en algo ajeno, siniestro y seguramente relacionado con la CIA. Había uno o dos objetos identificables que resultaban lógicos y reconfortantes como un libro con ilustraciones: una casa de labor baja y encalada al lado de la carretera, con un perro pastor blanco y negro que se desperezaba enfrente moviendo las patas, y una torre de piedra cubierta de hiedra que ondulaba como agua bajo la brisa. La luz palpitaba desde un oscuro tramo de río que surcaba un rincón del campo.

talones de zapatillas se hunden en la tierra de la orilla, sombras de hojas que motean una camiseta roja, cañas de pescar hechas con ramas y cordel, matar a los mosquitos de un manotazo. ¡Silencio! Asustarás a los peces…

En este campo era donde había estado el bosque veinte años atrás. El único vestigio que quedaba de él era la franja de árboles. Yo había vivido en una de las casas al otro lado del muro.

No me esperaba esto. No miro las noticias irlandesas, pues siempre se transmutan en una maraña de políticos con idéntica mirada de sociópata que articulan un ruido de fondo sin sentido y mareante, como el barullo que produce un disco de 33 revoluciones puesto a 45. Me limito a las noticias internacionales, en las que la distancia proporciona la simplificación suficiente como para ofrecer la reconfortante ilusión de que hay alguna diferencia entre los distintos jugadores. Yo sabía, por una vaga osmosis, de la existencia de un yacimiento arqueológico en algún lugar en los alrededores de Knocknaree y que había cierta controversia al respecto, pero desconocía los detalles y la ubicación exacta. No me esperaba esto.

Aparqué en un área de descanso junto a la carretera enfrente del grupo de casetas, entre la furgoneta del departamento y un gran Mercedes negro (Cooper, forense del gobierno). Salimos del coche y me detuve a comprobar mi arma: limpia, cargada y con el seguro puesto. Llevo una pistolera de hombro; en cualquier otro lugar más obvio resulta cutre, un equivalente legal del macarrismo. Cassie dice que a la mierda con lo cutre, que cuando mides metro sesenta y cinco y eres joven y mujer no tiene nada de malo hacer ostentación de tu autoridad, así que lleva un cinturón. A menudo la discrepancia actúa en nuestro favor: la gente no sabe por quién inquietarse, si por la jovencita con la pistola o por el tipo alto que aparentemente no la lleva, y la duda los mantiene distraídos.

Cassie se apoyó en el coche y se sacó el tabaco de la mochila.

—¿Quieres?

—No, gracias —contesté.

Revisé mi arnés, tensé las correas y me aseguré de que ninguna estuviera doblada. Sentía los dedos gordos y torpes, ajenos al cuerpo. No quería que Cassie me señalara que, fuera quien fuese esa chica y la mataran cuando la mataran, era improbable que el asesino estuviera merodeando detrás de una caseta prefabricada, a la espera de que lo apuntaran con una pistola. Echó la cabeza atrás y expulsó el humo hacia las ramas que nos cubrían.

Era un típico día de verano irlandés, irritantemente evasivo, todo sol y nubes deslizantes y brisa cortante, pronto a convertirse en cualquier momento y sin esfuerzo en una lluvia torrencial o en un sol deslumbrante, o en ambas cosas.

—Vamos —dije—. Metámonos en el papel.

Cassie apagó el cigarrillo en la suela del zapato, metió la colilla en el paquete y cruzamos la carretera.

Un tipo de mediana edad con un jersey deshilachado revoloteaba entre las casetas con aspecto desorientado. Al vernos se animó.

—Detectives —dijo—. Porque ustedes son los detectives, ¿no? Soy el doctor Hunt; quiero decir Ian Hunt. Director del yacimiento. ¿Por dónde quieren…? En fin, ¿el despacho, el cadáver o…? No estoy muy al corriente del protocolo y esas cosas, ¿saben?

Era una de esas personas a las que de inmediato empiezas a transformar mentalmente en una caricatura: le pintas un pico, unas alas y… ¡tachán! El Profesor Yaffle[5].

—Soy la detective Maddox y él es el detective Ryan —dijo Cassie—. Si le parece, doctor Hunt, tal vez alguno de sus colegas podría enseñarle el yacimiento al detective Ryan mientras usted me muestra los restos.

«Pequeña zorra», pensé. Me sentía nervioso y aturdido a la vez, como si tuviera una resaca de cuidado y hubiera intentado vencerla con un exceso de cafeína; los ligeros fragmentos de mica que relucían en los surcos del terreno resultaban demasiado brillantes, juguetones y febriles. No estaba de humor para que me protegieran, pero una de las normas tácitas que seguimos Cassie y yo es

---

[5] Personaje sabihondo de una exitosa serie infantil de animación que emite la BBC desde 1974. *(N. de la T.)*

que, al menos en público, no nos contradecimos el uno al otro. A veces, alguno de los dos se aprovecha de ello.

—Mmm… de acuerdo —respondió Hunt, parpadeando detrás de sus gafas.

De algún modo daba la sensación de dejar caer continuamente cosas: unas páginas amarillas arrugadas, pañuelos con aspecto de haber sido masticados, pastillas para la garganta a medio desenvolver…, aunque no llevaba nada en las manos.

—Sí, por supuesto. Están todos… Bueno, Mark y Damien suelen hacer de guías, pero es que Damien está… ¡Mark!

Apuntó en dirección a la puerta abierta de una caseta prefabricada, donde divisé a un puñado de personas alrededor de una mesa vacía: chaquetas militares, sándwiches, tazas humeantes y fragmentos de tierra en el suelo. Uno de los tipos dejó sobre la mesa un mazo de cartas y empezó a alejarse de las sillas de plástico.

—Les he dicho a todos que se quedasen ahí —explicó Hunt—. No sabía si… Las pruebas. Huellas y fibras…

—Perfecto, doctor Hunt —aprobó Cassie—. Trataremos de despejar el lugar para que puedan volver a su trabajo lo antes posible.

—Solo nos quedan unas semanas —dijo otro tipo desde la puerta de la caseta.

Era bajo y enjuto, de una complexión que habría parecido casi infantil bajo un jersey pesado, pero llevaba camiseta, pantalones sucios y botas militares; debajo de las mangas los músculos eran complejos y nudosos como los de un peso pluma.

—En ese caso, mejor que nos pongamos en marcha y le enseñe todo esto a mi colega —le dijo Cassie.

—Mark —continuó Hunt—, este detective necesita un guía. Ya sabes, lo de siempre, una vuelta por el yacimiento.

Mark echó un vistazo momentáneo a Cassie y luego asintió; al parecer, esta acababa de superar alguna prueba secreta. Luego avanzó hacia mí. Tenía veintitantos años, llevaba una hermosa y larga cola de caballo y tenía una cara estrecha y astuta con unos ojos muy verdes y muy intensos. Los tipos como él —interesados de forma obvia únicamente en lo que piensan de las demás personas y no en lo que estas piensan de ellos— siempre me han hecho sentir terriblemente inseguro. Tienen una especie de convicción giroscópica que hace que me sienta torpe, afectado, débil, en el lugar erróneo y con la ropa equivocada.

—Le irían bien unas botas de agua —me advirtió, lanzando a mis zapatos una mirada sarcástica: justo en el clavo. Tenía un marcado acento de la zona fronteriza entre Escocia e Inglaterra—. Hay un par en la caseta de las herramientas.

—Voy bien así —contesté.

Mc imaginaba que en las excavaciones arqueológicas habría zanjas que se hundían varios metros en el barro, pero ni de broma iba a pasarme la mañana abriéndome paso detrás de ese tío con mi traje ridículamente metido dentro de unas botas de agua que alguien había rechazado. Deseaba algo, una taza de té, un cigarrillo, cualquier cosa que me proporcionara una excusa para sentarme tranquilamente cinco minutos e idear cómo apañármelas.

Mark enarcó una ceja.

—Pues vale. Por aquí.

Se alejó por entre las casetas sin comprobar si yo lo seguía. Cassie, de un modo inesperado, me dedicó una sonrisa cuando fui tras él, una traviesa mueca de «¡Qué paciencia!» que me hizo sentir algo mejor. Me rasqué la mejilla con el dedo corazón extendido.

Mark me hizo cruzar el yacimiento por un estrecho sendero entre terraplenes misteriosos y pilas de piedras.

Caminaba como un músico militar o un cazador furtivo, con paso largo, acompasado y equilibrado.

—Acequia medieval de drenaje —dijo mientras señalaba.

Un par de cuervos alzaron el vuelo de una carretilla abandonada llena de tierra, decidieron que éramos inofensivos y volvieron a rebuscar entre los escombros.

—Y eso es un asentamiento neolítico. Este lugar ha estado habitado más o menos ininterrumpidamente desde la Edad de Piedra. Y aún lo está. Esa casita de ahí es del siglo XVIII. Fue uno de los lugares donde se planeó la revolución de 1798. —Me echó un vistazo por encima del hombro y sentí el absurdo impulso de explicarle lo de mi acento e informarle de que no solo era irlandés, sino también de ahí mismo, justo al otro lado de la calle—. El tío que vive en ella es un descendiente del constructor.

Habíamos llegado a la torre de piedra que había en mitad del yacimiento. Se veían aspilleras por los huecos de la hiedra y una sección de muro rota descendía por uno de los lados. Me resultaba vaga y frustrantemente familiar, pero no lograba discernir si era porque en verdad lo recordaba o porque sabía que debía recordarlo.

Mark se sacó un paquete de tabaco de liar de los pantalones militares. Llevaba cinta adhesiva protectora enrollada en ambas manos, en la base de los dedos.

—El clan de los Walsh construyó esta torre del homenaje en el siglo XIV y agregó un castillo durante los doscientos años siguientes —explicó—. Todo este territorio era suyo, desde esas colinas de ahí —señaló el horizonte con la cabeza, hacia unas colinas que se solapaban en lo alto cubiertas de árboles oscuros— hasta el meandro del río que hay más allá de esa granja gris. Eran rebeldes, invasores. En el siglo XVII solían atravesar Dublín a caballo y seguían hasta los cuarteles británicos de Rathmines, donde cogían unas cuantas armas, cortaban la cabeza de cualquier soldado que se cruzara en su camino y se largaban. Para cuando los británicos se organizaban e iban tras ellos, ya estaban a medio camino de vuelta hacia aquí.

Era la persona adecuada para contar esa historia. Me hizo pensar en pezuñas encabritadas, antorchas y risotadas peligrosas, el ritmo creciente de los tambores de guerra. Por encima de su hombro pude ver a Cassie junto a la cinta que delimitaba la escena del crimen, hablando con Cooper y tomando notas.

—Odio tener que interrumpirle —dije—, pero me temo que no tengo tiempo para hacer el *tour* completo. Solo necesito una visión general del yacimiento.

Mark lamió el papel de fumar, se lio el cigarrillo y buscó un mechero.

—De acuerdo —respondió, y empezó a señalar—: Asentamiento neolítico, piedra ceremonial de la Edad de Bronce, edificio circular de la Edad de Hierro, viviendas vikingas, torre del homenaje del siglo xiv, castillo del xvi y casa de labor del xviii.

La «piedra ceremonial de la Edad de Bronce» era donde se encontraban Cassie y los técnicos.

—¿El yacimiento está vigilado por la noche? —pregunté.

Soltó una carcajada.

—Qué va. Cerramos la caseta de los hallazgos, por supuesto, y el despacho, pero los objetos valiosos se envían directamente a la oficina central. Decidimos cerrar la caseta de las herramientas hace un mes o dos, cuando desaparecieron algunas y descubrimos que los granjeros habían estado usando nuestras mangueras para regar sus campos en la estación seca. Eso es todo. ¿Para qué íbamos a vigilarlo? De todos modos dentro de un mes ya no quedará nada, aparte de esto.

Golpeó el muro de la torre con la palma de la mano y algo se escabulló entre la hiedra por encima de nuestras cabezas.

—¿Y por qué? —quise saber.

Se me quedó mirando, con una dosis impresionante de incrédula indignación.

—Falta un mes —anunció, articulando las palabras con claridad— para que el maldito gobierno arrase todo este yacimiento y construya una maldita autopista encima. Han accedido amablemente a dejar una jodida rotonda para la torre del homenaje y así podrán hacerse una paja por lo mucho que se han esforzado para preservar nuestra herencia.

Ahora recordaba lo de la autopista; lo había visto en algún noticiario: un político anodino escandalizado porque los arqueólogos querían que el contribuyente pagase millones por rediseñar los planos. Seguramente cambié de canal al llegar a ese punto.

—Procuraremos no retrasarles demasiado —dije—. Ese perro de la casa de labor, ¿ladra cuando alguien viene al yacimiento?

Mark se encogió de hombros y volvió a su cigarrillo.

—A nosotros no, porque nos conoce. Lo alimentamos con las sobras y demás. A lo mejor ladraría si alguien se acercara demasiado a la casa, sobre todo de noche, pero no creo que lo hiciera si hubiese alguien junto al muro. Queda fuera de su territorio.

—¿Y a los coches? ¿Les ladra?

—¿Le ha ladrado al suyo? Es un perro pastor, no un perro guardián.

Expulsó un delgado hilillo de humo entre los dientes.

Así que el asesino podía haber llegado al yacimiento desde cualquier dirección: por carretera, desde la urbanización o incluso siguiendo el curso del río si le gustaba complicarse la vida.

—Es todo lo que necesito por ahora —dije—. Gracias por su tiempo. Si quiere esperar con los demás, en unos minutos les pondremos al día.

—No pise nada que parezca arqueología —replicó Mark, y volvió hacia la caseta a grandes zancadas.

Me dirigí a la ladera, en dirección al cadáver.

La piedra ceremonial de la Edad de Bronce era un bloque llano y macizo, de unos dos metros de largo por uno de ancho y otro de alto, cortado de una sola roca. El campo que lo rodeaba había sido brutalmente levantado —y no hacía demasiado tiempo, a juzgar por el modo en que el suelo cedía bajo mis pies—, pero habían dejado intacta una franja de protección en torno a la piedra, de modo que esta se alzaba como una isla en medio de la tierra batida. Encima de ella se distinguía algo blanco y azul entre las ortigas y la hierba alta.

No era Jamie. Para entonces ya estaba más o menos seguro, pues si hubiera habido alguna posibilidad de que lo fuera Cassie habría corrido a contármelo; pero aun así me quedé sin aliento. Se trataba de una niña de pelo largo y oscuro con una trenza que le cruzaba la cara. Al principio, ese pelo oscuro fue lo único que vi. Ni siquiera se me ocurrió que el cuerpo de Jamie no se habría encontrado en ese estado.

No vi a Cooper, que ya estaba de camino hacia la carretera de nuevo, sacudiendo el pie como un gato a cada paso. Había un técnico sacando fotos y otro empolvando la superficie en busca de huellas; un puñado de agentes locales se movía nerviosamente y charlaba con los del depósito de cadáveres junto a la camilla. La hierba estaba sembrada de marcadores triangulares y numerados. Cassie y Sophie Miller, agachadas junto a la mesa de piedra, miraban algo que había en el borde. Enseguida supe que se trataba de Sophie; ni siquiera el anonimato que conceden los monos de trabajo disimulan esa postura tiesa como un tablero. Sophie es mi técnica forense favorita. Es delgada, morena y recatada, y con el gorro blanco de ducha parece estar a punto de agacharse sobre la cama de un soldado herido por balas de cañón, murmurando palabras apaciguadoras y dándole a beber sorbos de agua de una cantimplora. En realidad es rápida, impaciente y capaz de poner en su sitio a cualquiera, desde los comisarios jefe hasta los fiscales, con unas cuantas palabras cortantes. Me gusta la incongruencia.

—¿Por dónde paso? —pregunté al llegar junto a la cinta.

Nunca se entra en la escena de un crimen hasta que los del departamento te indican que puedes hacerlo.

—Hola, Rob —gritó Sophie mientras se erguía y se bajaba la mascarilla—. Espera.

Cassie se me acercó primero.

—Solo lleva muerta un día más o menos —me explicó discretamente antes de que llegara Sophie.

Tenía el contorno de la boca algo pálido; los niños nos producen ese efecto a la mayoría.

—Gracias, Cass —dije—. Hola, Sophie.

—Qué tal, Rob. Vosotros dos me debéis una copa.

Un par de meses antes, le habíamos prometido invitarla a un cóctel si conseguía que el laboratorio nos diera preferencia para un análisis rápido. Desde entonces habíamos estado diciendo: «Tenemos que quedar para esa copa», sin llegar a hacerlo nunca.

—Ayúdanos con esto y también te pagamos la cena —dije—. ¿Qué tenemos?

—Mujer blanca de entre diez y trece años —explicó Cassie—. Sin identificación. Lleva una llave en el bolsillo; parece de una casa, pero eso es todo. Tiene la cabeza aplastada, pero Cooper ha detectado hemorragia petequial además de posibles marcas de ataduras en el cuello, así que habrá que esperar al dictamen sobre la causa de la muerte. Está completamente vestida, aunque parece probable que la violaran. Esto es muy raro, Rob. Cooper dice que ha permanecido en algún lugar unas treinta y seis horas, muerta, pero apenas presenta actividad parasitaria y, si estuvo aquí todo el día de ayer, no entiendo que los arqueólogos no la vieran.

—Entonces, ¿esta no es la escena original?

—En absoluto —dijo Sophie—. No hay salpicaduras en la piedra, ni siquiera sangre de la herida de la cabeza. La mataron en otro sitio, probablemente la ocultaron durante un día y luego se han deshecho de ella.

—¿Has encontrado algo?

—Demasiadas cosas. Por lo visto, los chicos de los alrededores se reúnen aquí. Colillas, latas de cerveza, un par de latas de Coca-Cola, chicles y las tachas de tres porros. Dos condones usados. Cuando hayáis encontrado un sospechoso, el laboratorio puede intentar ver si encaja con todo eso, cosa que será una pesadilla; pero para ser sincera, creo que solo se trata de la típica basura que dejan los adolescentes. Hay huellas por todas partes. Y una horquilla de pelo. No creo que sea de ella, porque estaba bastante hundida en el suelo, en la base de la piedra, y parece llevar allí mucho tiempo, pero a lo mejor queréis comprobarlo. Tampoco parece que sea de una adolescente: es de esas de plástico, con una fresa en el extremo; suelen llevarlas las niñas más pequeñas.

un ala rubia alzando el vuelo

Me sentí como si de repente me estuviera cayendo hacia atrás: tuve que controlar mis movimientos para recuperar el equilibrio. Oí que Cassie decía rápidamente, desde algún lugar al otro lado de Sophie:

—Seguramente no será suya. Todo lo que lleva es azul y blanco, hasta las gomas del pelo. A esta chica le gustaba ir de conjunto. De todos modos, lo comprobaremos.

—¿Estás bien? —me preguntó Sophie.

—Sí —dije yo—. Solo necesito un café.

Lo bueno del nuevo y atractivo Dublín de moda, el del *espresso* doble, es que puedes culpar de cualquier extraño estado de ánimo a la falta de café. En la era del té la excusa nunca funcionaba, al menos no con el mismo nivel de credibilidad.

—Para su cumpleaños le voy a regalar un suero intravenoso de cafeína —dijo Cassie. A ella también le cae bien Sophie—. Sin su dosis es aún más inútil. Cuéntale lo de la roca.

—Sí, hemos encontrado dos cosas interesantes —explicó Sophie—. Hay una piedra de este tamaño —separó las manos unos veinte centímetros— que estoy casi segura de que es una de las armas. Estaba en la hierba junto al muro. Tiene un extremo lleno de pelo, sangre y fragmentos de hueso.

—¿Alguna huella? —quise saber.

—No. Un par de manchas, pero parecen proceder de unos guantes. Lo curioso es dónde se encontraba: arriba, junto al muro, lo que puede significar que el tipo la saltó desde la urbanización, aunque cabe la posibilidad de que sea eso precisamente lo que quiere que pensemos; y también es curioso el hecho de que se molestara en deshacerse de ella. Lo normal sería que la hubiera lavado y guardado en su jardín, en lugar de cargar con ella además de con el cuerpo.

—¿No puede ser que ya estuviera en la hierba? —pregunté—. A lo mejor se le cayó el cuerpo encima al pasarlo sobre el muro.

—No creo —respondió Sophie.

Movía los pies con cuidado mientras me guiaba hacia la mesa de piedra; quería volver al trabajo.

Aparté la mirada. No soy aprensivo con los cadáveres y estaba bastante seguro de haberlos visto peores que ese —sin ir más lejos un niño muy pequeño, un año atrás, pateado por su padre hasta partirlo prácticamente en dos—, pero seguía sintiéndome raro y la cabeza me daba vueltas, como si mis ojos no pudieran enfocar con suficiente claridad para captar la imagen. «A lo mejor sí que necesito un café», pensé.

—La parte manchada estaba hacia abajo y la hierba de debajo está fresca, todavía viva; la piedra no llevaba mucho tiempo ahí.

—Además, ella ya no sangraba cuando la trajeron aquí —continuó Cassie.

—Ah, sí, y la otra cosa interesante —recordó Sophie—: Ven a ver esto.

Me rendí ante lo inevitable y me metí por debajo de la cinta. Los otros dos técnicos alzaron la vista y se apartaron de la mesa de piedra para dejarnos espacio. Ambos eran muy jóvenes, casi estudiantes, y de pronto pensé en cómo deben de vernos: qué mayores, qué distantes, cuánto más seguros en los entresijos de la adultez. En cierto modo me tranquilizó esa imagen de dos detectives de Homicidios con sus caras de expertos que no revelan nada, caminando hombro con hombro y al compás hacia esa niña muerta.

Yacía doblegada sobre el costado izquierdo, como si se hubiera caído dormida del sofá acunada por los apacibles murmullos de una conversación adulta. El brazo izquierdo le colgaba del borde de la piedra y el derecho le surcaba el pecho, con la mano torcida debajo en un ángulo complicado. Llevaba unos pantalones azul grisáceo, de esos con tachuelas y cremalleras en sitios inesperados, una camiseta blanca con una franja de esbeltos acianos pintados delante y zapatillas blancas. Cassie tenía razón: la chica se había esmerado. La gruesa trenza que le surcaba la mejilla estaba sujeta con un aciano de seda azul. Era menuda y muy delgada, pero la pantorrilla aparecía tersa y musculosa donde una de las perneras se le había arrugado. Entre diez y trece años parecía una buena suposición: los pechos incipientes apenas marcaban los pliegues de la camiseta. Tenía sangre seca en la nariz, la boca y la punta de los incisivos. La brisa le agitó el vello suave y rizado del nacimiento del pelo.

Tenía las manos cubiertas por unas bolsas de plástico transparente atadas a las muñecas.

—Al parecer ofreció resistencia —dijo Sophie—: tenía un par de uñas rotas. No creo que encuentren ADN debajo de las demás, porque estaban bastante limpias, pero podemos sacar fibras y compararlas con su ropa.

Por un instante me abrumaron las ganas de dejarla ahí: apartar las manos de los técnicos y gritarles a los del depósito que se largaran. Ya nos habíamos cebado bastante en ella. Lo único que le quedaba era su muerte y yo quería dejarle al menos eso. Deseé envolverla en suaves mantas, apartarle el pelo apelmazado y hacerle un edredón de hojas caídas y susurros de pequeños animales. Dejarla dormir mientras se deslizaba para siempre en su río secreto y subterráneo, mientras las estaciones palpitantes proyectaban semillas de diente de león, fases lunares y copos de nieve por encima de su cabeza. Se había esforzado tanto por vivir…

—Tengo la misma camiseta —dijo Cassie en voz baja, junto a mi hombro—. Sección juvenil de Penney's.

Se la había visto antes, pero supe que no volvería a ponérsela. Esa inocencia violada era demasiado vasta y definitiva como para permitir el menor comentario irónico sobre parecidos.

—Aquí está lo que quería enseñaros —dijo Sophie vivamente.

Sophie no aprueba ni el sentimentalismo ni el humor negro en la escena del crimen. Dice que hacen perder un tiempo que podría invertirse trabajando en el maldito caso, pero lo que quiere decir es que las estrategias para sobrellevarlo le parecen cosas de débiles. Señaló el borde de la piedra.

—¿Queréis unos guantes?

—Yo no tocaré nada —respondí mientras me acuclillaba en la hierba.

Desde ese ángulo pude ver que uno de los ojos de la niña era una rendija abierta, como si solo fingiera estar dormida a la espera del momento de saltar y gritar: «¡Uh! ¡Os lo habéis creído!». Un escarabajo negro y brillante marcaba el paso metódicamente sobre su antebrazo.

A tres o cuatro centímetros del borde de la piedra, en la parte superior, había un surco grabado como de un dedo de ancho. El tiempo y la climatología lo habían pulido hasta dejarlo casi lustroso, pero había un punto en que al autor le había resbalado el cincel, arrancando un pedazo del borde y dejando un minúsculo saliente irregular. Una mancha de algo oscuro, casi negro, estaba adherida a la parte inferior.

—Helen se ha dado cuenta —nos dijo Sophie. La técnica aludida alzó la vista y me miró con una sonrisa orgullosa y tímida—. Lo hemos recogido y es sangre, ya os diré si humana. Dudo que tenga algo que ver con nuestro cadáver: la sangre de la chica ya se había secado cuando la trajeron aquí y, de todos modos, apuesto a que esta tiene años de antigüedad. Podría ser de un animal o de una pelea de adolescentes o vete a saber, pero aun así es interesante.

Pensé en el delicado hoyuelo junto al hueso de la muñeca de Jamie y en la nuca morena de Peter, bordeada de blanco después de un corte de pelo. Podía percibir que Cassie no me miraba.

—No veo qué relación puede haber —dije.

Me puse en pie, pues empezaba a costarme mantenerme en equilibrio sin tocar la mesa, y la cabeza comenzó a darme vueltas.

Antes de dejar el yacimiento me detuve en la pequeña colina que se alzaba por encima del cuerpo de la niña y di una vuelta completa sobre mí mismo, grabando en la mente una visión panorámica de la escena: zanjas, casas, campos, caminos de acceso, rincones y trazados. A lo largo del muro de la urbanización habían dejado una delgada franja de árboles intacta, seguramente para proteger la sensibilidad estética de los residentes de la vista rigurosamente arqueológica. Uno de esos árboles tenía un trozo roto de cuerda de plástico azul atado con fuerza alrededor de una rama alta que colgaba medio metro. Estaba deshilachada y mohosa, lo que hacía pensar en alguna historia gótica y siniestra (linchamientos, suicidios a medianoche...), pero yo sabía qué era: los restos de un columpio de neumático.

Aunque había llegado a pensar en Knocknaree como si fuera algo que le hubiera ocurrido a otra persona, a un desconocido, parte de mí no se había ido nunca de aquí. Mientras me entretenía en Templemore o me despatarraba en el futón de Cassie, aquel niño implacable no había dejado de dar vueltas como un salvaje en su columpio de neumático, ni de trepar un muro siguiendo la brillante cabeza de Peter ni de esfumarse bosque adentro en un relámpago de piernas morenas y risas.

Hubo un tiempo, entre la policía, los medios y mis aturdidos padres, en que creí que yo era el que se había salvado, el chico que había vuelto a casa a través del reflujo de la inexplicable marea que se llevó a Peter y a Jamie. Pero ya no era así. De un modo demasiado oscuro y decisivo como para considerarse metafórico, nunca había salido de ese bosque.

3

No hablo con nadie de lo de Knocknaree. No veo por qué iba a hacerlo; solo llevaría a interrogatorios inacabables y morbosos sobre mis recuerdos inexistentes o a especulaciones compasivas e imprecisas sobre el estado de mi psique, y no tengo ganas de lidiar con ninguna de esas dos cosas. Lo saben mis padres, obviamente, y Cassie, y un amigo mío del internado llamado Charlie —ahora es ejecutivo de un banco en Londres; aún mantenemos el contacto de vez en cuando—, y una chica, Gemma, con la que salí una temporada cuando tenía unos diecinueve años (nos pasamos gran parte de nuestro tiempo juntos bebiendo demasiado, además ella era del tipo ansioso e intenso y pensé que aquello me haría resultar interesante); nadie más.

Cuando fui al internado empecé a usar mi segundo nombre y abandoné el primero, Adam. No estoy seguro de si fue idea de mis padres o mía, pero creo que fue acertada. Hay cinco páginas de Ryan en el listín telefónico de Dublín, pero Adam no es un nombre demasiado común y la publicidad era abrumadora (incluso en Inglaterra: solía echar un vistazo furtivo a los periódicos con los que se suponía que debía encender las estufas de nuestros monitores, arrancaba todo lo que tuviera algo que ver y luego lo memorizaba en un retrete antes de arrojarlo dentro y tirar de la cadena). Tarde o temprano, alguien habría atado cabos. En cambio, no es probable que nadie relacione al detective Rob y su acento inglés con el pequeño Adam Ryan de Knocknaree.

Por supuesto, sabía que debía decírselo a O'Kelly ahora que estaba trabajando en un caso que, en principio, podía estar relacionado con aquel pero, francamente, ni por un segundo pensé en hacerlo. Me habrían echado del caso —no se permite trabajar en algo con lo que puedas estar emocionalmente implicado—, además de interrogarme otra vez desde el principio sobre ese día en el bosque, y no veía en qué pudiera eso beneficiar al caso o a la comunidad en general. Aún conservaba un recuerdo vívido e inquietante de la primera tanda de interrogatorios: voces masculinas con un áspero deje de frustración que refunfuñaban débilmente donde mi oído casi no alcanzaba a oírlas, mientras en mi mente unas nubes blancas cruzaban sin cesar un amplio cielo azul y el viento silbaba a través de alguna inmensa extensión de hierba. Era lo único que pude ver y oír las primeras dos semanas. No recuerdo sentir nada al respecto en aquel momento, pero retrospectivamente resulta un pensamiento horrible: mi mente barrida por completo y reemplazada por una especie de ruido de emisión en pruebas; y cada vez que los investigadores volvían a la carga y lo intentaban de nuevo la emisión afloraba, por algún proceso de asociación, se filtraba por la parte de atrás de la cabeza y me asustaba hasta dejarme en un estado de tensión huraño y poco colaborador. Y por más que lo intentaron —al principio cada tantos meses, en las vacaciones escolares, y luego cada año más o menos— nunca tuve nada que decirles; cuando acabé el colegio, por fin dejaron de venir. Me pareció una decisión excelente, y por mi vida que no veía qué utilidad podía tener hacerme dar marcha atrás a esas alturas.

Supongo, si he de ser sincero, que tanto a mi ego como a mi sentido de lo pintoresco les atrajo la idea de sobrellevar ese extraño e intenso secreto a lo largo del caso sin levantar sospechas. Supongo que, en ese momento, me pareció lo que habría hecho el enigmático inconformista de Selección de Personal.

Llamé a Personas Desaparecidas y me dieron de inmediato una posible identificación: Katharine Devlin, doce años, metro cuarenta y nueve, complexión delgada, pelo largo, oscuro y ojos avellana; faltaba en su domicilio del 29 Arboleda de Knocknaree (de repente me acordé: en la urbanización, todas las calles que se llamaban arboleda, callejón, plaza o camino de Knocknaree, el correo se extraviaba constantemente) desde las 10:15 de la mañana anterior, cuando su madre fue a despertarla y vio que no estaba. A partir de los doce años se les considera lo bastante mayores para escaparse, y parecía que ella se hubiera ido por decisión propia, por lo que Personas Desaparecidas le había dado un día de margen para regresar a casa antes de soltar la caballería. Ya tenían redactado el comunicado de prensa, listo para enviar a los medios a tiempo para las noticias vespertinas.

Me sentía desproporcionadamente aliviado por el hecho de tener una identificación, aunque fuera provisional. Como es obvio, yo sabía que una niña —sobre todo una niña sana y bien vestida, en un lugar tan pequeño como Irlanda— no puede aparecer muerta sin que alguien la reclame; pero había varios aspectos de este caso que me ponían nervioso, y creo que mi parte supersticiosa pensaba que esa chica se quedaría sin nombre como si hubiera caído del cielo y que su sangre acabaría concordando con la de mis zapatos y una serie de otros «Expedientes X». Sophie tomó una foto identificativa con una Polaroid, desde el ángulo menos perturbador, para mostrársela a la familia, y volvimos a las casetas.

Hunt salió de una de ellas mientras nos acercábamos, como el hombrecillo de los viejos relojes suizos.

—¿Han…? Es decir, sin duda es un asesinato, ¿no? Pobre criatura. Es espantoso.

—De momento lo consideramos como presunto homicidio —anuncié—. Ahora necesitamos hablar con su equipo. Luego nos gustaría charlar con la persona que encontró el cadáver. Los demás podrán volver al trabajo, siempre que se mantengan fuera de los límites de la escena del crimen. Ya hablaremos con ellos más tarde.

—¿Cómo vamos a…? ¿Hay algo que indique dónde… adónde no pueden pasar? Cintas y esas cosas.

—La escena del crimen está delimitada por una cinta —le expliqué—. Si se mantienen fuera, todo irá bien.

—También necesitamos que nos preste algún sitio para utilizarlo como oficina de campo durante el resto del día o quizás un poco más —dijo Cassie—. ¿Dónde podemos instalarnos?

—Lo mejor será que usen la caseta de los hallazgos —contestó Mark, materializándose desde algún lugar—. Nosotros necesitamos el despacho y todo lo demás está caldoso.

Esa expresión era nueva para mí, pero lo que veía a través de las puertas de la caseta —capas de fango agrietado con huellas de botas, bancos bajos y combados, pilas tambaleantes de instrumentos de labranza, bicicletas y chalecos amarillos luminosos que me recordaron incómodamente a mi época de uniformado— constituía una buena explicación.

—Una mesa y unas cuantas sillas bastarán —dije yo.

—La caseta de los hallazgos —repitió Mark, y señaló con la cabeza una de ellas.

—¿Y Damien? —le preguntó Cassie a Hunt.

Él pestañeó sin poder contenerse, con la boca abierta de sorpresa como una caricatura.

—¿Qué…? ¿Qué Damien?

—El tipo de su equipo. Antes ha dicho que Mark y Damien suelen hacer de guías, pero que Damien no podía acompañar al detective Ryan. ¿Qué le pasa?

—Damien es uno de los que han encontrado el cuerpo —contestó Mark, mientras Hunt se quedaba absorto—. Les ha afectado.

—¿Damien qué? —quiso saber Cassie mientras escribía.

—Donnelly —respondió Hunt alegremente, por fin en terreno seguro—. Damien Donnelly.

—¿Estaba con alguien cuando ha hallado el cadáver?

—Mel Jackson —dijo Mark—. Melanie.

—Vamos a hablar con ellos —indiqué.

Los arqueólogos continuaban sentados alrededor de la mesa en su cantina provisional. Había unos quince o veinte y al entrar nosotros volvieron los rostros hacia la puerta, alertas y sincronizados como crías de pájaro. Todos eran jóvenes, de veintitantos, y lo parecían aún más con su ropa de estudiantes descuidados y su inocencia atolondrada y de campo que, aunque estaba casi seguro de que era ilusoria, me recordaba a los miembros de un kibutz y a los Walton. Las chicas no iban maquilladas y llevaban el pelo recogido en trenzas o colas de caballo, bien apretadas para que fueran más prácticas que monas; los chicos llevaban barba de tres días y se habían pelado por un exceso de sol. Uno de ellos, con gorro de lana y cara de atontado, el típico que suele ser la pesadilla de la maestra, estaba aburrido y se había puesto a derretir cosas sobre un CD roto con la llama de un mechero. El resultado (cucharillas de té, monedas, celofán de paquetes de tabaco y un par de patatas chips, todo ello retorcido) quedaba sorprendentemente bien: he visto muestras de arte urbano moderno mucho más anodinas. En un rincón había un microondas con churretes de comida, y una pequeña e irreverente parte de mí deseó sugerirle que metiera el CD dentro, a ver qué pasaba.

Cassie y yo empezamos a hablar al mismo tiempo, pero yo continué. Oficialmente, ella era la detective principal, porque era la que había dicho: «Nosotros nos hacemos cargo del caso»; pero nunca habíamos trabajado así, y el resto de la brigada se había acostumbrado a ver «M & R» escrito debajo de «Primordial» en el tablón de casos, y sentí un impulso repentino y persistente de dejar claro que yo era tan capaz como ella de dirigir esa investigación.

—Buenos días —comencé.

La mayoría de ellos musitó algo. El Chico Escultor dijo en voz alta y con brío:

—¡Buenas tardes! —Y, técnicamente, tenía razón; me pregunté a cuál de esas chicas trataba de impresionar.

—Soy el detective Ryan y ella es la detective Maddox. Como sabéis, esta mañana se ha encontrado el cadáver de una niña en el yacimiento.

Un chico soltó aire con un bufido y lo volvió a coger. Estaba en una esquina, flanqueado por dos muchachas protectoras, y se aferraba con ambas manos a un gran tazón humeante; tenía rizos cortos castaños y un rostro dulce, franco y pecoso como el de un crío. Tuve casi la certeza de que ese era Damien Donnelly. Los demás parecían subyugados (excepto el Chico Escultor), aunque no traumatizados; sin embargo, este tenía la piel pecosa de una tonalidad blanquecina y agarraba el tazón con demasiada fuerza.

—Tendremos que hablar con cada uno de vosotros —dije—. Por favor, no os vayáis del yacimiento hasta que lo hayamos hecho. Puede que eso nos lleve tiempo, así que os pedimos paciencia si necesitamos que os quedéis hasta tarde.

—¿Es que somos sospechosos? —preguntó el Chico Escultor.

—No —contesté—, pero debemos averiguar si tenéis información relevante.

—Vaya... —dijo él, decepcionado, y se desplomó contra el respaldo de su silla.

Se puso a derretir una pastilla de chocolate sobre el CD, cruzó su mirada con la de Cassie y apagó el mechero. Le envidié: a menudo he deseado ser una de esas personas capaces de tomarse cualquier cosa, desde lo más horrendo hasta lo excepcional, como una aventura alucinante.

—Una cosa más —continué—: seguramente llegarán periodistas en cualquier momento. No habléis con ellos. Lo digo en serio. Si les contáis algo, aunque parezca insignificante, podríais fastidiar la investigación. Os dejaremos nuestras tarjetas, por si se os ocurre algo que debamos saber. ¿Alguna pregunta?

—¿Y si nos ofrecen millones? —quiso saber el Chico Escultor.

La caseta de los hallazgos no era tan impresionante como esperaba. A pesar de que Mark nos había dicho que se llevaban todo lo valioso, creo que mi imagen mental incluía copas de oro, esqueletos y reales de a ocho. En lugar de eso había dos sillas, un gran escritorio lleno de papel de dibujo y una cantidad increíble de lo que parecían trozos de cerámica, metidos en bolsas de plástico y guardados en estanterías de bricolaje de metal perforado.

—Los hallazgos —anunció Hunt mientras señalaba los estantes con un gesto de la mano—. Supongo... Bueno, no, quizás en otro momento. Hay monedas y hebillas muy bonitas.

—Nos encantará verlo otro día, doctor Hunt —dije—. ¿Puede dejarnos diez minutos y luego traernos a Damien Donnelly?

—Damien —repitió Hunt, y se alejó con paso vacilante.

Cassie cerró la puerta detrás de él.

—¿Cómo es posible que dirija toda una excavación? —pregunté.

Despejé la mesa: los dibujos eran bocetos a lápiz, finos y delicadamente sombreados, de una vieja moneda desde varios ángulos. La pieza en sí, doblada con brusquedad por un lado y con trozos de tierra incrustada, se encontraba en el centro del escritorio, dentro de una bolsa con cierre hermético. Les busqué un sitio encima de un archivador.

—Contratando a gente como ese Mark —respondió Cassie—. Apuesto a que es muy organizado. ¿Qué te ha pasado con la horquilla?

Nivelé los extremos de los dibujos.

—Me parece que Jamie Rowan llevaba una que encajaba con la descripción.

—Ah —dijo ella—. Me lo figuraba. ¿Sabes si está en el expediente o simplemente te has acordado?

—¿Qué importancia tiene eso?

Sonó más altanero de lo que pretendía.

—Pues porque si existe alguna conexión no nos la podemos callar —respondió Cassie, muy razonablemente—. Imagínate que tenemos que pedirle a Sophie que compare esa sangre con las muestras del 84; tendremos que explicarle por qué, cosa que sería mucho más sencilla si la conexión constara en el expediente.

—Estoy casi seguro de que está —afirmé. La mesa cojeaba; Cassie encontró una hoja de papel en blanco y la dobló para meterla debajo de la pata—. Lo comprobaré esta noche. Espera hasta entonces para hablar con Sophie, ¿de acuerdo?

—Claro —respondió Cassie—. Si no está ahí, encontraremos otro camino. —Comprobó el escritorio otra vez: mejor—. Rob, ¿tienes problemas con este caso?

No contesté. A través de la ventana podía ver a los del depósito envolviendo el cuerpo con plástico mientras Sophie señalaba y gesticulaba. Apenas tuvieron que esforzarse para levantar la camilla, que parecía casi ingrávida mientras la transportaban al vehículo que aguardaba. El viento azotó bruscamente el cristal frente a mi cara y me di la vuelta. Sentí un súbito y violento deseo de gritar «Calla la maldita boca» o «A la mierda el caso, lo dejo» o algo insensato, irracional y dramático. Pero Cassie se limitaba a apoyarse en la mesa, esperando, mirándome con los ojos castaños fijos, y yo siempre he tenido un excelente sistema de frenos, un don para elegir lo decepcionante por encima de lo irrevocable.

—No, ninguno —dije—. Tú pégame si me pongo taciturno.

—Con mucho gusto —respondió Cassie, y me sonrió—. Pero madre mía, mira todo esto… Espero que tengamos ocasión de echar un vistazo como Dios manda. De pequeña quería ser arqueóloga, ¿te lo había contado?

—Solo un millón de veces —dije yo.

—En ese caso, menos mal que tienes memoria de pez, ¿no? Solía hacer hoyos en el jardín de atrás, pero lo único que encontré fue un patito de porcelana con el pico roto.

—Me parece que debería haber sido yo el que hiciera hoyos en la parte de atrás. —Normalmente habría hecho algún comentario sobre la enorme pérdida para el brazo de la ley y el beneficio para la arqueología, pero aún estaba demasiado nervioso y descolocado para un nivel decente de toma y daca; no habría salido nada digno—. Podría haber tenido la mayor colección privada de trozos de porcelana del mundo.

—Empecemos con las charlas —dijo Cassie, y sacó su libreta.

Damien llegó con pasos torpes; arrastraba una silla de plástico con una mano y aún aferraba su taza de té con la otra.

—He traído esto… —dijo, usando la taza para señalar vagamente la silla y las dos en las que nos sentábamos nosotros—. El doctor Hunt ha dicho que querían verme.

—Sí —respondió Cassie—. Te diría que cogieras una silla, pero ya la tienes.

Tardó un momento; luego se rio un poco, mientras comprobaba qué cara poníamos para ver si hacía bien. Se sentó, hizo ademán de dejar la taza sobre la mesa, cambió de idea, se la apoyó en el regazo y levantó la vista hacia nosotros con los ojos grandes y dóciles. Definitivamente, este era para Cassie. Parecía uno de esos tipos acostumbrados a que las mujeres cuiden de ellos; ya estaba temblando, y si lo interrogaba un hombre con toda seguridad se sumiría en un estado en el que nunca le sacaríamos nada útil. Discretamente, saqué un bolígrafo.

—Escucha —dijo Cassie con suavidad—, sé que esto te ha afectado. Tómate tu tiempo para explicárnoslo, ¿de acuerdo? Empieza por lo que estabas haciendo esta mañana, antes de que fueras hacia la piedra.

Damien respiró hondo y se humedeció los labios.

—Estábamos… esto… estábamos trabajando en la acequia medieval de drenaje. Mark quería ver si continuaba más allá del yacimiento. ¿Saben?, estamos atando cabos sueltos porque falta poco para el final de la excavación…

—¿Cuánto ha durado? —preguntó Cassie.

—Unos dos años, pero yo solo llevo aquí desde junio. Estoy en la universidad.

—Yo también quería ser arqueóloga —comentó Cassie. Le di un golpe en el pie por debajo de la mesa; ella pisó el mío—. ¿Cómo ha ido la excavación?

A Damien se le iluminó la cara; casi parecía embelesado de placer, a menos que esa fuera su expresión habitual.

—Ha sido increíble. Me alegro tanto de haber participado...

—Qué envidia —indicó Cassie—. ¿Admiten voluntarios por solo una semana, pongamos?

—Maddox —dije con sequedad—. ¿Podéis hablar más tarde de tu cambio de carrera?

—Lo siento —respondió Cassie, con los ojos en blanco y sonriendo a Damien.

Él le devolvió la sonrisa al tiempo que bajaba la guardia. Damien empezaba a despertarme una antipatía vaga e injustificable. Adivinaba exactamente por qué Hunt lo había designado como guía del yacimiento —era un relaciones públicas encantador, todo ojos azules y timidez—, pero nunca me han caído bien los hombres adorables e indefensos. Supongo que es la misma reacción que despiertan en Cassie esas chicas con voz de niña y fácilmente impresionables que a los hombres siempre les dan ganas de proteger: una mezcla de repugnancia, cinismo y celos.

—Muy bien —dijo Cassie—, entonces has ido hacia la piedra...

—Teníamos que retirar toda la hierba y la tierra que hay alrededor —explicó Damien—. El resto lo hicieron con excavadora la semana pasada, pero dejaron una parcela alrededor de la piedra porque no queríamos arriesgarnos a que las máquinas la tocaran. Así que, después de la pausa del té, Mark nos pidió a Mel y a mí que subiéramos ahí y pasáramos el azadón mientras los otros estaban con la acequia de drenaje.

—¿A qué hora fue eso?

—La pausa del té se acaba a las once y cuarto.

—¿Y entonces...?

Tragó saliva y le dio un sorbo a la taza. Cassie se inclinó hacia delante para alentarlo y aguardó.

—Pues... Había algo en la piedra. Creía que era una chaqueta o algo así, que alguien se había dejado la chaqueta ahí... Y dije... esto... dije: «¿Qué es eso?», y nos acercamos y... —Bajó la vista a su taza. Otra vez le temblaban las manos—. Era una persona. Pensé que a lo mejor estaba, ya saben, inconsciente o algo parecido, y le sacudí el brazo, y... noté algo raro. Estaba fría y rígida. Agaché la cabeza para ver si respiraba, pero no. Tenía sangre, se la vi en la cara. Entonces supe que estaba muerta.

Volvió a tragar saliva.

—Lo estás haciendo muy bien —dijo Cassie con suavidad—. ¿Qué hiciste entonces?

—Mel dijo: «Oh, Dios mío», o algo así, y volvimos corriendo para avisar al doctor Hunt. Nos hizo entrar a todos en la cantina.

—Muy bien, Damien, necesito que pienses detenidamente —le pidió Cassie—. ¿Has visto algo que pareciera extraño en el día de hoy o en los últimos días? ¿A alguien inusual merodeando por ahí, alguna cosa fuera de lugar...?

Él se quedó con la mirada perdida y los labios un poco entreabiertos; tomó otro sorbo de té.

—Seguramente no se refiere a esta clase de cosas...

—Todo puede sernos de ayuda —aseguró Cassie—. Incluso lo más insignificante.

—De acuerdo —asintió Damien con gravedad—. Bien..., el lunes estaba esperando el autobús para volver a casa, junto a la entrada. Y vi a un tipo que venía por la carretera y se metía en la urbanización. Ni siquiera sé por qué me fijé en él, solo que... Miró a su alrededor antes de meterse en la urbanización, como si estuviera comprobando que nadie lo observaba o algo así.

—¿Qué hora era? —quiso saber Cassie.

—Acabamos a las cinco y media, así que debían de ser las seis menos veinte. Esa era la otra cosa extraña. Quiero decir que por aquí no hay nada a donde puedas llegar sin coche, salvo la tienda y el pub, y la tienda cierra a las cinco. Por eso me pregunté de dónde salía.

—¿Qué aspecto tenía?

—Más o menos alto, de metro ochenta. Treinta y tantos, creo. Fuerte. Me parece que era calvo. Llevaba un chándal azul marino.

—¿Serías capaz de describírselo a un dibujante para que elaborara un retrato robot?

Damien pestañeó deprisa, con aire alarmado.

—Es que... Tampoco le vi tan bien. Quiero decir que venía por arriba de la carretera, al otro lado del acceso a la urbanización. De hecho, no estaba mirando, no creo que me acuerde...

—No pasa nada —lo interrumpió Cassie—. No te preocupes, Damien. Si te sientes capaz de darnos más detalles, dímelo, ¿de acuerdo? Mientras tanto, cuídate.

Le pedimos su dirección y su número de teléfono; le dimos una tarjeta (me dieron ganas de ofrecerle una piruleta por su buen comportamiento, pero no son reglamentarias en nuestro departamento) y le hicimos volver con los demás, con la orden de enviarnos a Melanie Jackson.

—Buen chico —dije sin comprometerme, tanteando.

—Sí—respondió Cassie con ironía—. Si alguna vez quiero una mascota, pensaré en él.

Mel fue de mucha más ayuda que Damien. Era alta, delgada, escocesa, de brazos bronceados, musculosos, y pelo rubio rojizo recogido en una coleta descuidada; se sentó como un chico, con los pies plantados firmemente y separados.

—Tal vez ya lo sepan, pero es de la urbanización —soltó a bocajarro—. O de algún lugar de por aquí, en todo caso.

—¿Cómo lo sabes? —le pregunté.

—Los niños se acercan a veces al yacimiento. No tienen mucho más que hacer en verano. La mayoría quieren saber si hemos encontrado algún tesoro enterrado, o esqueletos. La vi algunas veces.

—¿Cuándo fue la última?

—Hará dos o tres semanas.

—¿Estaba con alguien?

Mel se encogió de hombros.

—No, que yo recuerde. Solo una pandilla de niños, creo.

Me caía bien. Estaba afectada pero se negaba a mostrarlo; jugueteaba con una tira de plástico, dándole formas entre los dedos callosos. Básicamente contó la misma historia que Damien, pero sin tanta aprehensión y miramientos.

—Cuando terminó la pausa del té, Mark me pidió que fuese a pasar el azadón alrededor de la piedra ceremonial, para poder ver la base. Damien dijo que él también venía; normalmente no trabajamos solos, es aburrido. A media subida vimos algo azul y blanco encima de la piedra. Damien preguntó: «¿Qué es eso?», y yo le dije: «A lo mejor es una chaqueta». Al acercarnos un poco

más me di cuenta de que era una cría. Damien le zarandeó un brazo y comprobó si respiraba, pero sabía que estaba muerta. Yo no había visto nunca un cadáver, pero...
—Se mordió el interior de la mejilla y sacudió la cabeza—. Es una gilipollez eso que dicen que parece que estén dormidos. Se ve.

Hoy en día apenas pensamos en la mortalidad, salvo para menearnos histéricamente con los ejercicios más de moda, comer cereales ricos en fibra y ponernos parches de nicotina. Me acordé de la severa determinación victoriana de no olvidar la muerte y de esas lápidas implacables: «Recuerda esto, peregrino, al pasar: como eres tú ahora fui yo una vez; como soy yo ahora, así serás tú...». Ahora la muerte no gusta, es algo anticuado. En mi opinión, la característica que define nuestra época es la fuerza centrífuga: la investigación de mercado, con sus marcas y productos elaborados según unos requisitos minuciosos, lo enfoca todo hacia un punto de fuga; estamos tan acostumbrados a que las cosas se transformen en lo que queremos que sean que nos produce una honda indignación encontrarnos con la muerte, tercamente anticentrífuga, solo e inmutablemente ella misma. El cadáver había impresionado a Mel Jackson mucho más de lo que hubiera afectado a la más resguardada virgen victoriana.

—¿Es posible que no reparaseis en el cuerpo aunque hubiera estado ahí ayer? —pregunté.

Mel alzó unos ojos como platos.

—Oh, mierda, ¿quiere decir que estuvo ahí todo el tiempo mientras nosotros...? —Sacudió la cabeza—. No. Mark y el doctor Hunt dieron una vuelta por todo el yacimiento ayer por la tarde, para hacer una lista de lo que teníamos que hacer. Lo... la habrían visto. Esta mañana se nos pasó porque todos estábamos en la parte más baja del yacimiento, donde acaba la acequia de drenaje.

Como la pendiente de la colina es tan pronunciada no podíamos ver la parte de arriba de la piedra.

Mel no había visto nada ni a nadie fuera de lo habitual, ni siquiera al tío raro de Damien.

—Pero no lo habría visto de todos modos: yo no cojo el autobús. Casi todos los que no somos de Dublín vivimos en una casa alquilada, a unos tres kilómetros carretera abajo. Mark y el doctor Hunt tienen coche y nos llevan de vuelta. No pasamos de la urbanización.

El «de todos modos» me interesó, pues sugería que Mel, igual que yo, tenía sus dudas sobre el siniestro hombre del chándal. Damien me pareció de esos que dicen lo que sea con tal de tenerte contento. Deseé haberle preguntado si el tipo llevaba zapatos de tacón.

Sophie y sus técnicos habían acabado con la piedra ceremonial y seguían avanzando en círculo hacia fuera. Le dije que Damien Donnelly había tocado el cuerpo y se había inclinado sobre él; íbamos a necesitar sus huellas y cabello para descartarlos.

—Menudo idiota —dijo Sophie—. Supongo que debemos dar gracias de que no se le ocurriera taparla con su abrigo.

Estaba sudando dentro de su mono. El técnico arrancó a escondidas una página de su cuaderno de bocetos y empezó otra vez.

Dejamos el vehículo en el yacimiento y fuimos a la urbanización andando por la carretera (en algún lugar de los músculos aún recordaba cómo era saltar ese muro: dónde se podía apoyar el pie, el arañazo que me hacía el hormigón en la rótula, el golpe al aterrizar…). Cassie quiso parar en la tienda de camino; eran más de las dos y quizá no tendríamos otra ocasión de almorzar en un buen rato. Cassie come como un muchacho y odia saltarse una comida, cosa que a mí me encanta —me irritan las mujeres que viven de porciones mesuradas de ensalada—, pero ese día yo quería acabar con aquello lo antes posible.

La esperé fuera, fumando, pero Cassie salió con dos sándwiches en cajas de plástico y me tendió uno.

—Toma.

—No tengo hambre.

—Cómete el maldito sándwich, Ryan. No pienso llevarte a casa si te desmayas.

Lo cierto es que no me he desmayado en toda mi vida, pero tiendo a olvidarme de comer hasta que empiezo a estar irritable o atontado.

—He dicho que no tengo hambre —repetí, oyendo mi propio lloriqueo.

De todos modos abrí el sándwich; Cassie tenía razón, era probable que fuese un día muy largo. Nos sentamos en el bordillo y ella sacó una botella de Coca-Cola al limón de la mochila. En teoría, el emparedado era de pollo relleno, pero sabía a envoltorio de plástico, y el refresco estaba caliente y demasiado dulce. Me sentí un poco mareado.

No quiero dar la impresión de que lo que ocurrió en Knocknaree emponzoñaba mi vida, de que me pasé veinte años vagando como una especie de personaje trágico acechado por el pasado, sonriendo con tristeza al mundo tras un velo agridulce de humo de cigarrillo y recuerdos. Knocknaree no me dejó pesadillas ni impotencia, ni un miedo patológico a los árboles ni ninguna otra de esas cosas que, en un telefilme, me habrían conducido al psicólogo, a la redención y a una relación más comunicativa con mi compasiva y preocupada esposa. La verdad es que podía pasarme semanas sin pensar siquiera en ello. De vez en cuando algún que otro periódico sacaba un reportaje sobre personas desaparecidas y ahí estaban Peter y Jamie, sonriendo desde la portada de un suplemento dominical en unas fotos con escasa resolución que la visión retrospectiva y el abuso convertían en premonitorias, entre turistas desvanecidos, amas de casa fugadas y todas esas hileras míticas y susurrantes de perdidos irlandeses. Yo hojeaba el artículo y me daba cuenta, con desapego, de que me temblaban las manos y me costaba respirar, pero era un reflejo puramente físico que, en cualquier caso, solo duraba unos minutos.

Supongo que todo ese asunto me causó efecto, pero sería imposible —y, en mi opinión, innecesario— establecer de qué tipo. Después de todo yo tenía doce años, una edad en la que los chicos están desconcertados, amorfos y sufren cambios repentinos, con independencia de lo estables que sean sus vidas; y pocas semanas después entré en el internado, que me influyó y afectó de formas mucho más espectaculares y evidentes. Parecería ingenuo y sobre todo cutre deshilar mi personalidad, coger una hebra y chillar: «¡Cielos, mira, esta es de Knocknaree!». Pero de repente, ahí estaba otra vez, resurgiendo en mitad de mi vida con petulancia y convicción, y yo no tenía ni la menor idea de qué hacer con ello.

—Pobre criatura —dijo Cassie de pronto, sin que viniese a cuento—. Pobrecita criatura…

La casa de los Devlin era una vivienda pareada de fachada insípida con un retazo de hierba delante, como las del resto de la urbanización. Todos y cada uno de los vecinos habían hecho desesperadas y pequeñas declaraciones de individualidad recortando salvajemente sus arbustos o geranios o lo que fuera, pero los Devlin solo se limitaban a cortar el césped, lo que en sí denotaba cierto nivel de originalidad. Vivían en la zona centro de la urbanización, a cinco o seis calles del yacimiento, lo bastante lejos para no haber visto a los agentes, los técnicos, la furgoneta del depósito y todo ese terrible y eficiente ajetreo que de un solo vistazo les habría dicho todo cuanto necesitaban saber.

Cuando Cassie llamó al timbre, acudió un hombre de unos cuarenta años. Era unos centímetros más bajo que yo y empezaba a ensancharse por el centro, tenía el pelo pulcramente recortado y grandes bolsas debajo de los ojos. Llevaba una chaqueta de punto, pantalones caqui y sostenía un cuenco con copos de maíz; tuve ganas de decirle que estaba muy bien, porque sabía qué iba a averiguar en los próximos meses y esa es la clase de cosas que la gente recuerda con angustia durante toda su vida: que estaban comiendo copos de maíz cuando la policía vino a comunicarles que su hija estaba muerta. Una vez vi a una mujer derrumbarse en el estrado, con unos sollozos tan fuertes que hubo que pedir un receso e inyectarle un sedante, porque cuando apuñalaron a su novio ella estaba en clase de yoga.

—Señor Devlin —comenzó Cassie—, soy la detective Maddox y él es el detective Ryan.

El hombre abrió los ojos de par en par.

—¿De Personas Desaparecidas?

Tenía barro en los zapatos y el dobladillo de los pantalones humedecido. Debía de haber salido a buscar a su hija por algún campo equivocado, y luego habría vuelto a comer algo antes de seguir intentándolo una y otra vez.

—No exactamente —contestó Cassie con suavidad. Suelo dejarle estas conversaciones a ella, no solo por cobardía, sino porque ambos sabemos que lo hace mucho mejor—. ¿Podemos entrar?

Él se quedó mirando el cuenco y lo dejó torpemente en la mesa del recibidor. Se derramó algo de leche sobre unos juegos de llaves y una gorra rosa de niña.

—¿Qué quieren decir? —inquirió; el miedo dio un tinte agresivo a su voz—. ¿Han encontrado a Katy?

Oí un sonido minúsculo y miré por encima de su hombro. Al pie de las escaleras había una niña agarrada a la barandilla con ambas manos. El interior de la casa estaba oscuro aun en una tarde tan soleada, pero vi su rostro, y me traspasó con una partícula brillante y terrorífica. Por un instante inimaginable y turbador me convencí de que veía un fantasma. Era nuestra víctima, la niña muerta sobre la mesa de piedra. Los oídos me zumbaban.

Por supuesto, medio segundo después todo volvió a su sitio, el zumbido se apagó y comprendí lo que estaba viendo. No íbamos a necesitar la foto para la identificación. Cassie también la había visto.

—Aún no estamos seguros —dijo—. Señor Devlin, ¿esta niña es la hermana de Katy?

—Jessica —contestó ella con la voz ronca.

La niña avanzó y, sin apartar la mirada del rostro de Cassie, Devlin extendió el brazo hacia atrás, la cogió del hombro y la atrajo a la puerta de entrada.

—Son gemelas —explicó—. Idénticas. ¿Es...? ¿Han...? ¿Han encontrado a una niña como ella?

Jessica tenía la mirada fija en algún punto entre Cassie y yo. Los brazos le colgaban sin fuerzas a los lados, con las manos invisibles debajo de un jersey gris que le venía grande.

—Por favor, señor Devlin —dijo Cassie—, necesitamos entrar para hablar con usted y su esposa en privado.

Lanzó una mirada a Jessica.

Devlin bajó la vista, vio su mano sobre el hombro de ella y la retiró, sobresaltado. La dejó inmóvil en el aire, como si hubiera olvidado qué hacer con ella.

A esas alturas ya lo sabía; claro que lo sabía. Si la hubiéramos encontrado viva, se lo habríamos dicho. Pero se apartó automáticamente de la puerta, hizo un vago gesto hacia un lado y entramos en la sala de estar. Oí a Devlin decir:

—Vuelve arriba con tu tía Vera.

Luego nos siguió y cerró la puerta.

Lo terrible de aquella sala de estar era lo normal que resultaba, como sacada de alguna caricatura de los suburbios. Cortinas de encaje, un sofá de cuatro piezas floreado con tapetes en los brazos y los reposacabezas y una colección de teteras decoradas encima de un aparador, todo pulcro, sin polvo y con un brillo inmaculado; parecía —como pasa casi siempre con los hogares de las víctimas y hasta con las escenas de los crímenes— demasiado banal para semejante nivel de tragedia. La mujer que había sentada en una silla hacía juego con la estancia: gruesa de un modo sólido e informe, con un casco de pelo permanentado y unos ojos azules grandes y caídos. Unos surcos profundos iban de la nariz a la boca.

—Margaret —dijo Devlin—. Son detectives. —Su voz sonó tensa como la cuerda de una guitarra, pero no se acercó a ella; se quedó junto al sofá, con los puños apretados en los bolsillos de su chaqueta—. ¿Qué sucede? —preguntó.

—Señor y señora Devlin —comenzó Cassie—, no es fácil decir lo que tengo que comunicarles. Han encontrado el cuerpo de una niña en el yacimiento arqueológico que hay junto a esta urbanización. Creemos que se trata de su hija Katharine. Lo siento mucho.

Margaret Devlin soltó aire como si la hubieran golpeado en el estómago. Las lágrimas le empezaron a rodar por las mejillas, aunque no parecía darse cuenta.

—¿Están seguros? —espetó Devlin con los ojos como platos—. ¿Cómo pueden estar seguros?

—Señor Devlin —respondió Cassie con suavidad—, he visto a esa niña. Es exactamente igual que su hija Jessica. Les pediremos que vayan a ver el cadáver mañana, para confirmar su identidad, pero no me cabe ninguna duda. Lo siento.

Devlin se giró hacia la ventana y se alejó otra vez, con la muñeca presionada contra la boca, perdido y con una mirada salvaje.

—Oh, Dios —dijo Margaret—. Oh, Dios, Jonathan...

—¿Qué le ha pasado? —interrumpió Devlin con dureza—. ¿Cómo ha...? ¿Cómo...?

—Me temo que se trata de un asesinato —respondió Cassie.

Margaret se incorporó de la silla con movimientos lentos, como si estuviera debajo del agua.

—¿Dónde está?

Las lágrimas le resbalaban por el rostro, pero su voz sonaba inquietantemente calmada, casi enérgica.

—Nuestro equipo médico la está examinando —explicó Cassie con suavidad.

Si Katy hubiera muerto de otra forma, quizá los habríamos acompañado hasta donde se hallaba su cadáver. Pero tal como estaba, con el cráneo abierto y el rostro cubierto de sangre... Cuando le practicaran la autopsia, al menos los del depósito limpiarían ese manto innecesario de horror.

Margaret miró a su alrededor, aturdida y palpándose de forma mecánica los bolsillos de la falda.

—Jonathan, no encuentro mis llaves.

—Señora Devlin —dijo Cassie mientras apoyaba una mano en su brazo—, me temo que aún no podemos llevarla con Katy. Tienen que examinarla los médicos. En cuanto pueda verla la avisaremos.

Margaret se apartó de ella y se dirigió a la puerta con movimientos lentos, pasándose una mano torpe por la cara para enjugarse las lágrimas.

—Katy. ¿Dónde está?

Cassie lanzó una mirada suplicante a Jonathan, pero este estaba con las dos palmas apoyadas en el cristal de la ventana y mirando afuera sin ver nada, respirando demasiado rápido y demasiado fuerte.

—Por favor, señora Devlin —dije yo en tono apremiante y procurando interponerme entre ella y la puerta de una forma no excesivamente molesta—. Le prometo que la llevaremos con Katy en cuanto podamos, pero por ahora no puede verla. Simplemente no es posible.

Se me quedó mirando, con los ojos enrojecidos y la boca abierta.

—Mi niña —jadeó.

Sus hombros se desplomaron y empezó a llorar con unos sollozos profundos, roncos y desenfrenados. Dejó caer la cabeza hacia atrás y permitió que Cassie la cogiera con cuidado por los hombros y la sentara otra vez en su silla.

—¿Cómo ha muerto? —preguntó Jonathan, que seguía con la mirada fija a través de la ventana. Fueron unas palabras borrosas, como si tuviera los labios entumecidos—. ¿De qué manera?

—No lo sabremos hasta que los facultativos hayan terminado de examinarla —le dije—. Les mantendremos informados de cualquier avance.

Oí unos pasos ligeros que bajaban las escaleras; la puerta se abrió de golpe y apareció una chica en el umbral. Detrás de ella estaba Jessica, aún en el recibidor, chupándose un mechón de pelo mientras nos observaba.

—¿Qué pasa? —preguntó la chica entrecortadamente—. Oh, Dios…, ¿es Katy?

Nadie contestó. Margaret se mordió un puño con la boca, mudando sus sollozos en unos horribles sonidos ahogados. La chica miró una cara tras otra y sus labios se separaron. Era alta y delgada, con rizos castaños que le caían por la espalda y de una edad indeterminada; tendría unos dieciocho o veinte años, pero iba maquillada mucho mejor que ninguna adolescente que yo haya conocido, llevaba pantalones negros de sastre, zapatos de tacón alto, una camisa blanca que parecía cara y un pañuelo de seda violeta alrededor del cuello. Su presencia vital y eléctrica llenaba la habitación. En esa casa resultaba absoluta e insólitamente incongruente.

—Por favor —me dijo. Su voz sonó alta, clara y expresiva, con un acento de presentadora de informativos que no encajaba con el de Jonathan y Margaret, blando y típico de la clase trabajadora de una localidad pequeña—. ¿Qué ha pasado?

—Rosalind —dijo Jonathan. La voz le salió ronca, y se aclaró la garganta—. Han encontrado a Katy. Está muerta. Alguien la ha matado.

Jessica emitió un ruido leve y sin palabras. Rosalind lo miró un instante; luego sus párpados se agitaron y se tambaleó con una mano extendida hacia el marco de la puerta. Cassie le rodeó la cintura y la sostuvo hasta el sofá.

Rosalind recostó la cabeza en los cojines y le dedicó a Cassie una sonrisa débil y agradecida; esta se la devolvió.

—Necesito un poco de agua —susurró.

—Ya voy yo —dije.

En la cocina —linóleo fregado, mesa y sillas barnizadas de falso rústico— abrí el grifo y eché un vistazo rápido a mi alrededor. No había nada digno de mención, salvo que uno de los armarios superiores contenía una colección de tubos de vitaminas y, detrás, un bote de Valium de tamaño industrial con una etiqueta hecha para Margaret Devlin.

Rosalind se bebió el agua e inspiró hondo varias veces, con una fina mano encima del esternón.

—Llévate a Jess arriba —le ordenó Devlin.

—Por favor, deja que me quede —pidió Rosalind, alzando la barbilla—. Katy era mi hermana… Le haya pasado lo que le haya pasado puedo… puedo escucharlo. Ya estoy bien. Siento haber… Estaré bien, de verdad.

—Preferiríamos que Rosalind y Jessica se quedasen, señor Devlin —dije—. Es posible que sepan algo que pueda sernos de ayuda.

—Katy y yo estábamos muy unidas —explicó Rosalind con la vista levantada hacia mí. Tenía los ojos de su madre, grandes y azules, con ese punto curvado en las comisuras. Se alejaron por encima de mi hombro—. Oh, Jessica —dijo con los brazos extendidos—. Jessica, cariño, ven aquí.

Jessica pasó por delante de mí, con un destello brillante en los ojos como si fueran los de un animal, y se apretó contra Rosalind en el sofá.

—Lamento mucho importunar en un momento como este —comencé—, pero tenemos que hacerles algunas preguntas lo antes posible para que nos ayuden a averiguar quién hizo esto. ¿Se sienten capaces de hablar ahora o prefieren que volvamos dentro de unas horas?

Jonathan Devlin se acercó una silla de la mesa, la dejó en el suelo de un golpe y se sentó tragando saliva.

—Mejor ahora —dijo—. Pregunte.

Poco a poco nos lo contaron todo. Habían visto a Katy por última vez el lunes por la tarde. Tuvo clase de danza en Stillorgan, a unos kilómetros hacia el centro de Dublín, desde las cinco hasta las siete. Rosalind se la encontró en la parada de autobús hacia las 19:45 y fueron andando a casa. («Dijo que se lo había pasado muy bien —comentó Rosalind con la cara inclinada sobre las manos entrelazadas; una cortina de pelo le caía sobre el rostro—. Era una bailarina maravillosa… Consiguió plaza en la Real Escuela de Danza, ¿saben? Iba a marcharse dentro de unas semanas…»; Margaret sollozó y Jonathan se agarró a los brazos de su silla convulsivamente.) Luego, Rosalind y Jessica se fueron a casa de su tía Vera, al otro lado de la urbanización, para pasar la noche con sus primas.

Después de comer algo —tostada con alubias y zumo de naranja—, Katy salió a pasear al perro de un vecino; era su trabajo del verano, que le permitía ganar dinero para la escuela de danza. Volvió a las nueve menos diez aproximadamente, se bañó y vio la televisión con sus padres. Se fue a la cama a las diez en punto, como solía hacer en verano, y estuvo leyendo unos minutos antes de que Margaret le dijera que apagase la luz. Jonathan y Margaret vieron la tele hasta tarde y se fueron a acostar poco antes de medianoche. De camino a la cama Jonathan, como tenía por costumbre, comprobó que la casa estuviera segura: puertas y ventanas cerradas y cadena echada en la puerta principal.

A las 7:30 de la mañana siguiente, se levantó y se fue a trabajar —era cajero en un banco— sin ver a Katy. Notó que la cadena ya no estaba echada en la puerta principal, pero supuso que Katy, que era muy madrugadora, se habría ido a casa de su tía para desayunar con sus hermanas y primas. («A veces lo hace —dijo Rosalind—. Le gustan las frituras, y mamá… en fin, por las mañanas mamá está demasiado cansada para cocinar.» Se oyó un sonido horrible y desgarrado procedente de Margaret.) Las tres chicas tenían llaves de la puerta principal, explicó Jonathan, por si acaso. A las 9:20, cuando Margaret se levantó y fue a despertar a Katy, esta no estaba. Margaret esperó un rato, creyendo, como Jonathan, que la niña se había levantado temprano y había ido a casa de su tía; luego llamó a Vera, solo para asegurarse, y a todos los amigos de Katy; después telefoneó a la policía.

Cassie y yo nos sentamos incómodos en los brazos de las sillas. Margaret lloraba silenciosa pero continuadamente; al cabo de un rato Jonathan salió de la habitación y volvió con una caja de pañuelos. Una mujer pequeña como un pajarito y con los ojos saltones —la tía Vera, supuse— bajó las escaleras de puntillas y se quedó en el pasillo unos minutos, estrujándose las manos insegura, y luego se retiró lentamente a la cocina. Rosalind le frotó a Jessica los miembros mustios.

Katy, dijeron, era una buena niña, inteligente aunque no excepcional en el colegio, y una apasionada de la danza. Tenía carácter, dijeron, pero últimamente no había discutido con ningún familiar o compañero; nos dieron los nombres de sus mejores amigas para que lo comprobáramos. Nunca se había escapado de casa ni nada por el estilo. En los últimos tiempos se la veía feliz, emocionada porque iba a entrar en la escuela de danza. Aún no salía con chicos, dijo Jonathan, solo tenía doce años, por el amor de Dios; pero vi a Rosalind lanzarle una mirada veloz a él y después a mí, y tomé nota mentalmente de hablar con ella sin que sus padres estuvieran presentes.

—Señor Devlin —dije—, ¿cómo era su relación con Katy?

Jonathan me miró fijamente.

—¿De qué coño me está acusando? —exclamó.

Jessica soltó una risa estridente e histérica, y me sobresalté. Rosalind se mordió los labios y negó con la cabeza, mirándola a ella y con el ceño fruncido, luego le dio una palmadita y dibujó una sonrisita tranquilizadora. Jessica agachó la cabeza y volvió a meterse un mechón de pelo en la boca.

—Nadie le está acusando de nada —dijo Cassie con firmeza—, pero tenemos que asegurarnos de contemplar y descartar todas las posibilidades. Si nos dejamos algún cabo suelto, cuando cojamos a esa persona, cosa que haremos, la defensa puede esgrimirlo como duda razonable. Sé que será doloroso responder a estas preguntas, pero le prometo, señor Devlin, que aún lo sería más ver a esa persona absuelta porque no las hicimos.

Jonathan respiró por la nariz y se relajó un poco.

—Mi relación con Katy era estupenda —contestó—. Hablaba conmigo. Estábamos unidos. Yo... puede que la convirtiera en mi favorita. —Hubo un tic de Jessica y una mirada veloz de Rosalind—. Discutíamos igual que todos los padres e hijos, pero era una hija maravillosa, una niña maravillosa, y yo la quería.

Por primera vez se le quebró la voz; apartó la cabeza, furioso.

—¿Y usted, señora Devlin? —preguntó Cassie.

Margaret despedazaba un pañuelo en el regazo; levantó la vista, obediente como un niño.

—Desde luego, todas son estupendas —dijo, con voz profunda y temblorosa—. Katy era... un regalo. Siempre fue una niña tranquila. No sé qué vamos a hacer sin ella —dijo entre pucheros.

No preguntamos a Rosalind ni a Jessica. Los niños tienden a ser poco sinceros sobre sus hermanos y hermanas en presencia de los padres, y cuando un niño ha mentido, sobre todo si es tan joven y está tan descolocado como Jessica, la mentira se cristaliza en su mente y la verdad se retrotrae. Más tarde intentaríamos obtener el permiso de los Devlin para hablar con Jessica —y con Rosalind, si era menor de edad— a solas. Me daba la sensación de que no iba a ser fácil.

—¿Se le ocurre a alguno de ustedes quién podría querer hacer daño a Katy por algún motivo? —quise saber.

Por un instante nadie dijo nada. Entonces Jonathan retiró su silla y se levantó.

—Dios mío —dijo. Su cabeza iba adelante y atrás como la de un toro encabritado—. Esas llamadas.

—¿Qué llamadas? —pregunté.

—Dios, lo mataré. ¿Dice que la han encontrado en la excavación?

—¡Señor Devlin! —lo urgió Cassie—. Siéntese y cuéntenos lo de esas llamadas.

Lentamente se concentró en ella. Aunque tomó asiento, su mirada continuaba abstraída, y yo habría apostado a que en el fondo pensaba en el mejor modo de dar caza a quienquiera que hubiera hecho esas llamadas.

—Saben lo de la autopista que harán encima del yacimiento arqueológico, ¿no? —empezó—. La mayoría de la gente de por aquí está en contra. A algunos les interesa más cuánto se revalorizarán sus casas con eso pasando junto a la urbanización, pero la mayoría… Eso tenía que declararse patrimonio cultural. Es único y es nuestro, y el gobierno no tiene derecho a destruirlo sin preguntarnos siquiera. Aquí en Knocknaree hemos empezado una campaña, «No a la Autopista». Yo soy el presidente; yo la convoqué. Formamos piquetes en edificios gubernamentales y escribimos cartas a políticos. Para lo que ha servido…

—¿No ha tenido mucha respuesta? —le pregunté.

Hablar de su causa lo tranquilizaba. Y yo estaba intrigado: al principio me había parecido un pobre hombre oprimido, no la clase de persona que lidera una cruzada, pero era evidente que había más en él de lo que se veía a primera vista.

—Pensé que solo era burocracia, nunca quieren hacer cambios. Pero las llamadas telefónicas me hicieron pensar... La primera fue avanzada la noche; el tío dijo algo como «Escúchame, gordo cabrón, no tienes ni idea de dónde te estás metiendo». Pensé que se habían equivocado de número, colgué y volví a la cama. No fue hasta la segunda vez cuando me acordé y até cabos.

—¿Cuándo se produjo esa primera llamada? —quise saber.

Cassie tomaba nota.

Jonathan miró a Margaret y ella sacudió la cabeza mientras se enjugaba los ojos con el pañuelo.

—Un día de abril... puede que a finales de abril. La segunda fue el tres de junio, hacia las doce y media de la noche: me lo apunté. Katy llegó la primera; no tenemos teléfono en nuestro dormitorio, está en el recibidor, y ella tiene el sueño muy ligero. Me contó que al descolgar él dijo: «¿Eres la hija de Devlin?», y ella contestó: «Soy Katy»; y él: «Katy, dile a tu padre que se aleje de la puñetera autopista, porque sé dónde vivís». Entonces le arranqué el auricular y él comentó algo parecido a: «Tienes una niña muy dulce, Devlin». Le contesté que no volviera a llamar a mi casa y colgué.

—¿Recuerda algo de su voz? —pregunté—. ¿El acento, la edad...? Lo que sea. ¿Le sonaba de algo?

Jonathan tragó saliva. Estaba intensamente concentrado, aferrado a ese tema como a un salvavidas.

—No me hizo pensar en nada. No era joven. Voz aguda. Tenía acento de campo, pero ninguno que sepa identificar; no era de Cork ni del norte, no era tan característico. Sonaba... Pensé que igual estaba borracho.

—¿Hubo otras llamadas?

—Una más, hace unas semanas. El trece de julio, a las dos de la madrugada. La cogí yo. Era el mismo tipo, que decía: «¿Estás...?». —Lanzó una mirada a Jessica. Rosalind la rodeaba con un brazo y la mecía con suavidad mientras le murmuraba en el oído—. «¿Estás escuchando, Devlin? Intenté advertirte de que dejaras en paz la mierda de autopista. Te vas a arrepentir. Sé dónde vive tu familia.»

—¿Lo denunció a la policía? —inquirí.

—No —contestó con brusquedad.

Yo esperaba alguna explicación, pero no me dio ninguna.

—¿No estaba preocupado?

—La verdad —dijo, con una mirada que reflejaba una terrible mezcla de aflicción y desafío— es que estaba encantado. Creí que eso significaba que estábamos consiguiendo algo. Fuera quien fuese, no se habría molestado en llamarme si la campaña no se hubiera convertido en una verdadera amenaza. Pero ahora... —De repente se encorvó hacia mí, mirándome fijamente a los ojos y con los puños apretados. Tuve que esforzarme para no retroceder—. Si averiguan quién hizo esas llamadas, dígamelo. Dígamelo. Quiero que me lo prometa.

—Señor Devlin —respondí—, le prometo que haremos todo cuanto esté en nuestras manos para averiguar quién fue y si tiene algo que ver con la muerte de Katy, pero no puedo...

—Atemorizó a Katy —dijo Jessica, con voz ronca y tímida.

Creo que todos nos sobresaltamos. Yo me asusté tanto como si los brazos de la silla hubieran entrado en la conversación; había empezado a preguntarme si esa niña era autista o tenía alguna minusvalía.

—Ah, ¿sí? —respondió Cassie con calma—. ¿Qué te dijo ella?

Jessica la contempló como si acabaran de formularle una pregunta incomprensible. Empezó a desviar otra vez la mirada; de nuevo se retrotrajo hacia su estado de aturdimiento.

Cassie se inclinó hacia delante.

—Jessica —dijo con suavidad—, ¿quién más asustó a Katy?

La niña balanceó levemente la cabeza y movió la boca. Extendió una mano delgada y cogió la manga de Cassie.

—¿Esto es de verdad?

—Sí, Jessica —dijo Rosalind con dulzura. Cogió la mano de Jessica y atrajo a su hermana hacia ella, acariciándole el pelo—. Sí, Jessica, es de verdad.

Jessica miraba por debajo de su brazo, con los ojos abiertos de par en par y extraviados.

No tenían conexión a internet, cosa que descartaba la posibilidad, profundamente deprimente, de que algún chiflado chateara con ella desde cualquier parte de medio mundo. Tampoco tenían sistema de alarma, pero eso no lo consideré relevante: a Katy no la había raptado de la cama un intruso. La habíamos encontrado completa y cuidadosamente vestida —«sí, siempre iba conjuntada», dijo Margaret; se lo había pegado su profesora de danza, a la que adoraba— con ropa de calle. Apagó la luz y esperó a que sus padres estuvieran dormidos y luego, en algún momento de la noche o a primera hora de la mañana, se levantó, se vistió y se fue a alguna parte. La llave de su casa estaba en su bolsillo, señal evidente de que tenía pensado regresar.

Registramos su dormitorio de todos modos, para buscar pistas de adónde podía haber ido y por la obvia y brutal posibilidad de que Jonathan o Margaret la hubiesen matado y luego lo hubieran amañado todo para que pareciese que había salido viva de casa. Compartía habitación con Jessica. La ventana era muy pequeña y la bombilla demasiado tenue, lo que se sumaba a la espeluznante sensación que me transmitía la casa. La pared del lado donde dormía Jessica, un tanto inquietante, estaba cubierta de fotos de obras artísticas idílicas y desbordantes de luz: meriendas impresionistas, hadas de Arthur Rackham, paisajes de las escenas más alegres de Tolkien... («Se las di todas yo —nos informó Rosalind desde el umbral—. ¿Verdad, bicho?» Jessica asintió mirándose los pies.) La pared de Katy, menos sorprendentemente, se ceñía al tema de la danza: fotos de Barishnikov y Margot Fonteyn que parecían recortadas de guías de televisión, una imagen en papel de periódico de Pavlova, su carta de admisión en la Real Escuela de Danza y un dibujo bastante bonito hecho a lápiz de una bailarina, con una dedicatoria: «Para Katy, 21-3-03. ¡Feliz cumpleaños! Con cariño, papá», escrito en una esquina del soporte de cartón.

El pijama blanco que Katy se había puesto el lunes por la noche estaba hecho un gurruño sobre la cama. Lo metimos en una bolsa por si acaso, junto con las sábanas y su teléfono móvil, que estaba apagado y en su mesita de noche. No escribía diario («Empezó uno hace un tiempo, pero al cabo de un par de meses se aburrió y lo "perdió" —explicó Rosalind, metiendo la palabra entre comillas y dedicándome una pequeña, triste y cómplice sonrisa— y nunca se preocupó por empezar otro»), pero cogimos libretas de colegio, una vieja agenda de deberes y cualquier cosa cuyos garabatos pudieran darnos alguna pista. Cada niña tenía un minúsculo escritorio con chapa de madera, y en el de Katy había una latita circular que contenía un revoltijo de gomas para el pelo; reconocí, con una leve y súbita punzada, dos acianos de seda.

Uf —suspiró Cassie cuando dejamos atrás la urbanización y salimos a la carretera. Se pasó las manos por el pelo, despeinándose los rizos.

—He visto ese nombre en algún sitio, no hace mucho —dije—. Jonathan Devlin. Cuando volvamos lo buscaré en el ordenador por si tiene algún expediente.

—Dios, casi deseo que resulte tan sencillo —comentó Cassie—. Hay algo muy pero que muy jodido en esa casa.

Me alegraba —me aliviaba, en realidad— que lo hubiera dicho ella. Había muchas cosas de los Devlin que me parecieron inquietantes: Jonathan y Margaret no se habían tocado ni una vez y apenas se habían mirado; donde cabría esperar un hormiguero de vecinos curiosos o compasivos, solo estaba la enigmática tía Vera; parecía como si cada miembro de esa familia viniera de un planeta completamente distinto… Pero yo me sentía tan nervioso que no estaba seguro de poder confiar en mis impresiones, así que estuvo bien saber que a Cassie también le chirriaba algo. No es que sufriera una crisis o hubiese perdido la cabeza; sabía que volvería a estar bien en cuanto pudiera irme a casa y sentarme a solas para asimilar todo eso; pero aquella primera visión de Jessica casi me había provocado un ataque al corazón, y advertir de que se trataba de la gemela de Katy no había resultado tan tranquilizador como pudiera pensarse. En aquel caso había demasiadas paralelas sesgadas y escurridizas, y no lograba quitarme de encima la incómoda sensación de que, en cierto modo, eran deliberadas. Cada coincidencia era como una botella arrastrada por el mar y tirada en la arena a mis pies, con mi nombre cuidadosamente grabado en el vidrio y un mensaje dentro en algún código indescifrable y burlón.

Cuando entré en el internado les dije a mis compañeros de habitación que tenía un hermano gemelo. Mi padre era un fotógrafo aficionado bastante bueno, y un sábado de ese verano, al vernos ensayar un nuevo truco con la bici de Peter —cogíamos velocidad por encima del murete de su jardín, que nos llegaba a la rodilla, y salíamos volando al llegar al final—, nos hizo repetirlo una y otra vez durante media tarde mientras él, agachado en el césped, cambiaba de lentes, hasta agotar un rollo de película en blanco y negro y conseguir la imagen que buscaba. Aparecemos en el aire; yo conduzco y Peter está en el manillar con los brazos extendidos, y ambos tenemos los ojos bien cerrados y la boca abierta (unos gritos agudos y toscos de chavales), con el pelo ondeando en un halo encendido; y estoy casi seguro de que justo después de que se hiciera la foto nos caímos y derrapamos por el césped y mi madre regañó a mi padre por animarnos. Este adoptó un ángulo desde el que no se ve el suelo y parece que estemos volando, venciendo la gravedad rumbo al cielo.

Pegué la foto en un pedazo de cartón y la guardé en el cajón de mi mesita de noche, donde se nos permitían dos fotos familiares, y conté a los demás chicos historias detalladas —algunas ciertas, otras imaginadas y seguro que inverosímiles— sobre las aventuras que vivíamos mi gemelo y yo durante las vacaciones. Él iba a otra escuela, dije, una de Irlanda, porque nuestros padres habían leído que es más sano para los gemelos estar separados; estaba aprendiendo a ser jinete.

Cuando volví en el segundo curso me di cuenta de que solo era cuestión de tiempo que me metiera en problemas terriblemente embarazosos con esa historia de los gemelos (por ejemplo, si algún compañero se encontraba a mis padres en el día del Deporte y les preguntaba tan contento por qué no había venido Peter), por lo que guardé la foto en casa —metida en una rendija del colchón, como un sucio secreto— y dejé de mencionar a mi hermano, con la esperanza de que todos se olvidasen de él. Cuando un chico llamado Hull

—que era de los que arrancan las patas a los bichos en su tiempo libre— notó mi inquietud y sacó el tema, acabé explicándole que aquel verano un caballo había tirado a mi hermano y había muerto de una conmoción cerebral. Pasé casi todo ese año temiendo que el rumor sobre la muerte del hermano de Ryan llegara hasta los profesores y, por mediación de ellos, hasta mis padres. Visto ahora, por supuesto, estoy casi seguro de que así fue, y de que los profesores, informados ya de la leyenda de Knocknaree, decidieron mostrarse comprensivos y sensibles —aún me muero de vergüenza al pensar en ello— y dejar que el rumor se extinguiera por sí solo. Creo que me libré por muy poco: si la década de los ochenta llega a estar un par de años más avanzada, tal vez me hubieran enviado a un orientador infantil que me habría obligado a compartir mis sentimientos con unas marionetas.

Con todo, lamenté tener que prescindir de mi gemelo. Me resultaba reconfortante saber que Peter estaba vivo y practicando equitación en algún rincón de un par de docenas de mentes. Si Jamie hubiera salido en la foto seguramente habría dicho que éramos trillizos, y me habría costado bastante más salir de esa.

Cuando regresamos al yacimiento, los periodistas ya habían hecho acto de presencia. Les solté el rollo preliminar estándar (yo me encargo de esta parte, dado que tengo más aspecto de adulto responsable que Cassie): se trataba del cadáver de una niña, no revelaríamos el nombre hasta que todos los parientes estuvieran informados, había sido una muerte considerada sospechosa, cualquiera que tuviera alguna información debía contactar con nosotros, sin comentarios, sin comentarios, sin comentarios.

—¿Es esto obra de algún culto satánico? —preguntó una mujer voluminosa con unos pantalones de esquí poco favorecedores, a la que ya habíamos visto otras veces.

Trabajaba para uno de esos diarios sensacionalistas en los que tanto gustan los titulares con juegos de palabras.

—No hay ninguna prueba que lo sugiera —contesté con aire de superioridad.

Nunca la hay. Los cultos satánicos homicidas son la versión detectivesca de los yetis: nadie ha visto nunca ninguno y no se ha demostrado que existan, pero una huella grande y borrosa en los medios de comunicación se convierte en una hueste que farfulla y echa espuma por la boca, por lo que debemos actuar como si al menos nos tomásemos la idea con visos de seriedad.

—Pero la han encontrado en un altar que los druidas usaban para sacrificios humanos, ¿no? —insistió la mujer.

—Sin comentarios —respondí automáticamente.

Acababa de comprender qué me recordaba esa mesa de piedra, con su profundo surco en el borde: las mesas de autopsia del depósito, con hendiduras para drenar la sangre. Había estado tan ocupado preguntándome si la reconocía desde 1984 que no se me había ocurrido que la había visto hacía solo unos meses. Dios.

Por fin los periodistas se rindieron y empezaron a dispersarse. Cassie se había quedado sentada en las escaleras de la caseta de los hallazgos, fundiéndose en el paisaje mientras tomaba nota de todo. Cuando vio que la periodista voluminosa acosaba a Mark, quien salía de la cantina para dirigirse a las letrinas, se levantó y se dirigió hacia ellos, asegurándose de que Mark la viera. Vi que ambos cruzaban la mirada por encima del hombro de la reportera; un minuto después, Cassie meneó la cabeza, divertida, y los dejó solos.

—¿De qué iba eso? —quise saber, mientras sacaba las llaves de la caseta.

—Le está dando una conferencia sobre el yacimiento —dijo Cassie, sacudiéndose el trasero de los vaqueros y sonriendo—. Cada vez que ella intenta preguntar algo sobre el cadáver, él contesta: «Un segundo», y sigue con su sermón sobre cómo va a destruir el gobierno el descubrimiento más importante desde Stonehenge, o se pone a explicar los asentamientos vikingos. Me encantaría quedarme a mirar; creo que esa mujer al fin se ha topado con la horma de su zapato.

El resto de los arqueólogos apenas añadió nada destacable, salvo el Chico Escultor, que se llamaba Sean y pensaba que debíamos considerar la posibilidad de que hubiera un vampiro implicado. Se dejó de tonterías cuando le enseñamos la foto, pero aunque, como los demás, había visto a Katy o tal vez a Jessica varias veces por el yacimiento —en ocasiones con otros críos de su edad y otras con una chica mayor que encajaba con la descripción de Rosalind—, ninguno había visto a alguien extraño observándola ni nada parecido. De hecho nadie había presenciado nada siniestro, aunque Mark añadió: «Excepto los políticos que vienen a sacarse fotos frente a su legado antes de cargárselo. ¿Quieren descripciones?». Tampoco nadie recordaba al Chándal Fantasma, lo que reforzó mis sospechas de que sería algún tipo perfectamente normal que había salido de la urbanización para dar un paseo, cuando no un amigo imaginario de Damien. En todas las investigaciones hay alguien así, gente que te hace perder una cantidad ingente de tiempo debido a su obsesión por decir lo que consideran que quieres oír.

Todos los arqueólogos de Dublín —Damien, Sean y unos cuantos más— habían estado en sus casas las noches del lunes y el martes; el resto estuvo en la casa alquilada, a unos pocos kilómetros de la excavación. Hunt, que desde luego resultó ser bastante lúcido en cuanto a arqueología se refiere, había estado en su casa de Lucan con su mujer. Confirmó la teoría de la periodista voluminosa de que la piedra en la que habían abandonado a Katy era un altar sacrificial de la Edad de Bronce.

—No podemos estar seguros de si se trataba de sacrificios humanos o animales, naturalmente, aunque la... esto... la forma sugiere sin duda que podían ser humanos. Tiene las dimensiones adecuadas, ya saben. Un artefacto muy poco común. Significa que esta colina fue un enclave de una importancia religiosa inmensa durante la Edad de Bronce, ¿entienden? Es realmente una pena... esa carretera.

—¿Han encontrado algo que sugiera tal cosa? —pregunté.

Si era así, nos llevaría meses poder rescatar nuestro caso del frenesí mediático y *new age*.

Hunt me miró con expresión dolida:

—La ausencia de pruebas no es la prueba de una ausencia —me dijo, en tono de reproche.

El suyo fue el último interrogatorio. Estábamos guardando nuestras cosas cuando el técnico llamó a la puerta de la caseta y asomó la cabeza.

—Esto... Hola. Sophie me ha dicho que les diga que hemos terminado por hoy y que hay otra cosa que tal vez les interese ver.

Habían recogido los indicadores y la mesa de piedra volvía a yacer sola en el campo; en un principio el yacimiento entero pareció desierto; los periodistas se habían marchado hacía rato y todos los arqueólogos se habían ido a casa excepto Hunt, que se disponía a subirse a un Ford

Fiesta mugriento. En ese momento salíamos de entre las casetas y vi un destello blanco entre los árboles.

La rutina familiar y monótona de los interrogatorios me había calmado considerablemente (Cassie llama a estas entrevistas preliminares de fondo la fase «nada» del caso: nadie ha visto nada, nadie ha oído nada y nadie ha hecho nada), pero aun así sentí que algo me recorría el espinazo al adentrarnos en el bosque. No era miedo, sino más bien como esa repentina inyección de alerta cuando alguien te despierta gritando tu nombre, o cuando un murciélago chilla volando demasiado alto como para que lo oigas. El sotobosque era denso y blando; hojas caídas desde hacía años se hundían bajo mis pies, y los enormes árboles filtraban la luz hasta reducirla a un resplandor verde y agitado.

Sophie y Helen nos esperaban en un claro minúsculo, unos cien metros adentro.

—No lo he tocado, para que pudierais echarle un vistazo —dijo Sophie—, pero quiero meter toda esta porquería en bolsas antes de que nos quedemos sin luz natural. No pienso instalar el equipo de iluminación.

Alguien había usado ese claro para acampar. En un espacio del tamaño de un saco de dormir las ramas estaban más despejadas, y las capas de hojas aplastadas; a unos metros de distancia había los restos de una hoguera, en un círculo amplio de tierra baldía. Cassie silbó.

—¿Es la escena del crimen? —pregunté, sin grandes esperanzas; de ser así, Sophie habría interrumpido los interrogatorios.

—Imposible —contestó—. Hemos buscado huellas dactilares; no hay signos de lucha ni una gota de sangre; hay una gran mancha cerca del fuego, pero ha dado negativo, y por el olor tengo casi la certeza de que es vino tinto.

—Vaya, un campista de categoría —comenté, alzando las cejas.

Me había imaginado a algún vagabundo asilvestrado, pero debido a las leyes del mercado los indigentes medios de Irlanda le dan a la sidra fuerte o al vodka barato. Por un instante pensé en una pareja con ganas de aventura o sin otro lugar al que ir, pero el espacio allanado apenas era lo bastante amplio para una persona.

—¿Has encontrado algo más?

—Comprobaremos las cenizas por si alguien quemó ropa ensangrentada o algo parecido, pero parece madera sin más. Tenemos las huellas de unas botas, cinco colillas y esto. —Sophie me entregó una bolsa con cierre marcada con rotulador. La sostuve bajo la luz cambiante y Cassie se puso de puntillas para ver por encima de mi hombro: un pelo largo, claro y ondulado—. Lo he encontrado junto al fuego —explicó Sophie mientras apuntaba con el pulgar un indicador de pruebas de plástico.

—¿Tienes idea de cuánto hace que acamparon aquí? —preguntó Cassie.

—No ha llovido encima de la ceniza. Comprobaré las precipitaciones de la zona, pero donde vivo llovió a primera hora de la mañana del lunes, y solo estoy a unos tres kilómetros. Al parecer alguien estuvo aquí anoche o la noche anterior.

—¿Puedo ver esas colillas? —le pedí.

—Cómo no.

Encontré una mascarilla y unas pinzas en mi maletín y me agaché junto a uno de los indicadores cerca de la hoguera. La colilla era de un cigarro de liar, delgado y consumido hasta el final; alguien cuidadoso con el tabaco.

—Mark Hanly fuma tabaco de liar —señalé mientras me erguía—. Y tiene el pelo largo y claro.

Cassie y yo nos miramos. Eran más de las seis, O'Kelly llamaría en cualquier momento para que nos reuniéramos con él y la conversación que necesitábamos mantener con Mark iría para largo, aun suponiendo que lográramos desentrañar las carreteras secundarias y encontrásemos la casa de los arqueólogos.

—Olvídalo, ya hablaremos con él mañana —dijo Cassie—. Quiero ir a ver a la profesora de danza por el camino. Y me muero de hambre.

—Es como tener un cachorro —le expliqué a Sophie.

Helen pareció sorprendida.

—Sí, pero uno con pedigrí —replicó Cassie alegremente.

Mientras atravesábamos el yacimiento de regreso al coche (tenía los zapatos hechos un desastre, tal como me había advertido Mark, con mugre marrón rojizo incrustada en cada juntura, y se trataba de un par bastante bonito; me consolé con la idea de que el calzado del asesino estaría en las mismas e inconfundibles condiciones), me di la vuelta para mirar el bosque y vi de nuevo ese destello blanco: eran Sophie, Helen y el técnico, moviéndose de aquí para allá entre los árboles, silenciosos y vigilantes como fantasmas.

4

La Academia de Baile Cameron estaba encima de un videoclub en Stillorgan. Afuera, en la calle, tres chicos con pantalones anchos daban bandazos con el monopatín subiendo y bajando de un murete mientras chillaban. La profesora ayudante —una joven extremadamente hermosa llamada Louise, ataviada con maillot negro, zapatillas de ballet y una falda plisada del mismo color que le llegaba a las pantorrillas; Cassie me miró con expresión divertida cuando la seguíamos escaleras arriba— nos hizo pasar y nos dijo que Simone Cameron estaba terminando una clase, así que aguardamos en el descansillo.

Cassie se desvió hacia un tablón de anuncios de corcho colgado en la pared, y yo miré a mi alrededor. Había dos aulas, con unas ventanitas circulares en la puerta: en una de ellas, Louise enseñaba a un grupo de niñas pequeñas cómo hacer la mariposa, el pájaro o lo que fuera; en la otra, una docena de chiquillas con maillots blancos y medias rosas cruzaban el aula en parejas, con una serie de saltos y giros, al son del *Valse des Fleurs* que sonaba en un viejo disco rayado. Por lo que vi había, por decirlo de alguna manera, un amplio abanico de niveles. La mujer que les enseñaba tenía el pelo blanco y recogido en un moño apretado, pero su cuerpo era enjuto y recto como el de una joven atleta; llevaba el mismo atuendo negro que Louise y sostenía un puntero, con el que daba golpecitos en los tobillos y los hombros de las niñas mientras les gritaba instrucciones.

—Mira esto —dijo Cassie con calma.

El póster mostraba a Katy Devlin, aunque tardé un segundo en reconocerla. Llevaba un blusón blanco de gasa y alzaba una pierna tras de sí en un arco imposible y sin esfuerzo aparente. Debajo ponía, en letra grande: «¡Mandemos a Katy a la Real Escuela de Danza! ¡Ayudémosla a hacer que nos sintamos orgullosos!», y daba los detalles sobre la recaudación de fondos: Parroquia de St. Alban, 20 de junio, 19:00 horas, Noche de danza con las alumnas de la Academia de Baile Cameron. Entradas: 10€/7€. La recaudación serviría para pagar la matrícula de Katy. Me pregunté qué pasaría ahora con el dinero.

Debajo del póster había un recorte de prensa con una artística imagen de Katy en la barra; sus ojos, en el espejo, observaban al fotógrafo con una seriedad penetrante e intemporal. «La pequeña bailarina de Dublín emprende el vuelo», *The Irish Times,* 23 de junio: «Sé que echaré de menos a mi familia, pero no puedo esperar más —dice Katy—. Siempre he querido ser bailarina, desde los seis años. No puedo creer que vaya a serlo. A veces me despierto pensando que a lo mejor lo he soñado». Sin duda, ese artículo habría atraído donaciones para la matrícula de Katy (un dato más que tendríamos que comprobar), pero a nosotros nos había hecho un flaco favor: los pedófilos también leen el periódico de la mañana y esa era una foto que llamaba la atención, y el campo de sospechosos potenciales acababa de ampliarse para incluir a la mayor parte del país. Eché un vistazo al resto de los anuncios: se vende tutú de la talla 7-8; ¿estaría interesado alguien de la zona de Blackrock en compartir coche para ir y volver de la clase de nivel medio?

La puerta del aula se abrió y una ola de conjuntadas niñas pequeñas nos pasó de largo, mientras parloteaban, se empujaban y soltaban chillidos a la vez.

—¿Puedo ayudarles? —se ofreció Simone Cameron desde el umbral.

Tenía una voz hermosa, profunda como la de un hombre sin resultar masculina, y era mayor de lo que había pensado: su rostro huesudo mostraba unas líneas hondas e intrincadas. Caí en la cuenta de que nos había confundido con unos padres interesados en informarse sobre clases de danza para su hija y, por un instante, sentí el impulso de seguirle la corriente, preguntarle por matrículas, horarios y marcharme, dejándole que perviviera la ilusión de su alumna estrella un poco más de tiempo.

—¿Señora Cameron?

—Simone, por favor —dijo.

Tenía unos ojos extraordinarios, casi dorados, inmensos y de pesados párpados.

—Soy el detective Ryan y ella es la detective Maddox —repetí por enésima vez ese día—. ¿Podríamos hablar unos minutos con usted?

Nos guio hacia el interior del aula y dispuso tres sillas en un rincón. Un espejo abarcaba la totalidad de una larga pared y tres barras que la recorrían a distintas alturas; podía ver mis propios movimientos con el rabillo del ojo. Moví la silla para dejar de verme.

Le conté a Simone lo de Katy; ahora me tocaba a mí esa parte. Esperaba que rompiese a llorar pero no lo hizo; solo echó la cabeza hacia atrás, lo que hizo que las líneas de su rostro se ahondaran aún más.

—Katy vino a clase el lunes por la tarde, ¿verdad? —pregunté—. ¿Cómo se comportó?

Muy poca gente soporta el silencio, pero Simone Cameron era una persona fuera de lo común: aguardó, sin moverse, con un brazo apoyado en el respaldo de su silla, hasta sentirse preparada para hablar.

—Como de costumbre —dijo al cabo de un buen rato—. Ligeramente sobreexcitada, tardó unos minutos en poder calmarse y concentrarse, pero era natural: apenas faltaban unas semanas para que se fuera a la Real Escuela de Danza. A lo largo del verano se había ido excitando cada vez más. —Volvió la cabeza muy levemente—. Ayer por la tarde faltó a clase, pero supuse que volvía a estar enferma y nada más. Si hubiese telefoneado a sus padres...

—Ayer por la tarde ya estaba muerta —dijo Cassie con suavidad—. Usted no podría haber hecho nada.

—¿Ha dicho «enferma»? —inquirí—. ¿Lo había estado hace poco?

Simone sacudió la cabeza.

—No, hace poco no. Pero no es una niña fuerte. —Los párpados cayeron un instante, ocultándole los ojos—. Era. —Volvió a alzar la vista hacia mí—. Llevo seis años impartiendo clases a Katy. Durante algunos de ellos, puede que cuando tenía nueve, enfermaba muy a menudo. Su hermana Jessica también, pero en su caso se trataba de resfriados, tos... creo que simplemente es delicada. En cambio, Katy sufría períodos de vómitos y diarreas. A veces era tan grave que tenían que hospitalizarla. Los médicos creyeron que padecía algún tipo de gastritis crónica. Tenía que haber ido a la Real Escuela de Danza el año pasado, ¿saben?, pero sufrió un episodio agudo a finales de verano y decidieron operarla para averiguar algo más; cuando se recuperó, el curso estaba demasiado avanzado para incorporarse. Tuvo que presentarse a otra prueba esta primavera.

—¿Ya habían desaparecido esos ataques? —pregunté.

Necesitábamos imperiosamente el historial médico de Katy.

Simone sonrió al recordar; fue un gesto leve y desgarrador; su mirada parpadeó lejos de nosotros.

—Me preocupaba que no estuviera lo bastante sana para el entrenamiento, las bailarinas no pueden permitirse faltar a muchas clases por enfermedad. Cuando este año aceptaron a Katy, un día me quedé después de clase y le advertí de que tendría que acudir a la consulta de un doctor hasta averiguar qué era lo que iba mal. Katy me escuchó, luego sacudió la cabeza y dijo, solemne como si hiciera una promesa: «No volveré a ponerme enferma». Traté de insistirle en que aquello no era algo que pudiese ignorar; que su carrera podía depender de ello, pero fue todo lo que dijo. Y, de hecho, no ha estado enferma desde entonces. Pensé que tal vez hubiera superado lo que fuera que tuviese; pero la fuerza de voluntad puede ser muy poderosa, y Katy tiene... tenía mucha.

La otra clase empezaba a salir. Oí voces de padres en el rellano y hubo otro torrente de piececillos y parloteo.

—¿A Jessica también le dio clases? —quiso saber Cassie—. ¿Se presentó a la prueba de la Real Escuela de Danza?

En los primeros estadios de una investigación, a menos que tengas un sospechoso evidente, lo único que puedes hacer es averiguar lo máximo posible sobre la vida de la víctima y esperar que algo dispare la alarma; y yo estaba bastante seguro de que Cassie llevaba razón: debíamos saber más cosas sobre la familia Devlin. Y Simone Cameron deseaba hablar. Lo vemos a menudo: gente desesperada por seguir hablando porque en cuanto se detengan nos iremos y se quedarán a solas con lo que ha ocurrido. Nosotros escuchamos, asentimos, nos mostramos comprensivos, y tomamos nota de todo lo que dicen.

—He enseñado a las tres hermanas —dijo Simone—, Jessica parecía muy competente cuando era más pequeña, y trabajaba duro, pero al crecer se volvió enfermizamente tímida, hasta el punto de que cualquier ejercicio individual era para ella como un doloroso tormento. Les dije a sus padres que pensaba que sería mejor no seguir obligándola a pasar por eso.

—¿Y Rosalind? —indagó Cassie.

—Rosalind tenía talento, pero le faltaba dedicación y quería resultados instantáneos. Al cabo de unos meses se pasó a clases de violín. Dijo que había sido una decisión de sus padres, pero yo creo que se aburría. Suele ser habitual en niñas pequeñas: si no son competentes enseguida, cuando se dan cuenta de lo mucho que hay que trabajar se frustran y lo dejan. Francamente, ninguna de las dos habría llegado nunca a la Real Escuela de Danza.

—Pero Katy... —continuó Cassie mientras se inclinaba hacia delante.

Simone la miró largo rato.

—Katy era... *sérieuse*.

Era eso lo que daba a su voz ese timbre característico: en algún lugar remoto había un dejo francés que moldeaba sus entonaciones.

—Seria —dije yo.

—Más que eso —replicó Cassie. Su madre era medio francesa y de niña pasaba los veranos con sus abuelos en la Provenza; asegura que ya casi se ha olvidado de hablar francés, pero todavía lo entiende—. Una profesional.

Simone ladeó la cabeza.

—Sí, adoraba incluso el trabajo más duro no solo por los resultados que obtenía, sino por el trabajo en sí. Un talento auténtico para la danza no es algo corriente, y el temperamento para hacer de ello una carrera es aún más excepcional. Encontrar ambas cosas a la vez... —Apartó otra vez la mirada—. Algunas tardes, cuando solo se utilizaba un aula, preguntaba si podía entrar a practicar en la otra.

Afuera, la luz empezaba a difuminarse en la noche. Los gritos de los chicos en monopatín llegaron hasta nosotros, tenues y amortiguados a través del cristal. Pensé en Katy Devlin a solas en el aula, contemplando el espejo con una concentración distante mientras dibujaba suaves giros e inclinaciones; el impulso de un pie en punta, farolas proyectando rectángulos de azafrán sobre el suelo, las *Gnossiennes* de Satie en el tocadiscos crepitante... Simone también parecía bastante *sérieuse*, y me pregunté cómo diablos habría acabado aquí: encima de un videoclub de Stillorgan, con el olor a grasa que llegaba de la ruidosa puerta de al lado, enseñando danza a unas niñas cuyas madres pensaban que eso les daría una buena postura o querían fotografías enmarcadas de sus hijas en tutú. De pronto me di cuenta de lo que Katy Devlin debió de significar para ella.

—¿Qué opinaban el señor y la señora Devlin de que Katy fuese a la escuela de danza? —quiso saber Cassie.

—La apoyaron mucho —respondió Simone sin vacilar—. Yo me sentí aliviada, y también sorprendida: no todos los padres están dispuestos a enviar lejos a una niña de esa edad, y la mayoría se oponen, y con razón, a que sus hijas se conviertan en bailarinas profesionales. El señor Devlin en particular estaba a favor de la marcha de Katy. Creo que estaba muy unido a ella. Yo admiraba el hecho de que deseara lo mejor para su hija, aunque eso significara dejarla marchar.

—¿Y su madre? —preguntó Cassie—. ¿Estaban unidas?

Simone encogió levemente un solo hombro.

—Creo que no tanto, la señora Devlin es... más bien distraída. Siempre parecía apabullada por sus hijas. Pienso que tal vez no sea muy inteligente.

—¿Ha visto a algún desconocido merodeando por aquí en los últimos meses? —le pregunté—. ¿Alguien que la preocupase?

Las escuelas de danza, las piscinas y los centros excursionistas son imanes para los pedófilos. Si alguien iba en busca de una víctima, este era el lugar más obvio donde podía haber reparado en Katy.

—Sé a qué se refiere, pero no. Somos muy cuidadosos al respecto. Hace unos diez años había un hombre que solía sentarse en un muro colina arriba y espiaba las aulas con prismáticos. Nos quejamos a la policía, pero no hicieron nada hasta que intentó convencer a una niña de que entrara en su coche. Desde entonces extremamos las precauciones.

—¿Hubo alguien que se interesara en Katy hasta el punto de que le pareciera raro?

Reflexionó y negó con la cabeza.

—No, nadie. Todo el mundo admiraba su baile, mucha gente contribuyó a los fondos que recaudamos para su matrícula, pero ninguna persona más que las demás.

—¿Despertaba celos su talento?

Simone se rio con un rápido y fuerte bufido.

—Los padres que vienen aquí no son gente de teatro. Quieren que sus hijas aprendan un poco de danza, lo bastante para resultar monas; no quieren que hagan carrera. Estoy segura de que algunas niñas tenían celos, sí. Pero ¿tanto como para matarla? No.

De repente pareció agotada; su pose elegante se mantenía inalterable, pero tenía la mirada vidriosa de cansancio.

—Gracias por dedicarnos su tiempo —dije—. Si necesitamos preguntarle algo más, la llamaremos.

—¿Sufrió? —preguntó Simone bruscamente.

No nos estaba mirando.

Era la primera persona que lo preguntaba. Empecé a formular una respuesta estándar y evasiva mencionando los resultados de la autopsia, pero Cassie me interrumpió:

—No hay ninguna prueba de ello. Aún no podemos estar seguros de nada, pero parece que fue rápido.

Simone hizo un esfuerzo para volver la cabeza y fijó la mirada en la de Cassie.

—Gracias —dijo.

No se levantó cuando salimos, y comprendí que era porque no estaba segura de poder hacerlo. Al cerrar la puerta tuve una última visión de ella a través de la ventana redonda, todavía sentada, erguida e inmóvil con las manos cruzadas sobre el regazo: como una reina de cuento de hadas, abandonada en su torre para llorar a su princesa perdida, arrebatada por las brujas.

—«No volveré a ponerme enferma» —repitió Cassie en el coche—. Y dejó de ponerse enferma.

—¿Fuerza de voluntad, como dice Simone?

—Puede.

No parecía convencida.

—O a lo mejor se provocaba ella misma la enfermedad —propuse—. Tanto los vómitos como la diarrea son bastante fáciles de inducir. Tal vez quisiera llamar la atención y una vez entró en la escuela de danza ya no necesitó hacerlo más. Todo el mundo le hacía caso sin que estuviera enferma: artículos de periódico, recaudación de fondos… Necesito un cigarrillo.

—¿Un caso de síndrome de Münchausen? —Cassie extendió el brazo hacia el asiento de atrás, rebuscó en los bolsillos de mi chaqueta y encontró mi tabaco. Fumo Marlboro Reds; ella no es fiel a ninguna marca en especial pero normalmente compra Lucky Strike Lights, que yo considero cigarrillos de chica. Encendió dos y me pasó uno—. ¿Podemos conseguir también los historiales médicos de las dos hermanas?

—Complicado —respondí—. Están vivas, así que son confidenciales. Si obtenemos el permiso de los padres...

—Ella sacudió la cabeza—. ¿Qué pasa, en qué estás pensando?

Bajó su ventanilla unos centímetros y el viento sopló su flequillo hacia un lado.

—No lo sé... La gemela, Jessica... Esa cara de conejito asustado podría ser solo estrés por la desaparición de su hermana, pero está demasiado delgada. Incluso con ese jersey enorme se ve que ocupa la mitad que Katy, y esta no era un toro precisamente. Y luego está la otra hermana... ¿Verdad que también hay algo en ella que chirría?

—¿En Rosalind? —dije.

Debí de decirlo en un tono extraño, porque Cassie me miró de soslayo:

—Te ha gustado.

—Sí, supongo que sí —respondí a la defensiva, sin saber muy bien por qué—. Me ha parecido una chica agradable. Es muy protectora con Jessica. ¿Es que a ti no te ha gustado?

—¿Qué tiene eso que ver? —replicó Cassie con frialdad y, a mi parecer, algo injustamente—. Le guste a quien le guste, viste raro, lleva demasiado maquillaje...

—Va bien arreglada; ¿por eso tiene que haber algo malo en ella?

—Por favor, Ryan, haznos un favor a los dos y madura; sabes exactamente a qué me refiero. Sonríe en momentos inoportunos y, como habrás notado, no llevaba sujetador. —Lo había notado, pero no me había dado cuenta de que Cassie también, y la indirecta me irritó—. Puede que sea una chica muy agradable, pero ahí hay algo que chirría.

No dije nada. Cassie tiró el resto de su cigarrillo por la ventanilla y se metió las manos en los bolsillos, hundida en su asiento como una adolescente enfurruñada. Yo encendí los faros y aceleré. Estaba molesto con ella y sabía que ella también lo estaba conmigo, y no estaba muy seguro de cómo había sucedido.

Sonó el móvil de Cassie.

—Oh, por el amor de Dios —dijo al mirar la pantalla—. Hola, señor... ¿Hola?... ¿Señor?... Malditos teléfonos.

Colgó.

—¿No hay cobertura? —pregunté fríamente.

—La puta cobertura está bien —respondió—. Pero quería saber cuándo estaremos de vuelta y qué nos ha entretenido tanto, y no tengo ganas de hablar con él.

Normalmente soy capaz de aguantar un enfado mucho más tiempo que Cassie, pero no pude evitarlo y me reí. Al cabo de un instante, ella también.

—Oye —comentó—, no he dicho lo de Rosalind por mala leche, sino más bien por preocupación.

—¿Estás pensando en abusos sexuales?

Me di cuenta de que, en algún lugar del fondo de mi mente, yo me había preguntado lo mismo, pero la idea me disgustaba tanto que la evité. Una hermana hipersexual, otra con un peso muy por debajo de lo normal y otra asesinada después de varias enfermedades inexplicables. Recordé a Rosalind con la cabeza inclinada sobre la de Jessica y sentí un súbito y desacostumbrado impulso protector.

—El padre abusa de ellas. Para sobrellevarlo, la estrategia de Katy es ponerse enferma, ya sea por odio hacia sí misma o para disminuir las posibilidades de abuso. Cuándo entra en la escuela de danza, decide que necesita estar sana y que el ciclo ha de parar; quizá se enfrenta al padre y amenaza con contarlo. Así que él la mata.

—Encaja —dijo Cassie. Estaba contemplando el paso veloz de los árboles en el arcén; yo solo le veía la parte de atrás de la cabeza—. Pero igual que la madre, por ejemplo... si resulta que Cooper se equivocaba con lo de la violación, claro. Münchausen por poderes. Parecía muy metida en el papel de víctima, ¿lo has notado?

En efecto. En ciertos aspectos la pena convierte a la gente en anónima, como una máscara de tragedia griega, pero en otros las reduce a su esencia (y, desde luego, esta es la auténtica y fría razón por la que tratamos de ser nosotros mismos quienes comuniquen a los familiares su pérdida, en lugar de dejárselo a los uniformados: no pretendemos demostrar lo sensibles que somos, solo queremos ver las reacciones), y transmitimos noticias espantosas bastante a menudo como para conocer las variantes habituales. La mayoría de la gente se queda aturdida y lucha por mantener el equilibrio sin tener ni idea de cómo hacerlo; la tragedia es un territorio desconocido en el que se entra sin guía, y tienen que apañárselas para sortearla paso a paso. Margaret Devlin no se había sorprendido, estuvo casi resignada, como si la pena fuera por defecto su estado habitual.

—Tenemos básicamente el mismo esquema —continué—. Ella provoca la enfermedad a una de las chicas o bien a todas, cuando Katy entra en la escuela de danza intenta imponerse y la madre la mata.

—Eso también explicaría por qué Rosalind viste como si tuviera cuarenta años —observó Cassie—. Intenta ser adulta para escapar de su madre.

Mi móvil sonó.

—Joder, tío —dijimos ambos al unísono.

Hice el numerito de la falta de cobertura y nos pasamos el resto del viaje preparando una lista de posibles líneas de investigación. A O'Kelly le gustan las listas; si éramos capaces de hacer una lo bastante buena lo distraeríamos del hecho de que no le habíamos devuelto las llamadas.

Trabajamos en los terrenos del Castillo de Dublín, cosa que, a pesar de las connotaciones coloniales que conlleva, es una de las ventajas de este trabajo que más me gustan. En el interior, las habitaciones están cuidadosamente amuebladas para que sean ni más ni menos como todas las oficinas administrativas del país —cubículos, fluorescentes, moquetas con electricidad estática y paredes de color gris—, pero el exterior de los edificios está protegido y sigue intacto: viejos y ornamentados ladrillos rojos y mármol, con almenas, torretas y desgastadas esculturas de santos en lugares inesperados. En las noches brumosas de invierno, atravesar los adoquines es como adentrarse en el universo de Dickens, con tenues farolas doradas que proyectan sombras de ángulos imposibles, campanas que repican en catedrales cercanas y el eco de cada paso en la oscuridad; Cassie dice que puedes fingir que eres el inspector Abberline trabajando en los crímenes del Destripador. Una vez, en diciembre, en una noche de luna llena esplendorosamente clara, cruzó el patio principal haciendo volteretas.

Había luz en la ventana de O'Kelly, pero el resto del edificio estaba a oscuras: eran más de las siete y todos se habían ido a casa. Nos colamos dentro lo más silenciosamente posible. Cassie fue de puntillas a las oficinas de la brigada para introducir los datos de Mark y los Devlin en el ordenador, y yo bajé al sótano, donde guardábamos los archivos de los casos antiguos. Antes era una bodega y, dado que la infalible Brigada de Diseño Corporativo aún no se ha pasado por allí, sigue teniendo losas de piedra, columnas y arcos bajos. Cassie y yo hemos acordado que algún día bajaremos ahí con unas velas, apagaremos la luz eléctrica y nos saltaremos las normas de seguridad para pasarnos la noche buscando pasadizos secretos.

La caja de cartón (Rowan, G., Savage, R., 33791/84) estaba exactamente donde yo la había dejado hacía más de dos años; dudo que nadie la tocase desde entonces. Saqué el archivo y lo hojeé en busca de la declaración que Personas Desaparecidas había tomado a la madre de Jamie y, gracias a Dios, ahí estaba: pelo rubio, ojos avellana, camiseta roja, vaqueros cortos, zapatillas blancas y horquillas rojas decoradas con fresas.

Me escondí la carpeta debajo de la chaqueta, por si acaso me topaba con O'Kelly (no había motivo por el que no pudiera tenerla, sobre todo ahora, que la relación con el caso Devlin era definitiva, pero por alguna razón me sentía culpable y furtivo, como si huyese con algún artilugio tabú), y volví a subir a las oficinas de la brigada. Cassie estaba delante del ordenador; había dejado las luces apagadas para que O'Kelly no nos descubriera.

—Mark está limpio —dijo—. Igual que Margaret Devlin. Jonathan tiene una condena, del febrero pasado.

—¿Porno infantil?

—Por Dios, Ryan, mira que eres melodramático. No, por desorden en la vía pública: estaba protestando por la autopista y cruzó un cordón policial. El juez le impuso una multa de cien pavos y veinte horas de servicios a la comunidad, pero las subió a cuarenta cuando Devlin dijo que a su entender lo habían detenido por prestar un servicio a la comunidad.

Así pues, no era ahí donde había visto el nombre de Devlin; como ya he dicho, solo tenía una idea muy vaga de que existía esa controversia sobre la autopista. Pero eso explicaba por qué Devlin no había denunciado las amenazas telefónicas. No debía de vernos como a unos aliados, sobre todo en nada que concerniera a la autopista.

—La horquilla del pelo está en el archivo —dije.

—Muy bien —respondió Cassie, con un asomo de duda en su voz. Apagó el ordenador y se volvió para mirarme—. ¿Satisfecho?

—No estoy seguro —dije.

Obviamente, tranquilizaba saber que no había perdido la chaveta ni me imaginaba cosas; pero me preguntaba si de veras lo había recordado o solo lo había visto en el informe, y cuál de esas dos posibilidades me disgustaba más; deseaba haber mantenido la boca cerrada respecto al maldito asunto.

Cassie aguardó; en la luz nocturna que entraba por la ventana sus ojos parecían inmensos, opacos y atentos. Yo sabía que me estaba dando la oportunidad de decir: «A la mierda la horquilla, olvidémonos de que la hemos encontrado». Aún hoy siento la tentación, por muy manida y absurda que sea, de preguntarme qué habría pasado de haberlo hecho.

Pero era tarde, había sido un día largo y quería irme a casa, y el hecho de que me traten con guantes de seda, aunque sea Cassie, siempre me ha puesto nervioso; zanjar esa línea de investigación me pareció un esfuerzo mucho mayor que dejarla seguir su curso, sin más.

—¿Llamarás a Sophie por lo de la sangre? —pregunté.

En la estancia mal iluminada, creí correcto admitir al menos esa flaqueza.

—Claro —dijo Cassie—. Pero luego, ¿de acuerdo? Vamos a hablar con O'Kelly antes de que le dé un ataque. Me ha enviado un mensaje al móvil cuando estabas en el sótano; ni siquiera sabía que supiera hacerlo, ¿y tú?

Llamé a la extensión de O'Kelly y le conté que estábamos de vuelta, a lo que contestó:

—Ya era hora, joder. ¿Es que os habéis parado a echar un polvo?

Luego nos dijo que fuésemos volando a su despacho.

Este solo tiene una silla además de la de O'Kelly, uno de esos trastos ergonómicos de polipiel, lo que implicaba que no debías robarle demasiado espacio ni tiempo. Yo me senté en la silla y Cassie se apoyó en una mesa detrás de mí. O'Kelly la miró, irritado.

—Sed rápidos —dijo—. Tengo que estar en un sitio a las ocho.

Su mujer lo había dejado el año anterior y desde entonces radio macuto había informado de una serie de espantosos intentos de relación, incluida una cita a ciegas espectacularmente desastrosa en que la mujer resultó ser una exprostituta a la que había detenido varias veces en sus años de Antivicio.

—Katharine Devlin, de doce años —comencé.

—¿La identificación es definitiva?

—En un noventa y nueve por ciento —respondí—. Haremos que uno de los padres vea el cuerpo cuando los del depósito lo hayan preparado, pero Katy Devlin tenía una gemela idéntica con el mismo aspecto que nuestra víctima.

—¿Pistas, sospechosos...? —espetó. Llevaba puesta una bonita corbata, a propósito para su cita, y se había echado demasiada colonia; no la reconocí, pero olía a cara—. Voy a tener que dar una maldita conferencia de prensa mañana. Decidme que tenéis algo.

—La golpearon en la cabeza, la asfixiaron y probablemente la violaron —explicó Cassie. La luz fluorescente le dibujaba manchas grises debajo de los ojos. Parecía demasiado cansada y demasiado joven para decir eso con tanta tranquilidad—. No sabremos nada definitivo hasta la autopsia de mañana por la mañana.

—¿Cómo que mañana? —exclamó O'Kelly, escandalizado—. Decidle a ese mierda de Cooper que dé prioridad a este caso.

—Ya lo he hecho, señor —respondió Cassie—. Tenía que estar en el juzgado esta tarde. Ha dicho que mañana a primera hora era lo mejor que podía ofrecernos. —Cooper y O'Kelly se odian; lo que Cooper había dicho en realidad era: «Hacedme el favor de explicarle al señor O'Kelly que sus casos no son los únicos del universo»—. Hemos identificado cuatro líneas principales de investigación y…

—Bien, eso está muy bien —interrumpió O'Kelly, abriendo cajones y hurgando en busca de un boli.

—Primero está la familia —dijo Cassie—. Ya conoce las estadísticas, señor: la mayoría de los niños asesinados han muerto a manos de sus padres.

—Y esa familia tiene algo raro, señor —continué yo. Esa parte me tocaba a mí; teníamos que dejar claro ese punto, por si en algún momento necesitábamos cierto margen para investigar a los Devlin, pero de haberlo dicho Cassie O'Kelly hubiera salido con un largo, malicioso y aburrido rollo sobre la intuición femenina. A estas alturas sabemos tratar a O'Kelly. Hemos afinado nuestro contrapunto hasta alcanzar la perfección de una armonía de los Beach Boys: percibimos exactamente cuándo intercambiar los papeles de vanguardia y retaguardia o poli bueno y poli malo, y cuándo mi frío desapego tiene que adoptar una nota de dignidad para equilibrar la soltura vivaracha de Cassie, y eso nos sirve incluso entre nosotros.

—No puedo asegurar qué es, pero en esa casa sucede algo.

—Nunca ignoréis una corazonada —dijo O'Kelly—. Es peligroso.

El pie de Cassie, que se balanceaba con indiferencia, me dio un golpe en la espalda.

—Segundo —continuó ella—: al menos tendremos que comprobar la posibilidad de algún tipo de culto.

—Maddox, por Dios. ¿Es que *Cosmo* saca un artículo sobre satanismo este mes?

El desprecio de O'Kelly por los tópicos es tan drástico que casi cae en lo mismo. A mí me resulta entretenido o irritante o ligeramente reconfortante en función de mi estado de ánimo, pero al menos facilita mucho la preparación previa de un guion.

—A mí también me parece un montón de porquería, señor —dije—, pero tenemos a una niña asesinada en un altar sacrificial. Los periodistas ya han preguntado por ello, así que tendremos que descartarlo.

Obviamente, es difícil demostrar que algo no existe, y decirlo sin tener pruebas sólidas solo alienta teorías conspiratorias, por lo que optamos por una táctica distinta: dedicaríamos varias horas a hallar la forma de que la muerte de Katy Devlin no encajase con el supuesto modus operandi de un hipotético grupo (ni orgía de sangre, ni ropa sacrificial, ni símbolos ocultos, blablablá), y entonces O'Kelly, que por suerte no tiene ningún sentido del ridículo, explicaría todo eso ante las cámaras.

—Una pérdida de tiempo —concluyó el comisario—. Pero sí, sí, hacedlo. Hablad con Delitos Sexuales, con el cura de la parroquia, con quien sea, pero quitadlo de en medio. ¿Cuál es la tercera?

—La tercera —explicó Cassie— es un vulgar delito sexual: un pedófilo la mató para evitar que hablase o porque matar forma parte de su rollo. Y si las cosas apuntan en esta dirección, tendremos que echar un vistazo al caso de los dos chicos que desaparecieron en Knocknaree en 1984. La misma edad y el mismo sitio, y justo al lado del cuerpo de nuestra víctima hemos encontrado una gota de sangre antigua, que el laboratorio está comparando con las muestras del 84, y una horquilla que encaja con la descripción de la que llevaba la chica desaparecida. No podemos descartar que haya una relación.

Eso, definitivamente, le tocaba a Cassie. Como ya he dicho, yo miento bastante bien, pero solo con oírla decir eso mi corazón se aceleró de forma irritante, y en muchos aspectos O'Kelly es más perceptivo de lo que pretende.

—¿Estás hablando de un asesino sexual en serie? ¿Veinte años después? Y en cualquier caso, ¿cómo sabéis lo de esa horquilla?

—Usted dice que tenemos que familiarizarnos con los casos viejos, señor —respondió Cassie virtuosamente. Y era verdad, lo decía (creo que lo oyó en algún seminario, o tal vez en *CSI*), pero decía muchas cosas, y de todos modos ninguno de nosotros tenía tiempo—. Y el tipo podría haber estado fuera de la ciudad, o en la cárcel, o quizá solo mata cuando está sometido a mucha presión...

—Todos estamos bajo mucha presión —zanjó O'Kelly—. Un asesino en serie, lo que nos faltaba. ¿Qué más?

—La cuarta es la que podría ser más peliaguda, señor —advirtió Cassie—. Jonathan Devlin, el padre, dirige la campaña «No a la Autopista en Knocknaree», que por lo visto ha cabreado a algunas personas. Dice que ha recibido tres llamadas anónimas en los últimos dos meses, en las que amenazaban a su familia si no cedía. Tendremos que averiguar quién saca tajada del hecho de que esa autopista atraviese Knocknaree.

—Lo que significa andar jodiendo a promotoras inmobiliarias y administradores del condado —dijo O'Kelly—. Dios.

—Necesitaremos todos los refuerzos posibles, señor —comenté—, y creo que también a alguien más de Homicidios.

—Ya lo creo que lo necesitaréis. Coged a Costello. Dejadle una nota: siempre llega temprano.

—La verdad, señor —dije—, es que me gustaría quedarme a O'Neill.

No tengo nada en contra de Costello, pero definitivamente no lo quería en esa ocasión. Aparte del hecho de que resulta deprimente —y ese caso ya lo era lo bastante sin él—, es de esos tipos obstinados que examinan con lupa el archivo del caso viejo y se ponen a buscar el rastro de Adam Ryan.

—No voy a poner a tres novatos en un caso destacado. Vosotros dos estáis dentro solo porque os pasáis los descansos buscando porno en la red, o lo que sea que hagáis, en lugar de salir a respirar aire libre como todos los demás.

—O'Neill no es un novato, señor. Lleva siete años en Homicidios.

—Y todos sabemos por qué —dijo O'Kelly con malicia.

Sam llegó a la brigada a los veintisiete; su tío es un político de nivel medio, Redmond O'Neill, subsecretario del Ministerio de Justicia o de Medio Ambiente o de lo que sea. Sam lo lleva bien: por naturaleza o por estrategia, es tranquilo y de fiar, el refuerzo favorito de todo el mundo, y eso le evita gran cantidad de comentarios insidiosos. Sigue dando pie a alguna observación ponzoñosa, pero suele ser más un acto reflejo, como lo fue la de O'Kelly, que malintencionada.

—Por eso precisamente lo necesitamos, señor —dije—. Si tenemos que meter las narices en los asuntos de la administración del condado sin buscarnos demasiados problemas, nos irá bien alguien con contactos en ese círculo.

O'Kelly lanzó una mirada al reloj y estuvo a punto de atusarse los cuatro pelos de la calva, pero se lo pensó mejor. Eran las ocho menos veinte. Cassie volvió a cruzar las piernas, instalándose más cómodamente sobre la mesa.

—Supongo que puede haber pros y contras —comenzó—. Tal vez deberíamos discut...

—Bah, qué más da, quedaos a O'Neill —exclamó O'Kelly, irritado—. Pero haced vuestro trabajo y no dejéis que cabree a nadie. Quiero informes en mi escritorio cada mañana.

Se levantó y empezó a reunir toscas pilas de papeles. Nos estaba echando.

Sin que viniera a cuento sentí una súbita y dulce inyección de alegría, penetrante y nítida como imagino que la perciben los consumidores de heroína cuando el chute les entra en la vena. Era mi compañera impulsándose con las manos para bajar ágilmente del escritorio, era el movimiento preciso y familiar con que cerré mi libreta de una sacudida, era mi comisario general metiéndose dentro de su chaqueta y comprobando con disimulo si llevaba caspa en los hombros, era ese despacho de iluminación estridente con una pila de carpetas marcadas con rotulador derrumbándose en una esquina y era la noche sacándole brillo a las ventanas. Era la percepción, una vez más, de que aquello era real y era mi vida. Puede que Katy Devlin, si hubiese llegado tan lejos, se hubiera sentido igual con las ampollas en los pies, el olor acre a sudor y cera para el suelo en las aulas de danza y el timbre de la mañana retumbando en los pasillos. Puede que ella, igual que yo, hubiese amado los ínfimos detalles y los inconvenientes aún más que las maravillas, porque esas cosas te demuestran que perteneces a algo.

Recuerdo aquel momento porque, para ser sincero, los tengo muy de vez en cuando. No me doy cuenta de cuándo soy feliz, salvo en retrospectiva. Mi don, o mi defecto fatal, es la nostalgia. En ocasiones me han acusado de exigir la perfección, o de rechazar los deseos del corazón en cuanto me acerco tanto que el barniz misterioso e impresionista se difumina en unos puntos llanos y sólidos, pero la verdad no es tan sencilla. Sé muy bien que la perfección está hecha de elementos mundanos disgregados. Supongo que podría decirse que mi verdadera debilidad es una especie de hipermetropía: normalmente solo veo el dibujo a distancia, y cuando ya es demasiado tarde.

5

A ninguno de los dos nos apetecía una pinta. Cassie llamó a Sophie al móvil y le soltó el cuento de que había
reconocido la horquilla por su conocimiento enciclopé-
dico de los casos antiguos; me dio la sensación de que
Sophie no se lo acabó de tragar, aunque tampoco le dio
importancia. Luego ella se fue a su casa a escribir un informe para O'Kelly y yo me fui a la mía con el archivo
viejo.

Comparto un apartamento en Monkstown con una
mujer indescriptible llamada Heather, una funcionaria con
voz aniñada que siempre suena como si fuese a echarse
a llorar. Al principio me resultó atractiva; ahora me pone
nervioso. Me mudé allí porque me atrajo la idea de vivir
cerca del mar, el alquiler era asequible y ella me gustó
(poco más de metro y medio, complexión menuda,
grandes ojos azules y cabellera hasta el culo), y alimenté
fantasías tipo Hollywood sobre una bonita relación que
florecería para nuestro mutuo asombro. Sigo allí por
inercia y porque cuando descubrí su abanico de manías
yo ya había empezado a ahorrar para un apartamento
propio, y su piso era el único en toda la zona de Dublín
—aun después de que ambos entendiéramos que Harry
y Sally no se materializarían nunca y ella me subiera el
alquiler— que me permitía hacerlo.

Abrí la puerta, grité «Hola» y puse rumbo a mi habitación. Heather se me adelantó; apareció en el umbral

de la cocina a una velocidad increíble y dijo con voz trémula:

—Hola, Rob, ¿cómo ha ido el día?

A veces me la imagino sentada en la cocina hora tras hora, enrollando el dobladillo del mantel en plieguecitos perfectos, lista para saltar de su silla y echárseme encima en cuanto oyera mi llave en la cerradura.

—Bien —dije, procurando que mi lenguaje corporal apuntase hacia mi cuarto y abriendo ya mi puerta (instalé el cerrojo unos meses después de mudarme, con el pretexto de evitar que hipotéticos ladrones se hicieran con archivos policiales confidenciales)—. ¿Qué tal tú?

—Oh, yo bien —contestó Heather mientras se ajustaba la bata rosa de borreguillo.

Su tono de mártir me dejaba dos opciones: podía decir «Estupendo» y meterme en mi cuarto y cerrar la puerta, en cuyo caso ella estaría de morros y aporrearía cacerolas durante días para hacer constar su disgusto ante mi falta de consideración, o podía preguntar: «¿Estás bien?», en cuyo caso tendría que pasarme la hora siguiente escuchando un relato con pelos y señales sobre los ultrajes perpetrados por su jefe o su sinusitis o lo que quiera que en ese momento considerase una injusticia contra ella. Por suerte dispongo de una opción C, aunque me la reservo para emergencias:

—¿Estás segura? —dije—. En el trabajo hay un brote terrible de gripe y me parece que la estoy incubando. Espero que no la pilles tú también.

—Oh, Dios mío —respondió Heather, subiendo la voz una octava y agrandando aún más los ojos—. Rob, cielo, no quiero ser grosera, pero será mejor que me mantenga lejos de ti. Ya sabes que me resfrío con mucha facilidad.

—Lo entiendo —la tranquilicé.

Desapareció en la cocina, supongo que para añadir unas cápsulas tamaño caballo de vitamina C y equinácea a su dieta frenéticamente equilibrada. Entré en mi cuarto y cerré la puerta.

Me serví una copa (guardo una botella de vodka y otra de tónica detrás de los libros, para evitar ratos cordiales y entrañables con Heather) y desplegué el archivo del caso antiguo sobre el escritorio. Mi habitación no favorece la concentración. El edificio entero tiene ese ambiente barato y miserable de tantas viviendas nuevas en Dublín —techos un palmo demasiado bajos, fachada sin gracia, de color fango y horrenda en un estilo falto de originalidad, dormitorios insultantemente estrechos y diseñados para refregarte por las narices el hecho de que no puedes permitirte ser quisquilloso— y el constructor no vio la necesidad de gastar material aislante en nosotros, así que cada paso de los de arriba o la selección musical de los de abajo resuena por todo el piso, y sé mucho más de lo que necesito sobre las preferencias sexuales de la pareja que vive al lado. En estos cuatro años me he acostumbrado más o menos, pero las características básicas del lugar me siguen pareciendo ofensivas.

La tinta de las hojas de declaración estaba desvaída y con manchas, casi ilegible en algunas zonas, y noté un polvo fino que se me posaba en los labios. Los dos investigadores que habían llevado el caso ya estaban retirados, pero me apunté sus nombres —Kiernan y McCabe— por si en algún momento necesitábamos (sobre todo Cassie) hablar con ellos.

Una de las cosas más asombrosas del caso, visto con ojos de hoy, es lo mucho que tardaron nuestras familias en preocuparse. En la actualidad, los padres llaman a la policía en cuanto un niño no contesta al móvil; en Personas Desaparecidas están cansados de rellenar informes

sobre niños castigados después de clase o que se han entretenido con algún videojuego. Parece ingenuo decir
que los ochenta fueron una época más inocente, dado
todo lo que sabemos ahora sobre las escuelas para huér-
fanos y sus reverenciados sacerdotes y padres en rincones inhóspitos y solitarios del país. Pero entonces aquello
solo eran rumores inconcebibles de cosas que sucedían
en otra parte, la gente se agarraba a su inocencia con una
tenacidad sencilla y apasionada, y quizá no fuese menos
real por ser escogida y por acarrear su propia culpabilidad; la madre de Peter nos llamó desde el lindero del bosque mientras se secaba las manos en el delantal, y luego
nos dejó con nuestro absorbente juego y entró en casa a
preparar el té.

Encontré a Jonathan Devlin de forma casual en la
declaración de un testigo secundario, a mitad del montón. La señora Pamela Fitzgerald, del 27 de la avenida de
Knocknaree —mayor, a juzgar por la letra apretada y
con florituras—, les contó a los investigadores que un
grupo de adolescentes de aspecto descuidado se dedicaba a merodear por el lindero del bosque, bebiendo, fumando y lanzando de vez en cuando unos insultos terribles a los transeúntes, que en estos tiempos uno no se
siente seguro andando por su propia calle, y que les hacía falta un buen tirón de orejas. Kiernan o McCabe habían
anotado unos nombres en el margen de la página: Cathal
Mills, Shane Waters y Jonathan Devlin.

Pasé las hojas rápidamente para comprobar si habían
interrogado a alguno de ellos. Al otro lado de la puerta
se oían los rítmicos e invariables sonidos de Heather
mientras llevaba a cabo su rutina nocturna: aplicarse
desmaquillador tónico e hidratante con determinación,
cepillarse los dientes durante los tres minutos recomen-
dados por el dentista y sonarse remilgadamente la nariz

una cantidad inexplicable de veces. De acuerdo con el programa, a las once menos cinco llamó a mi puerta y gorjeó:

—Buenas noches, Rob —con un tímido susurro.

—Buenas noches —contesté, añadiendo una tos al final.

Las tres declaraciones eran breves y casi idénticas, salvo por notas al margen que describían a Waters como «muy nervioso» y a Mills como «incooperativo» [sic]. Devlin no había motivado ningún comentario. La tarde del 14 de agosto cobraron su cheque del paro y se fueron en autobús al cine de Stillorgan. Volvieron a Knocknaree hacia las siete —cuando ya llegábamos tarde para el té— y estuvieron haciendo el gamberro y bebiendo en un campo cercano al bosque hasta casi medianoche. Sí, vieron a los de la partida de rescate, pero se limitaron a colocarse detrás de un seto para quedar fuera de su vista. No, no repararon en ninguna otra cosa inusual. No, no vieron a nadie que pudiese confirmar su recorrido de aquel día, pero Mills se había ofrecido (era de suponer que con ánimo sarcástico, pero le tomaron la palabra) a llevar a los investigadores al campo y mostrarles las latas de sidra vacías, que, en efecto, resultaron encontrarse en el lugar que el chico identificó. El joven de la taquilla del cine de Stillorgan parecía estar bajo la influencia de alguna sustancia ilegal y no podía afirmar con seguridad si se acordaba o no de esos tres tipos, aun cuando los agentes le registraron los bolsillos y le sermonearon sobre los peligros de las drogas.

No me dio la impresión de que los «jóvenes» —odio esta palabra— fuesen auténticos sospechosos. No eran criminales empedernidos (los agentes locales les habían llamado la atención por embriaguez pública con cierta regularidad, y a Shane Waters le cayeron seis meses de libertad condicional por hurto a los catorce años, pero eso era todo), ¿y por qué iban a querer hacer desaparecer a una pareja de doce años? Simplemente habían estado ahí y eran unos indeseables, así que Kiernan y McCabe los soltaron.

Los llamábamos los moteros, aunque dudo de que ninguno de ellos tuviera moto; seguramente se debía a su indumentaria: chaquetas de piel negra con las cremalleras abiertas en las muñecas y adornadas con tachuelas metálicas, pelo largo, barba de tres días y la inevitable melena hortera de uno de ellos. Botas militares. Camisetas con logos de Metallica o Anthrax. Creía que eran sus nombres hasta que Peter me explicó que se referían a grupos.

No tenía ni idea de quién de ellos se había convertido en Jonathan Devlin; era incapaz de relacionar a ese hombre de mirada triste, panza pequeña y espalda curvada con ninguno de esos adolescentes flacos que en mis recuerdos me sobrepasaban, tapándome el sol. Lo había olvidado todo de ellos. No creo haber pensado en los moteros ni una sola vez a lo largo de veinte años, y me desagradaba profundamente la idea de que hubieran permanecido ahí a pesar de todo, a la espera de su momento para saltar como un muñeco con resorte, meneándose, sonriendo y dándome un buen susto.

Uno de ellos llevaba gafas de sol todo el año, incluso con lluvia. A veces nos ofrecía chicles con sabor a fruta que nosotros aceptábamos, aunque guardábamos las distancias, a pesar de que sabíamos que los habían robado de la tienda de Lowry. «No os acerquéis a ellos —me decía mi madre—, no les contestéis si os dicen algo», pero no me explicaba por qué. Peter le preguntó a Metallica si podía darnos una calada de su cigarro, y él nos enseñó a sujetarlo y se rio cuando tosimos. Nos quedábamos bajo el sol, apartados de ellos y con el cuello estirado para ver el contenido de sus revistas; Jamie aseguró que en una de ellas vio a una chica completamente desnuda. Metallica y el Gafas encendían mecheros de plástico y competían a ver quién aguantaba más con el dedo encima de la llama. Por la noche, cuando se iban, nos acercábamos y olíamos las latas aplastadas que habían dejado en la hierba polvorienta: a rancio, agrio, a mayores.

Me desperté porque alguien gritaba debajo de mi ventana. Me erguí de golpe, con el corazón aporreándome las costillas. Acababa de tener un sueño confuso y febril en el que Cassie y yo estábamos en un bar atiborrado de gente y un tío con gorra de *tweed* le chillaba, y por un instante pensé que había oído la voz de ella. Me sentía desorientado, estaba a oscuras y el silencio nocturno era denso; afuera, alguien, una chica o un niño, gritaba una y otra vez.

Me acerqué a la ventana y descorrí con cuidado un par de centímetros de cortina. El complejo en el que vivo consta de cuatro edificios idénticos de apartamentos alrededor de un pequeño cuadrado de hierba con un par de bancos de hierro, una de esas zonas que los promotores inmobiliarios denominan «área recreativa comunitaria», aunque nadie la utiliza nunca (la pareja de la planta baja celebró cócteles «al fresco» un par de veces, pero la gente se quejaba del ruido y el administrador puso un letrero acusador en el vestíbulo). Los focos blancos de seguridad conferían al jardín un resplandor nocturno fantasmagórico. Estaba vacío: la inclinación de la sombra en los rincones era demasiado baja para que se ocultase nadie. Oí el grito otra vez, alto, espeluznante y muy cerca; una punzada atávica me traspasó el espinazo.

Aguardé, temblando un poco debido al aire frío que chocaba contra el cristal. Al cabo de unos minutos algo se movió en las sombras, negro contra negro, y luego adquirió forma y apareció en el césped; se trataba de un zorro, vigilante y escuálido con su abrigo veraniego. Alzó la cabeza y gritó otra vez; por un instante me pareció captar su olor salvaje y extraño. Luego cruzó el césped al trote y desapareció por la verja principal mientras se colaba entre los barrotes, sinuoso como un gato. Oí sus lamentos que se alejaban en la oscuridad.

Estaba aturdido, medio dormido y nervioso, tenía exceso de adrenalina y un asqueroso sabor de boca; necesitaba algo frío y dulce. Fui a la cocina por un zumo. A veces Heather, igual que yo, tiene problemas para dormir, y me sorprendí deseando casi que estuviese despierta, con ganas de quejarse de lo que fuera, pero no había luz debajo de su puerta. Me serví un vaso de su zumo de naranja y me quedé un buen rato frente a la puerta abierta del frigorífico, sosteniendo el vaso contra la sien a la par que me balanceaba levemente bajo la luz titilante de neón.

A la mañana siguiente llovía a cántaros. Le mandé un mensaje a Cassie para decirle que pasaría a recogerla (el carrito de golf tiende a quedarse catatónico con la humedad). Cuando toqué la bocina frente a su piso, bajó corriendo con un abrigo de lana gruesa del Oso Paddington y un termo de café.

—Menos mal que ayer no llovió —fue su saludo—. O adiós a las pruebas.

—Mira esto —le pedí mientras le entregaba el archivo de Jonathan Devlin.

Se sentó con las piernas cruzadas en el asiento del copiloto y se puso a leer, pasándome el termo de vez en cuando.

—¿Recuerdas a esos tíos? —me preguntó al terminar.

—Vagamente. No demasiado, pero era un vecindario pequeño y no pasaban desapercibidos. Era lo más parecido que teníamos a unos delincuentes juveniles.

—¿Te parecían peligrosos?

Pensé un momento, mientras avanzábamos lentamente por Northumberland Road.

—Depende de lo que quieras decir —contesté—. Desconfiábamos de ellos, pero creo que era sobre todo por su imagen, no porque nos hubieran hecho nada. En realidad, los recuerdo bastante tolerantes con nosotros. No me los imagino haciendo desaparecer a Jamie y Peter.

—¿Quiénes eran las chicas? ¿Las interrogaron?

—¿Qué chicas?

Cassie volvió las hojas atrás hasta la declaración de la señora Fitzgerald.

—Ella dijo que estaban «tonteando». Yo diría que es más que probable que hubiera chicas.

Tenía razón, desde luego. Yo no tenía muy clara la definición exacta de «tontear», pero estaba seguro de que habría levantado bastante revuelo que Jonathan Devlin y sus colegas lo hicieran entre sí.

—No se mencionan en el archivo —contesté.

—¿Y tú no las recuerdas?

Todavía estábamos en Northumberland Road. La lluvia era como una cortina sobre los cristales, tan espesa que parecía que estuviéramos bajo el agua. Dublín está hecha para los peatones y los tranvías, no para los coches; está llena de calles medievales diminutas y serpenteantes, la hora punta va desde las siete de la mañana hasta las ocho de la noche y al menor asomo de mal tiempo la ciudad entera se convierte en un atasco instantáneo y absoluto. Deseé haberle dejado una nota a Sam.

—Creo que sí —dije al fin. Era más una sensación que un recuerdo: caramelos rellenos de limón, hoyuelos, perfume de flores. *Metallica y Sandra, sentados en un árbol...*—. Puede que una de ellas se llamase Sandra.

Algo en mi interior se estremeció ante ese nombre (noté un sabor acre como el miedo o la vergüenza debajo de la lengua), pero no supe por qué.

Sandra: cara redonda y buena delantera, risita tonta y falda de tubo que se le subía al encaramarse al muro. Nos parecía muy mayor y sofisticada; no debía de tener más de diecisiete o dieciocho años. Nos daba dulces de una bolsa de papel. A veces había otra chica, alta, con dientes grandes y un montón de pendientes... ¿Claire, quizá? ¿Ciara? Sandra le enseñó a Jamie cómo aplicarse rímel, en un espejito con forma de corazón. Entonces Jamie se puso a pestañear, como si notara los ojos pesados y raros. «Te queda bien», dijo Peter. Luego Jamie decidió que lo odiaba. Se lo quitó en el río, frotándose los círculos de oso panda con la punta de la camiseta.

—Está verde —señaló Cassie de forma discreta.

Adelanté unos metros más.

Paramos frente a un quiosco y Cassie bajó para comprar la prensa y enterarnos de a qué nos enfrentábamos. Katy Devlin aparecía en primera plana en todos ellos, y se centraban en el tema de la autopista: «Muere asesinada la hija del líder de la protesta de Knocknaree» y titulares semejantes. La periodista sensacionalista y voluminosa (que había escrito el titular «Muerte ritual de la hija de un pez gordo», a un pelo de la difamación) había incluido varias referencias a las ceremonias druídicas, pero había evitado el histerismo satánico intensivo; era evidente que esperaba ver qué vientos soplaban. Yo tenía la esperanza de que O'Kelly arreglara ese asunto. Gracias a Dios, nadie había mencionado a Peter y Jamie, aunque sabía que solo era cuestión de tiempo.

Les endilgamos a Quigley y su flamante compañero nuevo, McCann, el caso McLoughlin (en el que habíamos estado trabajando hasta que nos asignaron este otro: dos espantosos niños ricos que habían pateado a otro hasta matarlo porque se había saltado la cola del taxi a altas horas de la noche), y nos fuimos a buscar una sala de investigaciones. Estas son demasiado pequeñas y siempre están pedidas, pero no tuvimos problemas para conseguir una: los niños tienen prioridad. Sam acababa de entrar —a él también lo había pillado el tráfico; tenía una casa por Westmeath, a un par de horas de la ciudad, que es lo más cerca que nuestra generación puede permitirse comprar—, así que, aquí te pillo aquí te mato, lo pusimos al corriente de todos los detalles y la historia oficial sobre la horquilla de pelo, mientras preparábamos la sala de investigaciones.

—Oh, Dios —dijo él cuando terminamos—. Decidme que no han sido los padres.

Cada investigador tiene un cierto tipo de casos que le resultan casi insoportables, contra los que el caparazón habitual de ensayado desapego profesional se vuelve frágil e inestable. Cassie, y esto nadie más lo sabe, tiene pesadillas cuando trabaja en crímenes con violación; yo, con una especial falta de originalidad, tengo serios problemas con los niños asesinados; y, por lo visto, los homicidios familiares le ponían a Sam los pelos de punta. Este podía resultar el caso perfecto para los tres.

—No tenemos ninguna pista —admitió Cassie, con un tapón de rotulador en la boca; estaba trazando un esquema del último día de Katy en la pizarra blanca—. Quizá se nos ocurra algo cuando llegue Cooper con los resultados de la autopsia, aunque ahora mismo puede ser cualquier cosa.

—Pero no te necesitamos para investigar a los padres —le expliqué mientras enganchaba las fotos de la escena del crimen en el otro lado de la pizarra blanca—. Queremos que te centres en el tema de la autopista: comprueba las llamadas que recibió Devlin y averigua quién es el propietario de las tierras que rodean el yacimiento y a quién beneficia esa autopista.

—¿Es por mi tío? —preguntó Sam.

Tiene una tendencia a ser directo que siempre me ha llamado la atención por tratarse de un detective.

Cassie escupió el tapón de rotulador y se dio la vuelta para mirarlo de frente.

—Sí —contestó—. ¿Crees que eso va a ser un problema?

Todos sabíamos qué le estaba preguntando. Los políticos irlandeses son tribales, incestuosos, intrincados y furtivos, incomprensibles hasta para muchos de los implicados. Visto desde la barrera, no hay ninguna diferencia básica entre los dos partidos principales, que ostentan idénticas posiciones de autosatisfacción en cada extremo del espectro, aunque muchas personas siguen siendo entusiastas de uno u otro porque en tal bando lucharon sus abuelos durante la guerra civil o porque papá hace negocios con el candidato local y dice que es un chico estupendo. La corrupción se da por sentada y hasta se admira a regañadientes; la astucia guerrillera de los colonizados continúa arraigada en nosotros, y la evasión de impuestos y los tratos turbios se ven como formas del mismo espíritu de rebelión que escondía los caballos y les quitaba las patatas a los británicos.

Y gran parte de la corrupción se basa en esa pasión primaria y estereotipada de los irlandeses: la tierra. Políticos y promotores inmobiliarios son amigos íntimos por tradición, y la práctica totalidad de las compraventas de terrenos incluyen sobres bajo mano, inexplicables redistribuciones y complicadas transacciones a cuentas en el extranjero. Sería un pequeño milagro que no se hicieran al menos unos cuantos favores a amigos relacionados de algún modo con la autopista de Knocknaree. Y de ser eso cierto, era improbable que Redmond O'Neill no estuviera enterado o que quisiera que salieran a la luz.

—No —respondió Sam, rápidamente y con firmeza—. No será un problema. —Cassie y yo debimos de parecer dubitativos, porque su mirada saltó de uno a otro y se echó a reír—: Oíd, chicos, lo conozco de toda la vida. Viví con ellos un par de años cuando me vine a Dublín. Si estuviera metido en algo chungo, lo sabría. Mi tío es un hombre honesto y cabal, seguro que nos ayuda en todo lo que pueda.

—Perfecto —replicó Cassie, y volvió a su esquema—. Cenaremos en mi casa. Pásate a las ocho y nos pondremos al día.

Encontró una esquina limpia de pizarra y le dibujó a Sam un pequeño mapa de cómo llegar.

Los refuerzos empezaron a llegar en cuanto tuvimos la sala de investigaciones organizada. O'Kelly nos había conseguido tres docenas de personas, y eran la flor y nata: agentes prometedores, despiertos, bien afeitados y vestidos para triunfar, que con toda seguridad formarían unas buenas brigadas en cuanto tuvieran ocasión. Cogieron sillas y libretas, se dieron palmadas en la espalda, renovaron viejas complicidades y eligieron asiento como críos en su primer día de clase. Cassie, Sam y yo sonreímos, estrechamos manos y agradecimos la ayuda. Reconocí a un par de ellos, un tío de Mayo, oscuro y poco comunicativo, que se llamaba Sweeney, y otro de Cork bien alimentado y sin cuello, O'Connor u O'Gorman o algo parecido, que se resarció de tener que obedecer órdenes de dos que no éramos de Cork haciendo algún comentario incomprensible pero claramente triunfalista sobre fútbol gaélico. Otros muchos me resultaban familiares, pero sus nombres se me iban de la cabeza en el mismo instante en que su mano se separaba de la mía, y los rostros se fundieron en una gran mancha, ansiosa e intimidante.

Siempre me han encantado esos instantes previos de una investigación, justo antes de que empiece la sesión informativa. Me recuerda al murmullo concentrado e íntimo antes de que se alce un telón: mientras la orquesta se afina, los bailarines hacen sus últimos estiramientos entre bambalinas, con los oídos aguzados a la espera de la señal para quitarse batas y calentadores y pasar a la acción. Sin embargo, nunca antes había estado al mando de una investigación de esa envergadura, y esta vez los preliminares me ponían tenso. La sala me parecía demasiado llena, con toda esa energía presta y amartillada, con todos esos ojos curiosos puestos en nosotros. Me acordé de cómo miraba a los detectives de Homicidios cuando también yo era un chico para todo que rezaba por que lo llamasen para casos de esta índole: con un ansia sobrecogida, rebosante, casi insoportable. Esos tipos —muchos de ellos eran mayores que yo— parecían tener un aire distinto y juzgarme de forma fría e indisimulada. Nunca me ha gustado ser el centro de atención.

O'Kelly cerró de un portazo tras de sí, cortando el ruido al instante.

—Bien, chicos —dijo, ante el silencio—. Bienvenidos a la operación Vestal. Por cierto, ¿qué es una vestal?

La oficina central elige los nombres de las operaciones, que van desde lo obvio hasta lo críptico pasando por lo más rematadamente absurdo. Al parecer, la imagen de la niña muerta sobre el antiguo altar había estimulado las tendencias culturales de alguien.

—Una virgen sacrificial —le expliqué.

—Una devota —continuó Cassie.

—Por el amor de Dios —exclamó O'Kelly—. ¿Acaso pretenden que todo el mundo crea que tiene algo que ver con cultos? ¿Qué coño leen los de ahí arriba?

Cassie les hizo un resumen del caso, describiendo someramente la conexión con 1984 (solo por si acaso, algo que podía comprobar en su tiempo libre) y asignamos tareas: recorrer la urbanización puerta por puerta, abrir una línea de teléfono y establecer turnos para atenderla, sacar una lista de todos los delincuentes sexuales que viven cerca de Knocknaree, hablar con la policía británica y con los puertos y aeropuertos para comprobar si alguien con mala pinta había entrado en Irlanda en los últimos días, conseguir el historial médico de Katy y sus informes escolares e indagar a fondo en el pasado de los Devlin. Los agentes partieron como un tiro y Sam, Cassie y yo les dejamos hacer y fuimos a ver qué tal le iba a Cooper.

Normalmente no presenciamos las autopsias. Tiene que ir alguien que haya estado en la escena del crimen para confirmar que, en efecto, se trata del mismo cadáver (alguna vez ha ocurrido que, al mezclarse las etiquetas de los pies, un forense ha llamado a un sorprendido detective para informarle de que la causa de la muerte fue un cáncer de hígado), pero en general se lo endilgamos a agentes de uniforme o técnicos y nosotros nos limitamos a revisar las notas y las fotos con Cooper *a posteriori*. Es tradición en la brigada que asistas a la autopsia en tu primer caso de homicidio, y aunque en teoría el propósito es impresionarte con toda la solemnidad de tu nuevo trabajo, nadie se engaña: se trata de un rito iniciático, valorado con la misma severidad que el de cualquier tribu primitiva. Conozco a un detective excelente al que, después de quince años en la brigada, se le sigue conociendo como Arkle[6] por lo deprisa que salió del depósito cuando el forense le quitó el cerebro a la víctima.

Yo aguanté la mía (una prostituta adolescente, con los brazos delgados llenos de moretones y marcas) sin pestañear, pero no me quedaron ganas de repetir la experiencia. Solo voy en los pocos casos —irónicamente, los más angustiosos— que parecen exigir ese pequeño y sacrificial acto de entrega. No creo que nadie supere del todo esa primera vez, esa violenta náusea mental cuando el forense corta el cuero cabelludo y el rostro de la víctima se desprende del cráneo, maleable e insignificante como una máscara de Halloween.

Íbamos mal de tiempo, Cooper acababa de salir de la sala de autopsias con su atuendo verde, una bata impermeable que apartaba de su cuerpo con el índice y el pulgar.

—Detectives —dijo, alzando las cejas—, qué sorpresa. Si me hubieran avisado de que iban a venir, habría esperado hasta que pudieran incorporarse.

Era seco con nosotros porque habíamos llegado demasiado tarde. Hay que reconocer que no eran ni las once, pero Cooper empieza a trabajar entre las seis y las siete y se va hacia las tres o las cuatro, y le gusta que lo recuerdes. Todos sus ayudantes lo odian por ello, cosa que no le preocupa en absoluto porque él también los

---

[6] Nombre de un caballo de carreras de pura raza, ganador de tantos premios que llegó a convertirse en toda una leyenda en la Irlanda de los años sesenta. *(N. de la T.)*

odia. Cooper se precia de sus aversiones inmediatas e impredecibles; por lo que hemos podido averiguar hasta ahora, le disgustan las mujeres rubias, los hombres bajos, cualquiera con más de dos pendientes y la gente que dice «¿sabes?» demasiado a menudo, además de varias personas sueltas que no encajan en ninguna de estas categorías. Afortunadamente había decidido que Cassie y yo le gustábamos, o nos habría enviado de vuelta al trabajo a esperar a que nos mandase los resultados (escritos a mano: Cooper escribe todos sus informes con una letra fina de pluma estilográfica, una idea que me hace cierta gracia, pero que no me atrevo a probar en las oficinas de la brigada). A veces me preocupa secretamente que, dentro de una década o dos, me despierte y descubra que me he convertido en Cooper.

—Vaya —se aventuró Sam—, ¿ya ha terminado?

Cooper le lanzó una mirada gélida.

—Doctor Cooper, sentimos mucho irrumpir en su trabajo a estas horas —empezó Cassie—. El comisario jefe O'Kelly quería dejar algunas cosas listas y nos ha costado mucho escaparnos.

Asentí con aire cansino y alcé los ojos al techo.

—Ah, bien, sí —dijo Cooper.

Su tono daba a entender que encontraba de mal gusto que mencionáramos siquiera a O'Kelly.

—Si por casualidad tuviera un momento... —le pedí—, ¿le importaría hablarnos de los resultados?

—Cómo no —respondió Cooper con un infinitesimal y sufriente suspiro.

En realidad, como a cualquier otro artesano, le encanta alardear de su trabajo. Nos abrió la puerta de la sala de autopsias y el olor me golpeó con esa combinación única de muerte, frío y alcohol desinfectante que te provoca un rechazo instintivo y animal.

Los cadáveres de Dublín se llevan a la morgue central, pero Knocknaree queda fuera de los límites de la ciudad; a las víctimas rurales las llevan al hospital más cercano y allí les practican la autopsia. Las condiciones varían. Esta sala carecía de ventanas y estaba mugrienta, con capas de suciedad en el suelo de baldosas verdes y manchas indescriptibles en las viejas pilas de porcelana. Las dos mesas eran lo único de la sala con aspecto de ser posterior a los cincuenta; eran de acero inoxidable brillante y la luz rebotaba en sus bordes.

Katy Devlin permanecía desnuda bajo la inclemente luz fluorescente, era demasiado pequeña para esa mesa y, en cierto modo, parecía mucho más muerta que el día anterior; me acordé de esa vieja superstición de que el alma permanece junto al cuerpo unos días, perpleja e indecisa. Estaba gris blancuzca como una criatura salida de Roswell[7], con manchones oscuros del *livor mortis* en la parte baja del costado izquierdo. El ayudante de Cooper ya le había cosido el cuero cabelludo, gracias a Dios, y ahora trabajaba en la incisión en forma de Y del torso: puntadas grandes y descuidadas con una aguja del tamaño de las de un fabricante de velas. Sentí una punzada momentánea y absurda de culpabilidad por haber llegado tarde, por dejarla ahí sola —era tan pequeña— para su violación final; deberíamos haber estado ahí, debería haber tenido a alguien que le cogiera la mano mientras los dedos indiferentes y enguantados de Cooper pinchaban y cortaban. Para mi sorpresa, Sam se santiguó discretamente.

—Mujer blanca prepúber —empezó Cooper, rozándonos al pasar hacia la mesa y apartando a su ayudan-

---

[7] Localidad de Nuevo México donde supuestamente en 1947 cayó un ovni. Este incidente ha dado lugar a distintas producciones a lo largo del tiempo, como un libro, una serie y una película. *(N. de la T.)*

te—, doce años, según me han dicho. Altura y peso más bien bajos pero dentro de los límites de la normalidad. Cicatrices que indican cirugía abdominal, quizás una laparotomía exploratoria hace un tiempo. No hay una patología evidente; por lo que he podido averiguar, murió sana, si me disculpan el oxímoron.

Nos apiñamos en torno a la mesa como alumnos obedientes; nuestros pasos lanzaron pequeños ecos uniformes contra las baldosas de las paredes. El asistente se apoyó en una de las pilas y cruzó los brazos mientras masticaba un chicle, impasible. Uno de los brazos de la Y de la incisión seguía abierto, oscuro e inconcebible, con la aguja clavada de cualquier manera en un borde de piel para que no se perdiera.

—¿Encontraremos ADN? —quise saber.

—Cada cosa a su tiempo, si no le importa —respondió Cooper, quisquilloso—. Veamos. Había dos golpes en la cabeza, ambos *ante mortem;* antes de morir —añadió edulcoradamente para Sam, que asintió con solemnidad—. Ambos se realizaron con un objeto pesado y rugoso, con protuberancias pero sin bordes definidos, que encaja con la piedra que la señora Miller me trajo para que la examinara. Uno de los golpes fue leve y está localizado en la parte posterior de la cabeza, cerca de la coronilla. Produjo rasguños en una zona reducida y algo de sangre, pero ninguna fractura craneal.

Giró la cabeza de Katy a un lado para enseñarnos la pequeña contusión. Le habían limpiado la sangre de la cara en busca de posibles heridas, pero aún le quedaban restos en la mejilla.

—Así que a lo mejor lo esquivó, o huía de él cuando este intentó golpearla —propuso Cassie.

No tenemos especialistas que tracen un perfil psicológico. Cuando necesitamos uno lo traemos de Inglaterra, pero la mayoría de las veces los tíos de Homicidios utilizan a Cassie, partiendo de la discutible base de que estudió psicología en Trinity durante tres años y medio. No se lo contamos a O'Kelly —es de la opinión de que los que trazan perfiles están solo un paso más allá que los parapsicólogos, e incluso solo nos permite escuchar a los ingleses a regañadientes—, pero creo que seguramente es bastante buena, aunque supongo que no tendrá nada que ver con sus años con Freud y ratas de laboratorio. Siempre se le ocurren un par de enfoques nuevos y útiles, y normalmente acaba por dar en el blanco.

Cooper se tomó su tiempo para pensarlo, castigándola por interrumpirlo. Al fin sacudió la cabeza con aire juicioso:

—Lo considero improbable. Si se hubiera movido cuando le asestaron ese golpe, cabría esperar rasguños secundarios, y no los había. El otro golpe, en cambio…

Inclinó la cabeza de Katy hacia el otro lado y le recogió el pelo con un dedo. En la sien izquierda le habían afeitado un trozo de cuero cabelludo para mostrar un desgarro amplio e irregular, por donde asomaban esquirlas de hueso. Alguien, Sam o Cassie, tragó saliva.

—Como ven —continuó Cooper—, el otro golpe fue mucho más contundente. Le dio justo detrás y encima de la oreja izquierda, lo que le causó una fractura craneal deprimida y un hematoma subdural considerable. Aquí y aquí —movió el dedo— se observan los rasguños periféricos a los que me refería, próximos al punto de impacto principal: al parecer, al ser golpeada apartó la cabeza, de modo que el arma se deslizó sobre el cráneo antes de impactar de lleno. ¿Me explico?

Asentimos. Eché un vistazo disimulado a Sam y me animó el hecho de que también él parecía pasar un mal rato.

—Esta contusión habría bastado para causar la muerte en cuestión de horas. Sin embargo, el hematoma había avanzado muy poco, por lo que podemos afirmar con seguridad que murió por otras causas al cabo de poco tiempo de que se produjera esta herida.

—¿Puede decirme si estaba de cara o de espaldas a él? —le preguntó Cassie.

—Todo apunta a que pudo estar en decúbito prono cuando le asestaron el golpe más contundente, ya que sangró profusamente y la sangre le cayó en el lado izquierdo del rostro, con acumulación visible en la línea central de la nariz y la boca.

Eran buenas noticias, si se me permite usar esta expresión teniendo en cuenta el contexto: si la encontrábamos, en la escena del crimen habría sangre. Además, significaba que seguramente buscábamos a alguien zurdo, y aunque no éramos Agatha Christie y los casos reales no suelen depender de ese tipo de cosas, en aquel momento la pista más nimia era un avance.

—Hubo un forcejeo, quisiera añadir que previo a ese golpe, que la habría dejado inconsciente de inmediato. Hay heridas defensivas en manos y antebrazos (cardenales, rasguños y tres uñas rotas de la mano derecha), infligidas tal vez por la misma arma mientras evitaba los golpes. —Le levantó una muñeca con el índice y el pulgar y le giró el brazo para mostrarnos los arañazos. Le habían cortado las uñas y las habían reservado para analizarlas; en el dorso de la mano tenía una flor esbelta con un rostro sonriente, dibujada con rotulador desvaído—. También he encontrado rasguños alrededor de la boca y marcas de dientes en el interior de los labios, que sugieren que el autor le presionó la boca con una mano.

Afuera, en el pasillo, la voz aguda de una mujer anunció algo; se oyó un portazo. El aire en la sala de autopsias resultaba denso y demasiado inmóvil, costaba respirar. Cooper nos miró, pero nadie dijo nada. Sabía que no era eso lo que deseábamos oír. En un caso como aquel, lo único que cabía esperar es que la víctima no se enterase de lo que sucedía.

—Mientras estaba inconsciente —dijo Cooper con frialdad— le colocaron algo, seguramente de plástico, alrededor de la garganta y se lo retorcieron en la parte superior de la columna vertebral. —Le apartó la barbilla; en torno al cuello tenía una marca ancha y débil, estriada allí donde el plástico se había doblado en pliegues—. Como ven, la marca de la ligadura está bien definida, de ahí mi conclusión de que lo utilizaron cuando ya estaba inmovilizada. No muestra señales de estrangulamiento y estimo improbable que la ligadura estuviera lo bastante apretada como para cortar el paso del aire; no obstante, la hemorragia petequial en los ojos y en la superficie de los pulmones indica que, en efecto, murió de anoxia. Mi hipótesis es que le cubrieron la cabeza con algo parecido a una bolsa de plástico, se la ataron en la nuca y se la dejaron puesta varios minutos. Murió de asfixia complicada por un trauma por objeto contundente en la cabeza.

—Un momento —dijo Cassie de repente—. ¿O sea que no la violaron?

—Ah —replicó Cooper—. Paciencia, detective Maddox; ahora llegamos. La violación fue *post mortem* y se realizó con un instrumento.

Hizo una pausa para disfrutar discretamente del efecto.

—¿*Post mortem?* —repetí—. ¿Está seguro?

Era evidente que resultaba un alivio, pues eliminaba algunas de las imágenes mentales más atroces, pero al mismo tiempo implicaba un grado especial de chifladura. El rostro de Sam esbozó una mueca inconsciente.

—Hay erosiones recientes en el exterior de la vagina y en los siete primeros centímetros del interior, así como un rasguño en el himen, pero no hubo sangre ni inflamación. *Post mortem*, sin ninguna duda.

Pude sentir el estremecimiento colectivo y aterrado (ninguno de nosotros deseaba ver eso y la sola idea resultaba obscena), pero Cooper nos lanzó una minúscula y divertida mirada y se quedó donde estaba, en la cabecera de la mesa.

—¿Qué clase de instrumento? —preguntó Cassie mientras observaba la marca de la garganta de Katy con expresión fija y ausente.

—En el interior de la vagina hemos encontrado partículas de tierra y dos astillas diminutas de madera, una carbonizada y la otra cubierta de lo que parece ser un barniz fino y claro. Yo diría que fue un instrumento de unos diez centímetros de longitud y aproximadamente tres o cuatro de diámetro, de madera barnizada, con un considerable desgaste, la marca de algún tipo de quemadura y sin ángulos afilados... un palo de escoba o algo así. Las abrasiones son discretas y bien definidas, lo que implica una sola inserción. No he encontrado nada que sugiera que también hubo penetración peneana. El recto y la boca no muestran ningún signo de agresión sexual.

—Por lo tanto no hay fluidos corporales —dije con gravedad.

—Y por lo visto tampoco hay sangre ni piel debajo de las uñas —afirmó Cooper con una vaga satisfacción pesimista—. Las pruebas no están completas, desde luego, pero debo advertirles de que no pongan muchas esperanzas en posibles muestras de ADN.

—También ha buscado semen en el resto del cuerpo, ¿no? —señaló Cassie.

Cooper le dedicó una mirada austera y no respondió.

—Después de la muerte —continuó— la colocaron en la misma posición en que la encontramos, tumbada sobre el costado izquierdo. No hubo lividez secundaria, lo que indica que permaneció en esta postura un tiempo aproximado de doce horas. La relativa ausencia de actividad insectívora me lleva a pensar que permaneció en un espacio cerrado, o quizás envuelta con algún material, durante un tiempo considerable antes de que descubriéramos el cuerpo. Todo esto figurará en mis observaciones, por supuesto, pero de momento… ¿tienen alguna pregunta?

El despido fue delicado pero claro.

—¿Alguna novedad respecto a la hora de la muerte estimada? —pregunté.

—El contenido gastrointestinal me permite ser un poco más preciso que con la escena del crimen (siempre que ustedes determinen la hora de su última comida, claro está). Comió galletas de chocolate apenas unos minutos antes de su muerte, y una comida completa; el proceso digestivo estaba bastante avanzado, pero diría que las alubias estaban entre sus componentes, entre cuatro y seis horas antes de su muerte.

Tostada de alubias hacia las ocho. Había muerto en algún momento entre la medianoche y las dos de la madrugada, más o menos. Las galletas de chocolate debieron de salir o de la cocina de los Devlin, robadas a hurtadillas al irse de la casa, o de su asesino.

—Mi equipo la dejará lista en unos minutos —dijo Cooper. Enderezó la cabeza de Katy con un ademán preciso y satisfecho—. Si quieren notificárselo a la familia…

Nos quedamos de pie ante el hospital y nos miramos los unos a los otros.

—Hacía tiempo que no entraba en uno de estos —dijo Sam en voz baja.

—Y seguro que ahora recuerdas por qué —contesté.

—*Post mortem* —comentó Cassie mientras contemplaba el edificio con el ceño fruncido y aire distraído—. ¿Qué diablos estaba haciendo ese tío?

Sam se fue a averiguar algo más sobre la autopista; yo telefoneé a la sala de investigaciones y pedí que dos agentes de refuerzo trajeran a los Devlin al hospital. Cassie y yo ya habíamos visto su primera y crucial reacción ante la noticia, y ni queríamos ni necesitábamos verla otra vez; además, teníamos que hablar urgentemente con Mark Hanly.

—¿Quieres que lo traigamos? —pregunté, una vez en el coche.

No había ninguna razón por la que no pudiéramos interrogar a Mark en la caseta de los hallazgos, pero quería sacarlo de su territorio y traerlo al nuestro, una forma de venganza irracional por mis zapatos estropeados.

—Ya lo creo —respondió Cassie—. ¿No dijo que solo les quedaban unas semanas? Si lo he calado bien, la forma más rápida de conseguir que Mark hable será hacerle malgastar un día de trabajo.

Empleamos el viaje en confeccionar para O'Kelly una bonita y larga lista de motivos por los que no creíamos que el Club Satánico de Knocknaree fuese responsable de la muerte de Katy Devlin.

—No te olvides de «La pose no era ritual» —comenté.

Volvía a conducir yo; todavía estaba lo bastante tenso como para encadenar un cigarrillo tras otro hasta llegar a Knocknaree si no hacía algo.

—Y no hubo… matanza… de ganado —dijo Cassie, escribiendo.

—No me lo imagino diciendo eso en la conferencia de prensa: «No hemos encontrado ningún pollo muerto».

—Cinco libras a que lo hace. Ni siquiera pestañeará.

El día había cambiado mientras estábamos con Cooper; había dejado de llover y un sol cálido y benevolente secaba las carreteras. En los árboles del área de descanso brillaban restos de gotas de lluvia, y cuando salimos del coche el aire olía a nuevo y a limpio, lleno de vitalidad y con la tierra y las hojas húmedas. Cassie se quitó el jersey y se lo ató a la cintura.

Los arqueólogos estaban repartidos por toda la mitad baja del yacimiento, muy activos con azadones, palas y carretillas. Sus chaquetas descansaban sobre las rocas, algunos chicos se habían quitado las camisetas y todos estaban de un humor festivo, seguramente como reacción al susto y el silencio del día anterior. Un radiocasete portátil escupía a los Scissor Sisters a todo volumen, y cantaban entre un golpe de azadón y otro; una chica utilizaba la pala como micrófono. Otros tres libraban una guerra de agua, chillando y saltando con botellas y una manguera.

Mel volcó una carretilla llena hacia un flanco de un inmenso montón de tierra y la sostenía con pericia con el muslo mientras cambiaba la posición de las manos para vaciarla. Al volver recibió un manguerazo de agua en toda la cara.

—¡Cabrones! —gritó a la par que dejaba caer la carretilla para perseguir a la muchacha menuda y pelirroja que blandía la manguera.

La chica chilló y corrió, pero se le quedó un pie atrapado; Mel le agarró la cabeza con una llave y lucharon por la manguera, entre risas y resoplidos, mientras amplios arcos de agua volaban por todas partes.

—¡Qué bien! —exclamó uno de los chicos—. ¡Pelea lésbica!

—¿Dónde está la cámara?

—Oye, ¿eso que tienes en el cuello es un chupetón? —preguntó la pelirroja—. ¡Chicos, Mel tiene un chupetón!

Hubo una descarga de silbidos, felicitaciones y risas.

—Que os jodan —les respondió Mel, sonriendo y roja como un tomate.

Mark les gritó algo cortante y todos respondieron con descaro: «¡Vale, tranquilo!», y volvieron al trabajo, sacudiéndose chispeantes abanicos de agua del pelo. Sentí una oleada de envidia repentina e inesperada ante la despreocupada libertad de sus gritos y peleas, el reconfortante arco y caída de los azadones, sus ropas enfangadas puestas a secar al sol mientras trabajaban… en definitiva, por la flexible y eficiente seguridad de todo ello.

—No es una mala forma de ganarse la vida —dijo Cassie con la cabeza inclinada hacia atrás y dedicándole al cielo una pequeña e íntima sonrisa.

Los arqueólogos nos habían visto; uno tras otro bajaron las herramientas y alzaron los ojos, protegiéndose del sol con los antebrazos desnudos. Nos acercamos con cuidado hasta Mark ante la mirada colectiva y asustada. Mel estaba de pie en una zanja, desconcertada, y al apartarse el pelo de la cara este dejó un rastro de barro; Damien, de rodillas entre su falange protectora de chicas, aún parecía angustiado y estaba despeinado, mientras que Sean, el escultor, se irguió al vernos y agitó su pala. Mark se apoyó en su azadón como un viejo y taciturno hombre de montaña, con los ojos entornados e inescrutables.

—¿Sí?

—Quisiéramos hablar contigo —anuncié.

—Estamos trabajando. ¿No puede esperar hasta la hora de comer?

—No. Recoge tus cosas; nos vamos a la comisaría.

Tensó la mandíbula y por un momento pensé que se pondría a discutir, pero se limitó a tirar el azadón, luego se secó la cara con la camiseta y se dirigió a lo alto de la colina.

—Adiós —dije al resto de los arqueólogos mientras lo seguíamos.

Ni siquiera Sean contestó.

En el coche, Mark sacó el paquete de tabaco.

—No se puede fumar —le dije.

—¿Cómo que no? —preguntó—. Vosotros lo hacéis, os vi ayer.

—Los vehículos del departamento cuentan como lugares de trabajo. Es ilegal fumar en ellos.

Ni siquiera me lo estaba inventando; se puede reunir una comisión por algo tan ridículo.

—Qué más da, Ryan, déjale fumarse un cigarrillo —replicó Cassie. Y añadió, en un tono bajo muy bien conseguido—: Así no tendremos que dejarle salir a fumar durante unas horas. —Capté la mirada sobresaltada de Mark en el espejo retrovisor—. ¿Me lías uno? —le preguntó mientras se giraba para apoyarse entre los asientos.

—¿Cuánto va a durar esto? —preguntó Mark.

—Depende —le respondí.

—¿De qué? Ni siquiera sé de qué va.

—Ya llegaremos a eso. Tranquilízate y acábate el cigarrillo antes de que cambie de idea.

—¿Cómo va la excavación? —preguntó Cassie afablemente.

La comisura de la boca de Mark se torció con amargura.

—¿Vosotros qué creéis? Me han dado cuatro semanas para hacer el trabajo de un año. Hemos utilizado excavadoras.

—¿Y eso no es bueno? —quise saber.

Se me quedó mirando.

—¿Es que parecemos el jodido *Time Team*[8]?

Yo no estaba seguro de cómo responder a eso, ya que, de hecho, él y sus compañeros me parecían exactamente como el puto *Time Team*. Cassie puso en marcha la radio; Mark se encendió el cigarro y sopló una ruidosa y disgustada bocanada de humo a través de la ventanilla. Era evidente que sería un día muy largo.

No dije gran cosa durante el trayecto de vuelta. Sabía que era muy posible que el asesino de Katy Devlin estuviera enfurruñado en el asiento de atrás del coche y no estaba seguro de cómo me hacía sentir eso. En cierto modo, por supuesto, me habría encantado que fuese nuestro hombre: me había estado tocando las narices, y si era él podríamos librarnos de este caso espeluznante e incierto incluso antes de que empezara. Podía estar cerrado esa misma tarde; podría devolver el archivo antiguo al sótano —Mark, que en 1984 tendría unos cinco años y viviría en algún lugar muy alejado de Dublín, no era un sospechoso viable—, recibir mi palmadita de O'Kelly en la espalda, volver a encargarme de los gilipollas de la parada de taxi de Quigley y olvidarme de Knocknaree.

Y sin embargo, por algún motivo, no me sentía bien. En parte era por el lamentable anticlímax de la idea; me había pasado las últimas veinticuatro horas tratando de prepararme para lo que fuera que pudiera traer ese caso, y me esperaba algo mucho más dramático que un interrogatorio y un arresto. Pero había algo más. No

---

[8] Serie de televisión británica en que un grupo de arqueólogos lleva a cabo una excavación en tres días. *(N. de la T.)*

soy supersticioso pero, después de todo, si la llamada hubiese llegado unos minutos antes o después, o si Cassie y yo no acabásemos de descubrir Worms, o si nos hubiera apetecido un cigarrillo, este caso habría sido para Costello o algún otro, nunca para nosotros, y parecía imposible que algo tan potente y vertiginoso fuese solo una mera coincidencia. Tenía la sensación de que todo empezaba a despertarse, a redistribuirse de algún modo imperceptible pero crucial; un engranaje diminuto e invisible comenzaba a moverse. Y, por irónico que pueda parecer, creo que, en lo más hondo de mi ser, una parte de mí estaba impaciente por ver qué era lo próximo que ocurriría.

6

Poco antes de llegar, Cassie se las había apañado para averiguar que las excavadoras se utilizan solo para emergencias porque destruyen valiosas pruebas arqueológicas y que los del *Time Team* son una panda de aficionados de poca monta, además de conseguir la colilla de un cigarro de liar que le hizo Mark, lo que significaba que si era necesario podíamos comparar su ADN con el de las colillas que se habían encontrado en el claro sin tener que conseguir una orden. Era evidente quién iba a ser hoy el poli bueno. Cacheé a Mark (que sacudía la cabeza con la mandíbula tensa) y lo metí en una sala de interrogatorios, mientras Cassie dejaba nuestra lista «Knocknaree libre de satanismo» en el escritorio de O'Kelly.

Dejamos que Mark se cociera unos minutos en su propio jugo —se repantigó en su silla y tamborileó un ritmo cada vez más irritado con los dedos índices sobre la mesa— antes de entrar.

—Hola otra vez —dijo Cassie alegremente—. ¿Quieres té o café?

—Nada. Quiero volver a mi trabajo.

—Interrogatorio de los detectives Maddox y Ryan a Mark Connor Hanly —anunció Cassie a la videocámara, en lo alto de una esquina.

Mark se dio la vuelta de golpe, sorprendido; luego le hizo una mueca a la cámara y volvió a dejarse caer.

Acerqué una silla, tiré un fajo de fotos de la escena del crimen sobre la mesa y las ignoré.

—No estás obligado a decir nada a menos que desees hacerlo, pero cualquier cosa que digas constará por escrito y podrá ser usado como prueba. ¿Entendido?

—Pero ¿qué coño…? ¿Estoy arrestado?

—No. ¿Bebes vino tinto?

Me lanzó una mirada breve y sarcástica.

—¿Me lo estás ofreciendo?

—¿Por qué no quieres responder?

—Esta es mi respuesta: yo bebo lo que haya. ¿Por qué?

Asentí pensativamente y lo apunté.

—¿Para qué es la cinta? —preguntó Cassie con curiosidad, y se inclinó sobre la mesa para señalar la cinta adhesiva que le envolvía las manos.

—Para las ampollas. Las tiritas no aguantan cuando utilizas el azadón bajo la lluvia.

—¿No podrías ponerte guantes y ya está?

—Hay quien lo hace —respondió Mark.

Su tono implicaba que a esas personas les faltaba testosterona.

—¿Te importaría dejarnos ver lo que hay debajo? —dije.

Me miró con recelo, pero desenrolló la cinta, tomándose su tiempo, y la dejó sobre la mesa. Sostuvo la mano en alto con sardónico ademán.

—¿Veis algo que os guste?

Cassie se acercó con los brazos apoyados, echó un largo vistazo y le hizo una seña para que girase las manos. Yo no vi rasguños ni marcas de uñas, solo restos de grandes ampollas, a medio curar, en la base de cada dedo.

—Vaya —exclamó Cassie—. ¿Cómo te lo has hecho?

Mark se encogió de hombros con desdén.

—Normalmente tengo callosidades, pero cuando llevaba unas semanas fuera me hice daño en la espalda y tuve que quedarme catalogando los hallazgos. Las manos se me ablandaron y cuando volví al trabajo me salieron ampollas.

—Debió de ponerte nervioso no poder trabajar —comentó Cassie.

—Sí, la verdad es que sí —dijo Mark con brevedad—. Fue una mierda.

Recogí la cinta protectora con el índice y el pulgar y la tiré a la papelera.

—¿Dónde estuviste el lunes por la noche? —pregunté, recostándome en la pared detrás de Mark.

—En la casa del grupo. Ya os lo dije ayer.

—¿Eres miembro de «No a la Autopista»? —quiso saber Cassie.

—Sí, lo soy. La mayoría lo somos. Devlin se pasó por allí hace un tiempo y nos preguntó si queríamos apuntarnos. Que yo sepa, aún no es ilegal.

—¿Así que conoces a Jonathan Devlin? —pregunté.

—Acabo de decirlo. No somos amigos de toda la vida pero sí, conozco a ese tío.

Me incliné por encima de su hombro y eché una ojeada a las imágenes de la escena del crimen, dejándole entrever algo, pero sin darle tiempo para mirar bien. Encontré una de las fotos más perturbadoras y la sacudí delante de él.

—Pero nos dijiste que a ella no la conocías.

Mark sostuvo la foto con las yemas de los dedos y le dedicó una mirada larga e impasible.

—Os dije que la había visto por la excavación, pero que no sabía cómo se llamaba, y así es. ¿Tendría que saberlo?

—Sí, creo que sí —dije—. Es la hija de Devlin.

Se volvió para mirarme un segundo con el ceño fruncido; luego volvió a mirar la foto. Al cabo de un instante sacudió la cabeza.

—No. Conocí a la hija de Devlin en la manifestación de la primavera pasada y era mayor. Rosemary, Rosaleen o algo así.

—¿Qué te pareció? —quiso saber Cassie.

Mark se encogió de hombros.

—Era guapa. Hablaba mucho. Estaba haciendo la lista de miembros, apuntando a la gente, pero no creo que formase parte de la campaña; estaba más interesada en flirtear con los chicos. Nunca se molestó en dejarse ver otra vez.

—La encontraste atractiva —afirmé, acercándome al cristal de una sola dirección y comprobando mi afeitado en el reflejo.

—Estaba bien, pero no era mi tipo.

—Pero te diste cuenta de que no asistió a protestas posteriores. ¿Por qué la buscabas?

A través del cristal pude ver que me miraba la nuca con desconfianza. Finalmente apartó la foto y se recostó en su silla, sacando la barbilla.

—No la buscaba.

—¿Hiciste algún intento de volver a ponerte en contacto con ella?

—No.

—¿Sabías que era la hija de Devlin?

—No me acuerdo.

Aquello empezaba a darme mala espina. Mark estaba impaciente, cabreado y la lluvia de preguntas inconexas le causaba recelos, pero no parecía nervioso ni asustado; al parecer, la irritación era su sentimiento principal ante todo aquel asunto. Básicamente, no actuaba como un hombre culpable.

—Dime —le pidió Cassie mientras se sentaba encima de un pie—, ¿cuál es la verdad sobre la excavación y la autopista?

Mark se rio y soltó un pequeño y amargo bufido.

—Es una encantadora historia para dormir. El gobierno anunció sus planes en el año 2000. Todo el mundo sabía que había muchos hallazgos arqueológicos alrededor de Knocknaree, así que trajeron un equipo para hacer un reconocimiento. El equipo regresó y dijo que el yacimiento era mucho más importante de lo que se esperaba y que solo un idiota construiría en él, que habría que cambiar el trazado de la autopista. El gobierno dijo que muchas gracias, muy interesante, y que no se moverían ni un centímetro. Hicieron falta muchas broncas para que concedieran permiso al menos para una excavación. Finalmente tuvieron la cortesía de decir que de acuerdo, que podíamos hacer una de dos años, aunque inspeccionar bien ese yacimiento llevaría al menos cinco. Desde entonces somos miles las personas que nos hemos enfrentado como hemos podido: peticiones, manifestaciones, demandas… Pero al gobierno le importa una mierda.

—Pero ¿por qué? —interrogó Cassie—. ¿Por qué no acceden a un cambio de trazado y ya está?

Él se encogió de hombros, retorciendo la boca ferozmente.

—A mí no me preguntes. Nos enteraremos de todo en algún tribunal, cuando sea diez o quince años demasiado tarde.

—¿Y el martes por la noche? —continué yo—. ¿Dónde estuviste?

—En la casa del grupo. ¿Puedo irme ya?

—Dentro de un rato —le dije—. ¿Cuándo fue la última vez que pasaste la noche en el yacimiento?

Los hombros se le agarrotaron de forma casi imperceptible.

—Nunca he pasado la noche allí —contestó al cabo de un momento.

—No compliques las cosas. El bosque que hay al lado del yacimiento.

—¿Quién ha dicho que he dormido ahí alguna vez?

—Escucha, Mark —dijo Cassie, de repente y sin rodeos—, estuviste en el bosque el lunes o el martes por la noche. Podemos demostrarlo con pruebas forenses si es necesario, pero eso nos haría perder mucho tiempo y créeme, nos aseguraremos de que también tú pierdas el tuyo. No creo que matases a esa niña, pero tenemos que saber cuándo estuviste en el bosque, qué estabas haciendo allí y si viste u oíste algo que nos pueda ser útil. Así que podemos pasarnos el día intentando sonsacártelo o puedes acabar con esto y volver al trabajo. Tú eliges.

—¿Qué pruebas forenses? —preguntó Mark con escepticismo.

Cassie le dedicó una pequeña y pícara sonrisa, se sacó del bolsillo otro cigarrillo, bien envuelto en una bolsa hermética, y lo agitó ante él.

—ADN. Te olvidaste las colillas en el campamento.

—Dios —soltó Mark, mirándolo fijamente.

Parecía estar decidiendo si enfurecerse o no.

—Solo hago mi trabajo —dijo ella alegremente, y se guardó la bolsa.

—Dios —exclamó él otra vez.

Se mordió el labio, aunque le costó disimular la sonrisa que se le escapaba por la comisura de los labios.

—Y yo he caído como un tonto. Todas las mujeres sois iguales.

—Cuéntame, pues: eso de dormir en el bosque…

Silencio. Al fin Mark se reanimó, alzó la vista al reloj de la pared y suspiró.

—Sí, he pasado alguna noche allí.

Volví a la mesa, me senté y abrí mi libreta.

—¿El lunes, el martes o ambos?

—Solo el lunes.

—¿A qué hora llegaste?

—Hacia las nueve y media. Encendí una hoguera y me puse a dormir cuando se apagó, hacia las dos.

—¿Lo haces en todos los yacimientos? —preguntó Cassie—. ¿O solo en Knocknaree?

—Solo en Knocknaree.

—¿Por qué?

Mark observó sus propios dedos, que tamborileaban suavemente en la mesa otra vez. Cassie y yo aguardamos.

—¿Sabéis qué significa Knocknaree? —dijo al fin—. Colina del rey. No estamos seguros de cuándo surgió el nombre, pero sí de que es una referencia religiosa precristiana, no una referencia política. No hay pruebas de ningún entierro real o viviendas en el yacimiento, pero hemos encontrado elementos religiosos de la Edad de Bronce por todas partes: el altar de piedra, figuras votivas, una copa de oro para ofrendas, restos de sacrificios animales y posibles restos humanos. Esa colina era un centro religioso importante.

—¿A quién adoraban?

Se encogió de hombros, tamborileando más fuerte. Deseé pararle los dedos de un manotazo.

—Así que estabas velando —dijo Cassie con suavidad.

Estaba recostada en su silla con toda naturalidad, pero cada línea del rostro estaba alerta y concentrada en Mark.

Este movió la cabeza, incómodo.

—Algo así.

—El vino que derramaste —comenzó Cassie. Alzó la vista de golpe y le hizo apartar la mirada—. ¿Una libación?

—Supongo.

—A ver si lo he entendido —intervine—. Decides dormir a unos metros de donde han asesinado a una niña y piensas que debemos creernos que estabas ahí por motivos religiosos.

De repente se encendió, impulsándose hacia mí y señalándome con un dedo veloz y salvaje. Me estremecí antes de poder evitarlo.

—Escucha, detective, yo no creo en la Iglesia, ¿entiendes? En ninguna. La religión existe para mantener a la gente en su sitio y para que contribuya a la bandeja de la colecta. Quité mi nombre del registro de la Iglesia cuando cumplí los dieciocho. Y tampoco creo en ningún gobierno. Son lo mismo que la Iglesia, todos ellos. Distintas palabras y el mismo objetivo: aplastar a los pobres con el pulgar y apoyar a los ricos. Las únicas cosas en las que creo están ahí fuera, en ese yacimiento. —Tenía los ojos entornados y en llamas, como si asomaran tras un rifle sobre una barricada sentenciada al fracaso—. Hay más que adorar en ese yacimiento que en cualquier iglesia de este maldito mundo. Es un sacrilegio que estén a punto de levantar una autopista encima. Si quisieran cargarse la abadía de Westminster para construir un aparcamiento, ¿culparíais a la gente por velar allí? Pues entonces no adoptéis una actitud condescendiente conmigo por hacer lo mismo.

Se me quedó mirando hasta que pestañeé, y luego se dejó caer otra vez en su silla y se cruzó de brazos.

—Supongo que lo que estás diciendo es que no tienes nada que ver con el asesinato —respondí con frialdad, cuando pude asegurarme de tener mi voz bajo control.

No sé por qué, ese pequeño discurso me afectó más de lo que deseaba admitir. Mark alzó los ojos al techo.

—Mark —continuó Cassie—, entiendo lo que quieres decir. Yo siento lo mismo respecto a mi trabajo. —Él, sin moverse, le lanzó una mirada prolongada y de un verde intenso, pero al final asintió—. Pero tienes que entender lo que dice el detective Ryan: mucha gente no te comprenderá en absoluto. Para ellos resultará sospechoso. Debemos eliminarte de la investigación.

—Si queréis me someto al detector de mentiras. Pero el martes por la noche ni siquiera estuve allí. Fui el lunes. ¿Qué puede tener que ver con esto?

Otra vez esa sensación desagradable. A menos que Mark fuera mucho más bueno de lo que yo pensaba, daba por sentado que Katy había muerto el martes, la noche antes de que su cuerpo apareciera en el yacimiento.

—De acuerdo —dijo Cassie—. Está bien. ¿Puedes demostrar dónde estuviste desde que saliste del trabajo el martes hasta que volviste el miércoles por la mañana?

Mark aspiró a través de los dientes y se tocó una ampolla, y de pronto me di cuenta de que se le veía violentado, lo que le hacía parecer mucho más joven.

—Sí, sí que puedo. Volví a casa, me duché, cené con los demás compañeros, jugamos a cartas y nos bebimos unas latas en el jardín. Podéis preguntárselo.

—¿Y luego? —pregunté—. ¿A qué hora te acostaste?

—La mayoría nos retiramos hacia la una.

—¿Y puede alguien dar fe de tu paradero después de eso? ¿Compartes habitación?

—No. Tengo una para mí solo por ser el ayudante del director del yacimiento. Me quedé un rato más en el jardín. Hablando con Mel. Estuve con ella hasta el desayuno.

Si bien hacía cuanto podía por sonar indiferente, lo cierto es que toda su arrogante serenidad se había desvanecido; parecía irritable y tímido como cualquier adolescente de quince años. Me moría de ganas de reírme. No me atrevía a mirar a Cassie.

—¿Toda la noche? —continué, con malicia.

—Sí.

—¿En el jardín? ¿No hacía un poco de fresco?

—Entramos cuando debían de ser las tres. Luego estuvimos en mi cuarto hasta las ocho, que fue cuando nos levantamos.

—Vaya, vaya —dije melodiosamente—. La mayoría de las coartadas no son ni de lejos tan placenteras.

Me lanzó una mirada asesina.

—Volvamos al lunes por la noche —intervino Cassie—. Cuando estabas en el bosque, ¿viste u oíste algo inusual?

—No. Pero eso está muy oscuro… oscuridad de campo, no de ciudad. Sin farolas ni nada parecido. No habría visto a nadie a tres metros de distancia. Y puede que tampoco lo hubiese oído; hay un montón de sonidos.

Oscuridad y sonidos del bosque: otra vez esa vibración recorriéndome el espinazo.

—No me refiero necesariamente al bosque —le explicó Cassie—. ¿En la excavación o en la carretera, tal vez? ¿Había alguien por ahí, digamos… a las diez y media?

—Espera un momento —dijo Mark de repente, casi a regañadientes—. En el yacimiento había alguien.

Ni Cassie ni yo nos movimos, pero pude sentir la chispa de alarma que se disparó entre ambos. Habíamos estado a punto de rendirnos con Mark, comprobar su coartada, ponerlo en una lista de personas interrogadas y mandarlo de vuelta con su azadón, al menos de momento —en los apremiantes primeros días de una investigación no puedes perder tiempo en nada que no sea crucial—, pero ahora volvió a captar toda nuestra atención.

—¿Podrías dar una descripción? —quise saber.

Me miró con desagrado.

—Sí. Tenían aspecto de linterna. Estaba oscuro.

—Mark —dijo Cassie—. ¿Volvemos a empezar?

—Alguien cruzó el yacimiento llevando una linterna, desde la urbanización hasta la carretera. Ya está. No vi más que la luz de la linterna.

—¿A qué hora?

—No miré el reloj. Hacia la una, quizás, o un poco antes.

—Piensa otra vez. ¿No podrías decirnos nada sobre ellos? ¿La altura, tal vez, por el ángulo de la linterna?

Reflexionó con los ojos entornados.

—No. Parecía bastante cerca del suelo, pero la oscuridad te jode el sentido de la perspectiva, ¿no? Se movían bastante despacio, pero cualquiera lo haría; ya habéis visto el yacimiento, está lleno de zanjas y trozos de muro.

—¿La linterna era grande o pequeña?

—El haz era pequeño, no muy intenso. No era una de esas cosas grandes y pesadas con mango. Solo una linternita.

—Cuando la viste por primera vez —dijo Cassie—, ¿estaba arriba junto al muro de la urbanización, en el extremo más alejado de la carretera?

—Por ahí, sí. Supuse que habían venido por la verja de atrás, o quizá saltando el muro.

La verja de atrás de la urbanización estaba al final de la calle de los Devlin, a solo tres casas de distancia. Mark pudo haber visto a Jonathan o a Margaret, lentificados por un cadáver y en busca de algún lugar donde dejarlo; o a Katy, escabulléndose en la oscuridad para encontrarse con alguien, armada tan solo con la luz de una linterna y una llave que nunca podría devolverla a su casa.

—Y salieron a la carretera.

Mark se encogió de hombros.

—Atravesaron el yacimiento en diagonal, pero no vi dónde acababan. Los árboles me lo tapaban.

—¿Crees que vieron tu fuego?

—¿Cómo voy a saberlo?

—Mark —le dijo Cassie—, esto es importante. ¿Viste pasar algún coche hacia esa hora? ¿O tal vez algún coche parado en la carretera?

Él se tomó su tiempo.

—No —respondió final y definitivamente—. Pasaron un par cuando llegué allí, pero nada después de las once. La gente de por aquí se acuesta temprano; a medianoche todas las luces de la urbanización están apagadas.

Si decía la verdad nos acababa de hacer un favor inmenso. Tanto el lugar del asesinato como la escena secundaria —escondieran donde escondiesen el cadáver de Katy a lo largo del martes— estaban casi sin lugar a dudas a una distancia de la urbanización que podía cubrirse a pie, y era bastante probable que estuvieran en ella, así que nuestro abanico de sospechosos ya no incluía a la mayoría de la población de Irlanda.

—¿Estás seguro de que te habrías dado cuenta si hubiera pasado un coche? —pregunté.

—Vi la linterna, ¿no?

—Un dato que habías olvidado —le recordé.

Frunció los labios.

—Tengo buena memoria, gracias. Pero no me había parecido importante. Fue el lunes por la noche, ¿vale? Ni siquiera presté mucha atención. Pensé que era alguien que volvía de casa de un amigo, o que a lo mejor uno de los chicos de por ahí había quedado con alguien; a veces se pasean por el yacimiento de noche. De todos modos no era problema mío. No me estaban molestando.

En aquel instante Bernadette, la administrativa de la brigada, llamó a la puerta de la sala de interrogatorios; cuando abrí, dijo con desaprobación:

—Detective Ryan, tiene una llamada. Ya le he explicado que no podíamos molestarle, pero ella ha dicho que era importante.

Bernadette lleva en Homicidios como veinticuatro años, toda su vida laboral. Tiene cara de marsupial con mal genio, cinco trajes de trabajo (uno para cada día de la semana, lo que resulta muy útil cuando estás demasiado cansado para recordar qué día es) y, todos lo creemos, una pasión platónica por O'Kelly al estilo de Smithers. En la brigada se hacen apuestas sobre cuándo acabarán por fin juntos.

—Ve —dijo Cassie—, ya termino yo. Mark, solo necesitamos tomarte declaración. Luego podemos llevarte de vuelta al trabajo.

—Cogeré el autobús.

—No, no lo harás —zanjé yo—. Tenemos que comprobar tu coartada con Mel, y no sería exactamente lo mismo si tuvieras ocasión de hablar con ella primero.

—Joder —soltó Mark, dejándose caer en su silla—. No me lo estoy inventando. Preguntadle a cualquiera. Todo el equipo estaba ahí incluso antes de que nos despertáramos.

—No te preocupes, lo preguntaremos —dije jovialmente, y lo dejé a solas con Cassie.

Volví a la sala de investigaciones y esperé a que Bernadette me pasase la llamada, cosa que hizo cuando lo creyó conveniente, para demostrarme que no era su trabajo andar detrás de mí.

—Ryan —dije.

—¿Detective Ryan? —Sonó jadeante y tímida, pero reconocí la voz al instante—. Soy Rosalind, Rosalind Devlin.

—Rosalind —repetí mientras sacudía la libreta para abrirla y buscaba un bolígrafo—. ¿Cómo estás?

—Oh, estoy bien. —Una risa breve y crispada—. Bueno, la verdad es que no, no lo estoy. Estoy deshecha. Pero en realidad creo que aún estamos todos como atontados. No lo hemos asimilado. Nunca te imaginas que pueda pasarte algo así, ¿no?

—No —dije con amabilidad—. Imagino cómo debes de sentirte. ¿Puedo ayudarte en algo?

—He pensado… ¿cree que podría ir a hablar con usted? Solo si no es una molestia. Tengo que preguntarle una cosa.

De fondo se oyó pasar un coche; estaba en el exterior, llamaba desde un móvil o una cabina.

—Por supuesto. ¿Esta tarde?

—No —se apresuró a contestar—. Hoy no… Verá, volverán en un minuto, solo han ido a… a ver el… —Se le apagó la voz—. ¿Puedo ir mañana? ¿Por la tarde?

—Cuando tú quieras —contesté—. Te doy mi número de móvil, ¿de acuerdo? Así me localizarás siempre que lo necesites. Llámame mañana y quedamos.

Se lo apuntó, murmurando los números entre dientes.

—Tengo que colgar —dijo rápidamente—. Gracias, detective Ryan. Muchas gracias.

Antes de que pudiera despedirme, colgó.

Eché un vistazo a la sala de interrogatorios: Mark estaba escribiendo y Cassie había logrado hacerle reír. Golpeé el cristal con las uñas. Mark alzó la cabeza de golpe y ella me lanzó una leve sonrisa y sacudió la cabeza una fracción de segundo. Al parecer se las apañaban sin mí. Lo que, como cabe imaginar, me iba la mar de bien. Sophie estaría esperando la muestra de sangre que le habíamos prometido; le dejé a Cassie un «Vuelvo enseguida» pegado en la puerta de la sala de interrogatorios y bajé al sótano.

El sistema de almacenamiento de pruebas a principios de los ochenta, especialmente para los casos sin resolver, no era muy sofisticado. La caja de Peter y Jamie estaba en una estantería alta y nunca antes la había bajado, pero supe, por cómo se movieron los bultos cuando cogí la carpeta principal de arriba de todo, que allí había otras cosas; tenían que ser las pruebas que Kiernan, McCabe y su equipo hubieran recopilado. El caso tenía otras cuatro cajas, pero estaban etiquetadas con una letra clara y esmerada como la de un niño: 2) Cuestionarios, 3) Cuestionarios, 4) Declaraciones, 5) Pistas. O Kiernan o McCabe hacían faltas de ortografía. Tiré de la caja principal y llovieron motas de polvo que atravesaron el resplandor de la bombilla desnuda; la dejé caer al suelo.

Estaba llena hasta la mitad de bolsas de plástico con pruebas, cubiertas por gruesas capas de polvo que conferían a los objetos del interior una apariencia imprecisa en tonos sepia, como artilugios misteriosos hallados por azar en alguna cámara que llevara siglos cerrada. Las saqué con cuidado, una por una, soplé y las coloqué en fila sobre las losas de piedra.

Había poco material para ser un caso importante. Un reloj de niño, un vaso de cristal y un juego de Donkey Kong naranja mate, todo ello bañado en lo que parecía ser polvo para huellas dactilares. Había muestras de materiales, sobre todo hojas secas y trozos de corteza. Un par de calcetines blancos de gimnasia salpicados de marrón oscuro, con unos agujeros cuadrados que les habrían recortado para someterlos a pruebas. Una camiseta blanca asquerosa y unos vaqueros cortos desteñidos cuyo dobladillo empezaba a deshilacharse. Y por último las zapatillas, con sus rozaduras infantiles y su forro rígido, negro y combado. Eran de esas acolchadas, pero la sangre las había empapado hasta casi atravesarlas; el exterior tenía manchas oscuras muy pequeñas que se extendían desde las costuras, salpicaduras por toda la parte de arriba y tenues pedazos marronosos donde se acumulaba justo debajo de la superficie.

La verdad es que me había preparado a conciencia para esto. Creo que tenía cierta idea de que la visión de las pruebas desencadenaría en mí una dramática oleada de recuerdos; no es que esperase exactamente acabar en posición fetal sobre el suelo del sótano, pero por algún motivo elegí un momento en que no era probable que bajase nadie a buscarme. A la hora de la verdad, sin embargo, comprendí con una evidente sensación de anticlímax que ninguna de esas cosas me resultaba ni remotamente familiar... excepto el juego de Peter de Donkey Kong, ni más ni menos, que seguro que estaba allí solo para comparar las huellas y que encendió un destello breve y bastante inútil en mi memoria (Peter y yo sentados en la moqueta soleada y cada uno manejando un botón, concentrados y dando codazos, con Jamie inclinada sobre nuestros hombros y chillando excitadas instrucciones), tan intenso que prácticamente pude oír los enérgicos y mandones chirridos y pitidos del juego. Las prendas de ropa, aunque sabía que eran mías, no me decían nada en absoluto. De hecho, parecía inconcebible que me hubiera levantado una mañana y me las hubiera puesto. Lo único que veía era el patetismo de todo aquello: lo pequeña que era la camiseta, el Mickey Mouse dibujado a boli en la punta de una zapatilla… En aquel entonces, tener doce años me parecía ser terriblemente mayor.

Cogí la bolsa de la camiseta con el pulgar y el índice y le di la vuelta. Había leído que tenía desgarrones en la espalda, pero no los había visto nunca, y en cierto modo me resultaron aún más impactantes que aquellos zapatos espantosos. Había algo antinatural en ellos: las paralelas perfectas, los arcos superficiales y nítidos; una descarnada e implacable imposibilidad. «¿Ramas?», pensé, mirándolos sin comprender. ¿Acaso había saltado de un árbol, o me había metido entre arbustos, y de algún modo la camiseta se me quedó enganchada en cuatro ramitas afiladas a la vez? Me picó la espalda, entre los omoplatos.

Súbita y compulsivamente, deseé estar en otra parte. El techo bajo ejercía una presión claustrofóbica y el aire polvoriento dificultaba la respiración; el silencio era opresivo, roto únicamente por la ominosa vibración de las paredes cuando pasaba un autobús por la calle. Prácticamente lo arrojé todo otra vez al interior de la caja, la alcé a su estantería y birlé las zapatillas, que había dejado en el suelo, dispuesto a mandárselas a Sophie.

Fue entonces, en aquel frío sótano repleto de casos medio olvidados y esos crujidos secos y mínimos que salían de las cajas a medida que los plásticos volvían a asentarse, cuando me di cuenta de la inmensidad de lo que había puesto en marcha. En cierto modo, con todo lo que tenía en la cabeza, no me había detenido a pensarlo en serio. Ese viejo caso me parecía algo tan privado que me había olvidado de las implicaciones que también podía tener en el mundo exterior. Pero (¿en qué coño, me pregunté, había estado pensando?) estaba a punto de subir esas zapatillas al hervidero de la sala de investigaciones, meterlas en un sobre acolchado y decirle a uno de los refuerzos que se las llevara a Sophie.

De todos modos habría ocurrido tarde o temprano (los casos de niños desaparecidos nunca se cierran, solo era cuestión de tiempo que a alguien se le ocurriera someter las viejas pruebas a la nueva tecnología). Pero si el laboratorio lograba determinar el ADN de las zapatillas y, sobre todo, si de algún modo lo hacían encajar con la sangre del altar de piedra, ya no se trataría de una pista menor en el caso Devlin, de una posibilidad remota entre nosotros y Sophie, sino que el viejo caso volvería a entrar en erupción. Todos, empezando por O'Kelly, querrían hacer una montaña de aquella nueva y reluciente prueba de alta tecnología: los Gardaí[9] nunca se rinden, ningún caso sin resolver se cierra nunca, el pueblo puede tener la absoluta certeza de que, detrás del telón, nos movemos a nuestra propia y misteriosa manera. Los medios de comunicación se abalanzarían sobre la posibilidad de que entre nosotros viviera un asesino en serie de niños. Y tendríamos que seguir adelante con ello; necesitaríamos pruebas de ADN de los padres de Peter y de la madre de Jamie y —oh, Dios— de Adam Ryan. Bajé la vista a los zapatos y me vino una repentina imagen mental de un coche, con los frenos flojos, lanzándose colina abajo, despacio al principio, inofensivo y casi cómico, y luego cogiendo velocidad y transformándose en una despiadada bola de demolición.

---

[9] Miembros del cuerpo de policía de Irlanda, llamado Garda (abreviatura de An Garda Síochána). *(N. de la T.)*

7

Llevamos a Mark al yacimiento y lo dejamos mortificán-
dose en el asiento de atrás del coche mientras yo hablaba con Mel y Cassie intercambiaba unas palabras con sus
compañeros de alojamiento. Cuando le pregunté qué
había hecho el martes por la noche, Mel se ruborizó y
fue incapaz de mirarme, pero dijo que ella y Mark habían estado hablando en el jardín hasta tarde, que se
habían enrollado y pasado el resto de la noche en la habitación de él. Solo la había dejado una vez, no más de
dos minutos, para ir al baño.

—Siempre nos hemos llevado muy bien; los demás
nos tomaban el pelo con eso. Creo que se veía venir.
—También confirmó que a veces Mark pasaba la noche
fuera de la casa y que le había dicho que dormía en el
bosque de Knocknaree—. Aunque no sé si lo sabe alguien más. Es bastante reservado con eso.

—¿A ti no te parece un poco raro?

Se encogió de hombros mientras se frotaba la nuca.

—Es un chico apasionado. Y esa es una de las cosas
que me gustan de él.

Dios, qué joven era; me dieron ganas de darle una
palmadita en el hombro y recordarle que debían usar
protección.

Los demás compañeros le explicaron a Cassie que
Mark y Mel habían sido los últimos en abandonar el jardín el martes por la noche, que a la mañana siguiente

habían salido juntos de la habitación de él y que todo el mundo se había pasado las primeras horas del día, hasta que apareció el cadáver de Katy, dándoles la lata implacablemente con eso. También dijeron que a veces Mark pasaba la noche fuera, pero no sabían adónde iba. Sus versiones de «es un chico apasionado» iban desde «es un tío raro» hasta «es un absoluto negrero».

Compramos más sándwiches plastificados en la tienda de Lowry y comimos sentados en el muro de la urbanización. Mark se dedicaba a organizar a los arqueólogos para alguna actividad nueva; gesticulaba con grandes y combativos ademanes como un guardia de tráfico. Pude oír a Sean quejarse a voces de algo, y a todos los demás chillándole que se callara, dejara de escaquearse y se controlara.

—Te juro por Dios, Macker, que si te la encuentro te la meto tan arriba por el agujero que…

—Vaya, Sean tiene el síndrome premenstrual.

—¿No has buscado en tu propio agujero?

—A lo mejor se la han llevado los polis, Sean, será mejor que pases inadvertido durante un rato.

—Ponte a trabajar, Sean —gritó Mark.

—¡No puedo trabajar sin mi puta paleta!

—Coge otra.

—¡Aquí sobra una! —chilló alguien.

Una paleta rodó de mano en mano mientras la luz rebotaba en el acero, y Sean la cogió y se puso a trabajar refunfuñando.

—Si tuvieras doce años —dijo Cassie—, ¿qué te haría venir aquí en plena noche?

Pensé en el débil círculo de luz, agitándose como un fuego fatuo entre las raíces cercenadas y los fragmentos de muros antiguos; el observador silente de los bosques.

—Nosotros lo hicimos un par de veces —dije—. Pasábamos la noche en nuestra casa del árbol. Por entonces todo esto eran árboles, hasta llegar a la carretera.

Los sacos de dormir sobre las tablas ásperas y el haz de la linterna pegado a las hojas de los tebeos. Un crujido y los haces que se alzaban para enfocar un par de ojos dorados, que se estremecían salvajes y luminosos a solo unos árboles de distancia; todos gritábamos y Jamie corría a lanzar una mandarina mientras esa cosa se alejaba de un salto y con estrépito de hojas...

Cassie me observó por encima de su zumo.

—Sí, pero estabas con tus colegas. ¿Qué podría hacerte salir a ti solo?

—Quedar con alguien. Una apuesta. A lo mejor ir a buscar algo importante que me había olvidado aquí. Hablaremos con sus amigas, por si les dijo algo.

—No fue un hecho casual —afirmó Cassie. Los arqueólogos habían vuelto a poner a los Scissor Sisters y uno de sus pies se balanceaba distraídamente siguiendo el ritmo de la música—. Incluso si no fueron los padres. Ese tío no salió y pilló a la primera niña vulnerable que vio. Lo planeó con cuidado. No quería matar a algún crío sin más; andaba detrás de Katy.

—Y conocía muy bien el lugar —continué yo— si pudo encontrar el altar de piedra en la oscuridad mientras cargaba con un cadáver. Cada vez está más claro que es alguien de aquí.

El bosque estaba alegre y reluciente bajo el sol, lleno de cantos de pájaros y hojas coquetas; percibía las filas y filas de casas idénticas, pulcras e inocuas alineadas detrás de mí. «Este maldito lugar», estuve a punto de decir; pero no lo hice.

Después de los sándwiches fuimos a ver a la tía Vera y las primas. Era una tarde tranquila y calurosa, pero en la urbanización reinaba una extraña desolación a lo *Marie Celeste*[10], con todas las ventanas cerradas a cal y canto y ni un solo niño jugando; todos estaban dentro, turbados, inquietos y a salvo bajo la mirada de sus padres, intentando escuchar a hurtadillas los susurros de los adultos y enterarse de qué pasaba.

La de los Foley era una prole poco atractiva. La hija de quince años estaba instalada en un sillón con los brazos cruzados, subiéndose el busto como la madre de alguien, y nos lanzó una mirada pálida, aburrida y desdeñosa; la de diez parecía un cerdo de dibujos animados y masticaba chicle con la boca abierta, se retorcía en el sofá y de vez en cuando se sacaba el chicle con la lengua para metérselo en la boca otra vez. Incluso el pequeño era uno de esos desconcertantes bebés de nariz prominente, que me observaba desde el regazo de Vera con los labios apretados y luego escondía la barbilla con desaprobación entre los pliegues del cuello. Tuve la repulsiva sensación de que, si decía algo, su voz sería ronca y grave como si se fumase dos cajetillas al día. La casa olía a calabaza. No entendí por qué diablos Rosalind y Jessica querrían estar allí, y el hecho de que lo hicieran me preocupaba.

Sin embargo, a excepción del bebé todo el mundo contó la misma historia: Rosalind y Jessica, y Katy en ocasiones, pasaban la noche allí una vez cada tantas semanas («Me encantaría quedármelas más a menudo, por supuesto que sí —dijo Vera, pellizcando con tensión la esquina de una funda—, pero con estos nervios no puedo, simplemente»); con menos frecuencia, Valerie y Sharon se quedaban con los Devlin. Ninguna estaba se-

---

[10] Nombre de un bergantín que fue hallado misteriosamente sin tripulación y navegando rumbo al estrecho de Gibraltar en 1872, y que ha llegado a simbolizar el barco fantasma por excelencia. *(N. de la T.)*

gura de a quién se le había ocurrido esa pernoctación en particular, aunque Vera pensó vagamente que tal vez fue Margaret quien lo sugirió. El lunes por la noche Rosalind y Jessica llegaron alrededor de las siete y media, vieron la televisión y jugaron con el bebé (no logré imaginar cómo, ya que ese crío apenas se movió en todo el tiempo que estuvimos allí; debía de ser como jugar con una patata gigante), y hacia las once se fueron a dormir a la habitación de Valerie y Sharon, donde compartieron una cama plegable.

Al parecer, ahí es donde la cosa se lio: como era de esperar, las cuatro estuvieron despiertas hablando y riendo buena parte de la noche.

—Son unas niñas encantadoras, agentes, yo no digo que no, pero a veces los jóvenes no se dan cuenta de la tensión que provocan en los mayores, ¿no es verdad? —Vera soltó una risita ahogada y frenética y le dio un golpecito a su hija mediana, que se escurrió en el sofá para alejarse más—. Tuve que entrar media docena de veces para decirles que se callaran… No soporto el ruido, ¿saben? Imagínense, debía de ser la una y media de la madrugada cuando por fin se durmieron. Y claro, para entonces yo ya estaba tan nerviosa que no había forma de calmarme, tuve que levantarme y prepararme una taza de té. No pude echar ni una cabezadita. A la mañana siguiente estaba destrozada. Y luego cuando llamó Margaret todas nos pusimos un poco histéricas, ¿verdad, chicas? Pero claro, no me imaginé… Pensé que solo…

Se tapó la boca con una mano delgada y trémula.

—Volvamos a la noche anterior —le dijo Cassie a la hija mayor—. ¿De qué hablasteis tus primas y tú?

La niña, Valerie, creo, puso los ojos en blanco y frunció los labios para dar a entender lo estúpida que era la pregunta.

—De cosas.

—¿Hablasteis de Katy?

—No lo sé. Sí, supongo. Rosalind decía lo estupendo que era que fuese a la escuela de danza. Yo no encuentro que sea tan increíble.

—¿Qué hay de tu tía y tu tío? ¿Los mencionasteis?

—Sí, Rosalind contó que se portaban fatal con ella, que nunca le dejaban hacer nada.

Vera emitió una pequeña risa entrecortada.

—¡Vamos, Valerie, no digas eso! Margaret y Jonathan harían cualquier cosa por esas niñas, agentes; ellos también están agotados...

—Sí, seguro, por eso se escapó Rosalind, porque eran demasiado buenos con ella.

Cassie y yo nos disponíamos a lanzarnos sobre ese comentario a la vez, pero Vera se nos adelantó:

—¡Valerie! ¿Qué te he dicho? No hablemos de eso. Todo fue un malentendido y ya está. Rosalind fue muy insensata al preocupar a sus pobres padres de ese modo, pero ya está todo perdonado y olvidado...

Aguardamos a que acabara.

—¿Por qué se escapó Rosalind? —le pregunté a Valerie.

Ella movió un hombro.

—Estaba harta de que su padre les diera órdenes. Creo que la pegó.

—¡Valerie! Miren, agentes, no sé adónde quieren ir a parar. Jonathan nunca les pondría un dedo encima a esas crías, y no lo hizo. Rosalind es una chica muy sensible; discutió con su padre y él no se dio cuenta de lo disgustada que estaba...

Valerie se recostó y se me quedó mirando con una sonrisa de suficiencia que reptaba por su aburrimiento de profesional. La hija mediana se sorbió la nariz con la manga y examinó el resultado con interés.

—¿Cuándo fue eso? —quiso saber Cassie.

—Oh, ni me acuerdo. Hace mucho tiempo… el año pasado, creo que era…

—En mayo —dijo Valerie—. Este mayo.

—¿Cuánto tiempo estuvo ausente?

—Unos tres días. Vino la policía y todo.

—¿Y sabes dónde estuvo?

—Se fue por ahí con un amigo —respondió Valerie con una sonrisita.

—No es así —soltó Vera con voz estridente—. Solo dijo eso para romperle el corazón a su pobre madre, Dios la perdone. Estuvo en casa de una amiga suya del colegio, cómo se llamaba, Karen. Volvió a casa después del fin de semana y no pasó nada.

—Lo que tú digas —respondió Valerie, encogiendo otra vez un solo hombro.

—Agua —pidió el bebé con firmeza.

Había acertado. Su voz sonaba como un fagot.

Con toda probabilidad, eso explicaba algo que yo deseaba comprobar: por qué Personas Desaparecidas dio por hecho tan deprisa que Katy se había escapado. Los doce años es el límite, y normalmente le habrían dado el beneficio de la duda y habrían emprendido la búsqueda y llamado a la prensa de inmediato en lugar de esperar veinticuatro horas. Pero lo de escaparse tiende a contagiarse en las familias, donde los hijos pequeños sacan la idea de los mayores. Cuando Personas Desaparecidas comprobó la dirección de los Devlin en su sistema, debieron de encontrarse con la fuga de Rosalind y dieron por supuesto que Katy había hecho lo mismo, que se había peleado con sus padres y se había largado furiosa a casa de una amiga; que, al igual que Rosalind, volvería en cuanto se tranquilizara y no pasaría nada.

Yo me alegraba cruelmente de que Vera hubiera estado despierta toda la noche del lunes. Aunque casi resultaba demasiado horrible para admitirlo, a ratos había tenido mis dudas respeto a Jessica y Rosalind. Jessica no parecía muy fuerte, pero sí poco equilibrada, el tópico de que la demencia da fortaleza se basa en hechos, y difícilmente podía no tener celos de todos los halagos que Katy recababa. Rosalind estaba tensa en extremo y era ferozmente protectora con Jessica, y si el éxito de Katy la había encerrado cada vez más en su perturbación... Sabía que la mente de Cassie discurría las mismas ideas, pero tampoco las había mencionado, y por alguna razón eso me sacaba de quicio...

—Quiero saber por qué se escapó Rosalind de casa —dije, mientras salíamos del hogar de los Foley.

La hija mediana tenía la nariz pegada a la ventana de la sala de estar y nos hacía muecas.

—Y adónde fue —continuó Cassie—. ¿Puedes hablar con ella? Creo que le sacarás más cosas que yo.

—De hecho —afirmé, algo incómodo— era ella la que me ha llamado antes. Vendrá a verme mañana por la tarde. Dice que quiere hablar de algo.

Cassie se giró después de guardarse la libreta en la mochila y me dedicó una larga mirada que no supe interpretar. Por un instante me pregunté si se había picado porque Rosalind me había llamado a mí y no a ella. Ambos estábamos acostumbrados a que Cassie fuese la favorita de las familias, y yo sentía una chispa infantil y vergonzosa de triunfo: «Alguien me prefiere a mí, para que lo sepas». Mi relación con Cassie tiene un tinte de hermano y hermana que nos funciona muy bien, pero en ocasiones nos aboca a la rivalidad.

—Perfecto —dijo—. Así podrás sacar el tema de la fuga sin que parezca nada del otro mundo.

Se colgó la mochila de la espalda y bajamos a la carretera. Se quedó mirando los campos a su alrededor con las manos en los bolsillos, y yo no sabía si estaba molesta conmigo por no haberle contado antes lo de la llamada de Rosalind Devlin, cosa que, sinceramente, debería haber hecho. Le di un golpecito con el codo, para tantear. Unos pasos más allá, extendió un pie hacia atrás y me dio una patada en el culo.

Nos pasamos el resto de la tarde recorriendo la urbanización puerta por puerta. Se trata de una tarea pesada y desagradecida que los refuerzos ya habían hecho, pero queríamos sacar nuestra propia impresión de lo que opinaban los vecinos de los Devlin. El consenso general fue que era una familia decente pero muy cerrada, y eso no sentaba demasiado bien: en un lugar del tamaño y la clase social de Knocknaree, cualquier tipo de reserva se considera un insulto general, a un paso del imperdonable pecado del esnobismo. Pero Katy era distinta: su ingreso en la Real Escuela de Danza la había convertido en el orgullo de Knocknaree, en su causa personal. Incluso los hogares visiblemente pobres habían enviado a alguien a la recaudación de fondos, y todo el mundo tenía que describirnos cómo bailaba; algunas personas lloraron. Muchos formaban parte de la campaña de Jonathan «No a la Autopista» y nos miraron con nerviosismo y recelo cuando les preguntamos por él. Otros se lanzaron a un discurso sobre cómo pretendía detener el progreso y socavar la economía, y puse unas estrellitas especiales junto a sus nombres en mi libreta. La mayoría de la gente era de la opinión de que Jessica estaba un poco afectada.

Cuando les preguntábamos si habían visto algo sospechoso, nos ofrecían la habitual lista de bichos raros del pueblo —un viejo que gritaba a las papeleras, dos chicos de catorce años famosos por ahogar gatos en el río...— y enemistades persistentes e irrelevantes y cosas imprecisas que daban golpes en la noche. Varias personas, ninguna de ellas con información de utilidad, mencionaron el viejo caso que, hasta lo de la excavación, lo de la autopista y lo de Katy, había sido lo único destacable en Knocknaree. Me pareció medio recordar algunos nombres y un par de rostros. Les puse mi cara más profesional y vacía.

Al cabo de una hora más o menos llegamos al 27 de la avenida de Knocknaree y encontramos a la señora Pamela Fitzgerald, que, aunque resultara increíble, seguía viva y coleando. La señora Fitzgerald era impresionante. Tenía ochenta y ocho años, era flaca y andaba casi doblada; nos ofreció té, ignoró nuestras negativas y nos gritó desde la cocina mientras preparaba una bandeja cargada y temblorosa, y luego quiso saber si habíamos encontrado el monedero que algún joven le había robado en la ciudad hacía tres meses, y por qué no. Era una sensación extraña, después de leer su escritura desvaída en el archivo antiguo, verla quejarse de sus tobillos hinchados («Son un martirio, ya lo creo») y negarse indignada a dejarme llevar la bandeja. Era como si Tutankamon o la señorita Havisham[11] entrasen una noche en el pub y empezaran a quejarse de la espuma de las cervezas.

Era de Dublín, nos contó («Una chica de Liberties[12], donde nací y me crie»), pero se había mudado a Knocknaree hacía veintisiete años, cuando su marido («Dios lo tenga en su gloria») se jubiló de su trabajo como maquinista. Desde entonces, la urbanización era su microcos-

---

[11] Personaje de *Grandes Esperanzas,* de Charles Dickens. *(N. de la T.)*
[12] Barrio de Dublín. *(N. de la T.)*

mos, y casi estaba seguro de que podría recitarnos todas las entradas, salidas y los escándalos de su historia. Conocía a los Devlin, por supuesto, y le caían bien:

—Oh, forman una familia encantadora. Margaret Kelly siempre fue una gran chica, nunca le dio un dolor de cabeza a su madre, solo esa vez... —se inclinó hacia Cassie y bajó la voz como conspirando— solo esa vez que apareció preñada. ¿Y sabe, cielo?, el gobierno y la Iglesia siempre están dando la lata con lo espantosos que son los embarazos de adolescentes, pero yo digo que ni ahora ni nunca ha sido una desgracia. El muchacho de los Devlin era un poco gamberro, ya lo creo, pero desde el momento que tuvo que casarse con esa chica, os aseguro que ya no fue el mismo. Se buscó un trabajo y una casa y celebraron una boda encantadora. Fue lo que lo cambió. Solo que es terrible lo que le ha pasado a esa pobre niña, descanse en paz.

Se santiguó y me dio unos golpecitos en el brazo.

—¿Y ustedes han venido desde Inglaterra para descubrir quién lo hizo? Son estupendos. Dios los bendiga, jovencitos.

—Vieja hereje —dije al salir. La señora Fitzgerald me había alegrado inmensamente el día—. Espero tener ese brío a los ochenta y ocho.

Acabamos justo antes de las seis y nos fuimos al pub del pueblo —el Mooney's, al lado de la tienda— para ver las noticias. Solo habíamos cubierto una parte de la urbanización, pero suficiente para haber captado el ambiente general. Había sido un día muy largo; la reunión con Cooper parecía que hubiera ocurrido hacía al menos cuarenta y ocho horas. Sentí un vertiginoso impulso de continuar hasta llegar a mi antigua calle —ver si la madre de Jamie abría la puerta, qué aspecto tenían ahora los hermanos de

Peter, quién estaba viviendo en mi antiguo dormitorio...—, pero sabía que no era una buena idea.

Nuestros cálculos habían sido acertados: mientras yo llevaba nuestro café hacia la mesa, el camarero subió el volumen del televisor y las noticias irrumpieron con su sintonía. Katy era el tema principal; los presentadores mostraban la seriedad correspondiente, con las voces vibrantes al final de cada frase para subrayar la tragedia. En una esquina de la pantalla apareció el pomposo *The Irish Times*.

«La niña encontrada ayer muerta en el polémico yacimiento arqueológico de Knocknaree ha sido identificada como Katharine Devlin, de doce años», entonó el presentador masculino. O el color del aparato estaba mal ajustado o él se había pasado con el bronceado artificial; tenía la cara naranja y el blanco de los ojos le brillaba que daba miedo. Los viejos de la barra se movieron, ladeando despacio la cabeza hacia la pantalla y bajando los vasos. «Katharine desapareció de su casa a primera hora del martes. Los Gardaí han confirmado que se trata de una muerte sospechosa y hacen un llamamiento a cualquiera que tenga alguna información.» El número de teléfono atravesó la parte baja de la pantalla, en caracteres blancos sobre franja azul. «Orla Manahan está allí en directo.»

Dieron paso a una rubia con el pelo tieso y nariz protuberante de pie frente al altar de piedra, que no parecía hacer nada que exigiera una conexión en directo. La gente ya había empezado a dejar ofrendas apoyadas en él, como ramos de flores envueltas en celofán de colores o un oso de peluche rosa. Al fondo, un trozo de cinta de la escena del crimen, que se habría dejado el equipo de Sophie, aleteó con tristeza desde su árbol.

«Este es el lugar donde, ayer por la mañana, fue hallado el cuerpo de Katy Devlin. A pesar de su juventud,

Katy era muy conocida en la pequeña y unida comunidad de Knocknaree. Acababa de conseguir una plaza en la prestigiosa Real Escuela de Danza, donde tenía que empezar a estudiar dentro de solo unas semanas. Hoy, los vecinos están desolados por la trágica muerte de una niña que era su alegría y su orgullo.»

Una toma tambaleante, cámara en mano, de una anciana con un pañuelo de cabeza floreado a la salida de la tienda de Lowry. «Oh, es espantoso. —Una larga pausa mientras bajaba la mirada y sacudía la cabeza, moviendo la boca; por detrás de ella pasó un tipo en bici que se quedó embobado con la cámara—. Es algo terrible. Todos estamos rezando por la familia. ¿Cómo podría alguien querer hacer daño a esa preciosa chiquilla?» Hubo un murmullo quedo y enojado de los ancianos de la barra.

Otra vez la rubia. «Pero puede que esta no sea la primera muerte violenta que haya visto Knocknaree. Hace miles de años, esta piedra —extendió el brazo, como un comercial inmobiliario enseñando una cocina integral— fue un altar ceremonial en el que, según los arqueólogos, los druidas pudieron practicar sacrificios humanos. Sin embargo, esta tarde la policía ha dicho que no hay pruebas de que la muerte de Katy sea producto de algún culto religioso.»

Toma de O'Kelly, delante de un imponente trozo de cartón con un sello de la Garda estampado. Llevaba una chaqueta a cuadros horrorosa que, en pantalla, parecía ondularse y palpitar por su propio impulso. Se aclaró la garganta y recitó nuestra lista, con la inexistencia de la muerte de ganado y todo. Cassie alzó la mano sin apartar la vista de la pantalla y me encontré dándole un billete de cinco.

Otra vez el presentador naranja. «Y Knocknaree aún detenta otro misterio. En 1984, dos niños del vecindario...» La pantalla se llenó de fotos escolares envejecidas: Peter sonriendo con picardía bajo su flequillo y Jamie —odiaba las fotos— ofreciendo al fotógrafo una media sonrisa incierta, como para seguir la corriente a los adultos.

—Ya estamos —dije; intentaba parecer frívolo e irónico.

Cassie tomó un sorbo de café.

—¿Piensas contárselo a O'Kelly? —quiso saber.

Ya me lo esperaba, y conocía todas las razones por las que debía preguntármelo, pero aun así me provocó un sobresalto. Eché un vistazo a los tíos de la barra; estaban concentrados en la pantalla.

—No —dije—. No. Me retirarían del caso. Y quiero trabajar en él, Cass.

Ella asintió, despacio.

—Lo sé. Pero si lo descubre...

Si lo descubría, era más que probable que nos hicieran vestir el uniforme a ambos otra vez, o como mínimo que nos expulsaran de la brigada. Yo trataba de no pensar en ello.

—No lo hará —respondí—. ¿Por qué iba a hacerlo? Y si es así, los dos diremos que tú no tenías ni idea.

—Eso no se lo creerá ni en broma. Y en cualquier caso esa no es la cuestión.

Una secuencia borrosa y antigua de un poli con un pastor alemán hiperactivo, sumergiéndose en el bosque. Un submarinista que salía del río y negaba con la cabeza.

—Cassie —dije—. Sé lo que te pido. Pero por favor, necesito hacerlo. No lo joderé. —Vi agitarse sus párpados y me di cuenta de que me había salido un tono más desesperado de lo que pretendía—. Ni siquiera estamos seguros de que haya alguna relación —continué, más calmado—. Y si la hay, a lo mejor acabo por recordar algo que sea útil para la investigación. Por favor, Cass. Apóyame en esto.

Guardó silencio un momento, mientras se bebía el café y contemplaba pensativa el televisor.

—¿Hay alguna posibilidad de que un periodista realmente empeñado llegue a...?

—No —la interrumpí con energía. Como es de suponer, había pensado mucho en ello. En el archivo ni siquiera se mencionaba mi nuevo nombre ni mi nuevo colegio, y cuando nos mudamos mi padre le dio a la policía la dirección de mi abuela, que murió cuando yo tenía unos veinte años; luego la casa se vendió—. Mis padres no salen en la guía y mi número aparece con el nombre de Heather Quinn...

—Y ahora te llamas Rob. No tiene que pasarnos nada.

Ese «nos» y el tono práctico y reflexivo —como si solo se tratara de una complicación rutinaria más, en el mismo nivel que un testigo reticente o un sospechoso fugado— me reconfortaron.

—Si todo sale terriblemente mal, dejaré que esquives tú a los *paparazzi*.

—Estupendo. Aprenderé kárate.

En la pantalla, la secuencia antigua había terminado y la rubia se preparaba para un gran final. «Pero por ahora, lo único que puede hacer la gente de Knocknaree es aguardar... y no perder la esperanza.» Enfocaron el altar de piedra largo rato, con ánimo de conmover; luego conectaron otra vez con el plató, y el presentador naranja empezó a dar las últimas novedades sobre alguna interminable y deprimente comisión investigadora.

Dejamos las cosas en casa de Cassie y salimos a pasear por la playa. Me encanta la de Sandymount. Ya es bastante bonita en las raras tardes veraniegas, con su cielo azul como de anuncio y todas las chicas con tirantes y los hombros rojos pero, no sé por qué, cuando más me gusta es en esos típicos días irlandeses, cuando el viento te sopla chispas de lluvia en la cara y todo se diluye en unos medios tonos evanescentes y puritanos: nubes de un gris blanquecino, mar de un gris verdoso hasta la línea del horizonte, una gran extensión de arena beis descolorido con una barrera de conchas rotas esparcidas, amplias curvas abstractas de un plateado pálido allí donde la marea sube de forma irregular... Cassie llevaba pantalones de pana verde salvia y su gruesa trenca rojiza, y el viento le estaba enrojeciendo la nariz. Una chica que se lo tomaba muy en serio hacía *jogging* en pantalón corto y con gorra de béisbol —tal vez una estudiante estadounidense— por delante de nosotros; arriba, en el paseo, una madre menor de edad en chándal empujaba un carrito con gemelos.

—¿En qué piensas? —le pregunté.

Me refería al caso, obviamente, pero Cassie estaba atolondrada (genera más energía que la mayoría de las personas, y llevaba casi todo el día sentada en lugares cerrados).

—¿Te das cuenta? Cuando una mujer le pregunta a un tío qué está pensando, resulta que es un gran crimen y es una pesada y una dependiente, pero si es al revés...

—Compórtate —le dije, bajándole la capucha por encima de la cara.

—¡Socorro! ¡Estoy siendo oprimida! —chilló a través de ella—. Llamen a la Comisión por la Igualdad.

La chica del carrito nos miró con acritud.

—Estás sobreexcitada —la advertí—. Tranquilízate o volvemos a casa y te quedas sin helado.

Se sacudió la capucha hacia atrás y se alejó por la arena en una larga cadena de ruedas y volteretas en el aire, con el abrigo cayéndosele alrededor de los hombros. Mi impresión inicial de Cassie fue felizmente acertada: de niña hizo gimnasia durante ocho años y por lo visto era bastante buena. Lo dejó porque las competiciones y la rutina la aburrían; en realidad, a ella le gustaban los movimientos en sí, su geometría tensa, elástica y arriesgada, y quince años después su cuerpo todavía los recordaba casi todos. Cuando llegué a su altura, estaba sin aliento y se sacudía la arena de las manos.

—¿Mejor? —le pregunté.

—Mucho. ¿Qué decías?

—El caso. Trabajo. Gente muerta.

—Ah, eso —respondió, con seriedad instantánea. Se enderezó el abrigo y seguimos caminando por la playa, pisando las conchas medio enterradas—. Me pregunto cómo eran Peter Savage y Jamie Rowan.

Estaba observando un ferry, pequeño y sencillo como un juguete, que resoplaba con determinación hacia el horizonte; su rostro, vuelto hacia la suave lluvia, resultaba insondable.

—¿Por qué? —quise saber.

—No lo sé. Solo me lo preguntaba.

Pensé largo rato en la pregunta. Mis recuerdos de ellos se habían vuelto borrosos por el uso excesivo, transformados en delicadas diapositivas de colores que titilaban en las paredes de mi mente: Jamie trepando concentrada y firme a una rama elevada y la risa de Peter cayendo en arco desde la maraña verde que allá en lo alto era como un trampantojo. Mediante una serie de movimientos lentos se habían convertido en niños salidos de un libro de cuentos recurrente, en mitos radiantes de una civilización perdida; costaba creer que alguna vez fueron reales y fueron mis amigos.

—¿En qué sentido? —dije al fin, por decir algo—. ¿Su carácter, su aspecto o qué?

Cassie se encogió de hombros.

—Lo que sea.

—Los dos eran igual de altos que yo —le expliqué—. Altura mediana, supongo, sea lo que sea eso. Los dos eran de complexión delgada. Jamie tenía el cabello rubio casi blanco, media melena y nariz respingona. Peter era castaño claro, con ese peinado desaliñado que llevan los niños cuando les corta el pelo su madre, y tenía los ojos verdes. Creo que seguramente habría sido muy guapo.

—¿Y de carácter?

Cassie alzó la vista hacia mí; el viento le aplanaba el pelo contra la cabeza dejándoselo lacio como el de una foca. A veces, mientras paseamos me coge del brazo, pero sabía que esta vez no iba a hacerlo.

En mi primer año de internado pensaba en ellos sin cesar. Añoraba mi casa de una forma salvaje y devastadora; sé que les ocurre a todos los niños en esa situación, pero me parece que mi desdicha iba más allá de lo habitual. Era una agonía constante que me consumía y me debilitaba como un dolor de muelas. Al inicio de cada semestre tenían que arrancarme del coche donde berreaba y forcejeaba, y arrastrarme adentro mientras mis padres se iban. Uno pensaría que eso me convirtió en un blanco perfecto para los gamberros, pero la verdad es que me dejaban en paz, pues entendían, supongo, que nada de lo que pudieran hacerme me haría sentir peor. No es que ese colegio fuese un infierno ni nada parecido, de hecho creo que seguramente estaba bastante bien tal como son esos sitios —un colegio rural tirando a pequeño, con un elaborado sistema de jerarquía entre alumnos y una obsesión por los puntos y otros tópicos—, pero yo quería irme a casa, y lo quería más de lo que nunca he querido nada.

Lo sobrellevé, siguiendo la gran tradición de los niños de todas partes, encerrándome en mi imaginación. Sentado en sillas poco firmes durante reuniones monótonas, veía a Jamie agitándose a mi lado y evocaba cada uno de sus detalles, como la forma de las rótulas o la inclinación de la cabeza. Por la noche permanecía horas despierto, con los chicos roncando y musitando a mi alrededor, y concentraba cada célula de mi cuerpo hasta que sabía, sin lugar a dudas, que cuando abriera los ojos Peter estaría en la cama de al lado. Solía arrojar mensajes en botellas de refresco al río que pasaba por los terrenos de la escuela: «Para Peter y Jamie. Por favor, volved. Con cariño, Adam». Yo sabía que me habían mandado fuera porque ellos habían desaparecido, y sabía que si una noche regresaban del bosque, sucios, con picadas de ortiga y pidiendo su merienda, a mí me dejarían volver a casa.

—Jamie era como un niño —dije—. Era muy tímida con los extraños, sobre todo si eran adultos, pero físicamente no le temía a nada. Os habríais caído bien.

Cassie esbozó una media sonrisa de soslayo.

—En 1984 yo solo tenía diez años, ¿recuerdas? Ni siquiera me habríais dirigido la palabra.

Había llegado a pensar en 1984 como un universo aparte y privado; me impactó un poco caer en la cuenta de que Cassie también había estado allí, a solo unos kilómetros de distancia. En el momento en que Peter y Jamie desaparecieron ella estaría jugando con sus amigos, montando en bici o merendando, ajena a lo que sucedía y al camino largo y complejo que la conduciría hasta mí y hasta Knocknaree.

—Por supuesto que sí —repliqué—. Te habríamos dicho: «Danos tu dinero de la comida, mocosa».

—Ya lo haces de todos modos. Sigue con lo de Jamie.

—Su madre era una especie de *hippie*, con faldas largas y vaporosas y pelo largo, y solía darle a Jamie yogur con germen de trigo a la hora del recreo.

—Caray —comentó Cassie—. No sabía que podías conseguir germen de trigo en los ochenta. Suponiendo que lo quisieras.

—Me parece que era ilegítima; Jamie, no la madre. De su padre no se sabía nada. Algunos niños se metían con ella por eso, hasta que le dio una paliza a uno. Después yo le pregunté a mi madre dónde estaba el padre de Jamie y me contestó que no fuera entrometido. También se lo pregunté a Jamie, que se encogió de hombros y dijo: «¿A quién le importa?».

—¿Y Peter?

—Peter era el líder —le expliqué—. Desde siempre, incluso cuando éramos muy pequeños. Hablaba con quien fuera, siempre nos sacaba de apuros hablando. No es que fuera un sabelotodo, no creo que lo fuese, pero tenía seguridad y le gustaba la gente. Y era buena persona.

En nuestra calle había un chico, Willy Little[13]. El apellido por sí solo ya le habría causado bastantes problemas (me pregunto en qué diablos estarían pensando sus padres), pero además llevaba gafas de culo de vaso y durante todo el año tenía que ponerse gruesos jerséis tejidos a mano con conejitos delante porque le pasaba algo en el pecho, y empezaba casi todas sus frases con «Mi madre dice que…». Lo habíamos torturado alegremente durante toda la vida, dibujando las caricaturas habituales en sus cuadernos de la escuela, escupiéndole en la cabeza desde los árboles, recogiendo excrementos del conejo de Peter y diciéndole que eran pasas de chocolate, y

---

[13] *Little Willy* fue una famosa canción de un grupo británico de los setenta llamado The Sweet. *(N. de la T.)*

cosas por el estilo, pero el verano en que teníamos doce años Peter nos obligó a parar. «No es justo —dijo—. Él no puede evitarlo.»

Jamie y yo sabíamos más o menos lo que quería decir, aunque alegamos que Willy podía haberse hecho llamar Bill y dejar de decir a la gente qué opinaba su madre de todo. La siguiente vez que lo vi me sentí lo bastante culpable como para darle la mitad de una barrita Mars pero, como es comprensible, me miró con recelo y se escabulló. Me pregunté, distraídamente, qué haría Willy ahora. En una película habría sido un genio ganador de un premio Nobel con una supermodelo por esposa pero, en la vida real, era probable que se ganara la vida como cobaya para investigaciones médicas y aún llevara jerséis con conejitos.

—Es raro —comentó Cassie—. La mayoría de los niños son crueles a esa edad. Estoy segura de que yo lo era.

—Me parece que Peter era un crío fuera de lo normal —dije.

Se detuvo a recoger una concha de berberecho de un naranja brillante y examinarla.

—Aún hay alguna posibilidad de que sigan con vida, ¿no crees? —Limpió la arena de la concha con la manga y sopló—. En alguna parte.

—Supongo que sí —respondí.

Peter y Jamie por ahí, en alguna parte, manchas de rostros difuminados entre una vasta multitud en movimiento.

Cuando tenía doce años esta era en cierto modo la peor posibilidad de todas: que aquel día simplemente hubiesen seguido corriendo, dejándome atrás sin volverse a mirar ni una vez. Todavía tengo el hábito reflejo de buscarlos entre la muchedumbre: aeropuertos, conciertos, estaciones de tren… Ahora ya se me ha pasado, pero cuando era más joven alcanzaba una especie de estado de pánico y giraba la cabeza adelante y atrás como un personaje de dibujos animados, temiendo que la cara que no había visto pudiera ser la de uno de ellos.

—Aunque lo dudo. Había mucha sangre.

Cassie se guardó la concha en el bolsillo; alzó la vista hacia mí un segundo.

—No conozco los detalles.

—Ya te dejaré el archivo —dije. Me fastidió que me costara esfuerzo decirlo, como si entregara mi diario o algo semejante—. A ver qué te parece.

La marea empezaba a subir. La playa de Sandymount tiene una pendiente tan gradual que con marea baja el mar es una minúscula franja grisácea y casi invisible a lo lejos, en el horizonte; sube a una velocidad vertiginosa y desde todas direcciones a la vez, y a veces algunas personas se han visto en apuros. En cuestión de minutos ya nos tocaría los pies.

—Será mejor que volvamos —dijo Cassie—. Vendrá Sam a cenar, ¿recuerdas?

—Es verdad —contesté sin gran entusiasmo. Sam me cae bien (como a todo el mundo, excepto a Cooper), pero no estaba de humor para ver a otra gente—. ¿Por qué lo has invitado?

—¿Por el caso, quizá? —dijo en tono burlón—. ¿Trabajo, gente muerta…?

Le hice una mueca y ella me la devolvió.

Los dos mocosos del carrito se aporreaban el uno al otro con unos juguetes de colores chillones.

—¡Britney, Justin! —gritó la madre por encima de sus chillidos—. ¡A callar u os mato a los dos, joder!

Rodeé el cuello de Cassie con un brazo y logré ponerla a una distancia prudencial antes de que ambos nos echásemos a reír.

Finalmente, por cierto, me adapté al internado. Cuando mis padres me dejaron allí al inicio del segundo curso (mientras yo gemía, rogaba y me aferraba a la manija del coche y el furioso encargado de la residencia me tiraba de la cintura y me separaba los dedos uno a uno) comprendí que, hiciera lo que hiciese y por más que suplicara, no pensaban dejarme volver a casa. Después de eso dejé de sentir añoranza.

No tenía muchas opciones. Mi sufrimiento inexorable durante el primer curso casi había acabado conmigo (me había acostumbrado a tener mareos fugaces cada vez que me ponía en pie, instantes en que no recordaba el nombre de un compañero de clase o el camino al comedor), hasta la resistencia de alguien de trece años tiene un límite; unos meses más así y quizás hubiera acabado con alguna lamentable crisis nerviosa pero, como digo, a la hora de la verdad tengo un instinto de supervivencia excelente. La primera noche del segundo curso me dormí entre sollozos, pero al despertar a la mañana siguiente decidí que no volvería a sentir añoranza.

Luego, para mi sorpresa, la adaptación me pareció incluso fácil. Sin prestar demasiada atención había adoptado gran parte del argot singular y endogámico de las escuelas (*scrots* para los de cursos inferiores y *mackos* para los profesores), y mi acento pasó de ser del condado de Dublín al de los alrededores de Londres en un plazo de una semana. Me hice amigo de Charlie, que se sentaba a mi lado en geografía y tenía una solemne cara redonda y una risita irresistible; cuando crecimos lo suficiente, compartimos un estudio y unos porros experimentales que le había traído su hermano de Cambridge y largas, confusas y anhelantes conversaciones sobre chicas. Mis resultados académicos eran mediocres como mucho —me había convencido tanto de que la escuela es un destino ineludible y eterno que me costaba imaginar nada más después de eso, así que era difícil recordar por qué se suponía que estudiaba—, pero resulté ser un buen nadador, lo suficiente para el equipo del colegio, una habilidad que me hizo ganarme el respeto de profesores y alumnos más de lo que lo hubieran hecho unas buenas notas. En quinto hasta me hicieron delegado; al igual que mi designación para Homicidios, tiendo a atribuirlo a que tenía el aspecto adecuado.

Pasé muchas épocas de vacaciones en la casa de Charlie en Herefordshire, aprendí a conducir con el viejo Mercedes de su padre (dando tumbos por carreteras rurales, con las ventanillas bajadas y Bon Jovi retumbando en el estéreo mientras los dos desafinábamos dándolo todo) y me enamoré de sus hermanas. Descubrí que ya no tenía muchas ganas de ir a casa. La casa de Leixlip era oscura, desabrida y olía a humedad, y mi madre había colocado mal todas mis cosas en mi nuevo dormitorio. Me parecía incómoda y temporal, como un refugio montado a toda prisa, no como un hogar. Los demás chicos de la calle llevaban unos cortes de pelo que les daban pinta de peligrosos y hacían unas bromas ininteligibles sobre mi acento.

Mis padres habían advertido mis cambios, pero en lugar de alegrarse de que me hubiera adaptado al colegio, como cabría esperar, se mostraban desconcertados, nerviosos ante la persona desconocida e independiente en que me estaba transformando. Mi madre iba de puntillas por la casa y me preguntaba tímidamente qué quería merendar; mi padre trataba de iniciar unas charlas de hombre a hombre que siempre se encallaban, después de mucho aclararse la garganta y hacer ruido con el periódico, ante mi silencio pasivo y baldío. Racionalmente entendía que me habían mandado al internado para protegerme de las implacables olas de periodistas, fútiles interrogatorios policiales y compañeros de clase curiosos, y era consciente de que seguramente fue una excelente decisión; pero una parte de mí creía, de forma incuestionable y callada y tal vez con una pizca de acierto, que me habían enviado fuera porque me tenían miedo. Como un niño monstruosamente deformado que no debiera haber vivido más allá de la infancia, o un gemelo siamés cuya otra mitad murió en la mesa de operaciones, me había convertido —por el simple hecho de sobrevivir— en un bicho raro.

8

Sam llegó a la hora convenida, con aspecto de muchacho que acude a su primera cita —hasta se había alisado el pelo rubio, sin conseguir gran cosa, con un remolino detrás— y traía una botella de vino.

—Aquí tienes —dijo, y se la ofreció a Cassie—. No sabía lo que ibas a preparar, pero el tipo de la tienda ha dicho que este va bien con cualquier cosa.

—Perfecto —respondió ella, y bajó la música (Ricky Martin en español; tiene una versión tipo jazz que pone muy alta mientras cocina o limpia la casa) y fue al armario a buscar vasos de vino iguales—. De todos modos, solo estoy preparando pasta. El sacacorchos está en ese cajón. Rob, cariño, tienes que remover la salsa, no sostener la cuchara dentro de la sartén.

—Oye, Martha Stewart[14], ¿quién lo está haciendo, tú o yo?

—Ninguno de los dos, por lo que se ve. Sam, ¿vas a beber o tienes que conducir?

—Maddox, es tomate de lata con albahaca, no es precisamente *haute cuisine*…

—¿Acaso te extirparon el paladar al nacer, o has tenido que currártelo mucho para conseguir esta falta de refinamiento? ¿Vino, Sam?

---

[14] Empresaria norteamericana, autora de numerosos libros y artículos y presentadora de programas sobre las artes del hogar. *(N. de la T.)*

Sam parecía algo descolocado. A veces Cassie y yo nos olvidamos de que podemos causar ese efecto en la gente, sobre todo cuando estamos fuera de servicio y de buen humor, como era el caso. Sé que suena raro, dado lo que habíamos estado haciendo todo el día, pero en las brigadas con un alto cupo de horror —Homicidios, Delitos Sexuales, Violencia Doméstica...— o aprendes a desconectar o pides un traslado a Arte y Antigüedades. Si te permites pensar demasiado en las víctimas (qué pasó por su mente en sus últimos segundos, todas las cosas que ya no harán nunca o sus familias destrozadas), acabas con un caso sin resolver y una crisis nerviosa. Obviamente, a mí me costaba más de lo habitual desconectar; pero me sentaba bien la reconfortante rutina de preparar la cena y fastidiar a Cassie.

—Pues sí, por favor —respondió Sam. Miró a su alrededor, incómodo, en busca de un sitio donde dejar su abrigo; Cassie lo cogió y lo tiró sobre el futón—. Mi tío tiene una casa en Ballsbridge... sí, sí, ya lo sé —dijo, cuando los dos lo miramos con cara de impresionados—. Y yo aún conservo una llave. A veces paso la noche allí, si me he quedado a tomar unas copas.

Nos miró a uno y a otro, a la espera de algún comentario.

—Bien —dijo Cassie, tras lo cual se sumergió otra vez en el armario y apareció con un vaso en el que ponía «Nutella» en un lado—. Odio cuando algunas personas beben y otras no. Hace que la conversación cojee. ¿Qué diablos le has hecho a Cooper, por cierto?

Sam se rio, relajado, mientras buscaba el sacacorchos.

—Juro que no fue culpa mía. Mis tres primeros casos aparecieron a las cinco de la tarde, y le llamé justo cuando llegaba a casa.

—Oh-oh —dijo Cassie—. Chico malo.

—Tienes suerte de que te dirija la palabra —comenté yo.

—Apenas lo hace —afirmó Sam—. Finge que no recuerda mi nombre. Me llama detective Neary o detective O'Nolan... incluso en el estrado. Una vez me llamó con un nombre distinto cada vez que me mencionaba, y el juez se hizo tal lío que casi declaró nulo el juicio. Gracias a Dios, vosotros sí le caéis bien.

—Es por el escote de Ryan —dijo Cassie, mientras me empujaba con un golpe de cadera y echaba un puñado de sal en la cacerola con agua.

—Pues me compraré un Wonderbra —replicó Sam. Descorchó la botella con destreza, sirvió el vino y nos dio nuestros vasos—. Salud, compañeros. Gracias por invitarme. Por una resolución rápida y sin sorpresas desagradables.

Después de cenar nos pusimos a lo nuestro; hice café y Sam insistió en fregar los cacharros. Cassie, sentada en el suelo, esparció las notas de la autopsia y las fotos sobre la mesita de centro, un viejo arcón de madera encerada, mientras se acercaba y se alejaba para coger cerezas de un cuenco con la otra mano. Me encanta observar a Cassie cuando se concentra. Totalmente absorta, se queda ausente e inconsciente como una niña, se retuerce con el dedo un rizo de la nuca, coloca las piernas en posturas rarísimas sin ningún esfuerzo o se da golpecitos alrededor de la boca con un boli y de repente lo aparta para murmurarse algo a sí misma.

—Mientras esperamos a la Asombrosa Mujer Paranormal, aquí presente —le dije a Sam, y Cassie me levantó el dedo índice sin alzar la vista—, ¿cómo te ha ido el día?

Sam enjuagaba los platos con una precisa eficiencia de soltero.

—Ha sido largo. No se acababa nunca, con todos esos funcionarios diciéndome que tenía que hablar con otra persona y pasándome luego con el buzón de voz. No va a ser tan sencillo averiguar de quién es ese terreno. He hablado con mi tío y le he preguntado si eso de «No a la Autopista» tiene algún efecto real.

—¿Y? —pregunté, intentando no sonar cínico.

No tenía nada contra Redmond O'Neill en particular —tenía una vaga imagen de un hombre grande y rubicundo con una mata de pelo gris, pero eso era todo—, pero siento una desconfianza firme y generalizada respecto a los políticos.

—Dice que no. Básicamente no son más que un incordio, según él. —Cassie levantó la vista y alzó una ceja—. Solo lo estoy citando. Han ido a juicio unas cuantas veces para intentar detener el proyecto; aún tengo que comprobar las fechas exactas, pero Red dice que las sesiones se celebraron a finales de abril, principios de junio y mediados de julio. Eso concuerda con las llamadas a Jonathan Devlin.

—Por lo visto alguien pensó que eran más que un incordio —observé.

—Esa última vez, hace unas semanas, «No a la Autopista» obtuvo un requerimiento judicial, pero Red dice que lo revocarán con una apelación. No está preocupado.

—Vaya, bueno es saberlo —dijo Cassie en tono edulcorado.

—Esa autopista hará mucho bien, Cassie —respondió Sam con suavidad—. Habrá nuevas casas, nuevos trabajos...

—Estoy segura de ello. Solo que no entiendo por qué no podía hacer el mismo bien unos centenares de metros más allá.

Sam sacudió la cabeza.

—No tengo ni idea, no entiendo nada de ese tema. Pero Red sí, y dice que es absolutamente necesario.

Cassie abrió la boca para decir algo, pero capté el brillo de su mirada.

—Deja de ser maleducada y expón la situación —le dije.

—De acuerdo —comenzó cuando trajimos el café—. Lo más interesante es que me parece que ese tío lo hizo sin ganas.

—¿Qué? —dije—. Maddox, la golpeó dos veces en la cabeza y luego la asfixió. Estaba más que muerta. Si no lo hubiera querido hacer…

—No, espera —me interrumpió Sam—. Quiero oír esto.

Mi labor en las sesiones informales de presentación es interpretar el papel de abogado del diablo, y Cassie es muy capaz de hacerme callar si me dejo llevar por el entusiasmo, pero Sam tiene una arraigada y tradicional caballerosidad que encuentro admirable a la vez que ligeramente irritante. Cassie me lanzó una pícara mirada de soslayo y le sonrió.

—Gracias, Sam. Como iba diciendo, fijaos en el primer golpe: solo fue un toque que apenas bastaba para derrumbarla, y ya no digamos para dejarla inconsciente. Ella le daba la espalda y no se movía, podría haberle aplastado la cabeza; pero no lo hizo.

—No sabía cuánta fuerza requería —dijo Sam—. No lo había hecho nunca.

Sonó pesaroso. Tal vez parezca cruel, pero a menudo preferimos las señales que apuntan a un criminal en serie. De ese modo puede haber otros casos para comparar, más pruebas que reunir. Si nuestro hombre era un primerizo, no teníamos otra pista que seguir.

—Cass. ¿Crees que es virgen?

Al preguntarlo me di cuenta de que no tenía ni idea de qué deseaba como respuesta.

Ella cogió las cerezas con aire ausente sin apartar la vista de las notas, pero vi cómo agitaba las pestañas. Sabía qué le estaba preguntando.

—No estoy segura. No ha hecho esto a menudo, al menos recientemente, o no habría actuado con tanta indecisión. Pero quizá lo hiciera una o dos veces antes, hace tiempo. No podemos descartar un vínculo con el caso antiguo.

—No es habitual que un asesino en serie se tome veinte años de descanso —observé.

—Bueno —dijo Cassie—, esta vez no estaba muy ansioso por hacerlo. Ella se resiste, él le tapa la boca con una mano, la golpea de nuevo, a lo mejor cuando ella intenta arrastrarse o algo así, y esta vez la deja inconsciente. Pero en lugar de seguir pegándole con la roca, a pesar de que han forcejeado y que a estas alturas debe de tener la adrenalina por las nubes, suelta el arma y la asfixia. Ni siquiera la estrangula, que sería mucho más sencillo: utiliza una bolsa de plástico, y desde atrás, para no tener que verle la cara. Intenta distanciarse del crimen, hacerlo menos violento. Suavizarlo.

Sam hizo una mueca.

—O quizá no quiera complicarse —dije yo.

—Sí, pero entonces, ¿por qué la golpeó? ¿Por qué no la agarró, le puso la bolsa en la cabeza y ya está? Creo que la dejó inconsciente en frío porque no deseaba verla sufrir.

—Quizá no estaba seguro de poder dominarla a menos que la dejara sin sentido enseguida —observé—. Tal vez no sea muy fuerte… o, como hemos dicho, quizás es un primerizo y no sabe cuánta fuerza exige.

—Puede ser. Cabe contemplar todas las suposiciones. Creo que buscamos a alguien sin un historial de violencia reconocido, alguien que ni siquiera se peleaba en el patio del colegio, que no sería considerado agresivo físicamente, y puede que sin ninguna agresión sexual anterior. No creo que fuese realmente un crimen sexual.

—¿Por qué, porque usó un objeto? —intervine—. Ya sabes que a algunos de ellos no se les levanta.

Sam pestañeó, espantado, y tomó un sorbo de café para disimular.

—Ya, pero entonces habría sido más... aplicado. —Todos nos estremecimos—. Por lo que dice Cooper, fue un gesto simbólico, una estocada, sin sadismo ni furia, solo unos centímetros de rasguños y apenas le tocó el himen. Y fue *post mortem*.

—A lo mejor lo prefería así: necrofilia.

—Por Dios —exclamó Sam, bajando su taza de café.

Cassie buscó sus cigarrillos, cambió de idea y cogió uno de los míos, más fuertes. Su rostro, con la guardia momentáneamente baja mientras se inclinaba sobre el mechero, parecía cansado y apagado; me pregunté si esa noche soñaría con Katy Devlin, inmovilizada y tratando de gritar.

—La habría conservado viva por más tiempo. Y también habría más signos de una agresión sexual completa. No, no quería hacerlo. Lo hizo porque debía.

—¿Simular un crimen sexual para ponernos sobre una pista falsa?

Cassie sacudió la cabeza.

—No lo sé... En ese caso, cabría esperar un mayor esmero, que la desnudara y la colocara con las piernas separadas. Pero en lugar de eso le vuelve a poner los pantalones, se los abrocha... No, más bien pensaba en algo de tipo esquizofrénico. Casi nunca son violentos, pero si no se toman la medicación durante un brote paranoico, nunca se sabe. Quizá creyera, vete a saber el motivo, que Katy debía ser asesinada y violada, aunque odiase hacerlo. Eso explicaría por qué intentó no herirla, por qué utilizó un objeto, por qué no parece un crimen sexual, ya que no quiso dejarla expuesta ni quería que nadie pensara en él como en un violador, e incluso por qué la dejó en el altar.

—¿Qué quieres decir?

Recuperé mi paquete de cigarrillos y se lo pasé a Sam, que tenía aspecto de necesitar uno, pero lo rechazó con la cabeza.

—Que pudo deshacerse de ella en el bosque o en otro lugar donde tal vez tardasen años en encontrarla, o incluso simplemente en el suelo. Pero se desvió de su camino para dejarla en el altar. Podría ser un rollo exhibicionista, aunque no lo creo: no la colocó, solo la tumbó sobre el costado izquierdo, de modo que la herida de la cabeza quedase oculta; una vez más, intentaba minimizar el crimen. Creo que procuraba tratarla con cuidado y respeto, mantenerla alejada de los animales, asegurarse de que la encontrarían pronto. —Cogió el cenicero—. Lo bueno es que, si se trata de un esquizofrénico que se ha derrumbado, debería ser bastante fácil de localizar.

—¿Y un asesino a sueldo? —propuse—. Eso también explicaría la aversión. Alguien, quizás el de las llamadas misteriosas, pudo contratarlo, pero no tenía por qué gustarle el trabajo.

—La verdad —respondió Cassie— es que un asesino a sueldo, y no me refiero a un profesional, sino a un aficionado que necesitara mucho el dinero, podría encajar incluso mejor. Al parecer, Katy Devlin era una niña bastante sensata, ¿no crees, Rob?

—Parece que era la persona más equilibrada de esa familia.

—Sí, estoy de acuerdo. Lista, centrada, voluntariosa...

—No de las que salen en plena noche con un extraño.

—Exacto. Sobre todo con un extraño al que se le ve que no anda fino. Un esquizofrénico que se está desmoronando seguramente no podría actuar con la normalidad suficiente para lograr que se fuera con él. Es más probable que se trate de alguien presentable, simpático, con buena mano para los niños... alguien a quien ya conociera. Alguien con quien se sintiera a gusto. Alguien que no le resultara amenazador.

—O amenazadora —intervine—. ¿Cuánto pesaba Katy?

Cassie rebuscó en sus notas.

—Poco más de treinta y cinco kilos. Dependiendo de lo lejos que se la llevara, sí, una mujer podría hacerlo, aunque tendría que ser bastante fuerte. Sophie no encontró marcas de arrastre en el sitio donde la dejaron. Basándome en las estadísticas, yo apostaría por un tío.

—Así que ¿estamos eliminando a los padres? —preguntó Sam, esperanzado.

Ella esbozó una mueca.

—No. Pongamos que uno de ellos abusaba de la niña y esta amenazó con contarlo: o el abusador o el otro progenitor pudo creer que debía matar a Katy para proteger al resto de la familia. Tal vez intentaron simular un crimen sexual, pero no tuvieron el valor de hacerlo a conciencia... Básicamente, lo único de lo que estoy más o menos segura es de que no estamos buscando a un psicópata o a un sádico. Nuestro hombre no pudo deshumanizarla ni disfrutó viéndola sufrir. Buscamos a alguien que no quería hacerlo, alguien que sentía que lo hacía por necesidad. No creo que se meta en la investigación, porque no le entusiasma llamar la atención ni nada parecido, y no creo que vuelva a actuar a corto plazo, a menos que se sienta amenazado. Y yo afirmaría casi sin temor a equivocarme que es del pueblo. Seguro que un criminólogo podría ser más concreto, pero...

—Te graduaste en Trinity, ¿verdad? —le preguntó Sam.

Cassie negó con un movimiento rápido de cabeza y cogió más cerezas.

—Lo dejé en cuarto.

—¿Por qué?

Escupió un hueso de cereza en la palma y le dibujó a Sam una sonrisa que yo ya conocía, una sonrisa excepcionalmente dulce que le arrugaba la cara hasta el punto de que no podías verle los ojos.

—Porque, ¿qué ibais a hacer sin mí?

Yo podría haberle dicho a Sam que no iba a contestar, pues le hice esa misma pregunta varias veces a lo largo del tiempo y obtuve respuestas que iban desde «No había nadie de tu calibre con quien meterme» hasta «La comida de la despensa apestaba». Siempre ha habido un componente enigmático en Cassie. Es una de las cosas que me gustan de ella y, paradójicamente, más aún por ser una cualidad difícil de ver, tan esquiva que resulta casi invisible. Da la impresión de ser asombrosamente abierta, de un modo casi infantil, cosa que es cierta, dentro de lo que cabe: lo que ves es realmente lo que hay. Pero lo que no ves, lo que apenas vislumbras, ese es precisamente el aspecto de Cassie que siempre me ha fascinado. Incluso después de todo ese tiempo sabía que había espacios en su interior a los que nunca me había permitido acercarme, no digamos entrar. Había preguntas a las que no respondía, temas que discutía solo en abstracto; si intentabas que concretara, se escabullía entre risas con la destreza de una patinadora artística.

—Eres buena —dijo Sam—. Con título o sin él.

Cassie enarcó una ceja.

—Antes de decir eso espera a ver si tengo razón.

—¿Por qué crees que la mantuvo escondida todo un día? —pregunté yo.

Eso me tenía muy preocupado, por las evidentes y odiosas posibilidades y por la persistente sospecha de que, si no hubiera tenido que deshacerse de ella por algún motivo, tal vez se la habría quedado para siempre; Katy podría haberse desvanecido tan silenciosa y definitivamente como Peter y Jamie.

—Si no me equivoco con todo lo demás y con lo de distanciarse del crimen, entonces no lo hizo porque quisiera. Él habría deseado deshacerse de Katy lo antes posible, pero se la quedó porque no tenía elección.

—¿Vive con alguien y tuvo que esperar hasta tener el camino libre?

—Sí, es posible. Pero estoy pensando que la excavación quizá no fuera una elección al azar. Tal vez tenía que dejarla allí, bien porque formaba parte del plan que estuviera siguiendo, bien porque no tiene coche y la excavación era el único lugar a mano. Eso encajaría con la declaración de Mark acerca de que no vio pasar ningún coche; ello significaría que la escena del crimen está muy cerca, probablemente en una de las casas de aquel extremo de la urbanización. Quizás intentó dejarla allí el lunes por la noche, pero desistió porque Mark estaba en el bosque con su hoguera. El asesino pudo verlo y asustarse; tuvo que esconder a Katy e intentarlo de nuevo la noche siguiente.

—O quizás el asesino fue él —dije.

—Tiene una coartada para el martes por la noche.

—De una chica que está loca por él.

—Mel no es de esas bobas que hacen lo que diga su novio. Tiene su propia opinión y es lo bastante lista para darse cuenta de lo importante que es esto. Si Mark hubiera salido de la cama en mitad del acto para darse un largo paseo, ella nos lo habría dicho.

—A lo mejor tenía un cómplice. Si no Mel, otra persona.

—¿Y escondieron el cadáver en la hierba de la ladera?

—¿Y cuál era su móvil? —inquirió Sam.

Llevaba un rato comiendo cerezas y mirándonos con interés.

—Su móvil es que está como un cencerro —le dije—. Tú no lo has oído. Es perfectamente normal en casi todo, lo bastante como para tranquilizar a un crío, Cass, pero cuando le haces hablar del yacimiento y empieza con lo del sacrilegio y la adoración… Ese yacimiento está amenazado por la autopista, y a lo mejor pensó que si hacía un buen sacrificio humano a los dioses, como en los viejos tiempos, les haría intervenir para salvarlo. Cuando se trata de esa excavación, se comporta como un chiflado.

—Si al final resulta que es un sacrificio pagano —dijo Sam—, me pido no ser yo el que se lo diga a O'Kelly.

—Yo voto porque se lo diga él mismo. Y vendemos entradas.

—Mark no es un chiflado —respondió Cassie con firmeza.

—Ya lo creo que sí.

—No lo es. Su trabajo es el centro de su vida. Eso no es ser un chiflado.

—Tendrías que haberlos visto —le dije a Sam—. Sinceramente, parecía una cita más que un interrogatorio.

Maddox asintiendo todo el rato, haciendo caídas de ojos y diciéndole que sabía exactamente cómo se sentía…

—Y lo sé, es verdad —replicó Cassie. Dejó las notas de Cooper y se dio impulso hacia atrás para sentarse en el futón—. Y no hice caídas de ojos. Cuando lo haga, te darás cuenta.

—¿Sabes cómo se siente? ¿Es que tú también rezas al dios del Patrimonio?

—No, pedazo de idiota. Cállate y escucha: tengo una teoría sobre Mark.

Se quitó los zapatos de un puntapié y se sentó encima de los pies.

—Oh, Dios mío —exclamé—. Sam, espero que no tengas prisa por irte.

—Siempre tengo tiempo para una buena teoría —respondió Sam—. ¿Puedo tomar una copa para acompañar, si ya no estamos trabajando?

—Bien pensado —le dije.

Cassie me dio un toque con el pie.

—Trae whisky o lo que pilles. —Le aparté el pie y me levanté—. A ver —empezó—: todos necesitamos creer en algo, ¿cierto?

—¿Por qué? —pregunté.

Aquello me parecía interesante y a la vez un punto desconcertante; yo no soy religioso, y por lo que sabía Cassie tampoco lo era.

—Pues porque es así. Todas las sociedades del mundo, desde siempre, han tenido algún tipo de creencia. Pero ahora… ¿a cuántas personas conocéis que sean cristianas; no que solo vayan a la iglesia, sino cristianas de verdad, que por ejemplo intenten actuar como lo haría Jesús? Y tampoco es que la gente pueda tener fe en las ideologías políticas. Nuestro gobierno ni siquiera tiene una, que se sepa…

—«Sobres bajo mano para los muchachos» —dije, por encima de mi hombro—. Es una ideología, más o menos.

—Oye... —dijo Sam con sutileza.

—Lo siento —respondí—. No me refería a nadie en concreto.

Asintió.

—Yo tampoco, Sam —le dijo Cassie—. Solo quería decir que no hay una filosofía de conjunto. Así que la gente tiene que fabricarse su propia fe.

Encontré whisky, Coca-Cola, hielo y tres vasos; lo llevé todo a la mesita de un solo viaje, haciendo malabarismos.

—¿Te refieres a los sucedáneos de religión? ¿A todos esos *yuppies new age* que practican sexo tántrico y aplican el feng shui en sus turismos?

—A ellos también, pero pensaba en personas que convierten en religión algo completamente distinto. Como el dinero; de hecho, eso es lo más parecido que tiene el gobierno a una ideología, y no me refiero a sobres bajo mano, Sam. Hoy en día tener un empleo mal pagado no solo es desafortunado, ¿os habéis dado cuenta? Se considera irresponsable: no eres un buen miembro de la sociedad; si no tienes una gran casa y un coche de lujo te estás portando mal.

—Pero si alguien pide un aumento —continué, agotando la cubitera— también se porta mal por amenazar el margen de beneficios de su patrón, después de todo lo que este ha hecho por la economía.

—Exacto. Si no eres rico, eres un ser inferior que no debería tener el descaro de esperar un salario de las personas decentes que sí lo son.

—Vamos, vamos —contestó Sam—. Yo no creo que las cosas estén tan mal.

Hubo un silencio breve y cortés mientras yo recogía los cubitos que se habían desperdigado por la mesita de centro. Por naturaleza, Sam posee un optimismo ingenuo, pero también tiene una de esas familias que poseen casas en Ballsbridge. Su punto de vista sobre asuntos socioeconómicos, aunque amable, difícilmente puede considerarse objetivo.

—La otra gran religión de nuestros días —continuó Cassie— es el cuerpo. Toda esa publicidad condescendiente y los reportajes sobre beber, fumar y practicar deporte...

Yo me dedicaba a servir, a la espera de que Sam me dijera basta; alzó una mano, me sonrió y le pasé el vaso.

—A mí siempre me entran ganas de ver cuántos cigarrillos puedo meterme en la boca de una vez —comenté.

Cassie había extendido las piernas a lo largo del futón; yo se las aparté para poder sentarme, las volví a colocar sobre mi regazo y empecé a preparar su bebida, con mucho hielo y mucha Coca-Cola.

—A mí también. Pero esos reportajes no solo dicen que esas cosas sean poco saludables: dicen que están moralmente mal. Como si en cierto modo fueras mejor persona espiritualmente por tener el porcentaje adecuado de grasa corporal y practicar ejercicio una hora al día... Y también están esos horribles anuncios en los que fumar no es solo una estupidez, sino que es el demonio. La gente necesita un código moral que le ayude a tomar decisiones. Todas esas virtudes de los yogures bio y esa beatería económica solo llenan un vacío. Pero el problema es que todo está enfocado al revés. No se trata de que hagas lo correcto y esperes una compensación, sino que lo moralmente correcto es por definición aquello que dé el mayor beneficio.

—Tómate tu copa —le dije. Estaba excitada y gesticulaba, inclinada hacia delante, con el vaso olvidado en la mano—. ¿Qué tiene esto que ver con la chaladura de Mark?

Cassie me hizo una mueca y tomó un sorbo de su bebida.

—Mark cree en la arqueología, en su herencia patrimonial. Esa es su fe. No es una serie de principios abstractos, y no se trata de su cuerpo ni de su cuenta bancaria; es una parte muy concreta de su vida de cada día, obtenga compensación o no. Vive por ello. Eso no es estar chalado, sino más bien sano, y algo va terriblemente mal en una sociedad donde la gente piensa que eso es ser raro.

—Ese tío hizo una puñetera libación a algún dios de la Edad de Bronce —dije—. No veo nada especialmente malo en considerarlo un poco extraño. Apóyame en esto, Sam.

—¿Yo? —Sam se había acomodado en el sofá y escuchaba la conversación con el brazo extendido para toquetear el cúmulo de conchas y piedras que había en el alféizar—. Bah, yo solo diría que es joven. Deberíamos conseguirle una esposa y unos cuantos hijos. Eso lo calmaría.

Cassie y yo nos miramos y nos echamos a reír.

—¿Qué? —preguntó Sam.

—Nada —le contesté—, de verdad.

—Me encantaría tomarme un par de cervezas contigo y con Mark juntos —dijo Cassie.

—Yo lo arreglaría en un momento —respondió Sam con serenidad, y a Cassie y a mí nos entró un descarado ataque de risa.

Me recosté en el futón y tomé un sorbo de mi bebida. Estaba disfrutando con la conversación. Era una velada agradable y feliz; la suave lluvia repiqueteaba en las ventanas, Billie Holiday sonaba de fondo y yo me alegraba, después de todo, de que Cassie hubiera invitado a Sam. Cada vez me caía mejor. Decidí que todo el mundo debería tener un Sam cerca.

—¿De veras crees que podemos descartar a Mark? —le pregunté a Cassie.

Ella bebió un poco y se apoyó el vaso en el estómago.

—Con franqueza, creo que sí —respondió—. Dejando de lado lo de la chaladura. Como he dicho, tengo una sensación muy intensa de que quienquiera que lo hizo estaba indeciso al respecto. No puedo imaginarme a Mark indeciso respecto a nada; al menos, no a nada importante.

—Qué suerte tiene —dijo Sam, y le sonrió desde el otro lado de la mesa.

—¿Y cómo os conocisteis Cassie y tú? —preguntó Sam más tarde.

Se recostó en el sofá y cogió su vaso.

—¿Qué? —dije.

Era una pregunta algo rara que no venía a cuento, y para ser sincero me había medio olvidado de que él estaba ahí. Cassie compra alcohol del bueno, como un sedoso whisky llamado Connemara que sabe a humo de turba, y todos estábamos algo achispados. La conversación empezaba a decaer de forma natural. Sam, con el cuello estirado, había estado leyendo los títulos de los maltrechos libros de la estantería, mientras yo yacía tumbado en el futón sin pensar en nada más complejo que la música. Cassie estaba en el cuarto de baño.

—Oh, cuando se incorporó a la brigada. Una tarde se le estropeó la moto y yo la llevé.

—Oh, vaya —dijo Sam. Parecía ligeramente azorado, cosa rara en él—. Claro, es lo que yo pensaba, que no os conocíais de antes. Pero luego me ha parecido que sí, que os conocíais de hace mucho, por eso me he preguntado si erais viejos amigos o... ya sabes.

—Nos pasa a menudo —admití. La gente tendía a dar por hecho que éramos primos o habíamos crecido en el mismo vecindario o algo por el estilo, y eso siempre me colmaba de una íntima e irracional felicidad—. Supongo que nos llevamos bien.

Sam asintió.

—Tú y Cassie —dijo, y se aclaró la garganta.

—¿Qué pasa conmigo? —preguntó esta con recelo, apartando mi pie de su camino y deslizándose de nuevo en su asiento.

—Solo Dios lo sabe —respondí.

—Le preguntaba a Rob si os conocíais de antes de entrar en Homicidios —explicó Sam—. De la universidad o algo parecido.

—Yo no fui a la universidad —dije.

Tuve la sensación de que sabía lo que había estado a punto de preguntarme. La mayoría de la gente lo hace tarde o temprano, pero no creí que Sam fuese de los curiosos y me pregunté por qué, exactamente, quería saberlo.

—¿En serio? —continuó él, procurando disimular su asombro. A eso me refiero con lo del acento—. Pensé que habrías ido a Trinity y habríais coincidido en alguna clase o...

—No le conocía de Adam, digo, de nada —respondió Cassie sin entonación.

Lo que, al cabo de un instante, nos provocó a ella y a mí unas risas y unos bufidos inevitables e infantiles.

Sam sacudió la cabeza, sonriendo.

—No sé cuál está más loco —dijo, y se levantó para vaciar el cenicero.

Le había dicho la verdad: no fui a la universidad. Milagrosamente me salí de mis suficientes con un bien y dos notables, lo que me habría bastado para acceder a algún sitio, de no ser porque ni siquiera presenté una solicitud. Le decía a la gente que me tomaba un año sabático, pero lo cierto era que no quería hacer nada, absolutamente nada, durante el mayor tiempo posible, tal vez durante el resto de mi vida.

Charlie se iba a Londres para estudiar económicas, así que fui con él, pues no había ningún otro sitio en el que necesitara o quisiera estar especialmente. Su padre le pagaba su parte del alquiler en un flamante apartamento con suelos de madera y portero, y como yo no podía permitirme mi mitad en modo alguno alquilé un cuarto pequeño y sombrío en una zona semipeligrosa y Charlie se buscó un compañero de piso, un estudiante holandés de intercambio que regresaría a casa en Navidad. El plan era que para entonces yo hubiera conseguido un trabajo y pudiera trasladarme con él, pero mucho antes de Navidad quedó claro que no me mudaría a ningún sitio, y no solo por el dinero, sino porque, inesperadamente, me enamoré de mi cuarto y de mi vida íntima, díscola y de libre fluctuación.

Después del internado, la soledad resultaba embriagadora. En mi primera noche allí me tumbé de espaldas sobre la pegajosa moqueta durante horas, bañado por la luz opaca y anaranjada de la ciudad que entraba por la ventana, mientras olía un contundente curry que ascendía por el pasillo y oía a dos tíos que se chillaban en ruso y a alguien que interpretaba una pieza de violín tormentosa y recargada. Poco a poco me di cuenta de que no había una sola persona en todo el mundo que pudiera verme o preguntarme qué hacía o decirme que hiciera algo, y me sentí como si en cualquier momento el cuarto pudiera separarse del edificio como una luminosa pompa de jabón y zarpar en la noche, agitándose suavemente por encima de los tejados, del río y las estrellas.

Viví allí casi dos años. La mayor parte del tiempo estuve en el paro; de vez en cuando, cuando empezaban a jorobarme o cuando quería dinero para impresionar a una chica, trabajaba unas semanas en traslados de muebles o en la construcción. Inevitablemente, Charlie y yo nos habíamos distanciado; una separación que empezó, creo, con su mirada de educada y horrorizada fascinación cuando vio el cuarto por primera vez. Quedábamos para tomar algo cada dos o tres semanas y a veces iba a fiestas con él y sus nuevos amigos (ahí fue donde conocí a la mayoría de las chicas, incluida la ansiosa Gemma y sus problemas con el alcohol). Sus amigos de la universidad eran unos chicos simpáticos, pero hablaban un idioma que yo nunca dominé, ni ganas, lleno de bromas privadas, abreviaturas y palmaditas en la espalda, y me costaba mucho prestar atención.

No estoy seguro de qué hice exactamente esos dos años. Creo que nada, durante un montón de tiempo. Sé que este es uno de los inconcebibles tabúes de nuestra sociedad, pero había descubierto que tenía talento para ejercitar una maravillosa pereza sin arrepentimiento, de una clase que casi nadie conoce después de la infancia. De mi ventana colgaba un prisma de una vieja lámpara de araña, y podía pasarme tardes enteras tumbado en la cama, observando cómo lanzaba minúsculas chispas de arco iris por todo el cuarto.

Leí mucho. Siempre lo he hecho, pero en esos dos años me atiborraba de libros con una glotonería voluptuosa, casi erótica. Iba a la biblioteca más cercana, sacaba todos los que podía, y luego me encerraba en el cuarto y leía una semana sin parar. Buscaba libros viejos, cuanto más mejor —Tolstói, Poe, tragedias de la época jacobina, una polvorienta traducción de Lacios...—, de modo que, cuando al fin volvía a la superficie, parpadeando y aturdido, tardaba días en dejar de pensar en sus ritmos serenos, refinados y cristalinos.

También miraba mucho la tele. En mi segundo año allí me tenían fascinado los documentales nocturnos sobre crímenes, casi todos en el canal Discovery; no eran los asesinatos en sí lo que me hechizaba, sino las intrincadas estructuras de su resolución. Me encantaba la tensa y firme concentración con que esos hombres —perspicaces bostonianos del FBI o panzudos *sheriffs* de Texas— ataban cabos y juntaban piezas hasta que al final todo se ponía en su lugar y la respuesta se alzaba obediente para flotar en el aire ante ellos, brillante e irrefutable. Eran como magos que echaran un puñado de retales en una chistera, le dieran unos golpecitos y sacaran (con una fanfarria de trompetas) una bandera perfecta y sedosa; salvo que aquello era mil veces mejor, porque las respuestas eran verdaderas, vitales y no se trataba (eso creía yo) de una ilusión.

Sabía que no era así en la vida real, al menos no siempre, pero me pareció algo increíble tener un trabajo en el que existiera esa posibilidad. Cuando, ese mismo mes, Charlie se prometió, los del subsidio me informaron de que había medidas restrictivas contra la gente como yo y ese tío que escuchaba un rap pésimo se mudó al piso de abajo, me pareció la reacción más obvia volver a Irlanda, inscribirme en la escuela de entrenamiento Templemore y convertirme en detective. No eché de menos el cuarto —creo que había empezado a cansarme de él de todos modos—, pero todavía recuerdo esos dos años maravillosos y autoindulgentes como una de las épocas más felices de mi vida.

Sam se fue hacia las 11:30. Ballsbridge está a solo unos minutos andando de Sandymount. Me lanzó una mirada interrogante y fugaz mientras se ponía el abrigo.

—¿En qué dirección vas?

—Seguro que ya has perdido el último tren —me dijo Cassie con naturalidad—. Puedes quedarte en el sofá si quieres.

Yo podía haber dicho que pensaba coger un taxi, pero decidí que no pasaba nada: Sam no era Quigley, a la mañana siguiente no nos caería un alborozado chaparrón de sonrisitas e indirectas.

—De hecho, me parece que sí —respondí, comprobando mi reloj—. ¿No te molesta?

Si Sam se sorprendió, lo supo disimular.

—Entonces nos vemos mañana —dijo, animadamente—. Que durmáis bien.

—Le gustas —le anuncié a Cassie después de que se marchara.

—Dios, qué predecible eres —me contestó mientras escarbaba en el armario en busca del edredón que sobraba y la camiseta que yo guardaba allí.

—«Oh, quiero oír lo que tiene que decir Cassie, oh, Cassie, eres taaaan buena en esto…»

—Ryan, si Dios hubiera querido que tuviera un horrible hermano adolescente, me habría enviado uno. Y tu acento de Galway es una mierda.

—¿A ti también te gusta él?

—Si fuera así, le habría hecho mi famoso truco marca de la casa en el que cojo una cereza y le hago un nudo en el tallo con la lengua.

—No eres capaz. Enséñamelo.

—Era una broma. Vete a la cama.

Extendí el futón; Cassie encendió la lamparilla de noche y apagué la luz del techo, dejando el cuarto pequeño cálido y umbrío. Ella encontró la camiseta larga hasta las rodillas con la que duerme y se la llevó al baño para cambiarse. Metí los calcetines dentro de mis zapatos y los dejé fuera de la vista debajo del sofá, me quedé en calzoncillos, me puse la camiseta y me instalé debajo del edredón. A esas alturas ya teníamos pillada la rutina. Yo la oía echarse agua en la cara y cantar para sí alguna canción folk que no reconocía en clave menor. «Para la Reina de Corazones él es el As del Dolor, hoy está aquí y mañana ya no.» Había adoptado un tono demasiado grave; la nota final desapareció en un zumbido.

—¿Realmente te hace sentir así nuestro trabajo? —le pregunté cuando salió del baño (con los pequeños pies descalzos y piernas suaves y musculosas como las de un muchacho)—. ¿Como le hace sentir a Mark la arqueología?

Me había reservado la pregunta para cuando Sam se hubiera ido. Cassie me sonrió de soslayo, burlona.

—Nunca he vertido líquidos sobre la moqueta de la brigada. Te lo juro.

Aguardé. Se metió en la cama y se apoyó en un codo, con la mejilla en el puño; el resplandor de la lamparilla de noche la rodeaba de luz y la hacía parecer translúcida, como una chica en una vidriera de colores. No estaba seguro de que fuera a contestarme, aun sin estar Sam ahí, pero al cabo de un momento dijo:

—Nos ocupamos de la verdad, vamos detrás de ella. Es una cuestión seria.

Reflexioné.

—¿Por eso no te gusta mentir?

Es una de las peculiaridades de Cassie, especialmente rara en un investigador. Omite cosas, elude preguntas con franca malicia o con tanta sutilidad que apenas notas que lo haga, y teje frases engañosas con pericia de prestidigitadora; pero nunca la he visto mentir de forma rotunda, ni siquiera a un sospechoso.

Alzó un solo hombro.

—No soy muy buena con las paradojas.

—Pues yo creo que sí lo soy —dije, pensativo.

Cassie se dejó caer de espaldas y se rio.

—Deberías ponerlo en un anuncio clasificado. Hombre, metro ochenta, bueno con las paradojas...

—Anormalmente guapo...

—Busca a su Britney para...

—¡Eh!

Ladeó una ceja y me miró inocentemente.

—¿No?

—No digas eso de mí. Britney es exclusivamente para los que tienen gustos baratos. Al menos tendría que ser una Scarlett Johansson.

Ambos nos reímos, relajados. Suspiré con holgura y me acomodé en los familiares accidentes del sofá; Cassie extendió el brazo y apagó la luz de la lámpara.

—Buenas noches.

—Dulces sueños.

Cassie se duerme ligera y fácilmente como un gatito; al cabo de unos segundos la oí respirar hondo y despacio, con una pausa minúscula en la cima de cada respiración que me decía que ya había caído. Yo soy lo contrario: una vez me he dormido hace falta un despertador de volumen extraalto o una patada en la espinilla para despertarme, pero puedo estar horas zarandeándome inquieto antes de lograrlo. Aunque no sé por qué siempre me es más fácil dormirme en casa de Cassie, a pesar de ese sofá irregular demasiado corto y de los ruiditos y crujidos de un edificio viejo que por las noches se asienta. Incluso ahora, cuando tengo problemas para dormirme intento imaginarme otra vez en ese sofá, la suave y raída franela del edredón contra la mejilla, un especiado aroma a whisky caliente todavía en el aire y los pequeños susurros de Cassie soñando al otro lado de la habitación.

Un par de personas entraron en el edificio con ruido de tacones, mandándose callar y riéndose, y se metieron en el piso de abajo; retazos de conversación y risa penetraban, débiles y amortiguados, a través del suelo. Acoplé el ritmo de mi respiración al de Cassie y sentí que mi mente se deslizaba agradablemente por caminos de ensueño y sin sentido —Sam explicaba cómo construir un barco y Cassie se reía, sentada en la cornisa de una ventana entre dos gárgolas de piedra—. El mar está a varias calles de distancia y no había forma de que pudiera escucharlo, pero imaginé que de todos modos lo oía.

9

En mis recuerdos, pasamos un millón de noches en el piso de Cassie los tres. La investigación solo duró cerca de un mes, y estoy seguro de que hubo días en que alguno de nosotros hacía alguna otra cosa; pero con el tiempo esas veladas han dado color a toda la temporada, como un tinte brillante emergiendo en el agua. El clima tenía ramalazos de un otoño anticipado y duro. El viento gemía entre los tejados y las gotas de lluvia se filtraban por las ventanas de guillotina combadas y se deslizaban vidrio abajo. Cassie encendía un fuego, los tres esparcíamos nuestras notas por el suelo y soltábamos teorías a diestro y siniestro, luego hacíamos la cena por turnos: básicamente variaciones de pasta de Cassie, sándwiches de carne míos y experimentos sorprendentemente exóticos de Sam, como unos magníficos tacos o algún plato tailandés con salsa de cacahuete picante. Tomábamos vino con la cena y después nos pasábamos al whisky en distintas variantes; cuando empezábamos a estar achispados, cerrábamos el archivo del caso, nos quitábamos los zapatos, poníamos música y hablábamos.

Cassie es hija única, igual que yo, y ambos nos quedábamos cautivados con las historias de Sam sobre su infancia: cuatro hermanos y tres hermanas apiñados en una vieja granja de Galway, que jugaban a indios y vaqueros en kilómetros de terreno y se escabullían por las noches para explorar el molino encantado, con un padre grande y callado y una madre que repartía pan recién sacado del horno, guantazos con una cuchara de madera y contaba las cabezas a la hora de comer para asegurarse de que nadie se hubiera caído al río. Los padres de Cassie murieron en un accidente de tráfico cuando ella tenía cinco años, y la criaron una tía y un tío afectuosos y mayores en una casa destartalada de Wicklow, a kilómetros de todo. Cuenta que leía libros inapropiados de su biblioteca —*La rama dorada*, las *Metamorfosis* de Ovidio o *Madame Bovary*, que odiaba pero que terminó de todos modos— hecha un ovillo junto a una ventana en el rellano y comiendo manzanas del jardín mientras una suave lluvia caía al otro lado de los cristales. Dice que una vez se metió en un armario viejo y espantoso y encontró una salsera de porcelana, un penique de Jorge VI y dos cartas de un soldado de la Primera Guerra Mundial cuyo nombre nadie reconoció, con párrafos recortados por los censores. Yo no recuerdo gran cosa de antes de los doce años, y después de esa edad mis recuerdos están dispuestos sobre todo en filas: filas de camas grises y blancas en el dormitorio, filas de duchas con eco y olor a lejía, filas de chicos con uniformes arcaicos recitando himnos protestantes sobre el deber y la constancia. Para nosotros dos, la infancia de Sam parecía sacada de un libro de cuentos y nos la imaginábamos en dibujos a lápiz: niños de mejillas sonrosadas con un risueño perro pastor revoloteando en torno a ellos.

—Háblanos de cuando eras pequeño —decía Cassie, acurrucándose en el futón y estirando las mangas de su jersey hasta cubrirse las manos para sostener su whisky caliente.

Sin embargo, en muchos aspectos Sam era el extraño en esas conversaciones, y una parte de mí se alegraba de ello. Cassie y yo llevábamos dos años labrándonos nuestra rutina, nuestro ritmo y nuestros sutiles códigos e indicadores privados; después de todo, Sam estaba ahí gracias a nosotros, y parecía justo que desempeñara un papel secundario, presente pero no demasiado. Nunca pareció molestarle. Se tumbaba en el sofá, agitando su vaso de whisky para que la luz del fuego proyectara manchas ambarinas en su jersey, y observaba y sonreía mientras Cassie y yo discutíamos sobre la naturaleza del tiempo, de T. S. Eliot o las explicaciones científicas de los fantasmas. Conversaciones adolescentes, sin duda, y más aún por el hecho de que Cassie y yo sacábamos el mocoso que llevábamos dentro («Piérdete, Ryan», me decía ella, entornando los ojos desde el otro extremo del futón, y yo le agarraba el brazo y le mordía la muñeca hasta que gritaba pidiendo clemencia), pero nunca las había tenido en mi adolescencia y me encantaban, me encantaba cada instante.

Por supuesto, lo estoy idealizando; es una tendencia crónica propia de mí. Pero no os dejéis engañar: puede que las noches fueran todo castañas asadas junto a un fuego acogedor, pero los días eran un calvario penoso, tenso, frustrante. Oficialmente estábamos en el turno de nueve a cinco, pero cada mañana entrábamos antes de las ocho y rara vez salíamos antes de las ocho de la noche, y nos llevábamos trabajo a casa (cuestionarios por comparar, declaraciones por leer o informes por escribir). Esas cenas empezaban a las nueve o a las diez; la medianoche nos sorprendía antes de que dejáramos de hablar de trabajo, y las dos de la madrugada cuando habíamos desentrañado lo bastante como para irnos a la cama. Desarrollamos una intensa e insana relación con la cafeína y nos olvidamos de qué significaba no estar agotados. La primera noche de viernes, un refuerzo nuevo llamado Corry dijo: «Hasta el lunes, colegas», y recibió una tanda de risas sardónicas y palmadas en la espalda, además de un seco «No, Comotellames, nos vemos mañana por la mañana a las ocho, y no llegues tarde» de O'Kelly.

Al final, Rosalind Devlin no había venido a verme aquel primer viernes. Hacia las cinco, tenso por la espera e inexplicablemente preocupado por si le había sucedido algo, la llamé al móvil. No contestó. «Estará con su familia —me dije— ayudando con los preparativos del funeral o cuidando de Jessica o llorando en su habitación»; pero la inquietud no me abandonaba, menuda y persistente como una china en el zapato.

El domingo, Cassie, Sam y yo fuimos al funeral de Katy. Eso de que los asesinos se ven irresistiblemente atraídos hacia la tumba es una leyenda, pero aun así valía la pena ir por si acaso; de todas maneras O'Kelly nos lo había ordenado, más que nada por el tema de las relaciones públicas. La iglesia era una construcción de los setenta, cuando el hormigón era una declaración artística y se suponía que Knocknaree iba a convertirse cualquier día en una metrópolis destacada; era inmensa, gélida y fea, con un torpe vía crucis semiabstracto y unos ecos que trepaban tristemente hasta las aristas del techo de cemento. Ocupamos los últimos bancos, con nuestras prendas oscuras más discretas, y observamos cómo se llenaba la iglesia: granjeros que sostenían gorras achatadas, ancianas con pañuelos en la cabeza, adolescentes a la última que intentaban mostrar indiferencia… Y el pequeño ataúd blanco, ribeteado de oro y terrible, frente al altar. Rosalind daba tumbos por el pasillo, sostenida por Margaret a un lado y la tía Vera al otro, y detrás de ellas Jonathan, con los ojos vidriosos, que guiaba a Jessica hacia la primera fila.

Las velas ardían con una mecha incesante; el aire olía a humedad, a incienso y a flores moribundas. Yo estaba mareado —me había olvidado de desayunar— y toda la escena tenía un matiz difuminado como de recuerdo. Tardé un rato en comprender que, de hecho, era normal: durante doce años fui a misa cada domingo, y era muy probable que hubiera asistido a un servicio en memoria de Peter y Jamie sentado en uno de esos bancos de madera barata. Cassie se sopló las manos a hurtadillas para calentárselas.

El cura era muy joven y solemne y se esforzaba dolorosamente por estar a la altura de la ocasión con su frágil arsenal de tópicos de seminario. Un coro de niñitas pálidas con uniformes de colegio —las compañeras de Katy; reconocí algunas caras— se apiñaba hombro con hombro para compartir las hojas de himnos. Estos se habían elegido para ofrecer consuelo, pero sus voces eran finas, vacilantes y algunas se descomponían. «No tengas miedo, yo siempre camino ante ti; ven, sígueme…»

Simone Cameron cruzó su mirada con la mía cuando volvía de comulgar y me ofreció un rígido saludo con la cabeza; los ojos dorados estaban enrojecidos y gigantescos. Los familiares dejaron sus bancos uno tras otro y depositaron recordatorios sobre el ataúd: un libro de Margaret, un gato pelirrojo de peluche de Jessica, y de Jonathan el dibujo a lápiz que había colgado sobre la cama de Katy. Rosalind, la última, se arrodilló y colocó un par de zapatillas de ballet rosas, atadas por las cintas, en la tapa. Las acarició suavemente y luego inclinó la cabeza sobre el ataúd, sollozó y sus tirabuzones de un castaño cálido se alborotaron encima del blanco y el oro. Un lamento tenue e inhumano surgió de algún punto del banco frontal.

Afuera, el cielo era de un gris blancuzco y el viento hacía caer las hojas de los árboles al camposanto. Había periodistas apoyados en las verjas, y las cámaras se encendieron como una ráfaga. Encontramos un rincón discreto y escudriñamos la zona y a la multitud pero, como era de esperar, nadie disparó ninguna alarma.

—Sí que hay gente —comentó Sam. Era el único de nosotros tres que había ido a comulgar—. Mañana comprobaremos los nombres de algunos de esos chavales, no fuera que hubiera alguno que no tuviera que estar.

—Nuestro hombre no habrá venido —dijo Cassie—. A menos que tuviera que hacerlo. Ese tío ni siquiera leerá los periódicos. Y si alguien empieza a hablar del caso, cambiará de tema.

Rosalind, que bajaba despacio la escalinata de la iglesia con un pañuelo apretado contra la boca, levantó la cabeza y nos vio. Se zafó de los brazos que la sostenían y atravesó el césped corriendo, con su largo vestido negro ondeando al viento.

—Detective Ryan... —Cogió mi mano entre las suyas y me miró con el rostro anegado de lágrimas—. No puedo soportarlo. Tiene que coger al hombre que le ha hecho esto a mi hermana.

—¡Rosalind! —gritó Jonathan desde algún sitio con la voz rota, pero ella no apartó la vista.

Tenía los dedos largos y las manos suaves y muy frías.

—Haremos todo lo posible —le dije—. ¿Vendrás mañana a hablar conmigo?

—Lo intentaré. Siento lo del viernes, pero no pude... —Echó un rápido vistazo tras de sí—. No pude escaparme. Por favor, detective Ryan, encuéntrelo, por favor...

Sentí, más que oírlos, los chasquidos de las cámaras. Una de esas fotos —el perfil angustiado y alzado de Rosalind y una toma mía poco favorecedora con la boca abierta— fue portada de un diario sensacionalista la mañana siguiente, con el titular «Por favor, justicia para mi hermana» en letras de un cuerpo gigantesco. Quigley me dio la lata con eso durante toda una semana.

En las dos primeras semanas de la operación Vestal hicimos todo lo imaginable, todo. El equipo al completo, incluidos los refuerzos y los agentes locales, hablamos con todo aquel que viviera en un radio de seis kilómetros alrededor de Knocknaree y que hubiera conocido a Katy. Había un esquizofrénico diagnosticado en la urbanización, pero jamás le había hecho daño a nadie, ni siquiera cuando dejaba la medicación, cosa que no ocurría desde hacía tres años. Comprobamos todas las tarjetas de crédito de los Devlin, seguimos el rastro de las personas que habían contribuido a pagar la matrícula de Katy y pusimos vigilancia para ver quién llevaba flores al altar de piedra.

Interrogamos a las mejores amigas de Katy: Christina Murphy, Elisabeth McGinnis y Marianne Casey; unas niñas valerosas, temblorosas y con los ojos enrojecidos que no tenían información útil que ofrecer, pero que aun así me desconcertaron. No soporto a la gente que se queja de lo rápido que crecen los niños hoy en día (después de todo, a los dieciséis años mis abuelos trabajaban a jornada completa, y creo que eso supera cualquier acumulación de *piercings* en lo que adultez se refiere), pero da igual: las amigas de Katy mostraban una preparación y una perspicacia en su conciencia del mundo exterior que contrastaba con la despreocupación alegre y animal que yo recuerdo haber disfrutado a esa edad.

—Pensábamos que a lo mejor Jessica tenía problemas de aprendizaje —dijo Christina, como si tuviera treinta años—, pero no nos atrevíamos a preguntar. ¿Fue…?, quiero decir…, ¿el que mató a Katy era un pedófilo?

Al parecer, la respuesta era no. A pesar de la sensación que tenía Cassie de que en realidad no se trataba de un crimen sexual, comprobamos a todos los delincuentes sexuales convictos al sur de Dublín, y a muchos otros a los que no hemos podido encerrar nunca, y pasamos horas con los que se encargan de la ingrata tarea de seguir el rastro y cazar a pedófilos en internet.

El tipo con quien más hablamos se llamaba Cari. Era joven, flaco, de rostro blanco con arrugas y nos contó que después de ocho meses desempeñando ese trabajo ya pensaba en dejarlo: tenía dos hijos menores de siete años, dijo, y ya no podía mirarlos de la misma manera, se sentía demasiado sucio para darles un abrazo de buenas noches después de una jornada haciendo lo que hacía.

La red, como la llamaba Cari, era un hervidero de especulaciones y excitación a propósito de Katy Devlin —me ahorraré los detalles— y leímos cientos de páginas con transcripciones de chats y correos de un mundo oscuro y ajeno, pero no sacamos nada en claro. Había uno que parecía simpatizar en exceso con el asesino de Katy («Creo que simplemente la amaba demasiado, ella no lo entendió y lo disgustó»), pero cuando esta murió él estaba conectado, debatiendo sobre los méritos físicos de las niñas asiáticas en comparación con las europeas. Esa noche Cassie y yo nos emborrachamos a base de bien.

La pandilla de Sophie examinó la casa de los Devlin con lupa, en principio para recoger fibras y demás para así poder ir descartando, pero informaron de que no habían encontrado manchas de sangre ni nada que se ajustara al arma de la violación descrita por Cooper. Yo saqué informes financieros: los Devlin vivían modestamente (unas vacaciones familiares a Creta cuatro años antes con el préstamo de una cooperativa de crédito; las clases de danza de Katy y las de violín de Rosalind; un Toyota del 99) y apenas tenían ahorros; pero no estaban endeudados, su hipoteca casi estaba liquidada y nunca se habían atrasado en los pagos del teléfono. Su cuenta bancaria no mostraba movimientos sospechosos y Katy no tenía seguro de vida; nada.

Se recibió una cantidad récord de llamadas, un increíble porcentaje de las cuales fueron inútiles. Eran de personas cuyos vecinos tenían una pinta rara y se negaban a unirse a la asociación de vecinos del barrio, otras que habían visto a hombres siniestros merodeando en medio del campo, o de esa otra serie de chalados explicando con detalle que aquello era un castigo de Dios a nuestra sociedad pecaminosa… Cassie y yo nos pasamos toda una mañana con un tío que telefoneó para decirnos que Dios había castigado a Katy por su inmodestia al exhibirse vestida solo con un maillot para miles de lectores de *The Irish Times*. Depositamos muchas esperanzas en él (se negaba a hablar con Cassie alegando que las mujeres no deberían trabajar y que sus vaqueros también eran inmodestos; su modelo de modestia femenina, según me informó con vehemencia, era Nuestra Señora de Fátima). Pero tenía una coartada impecable: había pasado el lunes por la noche en el minúsculo barrio chino que da a Baggot Street, borracho como una cuba, sermoneando a las prostitutas sobre los tormentos del infierno y apuntando las matrículas de sus clientes, hasta que los chulos lo echaban por la fuerza y vuelta a empezar; al fin, la poli lo metió en una celda para que durmiera la mona, hacia las cuatro de la madrugada. Por lo visto eso ocurría cada tantas semanas; todos los implicados conocían ya la rutina y se alegraron de confirmarlo con algún comentario mordaz sobre las probables tendencias sexuales del tipo.

Fueron unas semanas extrañas e inconexas. Incluso después de todo este tiempo se me hace complicado describirlas. Estuvieron repletas de pequeñas cosas que en ese momento parecían insignificantes e inconexas como el revoltijo de complementos de algún juego de salón: rostros, frases, salas de estar y llamadas telefónicas, todo mezclado en una sola luz estroboscópica. No fue hasta mucho más tarde, con la luz fría y dura que da la perspectiva, cuando las pequeñas cosas afloraron, se ordenaron y encajaron perfectamente para formar los patrones que deberíamos haber visto desde el principio.

Además, esa primera fase de la operación Vestal fue espantosa. Aunque nos negáramos a admitirlo, el caso no iba a ninguna parte. Todas las pistas que encontraba me llevaban a un callejón sin salida; O'Kelly nos soltaba discursos exaltados mientras agitaba los brazos para decirnos que no nos podíamos permitir fallar y que uno demuestra lo que vale cuando las cosas se ponen difíciles; los periódicos clamaban justicia e imprimían fotos ampliadas del aspecto que tendrían Peter y Jamie hoy en día si llevaran unos peinados desafortunados. Yo estaba más tenso de lo que he estado en toda mi vida. Pero quizás el verdadero motivo de que me cueste tanto hablar de esas semanas sea que —a pesar de todo ello, y del hecho de que sé que es una ligereza que no puedo permitirme— todavía las echo de menos.

Pequeñas cosas. Por supuesto, conseguimos el historial médico de Katy de inmediato. Ella y Jessica fueron prematuras por un par de semanas, pero al menos Katy se había recuperado bien y hasta los ocho años y medio solo tuvo los problemas de salud propios de los niños de su edad. Luego, sin que viniera a cuento, empezó a ponerse enferma. Retortijones de estómago, vómitos incontrolados y diarreas que duraban días; en una ocasión fue a urgencias tres veces en un mes. Hacía un año, después de un ataque especialmente intenso, los médicos le practicaron una laparotomía exploratoria (la operación que había detectado Cooper, la que la había dejado fuera de la escuela de danza). Le diagnosticaron «Pseudobstrucción idiopática de colon con ausencia atípica de dilatación». Leyendo entre líneas deduje lo que eso significaba: los galenos descartaban todo lo demás y no tenían absolutamente ni idea de qué le pasaba.

—¿Münchausen por poderes? —le pregunté a Cassie, que leía por encima de mi hombro con los brazos cruzados sobre el respaldo de mi silla.

Ella, Sam y yo nos habíamos apropiado un rincón de la sala de investigaciones, lo más lejos posible del teléfono, para poder disponer de un mínimo de privacidad siempre que habláramos en voz baja.

Se encogió de hombros e hizo una mueca.

—Puede ser. Pero hay algo que no encaja: la mayoría de las madres con Münchausen han tenido alguna relación con la medicina en el pasado, auxiliares de enfermería o algo por el estilo. —Según nuestras comprobaciones, Margaret había dejado el colegio a los quince y trabajó en la fábrica de galletas Jacobs hasta que se casó—. Y fíjate en los registros de admisión: la mitad de las veces ni siquiera es Margaret la que lleva a Katy al hospital. Es Jonathan, Rosalind, Vera y una vez un profesor… Para las madres con Münchausen por poderes la gracia está en la atención y la simpatía que reciben de médicos y enfermeras. Nunca permitirían que otra persona fuera el centro de todo.

—Entonces, ¿descartamos a Margaret?

Cassie suspiró.

—No encaja con el perfil, pero no es definitivo: podría ser la excepción. Me gustaría poder echar un vistazo al historial de las otras dos. Estas madres no suelen centrarse en un hijo y dejar en paz a los demás. Saltan de hijo en hijo para evitar sospechas, o bien empiezan con el mayor y luego pasan al siguiente cuando el primero crece lo bastante como para montar un número. Si es Margaret, habrá algo raro en los otros dos expedientes... como esta primavera, tal vez, cuando Katy dejó de ponerse enferma y algo le pasó a Jessica... Preguntaremos a los padres si nos permiten verlos.

—No —dije. La sala parecía una olla de grillos y el ruido era como si una niebla espesa envolviera mi cerebro; no lograba concentrarme—. De momento, los Devlin no saben que son sospechosos. Preferiría que siguiera siendo así, al menos hasta que tengamos algo sólido. Si empezamos a pedir los historiales médicos de Rosalind y Jessica, seguro que se dan cuenta.

—Algo sólido —repitió Cassie.

Bajó la vista a las hojas diseminadas por la mesa, ese batiburrillo de encabezamientos escritos a ordenador con garabatos hechos a mano y manchas de fotocopia; y miró la pizarra blanca, que ya había explosionado en una maraña multicolor de nombres, números de teléfono, flechas y signos de interrogación y subrayados.

—Sí —dije—. Lo sé.

Los historiales escolares de las niñas Devlin tenían ese mismo matiz ambiguo y burlón. Katy era buena pero no excepcional: mayoría de notables con algún suficiente ocasional en lengua o un sobresaliente en educación física; ningún problema de actitud salvo cierta tendencia a hablar en clase, ni llamadas de atención, excepto las marcas de las ausencias. Rosalind era más inteligente, pero también más errática: series con un montón de sobresalientes interrumpidos por grupos de suficientes e insuficientes acompañados de observaciones de los frustrados maestros sobre el poco esfuerzo y los muchos novillos. Como era de esperar, la carpeta de Jessica era la más voluminosa. Había estado en la clase con el grupo más disperso desde que Katy y ella tenían nueve años, pero al parecer Jonathan había dado la lata al consejo de salud y a la escuela para que le hicieran una batería de pruebas: su coeficiente intelectual estaba entre 90 y 105 y no presentaba problemas neurológicos. «Dificultades para el aprendizaje imprecisas con rasgos autistas», declaraba el archivo.

—¿Qué opinas? —le pregunté a Cassie.

—Que esta familia cada vez parece más rara. Según esto, juraría que si abusan de alguna de ellas es de Jessica. Una niña perfectamente normal hasta los siete años que luego, de repente, ¡pam!, empieza a caer en picado tanto en los resultados escolares como en sus habilidades sociales. Demasiado tarde para que aparezca el autismo, pero es una reacción de manual en un niño víctima de abusos. Y Rosalind... todas esas subidas y bajadas podrían deberse a los cambios de humor típicos de una adolescente, pero también podría ser la respuesta a algo raro que sucediera en casa. La única que parece estar bien, en fin, psicológicamente, es Katy.

Algo oscuro se cernió sobre mí en una esquina de mi campo de visión y me volví de golpe lanzando mi bolígrafo, que derrapó por el suelo.

—Tranquilo —dijo Sam, sobresaltado—. Que soy yo.

—¡Dios! —exclamé. El corazón me iba a mil. La mirada de Cassie, al otro lado de la mesa, no delataba nada. Recuperé mi bolígrafo—. No me he dado cuenta de que estabas ahí. ¿Qué nos traes?

—El registro de llamadas de los Devlin —contestó Sam, agitando un fajo de hojas en cada mano—. Salientes y entrantes.

Puso los dos fajos encima de la mesa y cuadró las esquinas con esmero. Había resaltado los números con colores y las páginas presentaban unas líneas muy pulcras hechas con rotulador.

—¿Durante cuánto tiempo? —quiso saber Cassie.

Se inclinó sobre la mesa, mirando las hojas del revés.

—Desde marzo.

—¿Y solo hay esto? ¿Para seis meses?

También fue lo primero en lo que me fijé yo, en lo delgadas que eran las pilas. En una familia de cinco miembros con tres adolescentes la línea debía de estar ocupada sin parar, con alguien gritando constantemente para que algún otro colgara el teléfono. Me acordé del silencio subyacente en la casa el día que encontraron a Katy, con la tía Vera merodeando por el vestíbulo.

—Sí, ya lo sé —dijo Sam—. Tal vez utilizan móviles.

—Tal vez —respondió Cassie, no muy convencida. Yo tampoco lo estaba; casi sin excepción, cuando una familia se aísla del resto del mundo es porque algo va pero que muy mal—. Pero eso es caro. Y en esa casa hay dos teléfonos, uno junto al ropero del piso de abajo y otro en el descansillo de arriba, con un cable tan largo que podrías llevártelo a cualquier dormitorio. No se necesita un móvil para tener intimidad.

Ya habíamos comprobado el móvil de Katy. Tenía asignados diez euros de crédito cada segundo domingo. Había usado la mayoría para enviar mensajes de texto a sus amigas, y habíamos reconstruido largas conversaciones abreviadas en un lenguaje críptico sobre deberes, cotilleos de clase y programas de la tele; ningún número sin identificar, ninguna señal de alarma.

—¿Y los resaltados con rotulador? —pregunté.

—He revisado los números abonados y he intentado separar las llamadas de familiares. Al parecer Katy era la que más utilizaba el teléfono: todos los números en amarillo son sus amigas. —Pasé unas páginas. En cada una, el rotulador amarillo ocupaba al menos la mitad—. El azul señala las hermanas de Margaret, una en Kilkenny y Vera, en la misma urbanización. El verde es la hermana de Jonathan en Athlone, la residencia donde vive su madre y miembros del comité de «No a la Autopista». El violeta es Karen Daly, la amiga de Rosalind con la que se quedó cuando se escapó. Las llamadas entre ellas empiezan a remitir después de eso. Yo diría que a Karen no le gustó demasiado verse implicada en algún lío familiar, aunque siguió llamando a Rosalind unas semanas más; en cambio, Rosalind no la volvió a llamar.

—Quizá no le dejaran —comenté.

Tal vez fuera el susto que me había dado Sam, pero mi corazón aún latía demasiado deprisa y en la boca notaba un sabor animal a peligro.

Sam asintió.

—A lo mejor los padres veían en Karen una mala influencia. En cualquier caso, estas son las únicas llamadas que constan, salvo unas cuantas de una compañía telefónica proponiéndoles cambiar de proveedor y… estas tres. —Extendió las páginas de llamadas entrantes: tres franjas de rotulador rosa—. Las fechas, horas y duraciones coinciden con las que nos dio Devlin. Todas se realizaron desde cabinas.

—Lástima —dijo Cassie.

—¿Dónde? —quise saber yo.

—En el centro. La primera es desde los muelles, en el área financiera, y la segunda en O'Connell Street. La tercera es a medio camino, también en los muelles.

—En otras palabras —afirmé—: el que llamó no era uno de los del pueblo, histérico por el valor de su casa.

—No lo creo. A juzgar por las horas, llama de camino a casa desde el pub. Supongo que alguien de Knocknaree podría beber en el centro, pero no es muy probable, o al menos no es algo habitual. Haré que los chicos lo comprueben para asegurarnos, pero de momento diría que es alguien interesado en la autopista por negocios, no por una cuestión personal. Y si apostara, me jugaría la pasta a que vive en alguna parte junto a los muelles.

—Nuestro asesino es un lugareño; es casi seguro —recordó Cassie.

Sam asintió.

—Pero nuestro chico podría haber contratado a alguien para que hiciera el trabajo. Es lo que yo habría hecho. —Cassie cruzó la mirada conmigo: la idea de Sam yendo en busca de un sicario se antojaba irresistible—. Cuando averigüe a quién pertenece el terreno, veré si han hablado con alguien de Knocknaree.

—¿Cómo lo llevas? —quise saber.

—Oh, tranquilo —contestó Sam alegre y vagamente—. Estoy en ello.

—Un momento —dijo Cassie de repente—. ¿A quién llama Jessica?

—A nadie, que yo sepa —respondió Sam, y apiló las hojas con unos golpecitos suaves y se las llevó.

Todo eso sucedió el lunes, casi una semana después de la muerte de Katy. Durante esos días, ni Jonathan ni Margaret nos llamaron para interesarse por el curso de la investigación. No es que me quejara precisamente —algunas familias llaman cuatro o cinco veces al día, ansiosas por obtener respuestas, y hay pocas cosas más horribles que decirles que no hay ninguna—, pero aun así era otra de esas pequeñas cosas que chirriaban, en un caso que ya tenía demasiadas.

Finalmente, Rosalind se presentó el martes a la hora de comer. Sin llamada ni cita previa, Bernadette me informó con un leve reproche de que una chica quería verme; pero supe que era ella, y el hecho de que apareciera de la nada de ese modo olía a desesperación, a alguna urgencia clandestina. Dejé lo que estaba haciendo y bajé, ignorando las inquisitivas cejas levantadas de Cassie y Sam.

Rosalind esperaba en recepción. Llevaba un chal esmeralda y miraba por la ventana con rostro nostálgico y ausente. Era demasiado joven para saberlo, pero ofrecía una imagen adorable con la cascada de rizos castaños y la mancha verde, en suspenso frente al ladrillo soleado y la piedra del patio. De no ser por el vestíbulo insolentemente utilitario, podría haber sido una escena sacada de una tarjeta de felicitación prerrafaelita.

—Rosalind —dije.

Se dio la vuelta, llevándose una mano al pecho.

—¡Oh, detective Ryan! Me ha asustado… Muchas gracias por recibirme.

—Faltaría más —respondí—. Vayamos a hablar arriba.

—¿Está seguro? No quiero ser una molestia. Si está demasiado ocupado, dígamelo y me iré.

—No eres una molestia, en absoluto. ¿Quieres una taza de té? ¿Café?

—Me encantaría un café. Pero ¿tenemos que entrar ahí? Hace un día tan bonito, y tengo un poco de claustrofobia. No me gusta decírselo a la gente, pero… ¿No podríamos salir afuera?

No era el procedimiento habitual, pero después de todo no era una sospechosa, me dije; ni siquiera era necesariamente una testigo.

—Claro —le contesté—, dame solo un segundo.

Y corrí escaleras arriba a por el café. Como había olvidado preguntarle cómo lo tomaba, añadí un poco de leche y me guardé dos bolsitas de azúcar en el bolsillo, por si acaso.

—Aquí tienes —le dije a Rosalind, una vez abajo—. ¿Buscamos un sitio en el jardín? —Bebió un sorbo de café y trató de disimular una breve y fugaz mueca de desagrado—. Lo sé, es una porquería —dije.

—No, no, está bien, es solo que… bueno, es que suelo tomarlo sin leche, pero…

—Vaya —exclamé—. Lo siento. ¿Quieres que vaya a buscarte otro?

—¡No, qué va! No pasa nada, detective Ryan, de verdad. En realidad no necesitaba café. Tómeselo usted. No quiero causarle problemas; es estupendo que me haya recibido, no debe dejar de lado sus cosas…

Hablaba muy deprisa, en voz alta y con atropello, y sostuvo mi mirada demasiado tiempo sin pestañear, como si estuviera hipnotizada. Estaba terriblemente nerviosa e intentaba disimularlo.

—No es ningún problema —respondí amablemente—. Te diré lo que haremos: buscamos un buen sitio donde sentarnos y luego te traigo otro café. Seguirá siendo una porquería, pero al menos será un café solo. ¿Qué te parece?

Rosalind me sonrió agradecida, y por un instante tuve la sorprendente sensación de que ese pequeño acto de consideración casi le había hecho llorar.

Encontramos un banco en los jardines, al sol; los pájaros gorjeaban, se agitaban en los setos y salían disparados para hacerse con migas de sándwich olvidadas. Dejé allí a Rosalind y volví a subir a por el café. Me tomé mi tiempo, para darle oportunidad de calmarse, pero cuando regresé continuaba sentada en el borde del banco, mordiéndose el labio y arrancando los pétalos de una margarita.

—Gracias —dijo, y al coger el café hizo un amago de sonreír. Me senté a su lado—. Detective Ryan, ¿han...? ¿Han averiguado quién mató a mi hermana?

—Todavía no —dije—. Pero acabamos de empezar. Te prometo que hacemos cuanto podemos.

—Sé que lo cogerá, detective Ryan. Lo supe en cuanto le vi. Puedo adivinar muchísimas cosas de la gente con la primera impresión. A veces me asusta realmente lo mucho que acierto, y supe enseguida que usted era la persona que necesitábamos.

Me miraba con una fe pura, sin mácula. Me sentí halagado, desde luego que sí, pero al mismo tiempo ese grado de confianza me incomodaba. Estaba tan segura y era tan desesperadamente vulnerable; y, por mucho que intentara no pensar de esa forma, sabía que era posible que aquel caso no se resolviera nunca, así como el efecto que eso tendría en ella.

—Soñé con usted —continuó Rosalind, y luego bajó la mirada, violentada—. La noche después del funeral de Katy. Apenas había dormido más de una hora por noche desde que ella desapareció, ¿sabe? Estaba... oh, estaba histérica. Pero verle a usted aquel día... me recordó que no hay que rendirse. Esa noche soñé que usted llamaba a nuestra puerta y me decía que había atrapado al hombre que lo hizo. Lo tenía en el coche patrulla detrás de usted, y me decía que nunca más volvería a hacer daño a nadie.

—Rosalind —dije. No podía permitir eso—. Hacemos cuanto podemos, y no nos vamos a rendir. Pero tienes que prepararte para la posibilidad de que la espera se alargue mucho tiempo.

Ella negó con la cabeza.

—Usted lo encontrará —repitió, sin más.

Cambié de tema.

—¿Has dicho que querías preguntarme algo?

—Sí. —Respiró hondo—. ¿Qué le pasó exactamente a mi hermana, detective Ryan?

Su mirada de ojos abiertos y penetrantes me dejó sin saber cómo reaccionar; si se lo contaba, ¿se desmoronaría, le daría un ataque, gritaría? Los jardines estaban llenos de empleados de cháchara en su pausa del almuerzo.

—Creo que deberían ser tus padres quienes te hablaran de esto —respondí.

—Tengo dieciocho años, ¿sabe? No necesita su permiso para explicármelo.

—Aun así.

Rosalind se mordió el labio inferior.

—Ya se lo he preguntado. Me mandó... me mandaron callar.

Algo me zarandeó y no supe muy bien qué, si ira, alarma o compasión.

—Rosalind —empecé, con mucha delicadeza—, ¿va todo bien en casa?

Alzó la cabeza al instante, con la boca abierta formando una pequeña O.

—Sí —respondió con voz débil y dudosa—. Por supuesto.

—¿Estás segura?

—Es muy amable —replicó, trémula—. Es muy bueno conmigo. Es... todo va bien.

—¿Te sentirías más cómoda hablando con mi compañera?

—No —dijo bruscamente, con cierto matiz de desaprobación en su voz—. Quería hablar con usted porque... —Dibujaba círculos con el vaso en su regazo—. Sentí que le importaba, detective Ryan. Lo de Katy. A su compañera no parecía importarle, pero a usted... es diferente.

—Por supuesto que nos importa a los dos —repuse.

Quise rodearla con un brazo tranquilizador o poner una mano sobre la suya, pero nunca se me han dado bien esas cosas.

—Sí, ya lo sé, ya lo sé. Pero su compañera... —Me dedicó una pequeña sonrisa de autorreproche—. Creo que me asusta un poco. Es muy agresiva.

—¿Mi compañera? —pregunté, asombrado—. ¿La detective Maddox?

Cassie siempre ha sido la que tiene fama de ser buena con las familias. Yo me quedo acartonado y cohibido, pero ella siempre parece saber qué es lo que hay que decir y cuál es la manera más amable de decirlo. Algunas familias aún le envían unas tarjetas tristes, esforzadas y agradecidas por Navidad.

Rosalind agitó las manos en un gesto de impotencia.

—Oh, detective Ryan, no lo decía en un mal sentido. Ser agresivo es algo bueno, ¿no? Sobre todo en su trabajo. Y supongo que yo peco de sensible. Fue solo por cómo trató a mis padres... Sé que tenía que preguntar todas aquellas cosas, pero fue el modo en que las preguntó, con esa frialdad... Jessica se quedó muy disgustada. Y a mí me sonreía como si todo fuese... La muerte de Katy no era ninguna broma, detective Ryan.

—Ni muchísimo menos —respondí.

Repasé mentalmente aquella horrible sesión en la sala de estar de los Devlin, intentando entender qué diablos había hecho Cassie para disgustar a esa niña. Solo podía recordar que le había dedicado a Rosalind una sonrisa alentadora cuando la sentó en el sofá. Retrospectivamente supuse que pudo haber sido un poco inapropiado, aunque no tanto como para justificar una reacción como esa. La sorpresa y el dolor a menudo provocan reacciones exageradas e ilógicas en la gente;

pero aun así, ese grado de alteración reforzó mi sensación de que en esa casa pasaba algo.

—Lo siento si dimos la impresión...

—No, oh, no, usted no; usted estuvo maravilloso. Y sé que la detective Maddox no quiso ser tan... tan dura. Lo sé, de verdad. La mayoría de la gente agresiva solo intenta ser fuerte, ¿no es así? Lo único que quieren es no mostrar inseguridad, o dependencia o algo por el estilo. En el fondo no son crueles.

—No —contesté—, te aseguro que no.

Me costaba pensar en Cassie como una persona dependiente; pero lo cierto es que nunca había pensado que fuese agresiva. Me di cuenta, con una leve punzada de desazón, que no tenía modo de saber qué impresión causa Cassie al resto de la gente. Era como decir si tu hermana es guapa: no podía ser más objetivo con ella de lo que era conmigo.

—¿Lo he ofendido? —Rosalind me miró con nerviosismo, estirándose un tirabuzón—. Lo he hecho. Lo siento, lo siento... Siempre estoy metiendo la pata. Abro mi estúpida boca y sale todo, nunca aprendo...

—No —la interrumpí—, no pasa nada. No estoy ofendido en absoluto.

—Sí lo está. Lo noto.

Se abrigó mejor con el chal y se retiró el pelo que le quedó debajo, con el rostro tirante y retraído.

Sabía que si la perdía quizá no tuviera otra oportunidad.

—De verdad —dije—, no lo estoy. Solo estaba pensando en lo que has dicho. Es muy perspicaz.

Jugueteó con un extremo del chal, eludiendo mi mirada.

—Pero ¿no es su novia?

—¿La detective Maddox? No-no-no —contesté—. Nada de eso.

—Yo pensé, por el modo en que ella... —Se cubrió la boca con una mano—. ¡Otra vez no! ¡Para, Rosalind!

Me reí, sin poder evitarlo; los dos nos estábamos esforzando mucho.

—Vamos —dije—. Respira hondo y volvamos a empezar.

Poco a poco se recostó en el banco a medida que se relajaba.

—Gracias, detective Ryan. Pero, por favor, ¿qué le pasó exactamente a Katy? Mi imaginación no descansa... No puedo soportar no saberlo.

¿Qué podía decir a eso? Se lo expliqué. No se desmayó ni se puso histérica, ni siquiera se deshizo en lágrimas. Escuchó en silencio, con los ojos azules —del color de un vaquero desteñido— fijos en los míos. Cuando terminé se llevó los dedos a los labios y se quedó con la mirada perdida en la luz del sol, en la ordenada silueta de los setos, en los empleados con sus recipientes de plástico y sus chismorreos. Le di una torpe palmadita en el hombro. El chal era de tela barata, sintético y áspero al tacto, y la galantería patética e infantil que representaba me llegó al corazón. Quise decirle algo, algo sabio y profundo sobre que pocas muertes pueden compararse al extremo dolor del que se queda, algo que pudiera recordar cuando estuviera sola, insomne y perpleja en su habitación; pero no hallé las palabras.

—Lo siento mucho —dije.

—Entonces, ¿no la violaron?

Habló en un tono llano y hueco.

—Bébete el café —respondí, con la vaga idea de que las bebidas calientes van bien para los disgustos.

—No, no... —Agitó la mano con fervor—. Dígamelo. ¿No la violaron?

—No, no exactamente. Y ya estaba muerta, ya sabes. No sintió nada.

—¿No sufrió?

—Apenas nada. La dejaron inconsciente casi de inmediato.

De repente Rosalind inclinó la cabeza sobre su vaso de café, y vi que le temblaban los labios.

—Me siento tan mal, detective Ryan. Me siento como si tuviera que haberla protegido mejor.

—Tú no lo sabías.

—Pero debería haberlo sabido. Debería haber estado ahí, y no divirtiéndome con mis primas. Soy una hermana espantosa, ¿verdad?

—Tú no eres responsable de la muerte de Katy —dije con firmeza—. A mí me parece que debías de ser una hermana maravillosa. No podrías haber hecho nada.

—Pero...

Calló y sacudió la cabeza.

—Pero ¿qué?

—Pues... que tendría que haberlo sabido. Eso es todo. No importa. —Aventuró una sonrisa mirándome a través del pelo—. Gracias por contármelo.

—Ahora me toca a mí —dije—. ¿Puedo preguntarte un par de cosas?

Pareció reacia, pero respiró hondo y asintió.

—Tu padre dijo que Katy aún no salía con chicos —comencé—. ¿Es cierto?

Abrió la boca, pero la volvió a cerrar.

—No lo sé —contestó con un hilo de voz.

—Rosalind, sé que esto no te resulta fácil. Pero si no es cierto tenemos que saberlo.

—Katy era mi hermana, detective Ryan. No quiero... no quiero decir cosas sobre ella.

—Lo sé —contesté con suavidad—. Pero lo mejor que

puedes hacer ahora por ella es contarme cualquier cosa que me ayude a encontrar a su asesino.

Al fin lanzó un suspiró, tembloroso y leve.

—Sí —dijo—. Le gustaban los chicos. No sé quién exactamente, pero la oí lanzarse pullas con sus amigas a propósito de los chicos, ya sabe, a quién habían besado…

La idea de gente de doce años besándose me asustó, pero me acordé de las amigas de Katy, esas niñas tan sabihondas y desconcertantes. A lo mejor Peter, Jamie y yo fuimos poco precoces.

—¿Es eso cierto? Tu padre parecía bastante seguro.

—Mi padre… —Una minúscula arruga se dibujó entre las cejas de Rosalind—. Mi padre adoraba a Katy. Y ella… a veces se aprovechaba de eso. No siempre le decía la verdad. A mí me entristecía mucho.

—Está bien —dije—, ya entiendo. Has hecho bien en contármelo. —Ella asintió con una leve inclinación de la cabeza—. Necesito preguntarte otra cosa. En mayo te escapaste de casa, ¿verdad?

Su ceño se frunció aún más.

—No fue así exactamente, detective Ryan. No soy una cría. Pasé el fin de semana con una amiga.

—¿Con quién?

—Karen Daly. Puede preguntárselo si quiere. Le daré su teléfono.

—No es necesario —dije con ambigüedad.

Ya habíamos hablado con Karen —una chica tímida de tez blanquecina que no era en absoluto como yo me esperaba que fuese una amiga de Rosalind— y confirmó que Rosalind había estado con ella todo el fin de semana; pero tengo bastante olfato para el engaño, y estaba casi seguro de que Karen me ocultaba algo.

—Tu prima cree que quizá pasaste el fin de semana con un chico.

La boca de Rosalind se estrechó, contrariada, en una delgada línea.

—Valerie es muy malpensada. Sé que hay un montón de chicas que hacen eso, pero yo no soy una chica del montón.

—No —respondí—. No lo eres. Pero tus padres no sabían dónde estabas.

—No, no lo sabían.

—¿Y eso por qué?

—Pues porque no me apetecía contárselo —respondió, brusca. Luego alzó la vista hacia mí y suspiró, con expresión más suave—. Vamos, detective, ¿nunca siente que... que necesita huir y ya está? ¿Huir de todo? ¿Que todo lo supera?

—Sí —dije—, así es. Entonces, ¿lo de ese fin de semana no fue porque hubiera pasado algo malo en casa? Nos han dicho que te peleaste con tu padre...

El rostro de Rosalind se nubló y ella apartó la mirada. Aguardé. Al cabo de un momento, sacudió la cabeza.

—No. Yo... nada de eso.

Mis alarmas sonaron de nuevo, pero su voz se había vuelto tensa y no quise presionarla; todavía no. Ahora, por supuesto, me pregunto si debería haberlo hecho; pero no veo que, a la larga, hubiera cambiado nada.

—Sé que estás pasando por unos momentos terribles —dije—, pero no vuelvas a escaparte, ¿de acuerdo? Si la situación te supera o si simplemente quieres hablar, llama a Apoyo a las Víctimas o a mí directamente; tienes mi número, ¿no? Haré lo que pueda por ayudarte.

Rosalind asintió.

—Gracias, detective Ryan. Lo recordaré.

Pero tenía una expresión retraída y apagada, y tuve la sensación de que, de alguna forma inconcreta pero decisiva, la había defraudado.

Cassie estaba en las oficinas de la brigada, fotocopiando declaraciones.

—¿Quién era?

—Rosalind Devlin.

—Oh —dijo Cassie—. ¿Qué ha dicho?

No sé por qué, no tuve ganas de entrar en detalles.

—Poca cosa. Solo que, pese a lo que pensara Jonathan, Katy se fijaba en los chicos. Rosalind no sabe ningún nombre; tendremos que hablar otra vez con las compañeras de Katy, a ver si pueden decirnos algo más. También ha dicho que Katy decía mentiras, pero bueno, casi todos los críos lo hacen.

—¿Algo más?

—La verdad es que no.

Cassie se dio la vuelta con una hoja en la mano y me dedicó una larga mirada que no supe interpretar.

—Al menos habla contigo —dijo—. Deberías mantener el contacto con ella; puede que se abra más.

—Le he preguntado si algo iba mal en casa —dije, con cierta culpabilidad—. Me ha dicho que no, pero no la he creído.

—Mmm... —respondió Cassie, y siguió haciendo fotocopias.

Aunque volvimos a hablar con Christina, Marianne y Beth, todas fueron categóricas: Katy no tenía novios ni le gustaba nadie en especial.

—A veces la molestábamos con el tema de los chicos —reconoció Beth—, pero no era de verdad, ¿sabe? Solo hacíamos el tonto.

Era una niña pelirroja de aspecto jovial que ya apuntaba unas curvas de escándalo, y cuando sus ojos se llenaron de lágrimas pareció que la desconcertaran, como si no estuviera familiarizada con el llanto. Rebuscó en la manga del jersey y sacó un pañuelo de papel hecho jirones.

—Aunque quizá no nos lo dijera —afirmó Marianne. Era la más tranquila del grupo, una niña pálida como un hada que se perdía dentro de su ropa de adolescente—. Katy es... Katy era muy reservada con sus cosas. Como la primera audición que hizo para la escuela de danza, ni siquiera lo supimos hasta que la aceptaron, ¿os acordáis?

—Ya, pero no es lo mismo —dijo Christina, aunque también había llorado y su nariz cargada le quitó casi toda la autoridad de la voz—. Un novio no se nos habría pasado por alto.

Desde luego, los refuerzos interrogaron de nuevo a todos los chicos de la urbanización y de la clase de Katy, por si acaso; pero me di cuenta de que, en cierto modo, eso era exactamente lo que me había temido. Aquel caso era como un inacabable y exasperante juego del trile: yo sabía que el premio estaba ahí, en algún lugar delante de mis narices, pero el juego estaba amañado, el trilero iba demasiado rápido para mí y cada pieza segura a la que le daba la vuelta resultaba estar vacía.

Sophie me llamó cuando salíamos de Knocknaree para comunicarme que habían llegado los resultados del laboratorio. Estaba caminando; podía oír las sacudidas del móvil y las pisadas rápidas y decididas de sus zapatos.

—Tengo vuestros resultados sobre la pequeña Devlin —anunció—. En el laboratorio llevan seis semanas de retraso y ya sabéis cómo son, pero he conseguido que se saltaran la cola. Prácticamente he tenido que acostarme con el chiflado del jefe para que lo hiciera.

Mi ritmo cardíaco aumentó.

—Muchísimas gracias, Sophie —respondí—. Te debemos otra. —Cassie, que conducía, me miró desde su sitio; yo moví los labios—: Los resultados.

—La prueba toxicológica ha dado negativo: nada de drogas, alcohol ni medicación. Estaba llena de restos, sobre todo del exterior: polvo, polen, lo normal. Todo concuerda con la composición del suelo que rodea Knocknaree, incluso, y esa es la parte buena, lo que tenía dentro de la ropa y pegado a la sangre. Así que no lo recogió solo en el sitio donde la arrojaron. Los del laboratorio aseguran que en ese bosque hay una planta muy rara que no crece en ningún otro lugar cercano y que al parecer tiene muy excitado al especialista en plantas, y el polen no llegaría a más de un kilómetro y medio o así. Se supone que Katy ha estado en Knocknaree desde su muerte.

—Encaja con lo que tenemos —comenté—. Ahora dime lo bueno.

Sophie resopló.

—Eso era lo bueno. Las huellas son un callejón sin salida: la mitad corresponden a los arqueólogos y las otras están demasiado borrosas para utilizarlas. Prácticamente todas las fibras coinciden con cosas que cogimos de la casa; algunas están sin identificar, pero no tienen nada de particular. Un pelo de la camiseta corresponde al idiota que la encontró, y dos a la madre, uno en los pantalones y otro en el calcetín, y seguramente es ella la que hace la colada, o sea que no es nada del otro mundo.

—¿Hay ADN? ¿Huellas dactilares o algo parecido?

—Ajá —contestó Sophie. Estaba comiendo algo crujiente, tal vez patatas fritas; Sophie vive principalmente de comida basura—. Unas parciales con sangre, pero eran de un guante de goma; sorpresa, sorpresa. Así que tampoco hay tejido epitelial. Ni semen ni saliva, ni sangre que no corresponda a la niña.

—Estupendo —contesté, mientras los latidos de mi corazón decaían lentamente.

Otra vez había hecho el imbécil, había albergado esperanzas y me sentía estafado y estúpido.

—Salvo por esa mancha antigua que encontró Helen. El tipo de sangre es A positivo. Vuestra víctima es 0 negativo. —Hizo una pausa para llenarse la boca otra vez de patatas, mientras mi estómago hacía cosas raras—. ¿Qué? —preguntó al darse cuenta que yo no había dicho nada—. Es lo que querías oír, ¿no? La misma sangre que la del caso antiguo. Lo admito, sé que es poca cosa, pero al menos es una posible conexión.

—Sí —dije. Podía sentir cómo escuchaba Cassie y me giré un poco de espaldas a ella—. Estupendo, gracias, Sophie.

—Hemos mandado los trozos de tela y las zapatillas para que les hagan las pruebas de ADN —continuó Sophie—, pero yo que tú no me emocionaría demasiado: seguro que están tan degradados que no saldrá una mierda. Mira que guardar pruebas de sangre en un sótano...

Por un acuerdo tácito, Cassie seguía con el caso antiguo mientras yo me concentraba en los Devlin. McCabe había muerto años atrás de un ataque al corazón, así que se fue a ver a Kiernan, que estaba jubilado y vivía en Laytown, un pueblecito periférico de la costa. Tenía setenta y muchos, una cara rubicunda amistosa y la complexión tranquilamente descuidada de un jugador de rugby retirado, pero se llevó a Cassie a dar un largo paseo por la playa espaciosa y vacía, entre los gritos de las gaviotas y los zarapitos, mientras le contaba lo que recordaba sobre el caso de Knocknaree. Parecía feliz, nos contó Cassie aquella noche, mientras encendía el fuego, yo extendía mostaza sobre los panecillos de chapata y Sam servía el vino. Le había dado por la carpintería y tenía serrín en los pantalones algo gastados; su mujer le había enrollado una bufanda alrededor del cuello y le había dado un beso en la mejilla cuando salieron.

Sin embargo, recordaba cada detalle del caso. En toda la breve y desorganizada historia de Irlanda como nación, menos de media docena de niños habían desaparecido y no se había dado finalmente con su paradero; Kiernan nunca consiguió olvidar que le habían hecho responsable de dos de ellos y les había fallado. Le explicó a Cassie (un poco a la defensiva, dijo ella, como si esa conversación se la hubiera repetido muchas veces a sí mismo) que la búsqueda fue muy intensa: perros, helicópteros, submarinistas... Policías y voluntarios peinaron kilómetros de bosque, colina y campos en todas direcciones, durante semanas, cada mañana, desde el amanecer hasta el crepúsculo, hasta finales de verano; siguieron pistas que les llevaron a Belfast, Kerry e incluso a Birmingham; y durante todo ese tiempo una insistente vocecilla le repetía al oído que buscaban en la dirección equivocada, que la respuesta siempre había estado delante de sus narices.

—¿Cuál es su teoría? —quiso saber Sam.

Coloqué el último bistec en su panecillo y repartí los platos.

—Luego —le respondió Cassie a Sam—. Ahora disfruta del bocadillo. No pasa a menudo que Ryan prepare algo que valga la pena apreciar.

—Estás hablando con dos hombres de talento —respondí—. Podemos comer y escuchar al mismo tiempo.

Habría estado bien oír primero esa historia en privado, obviamente, pero cuando Cassie llegó de Laytown ya era demasiado tarde para eso. La sola idea ya me había quitado el apetito; el hecho en sí no cambiaría nada. Además, siempre hablábamos del caso durante la cena, y ese día no iba a ser diferente si podía evitarlo. Sam muestra una despreocupada inconsciencia de los trasfondos y las corrientes emocionales, aunque a veces me pregunto si puede haber alguien tan ajeno a ello.

—Estoy impresionada —dijo Cassie—. Está bien. —Sus ojos se posaron en mí un segundo; yo aparté la vista—. La teoría de Kiernan es que nunca salieron de Knocknaree. No sé si os acordaréis, pero había un tercer niño... —Se inclinó a un lado para comprobar su libreta, abierta sobre un brazo del sofá—. Adam Ryan. Esa tarde estaba con los otros dos y lo encontraron en el bosque al cabo de un par de horas de búsqueda. No estaba herido, pero tenía sangre en los zapatos y estaba bastante afectado; no recordaba nada. Así que Kiernan supuso que lo que fuera que pasara ocurrió en el bosque o muy cerca; si no, ¿cómo habría vuelto Adam Ryan allí? Pensó que alguien, alguien del pueblo, los debió de haber vigilado. El tipo se les acercó en el bosque, a lo mejor los atrajo hasta su casa y los atacó. Seguramente no tenía planeado matarlos; a lo mejor quiso abusar de ellos y algo se torció. En algún momento durante el ataque, Adam escapó y regresó al bosque corriendo, lo que puede significar que estaban en el bosque mismo o en una de las casas de la urbanización que lindan, o bien en una de las granjas que hay cerca; si no, habría ido a su casa, ¿no? Kiernan cree que al tipo le entró el pánico y mató a los otros dos niños, seguramente escondió los cuerpos en su casa hasta que se le brindó la ocasión y entonces o bien los arrojó al río o los enterró en su jardín o, lo que es más probable, en el bosque, pues no se informó de ninguna excavación sin motivo en la zona durante las semanas siguientes.

Le di un mordisco a mi bocadillo. Su sabor acre y sanguinolento casi me dio arcadas. Me obligué a tragármelo sin masticar, con un sorbo de vino.

—¿Dónde está ahora el joven Adam? —inquirió Sam.

Cassie se encogió de hombros.

—Dudo que pudiera decirnos nada. Kiernan y McCabe siguieron acudiendo a él durante años, pero este no recordó nada más. Al final desistieron y supusieron que esa pérdida de memoria había sido para bien. La familia se mudó; los cotillas de Knocknaree dicen que a Canadá.

De momento, todo era verdad. Aquello resultaba más complicado, y a la vez más ridículo, de lo que había imaginado. Éramos como espías que se comunicaban por encima de la cabeza de Sam con un código cauteloso y rebuscado.

—Tenía que ser una tortura —dijo Sam—. Un testigo ocular ahí mismo...

Sacudió la cabeza y dio un gran mordisco a su bocadillo.

—Sí, Kiernan dice que era frustrante, es cierto —respondió Cassie—, pero el crío hizo lo que pudo. Incluso participó en una reconstrucción junto con dos niños del pueblo. Esperaban que eso le ayudase a recordar qué habían hecho él y sus amigos aquella tarde, pero se quedó paralizado en cuanto entró en el bosque.

El estómago me dio un vuelco: no me acordaba de eso en absoluto. Dejé mi bocadillo; de pronto deseé un cigarrillo intensamente.

—Pobre desgraciado —comentó Sam con placidez.

—¿McCabe pensaba lo mismo? —pregunté.

—No. —Cassie se lamió mostaza del pulgar—. McCabe especulaba con que fue un asesino de paso, alguien que estaba allí solo por unos días, tal vez llegado de Inglaterra, quizá para trabajar. No encontraron ni un sospechoso decente. Hicieron casi mil cuestionarios y cientos de entrevistas, descartaron a todos los pervertidos y bichos raros conocidos al sur de Dublín y comprobaron al minuto los movimientos de cada hombre del pueblo... Ya sabéis que así casi siempre sale un sospechoso, aun si no tienes suficientes pruebas para acusarlo. No salió nadie. Cada vez que tenían una pista, acababan en un callejón sin salida.

—Eso me suena —dije con gravedad.

—Kiernan piensa que es porque alguien le dio a ese tipo una coartada falsa, de modo que nunca llegó a entrar en su radar, pero McCabe suponía que era porque no estaba allí. Según su teoría, los chicos estuvieron jugando junto al río y lo siguieron hasta donde deja el bosque por el otro lado; es un recorrido largo, pero ya lo habían hecho antes. Hay una pequeña carretera secundaria que atraviesa justo ese tramo del río. McCabe creía que alguien pasó conduciendo, vio a los chicos y trató de llevárselos o de atraerlos a su coche. Adam se resistió, escapó, corrió de regreso al bosque, y el tipo se largó con los otros dos. McCabe habló con la Interpol y la policía británica, pero no sacaron nada en claro.

—Así que tanto Kiernan como McCabe —dije— pensaron que los niños fueron asesinados.

—Al parecer, McCabe no estaba seguro. Creía que había una posibilidad de que alguien los hubiera raptado, tal vez alguien mentalmente enfermo y desesperado por tener hijos, o quizás... En fin. Al principio pensaron que a lo mejor solo se habían fugado, pero tenían doce años y no llevaban dinero, los habrían encontrado en cuestión de días.

—Pues a Katy no la mató al azar alguien de paso —observó Sam—. El asesino tuvo que establecer la cita, ocultarla en algún sitio durante el día...

—De hecho —intervine, asombrado por el tono agradable y cotidiano de mi voz—, yo tampoco veo el viejo caso como un rapto con coche. Por lo que recuerdo, a ese chico le pusieron otra vez las zapatillas después de que la sangre de su interior empezara a coagularse. En otras palabras, el raptor pasó un tiempo con los tres, en esa misma zona, antes de que uno escapara. Eso me hace pensar que era alguien del pueblo.

—Knocknaree es un lugar pequeño —comentó Sam—. ¿Qué posibilidades hay de que vivan allí dos asesinos de niños diferentes?

Cassie sostuvo el plato sobre las piernas cruzadas, se enlazó las manos en la nuca y se arqueó para destensarse. Tenía unas leves ojeras debajo de los ojos; me di cuenta de que la tarde con Kiernan la había perjudicado y de que su resistencia a contar la historia tal vez no fuera solo por mi bien. Cuando se guarda algo para sí se le forma una pequeña compresión en las comisuras de la boca. Me pregunté qué era lo que le había dicho Kiernan y que ahora se callaba.

—Hasta registraron los árboles, ¿lo sabíais? —dijo—. A las pocas semanas, un agente espabilado se acordó de un viejo caso en que un chico trepó a un árbol hueco y se cayó en el agujero del tronco; lo encontraron cuarenta años después. Kiernan y McCabe destinaron agentes para comprobar cada árbol, iluminando los huecos con linternas…

Su voz se apagó y nos quedamos en silencio. Sam masticó su bocadillo con aprobación uniforme y pausada, dejó el plato y suspiró con satisfacción. Al final Cassie se movió y extendió la mano. Le puse encima su paquete de tabaco.

—Kiernan aún sueña con ello —continuó con calma, mientras sacaba un cigarrillo—. No tanto como antes, dice; desde que se jubiló, solo cada tantos meses. Sueña que busca a los dos críos por el bosque de noche, llamándolos, y que alguien salta de entre los arbustos y se abalanza sobre él. Sabe que es la persona que se los llevó, puede verle la cara «tan clara como veo la tuya», me ha dicho… pero cuando se despierta, ya no la recuerda.

El fuego crepitó y chisporroteó con brusquedad. Lo vi con el rabillo del ojo y me giré de golpe; estaba seguro de que había visto algo que salía disparado del hogar a la habitación, algo pequeño, negro y con garras (¿una cría de pájaro, quizá, que se había caído por la chimenea?), pero allí no había nada. Cuando me di otra vez la vuelta Sam tenía la mirada puesta en mí, gris, tranquila y cordial en cierto modo, pero se limitó a sonreír e inclinarse sobre la mesa para llenarme el vaso de nuevo.

Tenía problemas para dormir, incluso cuando podía hacerlo. Ya he dicho que me ocurre a menudo, pero esto era distinto; durante esas semanas me encontraba atrapado en alguna dimensión intermedia entre el sueño y la vigilia, incapaz de adentrarme en ninguno de los dos. «¡Cuidado!», me decían unas voces en el oído de repente; o «No te oigo. ¿Qué? ¿Qué?». Medio soñaba con oscuros intrusos que se movían a hurtadillas por la habitación, hojeando mis notas del trabajo y toqueteando mis camisas en el armario; yo sabía que no eran reales, pero tardaba una horrible eternidad en despertarme para poder afrontarlos o disiparlos. Una vez desperté y me encontré en el suelo junto a la puerta del dormitorio; tanteé frenéticamente en busca del interruptor y las piernas apenas lograron sostenerme. La cabeza me daba vueltas y de algún lugar vino un gemido apagado, tardé mucho en darme cuenta de que era mi propia voz. Encendí la luz y la lámpara del escritorio y me arrastré de vuelta a la cama, donde me quedé tumbado, demasiado turbado para volver a dormirme, hasta que sonó el despertador.

En ese limbo también seguía oyendo voces de niños. No de Peter o Jamie; era un grupo de niños muy alejados, que cantaban canciones de recreo que yo no recordaba haber aprendido. Sus voces eran alegres, despreocupadas y demasiado puras para ser humanas, y por debajo de ellas se oían los ritmos frescos y expertos de complejas palmadas. «Vamos, amiguito, ven a jugar conmigo, súbete a mi manzano... Dos, dos, los niños blancos, vestidos de verde, uno está solo y así será para siempre...» A veces sus débiles coros no se me iban de la cabeza en todo el día, como un acompañamiento inevitable a cualquier cosa que hiciera. Tenía un miedo espantoso a que O'Kelly me pillase tarareando una de esas cantinelas.

Rosalind me llamó ese sábado al móvil. Yo estaba en la sala de investigaciones, Cassie se había ido a hablar con Personas Desaparecidas y, detrás de mí, O'Gorman vociferaba sobre un tipo que le había faltado al respeto durante el puerta por puerta. Tuve que apretarme el auricular contra la oreja para oírla.

—Detective Ryan, soy Rosalind... Lamento mucho molestarle, pero ¿cree que tendría tiempo para venir a hablar con Jessica?

De fondo, ruidos urbanos: coches, conversaciones, el pitido frenético de un semáforo para peatones...

—Por supuesto —dije—. ¿Dónde estáis?

—En el centro. ¿Podemos quedar en el bar del Hotel Central dentro de diez minutos? Jessica quiere contarle una cosa.

Desenterré el archivo principal y pasé las hojas en busca de la fecha de nacimiento de Rosalind: si iba a hablar con Jessica, necesitaba que hubiera un adulto «apropiado» presente.

—¿Están tus padres con vosotras?

—No, yo… no. Creo que Jessica estaría más cómoda hablando sin ellos, si es posible.

Mis antenas se agitaron. Acababa de encontrar la página de las declaraciones de la familia: Rosalind tenía dieciocho y era «apropiada» en lo que a mí respectaba.

—Ningún problema —dije—. Nos veremos allí.

—Gracias, detective Ryan, sabía que podía contar con usted… Siento meterle prisa, pero tenemos que llegar a casa antes de…

Un pitido y desapareció; se había quedado sin batería o sin crédito. Le escribí a Cassie una nota de «Vuelvo enseguida» y me fui.

Rosalind tenía buen gusto. El bar del Central tiene un ambiente obstinadamente anticuado (techos con molduras, amplios y cómodos sillones que ocupan y desaprovechan una gran cantidad de espacio, estanterías con libros viejos y raros de cubiertas elegantes), que contrasta de forma satisfactoria con el ritmo frenético de las calles del exterior. A veces yo iba allí los sábados, me tomaba una copa de brandy y fumaba un puro (antes de la prohibición del tabaco) y me pasaba la tarde leyendo el *Anuario del granjero* de 1938 o poemas victorianos de tercera categoría.

Rosalind y Jessica estaban en una mesa junto a la ventana. La primera llevaba los rizos recogidos pero laxos e iba vestida de blanco, con falda larga, una blusa de gasa con vuelo, y armonizaba perfectamente con el entorno; parecía recién salida de una fiesta en algún jardín eduardiano. Estaba inclinada y susurraba al oído de Jessica, mientras con una mano le acariciaba el pelo a un ritmo lento y relajante.

Jessica estaba en un sillón con las piernas enroscadas debajo de ella, y su visión me trastornó de nuevo, casi tanto como la primera vez. El sol que entraba a raudales a través de la ventana alta la mantenía en una columna de luz y la transformaba en una visión radiante de otra persona, alguien vital, ansioso y perdido. Las finas y encorvadas uves de las cejas, la inclinación de la nariz y la curva amplia e infantil del labio: la última vez que vi ese rostro estaba vacío y embadurnado de sangre sobre la mesa de acero de Cooper. Era como un indulto; como Eurídice devuelta a Orfeo desde la oscuridad por un breve y milagroso instante. Quise, con tanta intensidad que me dejaba sin aliento, posar una mano sobre su cabeza suave y oscura, estrecharla contra mí y sentir su aliento menudo y cálido, como si al protegerla a ella pudiera retroceder en el tiempo y proteger también a Katy.

—Rosalind —dije—. Jessica.

Esta se estremeció, abrió los ojos bruscamente, y la ilusión se esfumó. Tenía algo en la mano, un sobrecito de azúcar del cuenco que había en el centro de la mesa; se llevó una esquina a la boca y empezó a succionarlo.

El rostro de Rosalind se iluminó al verme.

—¡Detective Ryan! Qué bien que haya venido. Ya sé que no le he avisado, pero... oh, siéntese, siéntese...

—Arrastré otro sillón—. Jessica vio algo que creo que debería saber. ¿Verdad, cielo?

Esta se encogió de hombros con un gesto torpe.

—Hola, Jessica —la saludé, con toda la suavidad y la calma que pude. La mente se me disparaba en una docena de direcciones a la vez; si aquello tenía algo que ver con los padres debería buscar algún sitio donde se quedasen las niñas, y Jessica sería terrible en el estrado...—. Me alegro de que hayas decidido contármelo. ¿Qué es lo que viste?

Separó los labios; se balanceó levemente en su asiento. Luego negó con la cabeza.

—Vamos, cariño… Sabía que podía pasar esto —suspiró Rosalind—. En fin, me ha dicho que vio a Katy…

—Gracias, Rosalind —la interrumpí—, pero sea lo que sea necesito oírlo de Jessica. Si no, es un testimonio de oídas, inadmisible en un juicio.

Rosalind se me quedó mirando sin comprender, desconcertada. Finalmente asintió.

—Está bien —dijo—, por supuesto, si es lo que necesita, entonces… Solo espero que… —Se acercó a Jessica y trató de captar su mirada, sonriendo; le apartó el pelo detrás de la oreja—. ¿Jessica? ¿Cariño? Tienes que decirle al detective Ryan de qué hemos hablado, cielo. Es importante.

Jessica escondió la cara.

—No me acuerdo —murmuró.

La sonrisa de Rosalind se volvió tensa.

—Vamos, Jessica. Te acordabas muy bien hace un rato, antes de que hiciéramos todo el camino hasta aquí y apartáramos al detective Ryan de su trabajo. ¿Verdad que sí?

Jessica sacudió otra vez la cabeza y mordió la bolsa de azúcar. Le temblaba el labio.

—No pasa nada —dije yo. Tenía ganas de zarandearla—. Solo está un poco nerviosa. Estás pasando por un mal momento, ¿eh, Jessica?

—Las dos estamos pasando por un mal momento —respondió Rosalind con brusquedad—, pero una de las dos tiene que actuar como una adulta y no como una niña pequeña y estúpida.

Jessica se hundió aún más en su jersey extragrande.

—Ya lo sé —contesté, en un tono que esperaba que fuera apaciguador—, ya lo sé. Entiendo lo duro que es esto…

—No, la verdad es que no, detective Ryan. —La rodilla cruzada de Rosalind se agitaba furiosa—. Es imposible que nadie pueda entender cómo es esto. No sé por qué hemos venido. A Jessica no le apetece contarle lo que vio y es evidente que a usted no le parece importante. Será mejor que nos vayamos.

No podía perderlas.

—Rosalind —exclamé, en tono apremiante e inclinándome sobre la mesa—, me estoy tomando esto muy en serio. Y sí que lo entiendo. De verdad que sí.

Rosalind rio con amargura, buscando a tientas su bolso debajo de la mesa.

—Sí, claro. Ponte esto, Jessica. Nos vamos a casa.

—Rosalind, lo entiendo. Cuando tenía la edad de Jessica, mis dos mejores amigos desaparecieron. Sé por lo que estáis pasando. —Levantó la cabeza y se me quedó mirando—. Sé que no es lo mismo que perder a una hermana…

—No lo es.

—Pero sé lo duro que es ser el que se queda. Haré todo lo que haga falta para asegurarme de que obtengas algunas respuestas, ¿de acuerdo?

Rosalind continuó mirándome largo rato. Entonces soltó el bolso y se rio, en una oleada de alivio que la dejó sin aliento.

—¡Oh, detective Ryan! —Antes de darse cuenta, había extendido el brazo por encima de la mesa para cogerme la mano—. ¡Sabía que por alguna razón era la persona perfecta para este caso!

Hasta entonces no lo había enfocado de ese modo, y la sola idea me resultó reconfortante.

—Espero que tengas razón —dije.

Le apreté la mano; pretendía ser tranquilizador, pero de pronto se dio cuenta de lo que había hecho y la retiró con gesto violentado.

—Oh, no pretendía…

—Te diré lo que haremos —la interrumpí—: podemos hablar tú y yo un rato hasta que Jessica se sienta preparada para explicarme lo que vio. ¿Qué os parece?

—¿Jessica? ¿Cielo? —Rosalind le tocó el brazo a su hermana, que se sobresaltó abriendo los ojos como platos—. ¿Quieres que nos quedemos un poco?

Su hermana se lo pensó mientras miraba fijamente la cara de Rosalind. Esta le sonrió. Finalmente, la niña asintió.

Traje café para Rosalind y para mí y un 7-Up para Jessica. Esta sostuvo el vaso con ambas manos y contempló como hipnotizada las burbujas que flotaban hacia arriba, mientras Rosalind y yo hablábamos.

Francamente, no esperaba disfrutar demasiado de una conversación con una adolescente, pero Rosalind era una chica fuera de lo común. El impacto inicial por la muerte de Katy había pasado, y por primera vez tuve ocasión de ver cómo era realmente: extrovertida, efervescente, llena de chispa y de brío, terriblemente brillante y expresiva. Me pregunté dónde estaban las chicas así cuando yo tenía dieciocho años. Era ingenua pero lo sabía; hacía chistes sobre sí misma con tanta gracia y picardía que, a pesar del contexto, de mi íntima preocupación por el hecho de que tanta inocencia la metiera en un lío algún día y de Jessica ahí sentada, observando motas invisibles como si fuera un gato, mi risa era auténtica.

—¿Qué piensas hacer cuando termines el colegio? —pregunté.

Tenía verdadera curiosidad. No me imaginaba a esa chica en una oficina de nueve a cinco.

Rosalind sonrió, pero una triste sombra nubló un instante su rostro.

—Me encantaría estudiar música. Toco el violín desde que tenía nueve años y compongo un poco; mi profesor dice que... bueno, que no debería tener problemas para entrar en una buena escuela. Pero... —Suspiró—. Es caro, y mis... mis padres no lo aprueban del todo. Quieren que haga un curso de secretariado.

Y en cambio siempre apoyaron los planes de Katy para la Real Escuela de Danza. En Violencia Doméstica había visto casos así, en lo cuales los padres eligen a un favorito o a un chivo expiatorio («Puede que la convirtiera en mi favorita», dijo Jonathan Devlin el primer día) y los hermanos crecen en familias completamente diferentes. Pocos de ellos acaban bien.

—Encontrarás la manera —dije. La idea de que se hiciera secretaria era absurda; ¿en qué diablos estaba pensando Devlin?—. Una beca o algo similar. Por lo visto eres buena.

Agachó la cabeza con modestia.

—Bueno, el año pasado la Orquesta Nacional Juvenil tocó una sonata escrita por mí.

No me lo creí, desde luego. Fue una mentira transparente —alguien, durante el puerta por puerta, podría haber mencionado algo por el estilo— que me llegó al corazón como no podría haberlo hecho ninguna sonata, porque la reconocí. «Es mi hermano gemelo, se llama Peter y es siete minutos mayor que yo...» Los niños —y Rosalind era poco más que una niña— no sueltan mentiras inútiles si no es por que no pueden soportar la realidad.

Por un momento estuve a punto de decirlo. «Rosalind, sé que algo va mal en casa; cuéntamelo, déjame ayudarte...» Pero era demasiado pronto; habría vuelto a ponerse en guardia y se habría echado a perder todo lo conseguido hasta ahora.

—Muy bien —dije—. Es impresionante.

Se rio un poco, incómoda; me miró por debajo de las pestañas.

—Sus amigos —respondió tímidamente—. Los que desaparecieron. ¿Qué pasó?

—Es una larga historia —contesté.

Yo mismo me había metido en ese lío y no tenía ni idea de cómo salir. La mirada de Rosalind empezaba a mostrar recelo y, aunque por nada del mundo iba a contarle lo de Knocknaree, lo último que deseaba a esas alturas era perder su confianza. Y precisamente fue Jessica quien me salvó. Se agitó un poco en su asiento y tocó con un dedo el brazo de Rosalind. Esta no pareció darse cuenta.

—¿Jessica? —dije.

—Oh… ¿qué pasa, cariño? —Rosalind se inclinó hacia ella—. ¿Estás lista para hablarle al detective Ryan de ese hombre?

Jessica asintió con rigidez.

—Vi a un hombre —comenzó, con la mirada puesta en mí y no en Rosalind—. Habló con Katy.

El corazón se me empezó a acelerar. Si fuera religioso, habría estado poniendo velas para cada santo del calendario rezando por eso: una sola pista sólida.

—Eso es estupendo, Jessica. ¿Dónde fue?

—En la carretera. Cuando volvíamos de la tienda.

—¿Katy y tú solas?

—Sí. Nos dejan.

—Estoy seguro de ello. ¿Y qué dijo?

—Dijo —Jessica respiró hondo—, dijo: «Eres muy buena bailarina», y Katy contestó: «Gracias». Le gusta que la gente le diga que es buena bailarina.

Miró a Rosalind con ansiedad.

—Lo estás haciendo de maravilla, cielo —la animó Rosalind, acariciándole el pelo—. Continúa.

Jessica asintió. Rosalind tocó su vaso y Jessica, obediente, bebió un sorbo de 7-Up.

—Entonces, entonces dijo: «Y eres una chica muy guapa», y Katy dijo: «Gracias». Eso también le gusta. Y entonces él dijo… dijo…: «A mi hija también le gusta bailar, pero se ha roto la pierna. ¿Quieres venir a verla? Se pondría muy contenta». Y Katy dijo: «No, ahora tenemos que ir a casa». Y nos fuimos a casa.

«Eres una chica muy guapa.» Hoy en día, muy pocos hombres le dirían algo así a una niña de doce años.

—¿Sabes quién era ese hombre? —le pregunté—. ¿Lo habías visto antes alguna vez? —Ella negó con la cabeza—. ¿Cómo era?

Silencio; respiración.

—Grande.

—¿Grande como yo? ¿Alto?

—Sí… mmm… sí. Pero también grande así.

Separó los brazos; el vaso se tambaleó peligrosamente.

—¿Un hombre gordo?

Jessica soltó una risita nerviosa y aguda.

—Sí.

—¿Qué llevaba puesto?

—Un chándal. Azul oscuro.

Observó a Rosalind, que asintió para alentarla.

«Mierda», pensé. El corazón me iba a mil.

—¿Cómo tenía el pelo?

—No. No tenía pelo.

Dirigí una rápida y fervorosa disculpa mental a Damien: al parecer no nos había contado solo lo que esperábamos oír, después de todo.

—¿Era viejo? ¿Joven?

—Como usted.

—¿Cuándo pasó eso?

267

Los labios de Jessica se separaron y se movieron sin sonido.

—¿Eh?

—¿Cuándo os encontrasteis a ese hombre Katy y tú? ¿Fue unos días antes de que ella se marchara? ¿O semanas antes? ¿O hace mucho tiempo?

Yo intentaba ser delicado, pero ella se estremeció:

—Katy no se marchó —dijo—. La asesinaron.

Su mirada empezaba a descentrarse. Rosalind me miró con reproche.

—Sí —admití, con toda la amabilidad de que fui capaz—, es verdad. Por eso es tan importante que intentes recordar cuándo visteis a ese hombre, para que podamos averiguar si es el que la mató. ¿Puedes hacerlo?

La boca de Jessica se abrió un poco. Su mirada estaba ausente, inalcanzable.

—Me ha contado —dijo Rosalind con suavidad, por encima de su cabeza— que esto pasó una semana o dos antes… —Tragó saliva—. No está segura de la fecha exacta.

Asentí.

—Muchísimas gracias, Jessica —dije—. Has sido muy valiente. ¿Crees que reconocerías a ese hombre si lo vieras otra vez?

Nada; ni un parpadeo. La bolsa de azúcar yacía en sus dedos inermes.

—Creo que deberíamos irnos —dijo Rosalind, mirando con preocupación a Jessica y su reloj.

Miré por la ventana cómo se alejaban caminando, los pasitos decididos de Rosalind y el balanceo delicado de sus caderas, mientras arrastraba a Jessica tras de sí, cogida de la mano. Observé la sedosa cabeza agachada de Jessica y pensé en esas viejas historias en que hieren a un gemelo y el otro, a kilómetros de distancia, siente el dolor. Me pregunté si hubo un instante, entre las risas de aquella noche de chicas en casa de tía Vera, en que emitió algún sonido leve e inadvertido; me pregunté si todas las respuestas que buscábamos no estarían encerradas tras el oscuro y extraño umbral de su mente.

«Es la persona perfecta para este caso», me había dicho Rosalind, y esas palabras siguieron sonando en mi cabeza mientras las veía marchar. Aún hoy me pregunto si los acontecimientos posteriores demostraban que tenía toda la razón o que estaba absoluta y terriblemente equivocada, y qué criterio habría que seguir para ver la diferencia.

10

Durante los días siguientes dediqué prácticamente cada momento que pasaba despierto a buscar el chándal misterioso. Siete individuos de los alrededores de Knocknaree encajaban con la descripción que teníamos: altos, complexión robusta, treinta y tantos, calvos o rapados. Uno de ellos tenía antecedentes de poca importancia, vestigios de su juventud alocada: posesión de hachís y exhibicionismo. El corazón me dio un vuelco al leer eso, pero lo único que hizo fue echar una meada en un callejón justo cuando pasaba un poli joven y concienzudo. Hubo dos que dijeron que tal vez entraran en la urbanización de camino a casa desde el trabajo a la hora que nos dijo Damien, pero no estaban seguros.

Ninguno de ellos reconoció haber hablado con Katy; todos tenían coartadas, más o menos firmes, para la noche de su muerte; ninguno tenía una hija bailarina con la pierna rota ni nada parecido a un móvil, por lo que pude descubrir. Saqué fotos y monté ruedas de identificación para Damien y Jessica, pero ambos miraron la selección de fotografías con la misma expresión aturdida. Damien dijo al fin que no creía que ninguno de ellos fuese el hombre que había visto, mientras que Jessica señaló tímidamente una foto distinta cada vez que le preguntaban y al final se me puso catatónica otra vez. Tuve a un par de refuerzos yendo puerta por puerta, preguntando por toda la urbanización si habían recibido la visita de alguien que encajara con la descripción. Nada.

Un par de coartadas quedaron sin corroborar. Un tipo aseguró haber estado conectado a internet hasta casi las tres de la madrugada en un foro de motoristas, debatiendo sobre el mantenimiento de las Kawasaki clásicas. Otro dijo que había tenido una cita en el centro, perdió el autobús de las doce y media y esperó el de las dos en un restaurante de comida rápida. Pegué sus fotos en la pizarra blanca y me dediqué a intentar desmontar las coartadas, pero cada vez que los miraba me asaltaba la misma sensación, muy precisa e inquietante, que empezaba a asociar con todo ese caso: la de que otra voluntad se oponía a la mía cada vez, de forma taimada y obstinada y con sus propias motivaciones.

Sam era el único que parecía llegar a alguna parte. Estaba fuera de la oficina a menudo, interrogando a gente: miembros del Consejo del Condado, agrimensores, granjeros, miembros de «No a la Autopista»… En nuestras cenas no dejaba muy claro adónde le llevaba todo eso: «Os lo demostraré dentro de unos días —decía—, cuando empiece a tener sentido». Una vez, aprovechando que había ido al baño, eché un vistazo a las notas que había en su escritorio: esquemas, abreviaturas y pequeños bocetos en los márgenes, todo ello meticuloso e indescriptible.

Entonces, un martes —una mañana de bochorno en que caía una caprichosa llovizna y en que Cassie y yo repasábamos con desgana los informes puerta por puerta de los refuerzos, por si se nos había pasado algo por alto— llegó con un gran rollo de papel, de esos gruesos que utilizan los niños en el colegio para hacer tarjetas de San Valentín y decoraciones navideñas.

—Bien —dijo, sacándose el celo del bolsillo y empezando a pegar el papel en la pared de nuestro rincón de la sala de investigaciones—. Esto es lo que he hecho durante todo este tiempo.

Era un inmenso mapa de Knocknaree, perfectamente detallado: casas, colinas, el río, el bosque y la torre del homenaje, todo ello pulcramente dibujado con un lápiz de punta fina y tinta, con la precisión fluida y delicada de un ilustrador de libros infantiles. Debió de emplear muchas horas. Cassie silbó.

—Gracias, muchas gracias —dijo Sam, con profunda voz de Elvis y sonriendo.

Ambos abandonamos nuestras pilas de informes y nos acercamos a verlo. La mayor parte del mapa estaba dividido en bloques irregulares, pintados con lápices de color verde, azul y rojo y unos cuantos de amarillo. Cada bloque presentaba un misterioso embrollo de abreviaciones: «vend J. Downey a GII 11/97; rc ag-ind 8/98». Alcé una ceja interrogante.

—Ahora lo explico.

Mordió otro trozo de celo y pegó la última esquina. Cassie y yo nos sentamos en el borde de la mesa, lo bastante cerca para apreciar los detalles.

—De acuerdo, ¿veis esto? —Sam señaló las dos líneas paralelas que atravesaban el mapa en una curva, cortando el bosque y la excavación—. Por ahí es por donde pasará la autopista. El gobierno anunció los planes en marzo del año 2000 y les compró el terreno a granjeros locales durante el año siguiente, con una orden de adquisición forzosa. Hasta aquí no hay nada turbio.

—Bueno —comentó Cassie—, eso depende del punto de vista.

—Chis —le dije yo—. Tú mira este dibujo tan bonito.

—Ya sabes qué quiero decir —respondió Sam—. Nada que no fuese de esperar. Lo interesante estriba en el terreno que rodea la autopista. Hasta finales de 1995 también fue terreno agrícola. Pero luego, poco a poco y a lo largo de cuatro años, empezaron a comprarlo y a recalificarlo, y pasó a ser zona industrial y residencial.

—Por seres clarividentes que sabían cuál sería el trazado de la autopista, cinco años antes de que se anunciara —dije.

—En realidad eso tampoco es tan extraño —continuó Sam—. He encontrado en artículos de periódicos de 1994, cuando se desató el Tigre Celta[15], noticias sobre una autopista que entraría en Dublín desde el suroeste. He hablado con un par de agrimensores que sostienen que esta era la ruta más evidente para una autopista, por motivos topográficos, de patrones de población y por un montón de razones más. Yo no lo entendí todo, pero es lo que dijeron. No hay ningún motivo por el que los promotores inmobiliarios no pudieran haber hecho lo mismo: enterarse de lo de la autopista y pagar a agrimensores para que les indicaran por dónde era probable que pasara.

Ninguno de nosotros dijo nada. Sam nos miró a Cassie y a mí y se ruborizó levemente.

—No soy un ingenuo. Lo admito, tal vez les dio el chivatazo alguien del gobierno, pero tal vez no. En cualquier caso no lo podemos demostrar, y no creo que eso sea significativo para nuestro caso.

Traté de no sonreír. Sam es uno de los detectives más eficientes de la brigada, pero en cierto modo resultaba muy tierno por la seriedad con que se tomaba las cosas.

---

[15] Así se denomina el *boom* económico que experimentó Irlanda en los años noventa del pasado siglo y que sacó al país de la pobreza. *(N. de la T.)*

—¿Quién compró el terreno? —preguntó Cassie, cediendo.

Sam pareció aliviado.

—Un grupo de distintas empresas. La mayoría de ellas no existen en realidad; solo son *holdings* propiedad de otras empresas que a su vez son propiedad de otras empresas. Eso es precisamente lo que me ha robado todo mi tiempo: intentar averiguar quién es el propietario en realidad del maldito terreno. Hasta ahora he seguido el rastro de cada compra hasta una de estas tres empresas: Global Irish Industries, Futura Property Consultants y Dynamo Development. Mirad, estos trozos azules son Global, los verdes son Futura y los rojos son Dynamo. Aunque me está llevando un tiempo increíble descubrir quién está detrás de ellas. Dos están registradas en la República Checa y Futura en Hungría.

—Eso sí que suena turbio —observó Cassie—. Lo mires como lo mires.

—Desde luego —afirmó Sam—, pero lo más probable es que sea evasión de impuestos. Podemos pasarles esta información a los de Hacienda, pero no veo qué relación pueda tener con nuestro caso.

—A menos que Devlin lo hubiera descubierto y lo utilizara para presionar a alguien —propuse.

Cassie pareció escéptica.

—¿Cómo iba a descubrirlo? Nos lo habría contado.

—Nunca se sabe. Es un poco raro.

—A ti todo el mundo te parece raro. Primero Mark…

—Aún no he llegado a la parte interesante —dijo Sam. Le hice una mueca a Cassie y me volví hacia el mapa antes de que me la devolviera—. Así pues, hacia marzo de 2000, cuando se anuncia la autopista, estas tres empresas son propietarias de casi todo el terreno en torno a esta sección. Pero cuatro granjeros se resistieron:

son los trozos amarillos. Les he seguido el rastro y ahora están en Louth. Habían visto cómo iban las cosas y sabían que esos compradores ofrecían unos precios bastante buenos, por encima de las tarifas vigentes para terrenos agrícolas; por eso todos los demás habían aceptado el dinero. Los cuatro son amigos, así que lo hablaron entre ellos y decidieron aguantar en sus tierras y ver si lograban entender qué pasaba. Evidentemente, cuando anunciaron los planes para la autopista entendieron por qué esos tipos codiciaban sus terrenos: para zonas industriales y complejos residenciales, ahora que la autopista haría de Knocknaree un lugar accesible. Así que los amigos pensaron que podían recalificar la tierra ellos mismos y doblar o triplicar su valor de la noche a la mañana. Solicitaron la recalificación al Consejo del Condado, uno de ellos presentó la solicitud hasta cuatro veces, pero siempre se la rechazaron.

Dio unos golpecitos en uno de los bloques amarillos, a medio llenar de una caligrafía minúscula. Cassie y yo nos inclinamos para leer: «M. Cleary, pet re ag-ind: 5/2000 ref, 11/2000 ref, 6/2001 ref, 1/2002 ref; vend M. Cleary a FPC 8/2002; re ag-ind 10/2002».

Cassie lo interiorizó con un breve asentimiento y volvió a apoyarse sobre las manos, sin apartar la vista del mapa.

—Así que vendieron —dijo en voz baja.

—Sí. Más o menos por el mismo precio que los demás: bueno para ser terreno agrícola, pero muy por debajo de la tarifa vigente para industrial o residencial. Maurice Cleary quiso quedarse, más por cabezonería que por otra cosa, pues decía que ningún idiota con traje lo obligaría a abandonar su tierra, pero recibió la visita de un tipo de uno de los *holdings* que le explicó que construirían una planta farmacéutica adyacente a su granja, razón por la cual no podían garantizar que los residuos químicos no se filtraran en el agua y le envenenaran el ganado. Se lo tomó como una amenaza, y no sé si tenía razón o no pero el hecho es que vendió. En cuanto los Tres Grandes compraron el terreno, bajo otros nombres, aunque todos los rastros vuelven a ellos, solicitaron la recalificación y la obtuvieron.

Cassie se rio, con un bufido breve y airado.

—Tus Tres Grandes tenían al Consejo del Condado en el bolsillo desde el principio —dije.

—Eso parece.

—¿Has hablado con los miembros del Consejo?

—Oh, sí. Para lo que me ha servido. Fueron muy educados, pero hablaban sin decir nada, y así podían continuar durante horas sin darme una sola respuesta clara. —Miré de soslayo y capté la expresión divertida y disimulada de Cassie; conociendo las estrechas relaciones de Sam con la política, a esas alturas ya debería haberse acostumbrado a aquello—. Dijeron que las decisiones sobre recalificaciones… un momento… —Pasó unas páginas de su libreta—. «Nuestras decisiones estuvieron enfocadas en todo momento a favorecer los intereses de la comunidad en su conjunto, y a la vez basadas en la información que se nos proporcionó en los períodos de los que estamos tratando, sin que nos dejáramos influenciar por ninguna forma de favoritismo.» No es parte de una carta ni nada por el estilo; de verdad que ese tipo me lo soltó así tal cual. Conversando.

Cassie hizo el gesto de meterse un dedo en la garganta.

—¿Cuánto cuesta comprar un Consejo del Condado? —pregunté.

Sam se encogió de hombros.

—Para ese número de decisiones durante un período tan largo, debió de ascender a una cifra más que digna.

Los Tres Grandes tenían mucho dinero invertido en esas tierras, de un modo u otro. No debía de gustarles mucho la idea de trasladar la autopista.

—¿Cuánto les perjudicaría realmente?

Señaló dos líneas punteadas que atravesaban la esquina noroeste del mapa.

—Según mis agrimensores, esta es la ruta alternativa más lógica y cercana. Es la que quiere la plataforma «No a la Autopista». Dista más de tres kilómetros, que pueden convertirse en seis o siete en algunos puntos. El terreno al norte de la ruta original aún sería bastante accesible, pero nuestros muchachos también poseen buena parte del lado sur, y el valor de este bajaría. Hablé con un par de agentes inmobiliarios fingiendo que estaba interesado en comprar; todos manifestaron que el valor del terreno industrial que está en la autopista era el doble del que está a cinco kilómetros de distancia. No he hecho los cálculos exactos, pero la diferencia podría ascender a millones.

—Motivo suficiente para hacer unas cuantas llamadas amenazadoras —dijo Cassie con suavidad.

—Para algunas personas —añadí— es algo por lo que valdría la pena pagar unos cuantos billetes grandes a un sicario.

Nadie dijo nada durante un rato. Afuera, la llovizna empezaba a remitir; un rayo de sol aguado cayó sobre el mapa como el reflector de un helicóptero e hizo resaltar un tramo del río, ondulado con trazos delicados de bolígrafo y coloreado con una sombra rojo apagado. Al otro lado de la habitación, el agente de refuerzo que se encargaba de la línea abierta intentaba desembarazarse de un interlocutor demasiado locuaz como para dejarle acabar sus frases. Finalmente, Cassie dijo:

—Pero ¿por qué Katy? ¿Por qué no fueron a por Jonathan?

—Demasiado obvio, tal vez —propuse—. Si hubieran matado a Jonathan habríamos ido directamente a por todos los enemigos que pudo ganarse con la campaña. Con Katy, podían montarlo para que pareciera un crimen sexual y así distraer nuestra atención del tema de la autopista, pero Jonathan continuaría captando el mensaje.

—A pesar de todo, si no averiguo quién está detrás de estas tres empresas —dijo Sam— estamos en un callejón sin salida. Los granjeros no conocen ningún nombre, y en el Consejo aseguran que ellos tampoco. He visto un par de escrituras de compra y solicitudes, pero estaban firmadas por abogados, y estos aseguran que no pueden darme los nombres de sus clientes sin su permiso.

—Madre mía.

—¿Y los periodistas? —preguntó Cassie de repente.

Sam sacudió la cabeza.

—¿Qué pasa con ellos?

—Has dicho que en 1994 se publicaron artículos sobre la autopista. Tenía que haber periodistas que siguieran la historia y ellos tendrán alguna idea de quién compró las tierras, aunque no se les permita publicarlo. Esto es Irlanda; aquí no existen los secretos.

—Cassie —intervino Sam mientras se le iluminaba el rostro—, eres una joya. Te debo una pinta.

—Si quieres leer los informes puerta por puerta en mi lugar… O'Gorman construye las frases como George Bush; la mayoría de las veces no tengo ni idea de qué habla.

—Oye, Sam —dije yo—, si esto da resultado seremos nosotros los que te invitaremos a pintas durante mucho tiempo.

Sam dio saltitos hasta su extremo de la mesa, dándole a Cassie una alegre y patosa palmada en el hombro, y se puso a hurgar en una carpeta de recortes de periódico como un perro que acaba de encontrar un rastro. Cassie y yo volvimos a nuestros informes.

Dejamos el mapa pegado en la pared, aunque me crispaba los nervios por algún motivo que no sabía especificar. Tal vez fuera su perfección, su detalle frágil y encantador: hojas diminutas que serpenteaban en el bosque, piedrecitas nudosas en el muro de la torre del homenaje... Supongo que, de manera inconsciente, me daba la sensación de que un día alzaría la vista hacia él y me encontraría con dos rostros minúsculos escabulléndose entre risas detrás de los árboles de tinta y bolígrafo. Cassie dibujó un promotor inmobiliario, con traje, cuernos y unos pequeños colmillos chorreantes, en una de las parcelas amarillas; dibuja como una niña de ocho años, pero aun así yo pegaba un salto de medio metro cada vez que veía con el rabillo del ojo a esa maldita cosa observándome con lascivia.

Había empezado a intentar recordar —era la primera vez que lo hacía en serio— qué ocurrió en ese bosque. Tanteé tímidamente la periferia sin admitirme apenas a mí mismo lo que estaba haciendo, como un crío que se toca una costra aunque le da miedo mirar. Fui a dar largos paseos —la mayoría a primera hora de la mañana, cuando no había pasado la noche en casa de Cassie y no podía dormir—, vagando durante horas por la ciudad en una especie de trance, auscultando los delicados ruiditos en las esquinas de mi mente. Llegué a sorprenderme, mientras pestañeaba aturdido, observando el letrero hortera de neón de una tienda del centro que no conocía, o los elegantes gabletes de alguna casa georgiana de la parte más pija de Dun Laoghaire, sin la menor idea de cómo había llegado hasta allí.

Y funcionaba, al menos hasta cierto punto. Si le daba rienda suelta, mi mente liberaba grandes flujos de imágenes como una proyección de diapositivas a cámara rápida, y poco a poco aprendí el truco de atrapar una de ellas al pasar, sostenerla suavemente y observar cómo se desplegaba en mis manos. Nuestros padres llevándonos al centro a comprar la ropa de la Primera Comunión; Peter y yo, muy peripuestos con nuestros trajes oscuros, retorciéndonos de la risa, insensibles, cuando Jamie salió del probador de chicas —tras una larga batalla de cuchicheos con su madre— vestida como un merengue y con ojos de horrorizada aversión. Mad Mick, el chiflado del pueblo, que se ponía abrigo y mitones durante todo el año y susurraba para sí mismo en un flujo interminable de pequeñas y amargas maldiciones; Peter decía que Mick estaba loco porque cuando era joven hizo guarrerías con una chica y ella iba a tener un bebé pero se colgó en el bosque y la cara se le puso negra. Un día, Mick se puso a chillar delante de la tienda de Lowry. Los polis se lo llevaron en un coche patrulla y nunca volvimos a verlo. Mi pupitre del colegio, de madera vieja veteada con un obsoleto agujero en lo alto para un tintero, gastado e incrustado de años de garabatos: un palo de *hurley*[16], un corazón con las iniciales de dentro tachadas, un «Des Pearse estuvo aquí 10-10-67»... Nada especial, lo sé, nada que me ayudara en el caso; apenas vale la pena mencionarlo. Pero conviene recordar que yo daba por sentado que los primeros doce años de mi vida se habían esfumado para siempre. Para mí, cada pedacito rescatado resultaba tremendamente potente y mágico, un fragmento de la piedra Rosetta grabada con un único y seductor carácter.

---

[16] Juego típico de Irlanda, parecido al hockey. *(N. de la T.)*

En una ocasión logré acordarme de algo que, si no útil, al menos podría considerarse relevante. *Metallica y Sandra sentados en un árbol...* Poco a poco y con una rara sensación de afrenta, comprendí que nosotros no fuimos los únicos que reclamaban el bosque como su territorio y llevaban allí sus asuntos privados. Había un claro bastante adentro, no muy lejos del viejo castillo —las primeras campanillas de la primavera, batallas de espadas con ramas flexibles que te dejaban ronchas rojas y alargadas en los brazos, un enmarañado grupo de arbustos que hacia finales de verano estaban cargados de moras—, y a veces, cuando no teníamos nada más interesante que hacer, solíamos espiar a los moteros que estaban allí. Me acordé solo de un incidente concreto, aunque tenía el sabor de la costumbre: ya lo habíamos hecho antes.

Un día caluroso de verano, con el sol dándome en la nuca y sabor a Fanta en la boca. Esa chica —que se llamaba Sandra— estaba tumbada boca arriba en el claro, en una parcela de hierba aplastada, con Metallica medio encima de ella. Tenía la blusa caída por debajo del hombro y se le veía el tirante del sujetador, negro y de encaje. Las manos estaban en el pelo de Metallica y se besaban con las bocas muy abiertas.

—Ecs, así se cogen microbios —me susurró Jamie al oído.

Me apreté más contra el suelo y sentí la hierba imprimiéndome sus dibujos cruzados en el estómago, allí donde la camiseta se me había levantado. Respirábamos por la boca, para ser más silenciosos.

Peter hizo un largo ruido de beso, lo bastante suave para que ellos no lo oyeran, y nos tapamos la boca con la mano, con espasmos de risa y dándonos codazos para hacernos callar unos a otros. El Gafas y la chica alta con cinco pendientes estaban en el otro extremo del claro. Anthrax se dedicaba básicamente a quedarse en el lindero del bosque, pateando el muro, fumando y lanzando piedras a latas de cerveza. Peter cogió una piedrecita y sonrió con picardía; la lanzó y esta sonó entre la hierba a solo unos centímetros del hombro de Sandra. Metallica, que respiraba fuerte, ni siquiera alzó la vista, y tuvimos que hundir los rostros entre la hierba alta hasta que dejamos de reír.

Entonces Sandra volvió la cabeza y se puso a mirarme directamente a mí, a través de los tallos crecidos y la achicoria. Metallica le estaba besando el cuello y ella no se movió. En algún lugar cerca de mi mano había un saltamontes haciendo ruido. Yo le devolví la mirada y sentí que el corazón me latía aporreando el suelo.

—Vamos —susurró Peter, apremiante—. Vámonos, Adam. —Y sus manos tiraron de mis tobillos.

Retrocedí serpenteando, arañándome las piernas con zarzas, hacia las sombras profundas de los árboles. Sandra todavía me estaba mirando.

Hubo otros recuerdos, en los que aún me cuesta pensar. Recordé, por ejemplo, bajar los peldaños de mi casa sin tocarlos. Puedo evocarlo con todo detalle: la textura estriada del papel pintado con sus ramos de rosas descoloridos, el modo en que un rayo de luz penetraba por la puerta del cuarto de baño y bajaba por el hueco de la escalera, atrapando motas de polvo, y encendía con un profundo caoba el barniz de la barandilla; y el diestro y familiar giro de la mano con el que me impulsaba del pasamanos para flotar serenamente escalera abajo, con los pies nadando despacio cinco o seis centímetros por encima de la moqueta.

También recordé que los tres encontramos un jardín secreto, en algún lugar del corazón del bosque. Detrás de un muro o una entrada escondida, allí estaba. Los árboles frutales crecían salvajes. Manzanas, cerezas, peras...; fuentes de mármol rotas, hilos de agua que borboteaban por cursos verdes de musgo y ahondados en la piedra; magníficas estatuas envueltas en hiedra en cada esquina, con maleza salvaje en los pies, los brazos y cabezas agrietados y esparcidos entre la hierba alta y los cadillos. Luz grisácea del amanecer, el rumor de los pies y el rocío en las piernas desnudas. La mano de Jamie pequeña y sonrosada sobre los pliegues pétreos de una toga, y el rostro alzado para mirar dentro de los ojos ciegos. El silencio infinito. Yo era muy consciente de que, si ese jardín hubiera existido, los arqueólogos lo habrían encontrado en su reconocimiento inicial, esas estatuas estarían ya en el Museo Nacional y Mark habría dado lo mejor de sí para describírnoslas con detalle, pero ahí estaba el problema: yo me acordaba de todos modos.

Los tipos de Delitos Informáticos me llamaron el miércoles por la mañana: habían terminado de revisar el ordenador de nuestro último sospechoso de ser el Chándal Fantasma y confirmaron que, en efecto, estuvo conectado a internet cuando murió Katy. Con cierto nivel de satisfacción profesional añadieron que, aunque ese desgraciado compartía casa y ordenador tanto con sus padres como con su esposa, los mensajes electrónicos y las intervenciones en foros mostraban que cada uno de los ocupantes cometía sus propios errores de ortografía y puntuación. Las intervenciones colgadas mientras Katy se moría coincidían como un guante con el patrón de nuestro sospechoso.

—Joder —dije.

Colgué y me cubrí la cara con las manos.

Ya teníamos la cinta de seguridad del restaurante de comida rápida, donde el tipo del autobús nocturno untaba salsa barbacoa en patatas con la glacial concentración de los muy borrachos. En lo más hondo, una parte de mí ya se lo esperaba, pero me encontraba bastante mal —falta de sueño y café más un dolor de cabeza persistente— y era demasiado temprano por la mañana para enterarme de que mi única pista buena se había ido al garete.

—¿Qué? —preguntó Cassie, y alzó la vista de lo que fuera que estuviera haciendo.

—Han comprobado la coartada del Chico Kawasaki. Si el tío al que vio Jessica es nuestro hombre, no es de Knocknaree, y no tengo ninguna pista de dónde buscarlo. Vuelvo a empezar desde cero, maldita sea.

Cassie soltó un puñado de papeles y se frotó los ojos.

—Rob, nuestro hombre es un lugareño. Todo apunta en esa dirección.

—Entonces, ¿quién coño es el tipo del chándal? Si tiene una coartada y resulta que solo habló con Katy una vez, ¿por qué no lo ha dicho?

—Suponiendo —dijo Cassie con una mirada de soslayo— que exista.

Una llamarada de furia desproporcionada y casi incontrolable me traspasó.

—Perdona, Maddox, pero no sé de qué diablos me hablas. ¿Sugieres que Jessica se lo inventó para pasar el rato? Apenas has visto a esas niñas. ¿Tienes idea de lo destrozadas que están?

—Lo que digo —repuso Cassie con serenidad y levantando las cejas— es que se me ocurren circunstancias en las que podía parecerles que tenían un buen motivo para inventarse una historia como esa.

Una fracción de segundo antes de que perdiera los estribos, la pieza encajó.

—Mierda —exclamé—. Los padres.

—Aleluya. Signos de vida inteligente.

—Lo siento —dije—. Siento haberte gritado, Cass. Los padres... Mierda. Si Jessica cree que lo ha hecho su padre o su madre y se ha inventado todo eso...

—¿Jessica? ¿Crees que sería capaz de tramar algo así? A duras penas sabe hablar.

—Vale, pues Rosalind. Sale con lo del tipo del chándal para desviar nuestra atención de sus padres y adiestra a Jessica... Lo de Damien es solo una coincidencia. Pero si se ha molestado en hacer eso, Cass, si se ha metido en ese lío será que sabe algo absolutamente crucial. O ella o Jessica deben de haber visto u oído algo.

—El martes... —comenzó Cassie, y calló.

De todos modos, el pensamiento pasó de uno a otro, demasiado horrible para ser pronunciado. Ese martes el cadáver de Katy tuvo que estar en algún sitio.

—Tengo que hablar con Rosalind —dije mientras cogía el teléfono.

—Rob, no la persigas. Solo conseguirás que se cierre en banda. Deja que ella venga a ti.

Tenía razón. A los niños se les puede pegar, violar y martirizar de muchas formas inimaginables, y aun así les resulta casi imposible traicionar a sus padres pidiendo ayuda. Si Rosalind protegía a Jonathan o a Margaret o a ambos, su mundo se haría pedazos cuando contara la verdad, y necesitaba dar ese paso cuando estuviera lista. Si yo trataba de presionarla, la perdería. Colgué el auricular.

Rosalind no me telefoneó. Al cabo de un día o dos ya no pude contenerme más y la llamé al móvil (por varias razones, algunas más incipientes y perturbadoras que otras, no quise llamar al teléfono fijo). No hubo respuesta. Dejé mensajes, pero no volvió a llamarme.

Cassie y yo fuimos a Knocknaree una tarde gris y desagradable, para ver si los Savage o Alicia Rowan tenían algo nuevo que contarnos. Los dos teníamos una resaca espantosa —era el día después de Cari y su espectáculo de internet— y apenas hablamos en el coche. Conducía Cassie; yo miraba por la ventana las hojas que transportaba un viento veloz y traicionero, y las rachas de llovizna que salpicaban el cristal. Ninguno de los dos tenía muy claro que yo debiera estar allí.

En el último minuto, cuando giramos por mi vieja calle y Cassie aparcaba el automóvil, pensé mejor lo de entrar en casa de Peter. No es que la calle me abrumara con una oleada repentina de recuerdos o algo por el estilo; más bien al contrario: me recordaba intensamente a todas las demás calles de la urbanización, pero eso era todo, cosa que me daba vértigo y me hacía sentir en desventaja, como si Knocknaree me hubiera vuelto a marcar otro tanto. Yo había pasado muchísimo tiempo en casa de Peter, y por alguna extraña razón me parecía más probable que su familia me reconociera aunque yo fuera incapaz de reconocerlos primero.

Observé desde el coche cómo Cassie se acercaba a la puerta de Peter llamaba al timbre y una figura imprecisa la invitaba a pasar adentro. Entonces salí del coche y me alejé calle abajo rumbo a mi antigua casa. La dirección (el 11 del Camino de Knocknaree, Knocknaree, condado de Dublín) me vino con el tamborileo automático de algo aprendido de memoria.

Era más pequeña de lo que recordaba, más angosta; el césped era un cuadradito apretado, y no la vasta y fresca expansión de verde que me esperaba. Le habían dado una capa de pintura hacía no demasiado tiempo, un alegre amarillo mantequilla con molduras blancas. Altos rosales rojos y blancos soltaban sus últimos péta-

los al lado del muro, y me pregunté si los habría planta-
do mi padre. Alcé la vista a la ventana de mi dormitorio
y en ese instante lo vi claro: yo había vivido allí. Había
salido corriendo por esa puerta con mi cartera por las
mañanas para ir al colegio, me había asomado por esa
ventana para llamar a Peter y a Jamie, aprendí a andar
en ese jardín. Monté en mi bici y conduje de un lado a
otro de esa misma calle, hasta el momento en que los
tres trepamos el muro del final y nos metimos en el
bosque.

En el camino de entrada había un pequeño Polo plateado y limpio y un niño rubio, de unos tres o cuatro
años, que pedaleaba alrededor en un camión de bomberos de plástico mientras hacía ruido de sirenas. Cuando
llegué al umbral se detuvo y me miró muy serio.

—Hola —dije.

—Vete —me contestó al fin con firmeza.

No estaba seguro de cómo responder a eso, pero tampoco resultó necesario: la puerta principal se abrió y la
madre del niño —treinta y tantos, rubia y guapa en su
estilo estandarizado bajó corriendo por el camino y le
puso una mano protectora en la cabeza.

—¿Puedo ayudarle? —me preguntó.

—Soy el detective Robert Ryan —dije, y le enseñé la
placa—. Estamos investigando la muerte de Katharine
Devlin.

Ella cogió la placa y la escudriñó cuidadosamente.

—No sé en qué puedo ayudar —contestó, devolvién-
domela—. Ya hemos hablado con los detectives. No vimos nada; apenas conocemos a los Devlin.

Su mirada aún mostraba recelo. El niño empezaba a
aburrirse y hacía «run, run» entre dientes y meneaba su
volante, pero ella lo mantenía bajo control con una
mano encima del hombro. Una música ligera y chis-

peante (Vivaldi, creo) salía por la abertura de la puerta principal, y por un instante estuve en un tris de decirle: «Solo quisiera confirmar unas cuantas cosas; ¿le importa que entre un momento?». Me dije que Cassie se preocuparía si salía de casa de los Savage y veía que no estaba.

—Solo lo estamos repasando todo —dije—. Gracias por su tiempo.

La madre me observó mientras me marchaba. Cuando entré otra vez en el coche, la vi agarrar el camión de bomberos debajo de un brazo y al niño debajo del otro y llevárselos a ambos adentro.

Me quedé allí sentado un buen rato, contemplando la calle y pensando que me sería mucho más fácil lidiar con todo aquello si se me pasaba la resaca. Al fin se abrió la puerta de Peter y oí voces: alguien acompañaba a Cassie por el camino de entrada. Giré la cabeza de golpe y fingí estar mirando en la otra dirección, ensimismado, hasta que oí cerrarse la puerta.

—Nada nuevo —comentó Cassie, asomándose por la ventanilla—, Peter no mencionó que tuviera miedo de nadie, ni que nadie lo molestara. Era un chico inteligente, demasiado como para irse a cualquier sitio con un extraño; aunque era confiado, lo que podía traerle problemas. No sospechan de nadie, pero se preguntan si pudo ser la misma persona que ha asesinado a Katy. Estaban bastante alterados por eso.

—Como todos —dije.

—Parece que lo llevan bien. —No había sido capaz de preguntarlo yo mismo, pero tenía unas ganas terribles de saberlo—. Al padre no le hacía gracia tener que pasar por todo otra vez, pero la madre ha sido encantadora. Tara, la hermana de Peter, todavía vive en la casa; ha preguntado por ti.

—¿Por mí? —repetí, con una irracional punzada de pánico en el estómago.

—Me ha preguntado si sabía cómo estabas. Le he dicho que la poli te había perdido el rastro, pero que por lo que sabíamos estabas bien. —Cassie me sonrió con picardía—. Yo diría que en esa época te gustaba.

Tara. Un año o dos más joven que nosotros, codos afilados igual que la mirada, la clase de niña que siempre estaba sonsacándote cosas para decírselo a su madre. Suerte que no había entrado allí.

—A lo mejor debería ir a hablar con ella, después de todo —dije—. ¿Está buena?

—Es tu tipo: una muchacha robusta con unas buenas caderas para parir. Es controladora de tráfico.

—Cómo no —respondí. Empezaba a sentirme mejor—. Le diré que se ponga el uniforme en nuestra primera cita.

—Eso es más información de la que necesito. Y ahora, Alicia Rowan. —Cassie se enderezó y comprobó el número de la casa en su libreta—. ¿Quieres venir?

Tardé un momento en estar seguro. Pero en casa de Jamie no habíamos pasado tanto tiempo, que yo recordara. Si estábamos en una casa, era sobre todo en la de Peter: animada y ruidosa, llena de hermanos y mascotas; su madre horneaba galletas de jengibre y sus padres habían comprado una tele a plazos y nos dejaban ver los dibujos.

—Claro —dije—. ¿Por qué no?

Alicia Rowan abrió la puerta. Todavía era hermosa, de un modo apagado y nostálgico —huesos delicados, mejillas hundidas, pelo rubio despeinado, ojos azules y angustiados—, como una estrella de cine olvidada cuyos rasgos solo hubieran ganado en patetismo con el tiempo. Vi la pequeña y desgastada chispa de esperanza y la luz del temor en su mirada cuando Cassie nos presentó, y cómo se desvanecía cuando esta pronunció el nombre de Katy Devlin.

—Sí —dijo—, sí, por supuesto, esa pobre niña... ¿Piensan... piensan que ha tenido algo que ver...? Por favor, entren.

En cuanto entramos en la casa supe que había sido una mala idea. Era el olor, una mezcla melancólica de madera de sándalo y manzanilla que fue directa a mi subconsciente, despertando recuerdos que se agitaban como peces en un agua turbia. Un pan raro con tropezones dentro para merendar; una pintura de una mujer desnuda, en el rellano, que nos provocaba codazos y risitas. Un escondite en el armario, con los brazos alrededor de las rodillas y faldas ligeras de algodón que se movían como humo sobre la cara, «¡Cuarenta y nueve, cincuenta!», en algún rincón del vestíbulo.

Nos llevó a la sala de estar (tapetes tejidos a mano sobre el sofá y un buda sonriente de jade grisáceo en la mesita de centro; me pregunté qué habían hecho con Alicia Rowan los años ochenta de Knocknaree) y Cassie soltó el rollo preliminar. Había —cómo no, tenía que habérmelo esperado— una foto colosal en la repisa de la chimenea, de Jamie sentada en el muro de la urbanización entornando los ojos bajo la luz del sol y riéndose, con el bosque creciendo verde y negro detrás de ella. A cada lado había pequeñas instantáneas enmarcadas y en una de ellas salían tres figuras, agarrándose los cuellos entre sí con los brazos y juntando las cabezas con coronas de papel, de alguna Navidad o cumpleaños... «Debería haberme dejado barba o algo —pensé—. Cassie tendría que haberme dado tiempo para...»

—En nuestro archivo —dijo Cassie—, en el informe inicial se afirma que usted llamó a la policía diciendo que su hija y sus amigos se habían escapado. ¿Hay alguna razón concreta por la que supuso que había sido así en lugar de perderse o tener un accidente?

—Pues sí. Mire… Oh, Dios. —Alicia Rowan se pasó las manos por el pelo, unas manos largas y huesudas—. Pensaba enviar a Jamie a un internado y ella no quería ir. Suena terriblemente egoísta… Supongo que lo era. Pero le aseguro que tenía mis motivos.

—Señora Rowan —dijo Cassie con amabilidad—, no hemos venido a juzgarla.

—No, no, ya lo sé, ya sé que no. Pero uno se juzga a sí mismo, ¿no es así? Y realmente… oh, tendrían que conocer toda la historia para entenderlo.

—Nos encantaría escucharla. Cualquier cosa que nos cuente podría sernos de ayuda.

Alicia asintió sin muchas esperanzas; debe de haber oído esas palabras muchas veces a lo largo de los años.

—Sí, sí, comprendo.

Inspiró aire y lo soltó despacio, con los ojos cerrados, como contando hasta diez.

—En fin… —empezó—. Yo solo tenía diecisiete años cuando tuve a Jamie, ¿saben? Su padre era un amigo de mis padres y estaba casado, pero yo me sentía locamente enamorada de él. Y resultaba tan sofisticado y atrevido eso de tener una aventura: habitaciones de hotel, ya saben, buscar tapaderas… y de todos modos yo no creía en el matrimonio. Pensaba que era una forma de represión pasada de moda.

El padre de Jamie. Estaba en el archivo —George O'Donovan, abogado de Dublín—, pero treinta y tantos años después ella aún lo protegía.

—Y entonces descubrió que estaba embarazada —continuó Cassie.

—Sí. Él se quedó horrorizado, y mis padres lo descubrieron todo y se quedaron igual de horrorizados. Dijeron que tenía que dar al bebé en adopción, pero no lo hice, no cedí. Dije que me lo quedaría y lo criaría yo sola. Me parecía que era como romper una lanza por los derechos de las mujeres, creo, una rebelión contra el patriarcado. Era muy joven.

Había tenido suerte. En la Irlanda de 1972, a las mujeres las encerraban de por vida en manicomios o en conventos por mucho menos.

—Fue muy valiente al hacer eso —reconoció Cassie.

—Gracias, detective. ¿Sabe?, creo que por entonces era una persona muy valiente. Pero me pregunto si fue la decisión correcta. Antes pensaba… si hubiera dado a Jamie en adopción, ya me entiende… —Su voz se extinguió.

—¿Acabaron entrando en razón? —preguntó Cassie—. ¿Su familia y el padre de Jamie?

Alicia suspiró.

—Pues no. No del todo. Al final consintieron en que podía quedarme el bebé, siempre y cuando los dos nos mantuviéramos fuera de sus vidas. Había deshonrado a la familia, ¿saben?; y, por supuesto, el padre de Jamie no quería que su esposa se enterara. —No había ira en su voz, solo una simple y triste perplejidad—. Mis padres me compraron esta casa, bonita y alejada. Yo soy originaria de Dublín, de Howth… Y me daban algo de dinero de vez en cuando. Escribía al padre de Jamie para contarle cómo estaba su hija, y le mandaba fotografías. Estaba segura de que tarde o temprano la aceptaría y querría empezar a verla. A lo mejor lo habría hecho. No lo sé.

—¿Y cuándo decidió que iría a un internado?

Alicia se hundió varios dedos en el pelo.

—Yo… oh, por favor. No quiero pensar en eso.

—Aguardamos—. Acababa de cumplir los treinta, ¿saben?

—continuó al fin—. Y me di cuenta de que no me gustaba en qué me había convertido. Servía mesas en un café del centro cuando Jamie estaba en el colegio, pero realmente no valía la pena con lo que me costaba el autobús, y como no tenía estudios no podía buscar ningún otro trabajo… No quería pasarme así el resto de mi vida, quería algo mejor, por mí y por Jamie. Yo… oh, en muchos sentidos yo misma seguía siendo una niña. No había tenido la ocasión de crecer. Y quería hacerlo.

—Y por eso —dijo Cassie— necesitaba un poco de tiempo para sí misma.

—Sí. Exacto, veo que lo entiende. —Apretó el brazo de Cassie, agradecida—. Quería una carrera como Dios manda para no tener que depender de mis padres, aunque no sabía cuál. Necesitaba una oportunidad para ver claro, y cuando lo hice supe que seguramente tendría que seguir algún curso, y no podía dejar sola a Jamie todo el tiempo… Habría sido distinto si hubiera tenido un marido o familia. Tenía unos cuantos amigos, pero no podía pedirles que…

Se retorcía el pelo cada vez con más fuerza alrededor de los dedos.

—Es lógico —comentó Cassie con toda naturalidad—. Así que acababa de hablarle a Jamie de su decisión…

—Bueno, se lo dije en mayo, cuando me decidí. Pero se lo tomó muy mal. Traté de explicárselo y me la llevé a Dublín para enseñarle el colegio por fuera, pero eso solo empeoró las cosas. Lo odiaba. Decía que todas las niñas de allí eran estúpidas y que solo hablaban de chicos y de ropa. Jamie era un poco muchachota, ¿saben?, le encantaba pasarse el día fuera en el bosque; odiaba la idea de que la encerraran en un colegio de ciudad y tener que hacer exactamente lo mismo que todo el mundo. Y no quería dejar a sus mejores amigos.

Estaba muy unida a Adam y Peter, ya saben, el niño que desapareció con ella.

Vencí el impulso de esconder el rostro detrás de mi libreta.

—Entonces discutieron.

—Santo cielo, sí. Bueno, en realidad era más un asedio que una batalla. Jamie, Peter y Adam absolutamente amotinados. Mandaron a paseo a todo el universo adulto durante semanas: no nos hablaban a los padres, ni siquiera nos miraban, y en clase tampoco abrían la boca. En todas las hojas de deberes de Jamie ponía «No me envíes fuera» en el margen superior...

Tenía razón: fue todo un motín. «DEJAD A JAMIE» en mayúsculas rojas sobre papel cuadriculado. Mi madre intentando razonar conmigo inútilmente mientras yo me sentaba en el sofá con las piernas cruzadas y sin reaccionar, mordiéndome la piel alrededor de las uñas, con el estómago encogido de excitación y pavor ante mi propia audacia. «Pero ganamos —pensé, con turbación—, desde luego que ganamos»: gritos y choques de manos en el muro del castillo, latas de cola alzadas bien alto en un brindis triunfal.

—Pero usted se atuvo a su decisión —dijo Cassie.

—Bueno, no exactamente. Pudieron conmigo. Fue terriblemente difícil, ¿saben? Toda la urbanización hablaba de lo mismo, Jamie hacía que sonara como si la enviaran al orfanato de *Annie* o algo así, y yo no sabía qué hacer... Al final cedí: «Vale, me lo pensaré». Les dije que no se preocuparan, que se nos ocurriría algo, y ellos detuvieron sus protestas. De verdad que pensé en esperar un año más, pero mis padres me ofrecieron pagar la matrícula de Jamie y yo no sabía si pensarían lo mismo al cabo de un año. Sé que parezco una madre horrible, pero nunca creí...

—Claro que no —le dijo Cassie. Yo sacudí la cabeza automáticamente—. Entonces, cuando le dijo a Jamie que iría después de todo...

—Madre mía, se puso... —Alicia se retorció las manos—. Se quedó destrozada. Dijo que le había mentido. Y lo hice, pero es que realmente no tenía... Y luego se fue hecha una furia a buscar a los otros dos y pensé: «Dios mío, ahora dejarán de hablarnos otra vez, pero al menos solo falta una semana o dos...». Había esperado hasta el último momento para decírselo, ¿sabe?, para que disfrutase del verano. Y entonces, cuando no vino a casa, supuse...

—Supuso que se había escapado —terminó Cassie amablemente. Alicia asintió—. ¿Aún piensa que es una posibilidad?

—No. No lo sé. Ay, detective, un día pienso una cosa y al siguiente... Pero estaba su hucha, ¿saben? Se la habría llevado, ¿no? Y Adam estaba en el bosque. Y si se hubieran escapado, seguro que a estas alturas habría... habría...

Se volvió bruscamente y alzó una mano para cubrirse el rostro.

—Cuando se le ocurrió que tal vez no se hubiera escapado —le planteó Cassie—, ¿qué fue lo primero que pensó?

Alicia volvió a respirar hondo como para purificarse y enlazó fuertemente las manos en el regazo.

—Pensé que quizá su padre hubiera... Deseé que se la hubiera llevado. Él y su esposa no podían tener hijos, ¿sabe?, por eso pensé que tal vez... Pero los detectives lo investigaron y negaron esa posibilidad.

—En otras palabras —intervino Cassie—, no había nada que le hiciera pensar que alguien podía haberle hecho daño. Nadie la había asustado ni nada la había disgustado en las semanas previas.

—No, es cierto. Hubo un día, pero fue un par de semanas antes, en que llegó temprano de jugar y parecía un poco alterada; mantuvo un silencio terrible durante toda la noche. Le pregunté si había ocurrido algo, si alguien la había molestado. Pero dijo que no.

Algo oscuro se agitó en mi mente. En casa temprano, *No, mamá, no ha pasado nada...* pero estaba demasiado profundo para alcanzarlo.

—Se lo conté a los detectives —continuó Alicia—, pero no tenían mucho por donde empezar, ¿verdad? Y después de todo, quizá no fuera nada. Quizá solo se había peleado con los chicos o algo así. Yo habría podido decirle si era algo grave o no... Pero Jamie era una niña muy reservada y muy suya. Con ella era difícil saber lo que pasaba.

Cassie asintió.

—Los doce son una edad complicada.

—Sí lo son; ya lo creo que lo son, ¿verdad? Esa es la cuestión, ¿saben? Creo que no me di cuenta de que ya era lo bastante mayor... en fin, para sentir plenamente las cosas. Pero ella, Peter y Adam... lo habían hecho todo juntos desde que eran unos bebés. Supongo que ninguno de ellos podía imaginarse la vida sin los otros.

Una oleada de pura indignación me atacó por sorpresa. «Yo no debería estar aquí —pensé—. Esto es una absoluta cagada.» Debería estar sentado en un jardín calle abajo, descalzo, con una bebida en la mano, intercambiando las anécdotas del día con Peter y Jamie. Nunca lo había pensado antes y casi me abrumó: todas las cosas que deberíamos haber tenido. Deberíamos haber estado despiertos toda la noche estudiando juntos y pasando nervios antes de la selectividad, Peter y yo deberíamos haber discutido sobre quién llevaría a Jamie a nuestra puesta de largo y tomarle el pelo por cómo le quedaba el vestido. Deberíamos haber vuelto a casa tambaleándonos, cantando y riéndonos sin ninguna consideración, después de beber en nuestras noches de universitarios. Podríamos haber compartido piso, hacer un interraíl por Europa y sobrevivir codo con codo a fases de vestimenta estrafalaria, conciertos de segunda y dramáticas aventuras amorosas. Dos de nosotros podrían estar casados a estas alturas, y haber dado al tercero un ahijado. Me habían robado todo eso. Agaché la cabeza sobre mi libreta para evitar que Alicia Rowan y Cassie me vieran la cara.

—Aún mantengo su dormitorio tal como lo dejó —explicó Alicia—. Por si acaso… Sé que es una tontería, lo admito, pero si volviera a casa no querría que pensara… ¿Les gustaría verlo? A lo mejor hay… puede que a los otros detectives se les pasara algo por alto…

Una instantánea del dormitorio me abofeteó la cara —paredes blancas con pósteres de caballos, cortinas amarillas y con vuelo, un atrapasueños colgado encima de la cama— y supe que ya tenía bastante.

—Esperaré en el coche —dije. Cassie me lanzó una mirada rápida—. Gracias por su tiempo, señora Rowan.

Llegué al coche y escondí la cabeza debajo del volante hasta que se me despejó la vista. Cuando volví a alzarla advertí un aleteo amarillo, y me subió la adrenalina cuando vi una cabeza rubia moverse entre las cortinas; era Alicia Rowan, girando un jarrito de flores del alféizar para atrapar las últimas luces del atardecer.

—El dormitorio es estremecedor —dijo Cassie mientras salíamos de la urbanización y sorteábamos las pequeñas carreteras secundarias—. Pijamas encima de la cama y un viejo libro abierto en el suelo. Pero nada que me diera alguna idea. ¿Eras tú el de la foto de la chimenea?

—Supongo —contesté.

Aún me sentía fatal; lo último que deseaba era analizar la decoración de Alicia Rowan.

—Eso que ha dicho sobre el día en que Jamie llegó a casa alterada, ¿recuerdas de qué se trataba?

—Cassie —le dije—, ya hemos hablado de esto. Te lo digo de una vez por todas: no recuerdo una absoluta mierda. En lo que a mí respecta, mi vida empezó cuando tenía doce años y medio en un ferry rumbo a Inglaterra, ¿vale?

—Por Dios, Ryan, solo preguntaba.

—Pues ya sabes la respuesta —zanjé, y puse la marcha más.

Cassie alzó las manos, encendió la radio, la puso a volumen alto y me dejó en paz.

Un par de kilómetros más adelante levanté una mano del volante y le atusé a Cassie el cabello.

—Que te jodan, imbécil —soltó ella, sin rencor.

Sonreí, aliviado, y le estiré uno de sus rizos. Me apartó de un manotazo.

—Oye, Cass —comencé—, tengo que preguntarte algo. —Me miró con recelo—. Si tuvieras que decir algo, ¿crees que los dos casos están relacionados o no?

Cassie se lo pensó un buen rato mientras miraba por la ventana los árboles, el cielo gris y las nubes que huían deprisa.

—No lo sé, Rob —dijo al fin—. Hay piezas que no encajan. A Katy la dejaron justo donde la encontramos, mientras que… Es una diferencia clave desde un punto de vista psicológico. Aunque tal vez el tipo estaba atormentado por la primera vez y le pareció que se sentiría menos culpable si se aseguraba de que en esta ocasión la familia obtuviera el cadáver. Y Sam tiene razón: ¿qué posibilidades hay de que dos asesinos de niños distintos sean del mismo sitio? Si tuviera que apostarme algo… Sinceramente, no lo sé.

Pisé el freno a fondo. Creo que chillamos tanto Cassie como yo; algo acababa de cruzar la carretera como una flecha delante de nuestro coche —algo oscuro y pegado al suelo, con los movimientos sinuosos de la comadreja o el armiño, pero demasiado grande para ser ninguna de esas bestias—, y desapareció por la maleza al otro lado.

Salimos propulsados hacia delante —yo circulaba demasiado deprisa por una carretera secundaria de un solo carril—, pero Cassie es una fanática del cinturón de seguridad, que podría haber salvado la vida a sus padres, y ambos lo llevábamos abrochado. El vehículo se detuvo atravesado formando un ángulo delirante con la carretera, y un neumático quedó a centímetros de la cuneta. Cassie y yo permanecimos callados y aturdidos. En la radio, una banda de chicas aullaba con un júbilo demente, una y otra vez.

—¿Rob? —dijo Cassie sin aliento, al cabo de un minuto—. ¿Estás bien?

Era incapaz de soltar las manos del volante.

—¿Qué diablos era eso?

—¿El qué?

Abrió unos ojos espantados.

—Ese animal —respondí—. ¿Qué era?

Cassie me estaba observando con algo nuevo en la mirada, algo que me asustó casi tanto como acababa de hacerlo la criatura.

—Yo no he visto ningún animal.

—Ha cruzado la carretera. Se te habrá pasado por alto. Estarías mirando al otro lado.

—Sí —dijo, al cabo de lo que me pareció una eternidad—. Sí, creo que sí. ¿Un zorro, tal vez?

Sam encontró a su periodista en cuestión de horas: Michael Kiely, sesenta y dos años y semijubilado después de una carrera de moderado éxito, llegó a su cima a finales de los ochenta, cuando descubrió que un ministro tenía a nueve miembros de su familia en plantilla como «asesores». Después de eso, nunca volvió a conquistar tan vertiginosas alturas. En el año 2000, cuando se hicieron públicos los planes para la autopista, Kiely escribió un insidioso artículo sugiriendo que esta ya había alcanzado su objetivo principal en tanto esa mañana había muchos promotores inmobiliarios felices en Irlanda. Aparte de una retórica carta a dos columnas en la que el ministro de Medio Ambiente explicaba que básicamente esa autopista sería la panacea para siempre, no hubo más respuesta.

A Sam le costó unos días convencer a Kiely para acordar una cita —la primera vez que mencionó Knocknaree, el otro le gritó: «¿Me tomas por imbécil, chico?», y colgó—, y aun así Kiely se negó a dejarse ver con él en ningún sitio de la ciudad, sino que le hizo desplazarse hasta un pub espectacularmente barato en un extremo alejado del parque Phoenix: «Es más seguro, chico, mucho más seguro».

Tenía la nariz aguileña y una melena blanca astutamente alborotada; un aspecto poético, comentó Sam con escepticismo mientras cenábamos esa noche. Él le había invitado a un Bailey's y a brandy («Dios mío», dije yo; me había costado mucho comer de todos modos. «Vaya, vaya», dijo Cassie, observando su estantería de las bebidas con aire reflexivo) y trató de sacar el tema de la autopista, pero Kiely se estremeció, mantuvo una mano en alto y agitó los párpados, exquisitamente dolorido: «La voz, chico, baja la voz… Oh, ahí hay algo, no cabe ninguna duda. Pero alguien, y no voy a decir nombres, me mandó dejarlo todo casi antes de empezar. Razones legales, dijeron; no había pruebas de nada… Ridículo. Tonterías.

Era pura y peligrosamente personal. Esta es una ciudad vieja, chico, con sus trapos sucios y sus recuerdos.»

No obstante, para la segunda ronda ya se había soltado un poco y se puso reflexivo. «Algunos dirán… —le explicó a Sam, inclinándose hacia él y explayándose con los gestos— algunos dirán que ese sitio no ha traído más que problemas desde el principio. Hubo toda esa retórica inicial sobre cómo iba a convertirse en un nuevo centro urbano y luego, después de que se vendieran todas las casas de esa urbanización tan solitaria, simplemente quedó en nada. Dijeron que el presupuesto no permitía construir más. Y algunos dirán, chico, que el único objetivo de esa retórica era asegurar que las casas se vendieran por un valor mucho mayor de lo que cabría esperar en una urbanización en mitad de la nada. Yo no, por supuesto. No tengo pruebas.»

Se terminó su bebida y contempló el vaso vacío con aire nostálgico. «Lo único que diré es que siempre ha habido algo un poco torcido respecto a ese lugar. ¿Sabías que el índice de heridos y víctimas mortales durante la construcción fue casi el triple que el promedio nacional? Chico, ¿crees que es posible que un lugar tenga voluntad propia, que pueda rebelarse, por decirlo así, contra la mala gestión del hombre?»

—Digan lo que digan sobre Knocknaree —comenté yo—, no fue eso lo que le puso a Katy Devlin una maldita bolsa de plástico en la cabeza.

Me alegraba de que Kiely fuese problema de Sam y no mío. Normalmente esta clase de idioteces me entretienen, pero tal como me encontraba esa semana, con toda seguridad le habría dado una patada a aquel tipo en la espinilla.

—¿Y tú qué le has contestado? —le preguntó Cassie a Sam.

—Que sí, por supuesto —dijo con serenidad, tratando de enrollar *fetuccini* en su tenedor—. Le habría contestado que sí aunque me preguntara si creía que hay unos hombrecillos verdes que se pasean por el campo.

Kiely se bebió su tercera ronda —Sam iba a pasárselo bien intentando colar eso en los gastos— en silencio, con la barbilla pegada al pecho. Finalmente se puso el abrigo, le estrechó la mano a Sam con un apretón largo y fervoroso y murmuró: «No mires esto hasta que estés en un lugar seguro». Y salió del pub arrastrándose, tras dejar un papel arrugado en la palma de Sam.

—Pobre desgraciado —nos dijo este mientras hurgaba en su cartera—. Creo que estaba agradecido de que alguien lo escuchara por una vez. Tal como está, podría gritar una historia desde los tejados y nadie creería ni una palabra.

Extrajo un pequeño objeto plateado, lo sostuvo con cuidado entre dos dedos y se lo pasó a Cassie. Yo dejé mi tenedor y me incliné para mirar.

Era un trozo de papel plateado, de los que hay en los paquetes de cigarrillos, enrollado en un cilindro ceñido y meticuloso. Cassie lo abrió. En el dorso había escrito, en letra apretada, emborronada y negra: «Dynamo: Kenneth McClintock. Futura: Terence Andrews. Global: Jeffrey Barnes & Conor Roche».

—¿Estás seguro de que es de fiar? —quise saber.

—Está como una regadera —afirmó Sam—, pero es un buen periodista, o lo era. Creo que no me habría dado estos nombres si no estuviera seguro de ellos.

Cassie pasó el dedo por encima del trozo de papel.

—Si lo verificamos —dijo—, será la mejor pista que hemos tenido hasta ahora. Buena jugada, Sam.

—Se metió en un coche, ¿sabéis? —explicó Sam, en un tono que denotaba cierta preocupación—. No sabía si dejarlo conducir después de tanta bebida, pero… A lo mejor tengo que hablar con él otra vez, claro; tengo que conservarlo en mi bando. ¿Y si llamo para ver si ha llegado bien a casa?

Al día siguiente, viernes, llevábamos dos semanas y media de investigación y O'Kelly nos llamó a su despacho. Fuera hacía un día fresco y cortante, pero el sol entraba a raudales por las grandes ventanas y en la sala de investigaciones se estaba tan caliente que desde dentro casi podías creerte que aún era verano. Sam se encontraba en su esquina, anotando cosas entre susurrantes llamadas telefónicas; Cassie estaba comprobando alguna identidad en el ordenador y un par de refuerzos y yo acabábamos de preparar una ronda de café y repartíamos tazas. En la sala reinaba el murmullo penetrante y recargado de un aula. O'Kelly asomó la cabeza por la puerta, se metió el pulgar y el índice en la boca formando un círculo y silbó con estridencia; cuando el murmullo se apagó, dijo: «Ryan, Maddox y O'Neill», proyectó un dedo por encima del hombro y dio un portazo tras de sí.

Con el rabillo del ojo vi a los refuerzos intercambiar disimuladas elevaciones de cejas. Ya hacía un par de días que lo esperábamos, al menos yo. Había ensayado la escena mentalmente mientras conducía de camino al trabajo, en la ducha y hasta en sueños, por lo que me despertaba discutiendo.

—La corbata —le dije a Sam, con un gesto; el nudo siempre se le caía hacia una de las dos orejas cuando se concentraba.

Cassie tomó un trago rápido de café y soltó aire.

—Vale —dijo—. Vamos allá.

Los refuerzos volvieron a sus respectivas tareas, aunque sentí cómo nos seguían con la mirada al abandonar la sala y alejarnos por el pasillo.

—A ver —empezó O'Kelly en cuanto entramos en su despacho. Ya estaba sentado detrás del escritorio toqueteando un espantoso juguete cromado de ejecutivo, residuo de los ochenta—. ¿Cómo va la operación Como-se-llame?

Ninguno de nosotros se sentó. Le ofrecimos una elaborada exégesis de lo que habíamos hecho para encontrar al asesino de Katy Devlin y de por qué no había funcionado. Hablamos demasiado rápido y demasiado rato, repitiéndonos y entrando en detalles que él ya conocía: presentíamos lo que se avecinaba y ninguno tenía ganas de oírlo.

—Muy bien, por lo visto tenéis todas las bases cubiertas —concluyó O'Kelly cuando al fin nos callamos. Seguía jugueteando con su horrible cacharro, clic, clic, clic—. ¿Algún sospechoso principal?

—Nos inclinamos por los padres —dije—. Cualquiera de los dos.

—Lo que significa que no tenéis nada sólido sobre ninguno.

—Aún estamos investigando, señor —señaló Cassie.

—Y yo tengo a cuatro hombres para las amenazas telefónicas —afirmó Sam.

O'Kelly alzó la vista.

—Ya he leído los informes. Cuidado con dónde te metes.

—Sí, señor.

—Estupendo —dijo O'Kelly, y dejó en paz el chisme cromado—. Seguid insistiendo. No necesitáis treinta y cinco refuerzos para eso.

Aunque ya me lo esperaba, aun así fue un jarro de agua fría. Lo cierto es que los refuerzos no me habían calmado los nervios en ningún momento, pero daba igual: renunciar a su concurso resultaba espantosamente significativo, era el irrevocable primer paso de una retirada. Quería decir que dentro de unas semanas O'Kelly volvería a ponernos en la lista de turnos, nos asignaría nuevos casos y la operación Vestal se convertiría en algo en lo que trabajaríamos cuando nos sobrara un poco de tiempo; unos meses más y Katy quedaría relegada al sótano, al polvo y a las cajas de cartón, y la sacaríamos cada año o dos si dábamos con una nueva pista. La televisión pública haría un documental cursi sobre ella, con una entrecortada voz en off y una sintonía espeluznante para dejar claro que el caso seguía sin resolver. Me preguntaba si Kiernan y McCabe habían escuchado esas mismas palabras en esa habitación, quizá de alguien que toqueteaba el mismo juguete absurdo.

O'Kelly percibió la insurrección en nuestro silencio.

—¿Qué? —dijo.

Hicimos nuestro mejor intento, soltamos nuestros discursos más concienzudos, elocuentes y preparados, pero incluso mientras hablaba supe que no iba bien. Prefiero no recordar la mayor parte de lo que dije, pero estoy seguro de que hacia el final balbucía.

—Señor, siempre hemos sabido que este caso no sería visto y no visto —terminé—. Pero nos estamos acercando paso a paso. Creo que sería un error dejarlo ahora.

—¿Dejarlo? —repitió O'Kelly, indignado—. ¿Cuándo me has oído a mí hablar de dejarlo? No estamos dejando nada. Estamos haciendo recortes, eso es todo. —Nadie contestó. Se inclinó hacia delante y apoyó los dedos en vertical sobre el escritorio—. Muchachos —dijo, en un tono más suave—, se trata de un sencillo análisis de costes y beneficios. Habéis sacado partido a los refuerzos. ¿Cuántas personas os faltan por interrogar?

Silencio.

—¿Y cuántas llamadas ha recibido hoy la línea abierta?

—Cinco —contestó Cassie al cabo de un momento—. Más o menos.

—¿Alguna buena?

—Seguramente no.

—Ahí lo tenéis. —O'Kelly abrió los brazos—, Ryan, tú mismo has dicho que no se trata de un caso visto y no visto. Y yo solo os digo que hay casos rápidos y casos lentos, y este va a llevar tiempo. Pero entretanto hemos tenido otros tres asesinatos, hay algún tipo de guerra de drogas desatada en la parte norte y tengo a gente llamándome a diestro y siniestro para preguntarme dónde he metido todos los refuerzos de Dublín. ¿Entendéis lo que quiero decir?

Yo sí, y demasiado bien. Puedo decir muchas cosas de O'Kelly, pero tengo que reconocerle algo: la mayoría de los comisarios nos habrían dejado a Cassie y a mí fuera de ese caso desde el principio. Irlanda sigue siendo básicamente un pueblo; solemos tener una idea bastante aproximada de quién es el autor casi desde el inicio, y gran parte del tiempo y el esfuerzo no se dedican a identificarlo, sino a construir un caso que concuerde. Durante los primeros días, cuando fue quedando claro que la operación Vestal sería una excepción, y de las buenas, O'Kelly debió de verse tentado a enviarnos de vuelta con nuestros mocosos de la parada de taxis y asignárselo a Costello o a algún otro con más de treinta años. En general no me considero un ingenuo, pero al ver que no lo hacía lo atribuí a una especie de pertinaz y reticente lealtad... no hacia nosotros personalmente, sino como miembros de su brigada. Y me gustó la idea. Ahora me preguntaba si no sería otro el motivo: si algún sexto sentido forjado a base de batallas no le estaría diciendo durante todo ese tiempo que aquello estaba condenado al fracaso.

—Quedaos con uno o dos —cedió O'Kelly, magnánimo—. Para la línea abierta, trabajo de campo y esas cosas. ¿A quién queréis?

—A Sweeney y a O'Gorman —contesté.

A esas alturas ya tenía los nombres bastante pillados, pero en aquel instante fueron los únicos que pude recordar.

—Marchaos a casa —nos aconsejó O'Kelly—. Tomaos el fin de semana libre. Salid de copas, dormid un poco... Ryan, tienes los ojos que parecen agujeros de meadas en la nieve. Pasad tiempo con vuestras novias o lo que tengáis. El lunes volvéis y empezáis de nuevo.

Una vez en el pasillo, no nos miramos. Nadie hizo ademán de regresar a la sala de investigaciones. Cassie se apoyó contra la pared y rascó la moqueta con la punta del zapato.

—En cierto sentido tiene razón —dijo Sam al fin—. Lo haremos muy bien por nuestra cuenta, ya lo creo que sí.

—No, Sam —le dije—. No hagas eso.

—¿Qué? —preguntó él, confundido—. ¿Que no haga qué?

—Es la idea en sí —dijo Cassie—. Este caso no tenía que habernos puesto en un brete. Tenemos el cuerpo, el arma, el... A estas alturas deberíamos tener a alguien.

—En fin —señalé yo—, ya sé lo que voy a hacer. Voy a meterme en el primer pub que no sea horrible y pillaré una borrachera de campeonato. ¿Alguien se apunta?

Al final fuimos al Doyle's: música de los ochenta por un amplificador, pocas mesas y una barra donde se codeaban estudiantes y gente con traje. No nos apetecía ir a un bar de policías, donde todo aquel que nos encontráramos querría saber inevitablemente cómo iba la operación Vestal. Hacia la tercera ronda, cuando volvía del lavabo, choqué contra una chica y se le derramó la bebida, salpicándonos a ambos. Fue culpa suya (había retrocedido riéndose de algo que decía un amigo suyo y se me echó encima), pero era extremadamente guapa, del tipo pequeño y etéreo que yo siempre busco, y me lanzó una mirada suave y propicia mientras ambos nos disculpábamos y comparábamos los daños, así que le pagué otra bebida y entablamos conversación.

Se llamaba Anna y estaba haciendo un máster en historia del arte; su melena de color claro me hizo pensar en cálidas playas, en una de esas faldas de algodón blancas vaporosas y en una cintura que pudiera coger entre las manos. Le dije que yo era profesor de literatura y que había venido de una universidad de Inglaterra para documentarme sobre Bram Stoker. Ella chupaba el borde de su vaso y me reía los chistes, mostrando unos dientecitos blancos con un atractivo saliente.

Detrás de ella, Sam sonrió y alzó una ceja y Cassie hizo una imitación de mí jadeando con ojos de cachorro, pero no me importó. Hacía un tiempo ridículamente largo que no me acostaba con nadie y deseaba irme a casa con esa chica más que ninguna otra cosa, colarnos entre risas en algún piso de estudiantes con pósteres de arte en las paredes, enrollar ese pelo desmesurado alrededor de los dedos y dejar que mi mente titilara en el vacío, yacer en su cama dulce y segura toda la noche y la mayor parte del día siguiente y no pensar ni una vez en ninguno de esos malditos casos. Puse una mano en el hombro de Anna para apartarla del camino de un tipo que maniobraba precariamente con cuatro jarras y les levanté el dedo medio a Cassie y a Sam sin que ella lo viera.

El flujo de personas nos acercaba cada vez más. Habíamos dejado el tema de nuestros respectivos estudios —pensé que ojalá supiera más sobre Bram Stoker— y ya estábamos en las islas de Arán (Anna y un puñado de amigos, el verano anterior; las bellezas naturales; el pla-

cer de huir de la vida urbana con toda su superficiali-
dad), y ella ya había empezado a tocarme la muñeca
para enfatizar sus frases cuando un amigo suyo se separó
del vociferante grupo y fue a colocarse a su lado.

—¿Estás bien, Anna? —le preguntó en un tono inquietante.

Le rodeó la cintura con un brazo y me observó con
ojos de buey.

Fuera de su campo de visión, Anna puso los ojos en
blanco y me lanzó una sonrisita conspiratoria.

—No pasa nada, Cillian —dijo.

No creía que fuese su novio —en todo caso, a ella no
parecía hacerle mucha gracia—, pero si no lo era estaba
claro que quería serlo. Era un tipo grande, guapo en su
estilo musculoso; era evidente que llevaba un buen rato
bebiendo y que se moría por una excusa para invitarme
a discutir fuera.

Por un instante lo consideré de veras. «Ya has oído a
la señorita, amigo; vuelve con tus amiguitos…» Eché un
vistazo a Sam y Cassie: habían pasado de mí y estaban
sumidos en una absorbente conversación, con las cabezas pegadas para oír por encima del ruido, mientras Sam
ilustraba algo con un dedo sobre la mesa. De pronto sentí un asco feroz por mí mismo, mi álter ego de catedráti-
co y, por extensión, por Anna y ese juego que se llevaba
conmigo y el tal Cillian.

—Tengo que volver con mi novia —dije—, perdona
otra vez por haberte tirado la bebida.

Y me di la vuelta ante la O rosa y perpleja de su boca
y la chispa beligerante confusa y reflexiva en la mirada
de Cillian.

Mientras me sentaba rodeé un momento los hombros de Cassie con el brazo, y ella me miró con recelo.

—¿Te han derribado? —preguntó Sam.

—Qué va —respondió Cassie—. Apuesto a que ha cambiado de idea y le ha dicho que tiene novia. De ahí lo del manoseo. La próxima vez que me hagas eso, Ryan, empezaré a besuquear a Sam y dejaré que los amigos de tu amiguita te den una paliza por meterte con ella.

—Perfecto —dijo Sam, feliz—. Me gusta este juego.

Cuando cerraron, Cassie y yo volvimos al piso de esta. Sam se había ido a casa, era viernes y a la mañana siguiente no teníamos que madrugar; no parecía haber nada que nos impidiera hacer otra cosa que tirarnos en el sofá, beber, cambiar la música de vez en cuando y dejar que el fuego se consumiera en un resplandor susurrante.

—¿Sabes qué? —dijo Cassie con despreocupación, a la vez que pescaba un hielo de su vaso para masticarlo—. Nos hemos olvidado de que los críos piensan de otra manera.

—¿Dónde estás?

Habíamos estado hablando de Shakespeare, algo sobre las hadas en *Sueño de una noche de verano*, y mi cabeza aún seguía allí. Casi pensé que me iba a salir con una analogía trasnochadora entre la manera de pensar de los niños y cómo pensaba la gente en el siglo XVI, y ya estaba preparando una refutación.

—Nos hemos preguntado cómo la llevó al lugar del asesinato; no, calla y escucha.

Yo le estaba empujando la pierna con el pie y gimoteando: «Basta, estoy fuera de servicio, no te oigo, la, la, la...». Estaba atontado por el vodka y por lo tarde que era y había decidido que estaba harto de ese caso frustrante, embrollado e irresoluble. Quería hablar de Shakespeare un poco más, o tal vez jugar a las cartas.

—Cuando tenía once años un tío intentó abusar de mí —dijo Cassie.

Dejé de dar patadas y alcé la vista para mirarla.

—¿Qué? —pregunté, quizá con demasiada cautela.

Este, pensé, este era, finalmente, el compartimento secreto de Cassie, y por fin iba a dejarme entrar.

Me devolvió la mirada, divertida.

—No, no llegó a hacerme nada. No fue ningún trauma.

—Oh —respondí, y me sentí estúpido y, de una forma vaga, algo molesto—. ¿Qué pasó?

—En el colegio se había desatado una locura con las canicas, todo el mundo se pasaba el rato jugando, a la hora de comer, después de clase… Las llevabas a todas partes en una bolsa de plástico y era muy importante cuántas tenías. Y aquel día me castigaron al salir de clase…

—¿A ti? No me lo puedo creer —dije.

Me puse de costado y cogí mi vaso. No tenía muy claro adónde iría a parar esa historia.

—Vete a la mierda; como tú eras Don Perfecto… La cuestión es que, cuando me marchaba, un empleado, no un profesor, sino un encargado o uno de la limpieza o algo así, salió de su cobertizo y dijo: «¿Quieres canicas? Si entras aquí te daré unas cuantas». Era viejo, de unos sesenta años, con el pelo blanco y un gran bigote. Entonces me acerqué rodeando la puerta del cobertizo por un momento, y luego entré.

—Dios mío, Cass. Qué tonta fuiste —exclamé.

Di otro sorbo, dejé el vaso y le puse los pies sobre mi regazo para frotárselos.

—No, ya te he dicho que no pasó nada. Se colocó detrás de mí y me puso las manos debajo de los brazos, como si fuese a levantarme, solo que empezó a enredar con los botones de mi blusa. Le dije: «¿Qué está haciendo?», y él: «Tengo las canicas en esa estantería. Voy a alzarte para que las cojas». Supe que algo iba mal, aunque no tenía ni idea de qué era, así que me retorcí para soltarme y dije: «No quiero canicas», y me fui corriendo a casa.

—Tuviste suerte —señalé.

Tenía unos pies finos y arqueados; incluso a través de los calcetines suaves y gruesos que se ponía para estar por casa le notaba los tendones, y cómo se movían los pequeños huesos bajo mis pulgares. Me la imaginé a los once años, toda rodillas, uñas mordidas e intensos ojos castaños.

—Sí, es verdad. Quién sabe qué habría podido pasar.

—¿Se lo contaste a alguien?

Quería sacar más elementos de esa historia; quería obtener alguna revelación desgarradora, algún secreto terrible y vergonzoso.

—No. Me repugnaba demasiado todo el asunto, y de todos modos ni siquiera sabía qué explicar. Esa es la cuestión: nunca se me ocurrió que tuviera algo que ver con el sexo. Yo sabía qué era el sexo, mis amigos y yo hablábamos de ello sin parar, y sabía que algo estaba mal, que había intentado desabrocharme la camisa, pero nunca junté las piezas. Años después, debía de tener unos dieciocho años, algo me lo recordó, vi a unos niños jugando a canicas o algo así, y me vino de repente: «¡Oh, Dios mío, ese tío intentó abusar de mí!».

—¿Y qué tiene que ver con Katy Devlin? —quise saber.

—Los críos no relacionan las cosas del mismo modo que los adultos —dijo Cassie—. Dame los pies, que te los froto.

—Ni hablar. ¿No ves las emanaciones olorosas que salen de mis calcetines?

—Por favor, eres asqueroso. ¿Nunca te los cambias?

—Cuando se aguantan apoyados en la pared. Sigo la tradición del soltero.

—Eso no es tradición, es evolución inversa.

—Pues venga, adelante —dije, desplegando los pies y poniéndolos en su regazo.

—No. Búscate una novia.

—¿A qué viene eso?

—A las novias puede que no les importe si llevas calcetines con olor a queso. A las amigas sí. —Con todo, sacudió las manos de forma rápida y profesional y se apoderó de mi pie—. Además, quizá no serías un grano en el culo si tuvieras más acción.

—Mira quién habla —contesté, y mientras hablaba caí en que no tenía ni idea de cuánta acción tenía Cassie.

Hubo un novio medio serio antes de que yo la conociera, un abogado llamado Aidan, que por algún motivo había desaparecido de escena por la época en que ella se incorporó a Narcóticos; pocas relaciones sobreviven a operaciones secretas. Obviamente, yo habría conocido la existencia de algún novio desde entonces, y quiero pensar que me habría enterado incluso si hubiera salido con alguien, sea lo que sea eso, pero no tenía ni idea. Siempre di por hecho que no había nada que saber, pero de repente ya no estaba tan seguro. Miré a Cassie con expresión alentadora, pero ella me estaba masajeando el talón y me ofrecía su sonrisa más enigmática.

—La otra cuestión —continuó— es por qué entré allí, para empezar. —La mente de Cassie es como un cruce en forma de trébol: es capaz de girar en direcciones completamente divergentes y luego, por alguna rebelión dimensional propia de Escher, regresar vertiginosamente al quid—. No fue solo por las canicas. El hombre tenía un acento muy marcado, de las Midlands, creo, y sonó como si hubiera dicho: «¿Quieres maravillas[17]?». Es de-

---

[17] En inglés, «canicas» se dice *marbles,* muy parecido a *marvels,* «maravillas». *(N. de la T.)*

cir, yo sabía que no lo había dicho, sabía que había dicho «canicas», pero una parte de mí pensó que a lo mejor era uno de esos ancianos misteriosos que salen en los cuentos y que dentro del cobertizo habría estantes y más estantes con bolas de cristal, pociones, pergaminos antiguos y dragoncitos en jaulas. Sabía que no era más que un cobertizo y que él solo era un encargado, pero al mismo tiempo pensé que tal vez fuese mi oportunidad de ser uno de esos niños que entran en el otro mundo a través del armario, y no podía soportar la idea de pasarme el resto de mi vida sabiendo que me lo había perdido.

¿Cómo podría hacerle entender a alguien lo de Cassie y yo? Tendría que estar allí, pasearse por todos los senderos de nuestra geografía secreta y compartida. El tópico dice que es improbable que un hombre y una mujer heterosexuales sean amigos verdaderos y platónicos; nosotros sacábamos un trece a los dados, lanzábamos cinco ases y nos íbamos riendo. Ella era la prima de los veranos de los libros infantiles, a la que enseñabas a nadar en algún lago atestado de mosquitos y a la que dabas la lata metiéndole renacuajos dentro del bañador, con la que practicabas tus primeros besos en una colina de brezos y con la que te reías de ello años después mientras os fumabais un porro clandestino en el abarrotado desván de tu abuela. Me pintaba las uñas de dorado y me desafiaba a dejármelas así para ir al trabajo. Le dije a Quigley que en opinión de Cassie el estadio Croke Park debería convertirse en un centro comercial, y luego la dejé intentando descifrar por qué él se indignaba con ella. Recortó la caja de su nueva alfombrilla para el ratón, me pegó la parte que decía «Tócame y siente la diferencia» en la espalda de la camisa y la llevé medio día antes de darme cuenta. Salíamos por su ventana, bajábamos por la escalera de incendios y nos tumbábamos en el tejado que se extendía más abajo para beber cócteles improvisados, cantar temas de Tom Waits y ver las estrellas girando vertiginosamente a nuestro alrededor.

No. Estas son anécdotas en las que me gusta pensar, calderilla pequeña, vivaz y no carente de valor; pero por encima de todo eso y como realidad subyacente a todo cuanto hacíamos, ella era mi compañera. No sé cómo explicar el efecto que me causa esa palabra aún hoy, lo que significa para mí. Podría contar lo de ir de una habitación a otra, con las pistolas en alto y agarradas con ambas manos, a través de casas silenciosas donde podía haber un sospechoso armado aguardando detrás de cualquier puerta; o lo de las largas noches de vigilancia, sentados en un coche oscuro, bebiendo café solo de un termo e intentando jugar al *gin rummy* a la luz de una farola. Una vez perseguimos en su propio terreno a dos ladrones de coches que se dieron a la fuga después de un atropello; grafitis y calles llenas de basura pasaban a toda prisa por la ventanilla, noventa kilómetros por hora, ciento diez, pisé a fondo y dejé de mirar el indicador de velocidad, hasta que hicieron un trompo contra un muro y luego nos encontramos sujetando entre los dos al conductor, que tenía quince años, prometiéndole que su madre y la ambulancia llegarían enseguida, mientras moría sollozando en nuestros brazos. En un edificio de mala fama que obligaría a cualquiera a modificar su concepto de humanidad, un yonqui me amenazó con una jeringuilla. Ni siquiera nos interesaba él, andábamos detrás de su hermano y la conversación parecía desarrollarse dentro de la normalidad cuando su mano se movió demasiado deprisa y de pronto había una aguja apoyada en mi garganta. Mientras estaba allí inmóvil, sudoroso y rezando como un loco por que ninguno de los dos estornudara, Cassie se sentó con las piernas cruzadas sobre la apestosa moqueta, le ofreció un cigarrillo a ese tío y estuvo hablando con él durante una hora y veinte (en cuyo transcurso él nos pidió toda una serie de cosas: las carteras, un coche, un chute, un Sprite y que lo dejaran tranquilo); le habló con tanta naturalidad y con un interés tan sincero que él acabó soltando la jeringuilla, se dejó caer apoyado en la pared para sentarse delante de ella, y estaba empezando a contarle la historia de su vida cuando pude controlar las manos lo suficiente para ponerle las esposas.

Las chicas con las que sueño son las tiernas y nostálgicas, las que cantan dulces canciones al piano o junto a grandes ventanales, de pelo largo, ondulante y delicadas como flores de manzano. Pero una chica que entra en la batalla a tu lado y te guarda las espaldas es otra cosa, es algo que te hace estremecer. Uno puede acordarse de la primera vez que se acostó con alguien o de la primera vez que se enamoró: esa explosión cegadora que te electrifica hasta las yemas de los dedos y te transforma como una iniciación. Juro que eso no es nada, nada de nada, comparado con el hecho de poner tu vida, sencilla y diariamente, en las manos de otro.

11

Aquel fin de semana el domingo fui a cenar a casa de mis padres. Lo hago de vez en cuando, aunque no sé muy bien por qué. No estamos unidos; lo máximo de lo que somos capaces es de una cordialidad mutua y con un toque de extrañeza, como gente que se ha conocido en unas vacaciones organizadas y no se le ocurre cómo poner fin a la relación. A veces llevo a Cassie conmigo. Mis padres la adoran —le pregunta a mi padre por su jardín y a veces, cuando ayuda a mi madre en la cocina, oigo cómo esta se ríe a carcajadas, feliz como una niña— y sueltan esperanzadas indirectas sobre lo unidos que estamos, algo que nosotros ignoramos jovialmente.

—¿Dónde está hoy Cassie? —preguntó mi madre después de la cena.

Había preparado macarrones con queso; está convencida de que es mi plato preferido (y tal vez lo fuera en algún momento de mi vida) y lo cocina, como una tímida expresión de simpatía, siempre que sale en los periódicos que alguno de los casos en los que trabajo no va muy bien. Su mero olor me causa picor y claustrofobia. Estábamos ella y yo en la cocina; yo lavaba y ella secaba. Mi padre estaba en la sala, viendo un episodio de *Colombo* por la tele. En la cocina había poca luz y teníamos la lámpara encendida, aunque solo era media tarde.

—Creo que se ha ido a ver a sus tíos —dije.

En realidad, Cassie debía de estar acurrucada en el sofá, leyendo y comiendo helado del tarro —en las dos últimas semanas no habíamos tenido mucho tiempo para nosotros mismos, y Cassie, igual que yo, necesita cierta dosis de soledad—, pero sabía que a mi madre le disgustaría la idea de que pasara el domingo a solas.

—Le irá bien que la cuiden un poco. Debéis de estar destrozados.

—Estamos bastante cansados —contesté.

—Todas esas idas y venidas de Knocknaree.

Mis padres y yo no hablamos de mi trabajo, salvo en términos muy generales, y nunca mencionamos Knocknaree. Alcé la vista de golpe, pero mi madre estaba inclinando una bandeja bajo la luz en busca de manchas húmedas.

—Es un largo trayecto, es cierto —comenté.

—Leí en el periódico —aventuró mi madre con prudencia— que la policía estaba interrogando de nuevo a las familias de Peter y Jamie. ¿Fuisteis Cassie y tú a hablar con ellas?

—A casa de los Savage no. Pero hablé con la señora Rowan. ¿Te parece que está limpio?

—Está perfecto —respondió mi madre, cogiéndome de las manos la fuente para el horno—. ¿Y cómo está Alicia? —Hubo un dejo en su voz que me hizo levantar la vista de nuevo, sorprendido. Ella lo notó y se ruborizó, mientras se apartaba el pelo de la mejilla con el dorso de la muñeca—. Oh, es que éramos muy buenas amigas. Alicia era... bueno, supongo que era como una hermana pequeña para mí. Después perdimos el contacto. Solo me preguntaba cómo está, eso es todo.

Sentí una descarga ebria y fugaz de pánico retrospectivo: de haber sabido que mi madre y Alicia Rowan estaban unidas, nunca me habría acercado a esa casa.

—Creo que está bien —dije—. Todo lo bien que cabría esperar. Todavía conserva la habitación de Jamie tal como estaba.

Mi madre chasqueó la lengua con tristeza. Seguimos limpiando un rato en silencio, roto únicamente por el tintineo de los cubiertos y Peter Falk interrogando astutamente a alguien en la habitación de al lado. Más allá de la ventana, una pareja de urracas aterrizó en la hierba y se puso a rebuscar por el minúsculo jardín, discutiendo sobre la marcha con voz estentórea.

—Dos mejor que uno —dijo mi madre automáticamente, y suspiró—. Supongo que nunca me he perdonado por perder el contacto con Alicia. No tenía a nadie más. Era una chica tan dulce, inocente… aún tenía la esperanza de que el padre de Jamie abandonase a su mujer, después de tanto tiempo, y formasen una familia… ¿Llegó a casarse?

—No. Pero no parece infeliz, en serio. Enseña yoga.

El agua de la pila se había quedado tibia y pegajosa; cogí la tetera y añadí más agua caliente.

—Es uno de los motivos por los que nos mudamos, ¿sabes? —continuó mi madre. Me daba la espalda, mientras distribuía los cubiertos dentro de un cajón—. No era capaz de enfrentarme a ellos: Alicia, Angela y Joseph. Yo había recuperado a mi hijo sano y salvo y ellos estaban pasando por un infierno… Apenas podía salir de casa, por si me los encontraba. Sé que parece una locura, pero me sentía culpable. Pensaba que debían de odiarme por tenerte a salvo. No veo cómo podrían evitarlo.

Aquello me cogió por sorpresa. Supongo que todos los niños son egocéntricos; en cualquier caso, ni se me había pasado por la cabeza que nos hubiéramos mudado por otro motivo que no fuese yo.

—Nunca me paré a pensarlo —dije—. Vaya mocoso egoísta estaba hecho.

—Eras adorable —respondió mi madre, inesperadamente—. El niño más cariñoso que se pueda imaginar. Cuando llegabas del colegio o de jugar, siempre me dabas un abrazo enorme y un beso, incluso cuando ya eras casi tan grande como yo, y decías: «¿Me has echado de menos, mami?». Muchas veces me traías algo, una piedra bonita o una flor. Aún guardo la mayoría de esas cosas.

—¿Yo hacía eso?

Me alegraba de no haber traído a Cassie. Prácticamente podía ver su mirada pícara si hubiera oído aquello.

—Sí, señor. Por eso me preocupé tanto cuando no te encontrábamos aquel día. —Me dio un pequeño apretón en el brazo, repentino y casi violento; incluso después de tantos años, noté un temblor en su voz—. Estaba histérica, ¿sabes? Todo el mundo decía: «Seguro que solo se han escapado de casa, los niños hacen esas cosas, los tendremos de vuelta enseguida...». Pero yo decía: «No. Adam, no». Eras un niño dulce y amable. Sabía que no nos harías eso.

Oír ese nombre pronunciado con su voz fue como si algo me atravesara, algo veloz, primigenio y peligroso.

—No me recuerdo a mí mismo como un niño especialmente angelical —dije.

Mi madre sonrió mientras miraba por la ventana; su expresión abstraída, acordándose de cosas que yo había olvidado, me puso tenso.

—No, angelical no, pero sí atento. Aquel año creciste muy deprisa. Hiciste que Peter y Jamie dejaran de martirizar a ese pobre chiquillo, ¿cómo se llamaba? Ese que llevaba gafas y tenía una madre espantosa que hacía flores para la iglesia...

—¿Willy Little? No fui yo, fue Peter. Yo habría estado encantado de seguir martirizándolo hasta el día del juicio final.

—No, fuiste tú —aseguró mi madre con firmeza—. Vosotros tres hicisteis algo que le hizo llorar y tú te disgustaste tanto que decidiste que había que dejar en paz al pobre chico. Te preocupaba que Peter y Jamie no lo entendieran. ¿No te acuerdas?

—La verdad es que no —respondí.

De hecho, eso fue lo que más me inquietó de toda esa conversación de por sí tan incómoda. Cabría pensar que preferiría su versión de la historia a la mía, pero no fue así. Por supuesto, era muy posible que ella me hubiera adjudicado a mí inconscientemente el papel de héroe, o que lo hubiera hecho yo mismo mintiéndole a ella en esa época, pero a lo largo de las últimas semanas había llegado a pensar en mis recuerdos como algo sólido, como pequeños objetos brillantes que podía buscar y atesorar, y resultaba perturbador en extremo pensar que tal vez fueran unas baratijas taimadas y huidizas que no eran en absoluto lo que parecían.

—Si no quedan más platos me iré a charlar un rato con papá.

—Se alegrará. Vete, ya termino yo. Llévate un par de latas de Guinness; están en el frigorífico.

—Gracias por la cena —dije—. Estaba deliciosa.

—Adam —dijo mi madre de repente, cuando me giré para irme.

Ese gesto veloz y traicionero volvió a impactarme en el esternón; oh, Dios, cuánto deseé por un instante ser aquel niño dulce, cuánto deseé darme la vuelta y hundir el rostro en su hombro cálido con aroma a tostada y contarle entre grandes sollozos desgarradores lo que habían sido esas últimas semanas. Pensé en la cara que ella pondría si realmente lo hiciera y me mordí fuerte la mejilla para reprimir una insensata carcajada.

—Solo quería que supieras —continuó con timidez, retorciendo la bayeta entre las manos— que después hicimos cuanto pudimos por ti. A veces me preocupa que lo hiciéramos todo mal... Pero nos daba miedo que quienquiera que hiciera... ya sabes, quienquiera que fuese volviera y... Solo intentábamos hacer lo que fuese mejor para ti.

—Ya lo sé, mamá —dije—. No pasa nada.

Y, con la sensación de escaparme por los pelos, me fui a la sala de estar a ver *Colombo* con mi padre.

—¿Cómo va el trabajo? —me preguntó él en la pausa publicitaria.

Hurgó debajo de un cojín en busca del mando a distancia y bajó el volumen de la tele.

—Bien —dije.

En la pantalla, un niño pequeño sentado en un váter conversaba con vehemencia con una criatura de dibujos animados verde y con colmillos, rodeada de estelas de vapor.

—Eres un buen muchacho —afirmó mi padre, contemplando el televisor como hipnotizado. Bebió un trago de su lata de Guinness—. Siempre lo has sido.

—Gracias —contesté.

Estaba claro que él y mi madre habían mantenido algún tipo de conversación sobre mí con vistas a esa velada, aunque por mi vida que era incapaz de imaginarme de qué podía haber ido.

—Así que te gusta el trabajo.

—Sí, está bien.

—Eso es estupendo —dijo mi padre, y volvió a subir el volumen.

Llegué al apartamento hacia las ocho. Fui a la cocina y empecé a prepararme un sándwich de jamón y el queso bajo en grasas de Heather (me había olvidado de hacer la compra). Las Guinness me habían dejado abotargado e incómodo —no soy un gran bebedor de cerveza, pero mi padre se preocupa si pido otra cosa; considera que los hombres que beben licores muestran un alcoholismo incipiente o bien una homosexualidad incipiente— y tenía la vaga y paradójica idea de que si comía algo absorbería la cerveza y me sentiría mejor. Heather estaba en la sala. Dedica las noches del domingo a algo que ella llama «Mi tiempo», término que incluye DVD de *Sexo en Nueva York*, una amplia variedad de desconcertantes utensilios y un trajín de ir y venir entre el cuarto de baño y la sala con una mirada de sombría y recta determinación.

Mi teléfono pitó. Cassie: «¿Me llevas mñn al juzgado? Traje vestir + carrito golf + tiempo = muy mala pinta».

—Mierda —exclamé en voz alta.

El caso Kavanagh, una anciana muerta de una paliza en Limerick durante un robo, en algún momento del año anterior: Cassie y yo presentábamos las pruebas a primera hora de la mañana. El fiscal había venido a prepararnos, y si bien el viernes nos lo habíamos recordado el' uno al otro, me las arreglé para olvidarlo de inmediato.

—¿Qué pasa? —saltó Heather con avidez, mientras salía corriendo de la sala de estar ante la perspectiva de un conato de conversación. Volví a arrojar el queso dentro del frigorífico y cerré la puerta de golpe, aunque no iba a servir de mucho: Heather sabe al milímetro cuánto le queda de cada cosa, y una vez estuvo de morros hasta que le compré una nueva pastilla de un jabón orgánico carísimo porque volví a casa borracho y me lavé las manos con el suyo—. ¿Estás bien?

Iba en albornoz, llevaba lo que parecía film transparente enrollado en el pelo, y olía a una mezcla de sustancias florales y químicas que daba dolor de cabeza.

—Sí, no pasa nada —dije. Le di a «Responder» y le contesté a Cassie: «¿Comparado con qué? Te veo a las 8:30»—. Es que me había olvidado de que mañana tengo juicio.

—Vaya —dijo Heather, abriendo los ojos. Tenía las uñas de un delicado rosa pálido; las agitó para secarlas—. Yo puedo ayudarte a prepararte. Repasar tus notas contigo o lo que sea.

—No, gracias.

De hecho, ni siquiera tenía mis notas, estaban en algún lugar del trabajo. Pensé en ir a buscarlas, pero me dije que seguramente aún estaba demasiado bebido.

—Ah… bueno, está bien. —Heather se sopló las uñas y escudriñó mi sándwich—. Oh, ¿has ido a comprar? La verdad es que te toca a ti comprar lejía para el baño, ¿sabes?

—Mañana iré —dije, mientras reunía mi teléfono y mi sándwich y me iba a mi habitación.

—Oh. Bueno, supongo que puede esperar hasta entonces. ¿Es mi queso?

Conseguí zafarme de Heather —no sin dificultad— y comerme el sándwich, que, como era de esperar, no reparó los efectos de las Guinness. Luego me serví un vodka con tónica, siguiendo la misma lógica general, y me tumbé de espaldas en la cama para repasar el caso Kavanagh mentalmente.

No podía concentrarme. Todos los detalles secundarios me vinieron a la cabeza de forma inmediata, vívida e inútil: la luz roja parpadeante en la estatua del Sagrado Corazón que tenía la víctima en su oscura sala de estar, los flequillitos grasientos de los dos asesinos adolescentes, el espantoso agujero coagulado en la cabeza de la víctima, el papel de pared floreado y con manchas de humedad del hostal donde nos habíamos alojado Cassie y yo... Pero no lograba recordar ni un solo hecho importante: cómo habíamos seguido el rastro de los sospechosos o si habían confesado o qué habían robado, e incluso cómo se llamaban. Me puse en pie, di vueltas en mi dormitorio y saqué la cabeza por la ventana en busca de aire fresco, pero cuanto más me esforzaba en concentrarme, menos recordaba. Al cabo de un rato ni siquiera estaba seguro de si la víctima se llamaba Philomena o Fionnuala, a pesar de que un par de horas antes lo habría sabido sin tener que pensar (Philomena Mary Bridget).

Era increíble. Nunca antes me había ocurrido nada parecido. Creo que puedo decir, sin ánimo de echarme flores, que siempre he tenido buena memoria, irónicamente, de esas de loro capaces de absorber y regurgitar grandes cantidades de información sin apenas esfuerzo o comprensión. Así es como me las apañé para sacar buenas calificaciones, y también por lo que no me desesperé demasiado al darme cuenta de que no tenía mis notas (ya me había olvidado de revisarlas una o dos veces y nunca me pillaban).

Y después de todo no intentaba nada fuera de lo habitual. En Homicidios te acostumbras a llevar tres o cuatro investigaciones a la vez. Si tienes un asesinato infantil o un poli muerto o un caso de prioridad máxima, puedes relegar tus casos abiertos, igual que habíamos cedido lo de la parada de taxis a Quigley y McCann, pero aun así tienes que zanjar todos los flecos de los casos cerrados: papeleo, reuniones con fiscales, fechas de procesos judiciales... Desarrollas la habilidad de archivar todos los hechos destacables en un rincón de la mente, listos para poder sacarlos en cualquier momento en que los necesites. Lo esencial del caso Kavanagh tendría que haber estado ahí, y el hecho de que no fuera así me causaba un pánico callado y animal.

Hacia las dos de la madrugada me convencí de que, solo con que pudiera dormir bien, todo volvería a su lugar por la mañana. Me tomé otro dedo de vodka y apagué la luz, pero cada vez que cerraba los ojos las imágenes me pasaban silbando por la cabeza en una procesión frenética e imparable: Sagrado Corazón, criminales grasientos, herida en la cabeza, hostal horroroso... Hacia las cuatro, de pronto me di cuenta de lo idiota que había sido al no ir a recoger mis notas. Encendí la luz y revolví mi ropa a tientas, pero mientras me ataba los zapatos noté que me temblaban las manos y me acordé del vodka —definitivamente, no estaba en la forma adecuada para salir airoso de un control de alcoholemia a base de labia—, y entonces adquirí conciencia poco a poco de que estaba demasiado atontado para sacar nada en claro de mis notas aunque las tuviera.

Volví a meterme en la cama y miré el techo un rato más. Heather y el tipo del piso de al lado estornudaron de forma sincopada. De vez en cuando pasaba un coche por delante del complejo, proyectando con sus faros unos arcos de un color gris blancuzco en mis paredes. Al cabo de un rato me acordé de mis comprimidos para la migraña y me tomé dos, en el convencimiento de que siempre me dejan noqueado (procuré no considerar la posibilidad de que fuese un efecto secundario de las migrañas en sí). Finalmente me dormí hacia las siete, justo a tiempo para que sonara el despertador.

Cuando toqué la bocina frente a la casa de Cassie, esta bajó corriendo vestida con un atuendo respetable —un elegante traje pantalón de Chanel, negro con forro de color rosa, y los pendientes de perlas de su abuela— y saltó dentro del coche con lo que me pareció una cantidad innecesaria de energía, aunque seguramente solo tenía prisa por guarecerse de la llovizna.

—Qué tal —dijo. Se había maquillado, cosa que la hacía parecer mayor y sofisticada, extraña—. ¿No has dormido?

—No mucho. ¿Tienes tus notas?

—Sí. Puedes echarles un vistazo mientras yo estoy dentro. ¿Quién va primero, de hecho, tú o yo?

—No me acuerdo. ¿Conduces? Necesito echarles un repaso.

—No tengo seguro para esto —dijo, mirando el Land Rover con desdén.

—Pues no atropelles a nadie.

Salí del coche torpemente y lo rodeé hasta el otro lado, sacudiéndome la lluvia del pelo, mientras Cassie se encogía y se deslizaba en el asiento del conductor. Tiene buena letra —con cierto aire extranjero, no sé por qué, pero firme y clara— y estoy muy acostumbrado a ella, pero estaba tan cansado y tenía tal resaca que sus notas ni siquiera me parecían palabras. Lo único que veía eran garabatos indescifrables hechos al azar que se ordenaban y desordenaban en la página mientras yo los contemplaba, como si de un extraño test de Rorschach se tratara. Al final me dormí, con la cabeza vibrando suavemente contra el frío cristal.

Qué duda cabe, fui el primero en subir al estrado. La verdad es que no me veo con ánimos de comentar las mil maneras en que me puse en ridículo: tartamudeé, mezclé nombres, me salté el orden de los acontecimientos y tuve que dar marcha atrás para corregirme minuciosamente desde el principio. El fiscal, MacSharry, al

principio pareció confundido (hacía tiempo que nos conocíamos y por lo general soy bastante aplicado en el estrado), después alarmado y por último furioso, bajo un
barniz de corrección. Tenía esa enorme foto ampliada
del cadáver de Philomena Kavanagh —es un truco clásico tratar de horrorizar al jurado para despertar su necesidad de castigar a alguien, y me sorprendió vagamente
que el juez lo hubiera permitido— y yo tenía que señalar cada herida y cotejarlo con las declaraciones de los
sospechosos en sus confesiones (al parecer habían confesado, en efecto). Pero por algún motivo aquello fue el
colmo y se evaporó la poca compostura que me quedaba. Cada vez que alzaba la vista la veía ahí, triste y mal-
tratada, con la falda arremangada alrededor de la cintura
y con la boca abierta en un impotente alarido de reproche dirigido a mí por haberle fallado.

La sala del tribunal era una sauna, con el vapor de los
abrigos que empañaba las ventanas al secarse; el cuero
cabelludo me picaba por el calor y notaba cómo las gotas
de sudor me resbalaban por las costillas. Cuando el abogado defensor terminó de interrogarme exhibía una mirada de regocijo incrédulo y casi indecente, como un
adolescente que ha conseguido meterse en las bragas de
una chica cuando lo máximo que esperaba era un beso.
Hasta los miembros del jurado —que se agitaban y se lanzaban miradas de soslayo— parecían apurados por mí.

Bajé del estrado temblando de pies a cabeza. Mis
piernas parecían de gelatina; por un segundo pensé que
tendría que agarrarme a una barandilla para mantenerme en pie. Cuando has acabado de presentar las pruebas
se te permite continuar asistiendo al juicio, y a Cassie le
sorprendería no verme allí, pero no podía hacerlo. Ella
no necesitaba apoyo moral; seguro que lo haría bien, y
por infantil que pudiera parecer eso me hacía sentir aún

peor. Sabía que el caso Devlin la tenía preocupada, y también a Sam, pero ambos se las componían para mantener el tipo sin ni siquiera mostrar que se esforzasen demasiado. Yo era el único que palpitaba, farfullaba y se asustaba de las sombras como un actor secundario de *Alguien voló sobre el nido del cuco*. No creía poder soportar estar sentado en la sala y ver cómo Cassie desenredaba con naturalidad y de forma inconsciente todo el embrollo en que yo había convertido varios meses de trabajo.

Aún llovía. Encontré un pequeño pub inexorablemente lúgubre en una calle lateral —tres individuos en una mesa del rincón me identificaron como poli de un solo vistazo y cambiaron de tema de conversación como si nada—, pedí un whisky caliente y me senté. El camarero me plantó el vaso delante y volvió a su página de las carreras sin intención de devolverme el cambio. Tomé un sorbo largo con el que me quemé el paladar, recosté la cabeza y cerré los ojos.

Los tipejos del rincón habían pasado a la exnovia de alguien:

—Entonces le digo: «La manutención no dice nada de vestirlo como a ese capullo de P. Diddy[18], si quieres que lleve unas Nike se las compras tú misma, joder...».

Estaban comiendo unos sándwiches tostados cuyo olor salobre y químico me produjo náuseas. Al otro lado de la ventana, la lluvia caía a cántaros por un canalón.

Por extraño que parezca, apenas acababa de darme cuenta, ahí arriba en el estrado con el reflejo del pánico en los ojos de MacSharry, de que me estaba yendo a pique. Hasta entonces era consciente de que dormía menos de lo habitual y bebía más, de que estaba irascible y distraído y parecía que hasta veía cosas, pero ningún in-

---

[18] Cantante de rap estadounidense. *(N. de la T.)*

cidente concreto me había resultado especialmente siniestro o alarmante en sí mismo. Solo ahora el esquema completo se alzaba y se abatía sobre mí, violenta y estridentemente claro, y me daba un miedo de muerte.

Mi instinto me gritaba que abandonara ese caso horrible y peligroso, que me alejara de él cuanto me fuera posible. Me debían bastantes días de vacaciones, podía utilizar parte de mis ahorros para alquilar un pequeño apartamento en París o Florencia durante unas semanas, pasear sobre adoquines, pasarme el día escuchando plácidamente un idioma que no entendía, y no volver hasta que todo hubiera terminado. Pero supe, con sombría certeza, que eso era imposible. Era demasiado tarde para retirarme de la investigación; difícilmente podría explicarle a O'Kelly que de repente me había dado cuenta, cuando llevaba semanas en el caso, de que en realidad yo era Adam Ryan, y cualquier otra excusa implicaría que había perdido el control y básicamente acabaría con mi carrera. Sabía que tenía que hacer algo antes de que la gente empezara a advertir que me estaba desmoronando y el hombrecillo de la bata blanca viniera para llevarme con él, pero por mi vida que no se me ocurría nada que pudiera servir de lo más mínimo.

Me terminé el whisky caliente y pedí otro. El camarero puso un partido de billar en la tele; el murmullo quedo y refinado del presentador se fundía suavemente con la lluvia. Los tipejos del rincón se fueron dando un portazo y oí una risa estridente en el exterior. Finalmente, el camarero recogió mi vaso a modo de indirecta y comprendí que quería que me marchara.

Fui al baño y me mojé la cara. En el espejo verdoso y salpicado de mugre parecía salido de una película de zombis: boca abierta, enormes bolsas oscuras debajo de los ojos, pelo tieso en mechones puntiagudos… «Esto es ridículo —pensé, en un horrible ataque de asombro vertiginoso y distante—. ¿Cómo ha sucedido? ¿Cómo diablos he acabado aquí?»

Regresé al aparcamiento de los juzgados y me senté en el coche, donde comí pastillas de menta y observé a la gente pasando a toda prisa con las cabezas gachas y los abrigos bien ceñidos. Estaba oscuro como si fuese de noche y la lluvia caía inclinada a través de los faros empapados y las farolas, encendidas ya. Al fin, mi teléfono pitó. Cassie: «¿Qué pasa? ¿Dónde estás?». Le contesté: «En el coche», y encendí las luces de posición para que me encontrara. Cuando me vio en el asiento del copiloto, tardó un poco en reaccionar antes de correr al otro lado.

—Bah —dijo, retorciéndose detrás del volante y sacudiéndose la lluvia del pelo. Le había caído una gota en las pestañas y una lágrima de máscara negra le corría pómulo abajo, dándole un aire de Colombina moderna—. Ya no me acordaba de lo gilipollas que son. Cuando he contado que se mearon en la cama de esa mujer, han empezado a burlarse; su abogado les hacía gestos para que se callasen. ¿Y a ti qué te ha pasado? ¿Por qué conduzco yo?

—Tengo migraña —dije. Cassie estaba girando el retrovisor hacia abajo para comprobar su maquillaje, pero detuvo la mano de golpe cuando sus ojos, redondos y aprensivos, se cruzaron con los míos en el espejo—. Creo que la he jodido, Cass.

Se habría enterado de todos modos. MacSharry llamaría a O'Kelly en cuanto se le presentara ocasión y al terminar el día toda la brigada lo sabría. Estaba tan cansado que casi soñaba; por un momento me permití pensar con nostalgia que en realidad aquello podía ser una pesadilla inducida por el vodka, de la que me despertaría para acudir a mi cita en el tribunal.

—¿Cómo es de grave? —preguntó Cassie.

—Estoy bastante seguro de que ha sido una absoluta cagada; ni siquiera podía ver bien, ya no te digo pensar bien.

Era verdad, después de todo.

Orientó el espejo despacio, se lamió un dedo y se limpió la lágrima de Colombina.

—Me refería a la migraña. ¿Necesitas ir a casa?

Pensé con ansia en mi cama, en horas de sueño tranquilo antes de que Heather llegara a casa y quisiera saber dónde estaba su lejía para el baño, pero ese pensamiento se agrió rápidamente: solo acabaría ahí tumbado, rígido y aferrándome con los puños a la sábana, mientras repasaba la escena del tribunal una y otra vez en la cabeza.

—No, me he tomado los comprimidos en cuanto he salido. No es de las malas.

—¿Buscamos una farmacia o te quedan suficientes?

—Tengo un montón, pero ya estoy mejor. Vámonos.

Me vi tentado de hurgar con más detalle en los horrores de mi migraña imaginaria, pero el arte de mentir consiste en saber cuándo parar y yo siempre he tenido una especie de instinto para eso. No tenía ni idea, y sigo sin tenerla, de si Cassie me creyó. Dio marcha atrás para salir de la plaza de aparcamiento con un giro rápido y espectacular mientras la lluvia resbalaba desde los limpiaparabrisas y se metió en el flujo del tráfico.

—¿Cómo te ha ido a ti? —pregunté de repente, mientras avanzábamos lentamente por los muelles.

—Bien. Me da la sensación de que su abogado alegará que fueron confesiones obtenidas bajo coacción, pero el jurado no se lo tragará.

—Estupendo —dije—. Estupendo.

Mi teléfono cobró vida histéricamente casi en el instante en que entrábamos en la sala de investigaciones. Era O'Kelly, pidiendo que fuera a su despacho; a MacSharry le había faltado tiempo. Le solté el cuento de la migraña. Lo único bueno de las migrañas es que son una excusa perfecta: te inhabilitan, no son culpa tuya, pueden durar el tiempo que necesites y nadie puede demostrar que no las tengas. Al menos yo parecía realmente enfermo. O'Kelly hizo algunos comentarios desdeñosos respecto a que las migrañas eran «mierda de mujeres», pero recuperé un mínimo de su respeto al insistir valientemente en quedarme en el trabajo.

Volví a la sala de investigaciones. Sam acababa de llegar de no sé dónde calado hasta los huesos, y su abrigo de tweed olía un poco a perro mojado.

—¿Cómo ha ido? —preguntó.

Lo dijo en un tono natural, pero su mirada se desplazó hacia mí por encima del hombro de Cassie, para alejarse otra vez rápidamente. Radio macuto ya había cumplido con su deber.

—Bien. Migraña —respondió Cassie, señalándome con la cabeza.

A esas alturas empezaba a sentirme como si la tuviera de veras. Pestañeé para intentar enfocar.

—Las migrañas son terribles —comentó Sam—. Mi madre también las padece. A veces debe permanecer tumbada en una habitación a oscuras durante días, con hielo en la cabeza. ¿Estás bien para trabajar?

—Sí —dije—. ¿Tú qué estabas haciendo?

Sam lanzó una mirada a Cassie.

—Está bien —aseguró esta—. Ese juicio daría dolor de cabeza a cualquiera. ¿Dónde estabas?

Se quitó el abrigo chorreante, lo miró con aire dubitativo y lo dejó en una silla.

—He ido a charlar un rato con los Cuatro Magníficos.

—A O'Kelly le encantará saberlo —dije. Me senté y me presioné las sienes con el índice y el pulgar—. Te aviso de que hoy no es su mejor día.

—No, ha ido muy bien. Les he contado que los manifestantes habían estado causando problemas a algunos partidarios de la autopista; no he concretado, pero creo que han pensado que hablaba de vandalismo. Y que solo quería comprobar que ellos estuvieran bien. —Sam sonrió, y me di cuenta de que estaba muy emocionado con su día y solo se reprimía porque sabía cómo había sido el mío—. Todos se han puesto ansiosos por saber cómo me había enterado de su implicación en lo de Knocknaree, pero yo he actuado como si eso no fuera nada del otro mundo. Hemos mantenido una pequeña charla, me he asegurado de que ninguno de ellos hubiera sido el blanco de los manifestantes, les he aconsejado que tuvieran cuidado y me he ido. Ninguno se ha dignado darme las gracias, ¿os lo podéis creer? Un encanto de personas, ya lo creo.

—¿Y? —inquirí—. Me parece que eso ya lo sabíamos todos.

No quise ser estirado, pero cada vez que cerraba los ojos veía el cuerpo de Philomena Kavanagh, y cuando los abría veía las fotos de la escena del crimen de Katy repartidas por la pizarra, detrás de la cabeza de Sam, y no estaba de humor para él, sus resultados y su tacto.

—Pues que Ken McClintock, el tío de Dynamo —continuó Sam, imperturbable—, se pasó todo el mes de abril en Singapur; no sé si sabéis que ahí es por donde este año se dejan caer todos los promotores inmobiliarios que molan. Ese está descartado: no pudo hacer llamadas anónimas desde teléfonos de Dublín. ¿Y recordáis lo que dijo Devlin sobre la voz del hombre?

—Nada especialmente útil, que yo recuerde —contesté.

—No muy profunda —dijo Cassie— y acento rural, pero sin un timbre característico. Quizá de mediana edad.

Estaba recostada en su silla, con las piernas en cruz y los brazos doblados en la espalda con indolencia; con su elegante atuendo de juzgado resultaba casi deliberadamente incongruente en la sala de investigaciones, como una ingeniosa y vanguardista fotografía de moda.

—Exacto. Pues resulta que Conor Roche, de Global, es de Cork, acento que puede cortarse con cuchillo. Devlin lo habría detectado enseguida. Y su socio, Jeff Barnes, es inglés y además tiene voz de oso. Eso nos deja solo con —Sam dibujó un círculo alrededor del nombre en la pizarra, con un diestro y alegre ademán— Terence Andrews, de Futura, cincuenta y tres años, de Westmeath y con vocecilla de tenor. ¿Y sabéis dónde vive?

—En el centro —respondió Cassie, que empezaba a sonreír.

—Tiene un ático en los muelles. Bebe en Gresham (le he dicho que estuviera alerta si volvía andando, que con esos de izquierdas nunca se sabe) y las tres cabinas están justo en su camino a casa. Tengo a mi hombre, chicos.

No recuerdo qué hice el resto del día; me senté a mi escritorio y jugué con papel, supongo. Sam salió a hacer otro de sus recados misteriosos y Cassie fue a seguir alguna pista poco prometedora, llevándose a O'Gorman con ella y dejando al silencioso Sweeney a cargo de la línea abierta, de lo que quedé fervientemente agradecido. Después del ajetreo de las semanas anteriores, la sala casi vacía tenía un fantasmagórico aire de abandono; los escritorios de los desaparecidos refuerzos aún estaban llenos de papeles sobrantes y tazas de café que se habían olvidado de devolver a la cantina.

Le mandé un mensaje a Cassie para decirle que no me encontraba lo bastante bien para cenar en su casa; no soportaba la idea de todo ese tacto solícito. Salí del trabajo justo a tiempo para llegar a casa antes que Heather —los lunes por la tarde «va a pilates»—, le escribí una nota diciendo que tenía migraña y me encerré con llave en mi habitación. Heather cuida su salud con la misma dedicación tenaz y minuciosa con que algunas mujeres arreglan parterres o coleccionan porcelana, pero lo bueno de eso es que muestra por las dolencias de las demás personas el mismo respeto sobrecogido que por las suyas. En consecuencia, aquella noche me dejaría en paz y mantendría el volumen del televisor bajo.

Sobre todo no podía liberarme de la sensación que había acabado con mi última oportunidad en el juzgado: la sensación creciente y constante de que la foto de MacSharry de Philomena Kavanagh me recordaba algo, aunque no tenía ni idea de qué. Parece un problema menor, especialmente si tenemos en cuenta el día que había tenido, y sin duda lo sería para otra persona. La mayoría de la gente no tiene por qué saber lo bribona y salvaje que puede volverse la memoria, convirtiéndose en una fuerza en sí misma con la que uno tiene que lidiar.

Perder un trozo de memoria es peliagudo, es un maremoto que provoca cambios y movimientos demasiado lejos del epicentro como para poder predecirlos fácilmente. A partir de aquel día, cualquier tontería medio recordada brilla con el aura de un potencial hipnótico y aterrador: podría ser una nimiedad o podría ser La Gran Cosa que abra tu vida y tu mente de par en par. A lo largo de los años, como quien vive encima de una falla sísmica, había llegado a confiar en el equilibrio del *statu quo*, a creer que si La Gran Cosa no había aparecido hasta entonces ya no iba a hacerlo; pero desde que nos hicimos cargo del caso de Katy Devlin los temblores y ruidos iban en aumento y no presagiaban nada bueno, y yo ya no estaba tan seguro. La foto de Philomena Kavanagh abierta de brazos y piernas podía haberme recordado alguna escena de un programa de televisión o bien algo lo bastante terrible como para dejar mi mente en blanco durante veinte años. Y no tenía modo de saber cuál de las dos cosas era.

Al final resultó no ser ninguna de las dos. Me vino en plena noche, mientras entraba y salía de un sueño intermitente y agitado; me vino con tanta fuerza que me desperté de golpe y me enderecé con el corazón palpitante. Busqué el interruptor de la lámpara de noche y me quedé mirando la pared mientras pequeñas motas transparentes se arremolinaban delante de mis ojos.

Incluso antes de llegar cerca del claro percibimos que había algo diferente, que algo iba mal. Los sonidos eran confusos, irregulares y había demasiados: gruñidos, jadeos y chillidos sofocados con pequeñas y salvajes explosiones, más amenazadoras que un rugido. «Agachaos», susurró Peter, y nos pegamos más al suelo. Las raíces y las ramitas caídas se nos enganchaban a la ropa y los pies me hervían dentro de las zapatillas. Un día caluroso, caluroso y en calma, con un cielo azul brillante que aparecía y desaparecía entre las hojas. Nos deslizamos por el sotobosque con movimientos lentos: polvo en la boca, destellos de sol, la horrible y persistente danza de una mosca, tan ruidosa como una motosierra pegada al oído. Abejas en las moras unos metros más allá y un hilo de sudor bajándome por la espalda. El codo de Peter en una esquina de mi campo de visión, dirigiéndose hacia delante con la prudencia de un gato; el parpadeo rápido de Jamie, detrás de un tallo de hierba coronado por unos granos.

Había demasiada gente en el claro. Metallica sostenía los brazos de Sandra pegados contra el suelo, el Gafas le sostenía las piernas, y Ántrax estaba encima de ella. Tenía la falda arrugada alrededor de la cintura y unas carreras enormes en las medias. Su boca, detrás del hombro en movimiento de Ántrax, estaba inmóvil, abierta, negra y surcada por franjas de pelo rubio rojizo. Hacía unos ruidos raros, como si intentara gritar y en lugar de eso se atragantara. Metallica le dio un golpe hábil y ella se calló.

Corrimos sin que nos importara si nos veían, y sin oír los gritos —«¡Dios!», «¡Fuera de aquí, coño!»— hasta después. Jamie y yo vimos a Sandra al día siguiente en la tienda. Llevaba un gran jersey y tenía unas manchas oscuras debajo de los ojos. Sabíamos que nos había visto, pero no nos miramos.

Era alguna hora infame de la madrugada, pero de todos modos llamé al móvil de Cassie.

—¿Estás bien? —preguntó, y sonó despeinada y soñolienta.

—Sí. Tengo algo, Cass.

Bostezó.

—Dios. Será mejor que sea algo bueno, cara de memo. ¿Qué hora es?

—No lo sé. Escucha: en algún momento de aquel verano, Peter, Jamie y yo vimos a Jonathan Devlin y sus amigos violar a una chica.

Hubo una pausa. Luego Cassie dijo, mucho más despierta:

—¿Estás seguro? A lo mejor lo malinterpretasteis…

—No, no hay duda. Ella intentó gritar y uno de ellos la golpeó. La estaban sosteniendo.

—¿Os vieron?

—Sí, sí. Corrimos y salieron detrás de nosotros gritando.

—Maldita sea —exclamó. Pude sentir cómo poco a poco empezaba a comprender: una niña violada, un violador en la familia, dos testigos desaparecidos… Estábamos a un paso de conseguir una orden—. Maldita sea… Bien hecho, Ryan. ¿Sabes cómo se llamaba la chica?

—Sandra no sé qué.

—¿La que ya mencionaste? Empezaremos a buscarla mañana.

—Cassie —dije—, si esto resulta, ¿cómo diablos vamos a explicar cómo lo supimos?

—Oye, Rob, no nos preocupemos por eso todavía, ¿de acuerdo? Si encontramos a Sandra, ella será el testigo que necesitamos. Si no, vamos a por Devlin, lo atacamos con todos los detalles y lo volvemos loco hasta que confiese… Ya encontraremos el modo.

Su confianza ciega en que los detalles serían correctos casi hizo que me echara atrás. Tuve que tragar saliva para que no se me quebrara la voz:

—¿Qué prescripción tienen las violaciones? ¿Podemos cogerlo por eso aun en el caso de que no tengamos suficientes pruebas para lo otro?

—No me acuerdo. Ya lo averiguaremos por la mañana. ¿Vas a poder dormir o estás demasiado excitado?

—Lo segundo —le contesté. Estaba casi histérico; me sentía como si me hubieran inyectado sidral en las venas—. ¿Hablamos un rato?

—Claro —respondió Cassie.

La oí enroscarse más cómodamente en la cama, con un susurro de sábanas; encontré mi botella de vodka y aguanté el auricular debajo de la oreja mientras me servía un trago.

Me habló de cuando tenía nueve años y convenció a todos los demás niños del pueblo de que había un lobo mágico viviendo en las colinas de al lado.

—Dije que había encontrado una carta bajo los tablones de mi suelo donde decía que llevaba allí cuatrocientos años y que tenía un mapa atado al cuello que nos indicaría dónde había un tesoro. Organicé a todos los niños en una pandilla; Dios, qué marimandona era. Y cada fin de semana nos íbamos a las colinas a buscar al lobo. Huíamos gritando cada vez que veíamos un perro ovejero, nos caíamos en riachuelos y nos lo pasábamos de miedo…

Me estiré en la cama y tomé un sorbo de vodka. Mi nivel de adrenalina empezaba a normalizarse y la cadencia suave de la voz de Cassie me calmó; me sentí arropado y confortablemente agotado, como un crío después de un día muy largo.

—Y tampoco es que fuese un pastor alemán o algo así —estoy seguro de que la oí decir—, era demasiado grande y tenía un aspecto completamente distinto… —Pero yo ya estaba dormido.

12

Por la mañana comenzamos a seguirle la pista a una tal Sandra o Alexandra no sé qué que había vivido en o cerca de Knocknaree en 1984. Fue una de las mañanas más frustrantes de mi vida. Llamé a la oficina del censo y una mujer poco interesada y con voz nasal me dijo que no podía proporcionarme ninguna información sin una orden judicial. Cuando empecé a contarle con vehemencia que aquello tenía relación con una niña asesinada y comprendió que no pensaba dejarlo correr, me informó de que tenía que hablar con otra persona, me puso en espera *(Eine Kleine Nachtmusik,* en apariencia ejecutada con un solo dedo en Casio *vintage),* y al fin me puso con otra mujer con idéntica falta de interés que me hizo pasar por el mismo proceso.

Frente a mí, Cassie intentaba hacerse con el registro electoral del distrito de Dublín suroeste de 1988 —año en el que, con casi toda seguridad, Sandra ya debía de tener edad suficiente para votar, aunque probablemente no para independizarse—, con los mismos resultados; podía oír un sonido empalagoso y falso indicándole, a intervalos, que su llamada era importante para ellos y que sería atendida por orden de recepción. Estaba aburrida e inquieta y cambiaba de postura cada treinta segundos: sentada con las piernas cruzadas, encaramada a la mesa, haciendo girar la silla una y otra vez hasta hacerse un lío con el cable del teléfono... Yo tenía los ojos empañados por la falta de sueño, el cuerpo pegajoso por el sudor —la calefacción central estaba al máximo, aunque ni siquiera hacía frío— y me faltaba poco para ponerme a gritar.

—A la mierda —dije finalmente, colgando el auricular de golpe. Sabía que *Eine Kleine Nachtmusik* sonaría en mi cabeza durante semanas—. Esto no tiene ningún sentido.

—Su descontento es importante para nosotros —canturreó Cassie, mirándome del revés con la cabeza inclinada hacia atrás por encima del reposacabezas—, y será usted atendido por orden de recepción. Gracias por mantenerse a la espera.

—Aunque estos retrasados nos den algo, no estará grabado en disco ni será una base de datos. Serán cinco millones de cajas de zapatos repletas de papel y tendremos que examinar cada puto nombre. Tardaremos semanas.

—Y seguramente ella se habrá mudado o se habrá casado y habrá emigrado y muerto de todos modos, pero ¿se te ocurre una idea mejor?

De repente, se me ocurrió algo.

—Pues sí —afirmé y cogí mi abrigo—. Vamos.

—¿Cómo? ¿Adónde?

Al pasar por delante de Cassie, hice girar su silla para orientarla hacia la puerta.

—Vamos a hablar con la señora Pamela Fitzgerald. ¿Quién es tu genio favorito?

—La verdad es que Leonard Bernstein —respondió Cassie alegremente, colgando de golpe el auricular y saltando de un brinco de la silla—, pero tú me bastarás por hoy.

Hicimos un alto en la tienda de Lowry y compramos una caja de galletas de mantequilla escocesas para la señora

Fitzgerald, como compensación por no haber encontrado todavía su monedero. Craso error: esa generación es obsesivamente competitiva respecto a la generosidad, y las galletas provocaron que ella sacara una bolsa de bollos del congelador, los descongelara en el microondas, los untara con mantequilla y vertiera mermelada en una pequeña fuente descascarillada, mientras yo permanecía sentado en el borde de su resbaladizo sofá meneando una pierna de forma compulsiva hasta que Cassie me lanzó una horrible mirada y me sentí obligado a parar. Sabía que yo también tendría que comerme aquella guarrada, de lo contrario, la fase «Ajá, continúe» podía alargarse durante horas.

La señora Fitzgerald nos observó con dureza y con los ojos entornados, hasta que cada uno de nosotros bebió un sorbo de té —estaba tan fuerte que noté cómo se me arrugaba la boca— y tomó un bocado. Entonces soltó un suspiro de satisfacción y se acomodó en su butaca.

—Me encantan los bollos blancos —señaló—. Los de fruta se me pegan en la dentadura postiza.

—Señora Fitzgerald —comenzó Cassie—, ¿recuerda a los dos niños que desaparecieron en el bosque hace unos veinte años?

Me molestó, súbita e intensamente, el hecho de necesitar que lo preguntara ella, pero no tuve el valor de hacerlo yo mismo. Estaba supersticiosamente seguro de que un temblor en mi voz me delataría, haría que la señora Fitzgerald desconfiara de mí lo suficiente como para mirarme más fijamente y se acordara de aquel tercer niño. Entonces sí que tendríamos que quedarnos allí todo el día.

—Por supuesto —soltó con indignación—. Aquello fue espantoso. No encontraron ni rastro de ellos. No tuvieron ni un funeral decente ni nada de nada.

—¿Qué cree que les ocurrió? —preguntó Cassie de súbito.

Quise darle un puntapié por hacernos perder el tiempo, pero aunque no me gustara entendía por qué se lo había preguntado. La señora Fitzgerald parecía una vieja astuta sacada de un cuento de hadas que nos observara desde una cabaña destartalada en el bosque, pícara y alerta; de algún modo, no podías evitar creer que te acabaría dando la respuesta a tu acertijo, aunque fuera demasiado críptico para poder desentrañarlo.

Examinó atentamente su bollo, le dio un mordisco y se limpió los labios con una servilleta de papel. Nos estaba haciendo esperar, deleitándose con el suspense.

—Algún tarado los arrojó al río —respondió al fin—. Que Dios los tenga en su gloria. Algún desgraciado al que no deberían haber dejado salir nunca.

Como de costumbre, mi cuerpo reaccionaba de forma exasperante y automática ante esta conversación, me temblaban las manos y se me aceleraba el pulso. Dejé la taza sobre la mesa.

—Entonces, usted cree que fueron asesinados —apunté, poniendo la voz más grave para asegurarme de mantenerla bajo control.

—Claro, ¿qué si no, jovencito? Mamá, que en paz descanse, aunque por aquel entonces aún estaba viva, murió hace tres años de gripe; pues ella siempre afirmó que se los había llevado el Pooka. Pero ella era terriblemente antigua, Dios la tenga en su gloria.

Eso me pilló desprevenido. El Pooka es el espantaniños de una antigua leyenda, un salvaje y travieso descendiente de Pan y antepasado de Puck. No estaba en la lista de personas de interés de Kiernan y McCabe.

—No, fueron a parar al río; de no ser así vuestra gente habría encontrado los cadáveres. Hay quien dice que rondan por el bosque, pobres chiquitines. Theresa King, la del camino de Knocknaree, los vio hace apenas un año, cuando recogía la colada.

Eso tampoco me lo esperaba, aunque probablemente debería haberlo hecho. Dos niños desaparecieron para siempre en el bosque del lugar; ¿cómo no iban a formar parte del folclore de Knocknaree? No creo en fantasmas, pero la simple idea —pequeñas formas moviéndose a la caída de la tarde, gritos sin palabras— me provocó un gélido escalofrío acompañado de una punzada de indignación: ¿cómo se atrevía a verlos esa mujer del camino, y yo en cambio no?

—En aquel momento —añadí, con la intención de volver a encarrilar la conversación—, usted le contó a la policía que había unos chicos un poco brutos que solían deambular por el lindero del bosque.

—Unos gamberros —dijo la señora Fitzgerald con deleite—. De los que escupen en el suelo y todo eso. Mi padre siempre decía que escupir era una señal inequívoca de mala educación. Ah, pero dos de ellos al final tomaron la senda correcta, eso sí. El hijo menor de Concepta Mills ahora se dedica a los ordenadores. Se acaba de mudar a la ciudad, a Blackrock, nada menos. Knocknaree no era lo bastante bueno para él. Y el muchacho de los Devlin, claro, ya hablamos de él. Es el padre de la pequeña Katy, que en paz descanse. Un hombre encantador.

—¿Qué pasó con el tercer chico? —quise saber—. ¿Shane Waters?

Frunció los labios y tomó un remilgado sorbo de té.

—No me interesan los de su calaña.

—Ya… así que se echó a perder, ¿no? —sugirió Cassie en tono confidencial—. ¿Puedo tomar otro bollo, señora Fitzgerald? Son los más deliciosos que he probado en siglos.

Eran los únicos que había probado en siglos. Detesta los bollos porque, según ella, «no saben a comida».

—Claro, querida; seguro que te vendría bien ganar algo de peso. Tengo muchos más. Ahora que mi hija me ha regalado un microondas, hago seis docenas de una vez y los meto en el congelador hasta que los necesito.

Cassie eligió su bollo con un gran aspaviento adulador, le dio un buen mordisco y masculló: «Mmm». Si se comía los suficientes como para que la señora Fitzgerald creyera necesario calentar algunos más, estaba dispuesto a romperle la crisma. Se tragó el trozo de bollo y le preguntó:

—¿Shane Waters todavía vive en Knocknaree?

—En la prisión de Mountjoy —señaló la señora Fitzgerald, confiriendo a sus palabras una carga siniestra—. Ahí es donde vive. Él y otro tipo atracaron una gasolinera con una navaja y aterrorizaron al pobre muchacho que trabajaba allí. Su madre siempre aseguraba que no era un mal chico, solo que era muy influenciable, pero que tampoco había para tanto.

Por un momento deseé podérsela presentar a Sam. Se habrían caído bien.

—Usted le dijo a la policía que había unas chicas que solían pasar el rato con ellos —indiqué, preparando mi libreta.

Succionó a través de la dentadura postiza con desaprobación.

—Un par de frescas. En mi época no me importaba enseñar un poco de pierna; es la mejor forma de llamar la atención de los chicos, ¿verdad? —Me guiñó el ojo y se rio con un cacareo oxidado, pero la cara se le iluminó dejando entrever que había sido muy guapa, una chica dulce y atrevida de ojos vivarachos—. Pero esa vestimenta que se ponían para los chicos... qué forma de despilfarrar el dinero. Para la poca ropa que llevaban, podían haber ido en cueros. Hoy en día todas visten así, con unos tops que dejan la barriga al aire y pantalones cortos y todo eso, pero entonces aún quedaba algo de decencia.

—¿Recuerda sus nombres?

—Déjame pensar. Una de ellas era la hija mayor de Marie Gallagher. Lleva ya quince años en Londres y viene cada dos por tres para lucirse con su ropa estrambótica y presumir de tener un trabajo importante, pero Marie dice que, a fin de cuentas, no es más que una especie de secretaria. Siempre había sido un poco creída. —Se me cayó el alma a los pies: Londres. Pero la señora Fitzgerald dio un buen trago a su té y levantó un dedo—. Claire, eso es. Claire Gallagher, todavía; nunca se casó. Salió con un divorciado durante unos años y eso tuvo angustiada a Marie, pero no duró.

—¿Y la otra chica? —pregunté.

—Ah, ella aún está aquí. Vive con su madre en el callejón de Knocknaree, al final de la urbanización; en la zona peligrosa, ya me entendéis. Con dos críos y sin marido. Claro que, ¿qué más se puede esperar? Si andas buscando problemas, no tienes que ir muy lejos para encontrarlos. Es una de las hijas de los Scully. Jackie es la que se casó con aquel Wicklow, Tracy es la que trabaja en la agencia de apuestas... Sandra, así se llama. Sandra Scully. Acábate el bollo —le ordenó a Cassie, que lo había dejado disimuladamente en la mesa e intentaba fingir que se había olvidado de su existencia.

—Muchas gracias, señora Fitzgerald. Nos ha sido de gran ayuda —concluí.

Cassie aprovechó para meterse el resto del bollo en la boca y hacerlo bajar con el té. Me guardé la libreta y me levanté.

—Esperad un momento —dijo la señora Fitzgerald, agitando una mano hacia mí. Renqueó hacia la cocina y regresó con una bolsa de plástico llena de bollos congelados que presionó contra la mano de Cassie—. Aquí tienes. Esto es para ti. No, no, no —insistió ante las protestas de Cassie, y es que, gustos personales aparte, se supone que no debemos aceptar regalos de los testigos—. Te harán bien. Eres una chica encantadora. Compártelos con este compañero tuyo si sabe comportarse.

La zona peligrosa de la urbanización (por lo que recuerdo, nunca antes había estado allí; todas nuestras madres nos advertían que nos mantuviéramos alejados) no era en realidad tan diferente de la zona segura. Las casas eran un poco más deprimentes y en algunos de los jardines crecían malas hierbas y margaritas. El muro que había al final del camino de Knocknaree estaba salpicado de pintadas, pero todas eran bastante moderadas —«Viva el Liverpool», «Martina y Conor juntos para siempre», «Jonesy es gay»— y la mayoría parecían hechas con rotulador; en realidad, eran casi pintorescas comparadas con las que se ven en las zonas realmente duras. Si hubiera tenido que dejar mi coche aparcado allí toda la noche por alguna razón, no me habría dejado llevar por el pánico.

Sandra abrió la puerta. Por un momento no estuve seguro; no tenía el mismo aspecto con el que la recordaba. Resultó ser una de esas chicas que florecen temprano y al cabo de pocos años se marchitan, abrumadas. En mi confusa imagen mental, era firme y sensual como un melocotón maduro, con aquel halo pelirrojo y dorado de brillantes rizos al estilo de los ochenta, pero la mujer de la puerta estaba hinchada y abatida, tenía una mirada cansada, desconfiada y el pelo teñido de color latón apagado. Una punzada de angustia me atravesó el cuerpo. Casi deseé que no fuera ella.

—¿Puedo ayudarles? —preguntó.

Su voz era más profunda y tenía un deje ronco, pero pude reconocer el tono dulce y entrecortado. («Eh, ¿cuál de ellos es tu chico?» Una uña brillante saltaba de Peter a mí, mientras Jamie negaba con la cabeza y decía: «¡Puaj!». Sandra se rio, golpeando con los pies en el muro: «¡Dentro de poco cambiarás de opinión!».)

—¿Señora Sandra Scully? —le pregunté.

Asintió con cautela. Vi cómo se percató de que éramos policías mucho antes de sacar nuestras placas y cómo se puso a la defensiva. En algún lugar de la casa, un niño pequeño daba gritos y golpeaba un objeto metálico.

—Soy el detective Ryan y ella es la detective Maddox. A mi compañera le gustaría hablar con usted unos minutos.

Cassie captó la señal y noté cómo se ponía junto a mí casi imperceptiblemente. Si yo no hubiera estado seguro, habría dicho «a nosotros» y le habríamos formulado juntos las preguntas rutinarias del caso Katy Devlin hasta que yo me decidiera. Pero estaba seguro, y era probable que Sandra se sintiera más cómoda hablando de aquello sin la presencia de un hombre en la habitación.

Sandra apretó la mandíbula.

—¿Es por Declan? Porque ya le pueden decir a esa vieja furcia que después de la última vez le quité el estéreo, así que si oye algo serán voces dentro de su cabeza.

—No, no, no —le respondió Cassie tranquilamente—. No es nada de eso. Estamos trabajando en un caso antiguo y hemos pensado que usted tal vez recuerde algún detalle que nos pueda ser de ayuda. ¿Puedo entrar?

Sandra miró fijamente a Cassie y luego se encogió de hombros, vencida.

—¿Tengo otra opción?

Dio un paso atrás y abrió un poco la puerta; pude oler que había algo friéndose.

—Gracias —añadió Cassie—. Intentaré no robarle demasiado tiempo.

Al entrar en la casa, me miró por encima del hombro y me lanzó un pequeño guiño tranquilizador. Después, la puerta se cerró de un portazo tras ella.

Cassie estuvo allí mucho tiempo. Yo me quedé sentado en el coche y me fumé un cigarrillo tras otro hasta que se me acabaron; entonces me mordí las cutículas, tamborileé *Eine Kleine Nachtmusik* contra el volante y, con la llave de contacto, aparté la porquería que había en el salpicadero. Deseaba con locura haber pensado en ponerle a Cassie un micrófono, o algo por el estilo, por si en algún momento podía ser de ayuda que yo entrara. No es que desconfiara de ella, pero no estuvo allí aquel día y yo sí, y Sandra parecía haberse transformado en una tía dura en algún punto del camino, y no tenía la certeza de que Cassie supiera hacer las preguntas adecuadas. Al bajar las ventanillas aún pude oír al niño pequeño chillar y dar golpes; entonces la voz de Sandra se alzó con severidad, oí una bofetada y el niño se puso a berrear, más de indignación que de dolor. Recordé los impecables dientecitos blancos de Sandra al reír y el valle misterioso e impreciso del escote de su top.

Tras lo que me parecieron horas, oí cómo se cerraba la puerta y Cassie recorrió el camino de vuelta con paso enérgico. Entró en el coche y resopló con fuerza.

—Bueno. Tenías toda la razón. Le ha costado un poco empezar a hablar, pero cuando ha arrancado…

El corazón me latía con fuerza, aunque no sabía si de júbilo o de pánico.

—¿Qué ha dicho?

Cassie ya había sacado los cigarrillos y buscaba un mechero.

—Dobla la esquina o sácalo de aquí. No le ha gustado que el coche estuviera fuera; dice que se nota que es de la poli y que los vecinos hablarán.

Salí de la urbanización, aparqué en el área de descanso que había delante del yacimiento, le gorroneé a Cassie uno de sus cigarrillos de chica y encontré un mechero.

—¿Y?

—¿Sabes lo que ha dicho?

Cassie bajó la ventanilla con brusquedad y echó el humo afuera. De repente me di cuenta de que estaba furiosa; furiosa y agitada.

—Ha dicho: «No fue una violación ni nada de eso, solo me obligaron a hacerlo». Lo ha dicho unas tres veces. Gracias a Dios, los niños son demasiado jóvenes para enterarse…

—Cass —le pedí con toda la calma que pude—. Desde el principio.

—El principio es que comenzó a salir con Cathal Mills cuando ella tenía dieciséis años y él diecinueve. A él, sabe Dios por qué, se le consideraba muy guay, y a Sandra la tenía loca. Jonathan Devlin y Shane Waters eran sus mejores amigos. Ninguno de ellos tenía novia, a Jonathan le molaba Sandra, a Sandra le hacía gracia él y un buen día, cuando llevaban seis meses de relación, Cathal le dice a ella que Jonathan quiere «hacérselo con ella», textualmente, y que él opina que es una idea genial. Como si le diera a su colega un trago de su cerveza o algo así. Por Dios, eran los ochenta, ni siquiera tenían condones…

—Cass…

Lanzó el mechero por la ventana contra un árbol. Cassie tiene bastante buena puntería: el encendedor rebotó en el tronco y cayó en el sotobosque. Ya la había visto de mal humor antes —yo le digo que esa falta de autocontrol mediterránea es culpa de su abuelo francés—, y sabía que después de desquitarse con el árbol se calmaría. Me obligué a esperar. Se dejó caer contra el asiento, dio una calada al cigarrillo y, tras un instante, me lanzó una tímida sonrisa de soslayo.

—Me debes un mechero, *prima donna* —le solté—. Dime, ¿cómo sigue la historia?

—Y tú todavía me debes el regalo de Navidad del año pasado. En fin, que en realidad a Sandra no le suponía un gran problema lo de tirarse a Jonathan. Sucedió en una o dos ocasiones; después todos se sentían un poco incómodos, pero lo superaban y todo volvía a la normalidad…

—¿Cuándo fue eso?

—A principios de aquel verano, en junio del ochenta y cuatro. Al parecer Jonathan salió con una chica poco después, que debía de ser Claire Gallagher, y Sandra cree que él le devolvió el favor a Cathal. Ella tuvo una fuerte discusión con Cathal a raíz de eso, pero aquella historia la tenía tan confundida que al final decidió olvidarlo todo.

—Dios mío —exclamé—. Por lo visto estaba viviendo en medio de *El show de Jerry Springer*: «Declaraciones de unos adolescentes que practican el intercambio de parejas».

A solo unos metros de allí y unos cuantos años atrás, Jamie, Peter y yo habíamos jugado a machacarnos a golpes los brazos y a lanzarle dardos a aquel horrible *jack russell* de los Carmichael que tanto ladraba. Todas esas dimensiones paralelas, privadas, subyacentes a una pequeña urbanización tan inofensiva; todos esos mundos independientes amontonados en un mismo espacio. Pensé en los oscuros estratos arqueológicos que había debajo; en el zorro al otro lado de mi ventana, aullando a una ciudad que apenas coincidía con la mía.

—Pero entonces —continuó Cassie—, Shane se enteró y también quiso participar en el juego. A Cathal le pareció bien, por supuesto, pero a Sandra no. A ella no le gustaba Shane, «aquel gilipollas lleno de granos», le ha llamado. Me da la impresión de que era algo así como un marginado, pero los otros dos iban con él por costumbre, porque eran amigos desde críos. Cathal intentaba convencerla (no puedo esperar a ver cómo es el historial de Cathal en internet, ¿y tú?). Ella le daba largas, le decía que se lo pensaría, hasta que al final se le abalanzaron en el bosque. Mientras Cathal y nuestro amigo Jonathan la sujetaban, Shane la violó. Sandra no recuerda la fecha exacta, pero sabe que tenía magulladuras en las muñecas y que estaba preocupada por si no desaparecían antes de que comenzaran las clases de nuevo, por lo que debió de ser en agosto.

—¿Nos vio a nosotros? —quise saber, procurando no subir la voz.

El hecho de que esta historia comenzase a encajar con la mía era perturbador, pero también era horrible y sumamente emocionante.

Cassie me miró; impasible, su cara no revelaba nada, pero supe que estaba comprobando cómo me sentía yo con todo aquello. Intenté parecer despreocupado.

—No del todo. Estaba… bueno, ya sabes en qué estado estaba. Pero recuerda haber oído a alguien en el sotobosque, y luego los gritos de los chicos. Jonathan corrió tras vosotros y cuando regresó dijo algo así como: «Malditos niños».

Tiró la ceniza por la ventanilla. Por la posición de los hombros, sabía que no había terminado. Al otro lado de la carretera, en el yacimiento, Mark, Mel y otros dos hacían algo con unas varillas y unas cintas de medir amarillas mientras se gritaban los unos a los otros. Mel se rio clara y cordialmente, y exclamó: «¡Ya te gustaría a ti!».

—¿Y? —le pregunté cuando ya no pude soportarlo más.

Temblaba como un perro de caza al sujetar una presa. Como ya he dicho, nunca pego a los sospechosos, pero mi mente empezaba a acelerarse con imágenes melodramáticas en las que lanzaba a Devlin contra la pared, le gritaba a la cara y le arrancaba respuestas a puñetazos.

—¿Sabes qué? —respondió Cassie—. Ni siquiera rompió con Cathal Mills. Salió con él durante unos meses más hasta que él la dejó a ella.

Estuve a punto de preguntarle: «¿Eso es todo?».

—Creo que la prescripción varía si ella era menor —dije. Mi mente iba a mil por hora, sobrevolando estrategias de interrogatorios—. Puede que aún estemos a tiempo. Parece la clase de tipo al que me encantaría arrestar en medio de una reunión de la junta directiva.

Cassie negó con la cabeza.

—No hay ninguna posibilidad de que ella presente cargos. Básicamente cree que todo fue culpa suya por acostarse con él en primer lugar.

—Vamos a hablar con Devlin —sugerí mientras ponía el motor en marcha.

—Un momento —añadió Cassie—: hay algo más. Tal vez no sea nada, pero… Cuando acabaron, Cathal, al que de verdad creo que deberíamos investigar de todos modos, porque seguro que encontramos algo que imputarle, dijo: «Esta es mi chica», y le dio un beso. Ella se quedó allí sentada, temblando, intentando arreglarse la ropa y recobrarse. Entonces oyeron un ruido procedente de los árboles, a tan solo unos metros de distancia. Sandra dice que nunca había oído algo así. Ha dicho que era como un enorme pájaro batiendo las alas, salvo que está segura de que era el sonido de una voz, una llamada. Todos se sobresaltaron y gritaron, y entonces Cathal dijo algo así como: «Esos putos niños ya la están liando otra vez», y arrojó una piedra hacia los árboles, pero el sonido continuó. Venía de las sombras y no podían ver nada. Se quedaron paralizados, alucinados, y se pusieron a gritar. Finalmente aquello paró y oyeron cómo se alejaba hacia el interior del bosque; dice que sonaba como algo grande, por lo menos del tamaño de una persona. Volvieron a casa corriendo como locos. Y había un olor, un fuerte olor a animal, como de cabras o algo así, o el olor que hay en un zoo.

—Pero ¿qué demonios…? —pregunté.

Estaba completamente desconcertado.

—Pues que no erais vosotros los que la estabais liando.

—No, que yo recuerde —respondí. Recuerdo correr a toda prisa, recuerdo mi propia respiración golpeándome en los oídos, sin saber lo que pasaba pero con la certeza de que era algo terrible; nos recuerdo a los tres mirándonos unos a otros fijamente, jadeando, en el lindero del bosque. Tenía serias dudas de que hubiéramos decidido regresar al claro para hacer extraños aleteos y desprender un olor a cabra—. A lo mejor se lo imaginó.

Cassie se encogió de hombros.

—Tal vez sí. Pero en cierto modo, me pregunto si en realidad podía haber un animal salvaje en el bosque.

El animal más feroz de la fauna irlandesa posiblemente sea el tejón, aunque de vez en cuando surgen rumores atávicos, en general en las regiones centrales, sobre ovejas degolladas o viajeros nocturnos que atraviesan caminos y que proyectan grandes sombras encorvadas o con ojos como brasas. La mayoría de ellos resultan ser perros pastores solitarios o gatitos domésticos vistos bajo una luz truculenta, pero algunos casos son un misterio. A mi pesar, me acordé de los desgarrones en el dorso de mi camiseta. Cassie, sin creer del todo en el misterioso animal salvaje, siempre se ha sentido fascinada por él, porque su linaje se remonta al Perro Negro que acechaba a los caminantes medievales y porque le encanta la idea de que no todos los centímetros del país estén delineados, regulados y controlados por un circuito cerrado de televisión, de que todavía queden recodos secretos en Irlanda donde un ser indómito del tamaño de un puma pueda campar a sus anchas.

Normalmente a mí también me atrae esa idea, pero en ese momento no podía pensar en ello. Durante todo el tiempo que llevábamos en ese caso, desde el instante en que el coche llegó a la cima de la colina y vimos Knocknaree desplegado ante nosotros, la opaca membrana que había entre aquel día en el bosque y yo había empezado a hacerse más fina, lenta e inexorablemente. Se había vuelto tan delgada que podía oír los pequeños movimientos furtivos al otro lado: un batir de alas y patas diminutas escarbando, como una mariposa nocturna que se revuelve en el hueco de tus manos. Yo no estaba para teorías fantasiosas sobre exóticas mascotas fugadas o vestigios de alces o el monstruo del lago Ness o lo que fuera que Cassie tuviera en mente.

—No —dije—. No, Cass. Nosotros prácticamente vivíamos en ese bosque; si hubiera habido algo mayor que un zorro, lo habríamos sabido. Y los miembros de la partida de rescate habrían encontrado algún rastro. O había un mirón con peste a sudor observándolos o todo fueron imaginaciones suyas.

—De acuerdo —replicó Cassie, en un tono neutro. Volví a poner el coche en marcha—. Espera. ¿Cómo lo vamos a hacer?

—De ningún modo voy a quedarme sentado en el coche esta vez —le solté, notando que mi voz se alzaba peligrosamente.

Ella arqueó las cejas.

—Estaba pensando que, de hecho, debería... en fin, no quedarme en el coche, sino hablar con las primas y que me mandes un mensaje cuando quieras que te recoja. Devlin y tú podéis tener una charla entre hombres. Él no accederá a hablar sobre una violación si yo estoy presente.

—Oh —exclamé con torpeza—. Vale. Gracias, Cass. Me parece bien.

Se apeó del vehículo y yo me deslicé al asiento del copiloto, pensando que ella quería conducir; pero se dirigió hacia los árboles y se puso a buscar por el sotobosque hasta que encontró mi mechero.

—Aquí tienes —dijo, regresando al coche y ofreciéndome una media sonrisa—. Ahora quiero mi regalo de Navidad.

13

—Rob, no sé si ya lo has pensado, pero esto podría apuntar hacia una dirección totalmente distinta —afirmó Cassie al detenerme delante de la casa de los Devlin.

—¿Qué quieres decir? —repliqué distraídamente.

—¿Recuerdas mi comentario sobre el sentido simbólico de la violación de Katy, que no parecía algo sexual? Nos has conducido hasta alguien que no tiene un móvil sexual para querer que violaran a la hija de Devlin y que tendría que haber usado un instrumento.

—¿Sandra? ¿De repente, después de veinte años?

—Toda la publicidad sobre Katy, el artículo del periódico, la recaudación de fondos... Eso podría haber sido el detonante.

—Cassie —dije, respirando hondo—, no soy más que un simple chico de pueblo. Prefiero concentrarme en lo obvio. Y lo obvio, ahora mismo, es Jonathan Devlin.

—Ahí queda el comentario. Puede resultar útil. —Extendió la mano y me alborotó el pelo, rápida y torpemente—. Adelante, chico de pueblo. Buena suerte.

Jonathan estaba en casa, a solas. Me dijo que Margaret se había llevado a las niñas a casa de su hermana, y me pregunté cuánto hacía y por qué. Tenía un aspecto horrible. Había perdido tanto peso que la ropa y la cara le colgaban holgadamente y llevaba el pelo aún más corto, casi al rape, lo que de alguna manera le confería un aire solitario, desesperado, que me hizo recordar aquellas civilizaciones antiguas en que los afligidos ofrendaban su cabello en las piras funerarias de sus seres queridos. Me hizo señas para que me dirigiera al sofá y se sentó en un sillón frente a mí, inclinándose hacia delante con los codos en las rodillas y las manos juntas delante de él. La casa parecía desierta: no había ningún olor de comida a medio hacer, ningún ruido de televisor o de lavadora en segundo plano ni ningún libro abierto encima de los sillones. Nada que diera a entender que estuviera haciendo algo antes de mi llegada.

No me ofreció té. Le pregunté cómo estaban («¿Usted qué cree?»), le expliqué que seguíamos varias pistas, esquivé sus preguntas bruscas sobre los detalles y le pregunté si se le había ocurrido algún detalle que pudiera ser relevante. El apremio que sentía en el automóvil se había desvanecido en cuanto él abrió la puerta, y ahora me sentía más calmado y más lúcido de lo que había estado en semanas. Margaret, Rosalind y Jessica podían regresar en cualquier momento pero, no sé por qué, tuve la certeza de que no lo harían. Las ventanas estaban mugrientas y el sol de última hora de la tarde que se filtraba a través de ellas se deslizaba entre las vitrinas y la madera pulida de la mesa del comedor, otorgándole a la habitación una luminiscencia a rayas, subacuática. Podía oír el tictac de un reloj en la cocina, intenso y terriblemente lento; aparte de eso, ningún otro sonido, ni siquiera fuera de la casa. Era como si todo Knocknaree se hubiera congregado para desaparecer sin dejar rastro, excepto Jonathan Devlin y yo. Solo estábamos nosotros dos, cara a cara, a ambos lados de la mesita de café circular, y las respuestas estaban tan cerca que podía oírlas chismorrear y rozar las esquinas de la sala. No era necesario apresurarse.

—¿Quién es el admirador de Shakespeare? —pregunté finalmente, dejando a un lado mi libreta.

Por supuesto, no era relevante, pero pensé que podría hacerle bajar la guardia, y me tenía intrigado. Jonathan frunció el ceño con irritación.

—¿Cómo?

—Los nombres de sus hijas —dije—. Rosalind, Jessica, Katharine con una «a»... son todos de comedias de Shakespeare. He supuesto que era deliberado.

Él pestañeó, mirándome por primera vez con cierta cordialidad, y sonrió a medias. Era una sonrisa bastante simpática, satisfecha pero tímida, como la de un chico que esperaba que alguien se percatase de su nueva insignia de explorador.

—¿Sabe que es usted la primera persona que lo advierte? Sí, fue cosa mía. —Alcé una ceja para alentarle—. Después de casarnos pasé por una fase de superación personal; supongo que se le puede llamar así. Intenté leer todo lo que se supone que uno debe leer, ya sabe: Shakespeare, Milton, George Orwell... Milton no me entusiasmó, pero Shakespeare... Era difícil, pero al final conseguí leérmelo todo. Solía tomarle el pelo a Margaret diciéndole que si los gemelos resultaban ser chica y chico, tendríamos que llamarles Viola y Sebastian, pero ella decía que se reirían de ellos en el colegio...

Su sonrisa se desvaneció y miró hacia otro lado. Ahora que me lo había ganado, supe que era mi oportunidad.

—Son unos nombres preciosos —dije. Él asintió con aire ausente—. Otra cosa: ¿le dicen algo los nombres de Cathal Mills y Shane Waters?

—¿Por qué? —preguntó Jonathan.

Me pareció percibir un atisbo de cautela en su mirada, pero como estaba vuelto hacia la ventana era difícil de distinguir.

—Han sido mencionados en el transcurso de nuestra investigación.

De repente frunció el entrecejo, y los hombros se le agarrotaron como los de un perro en plena lucha.

—¿Son sospechosos?

—No —repliqué con firmeza.

Aunque lo fueran, no se lo habría dicho, y no solo por una cuestión de procedimiento, sino porque le veía demasiado voluble. Con esa tensión violenta que mostraba, como a punto de estallar... si era inocente, al menos de la muerte de Katy, y percibía una pizca de incertidumbre en mi voz, era capaz de presentarse en sus casas con una Uzi.

—Nos limitamos a seguir todas las pistas. Hábleme de ellos.

Me miró fijamente durante un instante y se dejó caer en el sillón.

—De pequeños éramos amigos. Hace años que perdimos el contacto.

—¿Cuándo se conocieron?

—Cuando nuestras familias se mudaron aquí, hacia el setenta y dos, debía de ser. Fuimos las tres primeras familias de la urbanización, de la parte de arriba, porque el resto aún estaba en construcción. Teníamos todo el terreno para nosotros. Solíamos jugar en las obras después de que los albañiles se fueran a casa; era como un laberinto gigante. Tendríamos unos seis o siete años.

Había algo en su voz, un trasfondo de nostalgia profundo y familiar, que me hizo reparar en lo solo que estaba, y no solamente ahora, desde la muerte de Katy.

—¿Y durante cuánto tiempo fueron amigos? —pregunté.

—No sé decírselo con exactitud. Cada uno empezó a ir por su lado cuando debíamos de tener unos diecinueve años, aunque seguimos en contacto bastante tiempo. ¿Por qué? ¿Qué tiene esto que ver?

—Contamos con dos testigos diferentes —respondí, manteniendo un tono inexpresivo— que afirman que, en el verano de 1984, usted, Cathal Mills y Shane Waters participaron en la violación de una chica de la zona.

Se puso en pie rápidamente, con las manos crispadas en puños.

—Pero ¿qué… qué coño tiene eso que ver con Katy? ¿Me está acusando…? ¿Qué coño…?

Lo miré con indiferencia y le dejé acabar.

—Advierto que no ha negado la acusación —dije.

—Pero tampoco me he declarado culpable de nada. ¿Necesito un abogado?

Ningún abogado del mundo le permitiría decir una palabra más.

—Mire —añadí, inclinándome hacia delante y adoptando un tono más sosegado y confidencial—, soy de la brigada de Homicidios, no de Delitos Sexuales. A mí solo me interesa una violación de hace veinte años si…

—Presunta violación.

—De acuerdo, presunta violación. En cualquier caso, no me importa a menos que tenga relación con un homicidio. Y eso es lo que he venido a descubrir.

Jonathan cogió aire para decir algo; por un instante, pensé que me iba a ordenar que me marchara.

—Si piensa pasar un segundo más en mi casa, tenemos que aclarar una cosa —dijo él—: jamás he tocado a ninguna de mis hijas. Jamás.

—Nadie le ha acusado de…

—Lo ha estado sugiriendo desde el primer día que vino aquí, y a mí no me gustan las insinuaciones. Quiero a mis hijas. Les doy un abrazo de buenas noches. Eso es todo. Ni una sola vez las he tocado de ninguna manera que alguien pueda considerar indebida. ¿Está claro?

—Como el agua —repliqué, intentando que no sonara a sarcasmo.

—Bien —asintió con una sacudida seca y controlada—. Por lo que respecta a lo otro: no soy idiota, detective Ryan. Suponiendo que yo hubiera hecho algo que me hiciese acabar en prisión, ¿por qué diablos tendría que contárselo?

—Escuche, hemos considerado la posibilidad —«Dios te bendiga, Cassie»— de que la víctima haya tenido algo que ver con la muerte de Katy, como venganza por esa violación. —Se le ensancharon los ojos—. Es solo una posibilidad remota y no tenemos absolutamente ninguna prueba sólida que la sostenga, así que no quiero que le dé demasiada importancia. En concreto, le prohíbo que se ponga en contacto con ella de ningún modo. Si resulta que hay algo de cierto, eso podría echarlo todo a perder.

—Yo no contactaría con ella. Ya le he dicho que no soy idiota.

—Bien. Me alegra saber que ha quedado claro. Pero necesito oír su versión de lo ocurrido.

—¿Y luego qué? ¿Me acusará de ello?

—No puedo garantizarle nada. Por supuesto, no voy a detenerle. No es asunto mío decidir si se presentan cargos, eso depende del fiscal del Estado y de la víctima, pero dudo que ella quiera presentarlos. Y no le he leído sus derechos, así que, de todos modos, cualquier cosa que usted diga sería inadmisible ante un tribunal. Lo único que necesito es saber cómo sucedió. Usted decide, señor Devlin. ¿Quiere realmente que encuentre al asesino de Katy?

Jonathan se tomó su tiempo. Permaneció como estaba, inclinado hacia delante con las manos juntas, y me lanzó una mirada prolongada y suspicaz. Yo intenté parecer digno de confianza y no pestañear.

—Si pudiera hacérselo entender —dijo él finalmente, casi para sí mismo.

Se levantó del sillón con nerviosismo, se acercó a la ventana y se reclinó en el cristal; cada vez que yo parpadeaba, su imponente silueta de aureola brillante surgía ante mis ojos contra los cuarterones.

—¿Tiene algún amigo al que conozca desde niño?

—No, la verdad es que no.

—Nadie le conoce a uno tanto como las personas con las que creció. Mañana podría encontrarme con Cathal o Shane y, después de todo este tiempo, ellos sabrían más de mí de lo que sabe Margaret. Estábamos más unidos que muchos hermanos. Ninguno de nosotros tenía lo que se dice una familia feliz: Shane nunca conoció a su padre, el de Cathal era un vago que en toda su vida no cumplió con una jornada laboral como es debido y mis padres eran los dos unos borrachos. Tenga en cuenta que no digo nada de esto a modo de excusa; solo intento explicarle cómo éramos. A los diez años nos hicimos hermanos de sangre… ¿Lo hizo usted alguna vez? ¿Lo de hacerse un corte en la muñeca y presionarlas juntas?

—Creo que no —dije.

Por un momento me pregunté si lo habíamos hecho. Sonaba al tipo de cosa que podíamos haber hecho.

—A Shane le daba miedo cortarse, pero Cathal le convenció. Cathal era capaz de venderle agua bendita al mismísimo papa.

Sonrió un poco; se lo noté en la voz.

—Cuando vimos *Los tres mosqueteros* en la tele, Cathal decidió que aquel sería nuestro lema: todos para uno y uno para todos. Decía que teníamos que apoyarnos los unos a los otros, que no había nadie más de nuestra parte. Y tenía razón. —Giró la cabeza hacia mí, con una mirada breve y evaluadora—. ¿Qué edad tiene? ¿Treinta, treinta y cinco?

Asentí con la cabeza.

—Entonces no vivió lo peor. Acabamos el instituto a principios de los ochenta. Este país estaba al borde de la ruina. No había trabajo. Ninguno. Si no podías entrar en el negocio de papá, o emigrabas o te apuntabas a cobrar el subsidio. Aunque tuvieras el dinero y las calificaciones para ir a la universidad, y nosotros no los teníamos, eso solo lo aplazaba unos cuantos años. No teníamos nada que hacer más que perder el tiempo, nada por lo que ilusionarnos, nada a lo que aspirar, nada de nada, excepto nosotros mismos. No sé si entiende lo poderoso, lo peligroso que puede ser eso.

No estaba seguro de la sensación que me causaba el rumbo que estaba tomando aquello, pero de repente sentí una desagradable punzada de algo parecido a la envidia. En el colegio había soñado con amistades como aquella, esa cercanía templada al acero de los soldados en la batalla o la de los prisioneros de guerra, el misterio que los hombres solo alcanzan *in extremis*.

Jonathan tomó aire.

—En fin. Entonces Cathal empezó a salir con una chica, Sandra. Al principio fue raro, todos habíamos estado con alguna que otra chica pero ninguno había tenido una novia en serio. Pero ella era encantadora, Sandra era encantadora. Siempre se estaba riendo y era tan inocente… Creo que seguramente también fue mi primer amor… Cuando Cathal dijo que yo le gustaba a ella, que quería estar conmigo, no me lo podía creer.

—¿Y no le pareció… bueno, un poco extraño, por no decir otra cosa?

—No tanto como cabría pensar. Ahora suena a locura, sí, pero siempre lo habíamos compartido todo. Era una de nuestras reglas. Aquello parecía más de lo mismo. Por aquel entonces yo llevaba un tiempo con una chica, claro, y ella estuvo con Cathal; no es que le importara... creo que solo salió conmigo porque él ya estaba ocupado. Era mucho más atractivo que yo.

—Por lo visto Shane quedaba fuera del círculo —señalé.

—Sí. Ahí es donde todo se torció. Shane se enteró y se volvió loco. Creo que él también estaba chiflado por Sandra; pero más que eso, lo que pasó es que se sintió traicionado por nosotros. Estaba destrozado. Tuvimos unas bullas tremendas por ese tema prácticamente cada día, durante semanas y semanas. La mitad del tiempo ni siquiera nos hablaba. Yo estaba deprimido, sentía que todo se estaba desmoronando; ya sabe cómo es todo a esa edad, cualquier nimiedad es el fin del mundo...

Se detuvo.

—¿Qué pasó entonces? —le pregunté.

—A Cathal se le metió en la cabeza que, si Sandra se había interpuesto entre nosotros, tendría que ser Sandra la que nos volviera a unir. Estaba obsesionado, no dejaba de hablar de ello. Dijo que si todos estábamos con la misma chica, aquello sería el sello final de nuestra amistad, como el rollo de los hermanos de sangre, solo que más fuerte. Ya no sé si realmente lo creía o si solo... No lo sé. Cathal tenía una vena rara, especialmente cuando se trataba de cosas como... Bueno. Yo tenía mis dudas, pero él seguía dale que te pego con ello, y claro, Shane lo secundó todo el tiempo...

—¿A ninguno se le ocurrió pedirle a Sandra su opinión al respecto?

Jonathan dejó caer la cabeza contra el cristal, con un suave golpe.

—Deberíamos haberlo hecho —susurró en voz baja tras unos instantes—. Dios sabe que deberíamos haberlo hecho. Pero vivíamos en nuestro propio mundo. Nadie más nos parecía real; yo estaba loco por Sandra, pero del mismo modo que lo estaba por la princesa Leia o quienquiera que nos gustara esa semana, no del modo en que amas a una mujer de verdad. No es excusa… no hay excusa para lo que hicimos, ninguna. Pero hay una razón.

—¿Qué sucedió?

Se pasó una mano por la cara.

—Estábamos en el bosque —dijo—. Los cuatro; yo ya no salía con Claire. En aquel claro al que solíamos ir. No sé si lo recuerda, pero aquel año tuvimos un verano precioso; hacía un calor como en Grecia o algún sitio así, ni una nube en el cielo, con luz hasta las diez y media de la noche… Pasábamos todo el día fuera, en el bosque o en su lindero. Estábamos muy morenos; yo parecía un estudiante italiano con aquellas estúpidas marcas blancas alrededor de los ojos debido a las gafas de sol…

»Era última hora de la tarde. Habíamos pasado todo el día en el claro, bebiendo y fumando porros. Creo que todos íbamos bastante ciegos, no solo por la sidra y la mierda, sino también por el sol y por lo alocado que es uno a esa edad… Yo había estado echando pulsos con Shane, que por primera vez estaba de un humor medio aceptable, y le dejaba ganar; hacíamos el tonto, empujándonos el uno al otro y peleándonos en la hierba, ya sabe, lo que hacen los chicos. Cathal y Sandra nos gritaban para animarnos, y entonces Cathal empezó a hacerle cosquillas a Sandra y ella se puso a reír y a chillar. Acabaron rodando hasta nuestros pies y nosotros nos echamos encima de ellos. Y de repente Cathal gritó: «¡Ahora!».

Aguardé un buen rato.

—¿La violaron los tres? —pregunté al fin, con voz queda.

—Solo Shane. No es que eso lo mejore. Yo ayudé a sujetarla... —Aspiró rápidamente entre los dientes—. Nunca me ha ocurrido algo así. Puede que se nos fuera la cabeza. No parecía real, ¿sabe? Fue como una pesadilla o un mal viaje. No se acababa nunca. Hacía un calor abrasador, yo estaba mareado y sudando como un cerdo. Miré a mi alrededor, hacia los árboles, y se nos acercaban, nos disparaban ramas que les acababan de salir, pensé que estaban a punto de rodearnos y engullirnos; y todos los colores parecían estar mal, apagados, como en una de esas películas antiguas coloreadas. El cielo se había vuelto casi blanco y unas cosas lo surcaban de un lado a otro, unas cositas negras. Miré tras de mí, sentí que debía avisar a los otros de que algo pasaba, de que algo iba mal, y estaba sujetando... sujetándola a ella, pero no me sentía las manos, no parecían mías. No podía entender de quién eran aquellas manos. Estaba aterrorizado. Tenía a Cathal ahí delante y su respiración parecía la cosa más ruidosa del mundo, pero yo no lo reconocía, no podía recordar quién coño era él ni lo que hacíamos. Sandra se resistía y había esos ruidos y... Dios. Por un instante le juro que creí que éramos cazadores y que ella era un... un animal al que habíamos abatido, y que Shane lo estaba matando...

Empezaba a desagradarme el tono que adquiría aquello.

—Si le he entendido bien —interrumpí fríamente—, en ese momento estaban bajo los efectos del alcohol y de sustancias ilegales, es muy posible que sufrieran una insolación, y presumiblemente se encontraban en un estado de considerable excitación. ¿No cree que estos factores pudieron tener algo que ver con esa experiencia?

Jonathan posó su mirada en mí un instante; luego se encogió de hombros con un pequeño gesto de derrota.

—Sí, claro —dijo con calma—. Probablemente. Le repito que no lo digo a modo de excusa. Solo se lo cuento. Usted me lo ha preguntado.

Era una historia absurda, desde luego, melodramática, interesada y completamente predecible. Todos los criminales a los que he interrogado tenían una larga y enrevesada historia que demostraba que en realidad no había sido culpa suya o, como mínimo, que no todo pintaba tan mal como parecía, y la mayoría eran mucho mejores que esta. Lo que me molestaba era que una minúscula parte de mí se la creía. Los motivos idealistas de Cathal no me convencían en absoluto, pero sí a Jonathan, que se había encontrado perdido en algún lugar limítrofe y delirante de los diecinueve, medio enamorado de sus amigos con un amor que sobrepasaba el profesado a las mujeres, desesperado por dar con algún ritual místico que invirtiera el tiempo y volviera a ensamblar su desmoronado mundo particular. No debió de resultarle difícil verlo como un acto de amor, por muy oscuro, retorcido e intraducible que fuera para él el duro mundo exterior. Aunque eso no importaba demasiado; me preguntaba qué más habría hecho por la causa.

—¿Y ya no tiene ningún contacto con Cathal Mills y Shane Waters? —pregunté, con cierta crueldad, lo admito.

—No —respondió en voz baja. Miró por la ventana y se rio, con un leve soplo de melancolía—. ¿Después de todo eso? Cathal y yo nos enviamos felicitaciones de Navidad; su mujer escribe el nombre de él en las suyas. No tengo noticias de Shane desde hace años. Le escribí alguna que otra, pero nunca respondió y dejé de intentarlo.

—Empezaron a distanciarse no mucho después de la violación.

—Fue un proceso lento, duró años. Pero sí, bien pensado, supongo que comenzó con aquel día en el bosque. Después de lo ocurrido nos sentíamos incómodos, Cathal insistía en hablar de ello todo el tiempo, lo que ponía a Shane de los nervios, y yo me sentía muy culpable y no quería acordarme... Irónico, ¿no? Y nosotros que pensábamos que aquello nos volvería a unir para siempre. —Movió la cabeza rápidamente, como un caballo sacudiéndose una mosca—. Pero yo diría que igualmente habríamos tirado cada uno por su lado, seguro. Estas cosas pasan. Cathal se mudó, yo me casé...

—¿Y Shane?

—Apuesto a que sabe que Shane está en prisión —dijo secamente—. Shane... Escuche, si aquel pobre capullo hubiera nacido diez años más tarde, las cosas le habrían ido bien. No tendría una vida llena de éxitos, pero sí un trabajo decente y tal vez una familia. Fue una víctima de los ochenta. Ahí afuera hay toda una generación que se precipitó al vacío. Cuando llegó el Tigre Celta ya era demasiado tarde, la mayoría de nosotros éramos demasiado mayores para volver a empezar. Cathal y yo tuvimos suerte. Yo era una mierda en todo lo demás pero era bueno en mates; saqué un sobresaliente en selectividad y así pude conseguir un trabajo en el banco. Cathal salió con una chica rica que tenía un ordenador y que le enseñó a usarlo por pura diversión; unos años después, cuando todo el mundo necesitaba con urgencia a alguien que entendiera de ordenadores, él era uno de los pocos en todo el país que sabía hacer algo más que encender esos malditos cacharros. Cathal siempre caía de pie. Pero Shane... no tenía trabajo, ni educación, ni posibilidades, ni familia. ¿Qué podía perder si robaba?

Me estaba costando sentir una simpatía especial por Shane Waters.

—En los minutos inmediatamente posteriores a la violación —dije, casi contra mi voluntad—, ¿oyeron algún ruido fuera de lo normal, tal vez un sonido como de un gran pájaro batiendo las alas?

Obvié lo de que parecía una voz. Incluso en momentos como ese, hay un límite respecto a lo raro que estoy dispuesto a parecer. Jonathan me miró extrañado.

—El bosque estaba lleno de pájaros, zorros y demás. No me habría percatado de uno más o menos, sobre todo en aquel momento. No sé si se ha hecho a la idea del estado en que nos encontrábamos todos. No era yo mismo, ¿sabe? Era como si nos estuviera dando un bajón de ácido. Me temblaba todo el cuerpo, no veía bien, todo se deslizaba a mi alrededor. Sandra estaba... Sandra jadeaba como si no pudiese respirar. Shane estaba tumbado en la hierba con la mirada fija en los árboles y tembloroso. Cathal empezó a reírse y a andar tambaleándose por el claro mientras aullaba, y le dije que le daría un puñetazo en la cara si no... —Se detuvo.

—¿Qué pasa? —quise saber, al cabo de un momento.

—Me había olvidado —dijo lentamente—. No me... la verdad es que de todos modos no me gusta pensar en aquello. Me había olvidado... Si es que en verdad fue algo, porque tal como teníamos la cabeza pudieron ser imaginaciones nuestras.

Aguardé. Al fin suspiró e hizo un movimiento incómodo, como si se encogiera de hombros.

—Bueno. Por lo que recuerdo, agarré a Cathal y le dije que se callara o lo golpearía, y él dejó de reírse y me agarró por la camiseta... parecía medio loco, por un instante pensé que aquello iba a acabar en una pelea. Pero había alguien que se reía... no era ninguno de nosotros; estaba lejos, en los árboles. Sandra y Shane se pusieron a gritar, quizá yo también, no lo sé, pero el hecho es que cada vez se oía más fuerte, una voz enorme, riéndose…

—¿Unos niños? —pregunté con frialdad.

Reprimí un violento impulso de largarme de allí. Jonathan no tenía por qué reconocerme —yo solo era un niño pequeño que correteaba por ahí, y por entonces mi pelo era mucho más claro y tenía un acento y un nombre diferentes—, pero de pronto me sentí terriblemente desnudo y expuesto.

—Ah, había unos niños de la urbanización, unos críos de diez o doce años que solían jugar en el bosque. A veces nos espiaban; nos tiraban cosas y salían corriendo, ya sabe. Pero a mí no me sonaba como si fuera un niño. Parecía proceder de un hombre, un hombre joven, de nuestra edad tal vez. Pero no un niño.

Por una milésima de segundo casi aproveché la ocasión que se me brindaba. El atisbo de cautela se había disuelto, y los pequeños y rápidos susurros de las esquinas habían crecido hasta convertirse en un grito silencioso, cercano, tan próximo como una respiración. Lo tenía en la punta de la lengua: «Aquellos niños, ¿no les estaban espiando aquel día? ¿No les dio miedo que pudieran contarlo? ¿Qué hicieron para detenerlos?». Pero el detective que llevo dentro me contuvo. Sabía que solo tendría una oportunidad y que necesitaba llegar a ella en mi propio territorio y con toda la munición que pudiera reunir.

—¿Alguno de ustedes fue a ver qué era? —pregunté en su lugar.

Jonathan pensó un momento, absorto y con los párpados cerrados.

—No. Ya le he dicho que todos estábamos conmocionados, y aquello era más de lo que podíamos soportar. Yo estaba paralizado, no habría podido moverme aunque hubiese querido. Cada vez era más fuerte, hasta que pensé que la urbanización entera saldría a ver qué estaba pasando, y nosotros seguíamos gritando... Finalmente cesó, tal vez se adentrara en el bosque, no lo sé. Shane siguió chillando hasta que Cathal le dio un golpe en la nuca y le dijo que se callara. Salimos de allí piernas para que os quiero. Yo me fui a casa, le pillé algo de priva a mi padre y me emborraché a conciencia. No sé qué hicieron los demás.

Así que eso era todo en cuanto al misterioso animal salvaje de Cassie. Pero era muy posible que hubiera alguien en el bosque aquel día, alguien que, de haber visto la violación, muy probablemente nos habría visto también a nosotros; alguien que podría haber regresado allí de nuevo, una o dos semanas después.

—¿Tiene alguna sospecha de quién pudo ser la persona que estaba riéndose? —le pregunté.

—No. Creo que Cathal nos preguntó eso mismo más tarde. Dijo que teníamos que saber quién era, cuánto había visto. No tengo ni idea.

Me puse en pie.

—Gracias por su tiempo, señor Devlin. Quizá necesite hacerle alguna otra pregunta más adelante, pero eso es todo por ahora.

—Espere —me rogó de repente—. ¿Cree que Sandra asesinó a Katy?

Parecía muy pequeño y patético, de pie junto a la ventana, con las manos enfundadas en los bolsillos de su chaqueta de punto, aunque aún mantenía una especie de dignidad desamparada.

—No —respondí—. No lo creo. Pero debemos investigar a fondo todas las posibilidades.

Jonathan asintió con la cabeza.

—Supongo que eso significa que no tienen ningún sospechoso de verdad —señaló—. No, lo sé, lo sé, no me lo puede decir... Si habla con Sandra, dígale que lo siento. Hicimos algo horrible. Sé que es un poco tarde, que debería habérselo dicho hace veinte años, pero... dígaselo de todos modos.

Aquella tarde fui hasta Mountjoy para ver a Shane Waters. Estoy seguro de que Cassie me habría acompañado si se lo hubiera pedido pero, en la medida de lo posible, quería hacerlo a solas. Shane era nervioso y tenía cara de rata, llevaba un repulsivo bigotillo y aún tenía granos. Me recordaba a Wayne el yonqui. Probé con todas las tácticas que conocía y le prometí todo lo que se me ocurrió —inmunidad, puesta en libertad anticipada por el robo a mano armada—, confiando en que no fuera lo bastante listo para saber lo que yo podía o no cumplir, pero (y eso siempre ha sido uno de mis puntos débiles) infravaloré el poder de la estupidez. Así, con la testarudez del que hace ya mucho que renunció a analizar posibilidades y consecuencias, Shane se aferraba a la única opción que entendía.

—No sé nada —repitió una y otra vez, con un toque de autocomplacencia anémica que me daba ganas de gritar—. Y no puede demostrar lo contrario.

Sandra, la violación, Peter y Jamie, incluso Jonathan Devlin: «No sé de qué estás hablando, tío». Finalmente me rendí al darme cuenta de que corría un grave peligro de revelar algo.

De camino a casa me tragué el orgullo y telefoneé a Cassie, que ni siquiera trató de fingir que no sabía adónde había ido. Había invertido la tarde en eliminar a Sandra Scully de la investigación. La noche de autos Sandra estuvo trabajando en un locutorio del centro. Su supervisor y compañeros de turno confirmaron su presencia allí hasta poco antes de las dos de la madrugada, hora en que fichó y cogió un autobús nocturno de regreso a casa. Eran buenas noticias —ponían las cosas en orden y, además, me había disgustado la idea de considerar a Sandra como a una posible asesina—, pero el hecho de imaginármela dentro de un cubículo fluorescente mal ventilado, rodeada de trabajadores a media jornada como estudiantes y actores a la espera de su próximo bolo, me produjo una punzada leve y compleja.

No entraré en detalles, pero dedicamos mucho esfuerzo y una considerable cantidad de ingenio —más o menos dentro de la legalidad casi todo ello—, en identificar el peor momento posible para ir a hablar con Cathal Mills. Ocupaba un cargo de responsabilidad con un nombre ininteligible en una empresa que ofrecía algo llamado «soluciones corporativas para la localización de software y el aprendizaje virtual» (yo estaba impresionado: me había parecido imposible que me cayera aún peor), así que entramos a por él en medio de una reunión decisiva con un potencial cliente importante. Incluso el edificio era espeluznante: largos pasillos sin ventanas y tramos de escaleras que reducían a cero el sentido de la orientación, aire tibio y enlatado sin apenas oxígeno, un estúpido y grave zumbido de ordenadores, voces contenidas y extensiones enormes de cubículos como los laberintos para ratas de algún científico chiflado. Cassie me miró con los ojos abiertos de par en par, horrorizada, mientras seguíamos a un androide a través del quinto par de puertas batientes con tarjeta de acceso.

Cathal estaba en la sala de juntas y nos fue fácil identificarlo: era el de la presentación en PowerPoint. Todavía era un tipo atractivo —alto y ancho de espaldas, con ojos azul claro y huesos fuertes y peligrosos—, aunque la grasa comenzaba a desfigurarle la cintura y colgarle bajo la mandíbula; unos cuantos años más y sería un dechado de ordinariez. El nuevo cliente eran cuatro norteamericanos idénticos y sin gracia con inescrutables trajes oscuros.

—Lo siento, chicos —dijo Cathal con una tranquila sonrisa a modo de advertencia—: la sala de juntas está ocupada.

—En efecto —le replicó Cassie. Se había vestido para la ocasión, con téjanos desgarrados y una vieja camiseta turquesa donde en la parte delantera se leía en rojo: «Los *yuppies* saben a pollo»—. Soy la detective Maddox...

—Y yo soy el detective Ryan —añadí, al tiempo que le mostraba mi placa—. Nos gustaría hacerle algunas preguntas.

No modificó su sonrisa, pero un destello feroz cruzó su mirada.

—Ahora no es un buen momento.

—¿No? —preguntó Cassie con afabilidad, repantigándose en la mesa para que la imagen del PowerPoint se desdibujara sobre su camiseta.

—No.

Observó de soslayo al nuevo cliente, que miraba con desaprobación al vacío y removía papeles.

—Este parece un buen lugar para hablar —dijo ella, inspeccionando detenidamente la sala de juntas—, pero si lo prefiere podemos ir a la comisaría.

—¿De qué se trata? —exigió Cathal.

Fue un error, y lo supo en cuanto las palabras salieron de su boca; si hubiéramos dicho algo por iniciativa propia delante de los clones, habría sido como una invitación para demandarnos por acoso, y él tenía pinta de que le gustaban los pleitos. Pero dado que lo había preguntado...

—Estamos investigando el homicidio de una niña —respondió Cassie con dulzura—. Cabe la posibilidad de que guarde relación con la supuesta violación de una chica y tenemos motivos para creer que usted nos podría ayudar en nuestras pesquisas.

Solo necesitó una milésima de segundo para recuperarse.

—No me imagino cómo —respondió con gravedad—. Aunque si se trata de una niña asesinada, entonces, por supuesto, cualquier cosa que yo pueda... Muchachos —dirigiéndose al cliente—, lamento esta interrupción, pero me temo que el deber me llama. Llamaré a Fiona para que os enseñe el edificio. Reanudaremos la reunión dentro de unos minutos.

—Optimismo —apuntó Cassie en tono de aprobación—. Me gusta.

Cathal le lanzó una mirada asesina y pulsó un botón de un objeto que resultó ser un interfono.

—Fiona, ¿podrías bajar a la sala de juntas y mostrarles el edificio a estos caballeros?

Les abrí la puerta a los clones, que salieron en fila sin modificar un ápice sus estiradas caras de póquer.

—Ha sido un placer —les dije.

—¿Eran de la CIA? —susurró Cassie, no lo bastante bajo.

Cathal ya había sacado el móvil para llamar a su abogado —con cierta ostentación, quizá para que nos sintiéramos intimidados—, luego cerró el teléfono de golpe, inclinó la silla hacia atrás y estiró las piernas mientras le daba un repaso a Cassie con lento y deliberado placer. En un instante de locura me dieron ganas de decirle algo así como: «Tú me diste mi primer cigarrillo, ¿te acuerdas?», tan solo para ver cómo fruncía las cejas y cómo se desvanecía de su cara esa sonrisa boba y complaciente. Cassie pestañeó y le dedicó una sonrisa de fingida insinuación, cosa que lo cabreó: dejó caer la silla de golpe y alzó la muñeca con ímpetu para subirse la manga y consultar su Rolex.

—¿Tiene prisa? —quiso saber Cassie.

—Mi abogado estará aquí dentro de veinte minutos —respondió Cathal—. Pero déjenme ahorrarles tiempo y complicaciones: cuando llegue tampoco tendré nada que decirles.

—Vaya —replicó Cassie, y se sentó sobre la mesa colocando el trasero encima de un montón de papeles; Cathal la miró de arriba abajo, pero optó por no morder el anzuelo—. Le estamos haciendo perder veinte valiosos minutos a Cathal, y lo único que ha hecho es violar en grupo a una adolescente. Qué injusta es la vida.

—Maddox —dije.

—Jamás en la vida he violado a una chica —refutó Cathal con una desagradable sonrisa—. Nunca lo he necesitado.

—¿Lo ve?, eso es lo que me resulta interesante, Cathal —apuntó Cassie en tono de confidencia—. A mí me parece que usted debía de ser un tipo bastante atractivo. Por eso no puedo evitar preguntarme si es que tiene algún problema con su sexualidad. Ya sabe, a muchos violadores les pasa. Por eso necesitan violar a mujeres: intentan desesperadamente demostrarse a sí mismos que son hombres de verdad, a pesar del problemilla.

—Maddox...

—Si sabe lo que le conviene —dijo Cathal—, cerrará el pico ahora mismo.

—¿Qué le pasa, Cathal? ¿No se le levanta? ¿Aún no ha salido del armario? ¿No está bien dotado?

—Enséñeme su placa —espetó Cathal—. Voy a presentar una queja por esto. La van a echar a patadas antes de que se dé cuenta.

—Maddox —dije yo con acritud, haciéndome el O'Kelly—. Tengo que hablar contigo. Ahora.

—¿Sabe una cosa, Cathal? —añadió Cassie con compasión mientras salía—. Hoy en día la medicina puede ayudar en la mayoría de esos casos.

La agarré del brazo y la empujé para que cruzara la puerta.

En el pasillo la regañé, en voz baja pero asegurándome de que se oyera: «Muestra algo de respeto, estúpida, ni siquiera es sospechoso», blablablá. (Lo de «no es sospechoso» era cierto, en realidad; por el camino supimos, para nuestra decepción, que Cathal había pasado las tres primeras semanas de agosto haciendo negocios en Estados Unidos y que contaba con varios recibos realmente impresionantes de la tarjeta de crédito que lo demostraban.) Cassie me sonrió y me hizo una señal de *okay*.

—Lo siento mucho, señor Mills —dije al regresar a la sala de juntas.

—Amigo, no le envidio su trabajo —replicó Cathal.

Estaba furioso y tenía manchas de un rojo encendido en las mejillas. Me pregunté si Cassie había dado efectivamente en el blanco, o si le había cercado; quizá Sandra le hubiera proporcionado algún pequeño detalle que no había compartido conmigo.

—Hábleme de ello —le pedí. Me senté frente a él y me pasé una mano por la cara con cansancio—. Es obvio que su presencia aquí es meramente simbólica. Yo no me molestaría en presentar una queja; los jefes temen reprenderla por si acude a la Comisión por la Igualdad. Pero créame, los muchachos y yo la meteremos en cintura. Denos algo de tiempo.

—Sabe lo que esa zorra necesita, ¿verdad? —dijo Cathal.

—Todos lo sabemos, pero ¿quién va a acercarse a ella para dárselo? —Intercambiamos unas risitas viriles—. Mire, debo decirle que no hay ninguna posibilidad de que vayamos a detener a nadie por esa supuesta violación. Aunque la historia sea cierta, prescribió hace años. Estoy trabajando en un caso de homicidio; lo otro me importa una mierda.

Cathal se sacó del bolsillo un paquete de chicle blanqueador, se echó uno a la boca y me pasó el paquete. Detesto la goma de mascar pero, aun así, cogí uno. Se estaba calmando y el tono comenzaba a apaciguarse.

—¿Están investigando lo que le pasó a la hija de Devlin?

—Sí —respondí—. Usted conoce a su padre, ¿verdad? ¿Llegó a conocer a Katy?

—No. Conocí a Jonathan cuando éramos niños, pero no mantenemos el contacto. Su mujer es una pesadilla. Es como intentar hablar con la pared.

—La he visto —dije yo, con una sonrisa irónica.

—¿Y qué es todo eso de la violación? —quiso saber Cathal.

Aunque jugueteaba con el chicle con aparente calma, mantenía una mirada alerta, animal.

—Básicamente —apunté—, estamos comprobando cualquier detalle de la vida de los Devlin que huela raro. Y hemos oído que usted, Jonathan Devlin y Shane Waters le hicieron algo muy feo a una chica en el verano del ochenta y cuatro. ¿Qué pasó en realidad?

Aunque me hubiera gustado dedicar unos minutos más a fomentar el compañerismo masculino, no teníamos tiempo. En cuanto llegara su abogado, perdería mi oportunidad.

—Shane Waters —replicó Cathal—. Hacía tiempo que no oía ese nombre.

—No tiene por qué decir nada hasta que llegue su abogado —precisé—, aunque no es sospechoso del asesinato: sé que esa semana estuvo fuera del país. Pero me interesa cualquier información sobre los Devlin que me pueda proporcionar.

—¿Cree que Jonathan se cargó a su propia hija?

Cathal parecía divertido.

—Dígamelo usted —le pedí—. Usted lo conoce mejor que yo.

Cathal inclinó la cabeza hacia atrás y se rio. Esto le relajó los hombros, le quitó veinte años de encima y, por vez primera, me resultó familiar el corte cruel y atractivo de sus labios, el brillo astuto de sus ojos...

—Oiga, amigo —comenzó—, déjeme decirle algo sobre Jonathan Devlin: ese tipo es un maldito cobarde. Puede que aún se haga el duro, pero no se deje engañar por ello; jamás en su vida ha corrido un riesgo sin que estuviera yo allí para darle un empujón. Por eso hoy en día él está donde está, mientras que yo estoy... —dijo, apuntando con la barbilla a la sala de juntas— aquí.

—Así que la violación no fue idea de él.

Negó con la cabeza y me amonestó con el dedo, sonriendo: «Buen intento».

—¿Quién le ha dicho que hubo una violación?

—Venga, hombre —le repliqué, devolviéndole la sonrisa—, sabe que no puedo decírselo. Unos testigos.

Cathal hizo estallar el chicle lentamente y me observó.

—Está bien —dijo al fin. Un vestigio de sonrisa aún asomaba por las comisuras de los labios—. Digámoslo así. No hubo ninguna violación pero, suponiendo que la hubiera, a Jonner no se le habría ocurrido ni en un millón de años. Y, si hubiera pasado alguna vez, habría estado tan asustado las semanas posteriores que prácticamente se habría cagado en los pantalones, convencido de que alguien lo había visto y de que iría a la poli, farfullando que todos acabaríamos en prisión y con ganas de entregarse. Ese tío no tiene agallas ni para matar a un gatito, y menos aún a una niña.

—¿Y usted? —pregunté—. ¿No le habría preocupado que esos testigos le pudieran delatar?

—¿A mí? —La sonrisa se ensanchó de nuevo—. De ninguna manera, amigo. Si, hipotéticamente, algo de todo esto hubiera sucedido alguna vez, estaría la hostia de satisfecho conmigo mismo porque sabría que me iba a librar.

—Voto por que lo detengamos —dije aquella noche en casa de Cassie.

Sam estaba en Ballsbridge, en una recepción con baile y champán para celebrar los veintiún años de su sobrina, así que estábamos los dos a solas, sentados en el sofá bebiendo vino y decidiendo cómo dar caza a Jonathan Devlin.

—¿Basándonos en qué? —exigió Cassie, con toda la razón—. No podemos pillarlo por la violación. Es posible que tengamos suficiente solo para traerlo e interrogarle acerca de Peter y Jamie, salvo que no hay ningún testigo que los sitúe en la escena de la violación, así que no podemos demostrar que haya un móvil. Sandra no vio a los niños, y si tú te presentas voluntariamente pondrás en peligro tu relación con el caso, además de que O'Kelly te cortará las pelotas y las usará como adorno navideño. Y no tenemos absolutamente nada que relacione a Jonathan con la muerte de Katy; solo un trastorno estomacal que pudo ser abuso o no y que pudo causarlo él o no. Lo único que podemos hacer es pedirle que venga a hablar con nosotros.

—Me gustaría sacarlo de esa casa —dije, despacio—. Estoy preocupado por Rosalind.

Era la primera vez que articulaba en palabras dicho malestar, que se había forjado poco a poco en mi interior, reconocido solo a medias, desde aquella apremiante primera llamada suya. Pero a lo largo de los dos últimos días había alcanzado tal grado que ya no podía ignorarlo.

—¿Rosalind? ¿Por qué?

—Tú dijiste que nuestro hombre no matará a menos que se sienta amenazado. Eso encaja con todo lo que sabemos. Según Cathal, Jonathan estaba muerto de miedo por si le contábamos a alguien lo de la violación, así que fue a por nosotros. Katy decidió dejar de ponerse enferma, tal vez amenazara con contarlo, así que la mató. Si se entera de que Rosalind ha estado hablando conmigo...

—No creo que debas preocuparte demasiado por ella —concluyó Cassie. Se terminó su vino—. Podríamos estar completamente equivocados respecto a Katy; no son más que suposiciones. Y yo no le concedería demasiada importancia a nada de lo que diga Cathal Mills. Me da la impresión de que es un psicópata, y a los psicópatas les es más fácil mentir que decir la verdad.

Arqueé las cejas.

—¿Te bastaron cinco minutos para emitir un diagnóstico? A mí solo me pareció un capullo.

Se encogió de hombros.

—No digo que esté segura acerca de Cathal. Pero si sabes cómo, son increíblemente fáciles de reconocer.

—¿Es eso lo que te enseñaron en Trinity?

Cassie cogió mi copa y se levantó para volverlas a llenar.

—No exactamente —dijo desde la nevera—. Una vez conocí a un psicópata.

Estaba de espaldas a mí y, si había algún trasfondo extraño en su voz, no lo capté.

—Una vez vi un programa en el Discovery Channel donde expusieron que hasta un cinco por ciento de la población son psicópatas —apunté—, aunque la mayoría de ellos no infringen la ley, por lo que jamás se les diagnostica. ¿Qué te apuestas a que la mitad del gobierno…?

—Rob —dijo Cassie—. Cállate, por favor. Estoy intentando explicarte algo. —Esta vez sí que percibí la tensión. Vino hacia mí y me dio la copa, se fue con la suya hacia la ventana y se apoyó contra el alféizar—. Querías saber por qué abandoné la universidad, ¿verdad? —continuó, sin alterarse—. En segundo me hice amiga de un chico de mi clase. Era popular; bastante guapo, encantador, inteligente e interesante… No es que me gustara ni nada de eso, pero supongo que me sentía halagada por el hecho de que me prestara tanta atención. Nos saltábamos todas las clases y pasábamos horas tomando café. Me hacía regalos… eran baratos, y algunos parecían usados, pero éramos estudiantes y estábamos sin blanca, y además, la intención es lo que cuenta, ¿no? A todo el mundo le parecía muy tierno lo unidos que estábamos.

Bebió un sorbo de su copa y tragó con fuerza.

—Tardé poco en darme cuenta de que decía muchas mentiras, la mayoría sin ningún motivo, pero yo sabía… bueno, él me había contado que tuvo una infancia horrible y que había sufrido acoso en el colegio, así que supuse que se había acostumbrado a mentir para protegerse. Dios mío, pensé que podría ayudarlo; creí que, si él sabía que contaba con una amiga que no lo abandonaría pasara lo que pasase, se sentiría más seguro y no necesitaría mentir más. Yo solo tenía dieciocho o diecinueve años.

Me daba miedo moverme, incluso dejar la copa; me aterraba pensar que cualquier pequeño movimiento mío la haría apartarse del alféizar de la ventana y cambiar de tema con algún comentario frívolo. Había una expresión extraña y tensa en torno a su boca que le hacía parecer mucho mayor, y entonces supe que nunca antes le había contado a nadie aquella historia.

—Ni siquiera me di cuenta de que me estaba alejando de otros amigos que había hecho porque él se enfurruñaba si salía con ellos. La verdad es que se ponía de mal humor con frecuencia, con o sin motivos, y yo me pasaba el rato procurando entender qué era lo que había hecho y disculpándome y compensándole por ello. Cuando quedábamos, yo nunca sabía si sería todo abrazos y cumplidos o todo morros y miradas de desaprobación; no seguía ninguna lógica. A veces tenía unas cosas… cosas sin importancia, como pedirme los apuntes de clase antes de los exámenes, olvidarse de traerlos durante días y luego asegurar que los había perdido, y encima indignarse si yo los veía asomar por su mochila… cosas así. Me ponía tan furiosa que lo habría matado con mis propias manos, aunque era encantador con la frecuencia suficiente como para no dejar de quedar con él. —Una leve sonrisa torcida—. No quería hacerle daño.

Encendió el cigarrillo al tercer intento, ella, que me contó que la habían apuñalado sin llegar a ponerse tan tensa.

—En cualquier caso —dijo—, la relación siguió así durante casi dos años más. En enero del cuarto curso quiso enrollarse conmigo, en mi piso. Yo lo rechacé, no sé por qué, para entonces ya estaba tan confundida que apenas sabía lo que hacía, pero gracias a Dios aún me quedaba algo de instinto. Le dije que solo quería que fuésemos amigos, a él le pareció bien, charlamos un rato y se marchó. Al día siguiente entré en clase y todo el mundo se me quedó mirando y nadie quiso hablar conmigo. Tardé dos semanas en enterarme de lo que ocurría. Finalmente acorralé a una tal Sarah-Jane, de la que había sido bastante amiga en primero, y me dijo que todos estaban al corriente de lo que le había hecho a mi amigo.

Le dio una fuerte y rápida calada al cigarrillo. Sus ojos, abiertos y dilatados hasta la exageración, apuntaban en mi dirección sin llegar a encontrarse con los míos. Me acordé de la mirada aturdida y narcotizada de Jessica Devlin.

—La noche en que lo rechacé, se fue directamente a casa de unas chicas de nuestra clase. Llegó allí llorando y les dijo que llevábamos un tiempo saliendo en secreto, pero que a él le parecía que la cosa no iba bien y que yo le había dicho que, si rompía conmigo, le contaría a todo el mundo que me había violado. Dijo que yo lo amenacé con ir a la policía y a los periódicos, con arruinar su vida.

Buscó un cenicero, tiró la ceniza y falló. En aquel momento no se me ocurrió preguntarme por qué me contaba esa historia, por qué precisamente entonces. Puede parecer extraño, pero aquel mes todo lo parecía: extraño e incierto. En el instante en que Cassie dijo que aceptábamos el caso, se puso en marcha un irrefrenable movimiento tectónico; todo lo que me era familiar empezaba a resquebrajarse, a alterarse por completo ante mis ojos, mientras el mundo se volvía hermoso y peligroso como una reluciente cuchilla giratoria. El hecho de que Cassie abriera la puerta de uno de sus compartimentos secretos parecía una parte natural e inevitable de esa transformación enorme y profunda. En cierto modo, supongo que lo era. Si le hubiera prestado atención me habría dado cuenta de que, en realidad, me estaba diciendo algo muy concreto, pero no me percaté de ello hasta mucho más tarde.

—Dios mío —dije, al cabo de un rato—. ¿Solo porque lastimaste su ego?

—No solo por eso —respondió Cassie. Llevaba un jersey suave de color cereza y pude ver cómo este se agitaba, muy deprisa, encima de su pecho, y me di cuenta de que mi corazón también comenzaba a acelerarse—. Se aburría. Porque, al rechazarlo, le dejé claro que ya no iba a obtener más diversión de mí, así que eso era lo único que podía hacer conmigo. Porque, si lo piensas bien, era divertido.

—¿Le explicaste a la tal Sarah-Jane lo que había sucedido?

—Sí, claro —dijo Cassie con serenidad—. Se lo conté a todos los que aún me hablaban. Ninguno de ellos me creyó. Todos le creyeron a él: nuestros compañeros de clase, nuestros conocidos, en definitiva, casi todos a los que yo conocía. Personas que se suponía que eran amigas mías.

—Oh, Cassie —dije.

Quise acercarme a ella, rodearla con los brazos y estrecharla con fuerza hasta que esa terrible rigidez abandonase su cuerpo y ella regresara del remoto lugar al que se había ido. Pero su inmovilidad y sus hombros rígidos me impedían distinguir si iba a agradecerlo o si era lo peor que podía hacer. Culpa del internado o, si se prefiere, de algún defecto de carácter muy arraigado. El hecho es que no supe cómo actuar. Dudo que a la larga hubiera cambiado nada, aunque eso solo me hace desear aún más intensamente, al menos en aquel único instante, haber sabido qué hacer.

—Aguanté un par de semanas más —dijo Cassie. Se encendió otro cigarrillo con la colilla del anterior, algo que no le había visto hacer jamás—. Siempre estaba rodeado de un grupito que le daba palmaditas protectoras y que a mí me fulminaba con la mirada. La gente se me acercaba para decirme que yo era la razón por la que los auténticos violadores salían impunes. Una chica me dijo que merecía que me violasen para que me diera cuenta de que lo que había hecho era horrible.

Se rio con un ruidito disonante.

—Menuda ironía, ¿eh? Un centenar de estudiantes de psicología y ni uno de nosotros reconoció a un psicópata de manual. ¿Sabes qué es lo más extraño? Que deseé haber hecho todo aquello de lo que él me acusaba. En ese caso, todo habría tenido sentido y yo habría recibido mi merecido. Pero yo no había hecho nada, y sin embargo eso no cambiaba en lo más mínimo lo que sucedía. No había una relación de causa y efecto. Pensé que me estaba volviendo loca.

Me incliné hacia delante lentamente, del modo en que uno trataría de acercarse a un animal aterrorizado, y le cogí la mano; al menos conseguí hacer eso. Lanzó una breve carcajada, me apretó los dedos y luego los soltó.

—En resumen, que finalmente se me acercó un día en el Buttery; todas aquellas chicas intentaron disuadirlo, pero él se las quitó de encima con valentía, vino hacia mí y me dijo, en voz alta para que pudieran oírlo: «Por favor, deja de llamarme en plena noche. ¿Puede saberse qué es lo que te he hecho?». Me quedé completamente aturdida, incapaz de entender a qué se refería. Lo único que se me ocurrió decir fue: «Pero si no te he llamado». Él sonrió y negó con la cabeza, como diciendo: «Sí, claro», y entonces se me acercó y me dijo, bajito, en un tono formal pero animado: «Si alguna vez entrara en tu piso y te violara, no creo que una denuncia sirviera de mucho, ¿y tú?». Entonces volvió a sonreír y regresó con sus amigos.

—Cariño —dije al fin, con cuidado—, quizá deberías instalar una alarma en el piso. No quiero asustarte, pero...

Cassie negó con la cabeza.

—¿Y qué más, no volver a salir de casa? No me puedo permitir el lujo de ponerme paranoica. Tengo unos buenos cerrojos y dejo la pistola junto a la cama. —Ya me había dado cuenta, por supuesto, pero hay muchos detectives que no se sienten bien a menos que tengan la pistola a su alcance—. De todos modos, estoy bastante segura de que jamás lo haría. Por desgracia, sé cómo funciona. Para él es mucho más divertido pensar que estoy preocupada que hacerlo y acabar con ello.

Le dio una última calada al cigarrillo y se inclinó hacia delante para apagarlo. Tenía la espalda tan rígida que pareció un movimiento doloroso.

—Aunque, en aquel momento, todo el asunto me asustó lo suficiente como para abandonar la universidad. Me fui a Francia. Tengo unos primos en Lyon, me quedé con ellos un año y trabajé de camarera en un café. Estuvo bien. Allí es donde me compré la Vespa. Luego regresé y solicité el ingreso en Templemore.

—¿Por culpa de él?

Se encogió de hombros.

—Supongo. Probablemente. Así que puede que saliera algo bueno de todo ello. Además, ahora tengo unos buenos sensores contra los psicópatas. Es similar a una alergia: una vez te has expuesto a uno de ellos, ya estás hipersensibilizada. —Se acabó la bebida de un trago largo—. El año pasado me encontré por casualidad a Sarah-Jane en un pub. La saludé y me dijo que a él le iba bien, «a pesar de todos tus esfuerzos», y se marchó.

—¿Por eso tienes pesadillas? —pregunté con delicadeza al cabo de un rato.

Yo la había despertado en dos ocasiones de aquellos sueños en que se agitaba y farfullaba entre jadeos un aluvión de palabras incomprensibles; fue cuando trabajábamos en casos de asesinato con violación, aunque ella nunca quiso entrar en detalles.

—Sí. Sueño que él es el tipo al que estamos persiguiendo, pero no podemos demostrarlo, y cuando se entera de que yo estoy en el caso, él... En fin, lo hace.

En aquel momento di por sentado que ella soñaba que ese tipo cumplía su amenaza. Ahora creo que me equivoqué. No conseguí entender lo más importante: dónde reside el verdadero peligro. Y creo que este pudo ser, aunque se trataría de una competición muy reñida, el mayor de todos mis errores.

—¿Cómo se llamaba? —pregunté.

Necesitaba hacer algo urgentemente, arreglar aquello de algún modo, y lo único que se me ocurría era comprobar los antecedentes de ese tipo para encontrar un motivo para arrestarlo. Y supongo que una pequeña parte de mí, ya sea por crueldad, por simple curiosidad o por lo que sea, se había dado cuenta de que Cassie se negaba a decirlo, y deseaba ver qué ocurriría si lo hacía.

Finalmente sus ojos se posaron en los míos, y me impresionó el odio reconcentrado, duro como el diamante, que había en ellos.

—Legión[19] —dijo.

---

[19] Alusión a dos pasajes del Nuevo Testamento (Marcos 5, 9 y Lucas 8, 30) en que un ser demoníaco va al encuentro de Jesús. De ahí la célebre expresión «Mi nombre es Legión, porque somos muchos», utilizada en varias manifestaciones de la cultura popular. (N. de la T.)

14

Al día siguiente le pedimos a Jonathan que viniera. Le telefoneé y le pregunté, con mi mejor voz de profesional, si le importaría acercarse después del trabajo, únicamente para echarnos una mano con ciertos detalles. Sam estaba con Andrews en la sala de interrogatorios principal, la grande con un cuarto de observación para las ruedas de identificación («Jesús, María y los Siete Enanitos —exclamó O'Kelly—, de pronto tenemos a un montón de sospechosos saliendo de debajo de las piedras. Os tendría que haber quitado antes a los refuerzos, así habríais movido vuestros culos perezosos»), pero a nosotros ya nos parecía bien; queríamos una sala pequeña, cuanto más, mejor.

La decoramos con tanto esmero como si se tratara de una escenografía. Las fotos de Katy, viva y muerta, ocupaban la mitad de la pared; Peter y Jamie, las espantosas zapatillas de deporte y los rasguños de mis rodillas, la otra mitad (teníamos una instantánea de mis uñas rotas, pero me incomodaba mucho más a mí de lo que incomodaría a Jonathan, ya que mis pulgares tienen una curva muy característica y a los doce años casi tenía las manos de un adulto; Cassie no dijo nada cuando la volví a meter disimuladamente en el archivo); mapas, gráficos y cualquier pedazo de papel de apariencia esotérica que pudimos encontrar, los análisis de sangre, cronologías, expedientes y cajas crípticamente etiquetadas se amontonaban en las esquinas.

—Esto debería bastar —concluí, tras contemplar el resultado final.

Lo cierto es que resultaba bastante impresionante, con tintes de pesadilla.

—Mmm…

La esquina de una de las fotos *post mortem* se estaba despegando de la pared y Cassie la devolvió a su sitio con aire distraído. Su mano permaneció allí un instante, con las yemas de los dedos sobre el brazo gris y desnudo de Katy. Supe lo que pensaba —si Devlin era inocente, aquello constituía una crueldad gratuita—, pero no podía preocuparme por ello. Con más frecuencia de lo que nos gusta admitir, la crueldad va incluida en nuestra labor.

Faltaba media hora para que Devlin saliera del trabajo y estábamos demasiado inquietos para ponernos con cualquier otro tema. Abandonamos nuestra sala de interrogatorios, que empezaba a asustarme un poco con todos aquellos ojos observándonos —lo que consideré una buena señal—, y fuimos al cuarto de observación para ver cómo le iba a Sam.

Este había hecho su propio trabajo de investigación, de modo que ahora Terence Andrews ocupaba buena parte de la pizarra blanca; Andrews estudió comercio en la University College Dublin y, aunque solo se graduó con un aprobado, por lo visto adquirió unos sólidos conocimientos sobre lo más básico: a los veintitrés se casó con Dolores Lehane, una joven de la clase alta de Dublín cuyo padre, a la sazón promotor inmobiliario, lo metió en el negocio. Dolores lo había abandonado hacía cuatro años y vivía en Londres. Aunque el matrimonio no había tenido hijos, resultó muy productivo; Andrews poseía un pequeño y animado imperio, concentrado en la Gran Área de Dublín, pero con delegaciones en Budapest y Praga, y se rumoreaba que los abogados de Dolores y Hacienda no sabían ni la mitad de lo que tenía.

Sin embargo, en opinión de Sam, Andrews había pecado de un exceso de entusiasmo. El ostentoso apartamento de ejecutivo y el chulomóvil (Porsche color plata personalizado, cristales polarizados, cromado y todo el tinglado) y su condición de miembro de varios clubes de golf eran pura fanfarronería; en realidad, Andrews apenas tenía más efectivo que yo, el director de su banco empezaba a impacientarse y ya llevaba seis meses vendiéndose parcelas de los terrenos aún sin urbanizar para pagar las hipotecas del resto.

—Si esa autopista no pasa por Knocknaree ya, nuestro chico se arruina —observó Sam de forma sucinta.

Sentí aversión por Andrews mucho antes de conocer su nombre y no vi nada en él que me hiciera cambiar de opinión. De aspecto rubicundo y fornido, era de estatura más bien baja y padecía una alopecia galopante. Tenía una barriga enorme y era medio bizco de un ojo, pero en lugar de intentar ocultar sus imperfecciones como habrían hecho la mayoría de los hombres, él las empleaba como armas contundentes; así, exhibía su barrigón como símbolo de prestigio —«Aquí dentro no hay Guinness barata, nena: esto es producto de restaurantes que no podrías permitirte ni en un millón de años»—, y cada vez que Sam se distraía y echaba un vistazo por encima del hombro para ver qué miraba Andrews, la boca de este esbozaba una sonrisilla triunfante.

Se había traído a su abogado, por supuesto, y tan solo contestaba a una de cada diez preguntas. Tras revisar obstinadamente una pila vertiginosa de papeles, Sam había logrado demostrar que Andrews era propietario de una gran cantidad de terrenos en Knocknaree, tras lo cual este dejó de negar que hubiera oído hablar jamás de ese sitio. A pesar de todo, no pensaba responder a preguntas sobre su situación económica —le dio una palmadita en el hombro a Sam y le dijo, en tono amistoso: «Mire, Sam, si yo dependiera del sueldo de policía, me preocuparía mucho más por mi propia economía que por la de los demás», mientras, de fondo, el abogado murmuraba con monotonía: «Mi cliente no puede revelar ninguna información sobre este tema»—, y ambos quedaron profunda y descaradamente impactados ante la mención de las llamadas intimidatorias. Yo estaba inquieto y consultaba mi reloj cada treinta segundos; Cassie, reclinada contra el cristal, se estaba comiendo una manzana y de vez en cuando me ofrecía un mordisco con aire distraído.

Sin embargo, Andrews tenía una coartada para la noche de la muerte de Katy y, tras cierta dosis de ofendida retórica, accedió a facilitárnosla. Había pasado la noche jugando al póquer en Killiney con algunos de «los chicos», y al concluir la timba decidió no conducir de vuelta a casa —«Los polis ya no son tan comprensivos como antes», dijo, y le guiñó un ojo a Sam— y se quedó en la habitación de invitados del anfitrión. Dio los nombres y los números de teléfono de «los chicos» para que Sam pudiera confirmarlo.

—Magnífico —dijo este al fin—. Solo necesitamos hacer unas pruebas de voz para poder descartarle como el autor de las llamadas.

Una expresión de agravio se extendió por las redondas facciones de Andrews.

—Sam, estoy seguro de que comprende lo difícil que me resulta dejar de lado mis asuntos por usted después del trato que he recibido —dijo.

A Cassie le entró la risa tonta.

—Lamento que se sienta así, señor Andrews —respondió Sam con gravedad—. ¿Podría decirme exactamente por qué se considera mal tratado?

—Me han arrastrado hasta aquí y me han retenido durante más de una jornada de trabajo, Sam, y usted me ha tratado como a un sospechoso —apuntó Andrews, con la voz trémula y un tono cada vez más fuerte ante la injusticia de todo aquello. Yo también comencé a reírme—. Sé que está acostumbrado a tratar con chatarreros que no tienen nada mejor que hacer, pero debe comprender lo que esto representa para un hombre de mi posición. Estoy perdiendo oportunidades preciosas por estar aquí echándole una mano, puede que hoy ya haya perdido mucho dinero, ¿y ahora quiere que me quede a hacer un no sé qué de voz por un hombre del que ni tan siquiera he oído hablar?

Sam estaba en lo cierto, tenía una vocecilla chillona de tenor.

—Seguro que podemos arreglarlo —replicó—. No es necesario realizar ahora las pruebas para el reconocimiento de voz. Si le va mejor regresar esta noche o mañana por la mañana, fuera de su horario laboral, lo prepararé para entonces. ¿Qué le parece?

Andrews hizo una mueca de disgusto. El abogado —un secundario nato, ni siquiera recuerdo qué aspecto tenía— levantó un dedo vacilante y solicitó una pequeña pausa para hacer una consulta con su cliente. Sam apagó la cámara y se unió a nosotros en la sala de observación mientras se aflojaba la corbata.

—Hey —dijo—. ¿Verdad que es emocionante?

—Fascinante —repliqué yo—. Dentro debe de ser aún más divertido.

—Ya te digo. Este tío es un no parar de reír. Dios, ¿os habéis fijado en ese puñetero ojo? Me ha costado un montón pillarlo, al principio creía que simplemente no podía mantener la atención…

—Tu sospechoso es más divertido que el nuestro —opinó Cassie—. El nuestro ni siquiera tiene un tic ni nada que se le parezca.

—A propósito —dije—, no programes las pruebas del reconocimiento de voz para esta noche. Devlin tiene antes una cita y luego, con un poco de suerte, no estará de humor para hacer nada más.

Sabía que si teníamos mucha suerte, el caso —ambos casos— podría cerrarse esa misma noche sin necesidad de que Andrews hiciera nada en absoluto, pero no lo mencioné. La mera idea hizo que se me tensara la garganta de un modo irritante.

—Cielo santo, es verdad —asintió Sam—. Lo había olvidado. Lo siento. Sin embargo, estamos a punto de llegar a algún sitio, ¿no? Dos buenos sospechosos en un día.

—Es que somos buenos, joder —señaló Cassie—. Andrews, ¡choca esos cinco!

Se puso bizca, intentó darle a la mano de Sam y falló. Todos estábamos muy excitados.

—Si alguien te da un golpe en la nuca, te quedarás así —dijo Sam—. Es lo que le pasó a Andrews.

—Pues dale otro, a ver si se lo quitas.

—Dios mío, qué políticamente incorrecta eres —le dije—. Voy a denunciarte ante la Comisión Nacional por los Derechos de los Capullos Estrábicos.

—A mí me está jorobando —admitió Sam—. Pero esto es genial; hoy no me esperaba sacarle gran cosa. Solo quiero ponerle un poco nervioso para que acceda a realizar las pruebas de reconocimiento de voz. Una vez lo hayamos identificado, podré presionarle.

—Un momento. ¿Está bebido? —preguntó Cassie.

Se inclinó hacia delante —su aliento empañó el cristal— para observar a Andrews, que gesticulaba y murmuraba furioso al oído de su abogado. Sam sonrió.

—Muy observadora. No creo que esté realmente borracho; en todo caso, no lo suficiente para hablar por los codos, por desgracia, pero es cierto que cuando te acercas huele a alcohol. Si la idea de venir aquí le ha afectado tanto como para necesitar una copa, eso es porque esconde algo. Tal vez solo se trate de las llamadas, pero...

El abogado de Andrews se puso en pie, se frotó las manos a ambos lados de los pantalones e hizo una seña nerviosa hacia el cristal.

—Segundo asalto —concluyó Sam, intentando arreglarse la corbata—. Hasta luego, chicos. Buena suerte.

Cassie apuntó con el corazón de la manzana a la papelera y falló.

—Lanzamiento en suspensión de Andrews —dijo Sam, y salió sonriendo.

Lo dejamos en sus manos y salimos fuera a fumar un cigarrillo, pues quizá tardáramos bastante en tener otra ocasión. Hay un pequeño puente elevado que cruza uno de los senderos que conducen al jardín francés, y nos sentamos allí con la espalda apoyada en la verja. Bajo la luz declinante del atardecer, los terrenos del Castillo adquirían un tono dorado y melancólico. Había turistas con pantalones cortos y mochilas deambulando por allí, observando embobados las almenas; uno de ellos, sin motivo aparente, tomó una foto de nosotros dos. Un par de niños daban vueltas entre los senderos de ladrillo del laberinto del jardín con los brazos extendidos al estilo de los superhéroes.

El humor de Cassie había cambiado de forma abrupta; el arrebato de euforia se había disipado y ahora se había encerrado en un círculo íntimo de pensamiento. Tenía los brazos sobre las rodillas y unas caprichosas volutas de humo salían del cigarrillo encendido olvidado entre los dedos. Alguna que otra vez le asaltan estos estados de ánimo, y en esa ocasión me alegré, pues no me apetecía hablar. Lo único que ocupaba mi mente era que estábamos a punto de darle a Jonathan Devlin con toda la fuerza de que disponíamos, y si algún día tenía que desmoronarse seguro que iba a ser ese; y yo no tenía ni la más remota idea de cuál sería mi reacción si eso llegara a suceder.

De repente, Cassie alzó la cabeza; su mirada me pasó de largo, más allá de mi hombro.

—Mira —dijo.

Me giré. Jonathan Devlin estaba cruzando el patio, con los hombros proyectados hacia delante y las manos enfundadas en los bolsillos de su enorme abrigo marrón. Las altas y arrogantes líneas de los edificios colindantes deberían haberle hecho empequeñecer pero, por el contrario, a mí me pareció que se alineaban a su alrededor, descendiendo y formando extrañas geometrías con él como punto central, revistiéndolo de una trascendencia impenetrable. No nos había visto. Iba con la cabeza gacha, y el sol que caía sobre los jardines le daba en la cara; para él solo seríamos unas siluetas confusas, suspendidas en un nimbo brillante como las gárgolas y los santos esculpidos. Tras él, su sombra se agitaba larga y negra sobre los adoquines.

Pasó directamente por debajo de nosotros, que lo observamos de espaldas mientras caminaba pesadamente hacia la puerta.

—Bien —dije. Aplasté mi cigarrillo—. Creo que es nuestro turno.

Me incorporé y le tendí una mano a Cassie para ayudarla a levantarse, pero no se movió. De repente, tenía los ojos sobrios, penetrantes e inquisidores clavados en los míos.

—¿Qué? —le pregunté.

—No deberías participar en este interrogatorio.

No le contesté. No me moví, simplemente me quedé allí, en el puente, con la mano extendida hacia ella. Tras un instante, sacudió la cabeza irónicamente y aquella expresión que me había asustado desapareció. Aceptó mi mano y dejó que la ayudara a levantarse.

Lo condujimos a la sala de interrogatorios. Al ver la pared sus ojos se agrandaron bruscamente, aunque no dijo nada.

—Detectives Maddox y Ryan interrogando a Jonathan Michael Devlin —anunció Cassie, y hojeó el interior de una de las cajas, de la que extrajo un voluminoso expediente.

—No está obligado a decir nada a menos que desee hacerlo, pero cualquier cosa que diga constará por escrito y podrá ser usada como prueba. ¿De acuerdo?

—¿Estoy detenido? —inquirió Jonathan. No se había movido de la puerta—. ¿Por qué?

—¿Cómo? —dije yo, perplejo—. Ah, la advertencia... Dios mío, no. Es pura rutina. Tan solo queremos ponerle al corriente de los avances de la investigación, a ver si nos puede ayudar a dar un paso adelante.

—Si estuviera detenido —añadió Cassie dejando el expediente sobre la mesa—, lo sabría. ¿Qué le ha hecho creer tal cosa?

Jonathan se encogió de hombros. Ella le sonrió y le ofreció una silla, de cara a la terrorífica pared.

—Siéntese.

Tras unos instantes, se quitó el abrigo lentamente y tomó asiento.

Lo puse al corriente de la situación. Él me había confiado su historia a mí, y esa confianza era una pequeña arma de corto alcance que no tenía intención de hacer detonar hasta el momento apropiado. Por ahora, yo era su aliado. En gran medida fui sincero con él. Le hablé de las pistas que habíamos seguido y de los análisis que se habían realizado en el laboratorio. Le enumeré, uno por uno, los sospechosos a los que habíamos identificado y descartado: los lugareños que lo consideraban un obstáculo para el progreso, los pedófilos y los adictos a inculparse, el Chándal Fantasma, el tipo que opinaba que el *maillot* de Katy era impúdico, Sandra... Podía sentir el frágil y mudo ejército de fotografías que se alineaba expectante a mis espaldas. Jonathan lo hizo bien; mantuvo los ojos sobre los míos casi todo el tiempo, aunque pude percibir la fuerza de voluntad que le suponía todo aquello.

—En resumen, me está diciendo que no han llegado a ninguna parte —dijo al fin, con pesadez.

Parecía terriblemente cansado.

—No, por Dios —replicó Cassie. Había estado sentada en una esquina de la mesa, con la barbilla apoyada en una palma, escuchando en silencio—. En absoluto. Lo que el detective Ryan le está diciendo es que hemos recorrido un largo camino estas últimas semanas, en el que hemos descartado muchos elementos y esto es lo que nos queda. —Inclinó la cabeza hacia la pared; él no le apartó los ojos de la cara—. Tenemos pruebas de que el asesino de su hija es un lugareño con un conocimiento profundo de la zona de Knocknaree. Tenemos pruebas forenses que relacionan su muerte con las desapariciones de Peter Savage y Germaine Rowan en 1984, lo que indica que probablemente el asesino tiene al menos treinta y cinco años y lleva más de veinte vinculado a dicha zona. Y muchos de los hombres que encajan con esta descripción tienen una coartada, lo que reduce la lista aún más.

—También tenemos pruebas —continué yo— que sugieren que no se trata de un asesino que mata por placer. Este hombre no asesina al azar. Lo hace porque siente que no tiene elección.

—Entonces creen que es un demente —opinó Jonathan. Se le torció la boca—. Algún loco...

—No necesariamente —repliqué—. Lo que digo es que a veces las situaciones se le escapan a uno de las manos. A veces acaban en tragedias que en realidad nadie quería que ocurrieran.

—Como puede ver, señor Devlin, esto reduce aún más el campo de acción. Buscamos a alguien que conocía a los tres niños y que tenía motivos para quererlos ver muertos —añadió Cassie. Tenía la silla reclinada hacia atrás, las manos detrás de la cabeza y los ojos fijos en los de él—. Vamos a atrapar a este tío. Cada día estamos más cerca. Así que si hay algo que quiera decirnos, cualquier cosa, sobre cualquiera de los casos, este es el momento de hacerlo.

Jonathan no contestó de inmediato. La sala estaba en silencio, roto únicamente por el suave zumbido de los fluorescentes del techo y el chirrido lento y monótono que hacía Cassie al balancearse con las patas traseras de la silla. Los ojos de Jonathan se apartaron de los de ella, pasando de largo hasta las fotografías: Katy suspendida en aquel arabesco imposible, Katy riendo sobre un césped verde y desenfocado con el cabello agitado por el viento y un sándwich en las manos, Katy con un ojo medio cerrado y una costra de sangre oscura en el labio. El dolor llano y descarnado del rostro de Jonathan era casi indecente. Tuve que obligarme a no apartar la mirada.

El silencio se intensificó. De forma casi imperceptible, a Jonathan le estaba ocurriendo algo que supe reconocer. La boca y la espalda tienen una manera peculiar de venirse abajo que todo detective conoce, y que es una especie de decaimiento, como si la musculatura subyacente se diluyera: pertenece al instante previo a la confesión de un sospechoso, cuando al fin, y casi con alivio, se queda sin defensas. Cassie había dejado de balancear la silla. La sangre se me agolpaba en las sienes y noté que las fotografías que tenía a mi espalda contenían su minúscula respiración, preparadas para desprenderse del papel y alejarse por el pasillo hacia la noche oscura, liberadas, en cuanto él diera la señal.

Jonathan se pasó una mano por la boca, cruzó los brazos y volvió a mirar a Cassie.

—No —dijo—. No tengo nada que decir.

Cassie y yo soltamos el aire al unísono. En realidad sabíamos que era mucho esperar que sucediera tan pronto y, tras aquel primer signo de decaimiento, apenas me importó; porque ahora, al fin, estaba seguro de que Jonathan sabía algo. Prácticamente nos lo había dicho.

De hecho, fue como una especie de conmoción. Todo el caso había estado tan lleno de posibilidades y de hipótesis («Vale. Supongamos por un momento que Mark lo hizo, ¿de acuerdo?, y que, a fin de cuentas, la enfermedad y el caso antiguo no están relacionados, y que Mel dice la verdad: ¿a quién podría haber convencido para que se deshiciera del cuerpo?»), que la certeza había comenzado a parecer inconcebible, como un sueño remoto de la infancia. Me sentí como si, después de moverme entre trajes vacíos colgados en un desván poco iluminado, de pronto me hubiera tropezado con un cuerpo humano cálido, sólido y vivo.

Cassie dejó caer en el suelo las patas delanteras de la silla con cuidado.

—De acuerdo —dijo—. De acuerdo. Volvamos al principio. La violación de Sandra Scully. ¿Cuándo ocurrió, exactamente?

Jonathan giró la cabeza bruscamente hacia mí.

—No se preocupe —le dije, en voz baja—; ley de prescripción.

Lo cierto es que aún no nos habíamos molestado en comprobarlo, aunque no era pertinente. De todos modos, no existía ninguna posibilidad de que pudiéramos inculparlo de eso.

Me lanzó una larga y recelosa mirada.

—Verano del ochenta y cuatro —respondió finalmente—. No recuerdo la fecha exacta.

—Tenemos declaraciones que la sitúan durante las dos primeras semanas de agosto —continuó Cassie, abriendo el expediente—. ¿Le parece correcto?

—Podría ser.

—También tenemos declaraciones que dicen que hubo testigos.

Él se encogió de hombros.

—No lo sé.

—De hecho, Jonathan —continuó Cassie—, nos han dicho que usted los persiguió hasta el bosque y que regresó diciendo: «Malditos niños». A mí me parece que usted sabía que estuvieron allí.

—Es posible. No lo recuerdo.

—¿Qué le pareció el hecho de que unos niños supieran lo que había ocurrido?

Volvió a encogerse de hombros.

—Ya le he dicho que no me acuerdo.

—Cathal dice… —Rebuscó entre los papeles—. Cathal Mills dice que a usted le aterrorizaba que pudiesen ir a la policía. Dice que usted estaba, y cito textualmente: «Tan asustado las semanas posteriores que prácticamente se cagaba en los pantalones». —No hubo respuesta. Se arrellanó en la silla, con los brazos cruzados, firme como un muro—. ¿Qué habría hecho para impedir que le delataran?

—Nada.

Cassie se rio.

—Vamos, Jonathan. Conocemos la identidad de aquellos testigos.

—Entonces me llevan ventaja.

Su expresión seguía reforzada por la dureza de unas facciones que no dejaban traslucir nada, aunque empezaba a ruborizarse. Se estaba poniendo furioso.

—Y tan solo unos días después de la violación —continuó Cassie—, dos de ellos desaparecieron. —Se levantó pausadamente, desperezándose, y cruzó la sala hasta la pared de las fotografías—. Peter Savage —dijo, señalando con el dedo su foto de la escuela—. Por favor, señor Devlin, ¿sería tan amable de mirar la fotografía? —Esperó a que Jonathan alzara la cabeza; este observó la foto con actitud desafiante—. La gente dice que era un líder nato. De seguir con vida, podría haber estado junto a usted al frente de la campaña «No a la Autopista». ¿Sabe que sus padres no son capaces de dejar aquella casa? Hace unos años a Joseph Savage le ofrecieron el trabajo de sus sueños, pero eso habría supuesto mudarse a Galway y no podían soportar la idea de que Peter volviera algún día y se encontrara con que ellos ya no estaban.

Jonathan comenzó a decir algo, pero ella no le dio tiempo.

—Germaine Rowan —su mano pasó a la siguiente foto—; la llamaban Jamie. De mayor quería ser veterinaria. Su madre no ha tocado ni un solo objeto de su habitación. Le quita el polvo cada sábado. Cuando los números de teléfono pasaron a tener siete dígitos, allá por los noventa, ¿lo recuerda?, Alicia Rowan fue a la oficina central de Telecom Éireann y les suplicó, llorando, que le dejaran mantener su antiguo número de seis dígitos por si algún día Jamie intentaba llamar a casa.

—No tuvimos... —comenzó Jonathan, pero ella lo volvió a interrumpir, alzando la voz e imponiéndose a la de él.

—Y Adam Ryan. —La foto de mis rodillas rasguñadas—. Sus padres se mudaron por toda la repercusión de lo sucedido y porque temían que quienquiera que fuese el autor volviera a por él. Desaparecieron de escena. Pero esté donde esté, ha estado cargando con aquello cada día de su vida. A usted le gusta mucho Knocknaree, ¿no es cierto, Jonathan? ¿Acaso no le encanta formar parte de una comunidad en la que ha vivido desde que era un niño? De haber tenido la oportunidad, tal vez Adam hubiese sentido lo mismo. Pero ahora está en algún rincón del mundo y nunca más podrá volver a casa.

Sus palabras retumbaron en mi interior como las campanas perdidas de una ciudad bajo el agua. Cassie era buena; por un breve instante me invadió una desolación tan salvaje y absoluta que podría haber echado la cabeza atrás y empezar a aullar como un perro.

—¿Sabe qué sienten los Savage y Alicia Rowan por ustedes? —exigió Cassie—. Les envidian. Ustedes tuvieron que enterrar a su hija, pero la única cosa peor que eso es no tener la oportunidad de hacerlo. ¿Recuerda cómo se sintieron el día en que desapareció Katy? Ellos llevan veinte años sintiéndose así.

—Todas estas personas merecen saber lo que pasó —intervine yo, despacio—. Pero no se trata solo de ellos. Nosotros nos hemos estado basando en el supuesto de que ambos casos están conectados. Si nos equivocamos tenemos que saberlo, o el asesino de Katy se nos podría escapar de las manos.

Algo atravesó la mirada de Jonathan —algo así, pensé, como una mezcla extraña y enfermiza de horror y esperanza—, pero desapareció demasiado rápido para poder estar seguro.

—¿Qué ocurrió aquel día? —preguntó Cassie—. El 14 de agosto de 1984. El día en que Peter y Jamie desaparecieron.

Jonathan se hundió más en su silla y negó con la cabeza.

—Les he dicho todo lo que sé.

—Señor Devlin —dije, inclinándome hacia él—, es fácil imaginar cómo sucedió. Usted estaba absolutamente aterrorizado con todo el asunto de Sandra.

—Usted sabía que ella no suponía ninguna amenaza —continuó Cassie—. Estaba loca por Cathal, no diría nada que pudiera ponerlo a él en peligro y, si lo hacía, sería la palabra de ella contra la de todos ustedes. Los jurados tienden a dudar de las víctimas de violación, sobre todo si han mantenido sexo consentido con dos de sus asaltantes. Ustedes podrían decir que era una puta y quedar en libertad. Pero aquellos niños… una palabra suya bastaría para que acabaran en prisión. No podían sentirse a salvo mientras ellos siguieran por ahí.

Se separó de la pared, acercó una silla al lado de él y se sentó.

—Usted no estuvo en Stillorgan ese día, ¿verdad? —le preguntó ella con calma.

Jonathan cambió de postura, cuadrando levemente los hombros.

—Sí —respondió con determinación—. Sí que fui. Cathal, Shane y yo. Al cine.

—¿Qué vieron?

—Lo que ya le dije a la poli en aquel entonces. Han pasado veinte años.

Cassie negó con la cabeza.

—No —dijo; una sílaba mínima e impasible que cayó como una carga de profundidad—. A lo mejor fue uno de ustedes; yo apostaría por Shane, es el único al que excluiría. Así, el que iba al cine podía explicarles a los otros dos el argumento de la película, por si alguien preguntaba. A lo mejor, si eran listos, fueron los tres y se escaparon por la salida de incendios al apagarse las luces para tener una coartada. Pero antes de las seis en punto, al menos dos de ustedes estaban de vuelta en Knocknaree, en el bosque.

—¿Qué? —exclamó Jonathan.

Su cara esbozó una mueca de indignación.

—Los niños siempre iban a casa a merendar a las seis y media, y ustedes sabían que tardarían un rato en encontrarlos; en aquella época el bosque era bastante grande. Pero los encontraron, ¿verdad? Estaban jugando, no se habían escondido; seguramente hacían mucho ruido. Ustedes se les aparecieron de repente, igual que ellos se les habían aparecido a ustedes, y los atraparon.

Habíamos hablado de todo esto con antelación, desde luego que sí; lo habíamos repasado una y otra vez, habíamos hallado una teoría que encajaba con los elementos de que disponíamos, habíamos analizado cada detalle. Pero cierta inquietud leve y escurridiza empezó a agitarse en mi interior, zarandeándome («No, no fue así»), pero era demasiado tarde. No podíamos parar.

—Pero si ni siquiera fuimos al maldito bosque aquel día. Nosotros...

—Les quitaron los zapatos a los niños para dificultar su huida. Entonces mataron a Jamie. No sabremos cómo hasta que encontremos los cuerpos, pero yo diría que con un cuchillo. O la apuñalaron o le cortaron el cuello. De un modo u otro, su sangre fue a parar a los zapatos de Adam; tal vez ustedes los usaran deliberadamente para recoger la sangre y así evitar dejar demasiadas pruebas. Quizá pensaran tirarlos al río junto con los cuerpos. Pero entonces, Jonathan, mientras usted se ocupaba de Peter apartó la vista de Adam, que cogió sus zapatillas y salió cagando leches. Había marcas de cortes en su camiseta; creo que uno de ustedes lo quiso apuñalar cuando echó a correr, pero solo le rozó... y lo perdieron. Él conocía el bosque aún mejor que ustedes y se escondió hasta que la partida de rescate lo encontró. ¿Cómo le sentó eso, Jonathan? ¿Cómo les sentó saber que habían hecho todo aquello para nada y que aún había un testigo ahí fuera?

Jonathan miró al vacío con la mandíbula rígida. A mí me temblaban las manos; las deslicé bajo la mesa.

—¿Lo ve, Jonathan? —dijo Cassie—. Por eso creo que allí solo estuvieron dos de ustedes. Tres niños pequeños no habrían tenido nada que hacer contra tres chicos: no habrían necesitado quitarles los zapatos para que no corrieran, simplemente cada uno se habría ocupado de un niño y Adam nunca hubiese llegado a casa. Pero si solo fueron dos, intentando reducir a los tres...

—Señor Devlin —proseguí yo. Mi voz sonaba extraña, como si resonara—. Si usted es el que en realidad no estuvo allí, si es el que fue al cine para proporcionar una coartada, entonces tiene que decírnoslo. Hay una gran diferencia entre ser un asesino y ser un cómplice.

Jonathan me lanzó una mirada despiadada tipo «¿Tú también, Bruto?».

—¿Se han vuelto locos? —respondió. Respiraba pesadamente por la nariz—. Ustedes... joder. Nunca tocamos a aquellos niños.

—Sé que usted no era el cabecilla, señor Devlin —insistí—. Era Cathal Mills. Nos lo dijo él. Sus palabras textuales fueron: «A Jonner no se le habría ocurrido ni en un millón de años». Si usted solo fue un cómplice o un testigo, hágase un favor y díganoslo ahora.

—Eso son gilipolleces. Cathal no ha confesado que cometiéramos un asesinato porque no cometimos ninguno. No tengo ni idea de qué les pasó a esos niños y me importa una mierda. No tengo nada que decir sobre ellos. Yo solo quiero saber quién le hizo eso a Katy.

—Katy —dijo Cassie, arqueando las cejas—. Muy bien, de acuerdo, volveremos a Peter y Jamie más tarde. Hablemos de Katy. —Retiró su silla hacia atrás con un chirrido que hizo estremecer a Jonathan y se dirigió velozmente a la pared—. Esto es el historial médico de Katy. Cuatro años de inexplicables dolencias gástricas que concluyeron la pasada primavera, cuando le dijo a su profesora de danza que aquello se iba a acabar; y, *voilá!*, se acabó. Nuestro médico forense estima que no había ningún indicio de que estuviera enferma. ¿Sabe lo que nos dice eso? Nos dice que alguien estaba envenenando a Katy. No es tan difícil, un poco de lejía por aquí, una dosis de limpiador de hornos por allá, incluso el agua salada serviría. Es más común de lo que uno cree.

Yo me dedicaba a observar a Jonathan. Su arrebato de furia le había desaparecido de las mejillas; estaba pálido, blanco como el yeso. Aquella leve y convulsiva inquietud de mi interior se evaporó como la neblina y lo vi de nuevo: él sabía algo.

—Y no era un desconocido, Jonathan, no era alguien con intereses en la autopista y ganas de ajustarle las cuentas a usted. Era alguien que tenía un contacto diario con Katy, alguien en quien ella confiaba. Pero la pasada primavera, cuando le llegó una segunda oportunidad en la escuela de danza, esa confianza empezó a debilitarse. Se negó a seguir tomándose esas cosas, tal vez amenazó con contarlo. Y pocos meses después —fuerte manotazo en una de las lastimeras fotos *post mortem*—, Katy está muerta…

—¿Encubría a su mujer, señor Devlin? —pregunté yo con suavidad. Apenas podía respirar—. Cuando envenenan a un niño, normalmente es la madre. Si lo único que intentaba era mantener unida a su familia, podemos ayudarle, proporcionarle a la señora Devlin la ayuda que necesita.

—Margaret quiere a nuestras hijas —dijo Jonathan. Su voz sonaba tensa y angustiada—. Ella nunca…

—¿Nunca qué? —inquirió Cassie—. ¿Nunca haría que Katy enfermase, o nunca la mataría?

—Nunca haría nada que pudiera perjudicarla. Jamás.

—Entonces, ¿quién nos queda? —preguntó Cassie. Estaba apoyada en la pared, señalando con el dedo la foto *post mortem* y observándole, tan serena como una chica en un cuadro—. Tanto Rosalind como Jessica tienen una coartada sólida como una roca para la noche en que murió Katy. ¿Quién queda?

—Ni se le ocurra insinuar que yo le hice daño a mi hija —replicó con voz ronca a modo de advertencia—. Ni se le ocurra.

—Tenemos a tres niños muertos, señor Devlin, todos ellos asesinados en el mismo lugar, muy probablemente para encubrir otros crímenes. Y tenemos a un hombre justo en el centro de cada caso: usted. Si tiene una buena explicación para eso, necesitamos oírla ahora.

—Joder, esto es increíble —dijo Jonathan. Estaba alzando la voz peligrosamente—. Katy… alguien acaba de matar a mi hija, ¿y quieren que yo les dé una explicación? Ese es su puto trabajo. Ustedes son los que deberían darme explicaciones a mí, en lugar de acusarme de…

Me puse en pie sin siquiera darme cuenta. Dejé caer mi libreta con un fuerte manotazo y me incliné hacia delante, apoyando las manos sobre la mesa, para mirarlo a la cara.

—Un lugareño, Jonathan, de treinta y cinco años o mayor, que vive en Knocknaree desde hace más de veinte. Un tipo sin una coartada sólida. Un tipo que conocía a Peter y Jamie, que tenía contacto diario con Katy y serios motivos para matarlos a todos. ¿A quién coño le suena eso? Dígame el nombre de cualquier otro que encaje con esa descripción, y le juro por Dios que podrá salir por esa puerta y no volveremos a molestarle nunca más. Adelante, Jonathan. Dígame uno. Solo uno.

—¡Pues deténganme! —rugió él. Alzó los puños y levantó las palmas, muñeca contra muñeca—. Vamos, si están tan puñeteramente seguros, con todas esas pruebas... ¡Deténganme! ¡Adelante!

No sé cómo explicar ni si alguien sabrá imaginarse lo mucho que ansiaba hacerlo. Mi vida entera desfilaba en mi cabeza, como dicen que les ocurre a los que se están ahogando —noches de lágrimas en un dormitorio gélido, montar en bici haciendo zigzag y soltar las manos, sándwiches de mantequilla con azúcar recalentados de permanecer en los bolsillos, voces de detectives gritándome sin parar en los oídos...—, y yo sabía que lo que teníamos no era suficiente, que aquello no iría a ninguna parte, que dentro de doce horas él saldría por esa puerta tan libre como un pájaro y culpable como el que más. Jamás en mi vida había estado tan seguro de algo.

—Y una mierda —dije, remangándome los puños de la camisa—. No, Devlin, no. Lleva toda la tarde aquí diciéndonos gilipolleces y ya estoy harto.

—Deténganme o...

Arremetí contra él, que saltó hacia atrás, volcando la silla con estrépito, se retiró hacia una esquina y alzó los puños, todo ello en un mismo movimiento reflejo. Cassie ya estaba encima de mí, sujetándome con ambas manos el brazo que tenía alzado.

—¡Por Dios, Ryan! ¡Para!

Lo habíamos hecho infinidad de veces. Es nuestro último recurso cuando sabemos que un sospechoso es culpable, pero necesitamos una confesión y se cierra en banda. Tras la arremetida y el agarrón me relajo poco a poco, me libero de las manos de Cassie, mirando todavía al sospechoso, y por último me desentumezco los brazos, estiro el cuello y me repantigo en mi silla, tamborileando con los dedos sin cesar, mientras ella se dispone a interrogarlo y mantiene un ojo vigilante sobre mí, por si vuelvo a dar muestra de renovada ferocidad. Al cabo de unos minutos Cassie da un respingo, consulta su móvil y dice: «Maldita sea, tengo que ocuparme de esto. Ryan… tú tranquilo, ¿vale? Recuerda lo que pasó la última vez», y nos deja a solas a los dos. Funciona; la mayoría de las veces ni tan solo tengo que levantarme. Lo hemos hecho… ¿cuántas veces? ¿Diez, doce? Teníamos una coreografía tan afinada como los especialistas de cine.

Pero esta vez era distinta. Los demás casos no fueron sino un entrenamiento para llegar a este momento, y me enfurecía aún más que Cassie no se percatara. Intenté liberar el brazo de una sacudida, pero resultó más fuerte de lo que pensaba, sus muñecas parecían de acero y oí cómo se me rasgaba una costura en alguna parte de la camisa. Acabamos tambaleándonos, forcejeando con torpeza.

—Suéltame…

—Rob, no…

A través del clamor inmenso e inflamado de mi mente, la voz de Cassie me llegó débil y sin sentido. Yo solo podía ver a Jonathan que, con las cejas arqueadas y la mandíbula apretada como un boxeador, estaba arrinconado y expectante a solo unos pasos de distancia. Bajé el brazo con todas mis fuerzas y la sentí tambalearse hacia atrás al soltarme; la silla estaba bajo mis pies, pero antes de que pudiera empujarla a un lado para alcanzar a Devlin ella ya se había recuperado, me cogió el otro brazo y me lo dobló detrás de la espalda en un movimiento rápido y limpio. Jadeé en busca de aire.

—¿Es que has perdido la puta cabeza? —me dijo directamente al oído, en voz baja y furiosa—. No sabe nada.

Fue como si me echaran un cubo de agua fría en la cara. Sabía que, aunque estuviera equivocada, no había nada que yo pudiera hacer, y aquello me dejó impotente y sin aliento. Me sentía como si me hubieran hecho trizas.

Cassie percibió cómo menguaban mis ganas de luchar. Me alejó de ella de un empujón y retrocedió rápidamente, con las manos aún tensas y preparadas. Nos miramos el uno al otro como si fuéramos enemigos, ambos respirando con dificultad.

Algo oscuro se extendía por su labio inferior y, tras unos instantes, me di cuenta de que era sangre. Durante un segundo terrible y abismal pensé que la había golpeado. (Más tarde supe que no fui yo; al soltarme, el impulso hizo que se golpeara en la boca con una de sus muñecas y se cortara el labio con los incisivos; pero eso no cambia gran cosa.) Esto me hizo volver en mí, hasta cierto punto.

—Cassie… —dije.

Ella me ignoró.

—Señor Devlin —continuó con serenidad, como si no hubiera pasado nada y con apenas un ligero temblor en la voz. Jonathan, de cuya presencia me había olvidado, salió despacio de su esquina, con los ojos aún clavados en mí—. Por ahora le dejaremos marchar sin cargos. Pero le aconsejo encarecidamente que se quede donde podamos localizarle y que no intente contactar con la víctima de su violación bajo ningún concepto. ¿Entendido?

—Sí —respondió Devlin al cabo de un rato—. Está bien.

Levantó la silla, tiró del abrigo que se había enredado con el respaldo y se lo puso con un gesto rápido que denotaba enojo. Una vez en la puerta se dio la vuelta y me lanzó una mirada asesina; por un momento pensé que iba a decir algo, pero cambió de idea y se fue, moviendo la cabeza con indignación. Cassie lo siguió afuera y cerró la puerta tras ella, pero como pesaba demasiado para dar un buen portazo se cerró con un decepcionante sonido.

Me dejé caer en una silla y apoyé la cabeza entre las manos. Nunca antes había hecho algo así. Aborrezco la violencia física, siempre lo he hecho; la mera idea hace que me estremezca. Incluso cuando era monitor, posiblemente con más poder y menos necesidad de rendir cuentas que cualquier adulto fuera de los países sudamericanos pequeños, jamás pegué a nadie. Pero hacía un instante me había peleado con Cassie como un macarra borracho en una reyerta de bar, me disponía a pegarme con Jonathan Devlin en la sala de interrogatorios y me había dejado llevar por el deseo irrefrenable de darle un rodillazo en las tripas y hacerle la cara papilla. Y había herido a Cassie. Me pregunté, con desapego y lucidez, si no estaría volviéndome loco.

Cassie regresó al cabo de unos minutos, cerró la puerta y se apoyó contra ella, con las manos hundidas en los bolsillos de los vaqueros. El labio ya no le sangraba.

—Cassie —dije, frotándome la cara con las manos—. Lo siento mucho. ¿Estás bien?

—¿Qué coño te ha pasado?

Tenía las mejillas arreboladas.

—Creía que él sabía algo. Estaba seguro.

Me temblaban tanto las manos que parecía fingido, como un mal actor simulando una conmoción.

Al fin dijo, con mucha calma:

—Rob, no puedes continuar.

No contesté. Al cabo de un buen rato, oí la puerta cerrarse tras ella.

15

Esa noche acabé borracho como una cuba, más de lo que lo había estado en quince años. Me pasé la mitad de la noche sentado en el suelo del baño, contemplando la taza con ojos vidriosos y deseando poder vomitar y acabar de una vez. Los extremos de mi campo de visión palpitaban de forma enfermiza con cada latido, y las sombras de los rincones se agitaban, vibraban y se contraían como pequeñas criaturas repugnantes y afiladas que desaparecían con el siguiente parpadeo. Finalmente, aunque las náuseas no daban muestras de remitir, lo más seguro era que tampoco empeorasen. Me tambaleé hasta mi cuarto y me quedé dormido encima de las mantas sin quitarme la ropa.

Tuve unos sueños inquietos, con un matiz obstruido y adulterado. De algo que se sacudía y aullaba dentro de una bolsa, risas y un mechero acercándose. Cristales esparcidos en el suelo de la cocina y la madre de alguien sollozando. Otra vez estaba de prácticas y me encontraba en algún condado solitario, y Jonathan Devlin y Cathal Mills se ocultaban en las colinas con armas y un perro de caza, viviendo como salvajes, y nosotros teníamos que atraparlos, dos detectives de Homicidios altos y fríos como figuras de cera y yo, y las botas se nos llenaban de un barro pegajoso. Medio me desperté peleándome con las sábanas, que estaban arrancadas del colchón y hechas una maraña sudorosa, y volví a verme arrastra-

415

do por el sueño aun cuando me daba cuenta de que había soñado.

Me desperté por la mañana con una imagen relucientemente clara en la cabeza, estampada en la parte frontal de mi mente como un rótulo de neón. Nada que ver con Peter o Jamie o Katy: Emmett, Tom Emmett, uno de los dos detectives de Homicidios que hicieron una visita relámpago al pueblo de mala muerte donde estuve de prácticas. Emmett era alto y muy delgado, llevaba una ropa discretamente maravillosa (ahora que lo pienso, seguramente fue de ahí de donde saqué mi primera e inmutable impresión de cómo se supone que viste un detective de Homicidios) y tenía un rostro digno de una vieja película de vaqueros, marcado y bruñido como madera antigua. Aún seguía en la brigada cuando me incorporé —ahora está retirado— y parecía un tipo bastante agradable, aunque nunca logré ir más allá de la veneración que sentía por él. Cada vez que me hablaba me quedaba congelado al instante, como un colegial incapaz de expresarse.

Una tarde me quedé merodeando por el aparcamiento del pueblo de mala muerte, fumando y procurando que no se me notara que escuchaba lo que decían. El otro detective hizo una pregunta —no pude oír cuál— y Emmett sacudió brevemente la cabeza.

—Si no es así, es que hemos hecho el gilipollas con todo esto —dijo, dio una última y apurada calada a su cigarrillo y lo apagó con su elegante zapato—. Tendremos que retroceder hasta el principio y ver dónde nos equivocamos.

Luego dieron la vuelta y entraron en la comisaría, codo con codo, con los hombros encorvados y encerrados en sus sobrias chaquetas oscuras.

Yo sabía que había hecho el gilipollas con casi todo —nada como el alcohol para desencadenar un lamentable autorreproche— y de casi todas las maneras posibles. Pero eso apenas importaba, porque de repente la solución estaba muy clara. Me sentía como si todo lo ocurrido a lo largo de ese caso —la pesadilla Kavanagh, el horrible interrogatorio de Jonathan Devlin, las noches en vela y las jugarretas de mi mente— me lo hubiera enviado algún dios sabio y bondadoso para llevarme hasta ese momento. Siempre había evitado el bosque de Knocknaree como una plaga; creo que habría interrogado a todos los habitantes del país y me habría calentado la cabeza hasta que me explotara antes de que se me ocurriera volver a poner un pie allí, si no me hubiera visto apaleado hasta el punto de quedarme sin defensas ante lo único que saltaba a la vista. Yo era la única persona que sin ninguna duda conocía al menos algunas de las respuestas, y si había algo que podía devolvérmelas era retroceder hasta el principio, es decir, ese bosque.

Estoy seguro de que parece muy fácil. Pero no sé cómo describir lo que significó para mí esa bombilla de cien vatios que se encendió en mi cerebro, ese faro que me anunciaba que, después de todo, no estaba perdido en un laberinto, que sabía exactamente adónde ir. Casi estallé en una carcajada, sentado en la cama con la luz temprana de la mañana que se filtraba entre las cortinas. Debería haber tenido la resaca del siglo, pero me sentía como si llevara una semana durmiendo; no cabía en mí, rebosante de energía como si tuviera veinte años. Me duché, me afeité, le dije a Heather un «Buenos días» tan animado que pareció sorprendida y ligeramente recelosa, y conduje silbando al son de las horribles canciones de moda que ponían en la radio.

Encontré sitio para aparcar en el centro comercial Stephen's Green —fue como un buen presagio, pues a aquella hora de la mañana resultaba un hecho insólito—

e hice unas compras rápidas de camino al trabajo. En una librería pequeña de la calle Grafton di con una hermosa edición antigua de *Cumbres borrascosas:* páginas gruesas de bordes amarillentos, lujosa cubierta de color rojo con letras doradas y «Para Sara, Navidad de 1922» con tinta descolorida en la portada. Luego fui a Brown Thomas y compré una brillante y complicada cafetera que hacía capuchinos. Cassie tiene debilidad por el café con espuma encima; se lo quise regalar por Navidad, pero al final no llegué a hacerlo. Fui andando al trabajo sin molestarme en mover el coche. Me costó una cantidad de dinero absurda, pero era uno de esos días soleados y optimistas que favorecen la extravagancia.

Cassie ya estaba en su escritorio con una pila de papeleo. Por suerte para mí, a Sam y a los refuerzos no se los veía por ninguna parte.

—Buenos días —dijo, mirándome con expresión serena y calurosa.

—Toma —le contesté, mientras le plantaba las dos bolsas delante.

—¿Qué es? —quiso saber, y las observó con aire de sospecha.

—Esto —dije, señalando la cafetera— es tu regalo de Navidad atrasado. Y esto es una disculpa. Lo siento muchísimo, Cass, y no solo por lo de ayer, sino por cómo he estado estas últimas semanas. He sido un absoluto grano en el culo y tienes todo el derecho a estar furiosa conmigo. Pero te prometo solemnemente que eso ha terminado. A partir de ahora seré un ser humano normal, cuerdo y nada horrible.

—Sería un principio —respondió Cassie de forma automática, y mi corazón se elevó.

Abrió el libro (le encanta Emily Brontë) y pasó los dedos sobre la cubierta.

—¿Estoy perdonado? Me pondré de rodillas si quieres. En serio.

—Me encantaría que lo hicieras —aseguró Cassie—, pero alguien podría verte y a radio macuto le saltarían los fusibles por eso. Ryan, eres un capullo: has arruinado mi cabreo.

—De todos modos no habrías podido mantenerlo —respondí, enormemente aliviado—. Antes del almuerzo te habrías rajado.

—No me provoques y ven aquí. —Extendió un brazo y yo me agaché y le di un fuerte abrazo—. Gracias.

—De nada. Y lo digo de verdad, ya no volveré a ser detestable.

Cassie me observó mientras me quitaba el abrigo.

—Oye —dijo—, no se trata solo de que hayas sido un grano en el culo. Es que he estado preocupada por ti. Si no quieres seguir con esto… no, escúchame. Puedes cambiarte con Sam e ir a por Andrews y dejar que él se encargue de la familia. Llegados a este punto, cualquiera de nosotros podría relevarlo; no vamos a necesitar ayuda de su tío ni nada. Sam no hará preguntas, ya sabes cómo es. No hay motivo para que te vuelvas chaveta con esto.

—Cass, sinceramente, estoy bien, te lo juro por Dios —aseguré—. Lo de ayer me ha hecho despabilar. Te prometo por lo que quieras que he averiguado cómo afrontar este caso.

—Rob, ¿recuerdas que me dijiste que te diera una patada en el culo si te ponías muy raro con todo esto? Pues te la estoy dando. Metafóricamente, de momento.

—Oye, dame una semana más. Si a finales de la que viene continúas pensando que no puedo ocuparme, me cambiaré con Sam, ¿de acuerdo?

—De acuerdo —respondió Cassie al fin, aunque no muy convencida.

Yo estaba de tan buen humor que aquella inesperada reacción protectora, que normalmente me habría puesto de los nervios, me pareció enternecedora, quizá porque sabía que ya no era necesaria. Le di un pequeño y torpe apretón en el hombro de camino a mi escritorio.

—En realidad —continuó mientras yo me sentaba—, todo ese asunto de Sandra Scully nos abre un gran resquicio de esperanza. Ya sabes cuánto deseábamos echar mano a los informes de Rosalind y Jessica, ¿no? Bueno, pues tenemos síntomas físicos de abusos en Katy y síntomas psicológicos en Jessica, y ahora Jonathan admite una violación. Es muy probable que ahora tengamos los elementos circunstanciales suficientes para conseguir los informes.

—Maddox —contesté—, eres la reina. —Era lo que más me fastidiaba, el hecho de haberme puesto en ridículo por iniciar una búsqueda inútil. Por lo visto no había sido en vano, al fin y al cabo—. Pero creía que pensabas que Devlin no es nuestro hombre.

Cassie se encogió de hombros.

—No exactamente. Oculta algo, pero podrían ser solo abusos (en fin, ya sabes qué quiero decir con «solo») o podría encubrir a Margaret, o... No estoy tan segura como tú de que sea culpable, pero me gustaría ver qué hay en esos informes, nada más.

—Yo tampoco estoy seguro.

Levantó una ceja.

—Ayer sí lo parecías.

—Ya que sacas el tema —dije, con cierta torpeza—, ¿tienes idea de si ha presentado alguna queja contra mí? No tengo huevos para comprobarlo.

—Como te has disculpado tan bien —me contestó Cassie—, voy a pasar por alto tu maravillosa estratagema. A mí no me dijo nada al respecto, y de todos modos si lo hubiera hecho lo sabrías: los gritos de O'Kelly se oirían desde Knocknaree. Por eso supongo que Cathal Mills tampoco se ha quejado de mí por decir que la tenía pequeña.

—No lo hará. ¿Realmente te lo imaginas sentado con algún sargento de escritorio y explicándole que tú has sugerido que tiene una minipolla renqueante? En cambio, lo de Devlin es otra historia. Aunque a estas alturas ya está medio ido...

—No critiquéis a Jonathan Devlin —dijo Sam, que irrumpió de un salto en la sala de investigaciones. Estaba colorado y sobreexcitado, con el cuello de la camisa torcido y un mechón de pelo cayéndole en los ojos—. Devlin es el hombre del año. Sinceramente, si no creyera que podía malinterpretarme le llenaría la cara de besos.

—Haríais una pareja encantadora —afirmé, dejando mi bolígrafo—. ¿Qué ha hecho?

Cassie se giró; en su cara empezaba a dibujarse una sonrisa expectante.

Sam cogió su silla con mucha floritura, se desplomó en ella y puso los pies encima de la mesa como un sabueso en una película antigua; si hubiera llevado sombrero, lo habría lanzado volando al otro extremo de la habitación.

—Tan solo oír la voz de Andrews en una rueda de identificación. A Andrews y su abogado casi les da un ataque, y Devlin tampoco estaba encantado cuando se lo conté (¿qué diablos le dijisteis?), pero al final todos han accedido. He llamado a Devlin; he pensado que era la mejor manera de proceder (ya sabéis que todo el mundo suena diferente por teléfono), y he hecho que Andrews y un grupo de chicos de aquí repitieran algunas frases de las llamadas: «Tienes una niña muy dulce», «No tienes ni idea de dónde te estás metiendo»...

Se apartó el pelo con la muñeca; su rostro, franco y risueño, aparecía triunfante como el de un niño.

—Andrews farfullaba, arrastraba las palabras y hacía de todo para intentar que su voz sonara diferente, pero mi amigo Jonathan lo ha pillado en cinco segundos sin ningún problema. Se ha puesto a chillarme por teléfono porque quería saber quién era; yo tenía a Devlin por el altavoz para que lo oyeran ellos mismos, porque no quería excusas más adelante, y Andrews y su abogado se han quedado ahí sentados con cara de culo. Ha sido buenísimo.

—Vaya, muy bien hecho —dijo Cassie y se inclinó sobre la mesa para chocar la mano con él.

Sam, sonriendo, alzó la otra palma hacia mí.

—La verdad es que estoy muy contento. No basta ni de lejos para culparlo de asesinato, pero quizá podamos acusarlo de algún tipo de acoso, y eso sí que nos bastará para retenerlo e interrogarlo y ver adónde nos lleva.

—¿Lo has encerrado? —pregunté.

Sam negó con la cabeza.

—Después de la rueda no le he dicho ni una palabra, solo le he dado las gracias y le he dicho que estaríamos en contacto. Quiero que se preocupe un poco con el asunto.

—Vaya, eso es muy poco limpio, O'Neill —señalé con gravedad—. No me lo habría esperado de ti.

Era divertido tomarle el pelo a Sam. No siempre picaba, pero cuando lo hacía se ponía muy serio y tartamudeaba. Me lanzó una mirada fulminante.

—Y también quiero ver si es posible pincharle el teléfono unos días. Si se trata de nuestro hombre, apuesto a que no lo hizo él mismo. Su coartada encaja, y en cualquier caso no es de los que se manchan su bonito traje haciendo el trabajo sucio, sino que contrataría a alguien.

La identificación de voz puede ponerle lo bastante nervioso como para llamar a su sicario, o al menos decirle alguna estupidez a alguien.

—Repasa también sus llamadas antiguas —le recordé—. A ver con quién ha hablado en el último mes.

—O'Gorman ya está en ello —respondió Sam con suficiencia—. Le concederé a Andrews una semana o dos, a ver si sale algo, y luego lo traeré aquí. Y… —de pronto pareció tímido, a caballo entre la vergüenza y la picardía—, ¿recordáis que Devlin dijo que Andrews sonaba borracho por teléfono? ¿Y que ayer nos preguntábamos si iba entonado? Creo que nuestro chico podría tener un problema con el alcohol. Me pregunto cómo estaría si fuéramos a verle a las ocho o a las nueve de la noche, pongamos el caso. Puede que estuviera… ya sabéis, que le diera más por hablar y no tanto por llamar a su abogado. Sé que no está bien aprovecharse de la debilidad del pobre hombre, pero…

—Rob tiene razón —afirmó Cassie, sacudiendo la cabeza—: tienes una vena cruel.

Por un instante, Sam abrió los ojos consternado, pero luego se le encendió la luz.

—Sois unos cabrones —dijo, feliz, y dio un círculo completo con su silla y con los pies suspendidos en el aire.

Aquella noche todos estábamos atolondrados, como unos niños disfrutando de un día de fiesta inesperado. Aunque ninguno de nosotros podía dar crédito, Sam logró que O'Kelly convenciera a un juez de que emitiera una orden para pinchar el teléfono de Andrews durante dos semanas. Normalmente no se consigue algo así a menos que haya implicadas grandes cantidades de explosivos, pero la operación Vestal seguía en primera página día sí y día no —«Sin pistas en el asesinato de Katy (véase p. 5, "¿Están seguros nuestros hijos"?)»—, y su alto contenido dramático nos proporcionaba cierta dosis de influencia extra. Sam estaba radiante:

—Sé que el muy capullo oculta algo, chicos; me apostaría algo. Y lo único que hará falta son unas cuantas pintas una noche de estas y ¡pam! Lo tenemos. —Había traído un maravilloso vino blanco para celebrarlo. Yo estaba exaltado por ese respiro y más hambriento que nunca desde hacía semanas, así que preparé una enorme tortilla de patatas, intenté girarla en el aire como una crepe y casi fue a parar al fregadero. Cassie, que iba descalza por el piso y con unos vaqueros de verano muy cortos, cortaba una barra de pan y subía el volumen de Michelle Shocked mientras dejaba por los suelos mi coordinación mano-ojo—. Y el hecho es que alguien le dio a ese tipo un arma de fuego, así que solo es cuestión de tiempo que empiece a sacarla para impresionar a una chica y se le dispare en la pierna…

Después de cenar jugamos al Cranium, a una versión cutre e improvisada para tres personas. No tengo palabras para describir como Dios manda a Sam, después de cuatro vasos de vino, intentando representar con mímica «carburador» («¿C3PO? ¿Ordeñar una vaca…? ¡Ese hombrecillo de los relojes suizos!»). Las largas cortinas blancas se inflaban y giraban con la brisa que entraba por la ventana de guillotina abierta, una tajada de luna planeaba en el cielo que empezaba a oscurecerse, y yo no recordaba la última vez que había tenido una velada como esa, una velada tonta y feliz, sin pequeños fantasmas grises tirando de los extremos de cada conversación.

Cuando Sam se marchó, Cassie me enseñó a bailar swing. Nos habíamos tomado unos inoportunos capuchinos después de la cena para estrenar su nuevo aparato y ambos seríamos incapaces de dormir en horas; del reproductor de CD brotaba una vieja música chirriante y Cassie me cogió las manos y me sacó del sofá.

—¿Cómo coño es que sabes bailar swing? —pregunté.

—Mis tíos creían que los niños necesitan clases extraescolares. Montones de clases. También sé dibujar al carboncillo y tocar el piano.

—¿Todo a la vez? Yo sé tocar el triángulo. Y tengo dos pies izquierdos.

—No me importa, quiero bailar. —El piso era demasiado pequeño—. Vamos —dijo Cassie—, quítate los zapatos.

Se apoderó del mando a distancia, subió la música al once y salió por la ventana, bajando por la escalera de incendios hasta el tejado que se extendía debajo.

No soy un buen bailarín, pero ella me enseñó los movimientos básicos una y otra vez, brincando ágilmente junto a mis pasos en falso, hasta que de pronto encajaron y comenzamos a bailar, girando y balanceándonos a un ritmo desenfadado y diestro, imprudentemente cerca del borde del tejado llano. Las manos de Cassie en las mías eran flexibles y fuertes como las de una gimnasta.

—¡Tú también sabes bailar! —gritó sin aliento, con la mirada encendida, por encima de la música.

—¿Qué? —contesté.

Tropecé y me caí. Nuestras risas se desplegaban como serpentinas sobre los jardines oscuros de abajo.

Una ventana se abrió más arriba y una temblorosa voz angloirlandesa aulló:

—¡Si no quitáis eso de una vez llamaré a la policía!

—¡Nosotros somos la policía! —le respondió Cassie chillando.

Le tapé la boca con la mano y a ambos nos sacudió una carcajada explosiva y reprimida hasta que, tras un embarazoso silencio, la ventana se cerró con un golpe. Cassie subió corriendo la escalera de incendios y se agarró de una sola mano, sin dejar de reír, para alcanzar el mando a distancia que estaba al otro lado de la ventana, cambiar el CD por los nocturnos de Chopin y bajar el volumen.

Nos tendimos uno al lado del otro en la extensión del tejado, con las manos en la nuca y los codos rozándose. La cabeza aún me daba vueltas por el baile y el vino, pero la sensación no era desagradable. Sentía una brisa cálida en el rostro y, a pesar de las luces de la ciudad, pude ver las constelaciones de la Osa Mayor y el Cinturón de Orión. El pino que había al fondo del jardín susurraba como el mar, incesante. Por un instante sentí como si el universo se hubiera vuelto del revés y cayéramos suavemente en un inmenso cuenco negro de estrellas y nocturnos, y supe, sin la menor sombra de duda, que todo iba a salir bien.

16

Reservé lo del bosque para el sábado por la noche, acariciando la idea como un niño que se guarda un inmenso huevo de Pascua con algún regalo misterioso en el interior. Sam había ido a pasar el fin de semana a Galway porque bautizaban a una sobrina suya —tenía una de esas familias extensas que se reúne al completo casi semanalmente, porque siempre hay alguien a quien bautizar, casar o enterrar—, Cassie salía con una amiga suya y Heather iba a una fiesta de solteros en algún hotel de no sé dónde. Nadie notaría siquiera que había ido.

Llegué a Knocknaree hacia las siete y aparqué en el área de descanso. Me había llevado un saco de dormir y la linterna, un termo de café bien cargado de alcohol y un par de sándwiches —al envolverlos me había sentido algo ridículo, como uno de esos excursionistas concienzudos que llevan chaquetas tecnológicamente avanzadas, o como un chaval que se escapa de casa—, pero nada con qué encender una hoguera. La gente de la urbanización aún tenía los nervios a flor de piel e irían como un rayo a la poli si veían una luz misteriosa, lo que habría resultado embarazoso. Además, yo no soy del tipo *boy scout*; seguramente, habría incendiado lo que quedaba del bosque.

Era un atardecer claro y tranquilo, con grandes sesgos de luz que volvían la piedra de la torre de un rosa dorado e infundían incluso a las zanjas y pilas de tierra una magia triste y desigual. A lo lejos, en los campos, un cordero balaba, y el aire transportaba apacibles olores a heno, vacas, alguna flor embriagadora que no sabía nombrar... Bandadas de pájaros practicaban sus formaciones en V sobre la cima de la colina. Frente a la casa de labor estaba sentado el perro pastor, que emitió un conato de ladrido de advertencia y me observó fijamente un momento, antes de decidir que yo no era una amenaza y volver a ponerse cómodo. Crucé el yacimiento hasta el bosque siguiendo los senderos llenos de baches de los arqueólogos, con la anchura justa para una carretilla (esa vez llevaba unas deportivas viejas, unos vaqueros raídos y un jersey grueso).

Es muy probable que las personas que, como yo, sean básicamente urbanitas se imaginen el bosque como algo simple: árboles de un mismo color verde en hileras uniformes y una suave alfombra de hojas muertas o agujas de pino, todo ordenado como en un dibujo infantil. Puede que esos bosques altamente rentables creados por el hombre sean así, no lo sé. El bosque de Knocknaree era de los auténticos, y resultaba más intrincado y herméti-co de lo que yo recordaba. Se regía por su propio orden, sus propias alianzas y batallas encarnizadas. Yo era allí un intruso, y tenía la honda y mordaz sensación de que mi presencia había sido detectada al instante y de que el bosque me vigilaba con una ambigua mirada colectiva, sin aceptarme ni rechazarme todavía, sino reservándose la sentencia.

En el claro de Mark había cenizas frescas en el lugar de la hoguera y nuevas colillas de cigarros de liar esparcidas por la tierra alrededor; había vuelto a venir después de la muerte de Katy. Recé por que no eligiera aquella noche para reconectarse con su herencia. Me saqué de los bolsillos los sándwiches, el termo y la linterna y desplegué el saco de dormir sobre la parcela compacta de hierba aplanada que había dejado Mark con el suyo. Luego me adentré en el bosque despacio, tomándome mi tiempo.

Era como colarse entre los restos de una gran ciudad antigua. Los árboles —robles, hayas, fresnos y otros cuyos nombres desconocía— se alzaban más altos que pilares de catedral; luchaban en busca de espacio, apuntalaban grandes troncos caídos y se inclinaban según la pendiente de la colina. Largas astas de luz se filtraban, tenues y sagradas, a través de las bóvedas verdes. Franjas de hiedra desdibujaban los troncos macizos, se arrastraban en cascada desde las ramas y convertían las cepas en piedras enhiestas. Mis pasos eran amortiguados por capas profundas y mullidas de hojas caídas; cuando me paraba a girar unas cuantas con la punta del zapato, notaba un generoso aroma a putrefacción y veía la tierra húmeda y negra, cáscaras de bellota y la convulsión pueril y frenética de un gusano. Los pájaros se lanzaban como flechas y se llamaban desde las ramas, y pequeños correteos de alarma se desencadenaban a mi paso.

Cúmulos inmensos de sotobosque y, de vez en cuando, un fragmento gastado de muro de piedra; raíces nudosas, verdes de musgo y más gruesas que mi brazo. Las riberas bajas del río, enmarañadas con zarzas (en nuestras manos y traseros al bajar, «¡Ay, mi pierna!») y dominadas por saúcos y un sauce. El río era como un manto de oro viejo, arrugado y salpicado de negro. Finas hojas amarillas flotaban en su superficie, balanceándose suavemente como si se tratara de un objeto sólido.

Mi cabeza giraba y revoloteaba. A cada paso me parecía reconocer algo y un repique llenaba el aire, como un código Morse que emitiera en una frecuencia demasiado alta para ser captada. Habíamos correteado por ahí, abriéndonos camino con paso seguro ladera abajo, siguiendo la telaraña de imperceptibles senderos; habíamos comido pequeñas y fortuitas manzanas silvestres de ese árbol contrahecho, y cuando alcé la vista al remolino de hojas casi esperé vernos allí, agarrados a las ramas como cachorros de gatos salvajes devolviéndome la mirada. En el lindero de uno de esos claros minúsculos (hierba alta, motas de sol, nubes de zuzón y zanahoria silvestre) habíamos visto cómo Jonathan y sus amigos sujetaban a Sandra. En algún lugar, tal vez en el punto exacto donde ahora me encontraba, el bosque se había estremecido y resquebrajado, y Peter y Jamie se colaron dentro.

No es que tuviera exactamente un plan, en el sentido estricto de la palabra. Solo ir al bosque, echar un vistazo y pasar la noche allí, con la esperanza de que ocurriera algo. Hasta aquel momento, esa falta de previsión no me había parecido un impedimento. Al fin y al cabo, cada vez que intentaba planear algo en los últimos tiempos acababa espectacular y gigantescamente mal; estaba claro que necesitaba un cambio de táctica, ¿y qué habría más drástico que meterse ahí sin nada, esperando simplemente a ver qué me ofrecía el bosque? Y supongo que mi sentido de lo pintoresco también se vio atraído. Supongo que, aunque por carácter no encajo en el papel en ningún sentido, siempre he anhelado ser el héroe de un mito, que galopa temerario y magnífico al encuentro de su destino sobre un caballo salvaje que ningún otro hombre podría montar.

Sin embargo, ahora que estaba realmente ahí todo aquello ya no me parecía tanto una impetuosa osadía, sino solo algo vagamente *hippie* —incluso había pensado en colocarme, confiando en que así me relajaría lo bastante como para darle más oportunidades a mi subconsciente, pero el hachís siempre me da sueño— y bastante tonto. De pronto caí en la cuenta de que el árbol en el que estaba apoyado podía ser el mismo junto al que me encontraron, y que quizás aún mostrara tenues marcas donde mis uñas habían escarbado el tronco; también caí en la cuenta de que empezaba a oscurecer.

Estuve a punto de irme. De hecho volví al claro, sacudí las hojas muertas de mi saco de dormir y empecé a enrollarlo. Para ser sincero, lo único que me mantuvo allí fue acordarme de Mark. Él había pasado la noche ahí, no una sino varias veces, sin que por lo visto se le pasara por la cabeza que aquello pudiera dar miedo, y se me hizo insoportable la idea de que me marcase un tanto, llegara a saberlo él o no. Él había dispuesto de una hoguera, pero yo tenía una linterna y una Smith & Wesson, si bien me sentí algo ridículo por el simple hecho de pensarlo. Estaba a solo unos metros de la civilización, o por lo menos de la urbanización. Me quedé en pie un instante, con el saco en las manos; luego lo desplegué, me metí dentro hasta la cintura y me recosté contra un árbol.

Me serví una taza de café regado con whisky; su sabor fuerte y adulto resultaba extrañamente reconfortante. Los fragmentos de cielo se oscurecían sobre mi cabeza, pasando del turquesa a un añil intenso; los pájaros aterrizaban en las ramas y se instalaban para pasar la noche con enérgicas exclamaciones y riñas. Los murciélagos surcaban la excavación con sus chillidos y entre los arbustos hubo un salto repentino, ruido de hojas y silencio. A lo lejos, en la urbanización, un niño cantó algo a voz en grito: «Todos salvados»…

Poco a poco se me ocurrió —sin sorpresa, en realidad, como si fuese algo que sabía desde hacía mucho— que, si conseguía recordar algo útil, se lo diría a O'Kelly. No enseguida, quizá tardaría unas semanas, necesitaría un tiempo prudencial para atar cabos sueltos y poner mis asuntos en orden, por así decirlo; porque cuando lo hiciera, sería el fin de mi carrera.

Solo unas horas antes esa idea habría sido como un pelotazo en el estómago. Pero no sé por qué, aquella noche resultaba casi seductora, planeaba en el aire como una tentación y yo le daba vueltas con un vértigo voluptuoso. Ser detective de homicidios era lo único en lo que había puesto mi ilusión, aquello alrededor de lo cual había construido mi vestuario, mi andar, mi vocabulario y mi vida en sueños y en vigilia, y la idea de tirarlo todo por la borda con un solo giro de muñeca y ver cómo remontaba en el espacio como un globo brillante resultaba embriagadora. Podía establecerme como detective privado, pensé; tener un despachito maltrecho en un deprimente edificio georgiano, con mi nombre en letras doradas sobre una puerta de vidrio esmerilado, ir a trabajar cuando quisiera, moverme con pericia en los límites de la ley y hostigar a un O'Kelly apopléjico pidiéndole información interna. Me pregunté, fantaseando, si Cassie vendría conmigo. Me conseguiría un sombrero, una gabardina y un agudo sentido del humor; ella se sentaría con aplomo en barras de bar, con un vestido rojo provocativo y una cámara en el pintalabios para pillar a ejecutivos infieles... Por poco no me reí en voz alta.

Me di cuenta de que me estaba quedando dormido. Eso no formaba parte de mi plan original y me esforcé por mantenerme despierto, pero todas aquellas noches en vela caían sobre mí con la fuerza de un disparo en el brazo. Pensé en el termo de café, pero me pareció demasiado esfuerzo ir a cogerlo. El saco de dormir me había calentado el cuerpo y este ya se había acoplado a los pequeños bultos y grietas del terreno y del árbol. Estaba deliciosa y narcóticamente cómodo. Noté que la taza del termo se me caía de la mano, pero fui incapaz de abrir los ojos.

No sé cuánto tiempo dormí. Me encontré sentado y conteniendo un grito antes incluso de despertarme del todo. Alguien había dicho, alto, claro y al lado mismo de mi oído: «¿Qué es eso?».

Me quedé sentado largo rato, sintiendo lentas oleadas de sangre que me fluían por el cuello. Las luces de la urbanización se habían apagado. El bosque estaba en silencio y apenas un susurro del viento se oyó en lo alto, entre las ramas; en algún lugar crujió una rama.

Peter se giró de golpe sobre el muro del castillo y proyectó una mano para inmovilizarnos a Jamie y a mí, que estábamos uno a cada lado de él:

—¿Qué es eso?

Llevábamos todo el día fuera, desde que el rocío aún se estaba secando en la hierba. Hacía un tiempo bochornoso; el aire era caliente como agua de bañera y el cielo tenía el color de la parte central de la llama de una vela. Teníamos botellas de limonada al pie de un árbol para cuando nos entrara sed, pero se habían calentado, desbravado y ya eran pasto de las hormigas. Allá en la calle alguien cortaba el césped; otro tenía la ventana de la cocina abierta y la radio subió de volumen y entonó *Wake Me Up Before You Go-Go*. Dos niñas subían por turnos a un triciclo rosa en la acera, y la hermana repipi de Peter, Tara, jugaba a las maestras en el jardín de su amiga Audrey y las dos regañaban a un puñado de muñecas dispuestas en filas. Los Carmichael habían comprado un aspersor; nunca antes habíamos visto uno y nos lo quedábamos mirando cada vez que lo encendían, pero la señora Carmichael era una bruja, Peter decía que si entrabas en el jardín te partía la cabeza con un palo.

Sobre todo habíamos estado montando en bici. A Peter le habían regalado una Evel Knievel por su cumpleaños —si cogías carrerilla, podías saltar pilas de cómics viejos— y pensaba ser acróbata de mayor, así que estábamos practicando. Construimos una rampa en la calle, con ladrillos y un pedazo de contrachapado que tenía su padre en el cobertizo del jardín —«La iremos haciendo más alta, con un ladrillo más cada día», dijo Peter—, pero temblaba mucho y yo no podía evitar darle a los frenos un segundo antes de despegar.

Jamie probó la rampa unas cuantas veces y luego se quedó vagando por el extremo de la calle, rascando una pegatina de su manillar y pateando su pedal para hacerlo girar. Esa mañana había tardado en salir y llevaba todo el día muy callada. Siempre lo estaba, pero esta vez parecía distinta; su silencio era como si la rodeara una nube densa e íntima, y a Peter y a mí nos tenía inquietos.

Peter salió disparado de la rampa gritando y zigzagueando de forma salvaje, y faltó poco para que les diera a las niñas del triciclo.

—¡Que nos vais a matar, chiflados! —soltó Tara por encima de sus muñecas.

Llevaba una falda larga de flores que se amontonaba sobre la hierba, y un sombrero grande y extraño con una cinta alrededor.

—Tú a mí no me mandas —le contestó Peter.

Se metió en el césped de Audrey y pasó al lado de Tara, quitándole el sombrero. Tara y Audrey chillaron al unísono.

—¡Cógelo, Adam!

Lo seguí al jardín —nos meteríamos en un lío si la madre de Audrey salía— y conseguí agarrar el sombrero sin caerme de la bici; me lo puse en la cabeza y pedaleé sin manos por el aula de las muñecas. Audrey intentó derribarme, pero la esquivé. Era bastante guapa y no parecía realmente furiosa, por lo que traté de no pisarle las muñecas. Tara se llevó las manos a las caderas y empezó a chillarle a Peter.

—¡Jamie! —grité yo—. ¡Vamos!

Jamie se había quedado en la calle, golpeando mecánicamente con su rueda delantera el extremo de la rampa. Dejó su bicicleta, corrió hasta el muro de la urbanización y saltó.

Peter y yo nos olvidamos de Tara («No tienes ni una pizca de cerebro, Peter Savage, verás cuando mamá se entere de este follón...»), frenamos y nos miramos el uno al otro. Audrey me arrebató el sombrero de la cabeza y huyó a la par que comprobaba si la perseguía. Dejamos las bicis en la calle y trepamos por el muro detrás de Jamie.

Esta estaba en el columpio de neumático, impulsándose con el pie contra el muro cada tantos balanceos. Tenía la cabeza gacha y yo solo le veía el manto de pelo rubio y liso y la punta de la nariz. Nos sentamos en el muro y aguardamos.

—Esta mañana mi madre me ha tomado medidas —dijo Jamie al fin mientras se rascaba una costra del nudillo.

Pensé con asombro en el marco de la puerta de nuestra cocina: madera blanca y lustrosa con marcas de lápiz y fechas para indicar mi crecimiento.

—¿Y qué? —respondió Peter—. Vaya cosa.

—¡Es para los uniformes! —le chilló Jamie—. ¡Qué si no!

Saltó del columpio, aterrizó con fuerza y corrió bosque adentro.

—¡Bah! —dijo Peter—. ¿Qué le pasa?

—El internado —contesté.

Esas palabras convirtieron mis piernas en gelatina.

Peter me miró con una mueca de incredulidad y desagrado.

—No va a ir. Su madre lo dijo.

—No, no lo dijo. Dijo que ya veríamos.

—Sí, pero desde entonces no ha vuelto a decir nada más.

—Bueno, pues ya lo ha dicho, ¿no?

Peter miró el sol con los ojos entornados.

—Vamos —anunció, y bajó del muro de un salto.

—¿Adónde?

No contestó. Recogió su bici y la de Jamie y las llevó tambaleándose a su jardín. Yo cogí la mía y fui tras él.

La madre de Peter tendía la colada, con una hilera de pinzas cogidas a un lado de su delantal.

—No molestéis a Tara —ordenó.

—No lo haremos —dijo Peter, soltando las bicis en el césped—. Mamá, nos vamos al bosque, ¿vale?

El bebé, Sean Paul, estaba tumbado sobre una manta solo con un pañal e intentaba gatear. Le di un tímido toquecito en el costado con la punta del pie y él rodó de espaldas, se agarró a mi zapatilla y me sonrió.

—Buen chico —le dije.

No quería ir a buscar a Jamie. Me pregunté si a lo mejor podría quedarme, cuidar de Sean Paul para la señora Savage y esperar a que Peter volviera para decirme que Jamie se iba.

—La merienda es a las seis y media —nos avisó la señora Savage, y sacó distraídamente una mano para atusarle el pelo a Peter al pasar—. ¿Llevas tu reloj?

—Sí. —Peter agitó la muñeca para ella—. Venga, Adam, vámonos.

Cuando algo no iba bien solíamos ir casi siempre al mismo sitio: la habitación más alta del castillo. Hacía tiempo que la escalera que subía hasta ella se había venido abajo, y desde el suelo ni siquiera se adivinaba que estuviera ahí; tenías que escalar el muro exterior hasta arriba del todo y luego saltar al suelo de piedra. La hiedra trepaba por las paredes y las ramas caían desde lo alto. Era como un nido de pájaro, balanceándose en el aire.

Jamie se encontraba allí, acurrucada en un rincón con un codo doblado sobre la boca. Estaba llorando con fuerza y torpeza. Una vez, hacía siglos, se había pillado el pie en una madriguera de conejos mientras corría y se rompió el tobillo; la llevamos a caballo todo el camino de vuelta a casa y no lloró, ni siquiera cuando tropecé y le di en la pierna, solo gritó: «¡Ay, Adam, eres burro!», y me pellizcó el brazo.

Entré en la habitación.

—¡Idos! —me increpó Jamie, con la voz amortiguada por el brazo y las lágrimas. Tenía la cara roja y el pelo alborotado, con las horquillas colgando a los lados—. Dejadme en paz.

Peter seguía encaramado al muro.

—¿Vas a ir al internado? —preguntó.

Jamie cerró los ojos con fuerza y tensó la boca, pero los sollozos de disgusto siguieron brotando. Apenas pude oír lo que decía.

—Ella no me lo dijo, hizo como si todo fuera bien, y durante todo este tiempo… ¡me ha estado mintiendo!

Me dejaba sin aliento lo injusto de todo ello. «Ya veremos —dijo la madre de Jamie—, no te preocupes», la habíamos creído y habíamos dejado de preocuparnos. Ningún adulto nos había traicionado antes, no respecto a algo tan importante como esto, y no era capaz de asumirlo. Habíamos pasado todo ese verano confiando en que el futuro era nuestro.

Peter, ansioso, hizo equilibrios de un lado a otro del muro, a la pata coja.

—Pues volveremos a hacer lo mismo. Nos amotinaremos. Vamos a...

—¡No! —lloró Jamie—. Ya ha pagado la matrícula y todo, es demasiado tarde. ¡Me voy dentro de dos semanas! Dos semanas...

Cerró las manos en dos puños y las proyectó contra la pared.

No podía soportarlo. Me arrodillé junto a Jamie y le puse el brazo sobre los hombros; ella se zafó, pero cuando volví a ponerlo lo dejó allí.

—Vamos, Jamie —le rogué—. Por favor, no llores. —El remolino de ramas de color verde y oro que nos rodeaba, Peter frustrado, Jamie llorando, y la piel sedosa de su brazo debajo de mi mano; el mundo entero parecía sacudirse, y la piedra del castillo bambolearse debajo de mí como las cubiertas de los barcos en las películas—. Volverás los fines de semana...

—¡No será lo mismo! —gritó ella.

Echó la cabeza atrás y sollozó sin siquiera procurar disimularlo, con el cuello bronceado y delicado vuelto hacia los fragmentos de cielo. La extrema desdicha en su voz se me clavó en lo más hondo y supe que tenía razón: nunca más volvería a ser lo mismo.

—No, Jamie, no... para...

No podía quedarme sin hacer nada. Sabía que era una estupidez, pero por un momento quise decirle que iría yo en su lugar; ocuparía su puesto, ella podía quedarse aquí para siempre... Antes de darme cuenta de que iba a hacerlo, agaché la cabeza y le di un beso en la mejilla. Noté sus lágrimas húmedas en mi boca. Olía como la hierba bajo el sol, verde y caliente, embriagadora.

Se quedó tan estupefacta que dejó de llorar. Volvió la cabeza de golpe y se me quedó mirando, con los ojos azules ribeteados de rojo, muy cerca. Supe que iba a hacer algo. Pegarme o devolverme el beso...

Peter saltó del muro y se arrodilló delante de nosotros. Cogió mi muñeca con una mano, fuerte, y la de Jamie con la otra.

—Oíd —dijo—. Nos escaparemos.

Lo miramos fijamente.

—Eso es una tontería —señalé al fin—. Nos cogerán.

—No, no lo harán; no enseguida. Podemos escondernos aquí durante unas semanas sin problema. No tiene que ser para siempre ni nada... solo hasta que sea seguro. Una vez haya empezado el colegio, podemos volver a casa; será demasiado tarde. Y aunque la envíen fuera de todos modos, ¿qué más da? Nos escaparemos otra vez. Iremos a Dublín y sacaremos de allí a Jamie. Entonces la expulsarán y tendrá que regresar a casa. ¿Entendéis?

Le brillaban los ojos. La idea prendió, chispeó y revoloteó en el aire entre nosotros.

—Podríamos vivir aquí —dijo Jamie. Jadeó con un largo e hiposo temblor—. Me refiero al castillo.

—Nos mudaremos cada día. Esto, el claro, ese árbol grande con las ramas que hacen como un nido... No les daremos la oportunidad de alcanzarnos. ¿De verdad crees que alguien podría encontrarnos aquí? ¡Vamos!

Nadie conocía el bosque como nosotros. Nos desplazaríamos por el sotobosque, silenciosos y ágiles como indios valerosos; observaríamos inmóviles desde matorrales y ramas altas mientras los rastreadores avanzaban con sus fuertes pisadas.

—Dormiremos por turnos. —Jamie se iba enderezando—. Para que haya uno de nosotros siempre de guardia.

—Pero ¿y nuestros padres? —pregunté. Pensé en las manos cálidas de mi madre y me la imaginé llorando, angustiada—. Se van a preocupar mucho. Pensarán...

Jamie hizo una mueca.

—Mi madre no. De todas formas no me quiere por aquí.

—La mía solo piensa en los pequeños —afirmó Peter—, y a mi padre te aseguro que le dará igual. —Jamie y yo nos miramos el uno al otro. Nunca hablábamos de ello, pero ambos sabíamos que el padre de Peter a veces les pegaba cuando estaba borracho—. Y además, ¿a quién le importa si tus padres se preocupan? No te dijeron que Jamie iría al internado, ¿verdad? ¡Dejaron que pensaras que todo iba bien!

Tenía razón, pensé, aturdido.

—Supongo que podría dejarles una nota —dije—. Solo para que sepan que estamos bien.

Jamie se disponía a decir algo, pero Peter la interrumpió.

—¡Sí, perfecto! Les dejamos una nota diciendo que hemos ido a Dublín, o a Cork o a alguna otra parte. Entonces nos buscarán allí, pero estaremos aquí todo el tiempo. —Se puso en pie de un salto, levantándonos con él—. ¿Trato hecho?

—No pienso ir al internado —afirmó Jamie, secándose el rostro con el dorso del brazo—. No iré, Adam, no iré. Haré lo que sea.

—¿Adam? —Vivir como salvajes, bronceados y descalzos entre los árboles. La pared del castillo era fresca e indefinida al tacto—. Adam, ¿qué podemos hacer si no? ¿Quieres dejar que envíen lejos a Jamie y ya está? ¿No quieres hacer algo?

Me sacudió la muñeca con mano firme y apremiante; sentí mi pulso latir en ella.

—Trato hecho —dije.

—¡Bien! —chilló Peter, y dio un puñetazo en el aire.

El grito retumbó entre los árboles, alto, salvaje y triunfante.

—¿Cuándo? —quiso saber Jamie. Los ojos le brillaban de alivio y tenía la boca abierta en una sonrisa; estaba de puntillas, lista para despegar en cuanto Peter diera la orden—. ¿Ahora?

—Tranqui, colega —le dijo él—. Tenemos que prepararnos. Iremos a casa y cogeremos todo nuestro dinero. Necesitaremos provisiones, pero tenemos que comprar un poco cada día para que nadie sospeche.

—Salchichas y patatas —propuse—. Encenderemos un fuego y buscaremos unos palos...

—No, nada de fuego, lo verán. No compréis nada que haya que cocinar. Coged cosas en lata, sopas, alubias y así. Decid que es para vuestra madre.

—Será mejor que alguien traiga un abridor...

—Yo; a mi madre le sobra uno, no se dará cuenta.

—Sacos de dormir, las linternas...

—Pues claro, pero eso en el último momento, para que no noten que faltan.

—Podemos lavarnos la ropa en el río...

—... meter toda nuestra basura en el hueco de un árbol, donde nadie la encuentre...

—¿Cuánto dinero tenéis vosotros?

—Yo tengo todo el de mi confirmación en la oficina de correos, no puedo sacarlo.

—Pues compraremos cosas baratas: leche, pan...

—¡Eh, la leche se estropeará!

—No, qué va, podemos guardarla en el río, en una bolsa de plástico.

—¡Jamie bebe leche podrida! —gritó Peter.

Saltó al muro y se puso a escalar hacia arriba.

Jamie fue tras él.

—No es verdad, tú bebes leche podrida, tú…

Agarró el tobillo de Peter y lucharon en lo alto del muro, riendo alocadamente. Yo me uní a ellos y Peter sacó un brazo y me metió en la refriega. Estuvimos batallando, sin aliento por la risa y los aullidos, mientras guardábamos un peligroso equilibrio casi encima del borde.

—Adam come bichos.

—Vete a la mierda, eso fue de pequeño…

—¡Callaos! —zanjó Peter de repente. Se nos quitó de encima y se quedó inmóvil, agachado sobre el muro, con las manos extendidas para silenciarnos—. ¿Qué es eso?

Quietos y vigilantes como liebres asustadas, escuchamos. El bosque estaba tranquilo, demasiado tranquilo, expectante; el ajetreo habitual de las tardes, con pájaros, insectos y animalitos que no se veían, había quedado interrumpido como por la batuta de un director de orquesta. Salvo que en algún sitio, por allá adelante…

—Pero ¿qué…? —susurré.

—Chis.

¿Música, una voz, o quizá solo algún truco del río con sus piedras, o la brisa en el roble hueco? El bosque tenía un millón de voces, que cambiaban con cada estación y cada día; nunca llegabas a conocerlas todas.

—Vamos —dijo Jamie, y los ojos le brillaban—, vamos. —Y se lanzó desde el muro como una ardilla voladora.

Cogió una rama, se colgó, se dejó caer, rodó y corrió; Peter saltó detrás de ella antes de que la rama dejara de balancearse, yo bajé por el muro y los seguí.

—Esperadme, esperad…

El bosque nunca había estado tan exuberante o tan fiero. Las hojas proyectaban destellos de la luz del sol como si fueran girándulas, los colores eran tan brillantes que podías alimentarte de ellos y el olor a tierra fértil se volvió arrebatador como el de vino de iglesia. Atravesamos corriendo nubes zumbantes de mosquitos y saltamos zanjas y troncos podridos, las ramas se arremolinaban alrededor como agua, las golondrinas hacían cabriolas ante nosotros y en los árboles que había a los lados juro que tres ciervos avanzaban a nuestro paso. Me sentía ligero, afortunado y desbordante, nunca había corrido tan deprisa ni saltado tan alto y sin esfuerzo; un empujón con el pie y podría haberme transportado por los aires.

¿Cuánto tiempo corrimos? Todos los puntos de referencia familiares y queridos debieron de moverse y darse la vuelta para desearnos buena marcha, porque por el camino los pasamos todos y cada uno: saltamos la mesa de piedra y cruzamos el claro de una sola zancada, entre el azote de las zarzas y los hocicos de los conejos que se asomaban a vernos pasar, dejamos el neumático balanceándose a nuestra espalda y viramos con una mano en el roble hueco. Y ahí enfrente, tan dulce y desesperado que dolía, atrayéndonos...

Poco a poco adquirí conciencia de que estaba empapado de sudor dentro del saco de dormir; de que mi espalda, presionada contra el tronco del árbol, estaba tan rígida que me hacía temblar, y de que cabeceaba con movimientos convulsivos y tirantes como los de un muñeco. El bosque estaba negro y vacío, como si me hubieran cegado. A lo lejos se oyó un repiqueteo apresurado, como gotas de lluvia sobre las hojas, como una rociada diminuta. Luché por ignorarlo, por continuar por donde me llevara ese hilo dorado y frágil de la memoria, porque si lo soltaba en esa oscuridad nunca encontraría el camino de regreso a casa.

Risas que ondeaban sobre el hombro de Jamie como burbujas brillantes de jabón, abejas arremolinándose en un rayo de sol y los brazos de Peter que se extendieron como alas al saltar alborozado una rama caída. Los cordones de mis zapatos desatándose y señales de alarma elevándose con violencia en algún lugar dentro de mí a medida que la urbanización se disipaba a nuestra espalda, estáis seguros, estáis seguros, «Peter, Jamie, parad, esperad...».

El repiqueteo se iba apoderando de todo el bosque, aumentaba y decaía, se acercaba por todos los flancos. Estaba en las ramas altas que tenía encima, en el sotobosque detrás de mí, pequeño, cambiante e insistente. Los pelos de la nuca se me erizaron. «Lluvia —me dije con lo que quedaba de mi mente—, nada más que lluvia», aunque no notaba ni una gota. En el otro extremo del bosque algo lanzó un chillido pavoroso.

«Vamos, Adam, corre, date prisa...»

La oscuridad frente a mí se volvía más densa. Se oyó un sonido como de viento en las hojas, un viento intenso que se precipitaba bosque a través para abrir un sendero. Me acordé de la linterna, pero mis dedos estaban congelados en torno a ella. Sentí el hilo de oro retorcerse y tirar de mí. Al otro lado del claro algo respiró; algo grande.

Bajamos al río. Derrapamos antes de parar; ramas de sauce meciéndose y el agua lanzando esquirlas de luz, como un millón de espejos minúsculos que nos cegaban y nos daban vértigo. Unos ojos, dorados y orlados como los de un búho.

Corrí. Salí como pude del estrecho saco de dormir y me lancé al bosque, alejándome del claro. Las zarzas me arañaban las piernas y el pelo y un batir de alas detonó en mi oído; me di con el hombro contra el tronco de un árbol y me quedé sin respiración. Zanjas y agujeros invisibles se abrían bajo mis pies y yo, con las piernas metidas hasta la rodilla en el sotobosque, no podía correr lo bastante deprisa, aquello era como todas las pesadillas de la infancia hechas realidad. La hierba trepadora me envolvía la cara y creí gritar. Tuve la certeza de que nunca saldría del bosque; encontrarían mi saco —por un instante vi, con la nitidez de lo real, a Cassie con su jersey rojo, de rodillas en el claro entre las hojas caídas extendiendo una mano enguantada para tocar la tela— y nada más, nunca.

Entonces vi una uña de luna nueva entre nubes galopantes y comprendí que estaba fuera, en la excavación. El terreno era traicionero, resbalaba y cedía bajo mis pies, tropecé, agité los brazos y me raspé la espinilla con un trozo de algún viejo muro; mantuve el equilibrio en el último momento y seguí corriendo. Un áspero jadeo se oía bien alto, pero no sabía si procedía de mí. Como cualquier detective, había dado por supuesto que yo era el cazador. Ni una sola vez se me había ocurrido que yo podía ser la presa desde el principio.

El Land Rover surgió radiantemente blanco a través de la oscuridad, como una dulce y brillante iglesia ofreciéndome refugio. Me llevó dos o tres intentos abrir la puerta; se me cayeron las llaves y tuve que tantear frenéticamente entre las hojas y la hierba seca, mirando como un loco detrás de mí y convencido de que no iba a encontrarlas, hasta que me acordé de que aún llevaba la linterna en la mano. Finalmente me subí, golpeándome el codo con el volante, cerré todas las puertas y me quedé ahí sentado, jadeando en busca de aire y empapado en sudor. Estaba demasiado tembloroso para conducir; incluso dudo que hubiera podido salir sin chocar contra algo. Encontré mis cigarrillos y logré encender uno. Deseé como nunca tener una bebida fuerte o un gran porro. Tenía unas manchas de barro enormes en las rodillas de los vaqueros, aunque no recordaba haberme caído.

Cuando mis manos estuvieron lo bastante firmes para pulsar botones, llamé a Cassie. Debía de ser medianoche pasada, quizá más tarde, pero contestó al segundo tono y parecía muy despierta.

—Hola, ¿qué pasa?

Por un espantoso instante pensé que no me saldría la voz.

—¿Dónde estás?

—Hace unos veinte minutos que he llegado a casa. He ido al cine con Emma y Susanna y luego hemos cenado en el Trocadero, Dios, nos han servido el mejor vino tinto que he probado nunca. Había tres tíos que han intentado ligar con nosotras, Emma decía que eran actores y que había visto a uno en la tele, en esa cosa de hospitales...

Estaba achispada, aunque no borracha.

—Cassie —dije—, estoy en Knocknaree. En la excavación.

Hubo una pausa mínima, fraccionaria. Luego, dijo con calma y con una voz diferente:

—¿Quieres que vaya a buscarte?

—Sí, por favor.

Hasta que ella lo dijo, no me di cuenta de que esa era la razón por la que la había llamado.

—Vale. Ahora voy.

Colgó.

Tardó siglos en llegar, el tiempo suficiente para que me dejara llevar por el pánico y empezara a imaginarme situaciones de pesadilla: un camión la había aplastado en la autovía, o se le había pinchado una rueda y la habían raptado unos traficantes de seres humanos. Logré sacar la pistola y sostenerla en el regazo; aún me quedaba bastante juicio como para no amartillarla. Encadené los cigarrillos y el coche se inundó de una neblina que me hacía llorar los ojos. Afuera había cosas que susurraban y saltaban entre la maleza y ramitas que se partían; una y otra vez me di la vuelta con el corazón a mil y la mano tensa alrededor de la pistola, creyendo haber visto un rostro en la ventanilla, riéndose con ferocidad, pero nunca había nada. Probé encendiendo la luz del techo, pero entonces quedaba demasiado al descubierto, como un hombre primitivo atrayendo a los predadores a su círculo de fuego, y la volví a apagar casi al mismo tiempo.

Al fin oí el zumbido de la Vespa y vi el haz de su faro acercarse por la colina. Devolví la pistola a su funda y abrí la puerta; no quería que Cassie me viera peleándome con ella. Después de la oscuridad, sus faros resultaban deslumbrantes y surrealistas. Paró en la carretera, sosteniendo la moto con el pie, y me llamó:

—¡Hey!

—Hola —dije, y salí como pude del coche. Tenía las piernas acalambradas y rígidas; debí de presionar los pies contra el suelo del coche todo el rato—. Gracias.

—No hay de qué. Igualmente estaba despierta. —Estaba colorada, con los ojos brillantes por el viento de la conducción, y cuando me acerqué lo bastante pude percibir el aura de frío que desprendía. Se quitó la mochila de la espalda y sacó el casco que le sobraba—. Toma.

Dentro del casco no oía nada, solo el zumbido constante de la moto y la sangre palpitando en los oídos. El aire fluía a mi alrededor, oscuro y fresco como agua; los faros de los coches y las luces de neón dejaban estelas brillantes y perezosas. La caja torácica de Cassie era ligera y sólida entre mis manos y se movía cuando ella cambiaba de marcha o se inclinaba en una curva. Parecía que la moto flotara por encima de la carretera, y deseé que estuviéramos en una de

447

esas autopistas interminables de Norteamérica donde puedes conducir y conducir toda la noche.

Al llamarla la había pillado leyendo en la cama. El futón estaba desplegado y dispuesto con el edredón de retales y almohadas blancas; *Cumbres borrascosas* y su camiseta extragrande estaban tirados a los pies. Había pilas semiordenadas de material de trabajo —una foto de la marca de ligadura en el cuello de Katy se abalanzó sobre mí, persistiendo en el aire como un reflejo— repartidas por la mesa de centro y el sofá, mezcladas con la ropa de calle de Cassie: unos vaqueros finos y oscuros y un top de seda roja con adornos dorados. La rechoncha lamparita de noche daba al cuarto una luz acogedora.

—¿Qué es lo último que has comido? —preguntó Cassie.

Me había olvidado los sándwiches, que seguramente seguirían en algún lugar del claro, así como mi saco de dormir y mi termo; tendría que ir a buscarlos por la mañana cuando recogiera mi coche. Me recorrió un escalofrío ante la idea de volver allí, incluso a la luz del día.

—No estoy seguro —respondí.

Cassie rebuscó en el armario y me pasó una botella de brandy y un vaso.

—Tómate un trago de esto mientras preparo algo de comer. ¿Huevos con tostadas?

A ninguno nos gusta el brandy —la botella estaba polvorienta y sin abrir; quizá fuera de alguna rifa de Navidad o algo parecido—, pero una pequeña y objetiva parte de mi mente estaba bastante segura de que Cassie tenía razón. Yo estaba sufriendo algún tipo de conmoción.

—Sí, estupendo —dije.

Me senté en el borde del futón, pues la idea de apartar todo aquello del sofá me pareció de una complejidad casi inconcebible, y me quedé mirando un rato la botella hasta que caí en la cuenta de que había que abrirla.

Me bebí un trago demasiado largo, tosí (Cassie alzó la vista y no dijo nada) y sentí cómo entraba, dejando un rastro de ardor a través de las venas. La lengua me palpitaba; por lo visto me la había mordido en algún momento. Me serví otro trago y me lo tomé a sorbos, con más cuidado. Cassie se movía con destreza por la cocina, sacando hierbas de un armario con una mano, huevos del frigorífico con la otra y cerrando un cajón con un golpe de cadera. Había dejado música puesta: los Cowboy Junkies a volumen bajo, vagos, lentos y pegadizos; normalmente me gustan, pero esa noche no podía dejar de oír cosas ocultas detrás de la línea del bajo, susurros apresurados, llamadas, un sonido de tambor que no debía estar ahí.

—¿Puedes apagar eso, por favor? —le pedí, cuando me sentí incapaz de soportarlo más.

Apartó la vista de la sartén para mirarme, con una cuchara de madera en la mano.

—Sí, claro —respondió al cabo de un momento. Apagó el estéreo, hizo saltar la tostada y apiló los huevos encima—. Toma.

El olor me hizo caer en la cuenta del hambre que tenía. Engullí la comida a enormes bocados sin apenas pararme a respirar; era pan con semillas, los huevos olían a hierbas y especias, y nunca nada me había sabido tan absolutamente delicioso. Cassie se sentó sobre el futón con las piernas cruzadas, observándome por encima de un trozo de tostada.

—¿Más? —preguntó cuando terminé.

—No —dije. Había comido demasiado deprisa, sentía unos retortijones brutales en el estómago—. Gracias.

—¿Qué ha pasado? —preguntó, en voz queda—. ¿Has recordado algo?

Me puse a llorar. Lloro con tan poca frecuencia —solo una o dos veces desde que tenía trece años, creo, y ambas estaba tan borracho que no cuentan realmente— que tardé un instante en entender qué estaba pasando. Me pasé la mano por la cara y me quedé mirando los dedos mojados.

—No —respondí—. Nada que sirva de algo. Recuerdo toda esa tarde, recuerdo que fuimos al bosque y de lo que hablamos, y que oímos algo, no sé qué, y fuimos a averiguar qué era... Y entonces me ha entrado el pánico. Me ha entrado el puto pánico.

Se me quebró la voz.

—Eh —dijo Cassie. Se acercó enseguida desde el futón y me puso una mano en el hombro—. Ha sido un gran paso, cariño. La próxima vez recordarás el resto.

—No —contesté—. No lo haré.

No sabía explicarlo, y aún no sé muy bien por qué estaba tan convencido. Aquello había sido mi mejor baza, mi única bala, y la había malgastado. Oculté la cara con las manos y sollocé como un niño.

No me rodeó con los brazos ni trató de consolarme, y se lo agradecí. Se limitó a quedarse ahí en silencio, moviendo regularmente el pulgar sobre mi hombro mientras lloraba. No por esos tres niños, no puedo decir que sea así, sino por la distancia insalvable que mediaba entre ellos y yo; por los millones de kilómetros, y los planetas que se separaban a velocidad de vértigo. Por lo mucho que habíamos tenido que perder. Éramos tan poca cosa, estábamos tan imprudentemente seguros de que juntos podíamos desafiar todas las amenazas oscuras y complejas del universo adulto, que nos lanzamos hacia ellas de cabeza, riéndonos y alejándonos cada vez más.

—Lo siento —dije al fin.

Me enderecé y me sequé la cara con el dorso de la muñeca.

—¿Qué?

—Haber hecho el idiota. No era mi intención.

Cassie se encogió de hombros.

—Estamos empatados. Ahora ya sabes cómo me siento cuando tengo esos sueños y tú me tienes que despertar.

—¿Sí?

No se me había ocurrido.

—Sí. —Se colocó boca abajo en el futón, sacó un paquete de pañuelos del cajón de la mesita y me lo dio—. Suénate.

Conseguí esbozar una débil sonrisa y me soné la nariz.

—Gracias, Cass.

—¿Cómo estás?

Me estremecí al respirar hondo y bostecé, súbita e irreprimiblemente.

—Mejor.

—¿Crees que podrás dormir?

La tensión se iba liberando desde los hombros y estaba exhausto, como jamás lo había estado en mi vida, aunque aún había pequeñas y veloces sombras que pasaban como flechas por los párpados, y cada suspiro y crujido de la casa al asentarse me provocaba un sobresalto. Sabía que si Cassie apagaba la luz y me quedaba solo en el sofá, el aire se llenaría de cosas indescriptibles que me oprimirían chistando y parloteando.

—Supongo —contesté—. ¿Pasa algo si duermo aquí?

—Claro que no. Pero si roncas, vuelves al sofá.

Se sentó, pestañeando, y empezó a quitarse las horquillas.

—No roncaré —dije.

Me agaché para quitarme los zapatos y los calcetines, pero tanto el protocolo como el acto físico de desnudarme me parecieron demasiado difíciles para afrontarlos. Me metí debajo del edredón con la ropa puesta.

Cassie se quitó el jersey, se deslizó a mi lado, y sus rizos se alzaron en una profusión de remolinos. Sin pensarlo siquiera la rodeé con los bazos, y ella arqueó la espalda contra mí.

—Buenas noches, cariño —le dije—. Gracias otra vez.

Me dio una palmada en el brazo y apagó la lámpara de la mesita.

—Buenas noches, bobo. Que duermas bien. Despiértame si tienes ganas.

Su pelo en mi rostro despedía un aroma dulce y verdoso, como de hojas de té. Colocó la cabeza en la almohada y suspiró. La sentía cálida y compacta, y pensé vagamente en marfil pulido y castañas lustrosas, en esa satisfacción pura y penetrante cuando algo encaja perfectamente en tu mano. No recordaba la última vez que había cogido a alguien así.

—¿Estás despierta? —murmuré, al cabo de un buen rato.

—Sí —respondió Cassie.

Nos quedamos muy quietos. Sentí la atmósfera cambiar a nuestro alrededor, floreciendo y titilando como aire sobre una carretera abrasada. Mi corazón latía deprisa, o el suyo golpeaba contra mi pecho, no estoy seguro. Giré a Cassie en mis brazos y la besé, y al cabo de un momento ella me devolvió el beso.

Ya sé que he dicho que siempre elijo lo decepcionante por encima de lo irrevocable, y sí, quería decir que siempre he sido un cobarde, por supuesto, pero mentía. No siempre, hubo esa noche, hubo esa única vez.

17

Por una vez me desperté yo primero. Era muy temprano, las calles aún estaban silenciosas y el cielo, turquesa
con manchas del dorado más pálido —Cassie, como está
muy por encima de los tejados y no tiene a nadie que la
vea, casi nunca corre las cortinas—, era perfecto como
un fotograma. Solo había podido dormir una hora o dos.
En algún lugar, un grupo de pájaros estalló en unos chillidos salvajes y quejumbrosos.

Bajo la luz débil y sobria el piso parecía abandonado
y desolado: los platos y vasos de la noche anterior esparcidos sobre la mesita de centro, una corriente de aire mínima y fantasmagórica levantando las páginas de notas,
mi jersey arrugado como una mancha oscura en el suelo
y largas sombras deformadas inclinándose por todas partes. Sentí una punzada bajo el esternón, tan intensa y física que la atribuí a la sed. Había un vaso de agua en la
mesita de noche, lo cogí y me lo bebí, pero aquel dolor
hueco no disminuía.

Pensé que aquel movimiento podía despertar a
Cassie, pero no se movió. Estaba profundamente dormida en el hueco de mi brazo, con los labios un poco
abiertos y una mano mansamente curvada sobre la almohada. Le aparté el pelo de la frente y la desperté con
un beso.

No nos levantamos hasta las tres. El cielo se había vuelto gris y denso, y un escalofrío me recorrió el cuerpo cuando abandoné el calor del edredón.

—Me muero de hambre —dijo Cassie, abrochándose los vaqueros. Ese día estaba muy guapa, despeinada, con los labios realzados y los ojos serenos y misteriosos como los de un niño que sueña despierto, y no sé por qué ese esplendor (que desentonaba con la tarde sombría) me incomodó—. ¿Algo frito?

—No, gracias —contesté. Es nuestra rutina habitual de fin de semana cuando me quedo a dormir: un gran desayuno irlandés y un largo paseo por la playa, pero no podía enfrentarme ni a la insoportable idea de hablar de cualquier cosa que hubiera ocurrido la noche anterior ni a esa complicidad torpe a la hora de evitarlo. De pronto, el piso me resultó enano y claustrofóbico. Tenía cardenales y rasguños en sitios raros, como el estómago y el codo, y una herida muy fea en un muslo—. Tendría que ir a buscar mi coche.

Cassie se puso una camiseta por la cabeza.

—¿Quieres que te lleve? —preguntó con tranquilidad, a través de la tela, pero yo había percibido el parpadeo rápido y asustado de sus ojos.

—Creo que cogeré el autobús —respondí. Encontré mis zapatos debajo del sofá—. No me vendrá mal un paseo, te llamo luego, ¿de acuerdo?

—Está bien —dijo ella jovialmente, pero supe que había sucedido algo entre nosotros, algo ajeno, remoto y peligroso.

Nos estrechamos con fuerza el uno al otro un momento, en la puerta de su piso.

Hice un intento poco entusiasta de esperar el autobús, pero al cabo de diez o quince minutos me dije que era demasiado trabajo... transbordo, los horarios de los domingos, podía pasarme todo el día. En realidad no me apetecía ir a ningún sitio que estuviera cerca de Knocknaree hasta que supiera que iba a estar lleno de arqueólogos energéticos y ruidosos; en cierto modo, me repelía imaginármelo en ese momento, desierto y silencioso bajo ese cielo gris de nubes bajas. Me hice con un vaso de café nauseabundo en una gasolinera y fui a casa andando. Monkstown está a siete u ocho kilómetros de Sandymount, pero no tenía ninguna prisa; Heather estaría en casa, con esa cosa verde y radiactiva en la cara y *Sexo en Nueva York* a todo trapo, esperando para contarme sus conquistas en la fiesta de solteros y haciéndome preguntas interesándose en dónde había estado, cómo me había manchado los vaqueros de barro y qué había hecho con el coche. Me sentía como si alguien hubiera lanzado una incesante serie de granadas al interior de mi cabeza.

Desde luego, sabía que acababa de cometer al menos uno de los mayores errores de mi vida. Me había acostado con la persona equivocada otras veces, pero nunca había hecho nada de un grado tan monumental de estupidez. La reacción estándar después de que ocurra algo así es empezar una «relación» oficial o bien cortar toda comunicación —había intentado ambas cosas en el pasado, con niveles de éxito diversos—, pero difícilmente podía dejar de hablarle a mi compañera, y en cuanto a empezar una relación romántica... Además de que iba contra las normas, ni siquiera me las arreglaba para comer o dormir o comprar lejía, atacaba a los sospechosos, me quedaba en blanco en el estrado y tenían que rescatarme de yacimientos arqueológicos en mitad de la noche; la mera idea de intentar ser el novio de alguien, con todas las responsabilidades y complicaciones que eso conlleva, me daba ganas de hacerme un ovillo y gimotear.

Estaba tan cansado que era como si los pies, al dar en el pavimento, fueran de otra persona. El viento me escupía una lluvia fina en la cara y pensé, con una sensación angustiosa y creciente de desastre, en todas las cosas que ya no podría hacer: pasarme toda la noche emborrachándome con Cassie, hablarle de chicas a las que conociera, dormir en su sofá... Ya no había forma de volver a verla nunca más como Cassie y punto, una colega más aunque mucho más agradable a la vista; ya no, ahora que la había visto como la había visto. Todos los lugares soleados y familiares de nuestro paisaje compartido se habían convertido en oscuros campos de minas, preñados de matices e implicaciones peligrosas. La recordé hacía solo unos días, buscando mi mechero en el bolsillo de mi abrigo cuando estábamos sentados en los jardines del Castillo; ni siquiera había interrumpido su frase para hacerlo y a mí me había encantado ese gesto, me encantó su naturalidad segura y refleja, darlo por descontado.

Sé que sonará increíble, ya que todo el mundo se lo esperaba, desde mis padres hasta el cretino de Quigley, pero yo no lo había visto venir. Qué engreídos, Dios mío: fuimos tan supremamente arrogantes que nos creímos exentos de la regla más antigua conocida por el hombre. Juro que me acosté con la inocencia de un niño. Cassie inclinó la cabeza para quitarse las horquillas y puso caras raras cuando se le engancharon; yo metí mis calcetines dentro de los zapatos, como hago siempre, para que ella no tropezara con ellos por la mañana. Habrá quien piense que nuestra ingenuidad era deliberada, pero si hay que creer una sola de las cosas que digo, que sea esta: ninguno de los dos lo sabía.

Cuando llegué a Monkstown seguía sin ánimos de ir a casa. Continué andando hasta Dun Laoghaire, me senté en un muro al final del embarcadero y observé a parejas vestidas de *tweed* encontrándose con gritos simiescos de placer para su paseo de domingo por la tarde, hasta que oscureció y el viento empezó a penetrarme en el abrigo y un agente de patrulla me miró con aire de sospecha. Se me ocurrió llamar a Charlie, no sé por qué, pero no tenía su número en el móvil y, en todo caso, no tenía muy claro qué quería decirle.

Esa noche dormí como si me hubieran dado una paliza. Cuando entré a trabajar a la mañana siguiente aún estaba aturdido y con cara de sueño, y la sala de investigaciones parecía extraña, distinta en pequeños y solapados aspectos que no sabía concretar, como si me hubiera colado por alguna grieta en una realidad alternativa y hostil. Cassie había dejado el archivo del viejo caso diseminado por todo su rincón de la mesa. Me senté e intenté trabajar, pero no podía concentrarme; cuando llegaba al final de cada frase, ya me había olvidado del principio y tenía que volver a empezar.

Cassie llegó con las mejillas encendidas por el viento y con los rizos encrespados como crisantemos debajo de una boina escocesa.

—Hola —me saludó—. ¿Cómo estás?

Me alborotó el pelo al pasar por detrás de mí y no pude evitar retroceder. Sentí que ella paralizaba la mano un instante antes de seguir adelante.

—Bien —dije.

Colgó la mochila del respaldo de su silla. Vi con el rabillo del ojo que me estaba mirando; mantuve la cabeza gacha.

—Los historiales médicos de Rosalind y Jessica están entrando por el fax de Bernadette. Dice que pasemos a buscarlos dentro de unos minutos, que la próxima vez demos el fax de la sala de investigaciones. Y te toca a ti

cocinar, pero solo tengo pollo, o sea que si Sam y tú queréis otra cosa…

Su voz sonaba despreocupada, pero ocultaba una
pregunta vaga y tentativa.

—La verdad es que no puedo cenar esta noche —aseguré—. Tengo que ir a un sitio.

—Ah, bueno. —Cassie se quitó la gorra y se pasó los
dedos por el pelo—. ¿Una pinta, entonces, según cuándo acabemos?

—Esta noche no puedo. Lo siento.

—Rob —dijo, al cabo de un rato, pero yo no alcé la
vista.

Por un segundo pensé que iba a continuar de todos
modos, pero entonces se abrió la puerta y entró Sam,
fresco y optimista después de su fin de semana saludable
y rural, con un par de cintas en una mano y un fajo de
papeles de fax en la otra. Nunca me había alegrado tanto
de verlo.

—Buenos días, chicos. Esto es para vosotros, con los
saludos de Bernadette. ¿Qué tal el fin de semana?

—Bien —respondimos al unísono, y Cassie se dio la
vuelta para colgar su chaqueta.

Cogí las hojas de Sam e intenté echarles un vistazo.
Mi concentración era lamentable, la letra del médico de
los Devlin era tan pésima que solo podía ser una afectación y Cassie —la desacostumbrada paciencia con que
esperaba a que yo acabase cada página, el instante de
proximidad impuesta cuando se inclinaba a cogerla—
me provocaba ansiedad. Necesitaba una fuerza de voluntad gigantesca para esclarecer incluso algunos hechos
prominentes.

Por lo visto, Margaret se alarmaba con facilidad cuando Rosalind era un bebé —había múltiples visitas al médico por cualquier resfriado o tos—, pero en realidad

esta parecía ser la más sana de todos, sin enfermedades ni daños de importancia. Jessica estuvo tres días en una incubadora cuando Katy y ella nacieron; a los siete años se rompió el brazo al caerse de un columpio en el colegio, y su peso era más bajo de lo normal desde que tenía unos nueve. Ambas habían pasado la varicela. Ambas habían recibido todas las vacunas. A Rosalind le extrajeron una uña encarnada del pie el año anterior.

—Aquí no hay ningún indicio de abusos o de Münchausen por poderes —señaló Cassie al fin.

Sam había encontrado la grabadora; de fondo, Andrews le echaba un largo e indignado sermón a un agente inmobiliario. De no haber estado él, creo que la habría ignorado.

—Y tampoco hay nada que lo descarte —respondí, notando el nerviosismo en mi voz.

—¿Cómo se pueden descartar los abusos de una forma definitiva? Como mucho, podemos decir que no hay pruebas de ello, y no las hay. Y creo que esto descarta lo del Münchausen. Ya dije que de todos modos Margaret no encaja en el perfil, y con esto… Lo esencial del Münchausen es que desemboca en un tratamiento médico. No es el caso de estas dos.

—O sea que esto no ha servido de nada —concluí. Aparté los historiales con demasiada fuerza y la mitad de las hojas cayeron revoloteando al suelo—. Sorpresa, sorpresa: este caso está jodido. Lo ha estado desde el principio. Lo mejor sería que lo arrojáramos al sótano ahora mismo y pasáramos a algo que tenga una mínima posibilidad, porque esto es una pérdida de tiempo para todo el mundo.

Las llamadas de Andrews tocaron a su fin y la grabadora siseó, débil pero persistentemente, hasta que Sam la paró. Cassie se agachó a un lado y empezó a recoger las hojas desparramadas. Nadie dijo nada en un buen rato.

Me pregunto qué pensaba Sam. Nunca decía una palabra, pero debió de adivinar que algo iba mal, no se le pudo pasar por alto. De repente, las largas, alegres y juveniles veladas *á trois* cesaron, y el ambiente en la sala de investigaciones resultaba digno de Sartre. Es posible que Cassie le contara toda la historia en algún momento dado, que llorase en su hombro, aunque lo dudo; siempre tuvo demasiado orgullo. Pienso que tal vez siguió invitándolo a cenar y le contó que yo tenía problemas con los asesinatos de niños —lo que era cierto, al fin y al cabo— y prefería dedicar las noches a relajarme; se lo explicaría de una forma tan natural y convincente que, aunque Sam no la creyera, sabría que no debía hacer preguntas.

Me imagino que los demás también lo advirtieron. Los detectives suelen ser bastante observadores, y el hecho de que los Gemelos Maravilla no se hablaran debió de ser noticia de portada. Seguro que en veinticuatro horas toda la brigada estuvo al corriente y que surgió un despliegue de morbosas explicaciones, entre las cuales, sin duda, estaría la verdad.

O tal vez no. A pesar de todo, permanecía un remanente de la vieja alianza, ese instinto animal y compartido de mantener su agonía en privado. En cierto modo eso es lo más desgarrador de todo. Siempre, hasta el final, nuestra vieja conexión estuvo ahí cuando la necesitábamos. Podíamos tirarnos horas atroces sin decirnos ni una palabra a menos que fuese inevitable, y en tal caso hacerlo sin entonación y con la mirada esquiva; pero en el instante en que O'Kelly amenazaba con llevarse a Sweeney y a O'Gorman reaccionábamos de golpe, y yo recitaba metódicamente una larga lista de motivos razonando la necesidad de contar con refuerzos, mientras Cassie me aseguraba que el comisario principal sabía lo que se hacía, y se encogía de hombros y confiaba en que los medios no lo descubrieran. Eso consumía toda mi energía. Cuando la puerta se cerraba y nos quedábamos solos de nuevo (o solos con Sam, que no contaba), esa chispa ejercitada se evaporaba y yo me giraba, inexpresivo, y le daba la espalda a su rostro blanco e incomprensivo, con la actitud mojigata y distante de un gato ofendido.

Realmente sentía, aunque no tengo muy claro el proceso por el que mi mente llegó a esta conclusión, que se había portado mal conmigo, de algún modo sutil pero imperdonable. Si me hubiera hecho daño la habría perdonado sin pensármelo dos veces, pero no podía perdonarle que la herida fuese ella.

Los resultados de las manchas de sangre de mis zapatillas y la gota del altar de piedra tenían que estar al llegar. A través de la bruma submarina por la que navegaba, esa era una de las pocas cosas que permanecían claras en mi mente. Prácticamente todas las otras pistas se habían estrellado y consumido; aquello era lo único que me quedaba, y me aferraba a ello con lúgubre desesperación. Estaba seguro, con una certeza más allá de toda lógica, de que solo necesitábamos una comparación de ADN; de que, si la conseguíamos, todo lo demás se colocaría en su sitio con la suave precisión de los copos de nieve en su caída, y el caso —ambos casos— se desplegaría ante mí, deslumbrante y perfecto.

Era vagamente consciente de que si eso ocurría necesitaríamos el ADN de Adam Ryan para contrastarlo, y de que era muy probable que el detective Ryan se desvaneciera para siempre en una bocanada de humo con aroma a escándalo. Sin embargo, por entonces no lo consideraba tan mala idea. Al contrario, había momentos en que lo contemplaba con una especie de alivio sordo. Parecía —puesto que sabía que no tenía las agallas ni la energía para sacarme a mí mismo de aquel lío espantoso— mi única salida, o al menos la más sencilla.

Sophie, admiradora de la pluriactividad, me llamó desde su coche:

—Han llamado los del ADN —comenzó—. Malas noticias.

—Hola —dije, enderezándome y haciendo girar la silla para quedar de espaldas a los demás—. ¿Qué pasa?

Procuré que mi voz sonara despreocupada, pero O'Gorman paró de silbar y oí cómo Cassie dejaba una hoja.

—Esas muestras de sangre no sirven, ni la de las zapatillas ni la que encontró Helen. —Tocó la bocina—. Madre mía. ¡Elige un carril, idiota, el que sea! El laboratorio lo ha intentado todo, pero están demasiado deterioradas para sacar el ADN. Lo siento, pero ya os lo advertí.

—Sí —dije, al cabo de un momento—. Es este tipo de caso. Gracias, Sophie.

Colgué y me quedé mirando el teléfono. Cassie, al otro lado de la mesa, preguntó, tanteando:

—¿Qué ha dicho?

No contesté.

Aquella noche, de camino a casa desde la parada, llamé a Rosalind. Iba en contra de mis instintos más elementales hacerle eso, estaba decidido a dejarla tranquila hasta que estuviera lista para hablar, permitir que eligiera el momento en lugar de ponerla entre la espada y la pared; pero ella era todo lo que me quedaba.

Vino el miércoles por la mañana y bajé a buscarla a recepción, igual que la primera vez, hacía tantas semanas. Una parte de mí temió que cambiara de idea en el último instante y no apareciera, y el corazón me dio un brinco cuando la vi, sentada en una gran silla con la mejilla apoyada pensativamente en una mano y arrastrando una bufanda de color rosado. Era de agradecer ver a alguien joven y hermoso; hasta ese instante no me había dado cuenta de lo agotados, grises y hastiados que empezábamos a parecer todos. Aquella bufanda me pareció la primera nota de color que veía en muchos días.

—Rosalind —dije, y vi que el rostro se le iluminaba.

—¡Detective Ryan!

—Acabo de recordar que deberías estar en clase, ¿no?

Me miró de soslayo con expresión de complicidad.

—Al profesor le caigo bien. No me meteré en un lío.

Sabía que era mi deber aleccionarla sobre las maldades del absentismo, pero no pude evitar reírme.

La puerta se abrió y llegó Cassie de afuera, guardándose el tabaco en el bolsillo de los vaqueros. Su mirada se cruzó con la mía y echó un vistazo a Rosalind; luego pasó rozándonos y subió la escalera.

Rosalind se mordió el labio y me miró, inquieta.

—A su compañera le molesta que yo esté aquí, ¿verdad?

—La verdad es que no es problema suyo —respondí—. Lo lamento.

—Oh, no pasa nada. —Consiguió sonreír un poco—. Nunca le he caído muy bien, ¿no?

—A la detective Maddox no le desagradas.

—No se preocupe, detective Ryan, en serio. Estoy acostumbrada. Hay muchas chicas a las que no les caigo bien. Mi madre dice... —agachó la cabeza, incómoda—, mi madre dice que es porque tienen celos, pero no veo por qué iban a tenerlos.

—Yo sí —contesté, y le devolví la sonrisa—. Pero no creo que sea el caso de la detective Maddox. Eso no ha tenido nada que ver contigo, ¿de acuerdo?

—¿Se han peleado? —me preguntó con timidez, al cabo de un momento.

—Más o menos —dije—. Es una larga historia.

Le abrí la puerta y fuimos a los jardines pasando por los adoquines. Rosalind tenía el ceño fruncido en actitud reflexiva.

—Ojalá no le cayera tan mal. La verdad es que la admiro, ¿sabe? No debe de ser fácil ser una mujer detective.

—No es fácil ser detective y punto —respondí. No quería hablar de Cassie—. Nos las arreglamos.

—Sí, pero para las mujeres es distinto —observó con cierto reproche.

—¿Por qué?

Era tan joven y se lo tomaba todo tan en serio, que supe que se ofendería si me reía.

—Pues, por ejemplo, la detective Maddox tendrá al menos treinta años, ¿verdad? Debe de querer casarse pronto y tener hijos y esas cosas. Las mujeres no pueden permitirse esperar como los hombres, ¿sabe? Y siendo detective debe de ser difícil mantener una relación seria, ¿no es así? Tiene que sentirse muy presionada.

Sentí en el estómago una feroz punzada de desazón.

—No creo que la detective Maddox tenga mucho instinto maternal —señalé.

Rosalind pareció contrariada; los dientes pequeños y blancos asomaron detrás del labio superior.

—Quizá tenga razón —dijo con cautela—. Pero ¿sabe una cosa, detective Ryan? A veces, cuando estás cerca de alguien se te escapan cosas. Otras personas pueden verlas, pero tú no.

La desazón se intensificó. Una parte de mí deseó presionarla, averiguar qué era exactamente lo que había visto en Cassie que a mí se me escapaba; pero la última semana me había enseñado, de una forma bastante intensa, que hay cosas en esta vida que es mejor no saber.

—La vida personal de la detective Maddox no es asunto mío —dije—, Rosalind...

Pero ya se había lanzado por uno de los senderos cuidadosamente silvestres que rodean el césped, gritándome al alejarse:

—¡Mire, detective Ryan! ¿No es precioso?

Su cabello danzaba al sol que caía entre las hojas, y a pesar de todo sonreí. La seguí por el sendero —de todos modos íbamos a necesitar intimidad para mantener esa conversación— y la alcancé en un apartado banquito coronado de ramas, con pájaros gorjeando en los arbustos que lo rodeaban.

—Sí —dije—, es precioso. ¿Te gustaría que hablásemos aquí?

Se acomodó en el banco y alzó la vista a los árboles con un suspiro leve y feliz.

—Nuestro jardín secreto.

Resultaba idílico, y odié la idea de echarlo a perder. Por un instante me permití fantasear con desechar el propósito de ese encuentro, charlar con ella sobre cómo le iba y el día tan bonito que hacía y luego mandarla a casa; con ser, durante unos minutos, un tío que estaba sentado al sol y hablaba con una chica bonita, nada más.

—Rosalind —comencé—, tengo que preguntarte algo. Va a ser muy difícil y me gustaría saber cómo hacértelo más fácil, pero no es así. No te lo preguntaría si tuviera otra opción. Necesito que me ayudes. ¿Lo intentarás?

Un destello de una vívida emoción planeó sobre su rostro, pero desapareció antes de que lograra precisarlo. Se agarró con las manos al borde del banco, afianzándose.

—Haré lo que pueda.

—Tu padre y tu madre... —dije manteniendo un tono de voz suave y uniforme—. ¿Alguno de ellos os ha hecho daño alguna vez a ti o a tus hermanas?

Rosalind lanzó un jadeo. Se llevó la mano a la boca y se me quedó mirando con ojos muy abiertos y asombrados, hasta que se dio cuenta de lo que había hecho, apartó la mano y volvió a cogerse con fuerza al borde.

—No —respondió, con una vocecita tirante y oprimida—. Por supuesto que no.

—Sé que debes de estar asustada. Yo puedo protegerte. Te lo prometo.

—No. —Sacudió la cabeza mientras se mordía el labio, y supe que estaba al borde de las lágrimas—. No.

Me acerqué a ella y puse la mano sobre la suya. Desprendía un aroma como de flores y almizcle demasiado antiguo para ella.

—Rosalind, si algo va mal, tenemos que saberlo. Estás en peligro.

—Estaré bien.

—Jessica también lo está. Sé que cuidas de ella, pero no podrás seguir haciéndolo sola para siempre. Por favor, déjame ayudarte.

—Usted no lo entiende —murmuró. La mano le temblaba debajo de la mía—. No puedo, detective Ryan, no puedo.

Casi me partió el corazón. Aquella frágil e indómita chiquilla se encontraba en una situación que habría podido con cualquiera que le doblara la edad y aguantaba por los pelos, caminando por una cuerda floja y serpenteante sin nada más que su tenacidad, orgullo y negación. Era lo único que tenía, y precisamente yo estaba intentando quitárselo.

—Lo siento —me disculpé, repentina y horriblemente avergonzado de mí mismo—. Quizá llegue el momento en que estés preparada para hablarlo, y cuando eso ocurra seguiré estando aquí. Pero hasta entonces... no tendría que haberte presionado. Lo siento.

—Es muy bueno conmigo —susurró ella—. No puedo creer que haya sido tan bueno.

—Solo me gustaría poder ayudarte —afirmé—. Y quisiera saber cómo.

—Yo... Yo no confío fácilmente en la gente, detective Ryan. Pero si confío en alguien, será en usted.

Nos quedamos sentados en silencio. La mano de Rosalind era suave al tacto y no la apartó de la mía. Luego la giró, despacio, y enlazó los dedos con los míos. Me estaba sonriendo, y era una sonrisa íntima y leve con un atisbo desafiante en las comisuras.

Contuve el aliento. Me atravesó como una corriente eléctrica el deseo intenso de inclinarme hacia ella, sostenerle la nuca con la palma de la mano y besarla. Las imágenes retozaron en mi mente —sábanas ásperas de hotel y sus rizos liberándose, botones bajo mis dedos y el rostro ojeroso de Cassie— y deseé a esa chica tan distinta a ninguna de las que había conocido, la deseé no a pesar de sus estados de humor, sus heridas secretas y sus tristes intentos de artificio, sino debido a ellos, debido a todos ellos. Podía verme, minúsculo, encandilado y acercándome, reflejado en sus ojos.

Pero tenía dieciocho años y aún podía acabar siendo mi testigo principal, era más vulnerable de lo que volvería a serlo en toda su vida y me idolatraba. Lo último que le faltaba era padecer mi tendencia a arruinar todo cuanto tocaba. Me mordí con fuerza el interior de la mejilla y retiré la mano de la suya.

—Rosalind —dije.

Su rostro se cerró en banda.

—Tengo que irme —dijo con frialdad.

—No quiero hacerte daño. Es lo último que necesitas.

—Bueno, pues lo ha hecho.

Se colgó el bolso del hombro, sin mirarme. Su boca dibujaba una línea tensa.

—Rosalind, espera, por favor...

Busqué su mano, pero ella se zafó.

—Pensé que yo le importaba. Es evidente que me equivocaba. Solo ha dejado que lo creyera para ver si sabía algo de Katy. Solo quería sacar algo de mí, igual que todo el mundo.

—Eso no es cierto —comencé a decir, pero ya se había ido, alejándose por el sendero con pasos furiosos y breves, y comprendí que no serviría de nada ir tras ella.

Los pájaros de los arbustos se dispersaron a su paso con un brusco redoble de alas.

La cabeza me daba vueltas. Le di unos minutos para que se calmara y luego la llamé al móvil, pero no contestó. Le dejé un balbuciente mensaje de disculpa en el contestador; después colgué y me desplomé en el banco.

—Mierda —exclamé en voz alta para los arbustos vacíos.

Creo que es importante reiterar que, por más que dijera en su momento, durante la mayor parte de la operación Vestal mi estado de ánimo distaba mucho de ser el habitual. Tal vez no sirva de excusa, pero es un hecho. Cuando me metí en ese bosque, por ejemplo, lo hice sin apenas haber dormido ni comido y con una acumulación considerable de tensión y de vodka, y pienso que debería subrayar que es muy probable que los acontecimientos subsiguientes fueran un sueño o algún tipo de extraña alucinación. No tengo modo de saberlo, y tampoco se me ocurre una respuesta especialmente reconfortante.

Al menos, desde aquella noche había empezado a dormir otra vez, y con una dedicación tal que, de hecho, me ponía nervioso. Cada noche, cuando llegaba tambaleándome a casa del trabajo, casi andaba dormido. Caía sobre la cama como atraído por un potente imán y me encontraba en la misma posición, aún vestido, cuando el despertador me arrancaba del sueño doce o trece horas después. Una vez me olvidé de ponerlo y me desperté a las dos de la tarde, con la séptima llamada de una huraña Bernadette.

Los recuerdos y otros efectos secundarios más pintorescos también cesaron; se apagaron tan brusca y repentinamente como una bombilla fundida. Cabría pensar que fue un alivio, y en ese momento lo fue; en lo que a mí respectaba, cualquier cosa que tuviera una mínima relación con Knocknaree era la peor de las noticias posibles, y estaba mucho mejor sin ello. Debería habérmelo imaginado hacía tiempo, pensaba, y no podía creer que hubiera sido tan estúpido para ignorar todo lo que sabía y volver a corretear por ese bosque. Jamás en mi vida había estado tan furioso conmigo mismo. No fue hasta mucho después, con el caso concluido y el polvo acumulándose en sus restos, cuando palpé con cuidado los límites de mi memoria y apareció vacía; no fue hasta entonces cuando empecé a pensar que podía tratarse no de una liberación, sino de una gran oportunidad perdida, de una pérdida irrevocable y devastadora.

18

Sam y yo fuimos los primeros en llegar a la sala de investigaciones el viernes por la mañana. Yo particularmente quería repasar lo más pronto posible las llamadas de la línea abierta para ver si encontraba una excusa y me pasaba el día fuera. Llovía a cántaros; Cassie estaría en alguna parte maldiciendo y tratando de encender la Vespa a patadas.

—El boletín del día —anunció Sam, agitando un par de cintas en el aire—. Anoche estuvo parlanchín: seis llamadas, o sea que roguemos a Dios...

Ya llevábamos una semana pinchándole los teléfonos a Andrews, y los resultados eran tan patéticos que O'Kelly empezaba a emitir unos gruñidos volcánicos de muy mal agüero. Durante el día Andrews hacía con su móvil gran cantidad de llamadas apresuradas y aderezadas con testosterona; por las noches encargaba comida *gourmet* de precios desorbitados («comida para llevar para caprichosos», lo llamaba Sam con desaprobación). Una vez llamó a uno de esos teléfonos eróticos que se anuncian por la tele a última hora de la noche; por lo visto le gustaba que lo atizaran, y «Ponme el culo rojo, Celestine» se convirtió de inmediato en un latiguillo habitual de la brigada.

Me quité el abrigo y me senté.

—Tócala, Sam —dije.

Mi sentido del humor, al igual que todo lo demás, había degenerado mucho en las últimas semanas. Sam me lanzó una mirada y metió una de las cintas en nuestra pequeña y obsoleta grabadora.

A las 20:17, según el registro del ordenador, Andrews encargó lasaña con salmón ahumado, pesto y salsa de tomates secados al sol.

—Dios santo —dije, consternado.

Sam se rio.

—Para nuestro chico, solo lo mejor.

A las 20:23 llamó a su cuñado para concertar un partido de golf para el domingo por la tarde, y agregó unos cuantos chistes varoniles. A las 20:41 llamó al restaurante otra vez y le gritó al que cogía los encargos por qué su cena aún no había llegado. Empezaba a sonar achispado. Siguió un lapso de silencio; al parecer, la Lasaña de los Huevos había llegado finalmente a su destino.

A las 00:08 llamó a un número de Londres:

—Su exmujer —explicó Sam.

Se encontraba en la fase sensiblera y quería hablar sobre qué había ido mal.

—Dejarte marchar fue el mayor error de toda mi vida, Dolores —le aseguró, con la voz preñada de lágrimas—. Aunque claro, tal vez hice lo correcto. Eres una mujer estupenda, ¿lo sabes? Demasiado buena para mí. Cien veces demasiado buena. Puede que incluso hasta mil. ¿Verdad que tengo razón, Dolores? ¿No crees que hice lo correcto?

—No lo sé, Terry —contestó Dolores en tono cansino—. Dímelo tú.

Estaba haciendo otra cosa al mismo tiempo, enjuagando platos o tal vez vaciando un lavavajillas; se oía el tintineo de la porcelana de fondo. Finalmente, cuando Andrews empezó a llorar en serio, ella colgó. Dos minutos después la llamó de nuevo, gruñéndole:

—Tú a mí no me cuelgas, ¿me has oído, zorra? Te cuelgo yo a ti —y cortó.

—Todo un caballero —dije.

—Gilipollas —comentó Sam. Se desplomó en su silla, echó la cabeza hacia atrás y se cubrió el rostro con las manos—. Menudo gilipollas. Solo me queda una semana, ¿qué demonios voy a hacer si todo se limita a pizzas de sushi y corazones solitarios?

La cinta hizo otro clic.

—¿Diga? —contestó una voz grave de hombre, espesa de sueño.

—¿Quién es? —quise saber.

—Móvil desconocido —respondió Sam a través de las manos—. Las dos menos cuarto.

—Oye, tú, pedazo de mierda —dijo Andrews en la cinta.

Estaba muy borracho. Sam se irguió.

Hubo una breve pausa. Luego la voz profunda dijo:

—¿No te dije que no volvieras a llamarme?

—¡Eh! —exclamé.

Sam emitió un ruidito inarticulado. Sacó el brazo con ademán de agarrar la grabadora, pero se contuvo y se limitó a acercarla más a nosotros. Agachamos las cabezas, a la escucha. Sam contenía el aliento.

—Me importa un rábano lo que me dijeras. —Andrews iba subiendo la voz—. Ya me has dicho más que suficiente. Dijiste que a estas alturas ya estaría todo arreglado, ¿te acuerdas? Y en cambio todo son requerimientos judiciales, maldita sea…

—Te dije que te calmaras y me lo dejaras a mí, y ahora te lo vuelvo a repetir. Lo tengo todo controlado.

—Y una mierda. No te atrevas a hablarme como si fuera tu em… tu em… tu empleado. Tú eres mi puto empleado. Yo te pagué. Joder, miles y miles y «Oh, vamos a necesitar otros cinco mil para esto, Terry, y unos miles para el nuevo concejal, Terry...». Como si los hubiera tirado por el retrete. Si fueras uno de mis empleados estarías despedido. En la calle. Así de fácil.

—He hecho todo aquello por lo que has pagado. Solo se trata de un retraso inapreciable. Se arreglará. No va a cambiar nada. ¿Entiendes lo que te digo?

—Qué coño se va a arreglar. Estás jugando a dos bandas, cabrón. Cogiste mi dinero y te largaste. Ahora solo tengo un puñado de tierra inútil y a la policía detrás de mí. ¿Cómo saben... cómo narices saben siquiera que esa tierra es mía? Yo confié en ti.

Hubo una breve pausa. Sam soltó el aire con una pequeña descarga y lo volvió a coger. Entonces, la voz profunda dijo de repente:

—¿Desde qué teléfono me llamas?

—¿Y a ti qué te importa? —respondió Andrews, malhumorado.

—¿Sobre qué te ha preguntado la policía?

—Sobre... sobre una cría. —Andrews sofocó un eructo—. Esa a la que mataron allí. Su padre es el capullo del maldito requerimiento. Esos gilipollas piensan que tuve algo que ver.

—No uses el teléfono —respondió la voz profunda con frialdad—. No hables con la poli sin tu abogado. No te preocupes por el requerimiento y no vuelvas a llamarme ni una puta vez más.

Se oyó un clic cuando colgó.

—Vaya —dije al cabo de un momento—. Desde luego eso no era pizzas de sushi y corazones solitarios. Felicidades. —No lo admitirían en un juicio, pero bastaría para ejercer una presión considerable en Andrews. Intenté ser gracioso, aunque la parte autocompasiva que hay en mí pensaba en lo típico que era aquello; mientras mi investigación degeneraba en un repertorio sin parangón de desastres y callejones sin salida, la de Sam se proyectaba como si tal cosa adelante y hacia arriba, encadenando éxito tras éxito. Si me hubiera tocado a mí ir detrás de Andrews, seguramente se habría tirado las dos semanas sin llamar a nadie más siniestro que su anciana madre—. Esto es suficiente para que te quites a O'Kelly de encima.

Sam no contestó. Me volví para mirarlo. Estaba tan pálido que parecía casi verde.

—¿Qué? —pregunté, alarmado—. ¿Te encuentras bien?

—Estoy perfecto —dijo—. Sí.

Se inclinó hacia delante y apagó la grabadora. La mano le tembló un poco y vi un reflejo húmedo y enfermizo en su cara.

—Dios —exclamé—. No es verdad. —De repente se me ocurrió que la excitación de la victoria podía haberle provocado un infarto, un ataque o algo parecido, o que tenía alguna enfermedad extraña sin diagnosticar; la leyenda urbana de la brigada cuenta historias así, de detectives que persiguieron a un sospechoso superando obstáculos épicos y cayeron muertos en cuanto le echaron las esposas—. ¿Necesitas un médico?

—No —dijo, tajante—. No.

—Pues ¿qué diablos te pasa?

Casi al decirlo, la pieza encajó. En realidad me sorprende que no lo captara antes. El timbre de la voz, el acento, las peculiaridades de la inflexión… Yo ya lo había oído, cada día, cada noche; un poco suavizado, sin ese tono áspero, pero el parecido estaba ahí y era inequívoco.

—¿Por casualidad era ese tu tío? —le pregunté.

Sam puso sus ojos en mí y luego en la puerta, aunque allí no había nadie.

—Sí —dijo, al cabo de un momento—. Lo es.

Su respiración era rápida y superficial.

—¿Estás seguro?

—Le conozco la voz. Estoy seguro.

Por lamentable que pueda parecer, mi primera reacción consistió en unas ganas locas de reírme. Sam se había mostrado siempre tan rematadamente serio («Recto como un palo, chicos») y tan solemne como un soldado estadounidense soltando un discurso sobre la bandera en alguna película americana muy mala. En el momento me resultó entrañable —ese tipo de fe absoluta es una de esas cosas que, como la virginidad, solo se puede perder una vez, y nunca antes había conocido a nadie que la conservara más allá de los treinta—, pero ahora me parecía que Sam se había pasado gran parte de su vida tirando felizmente por una pura y absurda cuestión de suerte, y me costaba experimentar mucha simpatía por el hecho de que al fin hubiera pisado una piel de plátano y salido disparado por los aires.

—¿Qué vas a hacer? —pregunté.

Movió la cabeza de un lado a otro como un loco bajo las luces fluorescentes. Seguro que lo pensó; estábamos los dos solos, un favor, un dedo en el botón de grabar y la llamada podría haber sido sobre ese partido de golf del domingo o cualquier cosa.

—¿Me das el fin de semana? —dijo—. Le llevaré esto a O'Kelly el lunes. Solo… ahora mismo no. No puedo pensar con claridad. Necesito el fin de semana.

—Claro —respondí—. ¿Piensas hablar con tu tío?

Sam alzó la vista hacia mí.

—Si lo hago empezará a borrar sus huellas, ¿no? Se deshará de las pruebas antes de que empiece la investigación.

—Supongo que sí.

—Y si no se lo cuento, si averigua que yo podría haberlo avisado y no lo hice...

—Lo siento —dije.

Me pregunté fugazmente dónde diablos estaba Cassie.

—¿Sabes qué es lo peor? —continuó Sam al cabo de un rato—. Si esta mañana me hubieras preguntado a quién recurriría si pasaba algo así y no sabía qué hacer, habría dicho que a Red.

No se me ocurrió qué contestarle. Miré sus rasgos francos y agradables y de pronto me sentí extrañamente desapegado de él y de toda la escena; fue una sensación vertiginosa, como si observara esos acontecimientos desarrollarse en una caja iluminada a cientos de metros debajo de mí. Permanecimos sentados un largo rato, hasta que O'Gorman abrió la puerta dando un golpe y se puso a gritar algo que tenía que ver con el rugby, y Sam se metió la cinta discretamente en el bolsillo, recogió sus cosas y se fue.

Aquella tarde, cuando descansé para fumarme un cigarro, Cassie me siguió afuera.

—¿Tienes fuego? —preguntó.

Había adelgazado y tenía los pómulos más afilados, y me pregunté si le había ocurrido en el transcurso de toda la operación Vestal sin que me hubiera dado cuenta o solo —y esta idea me causó cierto desasosiego— en los últimos días. Busqué mi mechero y se lo pasé.

Era una tarde fría y nublada en que las hojas muertas empezaban a acumularse contra las paredes; Cassie se puso de espaldas al viento para encenderse el cigarrillo. Se había maquillado —llevaba rímel y un manchón de algo rosa en cada mejilla—, pero el rostro, inclinado sobre la mano ahuecada, seguía resultando muy pálido, casi gris.

—¿Qué pasa, Rob? —preguntó al enderezarse.

Fue como una patada en el estómago. Todos hemos mantenido esta conversación terrible, pero no sé de un solo hombre que piense que tiene alguna utilidad, ni de una sola ocasión en que haya dado un resultado positivo, y yo esperaba contra todo pronóstico que Cassie resultara ser una de las pocas mujeres capaces de dejarlo correr.

—No pasa nada —respondí.

—¿Por qué estás raro conmigo?

Me encogí de hombros.

—Estoy hecho polvo, el caso es un galimatías y las últimas semanas me han agotado mentalmente. No es nada personal.

—Vamos, Rob. Sí que lo es. Te has comportado como si tuviera la lepra desde que...

Todo mi cuerpo se tensó. La voz de Cassie se extinguió.

—No es verdad —aseguré—. Solo necesito un poco de espacio, ¿de acuerdo?

—Ni siquiera sé qué significa eso. Solo sé que me estás volviendo loca, y no puedo hacer nada al respecto si no entiendo por qué.

Con el rabillo del ojo vi la determinación de su barbilla y supe que no iba a ser fácil escabullirme de esa.

—No te estoy volviendo loca —respondí, terriblemente incómodo—. Lo que pasa es que no quiero complicar las cosas más de lo que ya lo están. De verdad, me veo incapaz ahora mismo de empezar una relación, y no quiero dar la impresión...

—¿Una relación? —Las cejas de Cassie se dispararon hacia arriba y casi se rio—. Madre mía, ¿solo se trata de eso? No, Ryan, no espero que te cases conmigo y seas el padre de mis hijos. ¿Qué narices te ha hecho pensar que quería una relación? Solo quiero que las cosas vuelvan a la normalidad, porque esto es ridículo.

No la creí. La mirada burlona, la naturalidad con que apoyó el hombro contra la pared... fue una actuación convincente. Cualquier otro habría podido soltar un suspiro de alivio, darle un torpe abrazo y volver con los brazos entrelazados a alguna variante de la normalidad de antaño. Pero yo conocía las peculiaridades de Cassie como la palma de mi mano. Su respiración acelerada, esa disposición de los hombros típica de gimnasta, el infinitesimal matiz vacilante de su voz... Estaba aterrada, y eso me aterró a mí a la vez.

—Sí —dije—. De acuerdo.

—Lo sabes. ¿Verdad, Rob?

Otra vez ese temblor minúsculo.

—Dada la situación —respondí—, no estoy seguro de que sea posible volver a la normalidad. Lo del sábado por la noche fue un gran error, ojalá no hubiera ocurrido, pero ocurrió. Y ahora estamos encallados con eso.

Cassie tiró ceniza sobre los adoquines, pero vi la chispa de dolor en su rostro, duro e indignado como si le hubiera dado un bofetón. Al cabo de un momento, dijo:

—Pues yo no estoy segura de que tenga que ser un error.

—No tendría que haber pasado —insistí. Mi espalda presionaba la pared con tanta fuerza que sentía cómo se me clavaban sus protuberancias a través del traje—. No habría sucedido si yo no hubiera estado liado con otros temas. Lo siento, pero así son las cosas.

—Está bien —contestó, con mucha prudencia—. Está bien. Pero no hay que hacer una montaña de ello. Somos amigos, estamos unidos, por eso ocurrió, solo nos acercamos un poco más; fin de la historia.

Lo que decía era sumamente razonable y sensible; sabía que era yo el que parecía inmaduro y melodramático, y eso solo me oprimió aún más. Pero ya le había visto antes aquella mirada, frente a la aguja de un yonqui en un piso donde ningún ser humano viviría, y esa vez Cassie también sonó muy convincentemente tranquila.

—Sí—afirmé, apartando la mirada—. Puede. Necesito un poco de tiempo para ordenar mis pensamientos después de todo, lo que ha sucedido.

Cassie separó las manos.

—Rob —dijo; nunca olvidaré esa vocecita nítida y perpleja—. Rob, solo soy yo.

No pude oírla; apenas la veía, su rostro parecía el de una extraña, indescifrable y peligroso. Deseé estar casi en cualquier otra parte del mundo.

—Tengo que volver —respondí, y tiré el cigarrillo—. ¿Me das mi mechero?

No sé explicar por qué no me detuve a considerar la posibilidad de que Cassie dijera la verdad más simple y exacta sobre lo que quería de mí. Al fin y al cabo nunca la había visto mentir, ni a mí ni a nadie, y no tengo muy claro por qué di por hecho con tanta certeza que había empezado a hacerlo de pronto. Ni se me pasó por la cabeza que su desolación se debiera en realidad a la pérdida de su mejor amigo —pues creo poder afirmar, sin engañarme, que eso es lo que era—, y no a una pasión no correspondida.

Sonará arrogante, como si me creyera un Casanova irresistible, pero sinceramente no pienso que sea tan sencillo. Hay que recordar que nunca había visto a Cassie así. Nunca la había visto llorar y podría contar con los dedos de una mano las veces que la había visto asustada; ahora tenía los ojos hinchados y como doloridos bajo el maquillaje tosco y desafiante, y en ellos había esa pizca de miedo y desesperación cada vez que me miraba. ¿Qué iba a pensar? Las palabras de Rosalind (lo de los treinta, el reloj biológico, lo de no poder esperar…) me dolían como un diente roto, y todo cuanto leía sobre el tema (revistas andrajosas en salas de espera o los *Cosmo* de Heather que hojeaba adormilado durante el desayuno) las respaldaban: diez consejos para que una treintañera pueda aprovechar al máximo su última oportunidad, terribles advertencias sobre la decisión de tener hijos demasiado tarde y, por si fuera poco, algún artículo acerca de no acostarse nunca con los amigos porque eso despierta inevitablemente «sentimientos» en la parte femenina, miedo al compromiso en el hombre y aburridas e innecesarias complicaciones en general.

Siempre creí a Cassie a un millón de kilómetros de esos tópicos femeninos, pero también pensaba («A veces, cuando estás cerca de alguien se te escapan cosas») que éramos la excepción a toda regla, y vaya cómo habíamos acabado. Y no pretendía ser yo mismo un tópico, pero recordemos que Cassie no era la única cuya vida se había desbaratado. Yo estaba perdido, confuso, trastornado hasta la médula, y me agarré a las únicas directrices que pude encontrar.

Además, desde muy temprano aprendí a suponer algo oscuro y letal oculto en el corazón de todo lo que amaba. Al no encontrarlo reaccioné, apabullado y receloso, de la única manera que conocía: colocándolo ahí yo mismo.

Ahora, desde luego, resulta obvio que incluso una persona fuerte tiene sus puntos débiles, y que yo le miné a Cassie toda su firmeza con la precisión de un joyero que secciona el defecto de una piedra. Alguna vez debió de pensar en su tocaya, esa devota marcada por la maldición más ingeniosa y sádica de su dios: decir la verdad y no ser creída.

Sam se pasó por mi apartamento el lunes por la noche, tarde, hacia las diez. Yo acababa de levantarme para prepararme unas tostadas de cena y ya volvía a estar medio dormido, y cuando sonó el timbre tuve un fogonazo irracional y cobarde de miedo a que fuese Cassie, quizás algo bebida, exigiendo aclarar las cosas de una vez por todas. Dejé que contestara Heather. Cuando llamó de mal talante a mi puerta y dijo: «Es para ti, un tío que se llama Sam», me sentí tan aliviado que la sorpresa tardó un momento en aflorar. Sam nunca había estado en mi casa; ni siquiera era consciente de que supiera dónde estaba.

Fui hacia la puerta mientras me metía la camisa por dentro y oí cómo subía los escalones pisando fuerte.

—Hola —dije cuando llegó al rellano.

—Hola —me contestó.

No le había visto desde el viernes por la mañana. Llevaba su gran abrigo de *tweed*, necesitaba un afeitado y tenía el pelo sucio, con mechones largos y húmedos que le caían sobre la frente.

Aguardé, pero él no ofreció ninguna explicación a su presencia, así que lo llevé a la sala de estar. Heather nos siguió hasta allí y empezó a hablar: «Hola, me llamo Heather, y encantada de conocerte, dónde te ha tenido escondido Rob todo este tiempo, nunca trae a sus amigos a casa, ¿no crees que eso no está bien?, solo estaba viendo *The Simple Life*[20], ¿tú lo sigues? Caray, este año está increíble», y así sin parar. Finalmente captó el significado de nuestras respuestas monosilábicas, porque dijo, en tono ofendido:

---

[20] *Reality show* protagonizado por París Hilton y Nicole Richi. *(N. de la T.)*

—Bueno, chicos, supongo que necesitáis un poco de intimidad.

Y como ninguno de los dos lo negó se marchó molesta, ofreciéndole a Sam una sonrisa cálida y a mí otra ligeramente más gélida.

—Siento irrumpir de esta manera —comenzó Sam.

Miró la estancia (agresivos cojines de diseño y estanterías llenas de animales de porcelana con largas pestañas) como si lo descolocara.

—No pasa nada —dije yo—. ¿Quieres tomar algo?

No tenía ni idea de qué estaba haciendo. No quería pensar siquiera en la intolerable posibilidad de que tuviera algo que ver con Cassie: «No habrá sido capaz —pensé—, espero que no haya sido capaz de pedirle que venga a tener una charla conmigo».

—Un whisky estaría bien.

Encontré media botella de Jameson's en mi armario de la cocina. Cuando volví a la sala con los vasos Sam se encontraba en un sillón, aún con el abrigo puesto, la cabeza gacha y los codos en las rodillas. Heather había dejado la tele encendida y sin volumen, y dos mujeres idénticas con maquillaje anaranjado discutían con silenciosa histeria sobre vete a saber qué; la luz se reflejaba en su cara y le daba una apariencia fantasmagórica y maligna.

Apagué el televisor y le ofrecí un vaso. Lo miró con cierto asombro y luego se tragó la mitad con un torpe giro de muñeca. Pensé que quizá ya estuviera un poco borracho. No estaba vacilante ni arrastraba las palabras ni nada de eso, pero tanto sus gestos como su voz parecían diferentes, bruscos y pesados.

—¿Qué? —dije, a lo tonto—, cuéntame.

Sam se tomó otro trago. La lámpara de pie que tenía al lado lo dejaba medio dentro y medio fuera de su haz de luz.

—¿Sabes lo del viernes? —dijo—. ¿La cinta?

Me relajé un poco.

—Sí.

—No he hablado con mi tío —admitió.

—¿No?

—No. Lo he pensado durante el fin de semana. Pero no le he llamado. —Se aclaró la garganta—. He ido a ver a O'Kelly —continuó, y se la aclaró otra vez—. Esta tarde, con la cinta. Se la he puesto y luego le he dicho que el del otro lado era mi tío.

—Vaya —dije.

Creo que no me esperaba que contara la verdad. Estaba impresionado, a pesar de mí mismo.

—Luego… —continuó Sam. Pestañeó mirando el vaso en la mano y lo dejó en la mesa de centro—. ¿Sabes qué me ha dicho?

—¿Qué?

—Me ha preguntado si estaba mal de la puta cabeza. —Se rio de un modo algo alocado—. Dios, creo que lleva algo de razón… Me ha dicho que borre la cinta, que deje de pinchar ese teléfono y que no moleste más a Andrews. «Es una orden», eso es lo que me ha dicho. Ha dicho que no tengo la menor prueba de que Andrews tuviera algo que ver con el asesinato, y que si esto llegaba más lejos volveríamos a llevar uniforme tanto él como yo; no enseguida, ni por algún motivo que tuviera que ver con esto, pero un día no muy lejano despertaríamos y nos encontraríamos patrullando en el puto culo del mundo por el resto de nuestras vidas. «Esta conversación nunca ha tenido lugar, porque esta cinta no ha existido nunca.»

Estaba alzando la voz. El dormitorio de Heather está al lado de la sala de estar, y estaba casi seguro de que tendría una oreja pegada a la pared.

—¿Quiere que lo encubras? —pregunté, manteniendo un tono bajo con la esperanza de que Sam captara la indirecta.

—Yo diría que eso es lo que insinuaba, sí —respondió, con una gran dosis de sarcasmo. No era algo natural en él, y en vez de sonar cínico y duro le hizo parecer terriblemente joven, como un adolescente deprimido. Se recostó en el sillón y se retiró el pelo de la cara—. No me lo esperaba, ¿sabes? De todas las cosas que me preocupaban… Ni siquiera pensé en esto.

A decir verdad, supongo que nunca había podido tomarme muy en serio toda la línea de investigación de Sam. *Holdings* internacionales, taimados promotores inmobiliarios y tratos bajo mano con terrenos; siempre me pareció extremadamente remoto, burdo y casi ridículo, típico de una peli mala y taquillera con Tom Cruise de protagonista, no algo que pudiera afectar de una manera real. La expresión del rostro de Sam me pilló con la guardia baja. No había estado bebiendo, nada de eso; el doble revés —su tío y O'Kelly— le había caído encima como dos autobuses. Tratándose de Sam, no lo había visto venir. Por un instante, a pesar de todo, deseé hallar las palabras adecuadas para consolarlo; explicarle que llega un momento en que eso le sucede a todo el mundo y que sobreviviría, como casi todas las personas.

—¿Qué voy a hacer? —preguntó.

—No tengo ni idea —respondí, sorprendido. Es cierto que Sam y yo habíamos pasado mucho tiempo juntos recientemente, pero eso no nos convertía en amigos del alma, y en cualquier caso yo no estaba en posición de dar un sabio consejo a nadie—. No quiero parecer insensible, pero ¿por qué me lo preguntas a mí?

—¿A quién si no? —preguntó Sam con calma. Cuando alzó la vista vi que tenía los ojos enrojecidos—. No puedo irle a nadie de mi familia con esto, ¿no? Los mataría. Y tengo muy buenos amigos, pero no son policías y esto es un asunto policial. Y Cassie... preferiría no meterla en esto. Ella ya tiene bastante con lo suyo. Estos días se la ve horriblemente tensa. Tú ya lo sabías y solo necesitaba hablar con alguien antes de decidirme.

Estaba bastante convencido de que a mí también se me había visto muy tenso esas últimas semanas, aunque me agradó la implicación de que lo había disimulado mejor de lo que creía.

—¿Decidirte? No parece que tengas muchas opciones.

—Tengo a Michael Kiely —respondió Sam—. Podría darle la cinta a él.

—Dios. Perderías tu trabajo antes de que el artículo llegara a imprenta. Incluso podría ser ilegal, no estoy seguro.

—Lo sé. —Se presionó los ojos con la parte carnosa de las palmas—. ¿Crees que es lo que debería hacer?

—No tengo ni la más remota idea —admití.

El whisky le estaba sentando ligeramente mal a mi estómago semivacío. Había utilizado cubitos de la parte trasera del congelador, que sabían rancios y adulterados.

—¿Qué pasaría si lo hiciera, lo sabes?

—Pues que te despedirían. Y a lo mejor te llevarían a juicio. —No dijo nada—. Supongo que se constituiría una comisión de investigación. Si decidieran que tu tío ha hecho algo malo, le advertirían de que no volviera a hacerlo, lo inhabilitarían un par de años para ejercer un cargo específico y luego todo volvería a la normalidad.

—Pero ¿y la autopista? —Sam se frotó la cara—. No puedo pensar con claridad... Si no digo nada, esa autopista cruzará toda la zona arqueológica sin que haya un buen motivo.

—Lo hará de todos modos. Si vas a los periódicos, el gobierno se limitará a decir: «Uy, lo sentimos, demasiado tarde para trasladarla», y seguirán como si nada.

—¿Tú crees?

—Pues sí —dije—. Sinceramente.

—¿Y Katy? —siguió—. Se supone que es en eso en lo que debemos pensar. ¿Y si Andrews contrató a alguien para que la matara? ¿Dejamos que se salga con la suya y ya está?

—No lo sé —respondí.

Me preguntaba cuánto tiempo pensaba quedarse allí.

Guardamos silencio durante un rato. Los del apartamento de al lado celebraban una cena o algo parecido; se oía un batiburrillo de voces alegres, a Kylie en el estéreo y a una chica exclamando con coquetería: «¡Te lo dije, ya lo creo!». Heather golpeó la pared; hubo un instante de silencio y después un estallido de risas medio sofocadas.

—¿Sabes cuál es mi primer recuerdo? —dijo Sam. La luz de la lámpara le hacía sombras en los ojos y yo no lograba adivinar su expresión—. El día en que Red entró en la Cámara yo solo era un crío, tendría tres o cuatro años, pero la familia al completo subimos a Dublín para acompañarlo. Hacía un sol espléndido. Yo llevaba un trajecito nuevo. No tenía muy claro qué pasaba exactamente, pero intuía que se trataba de algo importante. Todo el mundo parecía tan feliz, y mi padre… estaba entusiasmado, se le veía tan orgulloso… Me subió a los hombros para que pudiera ver y gritó: «¡Ese es tu tío, hijo!». Red estaba en lo alto de las escalinatas, sonriendo y saludando, y yo chillé: «¡Ese señor es mi tío!», y todos se rieron y me guiñaron el ojo. Aún tenemos la foto colgada en la sala de estar.

Se hizo otro silencio. Se me ocurrió que al padre de Sam tal vez no le impresionaran tanto como este creía las hazañas de su hermano, aunque decidí que eso le proporcionaría un consuelo muy discutible.

Sam volvió a echarse el pelo hacia atrás.

—Y está la casa —continuó—. Sabes que soy propietario de mi casa, ¿verdad? —Asentí. Me dio la sensación de que sabía adónde iría a parar—. Sí. Está muy bien, cuatro dormitorios y todo. Yo solo buscaba un apartamento, pero Red dijo… en fin, para cuando tenga una familia. Yo no creía que pudiera permitirme nada decente… pero él sí. —Se aclaró la garganta de nuevo, con un ruido agudo e inquietante—. Me presentó al constructor de la urbanización, dijo que eran viejos amigos y el tipo me hizo un buen trato.

—Pues sí —respondí—, pero ahora poca cosa puedes hacer al respecto.

—Podría vender la casa al precio que pagué por ella. A alguna pareja joven que de ninguna otra manera conseguirá un sitio donde vivir.

—¿Por qué? —pregunté. Esa conversación estaba empezando a poder conmigo. Sam era como un concienzudo y apabullado san bernardo que se esforzaba animosamente por cumplir con su deber en medio de una ventisca que hacía del todo inútil cada uno de sus laboriosos pasos—. La autoinmolación es un bonito gesto, pero en general no se consigue demasiado.

—No conozco el dicho —dijo Sam, cansado—, pero capto la idea. Estás diciendo que debería dejarlo.

—Yo no sé lo que deberías hacer —respondí. Me inundó una oleada de cansancio y mareo. «Dios, vaya semana», pensé—. Seguramente soy el último a quien deberías preguntar. Pero es que no veo qué sentido tiene convertirte en mártir y abandonar tu casa y tu carrera cuando no le va a servir de nada a nadie. Tú no has hecho nada malo, ¿verdad?

Sam alzó la vista hacia mí.

—Verdad —contestó, con suavidad y amargura—. Yo no he hecho nada malo.

Cassie no era la única que estaba perdiendo peso. Hacía una semana larga que yo no ingería una comida como Dios manda, con grupos de alimentos y todo, y adquirí una vaga conciencia de que al afeitarme tenía que maniobrar con la maquinilla para entrar en los nuevos huequecitos de la línea de la mandíbula; pero hasta que no me quité el traje esa noche no me di cuenta de que me colgaba de los huesos de la cadera y se me caía de los hombros. La mayoría de los detectives gana o pierde peso durante una gran investigación —Sam y O'Gorman empezaban a estar un poco gordos en la zona central, a causa de estar picando porquerías todo el día—, y yo soy lo bastante alto como para que a duras penas se me note, pero si aquel caso continuaba mucho más tendría que comprarme trajes nuevos o andar por ahí con pinta de Charlie Chaplin.

He aquí algo que ni siquiera Cassie sabe: cuando tenía doce años era un niño grandote. No uno de esos críos esféricos y sin facciones que aparecen caminando como patos en esas secciones de las noticias en las que se sermonea sobre la inferioridad moral de la juventud de hoy; en las fotos solo se me ve macizo, algo rechoncho tal vez, alto para mi edad y espantosamente incómodo, pero yo me sentía monstruoso y perdido porque mi propio cuerpo me había traicionado. Había crecido a lo largo y a lo ancho hasta resultarme irreconocible, como una broma horrible con la que tenía que cargar cada instante de mi vida. No ayudaba que Peter y Jamie tuvieran exactamente el mismo aspecto de siempre: más largos de piernas y sin dientes de leche, pero todavía flacos, ligeros y aún más invencibles.

Mi fase rechoncha no duró mucho. De acuerdo con la tradición, la comida del internado era tan horrible que hasta a un niño que no estuviera afligido, con añoranza y creciendo deprisa le habría costado comer lo bastante como para ganar peso. Y el primer año apenas comí nada. Al principio el encargado me obligaba a que me quedara solo en la mesa, a veces durante horas, hasta que conseguía tragarme unos cuantos bocados y su objetivo, fuera el que fuese, se hubiera cumplido; con el tiempo me hice un experto en deslizar la comida al interior de una bolsa de plástico que llevaba en el bolsillo, para tirarla después. Pienso que el ayuno es una forma profundamente instintiva de implorar algo. Seguro que, de alguna manera tácita, creía que si comía lo bastante poco durante el tiempo suficiente Peter y Jamie volverían y todo sería normal otra vez. A principios del segundo curso ya era alto, delgado y todo codo, como se supone que hay que ser a los trece años.

No sé muy bien por qué era precisamente este mi secreto mejor guardado. Creo que la verdad es la siguiente: siempre me he preguntado si fue el motivo por el que me quedé atrás aquel día en el bosque. Porque era gordo; porque no podía correr lo suficiente; porque, al ser grueso y torpe desde hacía poco, mi equilibrio se fue al garete y me dio miedo saltar del muro del castillo. A veces pienso en la línea fina y titilante que separa el rechazo de la salvación. A veces pienso en los antiguos dioses que exigían de sus sacrificios que fueran audaces e inmaculados, y me pregunto si aquel o aquello que se llevó a Peter y a Jamie decidió que yo no era lo bastante bueno.

19

Lo primero que hice la mañana de aquel martes fue coger por fin el autobús a Knocknaree para recoger mi coche. De haber podido, habría preferido no volver a pensar en ese sitio en toda mi vida, pero estaba harto de ir y volver del trabajo en vagones atiborrados y apestosos, y pronto me tocaba hacer una compra bestia en el supermercado, antes de que la cabeza de Heather sufriera una implosión.

Mi coche seguía en el área de descanso, más o menos en las mismas condiciones en que lo dejé, aunque la lluvia lo había cubierto de una capa de mugre y alguien había escrito con un dedo «DISPONIBLE TAMBIÉN EN BLANCO» en la ventanilla del copiloto. Me metí entre las casetas prefabricadas (en apariencia desiertas, salvo por Hunt, que estaba en el despacho sonándose la nariz de forma ruidosa) para llegar a la excavación y recuperar mi saco de dormir y mi termo.

El ambiente allí había cambiado; esta vez no había guerras de agua ni alegre griterío. El equipo trabajaba en un silencio lúgubre, encorvado como una cadena de presos, y mantenía un ritmo arduo y castigadoramente rápido. Repasé el calendario mentalmente; se trataba de su última semana y los de la autopista tenían que ponerse a trabajar el lunes si se levantaba el requerimiento. Vi a Mel dejar de darle al azadón y erguirse con una mueca y con una mano en la columna; estaba jadeando y la cabeza se le cayó hacia atrás como si no le quedaran fuerzas para sostenerla, pero al cabo de un momento hizo rodar los hombros, tomó aliento y volvió a sostener en alto el azadón. El cielo se cernía gris y pesado, amenazadoramente cerca. A lo lejos, en algún lugar de la urbanización, una alarma de coche lanzaba su histérico chillido sin que le hicieran caso.

El bosque, negro y huraño, no revelaba nada. Lo miré y me di cuenta de que no deseaba en absoluto meterme ahí. A estas alturas mi saco de dormir estaría empapado y tal vez colonizado por el moho o las hormigas o algo semejante, y de todos modos nunca lo utilizaba, así que no valía la pena la inmensidad de aquel primer paso en el silencio opulento y musgoso. A lo mejor uno de los arqueólogos o de los chicos del lugar lo encontrarían y se lo quedarían antes de que se pudriera.

Ya estaba llegando tarde al trabajo, pero la mera idea de ir me fatigó, así que pensé que qué más daban unos cuantos minutos más. Tomé una postura más o menos cómoda sobre un muro en ruinas y, con un pie alzado para apoyarme, me encendí un cigarrillo. Un tío bajo y fornido con el pelo oscuro y de estropajo —George Algo, lo recordaba vagamente de los interrogatorios— levantó la cabeza y me vio. Por lo visto, verme le dio una idea, clavó la paleta en el suelo, se puso en cuclillas y se sacó un paquete de tabaco aplastado de los vaqueros.

Mark estaba arrodillado encima de un talud de la altura de un muslo, escarbando un pedazo de tierra con una energía incesante y frenética, pero antes casi de que el tío moreno extrajera un cigarro él ya lo había calado y saltó del talud, con el pelo ondeando, para ir hacia él.

—¡Eh, Macker! ¿Qué coño te crees que haces?

Macker dio un respingo con aire de culpabilidad.

—¡Dios! —Se le cayó el paquete y lo rebuscó en la tierra—. Estoy fumando, ¿qué problema hay?

—Hazlo en la pausa del café, ya te lo he dicho.

—Pero ¿qué pasa? Puedo fumar y usar la paleta al mismo tiempo, se tardan cinco segundos en encender un...

Mark se enfureció.

—No tenemos ni cinco segundos que perder. No tenemos ni un segundo. ¿Te crees que sigues en el colegio, pedazo de imbécil? ¿Te crees que todo esto es algún tipo de juego, eh?

Tenía los puños crispados y estaba casi en posición de pelea callejera. Los demás arqueólogos habían dejado de trabajar y observaban con la boca abierta, indecisos y con las herramientas suspendidas en el aire. Yo pensé que iba a haber pelea, pero entonces Macker soltó una risa forzada y retrocedió, alzando las manos con sorna.

—Tranquilo, tío —dijo.

Se cogió el cigarrillo con el pulgar y el índice y lo reintrodujo en el paquete con gran precisión.

Mark mantuvo la mirada hasta que Macker, que se tomó su tiempo, se puso de rodillas, recogió su paleta y se puso a raspar otra vez. Luego giró sobre los talones y regresó al talud, con los hombros erguidos y rígidos. Macker se puso en pie disimuladamente y lo siguió, imitando el trote elástico de Mark y transformándolo en un galope de chimpancé. Arrancó una risita tensa a uno o dos compañeros y, complacido consigo mismo, sostuvo la paleta delante de la entrepierna y meneó la pelvis en dirección al trasero de Mark. Su silueta contra el cielo encapotado resultaba distorsionada y grotesca, como una criatura sacada de algún friso griego obsceno y oscuramente simbólico. El aire estaba cargado de electricidad como una torre de alta tensión y las payasadas de Macker me dieron dentera. Me di cuenta de que estaba clavando las uñas en el muro. Deseé ponerle las esposas, propinarle un puñetazo en la cara, cualquier cosa que le hiciera parar.

Los demás arqueólogos se cansaron, dejaron de prestarle atención, y él le levantó el dedo a Mark y volvió a su parcela con aire arrogante, como si todas las miradas siguieran puestas en él. De pronto me alegré ferozmente de no tener que volver a ser adolescente jamás en mi vida. Encajé mi cigarrillo en una piedra y me estaba abrochando el abrigo y girándome para volver al coche cuando una idea me golpeó en la boca del estómago (un golpe imprevisto, perverso y traicionero). La paleta.

Me quedé muy quieto largo rato. Oía latir mi corazón, rápido y superficial, en la base de la garganta. Al fin acabé de abrocharme el abrigo, localicé a Sean entre el montón de chaquetas militares y me abrí paso hacia él a través de la excavación. Me sentía extrañamente exaltado, como si mis pies dieran palmetazos sin esfuerzo a un par de metros por encima del suelo. Los arqueólogos me lanzaron miradas veloces al pasar; no eran unas miradas hostiles exactamente, sino carentes de expresión de una forma perfecta y estudiada.

Sean estaba apartando tierra de una zona de piedras. Tenía los auriculares puestos bajo su gorro negro de lana y balanceaba la cabeza suavemente al ritmo del leve bam bam bam de heavy metal.

—Sean —dije.

Mi voz sonó como si surgiera de algún sitio detrás de mis oídos.

No me oyó, pero cuando me acerqué un paso más mi sombra se cernió sobre él, imprecisa bajo la luz grisácea, y alzó la vista. Rebuscó en su bolsillo, apagó el *walkman* y se bajó los auriculares.

—Sean —repetí—, tengo que hablar contigo.

Mark se giró de golpe, se nos quedó mirando, sacudió la cabeza con furia y luego volvió al ataque del talud.

Me llevé a Sean al área de descanso. Se subió al capó del Land Rover y se sacó de la chaqueta un donut grasiento envuelto en papel transparente.

—¿Qué pasa? —preguntó afablemente.

—¿Recuerdas que al día siguiente de encontrar el cadáver de Katharine Devlin mi compañera y yo nos llevamos a Mark para interrogarlo? —comencé. Me impresionó lo calmada que sonaba mi voz, natural y despreocupada, como si al fin y al cabo se tratara de una nimiedad. El arte de la interrogación se convierte en una segunda naturaleza; se te filtra en la sangre y permanece inalterable, más allá de lo atónito, agotado o excitado que estés: el tono educado y profesional, la marcha limpia e implacable a medida que se suceden las respuestas, pregunta tras pregunta…—. Poco después de que lo devolviéramos aquí, tú te quejaste de que no encontrabas tu paleta.

—Sí —contestó, a través de un bocado inmenso—. Eh, no pasa nada si como, ¿no? Me muero de hambre, y a ese Hitler le dará un ataque si como mientras trabajo.

—No te preocupes. ¿Llegaste a encontrar tu paleta?

Sean negó con la cabeza.

—Tuve que comprarme una nueva. Cabrones.

—Vale, piensa detenidamente —dije—. ¿Cuándo fue la última vez que la viste?

—En la caseta de los hallazgos —afirmó—, cuando encontré esa moneda. ¿Es que va a detener a alguien por robarla?

—No exactamente. ¿Qué es eso de la moneda?

—La encontré yo —explicó, con amabilidad—, todo el mundo estaba excitado y eso, porque parecía antigua y solo hemos encontrado unas diez monedas en toda la excavación. La llevé a la caseta de los hallazgos para enseñársela al doctor Hunt, encima de mi paleta, porque si tocas monedas antiguas las grasas de la mano podrían joderla o algo. Y él se emocionó mucho y empezó a sacar todos esos libros para intentar identificarla, pero como eran las cinco y media nos fuimos a casa y me olvidé la paleta en la mesa de la caseta. Volví a buscarla a la mañana siguiente, pero ya no estaba.

—Y eso fue el jueves —señalé, presa de la desazón—. El día que vinimos a hablar con Mark.

De todos modos en aquel momento había sido una posibilidad muy remota, y me sorprendía lo terriblemente frustrado que me sentía, además de idiota y muy muy cansado; quería irme a casa y meterme en la cama.

Sean sacudió la cabeza y se lamió los granos de azúcar de los dedos roñosos.

—No, fue antes —dijo, y sentí que el corazón se me aceleraba de nuevo—. Casi me olvidé durante un tiempo porque no la necesitaba, y es que habíamos vuelto a trabajar con el azadón esa mierda de acequia de drenaje. Pensé que alguien me la habría cogido y se habría olvidado de devolverla. Ese día que vinieron a por Mark fue el primero que la necesité, pero todo el mundo empezó: «No, yo no la he visto, qué va, no he sido yo...».

—¿O sea, que es identificable? ¿Cualquiera que la viera la reconocería como tuya?

—Ya lo creo, lleva mis iniciales en el mango. —Dio otro mordisco enorme al donut—. Se las puse hace mucho, quemando el palo —continuó, con voz amortiguada—, una vez que llovía a saco y tuvimos que quedarnos dentro durante horas. Tengo una navaja del ejército suizo, ¿no?, y calenté el sacacorchos con el mechero...

—En ese momento acusaste a Macker de quitártela. ¿Por qué? —Se encogió de hombros.

—No lo sé, porque esas chorradas son típicas de él. Nadie iba a robarla de verdad con mis iniciales grabadas, y me imaginé que alguien la había cogido solo para cabrearme.

—¿Y continúas pensando que fue él?

—No. Luego caí en que el doctor Hunt cerró la caseta de los hallazgos cuando nos fuimos, y Macker no tiene llave… —De pronto se le iluminaron los ojos—. ¡Eh! ¿Fue el arma del crimen? ¡Mierda!

—No —respondí—. ¿Qué día encontraste la moneda, lo recuerdas?

Sean pareció defraudado, pero reflexionó, con la mirada en el vacío y balanceando las piernas.

—El cadáver apareció el miércoles, ¿verdad? —dijo al fin. Se había terminado el donut; hizo una pelota con el papel transparente, lo lanzó en el aire y lo remató arrojándolo al sotobosque—. Vale, pues el día antes no fue, porque estábamos con la mierda de la acequia de drenaje. El día anterior a ese. El lunes.

Todavía pienso en esa conversación con Sean. El recuerdo tiene algo extrañamente reconfortante, aun cuando acarrea su trasfondo inexorable de dolor. Supongo, si bien me sigue costando reconocerlo, que aquel día fue la cumbre de mi carrera. No me siento orgulloso de muchas de las decisiones que tomé durante el transcurso de la operación Vestal; pero aquella mañana, al menos, a pesar de todo lo ocurrido antes y de cuanto viniera luego, aquella mañana hice todo lo correcto, con tanta seguridad y soltura como si no hubiera dado un paso en falso en toda mi vida.

—¿Estás seguro? —le pregunté.

—Creo que sí. Pregúntele al doctor Hunt, él lleva el registro de los hallazgos. ¿Soy un testigo? ¿Tendré que testificar en un tribunal?

—Es bastante probable —afirmé. La adrenalina había desintegrado el cansancio y mi mente estaba acelerada, rebosante de variantes y posibilidades como un caleidoscopio—. Ya te informaré.

—Muy bien —exclamó Sean, ufano. Por lo visto, esto compensaba la decepción por lo del arma del crimen—, ¿Me darán protección?

—No, pero necesito que hagas algo por mí. Quiero que vuelvas al trabajo y les digas a los otros que hemos estado hablando de un extraño al que viste merodeando por aquí días antes del asesinato. Que te he pedido una descripción más detallada. ¿Podrás hacerlo?

Ni pruebas ni refuerzos. No quería asustar a nadie todavía.

—Por supuesto —aseguró Sean, ofendido—. Una operación secreta. Perfecto.

—Gracias —dije—. Volveré a hablar contigo más adelante.

Se bajó del capó y fue trotando con los demás, mientras se frotaba la parte de atrás de la cabeza a través de la gorra de lana. Aún llevaba azúcar en las comisuras de la boca.

Comprobé lo de Hunt, que repasó su cuaderno y confirmó las palabras de Sean. Este halló la moneda el lunes, horas antes de que Katy muriese.

—Un hallazgo maravilloso —me explicó Hunt—, maravilloso. Nos llevó bastante tiempo... mmm... identificarla, ¿sabe? Aquí no tenemos especialistas en numismática; yo soy medievalista.

—¿Quién tiene llave de la caseta de los hallazgos? —quise saber.

—Un penique de metal Eduardo IV, de principios de 1550 —dijo—. Oh... ¿la caseta? Pero ¿por qué?

—Sí, la de los hallazgos. Me han dicho que por la noche está cerrada. ¿Es correcto?

—Sí, sí, todas las noches. Casi todo es cerámica, pero claro, nunca se sabe.

—¿Y quién tiene llave?

—Pues yo, desde luego. —Se sacó las gafas y pestañeó exageradamente mientras las limpiaba con el jersey—. Y Mark y Damien, por las visitas, ya sabe. Por si acaso. A la gente siempre le gusta ver los hallazgos, ¿no?

—Sí —dije—, estoy seguro de ello.

Regresé al área de descanso y llamé a Sam. Uno de los árboles era un castaño, por lo que había castañas diseminadas alrededor de mi coche; le quité la cáscara espinosa a una de ellas y luego la lancé al aire mientras esperaba respuesta. Una llamada informal, tal vez para concertar una cita con alguien para la noche, en caso de que unos ojos me observaran y se preocuparan; nada importante.

—O'Neill —contestó Sam.

—Sam, soy Rob —dije, atrapando la castaña encima de mi cabeza—. Estoy en Knocknaree, en la excavación. Os necesito a Maddox, a ti y a unos cuantos refuerzos lo antes posible, junto con un equipo del departamento; trae a Sophie Miller si puedes. Encárgate de que vengan con un detector de metales y alguien que sepa utilizarlo. Quedamos en la entrada de la urbanización.

—Entendido —respondió Sam, y colgó.

Tardaría al menos una hora en reunir a todo el mundo y llegar a Knocknaree. Trasladé mi coche colina arriba, oculto a la vista de los arqueólogos, y me senté en el capó a esperar. El aire olía a hierba muerta y truenos. Knocknaree se había encerrado en sí mismo, las colinas lejanas eran invisibles bajo las nubes y el bosque era una mancha oscura e irreal al pie de la ladera. Ya había pasado el tiempo suficiente para que a los niños les permitieran salir a jugar fuera otra vez, y oía pequeños chillidos de júbilo o de susto o ambas cosas procedentes del interior de la urbanización; la alarma de aquel coche continuaba sonando y en algún lugar un perro ladraba como un loco, frenética e incesantemente.

Cada sonido me ponía un poco más tenso; sentía temblar la sangre en cada rincón de mi cuerpo. La cabeza aún me iba a toda máquina y runruneaba al ritmo de las correlaciones y los fragmentos de pruebas, mientras preparaba mentalmente qué les diría a los demás cuando llegaran. Y más allá de la adrenalina estaba la inexorable comprensión de que, si estaba en lo cierto, era casi seguro que la muerte de Katy Devlin no tuviera relación alguna con la desaparición de Peter y Jamie; al menos, en ningún sentido que pudiera calificarse como prueba.

Me concentré tanto que casi me olvidé de lo que estaba esperando. Cuando los otros empezaron a llegar, los vi con la mirada agudizada y sobresaltada de un extraño. Sobrios coches oscuros y una furgoneta blanca se acercaban en una ráfaga casi silente, puertas que se abrían deslizándose con suavidad, hombres trajeados y técnicos anónimos con su relumbrante colección de herramientas, listos como cirujanos para levantar la piel de ese lugar centímetro a centímetro y revelar la oscura arqueología que bullía debajo. El golpe de las puertas al cerrarse era casi imperceptible y de una precisión infalible, amortiguado por el aire denso.

—¿Qué pasa? —preguntó Sam.

Había traído a Sweeney, a O'Gorman y a un tipo pelirrojo al que reconocí vagamente del hervidero de actividad que fue la sala de investigaciones hacía unas semanas. Me bajé del Land Rover y ellos se posicionaron a mi alrededor; Sophie y su equipo se estaban poniendo los guantes y el rostro fino y tranquilo de Cassie asomaba por encima del hombro de Sam.

—La noche en que murió Katy Devlin —comencé—, desapareció una paleta de la caseta de los hallazgos de la excavación, cerrada con llave. Los arqueólogos utilizan unas paletas que consisten en una hoja de metal sujeta a un mango de madera de unos quince centímetros de largo, que se estrecha hacia la hoja y tiene la punta redonda. Esta paleta en concreto, que continúa desaparecida, llevaba las letras «SC» grabadas en el mango; son las iniciales del propietario, Sean Callaghan, que afirma que se la olvidó en la caseta de los hallazgos a las cinco y media de la tarde del lunes. Encaja con la descripción que hizo Cooper del instrumento utilizado para atacar sexualmente a Katy Devlin. Nadie sabía que iba a estar ahí, lo que sugiere que fue un arma aleatoria y que esa caseta podría ser nuestro escenario del crimen original. Sophie, ¿puedes empezar allí?

—El kit de luminol —le dijo Sophie a uno de sus «miniyó».

Se separó del grupo y abrió la puerta trasera de la furgoneta.

—Tres personas tenían llaves de la caseta —dije—. Ian Hunt, Mark Hanly y Damien Donnelly. No podemos descartar a Sean Callaghan, ya que podría haberse inventado el cuento de que se dejó la paleta allí. Hunt y Hanly tienen coche, lo que significa que, si fue uno de ellos, pudo haber ocultado o transportado el cuerpo en el maletero. Callaghan y Donnelly no tienen, que yo sepa, así que cualquiera de los dos tendría que haber escondido el cuerpo muy cerca de aquí, quizás en el yacimiento. Tendremos que peinar toda la zona con lupa y rezar para que quede alguna prueba. Estamos buscando la paleta, una bolsa de plástico manchada de sangre y las escenas del crimen original y secundaria.

—¿También tienen llaves del resto de las casetas? —quiso saber Cassie.

—Averígualo —respondí.

El técnico había vuelto, con el kit de luminol en una mano y un rollo de papel marrón en la otra. Nos miramos unos a otros, asentí y nos pusimos en marcha al mismo paso, formando una falange veloz y resuelta que bajaba por la colina rumbo a la excavación.

Cuando un caso se esclarece es como si se abriera un dique. Todo a tu alrededor se aglomera y adopta la marcha más potente de forma grácil e irreprimible; cada gota de energía que has vertido en la investigación vuelve a ti, desatándose, ganando impulso a cada segundo y sumiéndote en su rugido creciente. Me olvidé de que O'Gorman nunca me había caído bien, me olvidé de que Knocknaree me hacía perder la cabeza y de que casi me había cargado aquel caso una docena de veces, casi me olvidé de todo lo que había ocurrido entre Cassie y yo. Creo que esta es una de las cosas que siempre me han encantado de mi trabajo: el hecho de que, en determinados momentos, puedas renunciar a todo lo demás, te pierdas en su huracanado ritmo tecno y te conviertas tan solo en parte de una maquinaria esencial y perfectamente calibrada.

Nos desplegamos en abanico, por si acaso, para cruzar el yacimiento en dirección a los arqueólogos. Estos nos lanzaron unas miradas breves e intranquilas, pero nadie echó a correr; nadie dejó siquiera de trabajar.

—Mark —dije. Aún estaba arrodillado en su talud; se puso en pie de un rápido y peligroso movimiento y se me quedó mirando—. Voy a tener que pedirte que traigas a todo tu equipo a la cantina.

Mark estalló.

—¡Me cago en Dios! ¿Es que no habéis tenido bastante? ¿De qué tenéis miedo? Aunque hoy encontrásemos el Santo Grial de los cojones, el lunes por la mañana arrasarían este sitio de todos modos. ¿No podéis dejarnos en paz al menos estos días?

Por un momento casi pensé que iba a echárseme encima, y noté que Sam y O'Gorman se acercaban detrás de mí.

—Cálmate, chico —advirtió O'Gorman.

—No me llames «chico». Tenemos hasta las cinco y media del viernes y todo cuanto queráis de nosotros puede esperar hasta entonces, porque no iremos a ninguna parte.

—Mark —dijo Cassie con severidad, a mi lado—. Esto no tiene nada que ver con la autopista. Te diré lo que vamos a hacer: tú, Damien Donnelly y Sean Callaghan vendréis con nosotros ahora mismo. Es innegociable. Si dejas de ponernos dificultades, el resto de tu equipo puede seguir trabajando bajo la supervisión del detective Johnston. ¿Te parece bien?

Mark la fulminó con la mirada, pero al cabo de un segundo escupió en la tierra y proyectó su barbilla hacia Mel, que ya estaba dirigiéndose hacia él. Los demás arqueólogos nos observaban, sudorosos y con ojos como platos. Mark le espetó unas instrucciones a Mel en voz baja mientras señalaba con el dedo varios puntos del yacimiento; luego le dio en el hombro un apretón ligero e inesperado y se alejó a grandes zancadas hacia las casetas, con los puños bien hundidos en los bolsillos de la chaqueta. O'Gorman fue tras él.

—Sean, Damien —llamé.

Sean dio un brinco entusiasta y sostuvo la mano en alto para que chocara mi palma con la suya, pero me lanzó una mirada cómplice al ver que yo lo ignoraba.

Damien vino más despacio, subiéndose los pantalones. Estaba tan aturdido que casi parecía ser víctima de una conmoción, aunque tratándose de él no me alarmó especialmente.

—Tenemos que hablar con vosotros —anuncié—. Nos gustaría que esperaseis un rato en la cantina, hasta que estemos listos para llevaros a comisaría.

Ambos abrieron la boca. Me di la vuelta y me fui antes de que pudieran preguntar.

Los metimos en la cantina junto con un aturullado doctor Hunt —que seguía aferrado a puñados de papeles— y dejamos a O'Gorman para vigilarlos. Hunt nos dio permiso para registrar el yacimiento con una prontitud que le hizo bajar puestos en la lista de sospechosos (Mark exigió ver nuestra orden, pero se echó atrás en cuanto le dije que me encantaría conseguir una si a él no le importaba esperar allí unas cuantas horas), y Sophie y su equipo se dirigieron a la caseta de los hallazgos y empezaron a pegar papel marrón sobre las ventanas. Johnston, afuera en la excavación, se movía entre los arqueólogos libreta en mano, comprobando paletas y apartando a personas para breves *tête-à-tête*.

—La misma llave sirve para todas las casetas —anunció Cassie al salir de la cantina—. Hunt, Mark y Damien tienen una, pero Sean no. No hay más, y todos dicen que nunca han perdido, prestado ni echado de menos la suya.

—Pues empezaremos con las casetas y luego nos iremos abriendo si es necesario —dije—. Sam, ¿vais tú y Cassie a la de los hallazgos? Sweeney y yo nos ocuparemos del despacho.

Este era minúsculo y estaba atestado. Los estantes se combaban bajo el peso de los libros y plantas de interior y en el escritorio se amontonaban papeles, tazas y trozos de cerámica, además de un ordenador mastodóntico. Sweeney y yo trabajamos rápida y metódicamente sacando cajones, cogiendo libros, comprobando la parte de atrás y colocándolos otra vez más o menos en su lugar. Lo cierto es que no esperaba encontrar nada. Ahí no había ningún sitio donde ocultar un cuerpo, y estaba bastante seguro de que la paleta y la bolsa de plástico habían acabado arrojadas al río o enterradas en algún lugar de la excavación, donde necesitaríamos el detector de metales y una gran dosis de suerte y tiempo para encontrarlas. Todas mis esperanzas estaban puestas en Sophie, su equipo y los rituales misteriosos que estuvieran llevando a cabo en la caseta de los hallazgos. Mis manos avanzaban automáticamente a lo largo de las estanterías; aguardaba, con una intensidad que casi me paralizaba, algún sonido del exterior, como pasos o la voz de Sophie llamándome. Cuando a Sweeney se le cayó un cajón y maldijo en voz baja, estuve a punto de gritarle que se callara.

Poco a poco me iba dando cuenta de lo alta que había sido mi apuesta. Podría haberme limitado a llamar a Sophie y hacer que viniera a comprobar la caseta de los hallazgos, sin necesidad de mencionárselo a nadie más si no daba resultado. En lugar de eso, me había apoderado de todo el yacimiento y había traído prácticamente a todas las personas que tenían alguna relación con la investigación. Si aquello resultaba ser una falsa alarma no quería ni pensar en la reacción de O'Kelly.

Al cabo de lo que me pareció una hora, oí en el exterior: «¡Rob!». Me levanté del suelo de un salto, desperdigando papeles por todas partes. Era la voz de Cassie, clara, juvenil y excitada. Subió los escalones brincando, cogió el tirador de la puerta y entró en el despacho dando un giro.

—Rob, tenemos la paleta. En la caseta de las herramientas, debajo de todas esas lonas.

Estaba colorada y sin aliento, y era obvio que se había olvidado por completo de que apenas nos hablábamos. Yo mismo me olvidé por un instante; su voz fue a clavarse directa a mi corazón, familiar, radiante y cálida.

—Quédate aquí y sigue buscando —le ordené a Sweeney, y la seguí.

Ella ya estaba corriendo de vuelta a la caseta de las herramientas, y sus pies aparecían y desaparecían al saltar por encima de surcos y charcos.

La caseta era un caos de carretillas en posiciones variadas y absurdas, picos, palas y azadones enmarañados contra las paredes y enormes y tambaleantes montañas de cubos de metal abollados, esterillas de espuma y chalecos amarillo fluorescente (alguien había escrito «INSERTAR EL PIE AQUÍ», con una flecha apuntando hacia abajo, en la espalda del de arriba de todo), todo ello recubierto de capas irregulares de barro seco.

Había unos cuantos que guardaban las bicis ahí. Cassie y Sam habían trabajado de izquierda a derecha, pues el lado izquierdo tenía ese inconfundible aspecto posregistro, discretamente ordenado e invadido.

Sam estaba de rodillas al fondo de la caseta, entre una carreta rota y un montón de lonas verdes, sosteniendo la esquina de estas con una mano enguantada. Nos abrimos paso entre las herramientas y nos apiñamos a su lado.

La paleta estaba tirada detrás de la pila de lonas, entre estas y la pared; la habían lanzado con tanta fuerza que la punta, al engancharse a media caída, había rasgado la dura tela. No había bombilla y la caseta estaba en penumbra aun con las grandes puertas abiertas, pero Sam alumbró el mango con la linterna. Ahí estaba: «SC», en letras grandes y torcidas con trazos góticos, quemadas en la madera barnizada.

Hubo un largo silencio; solo el perro y la alarma del coche, incesantes en la distancia, con idéntica y mecánica determinación.

—Diría que estas lonas no se utilizan muy a menudo —comentó Sam con discreción—. Estaban detrás de todo lo demás, debajo de herramientas rotas. ¿Y no dijo Cooper que seguramente estuvo envuelta en algo el día antes de que la encontraran?

Me enderecé y me sacudí fragmentos de mugre de las rodillas.

—Aquí mismo —dije—. Su familia se volvió loca buscándola y estuvo aquí mismo todo el tiempo.

Me había levantado demasiado deprisa y por un momento la caseta dio vueltas a mi alrededor y se desvaneció; un agudo zumbido de fondo me machacaba los oídos.

—¿Quién tiene la cámara? —preguntó Cassie—. Tendremos que fotografiar esto antes de meterlo en bolsas.

—El equipo de Sophie —contesté—. Les diremos que inspeccionen también este lugar.

—Y mira —dijo Sam. Alumbró con la linterna la parte derecha de la caseta y enfocó una gran bolsa de plástico medio llena de guantes de jardín, de esos de goma verde con el dorso entretejido—: si yo necesitara unos guantes, cogería un par de estos y luego los volvería a echar dentro.

—¡Detectives! —chilló Sophie, desde algún lugar del exterior.

Su voz sonó metálica, comprimida por el cielo bajo. Di un respingo.

Cassie se levantó de golpe y se volvió a mirar la paleta.

—Alguien tendría que…

—Yo me quedo —dijo Sam—. Id vosotros dos.

Sophie estaba en los peldaños de la caseta de las herramientas, con una luz negra en la mano.

—Sí —anunció—, definitivamente se trata de vuestra escena del crimen. Han intentado limpiarla, pero... Venid a ver.

Los dos jóvenes técnicos estaban apretados en un rincón; el chico sostenía dos espráis negros y Helen manejaba una cámara de vídeo, con los ojos grandes y asombrados por encima de la máscara. La caseta era demasiado pequeña para cinco, y la siniestra y clínica incongruencia que los técnicos habían traído consigo la convirtió en una especie de improvisada cámara de tortura de alguna guerrilla: papel para cubrir las ventanas, una bombilla monda y lironda balanceándose en el techo, unas figuras con máscaras y guantes a la espera de poder entrar en acción...

—Quedaos atrás, junto al escritorio —ordenó Sophie—, lejos de las estanterías.

Cerró la puerta de golpe, con lo que todos pestañeamos, y apretó un trozo de cinta encima de las rendijas que tapaba.

El luminol reacciona hasta con la más mínima cantidad de sangre, haciéndola brillar expuesta a una luz ultravioleta. Se puede pintar una pared salpicada, se puede restregar una alfombra hasta que parezca nueva y quedar impune durante décadas, pero el luminol hará resurgir el crimen, con detalle e inmisericorde. «Si Kiernan y McCabe hubieran tenido luminol, podrían haber encargado a una avioneta de fumigación que vaporizara el bosque», pensé, y reprimí unas ganas histéricas de reírme. Cassie y yo retrocedimos hacia el escritorio, separados unos centímetros. Sophie le pidió con un gesto el espray al técnico, encendió su luz negra y apagó la bombilla del techo. En la oscuridad súbita pude oírnos a todos respirar, cinco pares de pulmones luchando por el aire polvoriento.

El siseo de una botella de espray y el minúsculo piloto rojo de la cámara acercándose. Sophie se agachó y sostuvo su luz cerca del suelo, junto a las estanterías.

—Aquí —dijo.

Oí la inspiración leve y seca de Cassie. El suelo se iluminó de un blanco azulado y mostró unos trazos frenéticos, como una especie de grotesca pintura abstracta: arcos de gotas donde la sangre había salpicado, círculos emborronados donde se había encharcado y empezado a secar, marcas enormes donde alguien la había fregado, jadeante y desesperado, para tratar de eliminarla... Brillaba como una sustancia radiactiva desde las grietas entre las tablas del suelo y realzaba el grano rugoso de la madera. Sophie movió la luz negra hacia arriba y roció otra vez. Aparecieron ínfimas gotitas esparcidas por las estanterías metálicas y un manchón como la huella de una mano al agarrarse con frenesí. La oscuridad nos despojó de la caseta y del embrollo de papeles y bolsas de cerámica rota, y nos dejó suspendidos en el negro espacio con el asesinato, luminiscente, clamoroso y reproduciéndose una y otra vez ante nuestros ojos.

—Dios mío —exclamé.

Katy Devlin había muerto en aquel suelo. Nos habíamos sentado en esa caseta e interrogado al asesino, ni más ni menos que en la escena del crimen.

—No es posible que se trate de lejía ni de nada parecido —aventuró Cassie.

El luminol da falsos positivos por materiales como la lejía doméstica o el cobre, pero ambos sabíamos que Sophie no nos habría hecho acudir de no haber estado segura.

—Comprobado —respondió Sophie sin extenderse. Pude oír su mirada fulminante en su voz—. Sangre.

En lo más hondo, creo que había dejado de creer en aquel momento. En las últimas semanas había pensado muchísimo en Kiernan, en su acogedor refugio junto al mar y sus sueños angustiados. Son contados los detectives que terminan su carrera al menos sin un caso de estos, y una parte traidora de mí insistía desde el principio en que la operación Vestal —la última que habría elegido en este mundo— iba a ser el mío. Fue extraño y casi doloroso adoptar un nuevo enfoque para comprender que nuestro hombre ya no era un arquetipo sin rostro, surgido de la pesadilla colectiva para realizar una acción y disolverse de nuevo en la oscuridad; estaba sentado en la cantina, a solo unos metros de distancia, llevaba unos pantalones enfangados y bebía té ante la mirada recelosa de O'Gorman.

—Ya lo tenéis —concluyó Sophie.

Se enderezó y encendió la luz del techo. Pestañeé ante el suelo anodino e inocente.

—Oye —dijo Cassie. Seguí la inclinación de su barbilla; en uno de los estantes más altos había una bolsa de plástico rellena de más bolsas de plástico, de esas grandes, transparentes y gruesas que utilizaban los arqueólogos para almacenar cerámica—. Si la paleta fue un arma aleatoria…

—Oh, por el amor de Dios —exclamó Sophie—. Vamos a tener que comprobar todas las bolsas de este maldito lugar.

Los cristales de las ventanas vibraron y se oyó un tintineo repentino y furioso en el techo de la caseta. Había empezado a llover.

20

Llovió con ganas el resto del día, con esa lluvia densa e incesante que puede dejarte empapado con solo que corras cien metros hasta tu coche. De vez en cuando, un rayo se recortaba sobre las colinas oscuras y el rugido distante del trueno llegaba hasta nosotros. Dejamos que la pandilla del departamento acabara de ocuparse de las escenas y nos llevamos a Hunt, Mark, Damien y, por si acaso, a un Sean profundamente agraviado («¡Creí que éramos compañeros, tío!») para ponernos manos a la obra. Encontramos una habitación para interrogar a cada uno y empezamos por revisar sus coartadas.

Sean fue fácil de descartar. Compartía piso en Rathmines con otros tres tipos y todos ellos recordaban, en mayor o menor medida, la noche en que murió Katy, pues fue el cumpleaños de uno de ellos y montaron una fiesta en la que Sean pinchó discos hasta las cuatro de la madrugada; luego vomitó en las botas de la novia de alguien y durmió la mona en el sofá. Al menos treinta testigos podían dar fe tanto de sus andanzas como de sus gustos musicales.

Las otras tres no eran tan sencillas. La coartada de Hunt era su esposa y la de Mark era Mel; Damien vivía en Rathfarnham con su madre viuda, que se acostaba temprano pero estaba segura de que su hijo no podría haber salido de casa sin despertarla. Esta clase de coartadas son las que odian los detectives; son pobres, tercas y pueden llegar a cargarse un caso. Sería capaz de nombrar una docena de ellos en los que sabemos exactamente quién fue el autor, el cómo, el dónde y el cuándo, pero no podemos hacer nada de nada porque la madre del tipo jura que estuvo acurrucado en el sofá viendo un programa de la tele.

—Bien —dijo O'Kelly en la sala de investigaciones, después de que trajéramos la declaración de Sean y lo enviásemos a casa (me perdonó la traición y se despidió ofreciéndome la palma para que se la chocara; quería saber si podía vender su historia a los periódicos, a lo que le contesté que si lo hacía yo personalmente registraría su piso en busca de drogas cada noche hasta que cumpliera los treinta)—. Una cosa menos, quedan dos. Hagan sus apuestas, chicos: ¿quién va a ganar?

Estaba de mucho mejor humor con nosotros, ahora que sabía que teníamos a un sospechoso en una de las salas de interrogatorio, aunque no estuviéramos seguros de cuál era.

—Damien —respondió Cassie—. Encaja que ni pintado con el modus operandi.

—Mark admitió que estuvo en la escena —le recordé—. Y es el único que tiene algo parecido a un móvil.

—Que nosotros sepamos. —Supe a qué se refería, o eso creí, pero no iba a sacar la teoría del sicario delante de O'Kelly ni de Sam—. Y no me lo imagino haciéndolo.

—Eso ya lo sé. Yo sí.

Cassie puso los ojos en blanco, lo que en cierto sentido me resultó reconfortante. Una pequeña y feroz parte de mí había esperado que se acobardase.

—¿O'Neill? —preguntó O'Kelly.

—Damien —contestó Sam—. Les he llevado tazas de té a todos y él es el único que la ha cogido con la mano izquierda.

Tras un instante de sorpresa, Cassie y yo nos echamos a reír. Se acababa de quedar con nosotros —yo, por lo menos, me había olvidado por completo de lo del zurdo—, pero ambos estábamos embalados, atolondrados y no podíamos parar. Sam esbozó una media sonrisa y se encogió de hombros, complacido ante la reacción.

—No sé de qué os reís vosotros dos —señaló O'Kelly con brusquedad, aunque su boca también temblaba—. Deberíais haber caído también. Todo ese rollo de los *modus operandi*...

Yo me reía tan fuerte que me estaba poniendo rojo y los ojos me lloraban. Me mordí el labio para detenerme.

—Oh, Dios —exclamó Cassie, respirando hondo—. Sam, ¿qué haríamos sin ti?

—Ya basta de jueguecitos —zanjó O'Kelly—. Vosotros dos os encargáis de Damien Donnelly. O'Neill, tú y Sweeney le dais otro repaso a Hanly, y haré que algunos de los muchachos hablen con Hunt y los testigos de las coartadas. Y Ryan, Maddox, O'Neill: necesitamos una confesión; no la caguéis. *Ándele.*

Arrastró su silla hacia atrás con un rechinar estridente y se fue.

—¿*Ándele*? —repitió Cassie.

Parecía peligrosamente cerca de otro ataque de risa.

—Bien hecho, chicos —dijo Sam. Nos tendió una mano a cada uno, y su apretón resultó fuerte, cálido y sólido—. Buena suerte.

—Si Andrews contrató a uno de ellos —dije, después de que Sam se fuera en busca de Sweeney y Cassie y yo nos quedásemos solos en la sala de investigaciones—, esto va a ser el lío del siglo.

Ella alzó una ceja sin comprometerse y se terminó el café; iba a ser un día muy largo y todos nos habíamos estado atiborrando de cafeína.

—¿Cómo quieres hacerlo? —pregunté.

—Tú estás al mando. Ese ve a las mujeres como una fuente de simpatía y aprobación; le daré una palmadita en la cabeza de vez en cuando. Los hombres lo intimidan, así que ve con cuidado: si lo presionas demasiado, se quedará sin habla y querrá irse. Tómate tu tiempo y hazle sentir culpable. Sigo pensando que estuvo indeciso respecto a todo desde el principio, y apuesto a que se siente fatal por lo que hizo. Si jugamos con su conciencia, solo es cuestión de tiempo que se desmorone.

—Vamos allá —dije.

Nos colocamos bien la ropa, nos atusamos el pelo y caminamos, hombro con hombro, pasillo abajo hacia la sala de interrogatorios.

Fue nuestra última actuación como compañeros. Ojalá pudiera mostrar hasta qué punto un interrogatorio posee su propia belleza, esplendorosa y cruel como la de una corrida de toros; cómo, haciendo caso omiso del tema más burdo y del sospechoso más imbécil, conserva inalterable su gracia tensa y afilada, sus ritmos irresistibles y agitadores; hasta qué punto las buenas parejas de detectives conocen todos los pensamientos del otro con la seguridad de dos compañeros de baile de toda la vida en un *pas de deux*. Nunca supe ni sabré si Cassie o yo éramos unos detectives magníficos, aunque sospecho que no, pero sí sé una cosa: formábamos un equipo digno de canciones de bardo y libros de historia. Aquel fue nuestro último y fantástico baile juntos, ejecutado en una sala de interrogatorios mínima, rodeada de oscuridad y con la lluvia cayendo suave e incesantemente sobre el tejado, sin más público que los condenados y los muertos.

Damien estaba acurrucado en su silla, con los hombros rígidos y la taza de té humeante ignorada sobre la mesa.

Cuando le llamé la atención, se me quedó mirando como si hablase urdu.

El mes transcurrido desde la muerte de Katy no le había tratado bien. Llevaba unos pantalones militares de color caqui y un jersey gris y ancho, pero se notaba que había perdido peso, lo que le hacía parecer desgarbado y, no sé por qué, más bajo de lo que era en realidad. Su atractivo de ídolo de adolescentes aparecía algo roído: bolsas violáceas debajo de los ojos, una arruga vertical que se le empezaba a formar entre las cejas... Aquella florescencia juvenil que tendría que haberle durado unos cuantos años más se marchitaba deprisa. Era un cambio lo bastante sutil como para no haberme dado cuenta en la excavación, pero me dio que pensar.

Empezamos con preguntas fáciles, cuestiones a las que podía responder sin necesidad de preocuparse. Era de Rathfarnham, ¿verdad? ¿Estudiaba en Trinity? ¿Acababa de terminar segundo? ¿Cómo habían ido los exámenes? Damien contestaba con monosílabos y se retorcía el dobladillo del jersey alrededor del pulgar; era evidente que se moría por saber por qué le hacíamos preguntas, pero le daba miedo averiguarlo. Cassie lo desvió hacia la arqueología y él se relajó poco a poco; dejó en paz el jersey y empezó a beberse el té y a formular frases completas, y tuvieron una conversación larga y jovial sobre los distintos hallazgos en la excavación. Les dejé hacer al menos veinte minutos antes de intervenir (sonrisa de paciencia: «Lo siento, chicos, pero creo que deberíamos volver a nuestro asunto antes de que nos busquemos un problema los tres»).

—Vamos, Ryan, solo dos segundos —rogó Cassie—. Nunca he visto un broche de esos. ¿Cómo es?

—Dicen que a lo mejor su destino será el Museo Nacional —le explicó Damien, ruborizado de placer—.

Es como de este tamaño, de bronce, y con una cenefa tallada…

Hizo unos movimientos vagos y ondulantes con un dedo, que en teoría eran para representar la cenefa en cuestión.

—¿Me lo dibujas? —pidió Cassie, y le puso delante la libreta y un boli.

Damien dibujó obedientemente, con el ceño fruncido por la concentración.

—Es una cosa así —dijo, devolviéndole la libreta a Cassie—. No sé dibujar.

—Caray —exclamó ella con admiración—. ¿Y lo encontraste tú? Si yo encontrara algo así, creo que explotaría o me daría un ataque o algo.

Miré por encima de su hombro y vi un círculo ancho con lo que parecía una aguja atravesada por detrás, decorado con curvas fluidas y equilibradas.

—Qué bonito —dije.

Damien, en efecto, era zurdo. Sus manos parecían una talla demasiado grandes para su cuerpo, como las zarpas de un muñeco.

—Hunt, descartado —anunció O'Kelly en el pasillo—. La declaración original dice que estuvo tomando té y viendo la tele con su esposa todo el lunes por la noche, hasta que se fueron a la cama a las once. Vieron unos puñeteros documentales, uno sobre mangostas y otro sobre Ricardo III; nos ha contado cada maldito detalle, nos gustase o no. La esposa dice lo mismo y la guía de la tele los respalda. Y el vecino tiene un perro, una de esas mierdecillas que se pasan la noche ladrando; dice que oyó a Hunt gritándole por la ventana hacia la una de la madrugada. ¿Por qué no mandaría él mismo callar a ese pequeño cabrón? Está seguro de la fecha porque fue el día que les hicieron el porche nuevo, y dice que los obreros alteran al perro. Voy a mandar a Einstein a su casa antes de que me vuelva loco. Ahora es una carrera de dos caballos, chicos.

—¿Cómo le va a Sam con Mark? —quise saber.

—No está llegando a nada. Hanly está cabreado e insiste en su historia de la noche de sexo; la chica lo respalda. Si están mintiendo, no creo que se rajen pronto. Y él es diestro, desde luego. ¿Qué tal vuestro chico?

—Zurdo —declaró Cassie.

—Entonces es nuestro favorito. Pero no bastará con eso. He hablado con Cooper... —El rostro de O'Kelly derivó en una mueca de disgusto—. Posición de la víctima, posición del asaltante, cálculo de probabilidades... Más mierda que en una pocilga, pero todo se reduce a que piensa que nuestro hombre es zurdo aunque tampoco quiere mostrarse terminante. Es como un maldito político. ¿Cómo está Donnelly?

—Nervioso —dije.

O'Kelly dio una palmada en la puerta de la sala de interrogatorios.

—Bien. Que siga así.

Volvimos adentro y nos dedicamos a poner nervioso a Damien.

—Muy bien, chicos —comencé, acercándome la silla—, es hora de ir al grano. Hablemos de Katy Devlin.

Damien asintió atentamente, pero lo vi sujetarse. Bebió un sorbo de su té, aunque ya debía de estar frío.

—¿Cuándo la viste por primera vez?

—Creo que cuando estábamos como a tres cuartas partes de la colina. Más arriba de la casa de labor, en todo caso, y de las casetas. Sí, por la pendiente de la colina...

—No —interrumpió Cassie—. No el día que encontrasteis el cuerpo; antes de eso.

—¿Antes...? —Damien la miró pestañeando y bebió otro sorbo de té—. No... eh... nunca. Nunca la vi. Antes de eso, de ese día.

—¿Nunca la habías visto antes? —El tono de Cassie no había cambiado, pero de pronto percibí al perro guardián que había en ella—. ¿Estás seguro? Piénsalo, Damien.

Él sacudió la cabeza con vehemencia.

—No, lo juro, no la había visto en toda mi vida.

Hubo un momento de silencio. Posé en Damien lo que pretendía ser una mirada de relativo interés, pero la cabeza me daba vueltas.

Yo había votado por Mark no por llevar la contraria, como cabría pensar, ni porque hubiera algo en él que me irritara de un modo que no me molesté en explorar. Supongo que si me paro a pensarlo, dadas las opciones disponibles simplemente quise que fuera él. Nunca había podido tomarme a Damien en serio, ni como hombre, ni como testigo, y desde luego no como sospechoso. Era un pelele abyecto, todo rizos, tartamudeos y vulnerabilidad. Podías mandarlo a paseo de un soplo como si fuera un diente de león. La idea de que ese último mes se debiera a alguien como él resultaba indignante. Mark, a pesar de lo que pensáramos el uno del otro, constituía un oponente y un objetivo digno.

Pero aquella mentira no tenía ningún sentido. Las niñas Devlin se habían dejado caer bastante a menudo por la excavación aquel verano, y no pasaban desapercibidas; todos los demás arqueólogos se acordaban de ellas. Mel, que se había quedado a una distancia prudencial del cadáver de Katy, la reconoció enseguida. Y Damien guiaba visitas al yacimiento, tenía más probabilidades que ningún otro de haber hablado con Katy, de haber pasado tiempo con ella. Él se había inclinado sobre el cuerpo, en principio para ver si respiraba (e incluso ese gesto de coraje, pensé, chirriaba con su carácter). No tenía ningún motivo en absoluto para negar haberla visto, a menos que estuviera eludiendo torpemente una trampa que no le habíamos puesto; a menos que la idea de que lo relacionaran con ella de cualquier manera lo asustara tanto que le impidiera pensar como es debido.

—De acuerdo —dijo Cassie—, ¿y su padre, Jonathan Devlin? ¿Eres miembro de «No a la Autopista»?

Damien bebió un trago largo de té frío y se puso a asentir otra vez, mientras nosotros nos desviábamos hábilmente del tema antes de que se diera cuenta de lo que había dicho.

Hacia las tres, Cassie, Sam y yo fuimos a buscar pizzas, pues Mark empezaba a quejarse de hambre, y queríamos tenerlos contentos a Damien y a él. Ninguno de los dos estaba bajo arresto; si decidían marcharse en cualquier momento, nosotros no podríamos impedirlo. Explotábamos, como hacemos a menudo, un deseo humano básico como es el de complacer a la autoridad y ser un buen chico; y, aunque estaba bastante seguro de que aquello mantendría a Damien en la sala de interrogatorios por un tiempo indefinido, no estaba tan convencido respecto a Mark.

—¿Cómo os va con Donnelly? —me preguntó Sam en el local de las pizzas.

Cassie estaba pagando, reclinada sobre la caja y riéndose con el individuo que nos había atendido.

Me encogí de hombros.

—No sé qué decirte. ¿Y Mark?

—Hecho una furia. Dice que se ha pasado medio año dejándose el culo por «No a la Autopista», ¿por qué iba a arriesgarlo todo matando a la hija del presidente? Cree que todo esto es un asunto político... —Sam se estremeció—. Respecto a Donnelly —dijo mirando hacia la espalda de Cassie—, si es nuestro hombre, ¿qué pudo...? ¿Tiene algún móvil?

—De momento no lo hemos averiguado —respondí. No quería entrar en eso.

—Si sale algo... —Sam se hundió más los puños en los bolsillos de los pantalones—. Algo que tú pienses que debo saber, ¿podrías avisarme?

—Sí —dije. No había comido en todo el día, pero comer era lo último que me preocupaba. Solo quería volver con Damien, y la pizza parecía estar tardando horas—. Claro.

Damien cogió una lata de 7-Up, pero rechazó la pizza; dijo que no tenía hambre.

—¿Seguro? —preguntó Cassie, mientras trataba de atrapar hilos de queso con el dedo—. Dios, cuando yo era estudiante jamás hubiera dejado pasar una pizza gratis.

—Tú nunca dejas pasar comida gratis y punto —la corregí—. Eres una aspiradora humana. —Cassie, incapaz de contestar a través del enorme bocado, asintió alegremente y alzó los pulgares—. Vamos, Damien, coge un poco. Tienes que conservar las fuerzas: vamos a estar aquí un buen rato. —Abrió los ojos de par en par. Le ofrecí una porción, pero él negó con la cabeza, así que me encogí de hombros y me la quedé yo—. De acuerdo, hablemos de Mark Hanly. ¿Cómo es?

Damien pestañeó.

—¿Mark? Pues está bien, es estricto, supongo, pero creo que ha de serlo. No tenemos mucho tiempo.

—¿Alguna vez le has visto ponerse violento? ¿Perder los estribos?

Agité una mano ante Cassie y ella me pasó una servilleta de papel.

—Sí, no… O sea, sí, a veces se pone como loco, cuando alguien la lía, pero nunca le he visto pegar a nadie ni nada de eso.

—¿Crees que lo haría si se enfadara lo suficiente?

Me limpié las manos y eché una ojeada a mi libreta, procurando no embadurnar las páginas.

—Eres un guarro —me regañó Cassie.

Le alcé el dedo índice y Damien nos miró nervioso y desconcertado.

—¿Qué? —preguntó al fin, con inseguridad.

—¿Crees que Mark se pondría violento si lo provocaran?

—A lo mejor, supongo. No lo sé.

—¿Y tú? ¿Has pegado alguna vez a alguien?

—¿Qué…? ¡No!

—Tendríamos que haber pedido pan de ajo —señaló Cassie.

—Yo no me quedo en esta habitación con dos personas y ajo. ¿Qué crees que podría hacerte pegar a alguien, Damien? —Su boca se abrió—. No me pareces un tipo violento, pero todo el mundo tiene un límite. ¿Pegarías a alguien si insultaran a tu madre, por ejemplo?

—Yo…

—¿O por dinero? ¿O en defensa propia? ¿Qué haría falta?

—Yo no… —Damien pestañeó deprisa—. No lo sé. O sea, nunca he… pero supongo que todo el mundo tiene un límite, como usted ha dicho, no lo sé…

Asentí y tomé buena nota de ello.

—¿La prefieres de otra cosa? —preguntó Cassie, inspeccionando la pizza—. Para mí, la mejor es la de piña y jamón, pero ahí al lado tienen *pepperoni* con salchicha, que es más de hombres.

—¿Cómo? Eh... no, gracias. ¿Quién...? —Aguardamos, masticando—. ¿Quién está ahí al lado? Puedo preguntarlo, ¿no?

—Claro —respondí—. Es Mark. Hace un rato hemos enviado a Sean y al doctor Hunt a su casa, pero aún no hemos podido soltar a Mark.

Observamos a Damien adquirir un tono más pálido mientras procesaba esta información y sus implicaciones.

—¿Por qué no? —preguntó con voz débil.

—No podemos hablar de ello —afirmó Cassie, y cogió más pizza—. Lo siento.

La mirada de Damien rebotó de la mano de Cassie a su cara y a la mía.

—Lo que podemos decirte —anuncié, señalándole con una corteza— es que nos estamos tomando este caso muy, pero que muy en serio. He visto cosas muy feas a lo largo de mi carrera, Damien, pero esto... No hay peor crimen en el mundo que matar a un niño. Toda su vida echada a perder, la comunidad entera aterrada, sus amigos con un trauma que nunca superarán, la familia destrozada...

—Hecha añicos —dijo Cassie de forma ininteligible, con la boca llena de comida.

Damien tragó saliva, posó la vista en su 7-Up como si se hubiera olvidado de él y empezó a juguetear con la anilla.

—Quienquiera que lo hizo... —Sacudí la cabeza—. No sé cómo puede vivir con ello.

—Límpiate el tomate —me dijo Cassie, señalándose la comisura de la boca—. No se te puede sacar a ningún sitio.

Nos acabamos casi toda la pizza. Yo no quería —el mero olor, grasiento y penetrante, me superaba—, pero se trataba de poner a Damien cada vez más nervioso. Al final aceptó una porción y se quedó ahí sentado con aire de desdichado quitando los trocitos de piña y mordisqueándolos, mientras giraba la cabeza de Cassie hacia mí y viceversa como si intentara seguir un partido de tenis desde demasiado cerca. Pensé un instante en Sam. Era improbable que a Mark lo desmontaran a base de *pepperoni* y extra de queso.

Me vibró el móvil en el bolsillo. Comprobé la pantalla, era Sophie. Salí al pasillo; Cassie, detrás de mí, dijo:

—El detective Ryan abandona la sala de interrogatorios.

—Hola, Sophie —contesté.

—Qué hay. Te pongo al día: no hay signos de que forzaran la cerradura. Y la paleta es el arma de la violación, no hay duda. Por lo visto la lavaron, pero hay restos de sangre en las rendijas del mango. También hay una cantidad considerable de sangre en una de esas lonas. Aún estamos comprobando los guantes y las bolsas de plástico; de hecho, aún seguiremos con eso cuando cumplamos los ochenta. Debajo de las lonas también hemos encontrado una linterna. Está llena de huellas, pero todas son pequeñas y tiene dibujos de Hello Kitty, por lo que supongo que es de la víctima, igual que las huellas. ¿Cómo os va a vosotros?

—Nos estamos trabajando a Hanly y a Donnelly. Callaghan y Hunt están fuera.

—¡No me digas! Por el amor de Dios, Rob, muchísimas gracias. Hemos revisado el puto coche de Hunt. Nada, obviamente. En el coche de Hanly tampoco hay sangre. Como un millón de pelos y fibras y blablablá. Si la tuvo ahí, no se preocupó lo bastante para limpiar luego y habríamos encontrado algo. En realidad, no creo que haya limpiado jamás esa cosa. Si alguna vez se queda sin yacimientos arqueológicos, puede ponerse a hurgar debajo del asiento delantero.

Cerré de un portazo detrás de mí, le dije a la cámara «El detective Ryan entra en la sala de interrogatorios» y empecé a recoger los restos de la pizza.

—Era el departamento técnico —dije, dirigiéndome a Cassie—. Han confirmado que la prueba era exactamente lo que pensábamos. Damien, ¿has acabado con eso?

Tiré la porción de pizza sin piña dentro de la caja antes de que pudiera responder.

—Me alegro de oírlo —afirmó Cassie, y cogió una servilleta y le dio a la mesa un repaso rápido—. Damien, ¿necesitas algo antes de que nos pongamos a trabajar?

Damien mantuvo la mirada fija, intentando captar algo; negó con la cabeza.

—Perfecto —dije yo, y aparté a un rincón la caja de la pizza y acerqué una silla—. Pues empezaremos poniéndote al día de lo que hemos encontrado hoy. ¿Por qué piensas que os hemos traído a los cuatro aquí?

—Por esa niña —dijo débilmente—. Katy Devlin.

—Sí, ya. Pero ¿por qué piensas que solo os queríamos a vosotros cuatro? ¿Por qué no al resto del equipo?

—Han dicho… —Damien hizo un gesto hacia Cassie con la lata de 7-Up; estaba aferrado a ella con ambas manos, como si temiera que también fuera a quitarle eso—. Han preguntado por las llaves. Quién tenía llaves de las casetas.

—Bingo —exclamó Cassie, y asintió con aprobación—. Has acertado.

—¿Ya han…? —Tragó saliva—. ¿Han visto algo en alguna de las casetas?

—Así es —dije yo—. De hecho, hemos visto algo en dos de ellas, pero te has acercado. No podemos entrar en detalles, evidentemente, pero esto es lo fundamental: tenemos pruebas de que a Katy la mataron en la caseta de los hallazgos el lunes por la noche y de que la escondieron en la de las herramientas todo el martes. No forzaron ninguna puerta. ¿Qué crees que significa eso?

—No sé —dijo Damien al fin.

—Significa que estamos buscando a alguien que tenía la llave. Es decir, Mark, el doctor Hunt o tú. Y Hunt tiene coartada.

Damien llegó a medio levantar la mano, como si estuviera en el colegio.

—Eh… yo también. Una coartada, me refiero.

Nos miró lleno de esperanza, pero ambos estábamos negando con la cabeza.

—Lo lamento —le contestó Cassie—, pero tu madre estaba dormida en el intervalo de tiempo que estamos investigando; no puede responder por ti. Y en cualquier caso, las madres… —Se encogió de hombros, sonriendo—. Es decir, estoy segura de que tu madre es una mujer honrada, pero por norma dicen lo que haga falta para sacar a sus hijos de cualquier lío. Dios las bendiga por eso, pero significa que no podemos creer en su palabra para algo tan importante.

—Mark tiene un problema muy parecido —continué yo—. Mel dice que estuvo con él, pero es su novia, y las novias no son mucho más de fiar que las madres. Un poco, pero no demasiado. Así que aquí estamos.

—Y si tienes algo que decirnos, Damien —anunció Cassie—, ahora es el momento.

Silencio. Bebió un sorbo de su 7-Up y luego alzó la vista hacia nosotros, con sus ojos perplejos de un azul transparente, antes de negar con la cabeza.

—De acuerdo —dije—, está bien. Hay algo que quiero que veas, Damien.

Abrí el archivo como si hiciera una gran cosa (Damien seguía mi mano con mirada aprensiva) y al fin saqué un puñado de fotos. Las desplegué una tras otra delante de él, echando un largo vistazo a cada una antes de colocarla; haciéndole esperar.

—Katy y sus hermanas las pasadas Navidades —anuncié.

Un árbol de plástico recargado de luces verdes y rojas; Rosalind en el centro, vestida de terciopelo azul, ofreciéndole a la cámara una sonrisita pícara y con los brazos alrededor de las gemelas; Katy muy erguida y riendo, con una chaqueta blanca de falso borreguillo, y Jessica sonriendo con aire vacilante y con la mirada baja hacia su chaqueta beis, como el reflejo de un espejo mágico. Sin darse cuenta, Damien le devolvió la sonrisa.

—Katy en una excursión familiar, hace dos meses.

Instantánea con el césped verde y el sándwich.

—Se la ve contenta, ¿verdad? —me comentó Cassie, como aparte—. Estaba a punto de entrar en la escuela de danza, todo empezaba para ella… Está bien saber que fue feliz antes de…

Una de las instantáneas de la escena del crimen: una imagen de cuerpo entero de ella acurrucada sobre el altar de piedra.

—Katy justo después de que tú la encontraras.

Damien se agitó en su silla, pero se contuvo y se quedó quieto.

Otra imagen de la escena del crimen, en este caso un primer plano: sangre seca encima de la nariz y la boca, y aquel ojo medio cerrado.

—Lo mismo, Katy en el lugar donde la arrojó su asesino.

Una de las fotos *post mortem.*

—Katy al día siguiente.

Damien se quedó sin respiración. Habíamos elegido la imagen más desagradable que teníamos, la de su rostro doblegado sobre sí mismo para mostrar el cráneo, una mano enguantada señalando con una regla de acero la fractura encima de la oreja, pelo con coágulos y esquirlas de hueso.

—Cuesta mirarlo, ¿eh? —dijo Cassie, casi para sí misma.

Sus dedos vacilaron sobre las fotos, se desplazaron hacia el primer plano de la escena del crimen y siguieron la línea de la mejilla de Katy. Alzó la vista hacia Damien.

—Sí —murmuró él.

—Para mí —comencé, recostándome en mi silla y dando unos golpecitos a la foto *post mortem*— es algo que solo un psicópata rematado le haría a una niña pequeña. Un animal sin conciencia que disfruta haciendo daño a los seres más vulnerables que puede encontrar. Aunque yo solo soy policía. En cambio, la detective Maddox estudió psicología. ¿Sabes que hay especialistas para trazar perfiles, Damien?

Un minúsculo movimiento de cabeza. Sus ojos seguían clavados en las fotos, aunque no creo que las viera.

—Son gente que estudia qué clase de persona comete un tipo determinado de crimen, y le dice a la policía qué tipo de hombre tiene que buscar. La detective Maddox es una de estas especialistas, y sostiene su propia teoría sobre el tío que hizo esto.

—Damien —comenzó Cassie—, deja que te explique algo. Siempre he sostenido, desde el primer día, que esto lo hizo alguien que no quería hacerlo. Alguien que no era violento, ni era un asesino que disfrutó causando dolor; fue alguien que lo hizo porque tenía que hacerlo.

No tenía otra opción. Es lo que vengo asegurando desde el día en que asumimos este caso.

—Es cierto —confirmé—. Los demás decíamos que estaba mal de la cabeza, pero ella se ha mantenido en sus trece: no se trata de un psicópata, ni de un asesino en serie o un violador de niños. —Damien se estremeció y la barbilla le dio un rápido tirón—. ¿Y tú qué piensas, Damien? ¿Crees que hay que ser un enfermo hijo de puta para hacer algo así, o que podría ocurrirle a un tío normal que nunca quiso hacer daño a nadie?

Trató de encogerse de hombros, pero estaba demasiado tenso y le salió una sacudida grotesca. Me levanté y paseé alrededor de la mesa, tomándome mi tiempo, hasta reclinarme en la pared que quedaba detrás de él.

—En fin, nunca sabremos si es una cosa u otra a menos que él nos lo diga. Pero apostemos por un momento que la detective Maddox tiene razón. Es decir, es ella la que se ha formado en psicología; estoy dispuesto a admitir que está en lo cierto. Pongamos que ese tío no es del tipo violento; nunca ha pretendido ser un asesino. Ocurrió y ya está.

Damien había estado conteniendo el aliento. Soltó el aire y volvió a cogerlo con un leve jadeo.

—He visto a tipos así antes. ¿Sabes qué les sucede después? Pierden el maldito control, Damien. No pueden vivir con lo que han hecho. Lo hemos visto una y otra vez.

—No es agradable —continuó Cassie con suavidad—. Nosotros sabemos lo que pasó, y el tipo sabe que lo sabemos, pero teme confesar. Piensa que ir a la cárcel es lo peor que podría ocurrirle. Dios, qué equivocado está. Cada día del resto de su vida, cuando se despierte por la mañana, aquello volverá a caerle encima como si hubiera ocurrido ayer. Cada noche temerá irse a dormir a causa de las pesadillas. Pensará que algún día se le tiene que pasar, pero no se le pasará nunca.

—Y tarde o temprano —continué, desde las sombras detrás de él— sufrirá una crisis nerviosa y pasará sus últimos días en una celda acolchada, vestido con un pijama y drogado hasta las cejas. O una noche atará una cuerda a una barandilla y se colgará. Más a menudo de lo que crees, Damien, no son capaces de afrontar un nuevo día.

Un montón de gilipolleces, desde luego. De la docena de asesinos sin cargos que podría nombrar, solo uno se mató, y para empezar tenía un historial de problemas mentales sin tratar. El resto vive más o menos exactamente igual que antes, yendo a trabajar, a tomar algo al pub y llevando a sus hijos al zoo, y si alguna vez les da el temblique se lo guardan para ellos. Los seres humanos, y yo lo sé mejor que la mayoría, se acostumbran a cualquier cosa. Con el tiempo, hasta lo impensable se va abriendo un pequeño hueco en la mente de uno hasta convertirse en algo que simplemente ocurrió. Pero Katy solo llevaba muerta un mes y Damien no había tenido tiempo de averiguar eso. Estaba rígido en su silla, con la mirada clavada en el 7-Up y respirando como si le doliera.

—¿Sabes quiénes sobreviven, Damien? —preguntó Cassie. Se inclinó sobre la mesa y posó las yemas de los dedos en su brazo—. Los que confiesan. Los que cumplen su condena. Siete años después, o lo que sea, ha terminado; salen de la cárcel y pueden empezar otra vez. No tienen que ver la cara de su víctima cada vez que cierran los ojos. No tienen que pasarse cada segundo del día aterrados por si los van a coger. No tienen que pegar un salto de diez metros cada vez que ven a un poli o alguien llama a la puerta. Créeme, a la larga, estos son los que salen adelante.

Damien estaba apretando la lata con tanta fuerza que esta se combó con un ruido seco. Todos nos sobresaltamos.

—Damien —dije, con mucho cuidado—, ¿te suena algo de todo esto?

Y, finalmente, se produjo esa disolución ínfima en la nuca, la oscilación de la cabeza al doblegársele la columna. Casi imperceptiblemente, al cabo de lo que parecieron siglos, asintió.

—¿Quieres vivir así el resto de tu vida?

Movió la cabeza de un lado a otro, sin rumbo.

Cassie le dio una última palmadita en el brazo y apartó la mano. Nada que pudiera parecer coacción.

—Tú no querías matar a Katy, ¿verdad? —preguntó con suavidad, con tanta suavidad que su voz era como nieve cayendo en la habitación—. Simplemente ocurrió.

—Sí. —Fue un murmullo, apenas una exhalación, pero lo oí. Escuchaba con tanta atención que casi oía el latido de su corazón—. Simplemente ocurrió.

Por un instante fue como si la habitación se replegara sobre sí misma, como si una explosión demasiado enorme para ser oída hubiera succionado todo el aire. Nadie pudo moverse. Las manos de Damien se habían quedado encalladas alrededor de la lata; esta cayó en la mesa con un golpe metálico y rodó sin rumbo hasta que se paró. La luz del techo proyectaba un haz de un bronce brumoso. Entonces, la habitación respiró de nuevo, con un suspiro lento y henchido.

—Damien James Donnelly —anuncié. No di la vuelta a la mesa para ponerme frente a él, pues no sabía si las piernas me aguantarían—, quedas arrestado como sospechoso de matar a Katharine Bridget Devlin, contrariamente a la ley, alrededor del pasado 17 de agosto en Knocknaree, en el condado de Dublín.

21

Damien no podía parar de temblar. Apartamos las fotos, le trajimos una nueva taza de té y nos ofrecimos a buscarle un jersey extra o a calentarle la pizza que quedaba, pero sacudió la cabeza sin mirarnos. A mí, toda aquella escena me resultaba completamente irreal. No podía apartar la vista de Damien. Había arrasado mi mente en busca de recuerdos, había entrado en el bosque de Knocknaree, había arriesgado mi carrera y estaba perdiendo a mi compañera, y todo por ese chico.

Cassie le leyó sus derechos —despacio y con ternura, como si Damien hubiera sufrido un desafortunado accidente— mientras yo me mantenía en la retaguardia conteniendo la respiración, pero no quiso un abogado.

—¿Para qué? Lo hice yo, de todos modos ustedes ya lo sabían, ahora lo sabrá todo el mundo, no hay nada que un abogado pueda… Iré a la cárcel, ¿no? ¿Voy a ir a la cárcel?

Le castañeteaban los dientes; necesitaba algo mucho más fuerte que un té.

—Ahora no te preocupes por eso, ¿de acuerdo? —le dijo Cassie con dulzura. A mí me pareció una sugerencia bastante ridícula, dadas las circunstancias, pero a Damien pareció calmarlo un poco; incluso asintió—. Si continúas ayudándonos, nosotros haremos todo lo posible por ayudarte a ti.

—Yo no quería... ya lo ha dicho usted, yo no quería hacerle daño a nadie, lo juro por Dios. —Tenía los ojos fijos en Cassie como si su vida dependiera de que ella lo creyera—. ¿Puede decírselo, se lo dirá al juez? Yo no soy ningún psicópata o asesino en serie o... Yo no soy así. No quería hacerle daño, lo juro por, por, por...

—Ya lo sé. —Cassie puso la mano sobre la de él, y con el pulgar le acarició el dorso de la muñeca a un ritmo apaciguante—. Tranquilo, Damien. Todo se arreglará. Lo peor ya ha pasado. Lo único que tienes que hacer ahora es contarnos qué ocurrió, con tus propias palabras. ¿Harás eso por mí? —Después de respirar hondo varias veces asintió valerosamente—. Bien hecho —dijo Cassie.

Paró en seco de darle palmaditas en la cabeza y ofrecerle una galletita.

—Necesitamos conocer toda la historia, Damien —le expliqué, acercando mi silla—; paso a paso. ¿Dónde empezó?

—¿Eh? —preguntó, al cabo de un momento. Se le veía aturdido—. Yo... ¿cómo?

—Has dicho que no querías hacerle daño. Entonces, ¿cómo ocurrió?

—No lo... O sea, no estoy seguro. No me acuerdo. ¿No puedo hablar de esa noche y ya está?

Cassie y yo nos miramos el uno al otro.

—De acuerdo —acepté—. Está bien, empieza por cuando saliste del trabajo el lunes por la tarde. ¿Qué hiciste?

Había algo allí, era evidente que lo había, su memoria no lo había abandonado por mucho que le conviniera; pero si lo presionábamos ahora podía callárselo todo o cambiar de idea sobre lo del abogado.

—Vale... —Damien respiró hondo otra vez y se sentó más erguido, con las manos bien sujetas entre las rodillas, como un colegial en un examen oral—. Fui a casa en autobús. Cené con mi madre y luego jugamos un rato al Scrabble; a ella le encanta. Mi madre se fue a la cama a las diez, como siempre, está medio enferma, delicada del corazón. Yo, esto, me fui a mi cuarto y me quedé allí hasta que se durmió, como ronca podía saber... Intenté leer o hacer algo, pero no podía, no podía concentrarme, estaba tan...

Los dientes le castañetearon de nuevo.

—Tranquilo —dijo Cassie con suavidad—. Ya ha pasado. Estás haciendo lo correcto.

Él respiró entrecortadamente y asintió.

—¿A qué hora saliste de casa? —le pregunté.

—Eh... a las once. Volví andando a la excavación, es que en realidad solo está a unos kilómetros de mi casa, solo que en autobús se tarda un montón porque hay que entrar en el centro y luego salir otra vez. Di un rodeo por calles traseras para evitar la urbanización. Luego tenía que pasar por la casa de labor, pero como el perro me conoce, cuando se levantó le dije: «Buen chico, *Laddie*», y se calló. Estaba oscuro, pero llevaba linterna. Entré en la caseta de herramientas y cogí un par de... de guantes, y me los puse, y busqué una... —Le costó tragar saliva—. Busqué una piedra grande. Por el suelo, donde acaba la excavación. Entonces fui a la caseta de los hallazgos.

—¿Qué hora era? —quise saber.

—Hacia medianoche.

—¿Y cuándo llegó Katy allí?

—Tenía que ser... —Parpadeó y bajó la cabeza—. Tenía que ser a la una, pero llegó antes, como a la una menos cuarto. Cuando llamó a la puerta casi me dio un infarto.

Tuvo miedo de ella. Me dieron ganas de darle un puñetazo.

—Y la dejaste entrar.

—Sí. Llevaba unas galletas de chocolate en la mano, supongo que las cogió de casa para el camino, me dio una pero yo no podía… es que no podía comer. Me la metí en el bolsillo. Ella se comió la suya y me habló un par de minutos de la escuela de danza y eso. Y entonces dije… dije: «Mira ese estante», y ella se giró. Y yo, eh… la golpeé. Con la piedra, en la parte de atrás de la cabeza. La golpeé.

Había una nota aguda de pura incredulidad en su voz. Tenía las pupilas tan dilatadas que los ojos parecían negros.

—¿Cuántas veces? —pregunté.

—No sé… yo… Dios. ¿Tengo que hacer esto? Quiero decir, ya os he dicho que lo hice yo, ¿no podéis… no…?

Estaba aferrado al borde de la mesa, con las uñas clavadas.

—Damien —respondió Cassie, con suavidad pero con firmeza—, tenemos que conocer los detalles.

—Vale, vale. —Se frotó la boca con torpeza—. Solo la golpeé una vez, pero creo que no lo hice con bastante fuerza porque se cayó como si hubiera tropezado, pero aún estaba… Se dio la vuelta y abrió la boca como si fuese a chillar, así que… la agarré. Quiero decir, yo estaba asustado, estaba muy asustado, y si gritaba… —Prácticamente farfullaba—. Le tapé la boca con la mano y traté de golpearla otra vez, pero paró el golpe con las manos, me arañó, me dio patadas y de todo… Estábamos en el suelo, ¿no? Y yo ni siquiera veía lo que pasaba porque solo tenía mi linterna encima de la mesa, no había encendido la luz, quise sujetarla, pero ella intentaba llegar a la puerta, no paraba de retorcerse y era fuerte. No me esperaba que fuera tan fuerte, siendo…

Su voz se extinguió y se quedó mirando la mesa. Respiraba por la nariz, deprisa, con aspereza y no muy hondo.

—Siendo tan pequeña —terminé con monotonía.

Damien abrió la boca, pero no salió nada. Había adquirido un desagradable tono blanco verdoso y las pecas aparecían como en alto relieve.

—Podemos hacer una pausa si quieres —dijo Cassie—. Pero tarde o temprano tendrás que contarnos el resto de la historia.

Sacudió la cabeza con violencia.

—No. No quiero pausa. Solo quiero… Estoy bien.

—De acuerdo —asentí—. Pues continuemos. Le estabas tapando la boca con una mano y ella se resistía.

Cassie tuvo un tic que dominó a medias.

—Sí, vale. —Damien se abrazó a sí mismo, con las manos hundidas en las mangas del jersey—. Entonces se puso boca abajo y empezó como a arrastrarse hacia la puerta, y… la golpeé otra vez. Con la piedra, en un lado de la cabeza. Creo que esta vez le di más fuerte, por la adrenalina, porque se desplomó. Quedó inconsciente. Pero aún respiraba, y muy alto, como un gemido, por eso supe que tenía que… No podía golpearla otra vez, es que no podía. No quería… —Estaba al borde de la hiperventilación—. No quería… hacerle daño.

—¿Qué pasó luego?

—En la caseta había unas bolsas de plástico. Para los hallazgos. O sea que cogí una y… se la puse en la cabeza y la aguanté enroscada hasta que…

—¿Hasta que qué? —dije yo.

—Hasta que dejó de respirar —dijo Damien al fin, muy suavemente.

Hubo un largo silencio; solo el viento con su silbido inquietante a través del respiradero y el sonido de la lluvia.

—¿Y entonces?

—Entonces. —La cabeza de Damien se bamboleó un poco; tenía la mirada ausente—. La recogí. No podía dejarla en la caseta de los hallazgos o se sabría todo, así que tenía que sacarla de la excavación. Estaba... había sangre por todas partes, supongo que de su cabeza. Le dejé la bolsa de plástico puesta para que la sangre no se desparramara. Pero cuando salí al yacimiento había... En el bosque vi una luz, como una fogata o algo parecido. Había alguien allí. Me asusté, me asusté tanto que apenas me sostenía en pie, pensé que se me iba a caer... Quiero decir, ¿y si me veían? —Volvió las palmas hacia arriba como suplicando; la voz se le quebró—. No sabía qué hacer con ella.

Se había saltado lo de la paleta.

—¿Y qué hiciste? —le pregunté.

—La llevé de vuelta a las casetas. En la de las herramientas hay unas lonas que utilizamos para cubrir parcelas delicadas de la excavación cuando llueve. Pero casi nunca las necesitamos. La envolví en una lona para que... o sea, no quería... los bichos, y eso... —Tragó saliva—. Y la puse debajo de las otras. Supongo que podría haberla dejado en un campo y ya está, pero me pareció... Hay zorros y... y ratas y cosas por ahí, y a lo mejor habrían tardado días en encontrarla, y yo no quería tirarla sin más. No podía pensar con claridad. Pensé que quizá la noche del día siguiente sabría qué hacer...

—¿Entonces te fuiste a casa?

—No, primero limpié la caseta de los hallazgos. La sangre. Estaba el suelo lleno, y los escalones, y los guantes y los pies se me manchaban cada vez más y... Llené un cubo de agua con la manguera y procuré lavarlo. Era... Se notaba el olor... Tuve que parar porque pensé que iba a vomitar.

Nos miró, lo juro, como si esperase nuestra compasión.

—Tuvo que ser espantoso —señaló Cassie, con clemencia.

—Sí. Madre mía, lo fue. —Damien se volvió hacia ella, agradecido—. Me hubiera quedado allí para siempre, no dejaba de pensar que casi era de día y los chicos llegarían en cualquier momento y tenía que darme prisa, y luego pensé que aquello era una pesadilla y tenía que despertarme, y luego me mareé... Ni siquiera veía lo que estaba haciendo, tenía la linterna pero la mitad del tiempo estaba demasiado asustado para encenderla, pensaba que quien estuviera en el bosque la vería y vendría a mirar, así que estaba a oscuras, con sangre por todas partes, y cada vez que oía un ruido pensaba que me iba a morir, pero a morirme de verdad... No paraban de oírse esos ruidos de fuera, como si algo rascara las paredes de la caseta. Una vez me pareció escuchar, no sé, como si olisquearan por donde estaba la puerta, por un segundo pensé que tal vez era *Laddie*, pero por la noche lo atan, y estuve a punto de... Dios, fue...

Sacudió la cabeza, apabullado.

—Pero al final lo limpiaste —señalé.

—Sí, supongo. Todo lo que pude. Pero es que... no podía seguir, ¿saben? Dejé la piedra detrás de las lonas, y ella tenía esa linternita y también la dejé ahí. Por un segundo... cuando levanté las lonas las sombras formaron una extraña figura y pareció como si... como si ella se moviera, Dios mío...

De nuevo, su rostro empezó a adquirir una curiosa tonalidad verdosa.

—Así que dejaste la piedra y la linterna en la caseta de las herramientas —dije.

Se había vuelto a saltar lo de la paleta, un detalle que no me molestaba tanto como cabría pensar. A esas alturas, cualquier cosa que rehuyera se convertía en un arma para nosotros, que podríamos usar cuando nos conviniera.

—Sí. Y me lavé los guantes y los volví a dejar en la bolsa. Y luego cerré las casetas y... me fui andando a casa y ya está.

En voz baja y sin contenerse, como si llevara mucho tiempo esperando para poder hacerlo, Damien se echó a llorar.

Lloró largo rato y con demasiada intensidad para poder responder preguntas. Cassie se sentó a su lado mientras le daba palmaditas, le murmuraba palabras con suavidad y le pasaba pañuelos. Al cabo de un rato nuestras miradas se cruzaron por encima de la cabeza de Damien y ella asintió. Los dejé solos y me fui a buscar a O'Kelly.

—¿Ese niño mimado? —dijo este, y las cejas se le dispararon hacia arriba—. Pues me dejas tieso. No pensé que tuviera suficientes huevos. Yo apostaba por Hanly. Acaba de irse ahora mismo, le ha dicho a O'Neill que se metiera sus preguntas por el culo y se ha largado. Menos mal que Donnelly no ha hecho lo mismo. Empezaré con el archivo para el fiscal general.

—Necesitamos su registro de llamadas y el de su cuenta —señalé—, e interrogatorios con los demás arqueólogos, compañeros de clase, amigos del colegio y cualquiera cercano a él. Está siendo muy reservado respecto al móvil.

—¿A quién coño le importa el móvil? —exclamó O'Kelly, pero su irritación carecía de convicción. Estaba entusiasmado.

Sabía que yo también debería estarlo, pero por algún motivo no era así. Cuando soñaba con resolver el caso, mi imagen mental no se parecía en nada a aquello. La escena en la sala de interrogatorios, que debería haber sido el mayor triunfo de mi carrera, resultaba demasiado poca cosa, demasiado tardía.

—En este caso, a mí —respondí. Técnicamente, O'Kelly tenía razón. Mientras puedas demostrar que tu hombre cometió el crimen, no tienes ninguna obligación en absoluto de explicar el porqué; pero los jurados, guiados por la televisión, quieren un móvil. Y, esta vez, yo también—. Un crimen tan brutal cometido por un buen chico sin un solo antecedente, la defensa alegará enajenación mental. Si encontramos un móvil, eso queda descartado.

O'Kelly resopló.

—Está bien, pondré a los chicos a hacer interrogatorios. Vuelve ahí dentro y consígueme un caso irrefutable. Y Ryan... —dijo a regañadientes, cuando me giré para irme—. Bien hecho. Los dos.

Cassie había logrado tranquilizar a Damien, que seguía un poco tembloroso y sonándose la nariz, pero ya no sollozaba.

—¿Estás bien para continuar? —le preguntó ella, y le apretó la mano—. Ya casi estamos, ¿de acuerdo? Lo estás haciendo muy bien.

La sombra patética de una sonrisa sobrevoló un instante el rostro de Damien.

—Sí —contestó—. Siento haber... lo siento. Estoy bien.

—Perfecto. Si necesitas otra pausa, me lo dices.

—Bien —comencé yo—, estábamos en el momento en que te fuiste a casa. Háblanos del día siguiente.

—Ah, sí... El día siguiente. —Damien tomó una larga, resignada y trémula inspiración—. Todo el día fue una completa pesadilla. Estaba tan cansado que no podía ni ver, y cada vez que alguien entraba en la caseta de las herramientas creía que me iba a desmayar, y tenía que comportarme de un modo normal, ya sabéis, reírme de los chistes de la gente y actuar como si no hubiera pasado nada, y no dejaba de pensar... de pensar en ella. Y además esa noche tuve que hacer lo mismo otra vez, esperar a que mi madre se fuera a dormir y escabullirme para volver a la excavación andando. Si llego a ver de nuevo esa luz en el bosque, yo no sé lo que hago. Pero no estaba.

—Y regresaste a la caseta de las herramientas —dije.

—Sí. Volví a ponerme unos guantes y la saqué. Estaba... pensé que estaría tiesa, pensaba que los cadáveres se ponen tiesos, pero ella... —Se mordió el labio—. Ella no lo estaba, no del todo. Aunque estaba fría. Era... yo no quería tocarla.

Tuvo un escalofrío.

—Pero tenías que hacerlo.

Damien asintió y se sonó la nariz otra vez.

—La saqué a la excavación y la coloqué sobre el altar de piedra. Para ponerla a salvo de ratas y otros bichos. Donde alguien la encontrara antes de que... Intenté que pareciera que estaba durmiendo. No sé por qué. Tiré la piedra y enjuagué la bolsa de plástico y la devolví a su sitio, pero no encontré su linterna, estaba en alguna parte detrás de las lonas, y yo... yo solo quería irme a mi casa.

—¿Por qué no la enterraste? —quise saber—. En el yacimiento o en el bosque.

No es que fuera relevante, pero habría sido lo más inteligente. Damien me miró con la boca entreabierta.

—No se me ocurrió —dijo—. Yo solo quería salir de allí lo más rápido posible. Y de todos modos... quiero decir, ¿enterrarla? ¿Como si fuese basura?

Y habíamos tardado un mes en atrapar a esa joya.

—Al día siguiente —continué— te aseguraste de ser uno de los que descubrieran el cuerpo. ¿Por qué?

—Ah, sí, eso. —Hizo un pequeño movimiento compulsivo, como si se encogiera de hombros—. Oí... bueno, llevaba los guantes puestos, así que no dejé huellas, pero en alguna parte oí que si quedaba un pelo mío en ella, o pelusa de mi jersey o lo que fuera, la policía podía averiguar de quién era. Por eso decidí que tenía que encontrarla yo. No quería, Dios mío, no quería verla, pero... Me pasé todo el día intentando pensar en una excusa para subir ahí, pero me daba miedo levantar sospechas. Estaba... no podía pensar. Solo quería que aquello terminara. Y entonces Mark mandó a Mel a trabajar en el altar de piedra. —Soltó un suspiro, un ruidito cansado—. Y a partir de eso... la verdad es que fue más fácil, ¿saben? Al menos ya no tenía que fingir que todo iba bien.

No era de extrañar que estuviera alelado durante aquella primera entrevista. Aunque no lo suficiente como para ponernos en guardia. Para ser un novato, lo había hecho bastante bien.

—Y cuando hablamos contigo... —dije, pero me detuve.

Cassie y yo no nos miramos, no movimos ni un músculo, pero de repente caímos en la cuenta de un detalle que nos fulminó a los dos como una descarga eléctrica. Uno de los motivos por los que nos habíamos tomado tan en serio la historia de Jessica sobre el Chándal Fantasma era que Damien situó a ese mismo desconocido prácticamente en la escena del crimen.

—Cuando hablamos contigo —dije, al cabo solo de una pausa minúscula— te inventaste a un tío gordo en chándal, para confundirnos.

—Sí. —La mirada de Damien saltó ansiosamente entre Cassie y yo—. Lo siento mucho. Es que pensé...

—Se suspende el interrogatorio —dijo Cassie, y se fue.

La seguí, con una sensación de vacío en el estómago y un débil y aprensivo «Esperen, ¿qué...?» que Damien lanzó a nuestra espalda.

Por una especie de instinto compartido, no nos quedamos en el pasillo ni volvimos a la sala de investigaciones, sino que fuimos a la puerta de al lado, a la sala donde Sam había interrogado a Mark. Aún quedaban restos esparcidos por la mesa: servilletas arrugadas, vasos de papel, salpicaduras de un líquido oscuro después de que alguien diera un puñetazo en la mesa o empujara una silla hacia atrás...

—¡Ya está! —exclamó Cassie, a medio camino entre el jadeo y la risa—. ¡Lo hemos conseguido, Rob!

Arrojó su libreta encima de la mesa y me rodeó los hombros con un brazo. Fue un gesto de alegría rápido y espontáneo, pero me puso los pelos de punta. Llevábamos todo el día trabajando juntos con la compenetración de siempre, haciéndonos rabiar el uno al otro como si nunca hubiera pasado nada, pero fue solo pensando en Damien y porque el caso lo exigía; y no creí que fuera necesario explicarle esto a Cassie.

—Eso parece, sí —respondí.

—Cuando por fin ha dicho... Dios, creo que mi mandíbula casi ha tocado el suelo. Esta noche hay champán, acabemos cuando acabemos, y en cantidad. —Soltó una honda espiración, se apoyó en la mesa y se pasó los dedos por el pelo—. Creo que deberías ir a buscar a Rosalind.

Noté que los hombros se me tensaban.

—¿Por qué? —pregunté, impasible.

—Yo no le caigo bien.

—Sí, eso ya lo sé. Pero ¿por qué hay que ir a buscarla?

Cassie se detuvo a medio desperezarse y se me quedó mirando.

—Rob, ella y Damien nos dieron la misma pista falsa. Tiene que haber alguna conexión.

—En realidad —la corregí—, Jessica y Damien nos dieron la misma pista falsa.

—¿Piensas que Damien y Jessica están en esto juntos? Vamos...

—Yo no pienso que nadie esté en nada. Lo que pienso es que Rosalind ya ha sufrido suficiente para toda una vida y que no hay la menor posibilidad de que sea cómplice del asesinato de su hermana, así que no veo por qué hay que arrastrarla hasta aquí y provocarle un trauma aún mayor.

Cassie se sentó encima de la mesa y me miró. Fui incapaz de calibrar el alcance de la expresión en su rostro.

—¿Crees —inquirió finalmente— que ese infeliz hizo esto por sí mismo?

—Ni lo sé ni me importa —contesté, y aunque oía ecos de O'Kelly en mi voz era incapaz de parar—. A lo mejor lo contrató Andrews o alguno de sus colegas. Eso explicaría por qué elude todo el tema del móvil. Teme que vayan a por él si los delata.

—Ya, pero es que no tenemos ni una sola conexión entre él y Andrews...

—Todavía.

—Y tenemos una entre él y Rosalind.

—¿No me has oído? He dicho «todavía». O'Kelly está con las cuentas y el registro de llamadas. Cuando llegue, veremos qué tenemos entre manos y partiremos de ahí.

—Cuando llegue todo eso, Damien se habrá tranquilizado y se habrá buscado un abogado, y Rosalind habrá visto la detención en las noticias y estará en guardia. La traemos ahora mismo y los confrontamos hasta averiguar qué está pasando.

Pensé en la voz de Kiernan, o en la de McCabe; en la vertiginosa sensación a medida que los ligamentos de mi mente se aflojaban y yo despegaba hacia un suave e infinitamente acogedor cielo azul.

—No —dije—, no lo haremos. Es una chica frágil, Maddox. Es sensible y está sometida a una presión enorme, acaba de perder a una hermana y no tiene ni idea de por qué. ¿Y tu respuesta es que la confrontemos con el asesino? Por Dios, Cassie, tenemos una responsabilidad con esa chica.

—No, Rob, no la tenemos —respondió Cassie con aspereza—. Eso es tarea de Apoyo a las Víctimas. Nosotros tenemos una responsabilidad con Katy, y consiste en intentar descubrir la verdad sobre qué diablos pasó y ya está. Todo lo demás es secundario.

—¿Y si Rosalind cae en una depresión o tiene una crisis nerviosa porque hemos estado acosándola? ¿También dirás que eso es problema de Apoyo a las Víctimas? Podríamos marcarla de por vida, ¿lo entiendes? Hasta que tengamos mucho más que una coincidencia menor, vamos a dejar a esa chica en paz.

—¿Una coincidencia menor? —Cassie se hundió con fuerza las manos en los bolsillos—. Rob, si se tratara de otra persona y no de Rosalind Devlin, ¿qué estarías haciendo ahora mismo?

Una oleada de ira creció en mi interior, una furia pura, densa y compleja.

—No, Maddox, no. Ni se te ocurra salir con eso. En todo caso es al revés. Rosalind no te ha gustado nunca, ¿verdad? Te mueres por un motivo para ir tras ella desde el primer día, y ahora que Damien te ha dado esa mierda de excusa patética te has echado encima como un perro hambriento con un hueso. Dios mío, esa pobre niña me dijo que muchas mujeres le tienen celos, pero debo admitir que esperaba más de ti. Ya veo que me equivocaba.

—¿Celos de…? ¡Dios santo, Rob, qué valor tienes! Y yo no me esperaba que apoyaras a una maldita sospechosa solo porque sientes lástima de ella, y porque te gusta, y porque estás cabreado conmigo por alguna puta y extraña razón…

Estaba perdiendo el control rápidamente, y yo lo observaba con gran placer. Mi ira es fría, controlada y articulada, capaz de aplastar una explosión de mal genio como la de Cassie en cualquier momento.

—Me gustaría que bajaras la voz —dije—. Te estás poniendo en evidencia.

—Oh, ¿eso crees? Pues tú eres una vergüenza para toda la maldita brigada. —Se metió la libreta en el bolsillo y las páginas se arrugaron—. Me voy a buscar a Rosalind Devlin.

—No, no lo harás. Por el amor de Dios, actúa como una jodida profesional, no como una adolescente histérica con ganas de venganza.

—Sí, sí lo haré, Rob. Y tú y Damien podéis hacer lo que os dé la gana, podéis chuparos la polla el uno al otro o moriros, por mí…

—Vaya —respondí—, desde luego eso me ha puesto en mi sitio. Muy profesional.

—¿Qué coño tienes en la cabeza? —chilló Cassie.

Dio un portazo tras de sí, y oí cómo reverberaba el eco pasillo abajo, profundo y funesto.

Le dejé un margen considerable para que se marchara y luego salí a fumarme un cigarrillo; Damien podía cuidar de sí mismo, como un niño grande, unos minutos más. Empezaba a oscurecer y seguían cayendo cortinas de una lluvia gruesa y apocalíptica. Me subí el cuello de la chaqueta y me apretujé incómodamente en el umbral. Me temblaban las manos. Cassie y yo nos habíamos peleado antes, desde luego que sí; los compañeros discuten con la misma ferocidad que los amantes. Una vez la enfurecí tanto que dio un manotazo en su escritorio, se le hinchó la muñeca, y no nos hablamos durante casi dos días. Pero hasta aquello había sido distinto; completamente distinto.

Tiré mi cigarrillo empapado a medio fumar y volví adentro. Una parte de mí deseaba procesar a Damien, irme a casa y dejar que Cassie se las apañara cuando al volver viera que no estábamos, pero sabía que no podía permitirme ese lujo; tenía que averiguar el móvil de ese tipo, y tenía que hacerlo a tiempo de evitar que Cassie sometiera a Rosalind al tercer grado.

Damien empezaba a ser consciente de los acontecimientos. Estaba casi desesperado de ansiedad, mordiéndose las cutículas, moviendo las rodillas y no podía parar de hacerme preguntas: «¿Qué pasará ahora? Voy a ir a la cárcel, ¿verdad? ¿Durante cuánto tiempo? A mi madre le va a dar un infarto, está delicada del corazón… ¿La cárcel es peligrosa de verdad, es como en la tele?». Esperé por su bien que no viera *Oz*[21].

Sin embargo, cada vez que me acercaba demasiado al tema del móvil, se callaba. Encerrándose en sí mismo como un erizo, esquivaba mi mirada y empezaba a alegar pérdida de memoria. La discusión con Cassie parecía haberme roto el ritmo; todo resultaba terriblemente desquiciado e irritante, y por más que lo intentaba no lograba que Damien hiciera otra cosa que contemplar la mesa y negar con la cabeza, abatido.

---

[21] Serie norteamericana sobre el día a día en una cárcel de alta seguridad. *(N. de la T.)*

—Está bien —dije al fin—. A ver, infórmame un poco. Tu padre murió hace nueve años, ¿correcto?

Damien levantó la vista con cautela.

—Casi diez, a finales de octubre será el décimo aniversario. ¿Puedo...? ¿Cuando acabemos podré salir bajo fianza?

—Eso es decisión de un juez. ¿Tu madre trabaja?

—No. Ya lo he dicho antes, tiene eso del... —Hizo un vago gesto señalándose el pecho—. Cobra una pensión por invalidez. Y mi padre nos dejó algo de... ¡Dios mío, mi madre! Debe de estar volviéndose loca... ¿Qué hora es?

—Tranquilo. Ya hemos hablado con ella, sabe que nos estás ayudando en la investigación. Incluso con el dinero que dejó tu padre, no tiene que ser fácil llegar a fin de mes.

—¿Cómo...? Bueno, nos las apañamos.

—Aun así —repliqué—, si alguien te ofreciera un montón de dinero por hacer un trabajo te verías tentado, ¿no?

A la mierda Sam y a la mierda O'Kelly. Si el tío Redmond había contratado a Damien, necesitaba saberlo ahora.

Las cejas de Damien se juntaron en un gesto que parecía de genuina confusión.

—¿Qué?

—Podría nombrarte a unas cuantas personas con millones de razones para ir tras la familia Devlin. Pero la cuestión, Damien, es que no son de los que hacen su propio trabajo sucio. Son de los que contratan a alguien. —Hice una pausa para darle ocasión de decir algo, pero se limitó a mostrar una expresión aturdida—. Si tienes miedo de alguien —continué, con toda la amabilidad de la que fui capaz—, podemos protegerte. Y si alguien te contrató para hacer esto, entonces tú no eres el auténtico asesino, ¿verdad? Lo es él.

—¿Qué? Yo no... ¿qué? ¿Cree que alguien me pagó para... para...? ¡Dios mío, no!

Su boca se abrió en señal de pura y horrorizada indignación.

—Pues si no fue por dinero —inquirí—, entonces ¿por qué?

—¡Ya se lo he dicho, no lo sé! ¡No me acuerdo!

Por un instante extremadamente antipático llegué a preguntarme si, de hecho, no habría perdido una fracción de memoria; y, en tal caso, por qué y dónde. Descarté la idea. Es algo que oímos sin parar, y yo había visto la expresión de su rostro cuando se saltó lo de la paleta. Fue deliberado.

—¿Sabes? Hago todo lo que puedo por ayudarte, pero no hay modo de hacerlo si tú no eres sincero conmigo.

—¡Lo estoy siendo! No me encuentro bien...

—No, Damien, no lo eres —dije—. Y te diré cómo lo sé. ¿Recuerdas esas fotos que te he enseñado? ¿Recuerdas la de Katy con la cara levantada? Se la hicieron en la autopsia, Damien. Y la autopsia reveló qué le hiciste a esa niña exactamente.

—Ya le he dicho...

Me acerqué a su cara con un movimiento rápido.

—Y además, Damien, esta mañana hemos encontrado la paleta en la caseta de las herramientas. ¿Te crees que somos idiotas? Esta es la parte que te has saltado: después de matar a Katy, le bajaste los pantalones y las bragas y le introdujiste el mango de la paleta.

Damien se llevó las manos a ambos lados de la cabeza.

—No, no...

—¿Y tratas de decirme que simplemente ocurrió? Violar a una niña con una paleta no es algo que ocurra y ya está, no sin una maldita buena razón, y será mejor que dejes de joder y me digas cuál fue. A menos que solo seas un enfermo pervertido. ¿Es eso, Damien? ¿Lo eres?

Lo estaba presionando demasiado. Como no podía ser de otra manera, Damien, que al fin y al cabo había tenido un día muy largo, se echó a llorar otra vez.

Transcurrió un buen rato. Con las manos en la cara, sollozaba convulsivamente con voz ronca. Me apoyé en la pared preguntándome qué diablos hacer con él y de vez en cuando, si paraba para coger aire, volvía a atacarlo con lo del móvil sin gran entusiasmo. No contestaba; ni siquiera sé si me oía. En ese cuarto hacía demasiado calor y aún olía a pizza, empalagosa y nauseabunda. Era incapaz de concentrarme. Solo podía pensar en Cassie, en Cassie y Rosalind, en si Rosalind había accedido a venir, en si estaría aguantando el tipo, en que Cassie llamaría a la puerta en cualquier momento para confrontarla con Damien…

Acabé por rendirme. Eran las ocho y media y aquello no tenía sentido. Damien ya no podía más, llegado a ese punto ni el mejor detective del mundo lograría sacarle nada coherente, y yo sabía que debería haberme percatado mucho antes.

—Vamos —le dije—. Hay que cenar y descansar un poco. Mañana lo intentaremos otra vez.

Alzó la vista y me miró. Tenía la nariz roja y los ojos hinchados y medio cerrados.

—¿Puedo irme… a casa?

«Te acaban de detener por asesinato, ¿a ti qué te parece, genio?» No me quedaban fuerzas para ser sarcástico.

—De momento, esta noche permanecerás arrestado —le respondí—. Haré que venga a buscarte alguien.

Cuando saqué las esposas, se las quedó mirando como si fueran un instrumento de tortura medieval.

La puerta de la sala de observación estaba abierta, y cuando pasamos por delante vi a O'Kelly de pie frente al cristal, con las manos en los bolsillos, balanceándose adelante y atrás sobre los talones. El corazón me dio un vuelco: Cassie debía de estar en la sala de interrogatorios; Cassie y Rosalind. Por un instante pensé en entrar, aunque descarté la idea al instante porque no quería que Rosalind me relacionara de ningún modo con todo aquel desastre. Entregué a Damien —todavía pálido, aturdido y con la respiración entrecortada por largos sollozos, como un niño que ha llorado con demasiada intensidad— a los agentes uniformados y me fui a casa.

22

Hacia las doce menos cuarto sonó el fijo. Corrí a descolgarlo, pues Heather tiene sus normas respecto a las llamadas telefónicas después de que ella se haya ido a la cama.

—¿Diga?

—Siento llamar a estas horas, pero llevo toda la tarde buscándote —dijo Cassie.

Había silenciado el móvil, pero había visto las llamadas perdidas.

—Ahora no puedo hablar —contesté.

—Rob, por el amor de Dios, es importante.

—Lo siento, tengo que colgar. Mañana me encontrarás en el trabajo a una hora u otra, o también puedes dejarme una nota.

La oí coger aire de forma apresurada y lastimosa, pero colgué de todos modos.

—¿Quién era? —quiso saber Heather, que apareció en la puerta de su dormitorio con un camisón con cuello y aspecto de estar muy dormida y enfadada.

—Era para mí —dije.

—¿Cassie? —Fui a la cocina, busqué la cubitera y puse algunos cubitos en un vaso—. Oooooh —exclamó con complicidad detrás de mí—. Así que al fin os habéis acostado, ¿eh?

Tiré la cubitera dentro del congelador. Heather me deja en paz si se lo pido, pero nunca vale la pena. Los morros, los aspavientos y los discursos resultantes sobre su extraordinaria sensibilidad duran mucho más que la irritación original.

—Ella no se merece esto —afirmó, y me dejó de piedra. Cassie y ella no se caían bien (una vez, muy al principio, traje a Cassie a cenar a casa y Heather se pasó toda la tarde rozando la grosería, y cuando nuestra invitada se fue se pasó horas ahuecando cojines del sofá, enderezando alfombras y suspirando ruidosamente; Cassie, por su parte, nunca volvió a mencionar a Heather), y no supe muy bien de dónde salía aquel súbito exceso de compañerismo—. No más de lo que me lo merecía yo —concluyó, y regresó a su dormitorio con un portazo.

Me llevé el vaso a mi cuarto y preparé un vodka con tónica bien cargado.

Como es natural, no pude dormir. Cuando la luz empezó a filtrarse a través de las cortinas, me rendí. Decidí que iría al trabajo temprano para ver si encontraba algo que me indicara qué le había dicho Cassie a Rosalind, y para empezar a preparar el archivo sobre Damien que enviaría al fiscal general. Pero aún llovía con fuerza, había mucho tráfico y, cómo no, al Land Rover se le pinchó una rueda a media altura de Merrion Road y tuve que hacerme a un lado y cambiarla como pude, con la lluvia entrándome a raudales por el cuello y todos los conductores detrás de mí tocando airadamente sus bocinas, un modo de decirme que ya estarían en otra parte de no ser por mí. Al final estampé la luz de emergencia en el techo, lo que cerró la boca a la mayoría.

Eran casi las ocho cuando llegué al trabajo. El teléfono, inevitablemente, sonó justo cuando me quitaba el abrigo.

—Sala de investigaciones, Ryan —contesté, encabronado.

Estaba mojado, helado y harto, y quería irme a casa a tomar un largo baño y un whisky caliente. No quería tratar con quienquiera que fuese.

—Ven a mi puto despacho —ordenó O'Kelly—. Ya. —Y colgó.

Mi cuerpo fue lo que reaccionó primero. Me entró frío por todas partes, el esternón se me tensó y me costaba respirar. No sé cómo lo supe, pero era evidente que estaba en un aprieto. Si O'Kelly solo quiere su charla de siempre, mete la cabeza por la puerta, ladra: «Ryan, Maddox, a mi despacho» y desaparece otra vez, y cuando tú logras seguirle él ya está detrás de su escritorio. Las citaciones por teléfono las reserva para cuando te ha de echar una bronca. El motivo podía ser cualquiera, por supuesto —una llamada importante que se me había pasado, Jonathan Devlin quejándose de mi trato, Sam cabreando al político equivocado—, pero supe que no era nada de eso.

O'Kelly estaba de pie, de espaldas a la ventana y con las manos hundidas en los bolsillos.

—Adam Ryan, me cago en la leche —dijo—. ¿No se te pasó por la cabeza que era algo que yo debía saber?

Me invadió una oleada de vergüenza terrible y abrasadora. La cara me ardía. No había sentido esa humillación tan extrema y apabullante desde el colegio; era ese vacío en el estómago cuando no cabe ninguna duda de que te han pillado, de que estás atrapado, y no hay absolutamente nada que puedas decir para negarlo o salir de esa o arreglarlo un poco. Clavé la mirada en el borde del escritorio de O'Kelly y me puse a buscar dibujos en las vetas de la falsa madera, como un colegial sentenciado a la espera de que el bastón entre en acción. Yo había contemplado mi silencio como una especie de gesto de orgullo, de solitaria independencia, algo que habría hecho un curtido personaje de Clint Eastwood, y por primera vez lo veía como lo que básicamente era: una gran estupidez corta de miras, inmadura y desleal.

—¿Tienes alguna idea de hasta qué punto puedes haber jodido esta investigación? —preguntó O'Kelly con frialdad. Siempre se vuelve más elocuente cuando se enfada, otro motivo por el que creo que es más inteligente de lo que pretende—. Piensa un momento en lo que un buen abogado defensor podría hacer con esto, si por casualidad llegamos a la sala del tribunal. El detective principal fue el único testigo ocular y el único superviviente de un caso sin resolver y relacionado con este... Dios santo. Mientras los demás soñamos con coños, los abogados defensores sueñan con detectives como tú. Pueden acusarte de cualquier cosa, desde ser incapaz de llevar a cabo una investigación imparcial hasta ser tú mismo un sospechoso potencial de uno o ambos casos. Los medios, los fanáticos de las conspiraciones y la chusma anti-Garda se volverán locos. Dentro de una semana, nadie en todo el país recordará a quién se supone que están juzgando.

Me lo quedé mirando. Aquel golpe inesperado, surgido de ninguna parte cuando yo aún no me había recuperado del hecho de ser descubierto, me dejó aturdido y sin habla. Parecerá increíble, pero juro que nunca, ni una sola vez en veinte años, se me había ocurrido que yo podía ser sospechoso de la desaparición de Peter y Jamie. No había nada de eso en el archivo, nada. La Irlanda de 1984 pertenecía más a Rousseau que a Orwell; los niños eran inocentes, recién salidos de las manos de Dios, habría sido un ultraje contra natura sugerir que también podían ser asesinos. Hoy en día, todos sabemos que nunca se es demasiado joven para matar. A los doce años era un niño grande, llevaba sangre de otra persona en los zapatos y la pubertad es una época extraña, conflictiva y desequilibrada. De repente vi con claridad el rostro de Cassie el día en que volvió de hablar con Kiernan, la ligera curva en la comisura de sus labios que decía que se estaba guardando algo. Necesitaba sentarme.

—Todos los tipos a los que has encerrado exigirán un nuevo juicio basándose en tu historial de ocultación de pruebas materiales. Felicidades, Ryan, acabas de joder todos los casos que hayas tocado alguna vez.

—Así que estoy fuera de este —dije al fin, como un idiota.

Tenía los labios entumecidos. Tuve una súbita alucinación de docenas de periodistas ladrando y aullando a la puerta de mi edificio, plantándome micrófonos en la cara, llamándome Adam y exigiendo detalles morbosos. A Heather le iba a encantar: melodrama y martirio de sobra para meses. Dios.

—No, no estás fuera del maldito caso —espetó O'Kelly—. Y si no lo estás es simplemente porque no quiero a ningún periodista sabelotodo metiendo las narices para saber por qué te he echado. A partir de ahora, la palabra clave es minimización de daños. No interrogarás a una sola víctima ni tocarás la menor prueba; te sentarás ante tu escritorio y procurarás no empeorar aún más las cosas. Estamos haciendo todo lo posible para que esto no salga a la luz. Y el día que se acabe el juicio de Donnelly, si es que llega a celebrarse, quedarás suspendido de la brigada y pendiente de investigación.

Lo único que podía pensar era que «minimización de daños» tenía tres palabras.

—Señor, lo siento mucho —dije, y parecía lo mejor que podía decir.

No tenía ni idea de qué implicaba la suspensión. Me vino una imagen fugaz de algún poli de la tele plantando la insignia y la pistola sobre el escritorio de su jefe; primer plano, aparecen los créditos y su carrera se evapora.

—Con eso y dos libras tienes un café —dijo O'Kelly categóricamente—. Clasifica las entradas de la línea abierta y archívalas. Si alguna de ellas menciona el caso antiguo, ni siquiera termines de leerla: se la pasas directamente a Maddox o a O'Neill.

Se sentó a su mesa, descolgó el teléfono y empezó a marcar. Me quedé ahí mirándolo unos segundos ante de darme cuenta de que esperaba que me fuera.

Regresé despacio a la sala de investigaciones, aunque no sé muy bien por qué, pues no tenía intención de mover un dedo con las entradas de la línea abierta; supongo que debía de estar en piloto automático. Cassie estaba sentada delante del vídeo, con los codos en las rodillas, visionando la cinta de mi interrogatorio a Damien. Sus hombros mostraban una caída exhausta; el mando a distancia colgaba lánguidamente de una de las manos.

En lo más hondo de mi ser sentí un espasmo horrible y malsano. Hasta ese instante no se me había ocurrido preguntarme cómo se había enterado O'Kelly. Solo lo recordé entonces, de pie en el umbral de la sala de investigaciones mientras la miraba. Era la única forma de que lo hubiera descubierto.

Era más que consciente de que últimamente me había comportado como un mierda con Cassie (por más que alegara que la situación era compleja y que tenía mis motivos). Pero nada de lo que hubiera hecho, nada de lo que pudiera hacer en este mundo, justificaba aquello. Nunca hubiera imaginado una traición de ese tipo.

Nunca conocí una furia semejante. Creí que las piernas no me sostendrían.

Tal vez hiciera algún ruido o movimiento involuntario, no lo sé, pero Cassie se giró de golpe en su silla y me miró. Al cabo de un segundo le dio al «Stop» y dejó el mando.

—¿Qué te ha dicho O'Kelly?

Ella lo sabía; ya lo sabía, y mi última chispa de duda se hundió en algo informe e increíblemente denso que me reptaba por el plexo solar.

—En cuanto termine el caso, estoy suspendido —respondí en tono cansino.

Mi voz sonaba como si fuera de otro.

Cassie, horrorizada, abrió los ojos de par en par.

—Mierda —exclamó—, mierda, Rob… Pero ¿no estás fuera? ¿No te ha… no te ha despedido ni nada?

—No, no estoy fuera —contesté—. Y no es gracias a ti.

El primer impacto empezaba a desvanecerse y una ira fría y atroz me atravesó como una descarga eléctrica. Sentí todo el cuerpo temblar a su merced.

—Eso no es justo —dijo Cassie, y percibí una agitación minúscula en su voz—. Intenté avisarte. Ayer por la noche te llamé no sé cuántas veces…

—Entonces ya era un poco tarde para preocuparse por mí, ¿no crees? Tendrías que haberlo pensado antes.

Cassie palideció, los ojos estaban abiertos como platos. Me dieron ganas de borrarle esa expresión de perplejidad con una bofetada.

—¿Antes de qué? —quiso saber.

—De irle a O'Kelly con mi vida privada. ¿Ya te sientes mejor, Maddox? ¿Arruinar mi carrera compensa el hecho de que esta semana no te haya tratado como a una princesita? ¿O aún te guardas algún otro truco en la manga?

Al cabo de un momento dijo, con mucha cautela:

—¿Piensas que se lo he contado yo?

Casi me reí.

—Pues sí, la verdad. Solo cinco personas en el mundo lo sabían, y no sé por qué dudo que mis padres o un amigo de hace quince años eligieran este momento para llamar a mi jefe y decirle: «Ah, por cierto, ¿sabía que antes Ryan se llamaba Adam?». ¿Me tomas por imbécil? Sé que se lo has contado tú, Cassie.

No me había quitado los ojos de encima, pero algo en ellos había cambiado y comprendí que estaba tan furiosa como yo. Con un gesto rápido cogió la cinta de encima de la mesa y me la arrojó levantándola por encima de su cabeza con todo el peso de su cuerpo. Me agaché por un acto reflejo y se estampó contra la pared, rebotó y fue a caer en una esquina.

—Mira la cinta —dijo Cassie.

—No me interesa.

—O miras la cinta ahora mismo o juro por Dios que mañana tu cara saldrá en todos los periódicos del país.

No fue la amenaza lo que me convenció, sino más bien el hecho de que la formulase, que se jugase el que debía de ser su último as. Aquello desató algo en mí, una especie de violenta curiosidad combinada con una vaga y fatal premonición, aunque esto tal vez solo lo piense ahora, no lo sé. Recogí la cinta de la esquina, la metí en el vídeo y le di al «Play». Cassie, con los brazos fuertemente cruzados en el pecho, me miraba sin moverse. Giré una silla y me senté frente a la pantalla, de espaldas a ella.

Era una cinta borrosa en blanco y negro de la sesión de Cassie con Rosalind, la noche anterior. El registro de la hora indicaba las 20:27; en la habitación de al lado, yo acababa de rendirme con Damien. Rosalind estaba a solas en la sala de interrogatorios principal, retocándose el pintalabios con el espejo de una polvera. Se oían ruidos de fondo y tardé un momento en darme cuenta de que me resultaban familiares. Eran unos sollozos roncos e impotentes y mi propia voz, que decía sin grandes esperanzas: «Damien, necesito que me expliques por qué lo hiciste». Cassie había encendido el intercomunicador para que captara el sonido de mi sala de interrogatorios. Rosalind alzó la cabeza; se quedó mirando el vidrio unidireccional con un rostro extremadamente inexpresivo.

Se abrió la puerta y entró Cassie, Rosalind cerró su pintalabios y se lo metió en el bolso. Damien seguía sollozando.

—Mierda. Lo siento —dijo Cassie, echando un vistazo al intercomunicador. Lo apagó. Rosalind dibujó una sonrisita tensa y contrariada—. La detective Maddox interroga a Rosalind Francés Devlin —anunció a la cámara—. Siéntate.

Rosalind no se movió.

—Me temo que preferiría no hablar con usted —afirmó con una voz glacial y desdeñosa que yo nunca le había oído antes—. Me gustaría hablar con el detective Ryan.

—Lo siento, pero es imposible —respondió Cassie con jovialidad, mientras se acercaba una silla para ella—. Está en un interrogatorio; seguro que ya lo has oído —añadió, con una mueca compungida.

—Pues ya volveré cuando esté libre.

Rosalind se ajustó el bolso debajo del brazo y se dirigió a la puerta.

—Un momento, Rosalind —la detuvo Cassie, y en su voz había un matiz nuevo, más duro. Rosalind suspiró y se dio la vuelta, levantando las cejas con desprecio—. ¿Hay algún motivo en especial por el que de repente te muestres tan reacia a responder preguntas sobre el asesinato de tu hermana?

Vi que los ojos de Rosalind se posaban en la cámara solo un instante, aunque esa mínima y fría sonrisa no cambió.

—Creo que sabrá, detective Maddox, si es honrada consigo misma, que estoy más que dispuesta a ayudar en la investigación de cualquier modo que sea posible. Pero el caso es que no quiero hablar con usted, y estoy segura de que sabe por qué.

—Hagamos como que no.

—Vamos, detective, es evidente desde el principio que a usted mi hermana no le importa en absoluto. Lo único que le interesa es coquetear con el detective Ryan. ¿No va contra las normas acostarse con el compañero?

Me traspasó una nueva ráfaga de furia, con tanta violencia que casi me dejó sin aliento. Exclamé:

—¡Por el amor de Dios! ¿Se trataba de eso? Solo porque has pensado que le expliqué…

Rosalind había hablado por hablar, yo nunca le había dicho una sola palabra sobre ese tema, ni a ella ni a nadie; y que Cassie creyera que sí, que se desquitara de esa manera sin molestarse siquiera en preguntarme…

—Cállate —me interrumpió con frialdad detrás de mí.

Junté las manos y observé el televisor. Casi estaba demasiado furioso para ver. En la pantalla, Cassie ni siquiera pestañeó; con la silla apoyada en las dos patas traseras, se mecía y sacudía la cabeza, divertida.

—Lo siento, Rosalind, pero a mí no se me despista tan fácilmente. El detective Ryan y yo sentimos lo mismo, ni más ni menos, respecto a la muerte de tu hermana. Queremos encontrar a su asesino. Así que, una vez más, ¿por qué de pronto no quieres hablar de ello?

Rosalind se rio.

—¿Lo mismo, ni más ni menos? No lo creo, detective. Él tiene una relación muy especial con este caso, ¿no es verdad? —Aun en la imagen borrosa distinguí el veloz parpadeo de Cassie, y el feroz destello de triunfo en el rostro de Rosalind al darse cuenta de que esta vez había puesto el dedo en la llaga—. Oh —continuó en tono dulzón—, ¿quiere decir que no lo sabe?

Hizo una pausa de solo una fracción de segundo, lo suficiente para realizar el efecto, pero a mí me pareció una eternidad; porque supe, con una espantosa sensación de fatalidad y vorágine, qué iba a decir. Supongo que es lo que sienten los especialistas cuando una caída va horriblemente mal, o los jinetes al caerse en pleno galope; esa fracción de tiempo de una calma extraña, justo antes de que tu cuerpo se estrelle contra el suelo, cuando la mente se te queda en blanco salvo por una sola y simple certeza: «Así que eso es todo. Aquí llega».

—Es el chico cuyos amigos desaparecieron en Knocknaree hace tanto tiempo —le dijo Rosalind a Cassie. Su voz sonó aguda, musical y casi indiferente; excepto un minúsculo y petulante atisbo de placer, no había nada en ella, nada de nada—. Adam Ryan. Por lo que veo él no se lo cuenta todo, al fin y al cabo, ¿verdad?

Unos minutos antes llegué a creer que no podría sentirme peor y sobrevivir a ello.

En la pantalla, Cassie bajó las patas de la silla de golpe y se frotó una oreja. Se estaba mordiendo el labio para contener una sonrisa, pero a estas alturas yo ya me sentía incapaz de interpretar nada de lo que estaba haciendo.

—¿Te lo contó él?

—Sí. La verdad es que nos hemos conocido muy bien.

—¿También te contó que un hermano suyo murió cuando él tenía dieciséis años? ¿Que creció en un hogar de acogida? ¿Que su padre era alcohólico?

Rosalind se la quedó mirando. La sonrisa se había disipado de su rostro y tenía los ojos entornados y eléctricos.

—¿Por qué? —preguntó.

—Mera comprobación. A veces también cuenta esas cosas, depende… No sé cómo decirte esto, Rosalind —continuó, entre divertida y violentada—, pero a veces, cuando los detectives intentamos establecer una relación con un testigo, decimos cosas que no son la estricta verdad, cosas que pensamos que pueden ayudar al testigo a sentirse lo bastante cómodo para compartir información. ¿Lo entiendes? —Rosalind siguió mirando, inmóvil—. Mira, sé muy bien que el detective Ryan nunca ha tenido un hermano, que su padre es un hombre muy agradable sin tendencias alcohólicas y que él creció en Wiltshire, de ahí el acento, y no cerca de Knocknaree. Ni tampoco en un hogar de acogida. Pero te contara lo que te contase, sé que solo quería facilitarte las cosas para que nos ayudases a encontrar al asesino de Katy. No se lo tengas en cuenta, ¿de acuerdo?

La puerta se abrió de golpe y Cassie se sobresaltó. Rosalind no se movió, ni siquiera apartó la vista de la cara de Cassie, y O'Kelly, escorzado por el ángulo de la cámara pero reconocible de inmediato por su calva con cuatro pelos atravesados, se asomó a la habitación.

—Maddox —anunció, cortante—. Fuera.

O'Kelly, cuando yo salí con Damien, en la sala de observación, balanceándose adelante y atrás sobre los talones, mirando con impaciencia a través del cristal. No quise ver más. Busqué el mando a distancia, le di al «stop» y contemplé, ausente, el cuadrado azul y vibrante.

—Cassie —dije, al cabo de mucho rato.

—Me preguntó si era verdad —replicó esta, con voz tan monótona como si leyera un informe—. Yo le dije que no, y que si lo fuera no se lo habrías contado a ella.

—No lo hice —aseguré. Me pareció importante que lo supiera—. No lo hice. Le expliqué que dos amigos míos desaparecieron cuando éramos pequeños... para que viera que entendía por lo que estaba pasando. No pensé que sabría lo de Peter y Jamie, que ataría cabos. No se me pasó por la cabeza.

Cassie me dejó terminar.

—O'Kelly me acusó de encubrirte —continuó, cuando acabé de hablar— y añadió que debería habernos separado hace mucho. Dijo que compararía tus huellas con las del caso antiguo, aunque tuviera que sacar a un técnico de la cama, aunque llevara toda la noche. Si las huellas coincidían, me dijo, los dos tendríamos suerte si conservábamos el empleo. Me hizo mandar a Rosalind a casa. Se la entregué a Sweeney y empecé a llamarte.

En un lugar recóndito de mi cabeza oí un clic, mínimo e irrevocable. El recuerdo lo magnifica y lo convierte en un estruendo desgarrador y estrepitoso, pero la verdad es que fue su extrema pequeñez lo que lo hizo tan terrible. Nos quedamos ahí sentados, sin hablar, largo rato. El viento salpicaba el cristal de lluvia. Cuando oí a Cassie tomar aire pensé que iba a echarse a llorar, pero entonces alcé la vista. No había lágrimas en su rostro; solo estaba pálida, callada y muy, muy triste.

Continuábamos sentados en la misma postura cuando apareció Sam.

—¿Qué hay? —saludó, sacudiéndose la lluvia del pelo y encendiendo las luces.

Cassie se movió y levantó la cabeza.

—O'Kelly quiere que tú y yo hagamos otro intento de averiguar el móvil de Damien. Los uniformados lo traen de camino.

—Estupendo, a ver si con una cara nueva reacciona un poco —dijo Sam.

Nos echó un vistazo rápido y me pregunté hasta dónde sabía; por primera vez me preguntaba qué había sido capaz de adivinar a pesar de no decir nada.

Acercó una silla, se sentó al lado de Cassie y empezaron a hablar sobre cómo entrar a Damien. Nunca habían interrogado a nadie juntos; sus voces eran tentativas, serias y deferentes el uno con el otro y se elevaban en preguntas de final abierto: «¿Crees que habría que...?». «¿Qué tal si...?» Cassie volvió a introducir las cintas en el vídeo y le mostró a Sam fragmentos del interrogatorio de la noche anterior. El fax emitió una serie de ruidos enloquecidos y exagerados y escupió el registro de llamadas del móvil de Damien, y ambos se inclinaron sobre las páginas con un rotulador fluorescente, murmurando.

Cuando al fin se fueron —Sam se giró y me dirigió un breve gesto de asentimiento con la cabeza—, aguardé en la sala de investigaciones vacía para asegurarme de que hubiera empezado el interrogatorio, y entonces salí a buscarlos. Se encontraban en la sala de interrogatorios principal. Me colé a hurtadillas en el cuarto de observación; las orejas me ardían como si estuviera husmeando en una librería porno. Sabía que aquello era la última cosa del mundo que desearía ver, pero ignoraba cómo mantenerme al margen.

Hicieron cuanto estuvo en sus manos para convertir la sala en una estancia más acogedora: abrigos, bolsas y bufandas tiradas en las sillas y la mesa llena de cafés, sobres de azúcar, móviles, una garrafa de agua y una bandeja con las empalagosas galletas de la cafetería que había a la salida de los terrenos del Castillo. Damien, desaliñado, vestido con el mismo jersey demasiado grande y los mismos pantalones —tenía pinta de haber dormido con ellos—, se abrazaba y miraba a su alrededor con ojos muy abiertos. Después del caos alienante de una celda, aquello debía de parecerle un puerto luminoso, cálido, seguro, casi hogareño. Según el ángulo se le veía una pelusa rubia y patética en la barbilla. Cassie y Sam estaban parloteando, encaramados a la mesa, quejándose del tiempo y ofreciéndole leche a Damien. Al oír unos pasos en el pasillo me puse tenso —si era O'Kelly me mandaría de una patada de vuelta a la línea abierta, pues aquello ya no tenía nada que ver conmigo—, pero pasaron de largo sin perder el ritmo. Apoyé la frente en el vidrio unidireccional y cerré los ojos.

En primer lugar repasaron con él algunos detalles insignificantes sin ningún riesgo. Las voces de Cassie y Sam se entretejían con destreza, apaciguadoras como canciones de cuna: «¿Cómo saliste de casa sin despertar a tu madre?». «Ah, ¿sí? Yo hacía lo mismo cuando era adolescente...» «¿Lo habías hecho antes?» «Por favor, este café está asqueroso, ¿prefieres una Coca-Cola u otra cosa?» Formaban un buen equipo, ya lo creo. Damien se estaba relajando. Una vez hasta se rio, con un ruidito patético.

—Eres miembro de «No a la Autopista», ¿verdad? —le preguntó Cassie al fin, con la misma naturalidad de antes; nadie más que yo reconocería la leve ascensión de su voz, señal inequívoca de que empezaba a ir al grano. Abrí los ojos y me erguí—. ¿Cuándo te implicaste en ello?

—En primavera —contestó Damien con prontitud—, por marzo o así. Salió un aviso de una manifestación en el tablón de anuncios de la universidad. Yo ya sabía que estaría trabajando en Knocknaree en verano, por eso me sentí como… no sé, conectado con ello. Así que fui.

—¿Te refieres a la manifestación del 20 de marzo? —quiso saber Sam mientras pasaba varias hojas y se frotaba la nuca. Interpretaba el papel de poli de pueblo, sólido, amistoso y no demasiado apresurado.

—Sí, creo que sí. Fue a la salida del Parlamento, si sirve de algo.

A esas alturas, Damien parecía a sus anchas de una forma casi inquietante, reclinado hacia delante sobre la mesa y jugando con su vaso de café, hablador y entusiasta como en una entrevista de trabajo. Ya lo había visto antes, sobre todo en delincuentes primerizos: no están acostumbrados a vernos como el enemigo y, una vez disipado el impacto de saberse atrapados, se exaltan y se vuelven serviciales al aliviarse la tensión.

—¿Fue entonces cuando te uniste a la campaña?

—Sí. Knocknaree es un yacimiento muy importante, ha estado habitado desde…

—Ya nos lo contó Mark —atajó Cassie con una sonrisa—. Como puedes imaginar. ¿Fue entonces cuando conociste a Rosalind Devlin, o ya la conocías de antes?

Hubo una pequeña y desconcertada pausa.

—¿Qué? —preguntó Damien.

—Aquel día estaba en la mesa de inscripciones. ¿Era la primera vez que la veías?

Otra pausa.

—No sé a quién se refieren —respondió Damien al fin.

—Vamos, Damien —dijo Cassie, y se acercó para tratar de captar su mirada, pero él no la apartaba de su vaso de café—. De momento lo has hecho muy bien; no te eches atrás ahora, ¿de acuerdo?

—Hay llamadas y mensajes a Rosalind en todos los registros de tu móvil —intervino Sam, y sacó el haz de páginas marcadas con rotulador y las puso delante de Damien.

Este lo observó con expresión vacía.

—¿Por qué no quieres que sepamos que erais amigos? —quiso saber Cassie—. No hay ningún mal en ello.

—No quiero que ella se vea involucrada en esto —replicó Damien.

Empezaban a tensársele los hombros.

—Nosotros no estamos involucrando a nadie en nada —señaló Cassie con delicadeza—. Solo queremos saber qué sucedió.

—Ya se lo he explicado.

—Lo sé, lo sé. Aguanta un poco más, ¿vale? Solo tenemos que aclarar los detalles. ¿Fue en esa manifestación donde conociste a Rosalind?

Damien extendió el brazo y tocó el registro de llamadas con un dedo.

—Sí —dijo—. Al inscribirme. Empezamos a hablar.

—¿Os caísteis bien y entonces seguisteis en contacto?

—Sí, supongo.

En aquel punto, dieron marcha atrás. «¿Cuándo empezaste a trabajar en Knocknaree?» «¿Por qué elegiste

esa excavación?» «Sí, a mí también me resultó fascinante…» Poco a poco, Damien se fue relajando otra vez. Seguía lloviendo y densas cortinas de agua se deslizaban
ventana abajo. Cassie fue a por más café y volvió con expresión culpable y traviesa y con un paquete de galletas
de crema robadas de la cantina. No había prisa, ahora
que Damien había confesado. A lo sumo, podía pedir un
abogado, y este le aconsejaría que les contara exactamente lo que intentaban averiguar; un cómplice significaba culpabilidad compartida y confusión, elementos
predilectos para un abogado defensor. Cassie y Sam tenían todo el día, toda la semana, todo el tiempo que hiciera falta.

—¿Cuánto tardasteis Rosalind y tú en empezar a salir? —preguntó Cassie al cabo de un rato.

Damien estaba doblando la esquina de una hoja del
registro en pequeños pliegues, pero al oír eso alzó la vista, asustado y cauteloso.

—¿Qué? Nosotros no… no salimos. Solo somos amigos.

—Damien —dijo Sam en tono de reproche, y dio
unos golpecitos en las hojas—. Mira esto. La llamas tres
o cuatro veces al día, le envías media docena de mensajes, habláis durante horas en plena noche…

—Dios, también yo he hecho eso —comentó Cassie,
como si lo rememorase—. La cantidad de dinero que te
gastas en teléfono cuando estás enamorado…

—A ningún otro amigo lo llamas ni una cuarta parte.
Constituye el noventa y cinco por ciento de tu factura de
teléfono. Y no pasa nada por eso. Ella es una chica encantadora y tú eres un joven agradable; ¿por qué no
ibais a salir juntos?

—Un momento —saltó Cassie de repente, y se irguió—. ¿Estaba Rosalind implicada en esto? ¿Por eso no
quieres hablar de ella?

—¡No! —casi gritó Damien—. ¡Déjenla en paz! —Cassie y Sam se lo quedaron mirando con las cejas en alto—. Lo siento —musitó al cabo de un momento, y se desplomó en su silla. Estaba de un rojo encendido—. Yo solo... Es decir, ella no tuvo nada que ver. ¿No pueden dejarla al margen de esto?

—Entonces, ¿a qué viene tanto secreto, Damien? —preguntó Sam—. Si no estaba implicada...

Él se encogió de hombros.

—Porque no le dijimos a nadie que estábamos saliendo.

—¿Por qué no?

—Porque no. Porque el padre de Rosalind se habría puesto como loco.

—¿No le caías bien? —preguntó Cassie, lo bastante sorprendida como para que resultara un halago.

—No, no era eso. No le permiten tener novios. —La mirada de Damien saltó de uno a otro con nerviosismo—. No se lo... ya saben, no se lo digan a él, por favor.

—¿Cómo de loco se habría puesto exactamente? —inquirió Cassie con suavidad.

Damien arrancaba trocitos de su vaso de papel.

—Yo no quería que ella se metiera en líos.

El rubor de su rostro no se había extinguido y respiraba demasiado deprisa; ocultaba algo.

—Tenemos un testigo —señaló Sam— que afirma que recientemente Jonathan Devlin podría haber pegado a Rosalind al menos una vez. ¿Sabes si es eso cierto?

Un parpadeo rápido y hombros encogidos.

—¿Cómo iba a saberlo?

Cassie lanzó a Sam una mirada fugaz y volvieron a dar marcha atrás.

—¿Y cómo os las apañabais para veros sin que su padre se enterase? —preguntó en tono confidencial.

—Al principio solo nos veíamos los fines de semana en el centro, para tomar café y eso. Rosalind les decía que quedaba con su amiga Karen, del colegio. No había problema con eso. Luego, eh... luego a veces nos vimos de noche. En la excavación. Yo iba allí y esperaba a que sus padres se hubieran dormido y ella pudiera escaparse. Nos sentábamos en el altar de piedra, o a veces en la caseta de los hallazgos si estaba lloviendo, y hablábamos.

Era fácil de imaginar, fácil y arrebatadoramente dulce: una manta sobre los hombros, un cielo tachonado de estrellas y el paisaje agreste de la excavación convertido en un lugar delicado y lleno de hechizo por efecto de la luz de la luna. Sin duda, el secretismo y las complicaciones solo se habían sumado a lo romántico que era todo. Contenía el poder primario e irresistible del mito: el padre cruel y la bella doncella encarcelada en su torre, cercada por espinos e implorando ayuda. Habían construido su propio mundo nocturno y robado, y para Damien debió de ser muy hermoso.

—O había días que venía a la excavación, a lo mejor con Jessica, y yo les hacía de guía. No podíamos hablar mucho por si alguien nos miraba, pero así nos veíamos... Y hubo una vez, en mayo... —Sonrió levemente, mirándose las manos, una sonrisa tímida y privada—. Yo tenía un trabajo a tiempo parcial, preparaba sándwiches en una charcutería, y pude ahorrar lo bastante para irnos un fin de semana. Cogimos el tren hasta Donegal y nos quedamos en un hostal, nos registramos como... como si estuviéramos casados. Rosalind les dijo a sus padres que pasaría el fin de semana con Karen, estudiando para los exámenes.

—¿Y qué se torció? —intervino Cassie, y de nuevo capté esa tirantez en su voz—. ¿Katy descubrió lo vuestro?

Damien la miró, desconcertado.

—¿Qué? No, Dios mío, no. Teníamos mucho cuidado.

—Entonces, ¿qué? ¿Molestaba a Rosalind? Las hermanas pequeñas pueden ser muy pesadas.

—No...

—¿Rosalind tenía celos porque todo el mundo estaba pendiente de Katy? ¿Qué?

—¡No! ¡Rosalind no es de esas, ella se alegraba por Katy! Y yo no habría matado a alguien solo por... ¡No estoy loco!

—Ni tampoco eres violento —afirmó Sam, plantando otro montón de papel frente a Damien—. Esto son informes sobre ti. Tus profesores recuerdan que te mantenías al margen de las peleas y nunca las empezabas. ¿Dirías que es exacto?

—Supongo...

—¿Lo hiciste solo porque era excitante? —intervino Cassie—. ¿Querías saber qué se siente al matar a alguien?

—¡No! Pero ¿qué...?

Sam rodeó la mesa con una rapidez asombrosa y se reclinó junto a Damien.

—Los chicos de la excavación dicen que George McMahon se metía contigo igual que con todos, pero tú eres de los pocos que nunca perdió los nervios con él. ¿Qué pudo enfurecerte tanto como para matar a una niña que no te había hecho ningún daño?

Damien se encogió apesadumbrado dentro de su jersey, con la barbilla pegada al cuello, y sacudió la cabeza. Se habían precipitado, habían tirado demasiado de la cuerda; lo estaban perdiendo.

—Eh, mírame. —Sam chasqueó los dedos en la cara de Damien—. ¿Me parezco en algo a tu madre?

—¿Qué? No…

Lo inesperado de la pregunta lo atrapó; sus ojos, desesperados y abatidos, se alzaron otra vez.

—Buena apreciación. Eso es porque no soy tu madre y esto no es una cosita de nada de la que puedas librarte poniendo morros. Es un asunto muy grave. Atrajiste a una niña inocente fuera de su casa en plena noche, la golpeaste en la cabeza, la asfixiaste y la observaste mientras moría, le introdujiste una paleta en su interior —Damien se estremeció intensamente—, y ahora nos vienes con que no lo hiciste por ninguna razón. ¿Es eso lo que le dirás al juez? ¿Qué sentencia crees que te caerá?

—¡No lo entienden! —chilló Damien, con una voz quebrada como si tuviera trece años.

—Ya lo sé, sé que no, pero queremos entenderlo. Ayúdame a hacerlo, Damien.

Cassie estaba inclinada hacia delante y le sostenía ambas manos con las suyas, obligándolo a mirarla.

—¡No tienen ni idea! ¿Una niña inocente? Todo el mundo cree que lo era, Katy era una especie de santa, siempre pensaron que era perfecta. ¡Pues no lo era! Solo porque era pequeña eso no significa que fuera… No se lo creerían si les contara algunas de las cosas que hacía, es que no se lo creerían.

—Yo sí —respondió Cassie, con voz grave y apremiante—: Me cuentes lo que me cuentes, Damien, habré visto cosas peores en este trabajo. Yo te creeré. Ponme a prueba.

Damien tenía la cara roja y congestionada, y las manos le temblaban en las de Cassie.

—Hacía que su padre se pusiera furioso con Rosalind y Jessica. Siempre tenían miedo. Katy se inventaba cosas y se las decía a él, como que Rosalind la había tratado mal o Jessica había tocado sus cosas y eso, y ni siquiera

era verdad, solo se lo inventaba, y él siempre la creía. Una vez que Rosalind intentó explicarle que era mentira, porque intentaba proteger a Jessica, él fue y... y...

—¿Qué hizo?

—¡Les dio una paliza! —aulló Damien. Su cabeza se alzó de golpe y sus ojos, enrojecidos y brillantes, se clavaron en los de Cassie—. ¡Les dio una paliza! ¡A Rosalind le abrió el cráneo con un atizador, a Jessica la arrojó contra la pared y le rompió el brazo y, Dios mío, lo «hizo» con las dos, y Katy lo miraba y se reía!

Se desasió de las manos de Cassie y se enjugó las lágrimas furiosamente con el dorso de la muñeca. Jadeaba para recuperar el aliento.

—¿Estás diciendo que Jonathan Devlin mantuvo relaciones sexuales con sus hijas? —preguntó Cassie con calma y con unos ojos inmensos.

—Sí. Sí. Lo hacía con todas. A Katy... —el rostro de Damien se crispó—, a Katy le gustaba. ¿No es asqueroso? ¿Cómo puede alguien...? Por eso era su favorita. A Rosalind la odiaba porque ella no... no quería —se mordió el dorso de la mano y lloró.

Me di cuenta de que llevaba tanto tiempo conteniendo la respiración que me estaba mareando; también era consciente de que era posible que acabase vomitando. Me apoyé en el frío cristal y me concentré en respirar despacio y de manera acompasada. Sam encontró un pañuelo y se lo pasó a Damien.

A menos que fuera aún más estúpido de lo que ya me había demostrado a mí mismo que era, Damien creía cada palabra que decía. ¿Por qué no? En los periódicos se ven cosas peores cada semana, niños violados, o muertos de inanición en un sótano, o sin alguno de sus miembros... A medida que su mitología privada crecía y ocupaba una parte cada vez mayor de la mente de

Damien, ¿por qué no dar cabida a la hermana maléfica que mantenía a Cenicienta en el cenagal?

Y, aunque no es en absoluto algo fácil de admitir, también yo quise creerlo. Por un instante casi pude. Todo encajaba tan bien que lo explicaba y justificaba casi todo. Pero a diferencia de Damien, yo había visto los historiales médicos y el informe forense. Jessica se había roto el brazo al caerse de un columpio a la vista de cincuenta testigos, Rosalind nunca se había fracturado el cráneo y Katy había muerto virgen. Una especie de sudor frío y ligero avanzó entre mis hombros, propagándose.

Damien se sonó la nariz.

—No tuvo que ser fácil para Rosalind contarte esto —observó Cassie con delicadeza—. Fue muy valiente por su parte. ¿Ha intentado contárselo a alguien más?

Él negó con la cabeza.

—Él siempre le decía que si lo contaba la mataría. Yo fui la primera persona en la que confió lo bastante para contarlo.

Había una especie de asombro en su voz, de asombro y orgullo, y bajo las lágrimas, los mocos y la congestión su rostro se iluminó con un leve y turbado resplandor. Por un segundo pareció un joven caballero enviado en busca del Santo Grial.

—¿Y cuándo te lo contó? —quiso saber Sam.

—Lo hizo a retazos. Como ya ha dicho ella, le costó mucho. No dijo nada hasta mayo… —El rostro de Damien adquirió una tonalidad rojo oscuro—. Cuando estuvimos en ese hostal. Nos estábamos besando, ¿no? Yo intenté tocarle… el pecho. Rosalind se puso como loca y me apartó de un empujón y dijo que ella no era de esas, y supongo que me extrañó, no me esperaba que se lo tomara tan a la tremenda, ¿saben? Llevábamos un mes sa-

liendo, quiero decir, ya sé que eso no me da derecho a…
pero… La cuestión es que yo solo me sorprendí, pero
Rosalind se quedó muy preocupada por si me enfadaba
con ella. Por eso… me contó lo que le había estado haciendo su padre. Para que entendiera el porqué de su actitud.

—¿Y tú qué le dijiste? —preguntó Cassie.

—¡Que se fuera de casa! Que cogiéramos un piso juntos, podíamos conseguir el dinero. A mí me iba a salir
esta excavación y Rosalind podía hacer trabajos de modelo, un tipo de una agencia de modelos muy importante se fijó en ella y dijo que podía triunfar, solo que su padre no le dejaría… Yo no quería que regresara a esa casa.
Pero Rosalind se negó. Dijo que no abandonaría a Jessica. ¿Se imaginan cómo hay que ser para hacer eso? Volvió allí solo para proteger a su hermana. Nunca he conocido a nadie tan valiente.

De haber tenido un par de años más, después de oír
esa historia Damien se habría abalanzado sobre el teléfono para llamar a la policía o a la Línea de Atención a la
Infancia. Pero tenía diecinueve años; los adultos aún
eran unos seres ajenos y autoritarios que no entendían
nada, a los que no había que contárselo porque entra-
rían a la carga y lo estropearían todo. Seguramente ni se
le pasó por la cabeza pedir ayuda.

—También me dijo… —Damien apartó la mirada.
Otra vez se le saltaban las lágrimas. Pensé, con afán de
venganza, en lo mal que lo pasaría en la cárcel si seguía
berreando por cualquier cosa—. Me dijo que tal vez
nunca sería capaz de hacer el amor conmigo. Porque le
traía malos recuerdos. No sabía si podría llegar a confiar
tanto en nadie. Así que si quería romper con ella y buscarme una novia normal, y de verdad que dijo «normal», lo entendería. Lo único que me pedía era que, si la

dejaba, lo hiciera enseguida, antes de que yo empezara a importarle demasiado...

—Pero tú no querías hacer eso —apuntó Cassie con suavidad.

—Claro que no —respondió él, simplemente—. La quiero.

Había algo en su rostro, una pureza insensata y arrolladora, que envidié, aunque parezca increíble. Sam le dio otro pañuelo.

—Solo hay una cosa que no entiendo —intervino, con voz natural y tranquilizadora—. Tú querías proteger a Rosalind y eso es digno de elogio, desde luego, cualquier hombre habría sentido lo mismo. Pero ¿por qué deshacerse de Katy? ¿Por qué no de Jonathan? Yo habría ido a por él.

—Yo dije lo mismo —afirmó Damien, y luego se detuvo, con la boca abierta, como si hubiera dicho algo comprometedor. Cassie y Sam le devolvieron una mirada insípida y aguardaron. Al cabo de un momento, continuó—: Eh... Bueno, fue una noche que a Rosalind le dolía el vientre y al final se lo saqué; no quería decírmelo, pero él... le había dado cuatro puñetazos en el estómago. Solo porque Katy le dijo que Rosalind no le dejaba cambiar de canal para ver un programa de danza en la tele, y ni siquiera era verdad, lo habría cambiado si Katy se lo hubiera pedido... Yo ya no aguantaba más. Cada noche pensaba en ello, en lo que Rosalind tenía que pasar, y no podía dormir. ¡Es que no podía permitir que siguiera ocurriendo!

Respiró hondo y volvió a recuperar el control de su voz. Cassie y Sam asintieron con aire comprensivo.

—Le dije, esto... Le dije: «Lo mataré». Rosalind no se creyó que realmente fuera a hacer eso por ella. Y sí, supongo que yo estaba... no bromeando, pero no lo decía del todo en serio eso de matarlo. No había pensado en hacer nada parecido en toda mi vida. Pero cuando vi lo mucho que significaba para ella el simple hecho de que yo lo dijera, porque nadie había intentado protegerla antes… Casi lloraba, y ella no es de esas chicas que lloran, es una persona muy fuerte.

—Estoy segura de que sí —afirmó Cassie—. Entonces, ¿por qué no fuiste a por Jonathan Devlin, una vez que ya habías empezado a darle vueltas a la idea?

—Es que si él moría —Damien se inclinó hacia delante, gesticulando ansiosamente—, su madre no sería capaz de cuidar de ellas, por el dinero y porque creo que está un poco ida… Las enviarían a hogares de acogida y las separarían, Rosalind no podría seguir cuidando de Jessica, y ella la necesita, está tan destrozada que es incapaz de hacer nada. Rosalind tiene que hacerle los deberes y eso. Y Katy… le habría hecho lo mismo a otra persona. ¡Si ella desaparecía, todo volvería a ir bien! Su padre solo… él solo les hacía esas cosas por culpa de Katy. Rosalind dijo que a veces deseaba que Katy no hubiera nacido, y se sintió culpable por ello; ¡madre mía, culpable…!

—Y eso te dio una idea —apuntó Cassie con monotonía. Adiviné por la posición de su boca que estaba tan rabiosa que apenas podía hablar—. Sugeriste matarla a ella en lugar de su padre.

—Fue idea mía —se apresuró a decir Damien—. Rosalind no tuvo nada que ver. Ella ni siquiera… Al principio dijo que no. No quería que yo corriera un riesgo tan grande. Sobreviviría unos años, dijo, podría sobrevivir seis años más, hasta que Jessica tuviera edad suficiente para irse de casa. ¡Pero yo no podía dejar que se quedara! Aquella vez que él le fracturó el cráneo estuvo dos meses en el hospital. Podría haber muerto.

De repente también yo estaba furioso, pero no con Rosalind, sino con Damien, por ser tan jodidamente cretino, por ser un perfecto capullo, como un personaje bobalicón de dibujos animados que se coloca ni más ni menos que en el lugar exacto para que le caiga un yunque de la marca Acmé en la cabeza. Por supuesto, soy muy consciente tanto de la ironía como de las tediosas explicaciones psicológicas a esa reacción, pero en aquel momento solo tenía ganas de irrumpir en la sala de interrogatorios y estamparle a Damien en la cara los historiales médicos. «¿Ves esto, tarado? ¿Ves una fractura de cráneo por alguna parte? ¿No se te ocurrió pedirle que te enseñara la cicatriz antes de cargarte a una niña por ello?»

—Así que insististe —intervino Cassie— y al final, por alguna razón, Rosalind se convenció.

Esta vez Damien captó el tono mordaz.

—¡Fue por Jessica! A Rosalind no le importaba lo que le pasara a ella, pero le preocupaba que Jessica sufriera una crisis nerviosa. ¡No creía que su hermana soportara seis años más!

—Pero de todos modos Katy no hubiera estado allí la mayor parte del tiempo —señaló Sam—. Iba a entrar en la escuela de danza de Londres. A estas alturas ya se habría ido. ¿No lo sabías?

Damien casi dio un alarido.

—¡No! Es lo que yo dije, le pregunté… No lo entienden… A ella le daba igual ser bailarina. Solo le gustaba que todo el mundo le hiciera caso. En ese colegio no habría sido nadie del otro mundo, para Navidad ya lo habría dejado y estaría de vuelta en casa.

De todas las cosas que le habían hecho, esa fue la que me impactó más hondamente. Por su pericia diabólica, por la precisión glacial con que acotaba, se adueñaba y mancillaba la única cosa que había cristalizado en el corazón de Katy Devlin. Me acordé de la voz calmada y profunda de Simone, con el eco del aula de danza: «*Sérieuse*». Nunca en toda mi carrera había sentido la presencia del mal como la sentía ahora, flotando sólida y dulzona en el aire, trepando con sus tentáculos invisibles por las patas de las mesas, introduciéndose con obscena delicadeza por las mangas y los cuellos... Se me erizó el vello de la nuca.

—Así que fue en defensa propia —concluyó Cassie, al término de un silencio en el que Damien se removió ansiosamente y ella y Sam no lo miraron.

Damien se aferró a ello.

—Sí. Exacto. Es decir, no lo habríamos pensado de haber existido otra forma.

—Entiendo. Y, como sabrás, ya ha ocurrido antes: esposas que reaccionan y matan a un marido maltratador y cosas así. Los jurados también lo entienden.

—¿Sí?

Alzó la vista y la miró con ojos inmensos y esperanzados.

—Claro. Cuando oigan por lo que tuvo que pasar Rosalind... Yo no me preocuparía demasiado por ella, ¿de acuerdo?

—Es que no quiero buscarle problemas.

—En ese caso, estás haciendo lo correcto al contarnos todos los detalles, ¿de acuerdo?

Damien lanzó un pequeño y fatigado suspiro provisto de cierto alivio.

—De acuerdo.

—Bien hecho —dijo Cassie—. Continuemos. ¿Cuándo tomasteis la decisión?

—En julio. A mediados de julio.

—¿Y cuándo fijasteis la fecha?

—Unos días antes de que pasara. Le dije a Rosalind que debía asegurarse de tener una... una coartada. Porque sabíamos que ustedes se fijarían en la familia, ella leyó en algún sitio que los familiares siempre son los principales sospechosos. Así que una noche, creo que era viernes, quedamos y me explicó que lo había arreglado para que ella y Jessica se quedaran a dormir en casa de sus primas el lunes siguiente y que estarían despiertas más o menos hasta las dos, hablando, y por eso sería la noche perfecta. Yo solo tenía que asegurarme de hacerlo antes de las dos, porque la policía sabría...

Le temblaba la voz.

—Y tú ¿qué dijiste? —quiso saber Cassie.

—Yo... Me entró pánico. O sea, hasta entonces no parecía real, ¿saben? Supongo que no había pensado que realmente íbamos a hacerlo. Solo hablábamos de ello. Como Sean Callaghan, ya lo conocen, de la excavación. Él tenía un grupo pero se disolvió, y siempre está hablando de eso: «Oh, cuando el grupo vuelva a juntarse, cuando lo convirtamos en algo grande...». Él sabe que nunca lo harán, pero hablar de ello le hace sentirse mejor.

—Todos hemos estado en ese grupo —afirmó Cassie, sonriendo.

Damien asintió.

—Pues algo parecido a eso. Pero cuando Rosalind dijo «el lunes que viene», de repente me sentí... Me pareció una locura absoluta, ¿saben? Le dije a Rosalind que a lo mejor deberíamos ir a la policía, pero se enfadó mucho. No dejaba de decir: «Yo confiaba en ti, confiaba de verdad...».

—Confiaba, pero no lo bastante como para hacer el amor contigo —observó Cassie.

—No —dijo Damien con suavidad, al cabo de un momento—. No, es que ya lo había hecho. Después de que decidiéramos lo de Katy... para Rosalind lo cambió todo saber que yo haría eso por ella. Nosotros... Ella ya no tenía esperanzas de poder hacerlo algún día, pero... quiso intentarlo. Yo ya estaba trabajando en la excavación, así que podía permitirme un buen hotel, porque ella se merecía algo bonito, ¿saben? La primera vez, ella... no pudo. Pero volvimos allí a la semana siguiente, y...

Se mordió el labio. Intentaba no llorar otra vez.

—Y después de eso —continuó Cassie—, ya no pudiste cambiar de opinión.

—Es que ahí está la cuestión. La noche en que le dije que a lo mejor deberíamos ir a la policía, Rosalind pensó que yo solo había aceptado que lo haría para... para llevármela a la cama. Es tan frágil y le han hecho tanto daño... No podía permitir que pensara que solo la estaba utilizando. ¿Se imagina lo que le habría hecho eso?

Otro silencio. Damien se pasó con fuerza una mano por los ojos y recuperó el control.

—Así que decidisteis continuar adelante —concluyó Cassie sin alterar la voz. Él asintió con un movimiento de cabeza lastimoso e incierto—. ¿Cómo lograsteis que Katy fuese a la excavación?

—Rosalind le dijo que allí tenía un amigo que había encontrado una cosa... —Hizo un gesto vago—. Un medallón. Un medallón antiguo con la pintura de una bailarina dentro. Rosalind le dijo a Katy que era realmente antiguo y mágico, y que ella había reunido todo su dinero y se lo había comprado a su amigo, que era yo, como regalo para que le trajera buena suerte en la escuela de danza. Solo que Katy tenía que ir a buscarlo ella misma porque ese amigo pensaba que era una bailarina increíble y quería su autógrafo para cuando se hiciera famosa, y tendría que ir de noche porque a su amigo no le permitían vender tesoros encontrados, así que tenía que ser un secreto.

Me acordé de Cassie, dudando de pequeña ante la puerta del cobertizo del encargado: «¿Quieres maravillas?». «Los críos piensan de otra manera», me había dicho. Katy se había adentrado en el peligro del mismo modo que Cassie: por si acaso se perdía algo mágico.

—¿Entienden lo que quiero decir? —preguntó Damien con un dejo de súplica en su voz—. Estaba convencida de que la gente hacía cola por su autógrafo.

—De hecho —observó Sam—, tenía motivos para creerlo. Un montón de personas le pidieron un autógrafo después del espectáculo para recaudar fondos.

Damien lo miró pestañeando.

—¿Y qué paso cuando llegó a la caseta? —preguntó Cassie.

Él se encogió de hombros, incómodo.

—Lo que ya les he contado. Le dije que el medallón estaba en una caja de la estantería que tenía detrás y cuando se giró para ir a buscarlo, yo... yo cogí la piedra y... Fue en defensa propia, como han dicho ustedes, quiero decir para defender a Rosalind, no sé cómo se llama eso...

—¿Qué hay de la paleta? —preguntó Sam con rotundidad—. ¿Eso también fue en defensa propia?

Damien se lo quedó mirando como un conejo ante unos faros.

—La... sí. Eso. Es que yo no pude... ya saben. —Tragó saliva con fuerza—. No pude hacerlo. Era, estaba... Aún tengo pesadillas. No pude. Y entonces vi la paleta en el escritorio, y pensé que...

—¿Tenías que violarla? No pasa nada —dijo Cassie con suavidad, al ver el destello de mareo y pánico en el rostro de Damien—, entendemos cómo ocurrió. No estás metiendo a Rosalind en ningún aprieto.

Damien no pareció muy seguro, pero no apartó la vista.

—Eso me temo —respondió al cabo de un momento. Había vuelto a adoptar esa horrible palidez verdusca—. Rosalind estaba... solo estaba disgustada, pero dijo que no era justo que Katy nunca supiera lo que había tenido que soportar Jessica, así que al final yo dije... Lo siento, creo que voy a...

Emitió un sonido entre una tos y una arcada.

—Respira —le indicó Cassie—. Estás bien, solo necesitas un poco de agua. —Se llevó el vaso hecho trizas, le buscó otro nuevo y lo llenó; le apretó el hombro mientras él bebía, sosteniendo el vaso con ambas manos, y tomaba profundas inspiraciones—. Continúa —añadió, cuando Damien recuperó un poco el color—. Lo estás haciendo muy bien. Así que tenías que violar a Katy, pero en lugar de eso utilizaste la paleta una vez muerta.

—Me acobardé —afirmó Damien aún con la boca dentro del vaso, con voz grave y cruel—. Ella había hecho cosas mucho peores, pero me acobardé.

—¿Por eso escasearon las llamadas entre Rosalind y tú después de la muerte de Katy? —Sam apuntó los registros de llamadas con un dedo—. Hubo dos el martes, el día después del asesinato; otra a primera hora del miércoles, otra el martes siguiente y ya está. ¿Se enfadó Rosalind contigo porque le habías fallado?

—Ni siquiera sé cómo se enteró. A mí me daba miedo decírselo. Habíamos acordado que no hablaríamos en un par de semanas, para que la policía no nos relacionara, pero me envió un mensaje una semana después diciendo que lo mejor sería que rompiéramos el contacto porque obviamente yo no le importaba de verdad. La llamé para saber qué pasaba... ¡y sí, claro que estaba furiosa! —Estaba balbuciendo y alzando la voz—. Haremos las paces, pero Dios, tenía toda la razón de enfadarse conmigo. A Katy no la encontraron hasta el miércoles porque a mí me entró el pánico, eso podría haber arruinado totalmente su coartada, y yo no... yo no... Ella confiaba tanto en mí, no tenía a nadie más, y yo no supe hacer ni una cosa a derechas porque soy un maldito pelele.

Cassie, de espaldas a mí, no respondió. Vi las delicadas protuberancias en lo alto de su columna y sentí tanta pena como si llevara un sólido peso colgando de la garganta y las muñecas. No pude seguir escuchando. Ese disparate de que Katy bailaba para llamar la atención me había dejado vacío de toda ira, me había dejado hueco. Ahora solo quería dormir un sueño narcótico y aniquilador y dejar que alguien me despertara cuando aquel día hubiera acabado y la lluvia constante se lo hubiera llevado todo.

—¿Saben qué? —continuó Damien suavemente, justo antes de que me fuera—, íbamos a casarnos. En cuanto Jessica se hubiera recuperado lo bastante como para que Rosalind la dejara allí. Supongo que eso ya no va a pasar, ¿no?

Estuvieron con él todo el día. Más o menos, sabía lo que estaban haciendo: ahora que tenían lo esencial de la historia volverían sobre ella para completar horas, fechas y detalles y comprobar cualquier laguna o contradicción. Obtener la confesión es solo el principio; luego tienes que impermeabilizarla, anticiparte a los abogados defensores y al jurado, asegurarte de tenerlo todo por escrito mientras tu hombre se siente hablador y antes de que tenga ocasión de salirte con versiones alternativas. Sam es de los meticulosos; harían un buen trabajo.

Sweeney y O'Gorman entraban y salían de la sala de investigaciones para llevar a cabo los registros del móvil de Rosalind y más entrevistas preparatorias sobre ella y Damien. Los mandé a la sala de interrogatorios. O'Kelly asomó la cabeza y me frunció el ceño, y yo fingí estar inmerso en las entradas telefónicas. A media tarde Quigley entró para compartir sus impresiones sobre el caso. Aparte del hecho de que no tenía ganas de hablar con nadie, y menos aún con él, aquello era muy mala señal. El único talento de Quigley es un olfato infalible para la debilidad y, aparte de algún que otro intento lamentable de hacerse el simpático, a Cassie y a mí solía dejarnos en paz y se dedicaba a cebarse con los novatos, los que estaban quemados o aquellos cuyas carreras sufrían de pronto una caída en picado. Acercó demasiado su silla a la mía e insinuó misteriosamente que deberíamos haber pillado a nuestro hombre hacía semanas, dio a entender que me explicaría cómo si se lo preguntaba con suficiente deferencia, señaló con tristeza mi desorbitado error psicológico al dejar que Sam ocupase mi lugar en el interrogatorio, preguntó por el registro de llamadas de Damien y por último sugirió capciosamente que deberíamos considerar la posibilidad de que la hermana estuviera implicada. Por lo visto había olvidado cómo deshacerme de él, y eso acrecentó mi sensación de que su presencia no solo era irritante, sino espantosamente funesta. Era como un albatros enorme y petulante andando con aire patoso alrededor de mi escritorio, graznando de forma absurda y cagándose por todos mis papeles.

Finalmente, como los matones del colegio, pareció darse cuenta de que yo estaba demasiado hecho polvo para ofrecerle una buena relación calidad-precio, así que puso el freno y volvió a lo que estuviera haciendo antes con una expresión ofendida que abarcaba sus grandes y sosos rasgos. Dejé de fingir que me ocupaba de las llamadas telefónicas y me acerqué a la ventana, donde pasé las horas siguientes contemplando y escuchando los ruidos vagos y familiares de la brigada detrás de mí: la risa de Bernadette, el sonido de los teléfonos, las discusiones de voces masculinas que se alzaban para acabar amortiguadas tras un súbito portazo.

Eran las siete y veinte cuando al fin oí a Cassie y Sam acercarse por el pasillo. Hablaban de forma demasiado tenue y esporádica para poder distinguir alguna palabra, pero reconocí el tono. Es curioso la de cosas que te puede hacer notar un cambio de perspectiva; no me había dado cuenta de lo profunda que era la voz de Sam hasta que lo oí interrogando a Damien.

—Quiero irme a casa —decía Cassie cuando entraron en la sala de investigaciones.

Se dejó caer en una silla y apoyó la frente en la parte mullida de sus palmas.

—Ya casi estamos —respondió Sam.

No quedó claro si se refería a la jornada o a la investigación. Rodeó la mesa para ir a su asiento; por el camino, para mi gran sorpresa, posó la mano breve y ligeramente en la cabeza de Cassie.

—¿Cómo ha ido? —pregunté, y oí la nota forzada en mi voz.

Cassie no se movió.

—Estupendo —dijo Sam. Se frotó los ojos mientras hacía una mueca—. Creo que ya estamos, al menos en lo que se refiere a Donnelly.

Sonó el teléfono y respondí. Bernadette nos mandaba a todos quedarnos en la sala de investigaciones, pues O'Kelly quería vernos. Sam asintió y se sentó pesadamente, con los pies separados, como un granjero que vuelve de un duro día de trabajo. Cassie levantó la cabeza con esfuerzo y buscó su libreta enrollada en el bolsillo de atrás.

Como de costumbre, O'Kelly nos hizo esperar un rato. Ninguno de nosotros habló. Cassie garabateaba en su libreta un árbol puntiagudo de apariencia siniestra; Sam se desplomó sobre la mesa y miraba sin ver la pizarra abarrotada; yo me apoyé en el marco de la ventana y contemplé el jardín oscuro y formal que había debajo, con ráfagas repentinas de viento que recorrían los arbustos. Nuestras posiciones en torno a la estancia parecían una puesta en escena, simbólica de un modo impreciso pero fatídico; el parpadeo y el zumbido de los fluorescentes me habían dejado en un estado rayano en el trance y empezaba a sentirme como si representáramos una obra existencialista, en la que el tictac del reloj permanecería para siempre en las 19:38 y nunca podríamos movernos de aquellas poses predestinadas. La irrupción de O'Kelly en la sala fue como una conmoción.

—Primero lo primero —anunció con gravedad; acercó una silla y estampó una pila de hojas en la mesa—. O'Neill, refréscame la memoria: ¿qué vas a hacer con todo ese lío de Andrews?

—Dejarlo correr —respondió Sam con calma.

Se le veía muy cansado. No es que tuviera bolsas debajo de los ojos ni nada semejante, a alguien que no le conociera le habría parecido que estaba bien, pero su saludable rubor campestre había desaparecido y en cierto modo parecía terriblemente joven y vulnerable.

—Estupendo. Maddox, te descuento cinco días de vacaciones.

Cassie alzó la vista un instante.

—Sí, señor.

Disimuladamente, miré a Sam para ver si parecía sorprendido o si ya sabía de qué iba todo aquello, pero su rostro no delató nada.

—Y Ryan, tú harás trabajo de oficina hasta nueva orden. No sé cómo diablos os las habéis apañado los tres fuera de serie para coger a Damien Donnelly, pero podéis dar gracias por ello o vuestras carreras habrían quedado aún peor paradas. ¿Queda claro?

Ninguno de nosotros tenía energía para contestar. Me aparté de la ventana y tomé asiento, lo más lejos posible de los demás. O'Kelly nos fulminó con la mirada y decidió interpretar nuestro silencio como un asentimiento.

—Bien. ¿Qué hay de Donnelly?

—Yo diría que vamos bien —respondió Sam, cuando quedó claro que ninguno de nosotros iba a decir nada—. Tenemos una confesión completa, incluidos detalles que no eran públicos, y un buen puñado de pruebas forenses. Su única opción para librarse sería alegar enajenación, y a eso se agarrará si consigue un buen abogado. Ahora mismo se siente tan mal que solo quiere declararse culpable, pero se le pasará tras permanecer unos días en la cárcel.

—Esa mierda de la enajenación no debería estar permitida —observó O'Kelly con amargura—. Cualquier capullo se sube al estrado y dice: «No es culpa suya, señoría, es que su madre le enseñó a usar el orinal demasiado pronto y por eso no pudo evitar matar a esa niñita…». Gilipolleces. Ese no está más loco que yo. Que uno de los nuestros lo examine y lo confirme.

Sam asintió y tomó nota. O'Kelly rebuscó entre sus papeles y agitó un informe para enseñárnoslo:

—Otra cosa. ¿Qué es todo esto de la hermana?

El ambiente se tensó.

—Rosalind Devlin —explicó Cassie, alzando la cabeza—. Damien y ella se veían. Por lo que él dice, el asesinato fue idea suya y lo empujó a él a cometerlo.

—Ya, muy bien. ¿Y por qué?

—Según Damien —continuó Cassie sin alterar la voz—, Rosalind le contó que Jonathan Devlin abusaba sexualmente de las tres hijas y que maltrataba físicamente a Rosalind y Jessica. Katy era su favorita y esta lo alentaba y a menudo incitaba a abusar de las otras dos. Rosalind decía que, con Katy fuera de combate, los abusos se detendrían.

—¿Y hay pruebas que lo respalden?

—Al contrario. Damien dice que Rosalind le explicó que Devlin le había abierto el cráneo y le había roto el brazo a Jessica, pero nada de eso consta en sus historiales médicos; de hecho, nada indica abusos de ninguna clase. Y Katy, que se supone que llevaba años manteniendo relaciones sexuales constantes con su padre, murió *virgo intacta*.

—Entonces, ¿por qué perdéis el tiempo con esta mierda? —O'Kelly tiró el informe—. Ya tenemos a nuestro hombre, Maddox. Marchaos a casa y que los abogados se ocupen del resto.

—Porque se trata de la mierda de Rosalind, no de Damien —replicó Cassie, y por primera vez hubo una leve chispa en su voz—. Alguien fue el responsable de las enfermedades que padeció Katy durante años, y no fue Damien. La primera vez que estuvo a punto de ingresar en la escuela de danza, alguien la hizo enfermar tanto que tuvo que renunciar a la plaza. Y alguien le metió a Damien en la cabeza que debía matar a una niña a la que apenas había visto. Usted mismo lo ha dicho, señor: él no está loco, no oía vocecitas ordenándole que lo hiciera. Rosalind es la única persona que encaja.

—¿Con qué móvil?

—No soportaba el hecho de que Katy fuera el centro de atención y admiración. Señor, apostaría lo que fuera por ello. Creo que hace años, en cuanto se dio cuenta de que Katy tenía verdadero talento para la danza, Rosalind empezó a envenenarla. Es terriblemente fácil de hacer: lejía, eméticos, hasta sal común… En cualquier hogar ordinario hay media docena de productos capaces de provocarle a una niña misteriosos trastornos gástricos, si la convences de que se los tome. A lo mejor le dices que es una medicina mágica, que la hará ser mejor; y si tiene ocho o nueve años y eres su hermana mayor, seguramente te creerá… Pero cuando a Katy le llegó una segunda oportunidad de ingresar en la escuela, ya no se dejó convencer. Tenía doce años, los suficientes para empezar a cuestionar lo que le decían. Se negó a seguir tomando lo que fuera. Y eso, rematado por el artículo del periódico, la recaudación de fondos y el hecho de que Katy empezara a convertirse en la gran celebridad de Knocknaree, fue el colmo. Se había atrevido a desafiar a Rosalind de forma categórica, y esta no estaba dispuesta a permitirlo. Cuando conoció a Damien, vio la ocasión. Ese pobre desgraciado es una presa fácil; no es precisamente listo, y haría cualquier cosa por hacer feliz a alguien. Durante los meses siguientes Rosalind utilizó el sexo, las historias lacrimógenas, la adulación, el sentimiento de culpa y todo lo que tuviera a su alcance para persuadirle de que tenía que matar a Katy. Y al fin, en el último mes, lo tenía tan aturdido y ofuscado que a él le pareció que no tenía otra opción. De hecho, puede que en aquel momento estuviera un poco enajenado.

—No digas eso fuera de esta habitación —señaló O'Kelly, brusca y automáticamente.

Cassie se movió, casi como si se encogiera de hombros, y volvió a su dibujo. El silencio cayó sobre la estancia. Era una historia horrenda en sí misma, tan antigua como Caín y Abel, pero con sus propios y nuevos matices escabrosos, y me resulta imposible describir la mezcla de emociones con que oí a Cassie relatarla. No la miraba a ella, sino a nuestras frágiles siluetas en la ventana, pero no había forma de evitar escuchar. Cassie tiene una voz muy bonita para narrar, grave y flexible como un instrumento de madera; pero cada palabra que pronunciaba parecía trepar a rastras por las paredes, tejer entre las luces un rastro de sombra negro y pegajoso y anidar en complicadas telarañas en los rincones elevados.

—¿Alguna prueba? —preguntó O'Kelly al fin—. ¿O solo contáis con la palabra de Donnelly?

—No, no hay pruebas concluyentes —respondió Cassie—. Podemos demostrar la relación entre Damien y Rosalind porque tenemos llamadas entre sus móviles y ambos nos dieron la misma pista falsa sobre un inexistente tipo en chándal, lo que significa que ella hizo de encubridora, pero no hay prueba de que ni siquiera supiera lo del asesinato de antemano.

—Por supuesto que no —dijo él en tono terminante—. No sé por qué pregunto. ¿Estáis los tres juntos en esto? ¿O solo es una pequeña cruzada personal de Maddox?

—Yo estoy con la detective Maddox, señor —declaró Sam con firmeza y prontitud—. Llevamos todo el día interrogando a Donnelly y creo que dice la verdad.

O'Kelly suspiró, exasperado, y me apuntó a mí con la barbilla. Era obvio que Cassie y Sam le representaban una complicación gratuita; él solo quería acabar con el papeleo de Damien y declarar el caso cerrado. Pero a pesar de lo mucho que se esfuerza, en el fondo no es un déspota y no iba a ignorar el parecer unánime de su equipo. Realmente lo sentí por él; supongo que yo era la última persona a la que le apetecía recurrir en busca de apoyo. Finalmente —no sé por qué no fui capaz de decirlo en voz alta—, asentí.

—Fantástico —replicó con voz cansina—. Esto es fantástico. A ver. La historia de Donnelly apenas bastaría para imputarla a ella, no digamos para condenarla. Necesitamos una confesión. ¿Qué edad tiene?

—Dieciocho —dije. Llevaba tanto rato sin hablar que la voz me salió como un croar sobresaltado; me aclaré la garganta—. Dieciocho.

—Gracias, Dios mío, por tu misericordia. Al menos no tienen que estar los padres presentes cuando la interroguemos. De acuerdo, Maddox y O'Neill, traedla aquí, la machacáis todo lo posible y la asustáis a base de bien hasta que se venga abajo.

—No funcionará —replicó Cassie, añadiendo otro palo a la rueda—. Los psicópatas muestran niveles de ansiedad muy bajos. Habría que apuntarle con una pistola en la cabeza para asustarla hasta ese punto.

—¿Psicópatas? —pregunté, al cabo de un perplejo instante.

—Dios, Maddox —exclamó O'Kelly, irritado—. No seas peliculera. Esa chica no se ha comido a su hermana.

Cassie alzó la vista de su garabato, con las cejas levantadas en dos arcos serenos y delicados.

—No estoy hablando de los psicópatas de las películas. Rosalind encaja con la definición clínica. No tiene conciencia ni empatía, es una mentirosa patológica, manipuladora, encantadora e intuitiva, busca ser el centro de atención, se harta con facilidad, es narcisista, se vuelve muy desagradable cuando la frustran en algún sentido... Seguro que me olvido de algunos criterios, pero es bastante atinado.

—Lo bastante como para que sigamos con ello —observó Sam con brusquedad—. Un momento; entonces, aunque fuéramos a juicio ¿se libraría por demencia?

O'Kelly, contrariado, musitó algo que sin duda tenía que ver con la psicología en general y con Cassie en particular.

—Está perfectamente sana —replicó esta resueltamente—. Cualquier psiquiatra lo confirmaría. No se trata de una enfermedad mental.

—¿Cuánto hace que lo sabes? —le pregunté.

Su mirada saltó hacia mí.

—Empecé a pensarlo la primera vez que la vi. Pero no parecía relevante para el caso; estaba claro que el asesino no era un psicópata, y ella tenía una coartada perfecta. Me planteé decírtelo de todos modos, pero ¿de veras me habrías creído?

«Tendrías que haber confiado en mí», estuve a punto de decir. Vi que Sam nos miraba a uno y a otro, perplejo y agitado.

—Sea como sea —continuó Cassie, volviendo a sus bocetos—, es absurdo intentar sonsacarle una confesión asustándola. Los psicópatas no sienten verdadero miedo, sino agresividad, hastío o placer, principalmente.

—Vale, muy bien —dijo Sam—. Pues entonces la otra hermana, Jessica, ¿no? ¿Ella podría saber algo?

—Es muy posible —contesté—. Están muy unidas.

Cassie alzó irónicamente una comisura de la boca ante la expresión elegida por mí.

—Santo cielo —exclamó O'Kelly—. Tiene doce años, ¿me equivoco? Eso implica a los padres.

—De hecho —comentó Cassie sin levantar la vista—, tampoco creo que hablar con Jessica sirviera de nada. Rosalind la tiene absolutamente controlada. No sé lo que le ha hecho, pero esa niña está tan alelada que apenas es capaz de pensar por sí misma. Si damos con el modo de acusar a Rosalind, sí, puede que tarde o temprano le saquemos algo a Jessica, pero mientras su hermana mayor siga en esa casa tendrá tanto pavor a decir algo equivocado como para pronunciar una sola palabra.

O'Kelly perdió la paciencia. Odia sentirse desconcertado, y el ambiente de aquel cuarto, cargado de tensiones cruzadas, debía de darle tanta dentera como el caso en sí.

—Estupendo, Maddox. Muchísimas gracias. Entonces, ¿qué coño sugieres? Vamos, dinos que se te ha ocurrido algo útil en vez de quedarte ahí sentada cargándote las ideas de todo el mundo.

Cassie dejó de dibujar y, con cuidado, sostuvo el boli en equilibrio sobre un dedo.

—De acuerdo —dijo—. Los psicópatas encuentran placer en el poder que ejercen sobre otras personas, manipulándolas o infligiéndoles dolor. Creo que deberíamos intentar jugar con eso, darle todo el poder que pueda tragar y a ver si se deja llevar.

—¿De qué estás hablando?

—Anoche, Rosalind me acusó de acostarme con el detective Ryan —recordó Cassie despacio.

Sam volvió la cabeza bruscamente hacia mí. Yo no aparté la vista de O'Kelly.

—Ya, no me había olvidado, créeme —afirmó este con afectación—. Y más vale que no sea la puñetera verdad, porque ya estáis bastante enmerdados los dos.

—No —respondió Cassie, con cierta fatiga—, no lo es. Solamente intentó despistarme con la esperanza de dar en el blanco. No lo consiguió, pero ella no lo sabe. Puede pensar que disimulé muy bien.

—¿Y? —preguntó O'Kelly.

—Pues que podría ir a hablar con ella, admitir que el detective Ryan y yo tenemos una aventura desde hace tiempo y suplicarle que no nos delate; tal vez decirle que sospechamos que ella estuvo implicada en la muerte de Katy y ofrecerle toda la información que tengamos a cambio de su silencio, o algo así.

O'Kelly resopló.

—Sí, claro, ¿y crees que así va a desembuchar?

Ella se encogió de hombros.

—No veo por qué no. Sí, la mayoría de la gente odia admitir que ha hecho algo terrible, aunque no vaya a tener problemas por ello, pero eso es porque se sienten mal al respecto y no quieren que los demás tengan una mala opinión de ellos. En cambio, para esta chica las demás personas no son reales, no más que los personajes de un videojuego, y correcto o incorrecto, solo son meras palabras. No es que sienta culpabilidad ni remordimiento ni nada parecido por hacer que Damien matase a Katy. De hecho, apostaría a que está encantada. Este es su mayor logro hasta ahora, y no ha podido alardear de ello con nadie. Si está convencida de tener la sartén por el mango y de que no llevo micrófono (cómo iba a llevarlo para admitir que me acuesto con mi compañero), creo que aprovechará la ocasión. La idea de contarle a una detective lo que hizo exactamente, sabiendo que yo no puedo hacer nada y que eso debe de torturarme... será una de las sensaciones más embriagadoras de su vida. No podrá resistirse.

—Ya puede decir lo que le dé la puñetera gana —intervino O'Kelly—, que sin una advertencia nada será admisible.

—Pues la advertiré.

—¿Y piensas que aun así hablará? Creía que según tú no está loca.

—No lo sé —respondió Cassie. Por un segundo sonó exhausta y abiertamente cabreada, y eso le hizo parecer muy joven, como una adolescente incapaz de ocultar su frustración ante el estúpido universo adulto—. Solo creo que es nuestra mejor baza. Si la enfrentamos a un interrogatorio formal se pondrá en guardia, se quedará ahí sentada negándolo todo y habremos perdido nuestra oportunidad. Se irá a casa sabiendo que no tenemos forma de acusarla. Al menos, de esa otra manera cabe la posibilidad de que se imagine que no puedo demostrar nada y se arriesgue a hablar.

Con la uña del pulgar, O'Kelly rascaba de forma monótona y exasperante las vetas de la falsa madera de la mesa; era obvio que estaba reflexionando.

—Si lo hacemos, te pones micrófono. No pienso arriesgarme a que sea tu palabra contra la suya.

—Si no fuera así, no lo haría —replicó ella con frialdad.

—Cassie —dijo Sam, con mucho cuidado y reclinándose sobre la mesa—, ¿estás segura de que puedes hacerlo?

Sentí una súbita llamarada de furia, no menos dolorosa por ser del todo injustificable. Tenía que ser yo y no él quien le preguntara eso.

—Estaré bien —contestó ella, con una medio sonrisita—. Oye, estuve en la secreta durante meses y no me pillaron ni una vez. Soy carne de Oscar.

No creí que fuera eso lo que le preguntaba Sam. Cuando Cassie me contó lo de ese tío de la universidad prácticamente se quedó catatónica, y ahora veía esa misma expresión distante de pupilas dilatadas abriéndose paso en su mirada, y de nuevo percibí el matiz de desapego en su voz. Me acordé de aquella primera tarde de la Vespa estropeada; de cómo deseé cubrirla con mi abrigo y protegerla incluso de la lluvia.

—Podría hacerlo yo —intervine, demasiado alto—. A Rosalind le caigo bien.

—No, no puedes —soltó O'Kelly.

Cassie se frotó los ojos con el índice y el pulgar y se pellizcó el puente de la nariz como si tuviera una migraña incipiente.

—No te ofendas —señaló Cassie de plano—, pero a Rosalind Devlin no le caes mejor de lo que le caigo yo. Esa emoción queda fuera de su alcance. Le resultas útil. Sabe que te tiene comiendo de su mano, o te tenía, como quieras, y está convencida de que eres el único poli que, llegado el momento, creerá que ha sido injustamente acusada y la defenderá. Hazme caso, no hay la menor posibilidad de que eche eso a perder confesando ante ti. En cambio, yo no le soy útil en ningún sentido; no tiene nada que perder si habla conmigo. Sabe que no me gusta, pero eso solo será un aliciente añadido al hecho de tenerme a su merced.

—Muy bien —zanjó O'Kelly, mientras apilaba sus cosas y arrastraba la silla hacia atrás—. Hagámoslo. Maddox, espero que sepas de lo que hablas. Te colocaremos el micrófono mañana a primera hora y podrás tener una charla de chicas con Rosalind Devlin. Me aseguraré de que te den algo que se active con la voz, para que no tengas que pensar en darle al botón de grabar.

—No —replicó Cassie—, nada de grabadoras. Quiero un transmisor conectado con una furgoneta de refuerzo a menos de doscientos metros de distancia.

—¿Para interrogar a una cría de dieciocho años? —preguntó O'Kelly con desdén—. Ponle un poco de huevos, Maddox, que no se trata de Al-Qaeda.

—Pero sí de un careo con una psicópata que acaba de asesinar a su hermana pequeña.

—No tiene antecedentes violentos —señalé.

No quise decirlo con mala leche, pero la mirada de Cassie pasó un instante sobre mí sin ninguna expresión en absoluto, como si yo no existiera.

—Transmisor y refuerzos —repitió.

Esa noche no fui a casa hasta las tres de la madrugada, cuando estuve seguro de que Heather dormía. Preferí conducir hasta el paseo marítimo de Bray y quedarme en el coche. Por fin había dejado de llover; había una niebla densa, marea alta y se oían los golpes y las ráfagas del agua; sin embargo, solo vislumbré alguna que otra ola entre los remolinos de un gris borroso. El pequeño pabellón cobraba vida y la volvía a perder como salido de Briga-doon. En algún sitio, una sirena emitió su melancólica nota una y otra vez, y la gente que volvía a casa por el paseo marítimo se materializaba poco a poco de la nada; sus siluetas flotaban en el aire como oscuros mensajeros.

Pensé en muchas cosas aquella noche. Pensé en Cassie en Lyon, de jovencita y con un delantal, sirviendo café en soleadas mesas al aire libre y bromeando en francés con los clientes. Pensé en mis padres preparándose para salir a bailar, en las pulcras líneas que el peine de mi padre deja-ba en su pelo engominado y en el aroma excitante del perfume de mi madre con su vestido estampado de flores saliendo por la puerta. Pensé en Jonathan, Cathal y Sha-ne, desgarbados, con granos y riéndose con fuerza de sus juegos más livianos; en Sam, sentado a una gran mesa de madera con sus siete escandalosos hermanos y hermanas; y en Damien en una silenciosa biblioteca de universidad rellenando una solicitud para un trabajo en Knocknaree. Pensé en la mirada insensata de Mark («Las únicas cosas en las que creo están ahí fuera, en ese yacimiento») y lue-go en revolucionarios agitando pancartas irregulares y aguerridas y en refugiados nadando en rápidas corrientes nocturnas; en todos aquellos que se aferran a la vida con tanta ligereza, o que apuestan tan fuerte, que pueden an-dar con paso constante y los ojos abiertos al encuentro de lo que tomará o transformará sus vidas y cuyos designios elevados y fríos quedan mucho más allá de nuestro en-tendimiento. Durante mucho tiempo, procuré acordarme de llevarle a mi madre flores silvestres.

24

O'Kelly siempre me ha parecido un misterio. No le caía bien Cassie, despreciaba su teoría y básicamente le resultaba un inexorable grano en el culo; pero para él la brigada tiene un significado profundo y casi totémico, y una vez se ha resignado a apoyar a uno de sus miembros, lo (o incluso la) apoya hasta el final. Le dio a Cassie su transmisor y su furgoneta de refuerzo, aunque lo consideraba una absoluta pérdida de tiempo y de recursos. Cuando llegué a la mañana siguiente —muy temprano, pues queríamos coger a Rosalind antes de que se fuera al instituto—, Cassie estaba en la sala de investigaciones, colocándose el micrófono.

—Quítate el jersey, por favor —le pidió con voz tranquila el técnico de vigilancia.

Era bajo, carente de expresión y tenía unas hábiles manos de profesional.

Cassie se levantó el jersey por encima de la cabeza, obediente como un niño en la consulta del médico. Debajo llevaba lo que parecía una camiseta térmica de chico. Había prescindido del maquillaje desafiante que usaba desde hacía unos días y tenía unas manchas oscuras debajo de los ojos. Me pregunté si habría dormido algo siquiera, y me la imaginé sentada en la repisa de su ventana con la camiseta extendida alrededor de las rodillas, el minúsculo resplandor de un cigarrillo aflorando y marchitándose mientras inhalaba y observaba los jardines que se iluminaban con la aurora. Sam se encontraba en la ventana, de espaldas a nosotros; O'Kelly estaba ocupado con la pizarra, borrando rayas y trazándolas otra vez.

—Pásate el cable por debajo de la camiseta, por favor —dijo el técnico.

—Te esperan tus llamadas —me anunció O'Kelly.

—Yo también quiero ir —contesté.

Sam se dio la vuelta; Cassie, con la cabeza agachada sobre el micrófono, no alzó la vista.

—Cuando se hiele el maldito infierno y los camellos vuelvan patinando a su casa —replicó O'Kelly.

Estaba tan cansado que lo veía todo como a través de una neblina blanca y efervescente.

—Quiero ir —repetí.

Esta vez, todos me ignoraron.

El técnico sujetó la batería a los vaqueros de Cassie, le practicó una incisión diminuta en el dobladillo del cuello de la camiseta y pasó el micro por dentro. Le pidió que volviera a ponerse el jersey —Sam y O'Kelly se giraron— y luego le mandó hablar. Cuando ella lo miró sin comprender, O'Kelly le indicó, impaciente:

—Di lo primero que se te pase por la cabeza, Maddox, cuéntanos lo que harás este fin de semana, si quieres.

Pero en lugar de eso recitó un poema. Era un poema antiguo, uno de esos que te aprendes de memoria en el colegio. Mucho después, hojeando unas páginas en una librería polvorienta, me topé con esos versos:

Junto a vuestras cabezas sosegadas dije mis oraciones con sílabas de arcilla.

¿Qué don, quise saber, debo traeros, antes de que os llore y me aleje?

Llévate, dijeron, el roble y el laurel.

Llévate nuestro destino de lágrimas y vive
como un amante manirroto.
Porque el don que te pedimos, no lo puedes dar.

Su voz sonó grave, inexpresiva y uniforme. Los altavoces la proyectaron atenuándola con un eco susurrante, y de fondo se oyó un rumor como de viento fuerte y
muy lejano. Pensé en esas historias de fantasmas en que las
voces de los muertos llegan hasta sus seres queridos a
través de radios que crepitan o de líneas telefónicas,
transportadas por ondas extraviadas que desafían las leyes de la naturaleza y surcan los espacios agrestes del
universo. El técnico toqueteó con delicadeza unos discos
y botones misteriosos y pequeños.

—Estupendo, Maddox, ha sido muy emotivo —comentó O'Kelly, después de que el técnico quedara satisfecho—. A ver, esto es la urbanización. —Estampó el
dorso de la mano contra el mapa de Sam—. Nosotros estaremos en la furgoneta, aparcada en el atajo de Knocknaree, que es la primera a la izquierda desde la entrada
frontal. Maddox, tú llegas con tu trasto, aparcas delante
de los Devlin y sacas a la chica a dar un paseo. Salís por
la verja trasera de la urbanización y giráis a la derecha,
en dirección contraria a la excavación y luego otra vez a
la derecha, siguiendo el muro lateral, para ir a dar a la
carretera, y otra vez a la derecha hacia la entrada principal. Si os desviáis de esta ruta en algún punto, dilo por el
micro. Danos tu localización tan a menudo como puedas. Cuando... mejor dicho, si la has informado de sus
derechos y le has sacado lo suficiente como para arres-
tarla, la arrestas. Si piensas que te ha calado o que no estás
yendo a ninguna parte, acabas y te vas. Si en algún momento necesitas refuerzos, nos lo dices y entramos. Si lleva un arma, identifícala por el micro, «Baja ese cuchillo»,

o lo que sea. No tienes testigos oculares, o sea que no saques tu arma a menos que no tengas elección.

—No voy a cogerla —respondió Cassie. Se desabrochó la funda de la pistola, se la pasó a Sam y abrió los brazos—. Regístrame.

—¿Para qué? —preguntó este, desconcertado y observando la pistola que tenía en sus manos.

—Para ver si llevo armas. —Su mirada se deslizó, extraviada, por encima del hombro de él—. Si dice algo, alegará que la apunté con la pistola. Registrad también mi moto antes de que me ponga en marcha.

Aún hoy sigo sin tener muy claro cómo me las arreglé para estar en esa furgoneta. Quizá fue porque, aunque en la ignominia, seguía siendo el compañero de Cassie, y esta es una relación por la que casi cualquier detective siente un respeto automático y muy arraigado. O quizá porque bombardeé a O'Kelly con la primera técnica que aprenden los niños pequeños: si le pides una cosa a alguien lo bastante a menudo durante el tiempo suficiente mientras está ocupado intentando hacer otras cosas, tarde o temprano accederá solo para que te calles. Y yo estaba demasiado desesperado para que me importara lo humillante de la situación. Quizá pensó que, si se hubiera negado, habría cogido mi Land Rover y me habría presentado allí por mi cuenta.

La furgoneta era uno de esos trastos siniestros, de color blanco y con vidrios tintados, que aparecen a veces en informes policiales, con el nombre y el logo de una empresa ficticia de baldosas en el costado. Dentro era aún peor, con unos gruesos cables negros retorciéndose por todas partes, el equipo parpadeando y zumbando, una lucecita de techo inútil y un aislamiento acústico que le daba el inquietante aspecto de una celda acolchada. Sweeney conducía; Sam, O'Kelly, el técnico y yo nos sentamos en la parte de atrás, balanceándonos sobre unos bancos bajos e incómodos, sin abrir la boca. O'Kelly se había traído un termo de café y una especie de pasta pegajosa que se comió con unos bocados metódicos e inmensos sin mostrar ningún deleite. Sam eliminaba una mancha imaginaria de las rodillas de sus pantalones. Me hice crujir los nudillos hasta que me di cuenta de lo irritante que era, y procuré ignorar mis ansias intensas de fumar. El técnico se dedicó a rellenar el crucigrama de *The Irish Times*.

Aparcamos en el atajo de Knocknaree y O'Kelly llamó a Cassie al móvil. Esta se encontraba dentro del alcance del equipo; su voz se escuchaba firme y serena a través de los altavoces.

—Maddox.

—¿Dónde estás? —quiso saber él.

—Llegando a la urbanización. No quería dar vueltas por ahí.

—Estamos en posición. Adelante.

Una pausa.

—Sí, señor —dijo Cassie y colgó.

Oí el rugido de la Vespa al ponerse otra vez en marcha y después el extraño efecto estéreo cuando, un minuto más tarde, pasó por el extremo del atajo, a solo unos metros de nosotros. El técnico dobló su periódico e hizo un ajuste minúsculo en algo; frente a mí, O'Kelly se sacó del bolsillo una bolsa de plástico con caramelos variados y se recostó en el banco.

El traqueteo del micrófono al ritmo de unos pasos y el tenue y refinado ding-dong del timbre de la puerta. O'Kelly agitó la bolsa de caramelos ante nosotros; al ver que nadie quería, se encogió de hombros y pescó un *toffee* con chocolate.

El clic de la puerta al abrirse.

—Detective Maddox —dijo Rosalind, y no pareció muy contenta—. Me temo que estamos muy ocupados en este momento.

—Ya lo sé —respondió Cassie—. Lamento mucho molestar. Pero ¿puedo...? ¿Sería posible que hablásemos un minuto?

—Ya tuvo oportunidad de hablar conmigo la otra noche. Y en lugar de eso me insultó y me arruinó la velada. La verdad es que no me apetece malgastar más tiempo con usted.

—Lo siento, yo no... No debería haberlo hecho. Pero no se trata del caso. Es que necesito preguntarte algo.

Silencio; me imaginé a Rosalind sosteniendo la puerta abierta, observándola y evaluándola; y el rostro de Cassie erguido y tenso, con las manos bien hundidas en los bolsillos de su chaqueta de ante. De fondo, alguien —Margaret— gritó algo. Rosalind espetó:

—Es para mí, mamá —y la puerta se cerró—. ¿Y bien? —inquirió luego.

—¿Podemos...? —Un crujido. Cassie se agitaba, nerviosa—. ¿Podemos ir a dar un paseo? Se trata de un asunto privado.

Aquello debió de despertar el interés de Rosalind, aunque no modificó el tono de voz:

—La verdad es que estaba a punto de salir.

—Solo cinco minutos. Podemos dar la vuelta a la urbanización por la parte de atrás... Por favor, Rosalind. Es importante.

Finalmente, suspiró.

—Está bien. Supongo que puedo concederle cinco minutos.

—Gracias —respondió Cassie—. Eres muy amable.

Las oímos bajar por el sendero otra vez, y los golpes rápidos y decididos de los tacones de Rosalind.

Era una mañana dulce y suave; el sol disipaba la neblina de la noche anterior, aunque al meternos en la furgoneta aún habíamos encontrado capas tenues sobre la hierba y emborronando el cielo alto y sereno. Los altavoces amplificaron el gorjeo de los mirlos y el chirrido y el golpe metálico de la verja trasera de la urbanización; luego, los pies de Cassie y Rosalind hicieron crujir la hierba húmeda a lo largo del lindero del bosque. Pensé en lo hermosas que le parecerían a un observador madrugador: Cassie, despeinada y natural; Rosalind, blanca, sinuosa y esbelta como salida de un poema. Dos chicas en una mañana de septiembre, cabellos brillantes bajo las hojas doradas y conejos que se alejaban corriendo al acercarse ellas.

—¿Puedo preguntarte algo? —comenzó Cassie.

—Vaya, creía que había venido para eso —respondió Rosalind, con una delicada inflexión que implicaba que Cassie le estaba haciendo perder su valioso tiempo.

—Sí. Lo siento. —Cassie respiró hondo—. Muy bien. Me estado preguntando cómo supiste que...

—¿Sí? —apremió Rosalind con educación.

—Lo del detective Ryan y yo. —Silencio—. Que teníamos... una aventura.

—¡Ah, eso! —Rosalind se rio con un ruidito cantarín y sin emoción, apenas con una pizca de triunfo—. ¿A usted qué le parece, detective Maddox?

—He pensado que tal vez lo adivinaste. O algo así. Que a lo mejor no lo ocultamos tan bien como creíamos. Pero es que parecía... No he podido evitar preguntármelo.

—Pues se les notaba un poco, ¿no cree? —Maliciosa y censuradora—. Pero no. Se lo crea o no, detective Maddox, no dedico demasiado tiempo a pensar en usted y su vida amorosa.

Silencio otra vez. O'Kelly se sacó el caramelo de entre los dientes.

—Entonces, ¿qué? —preguntó Cassie al fin, con un espantoso matiz de terror.

—Me lo dijo el detective Ryan, por supuesto —contestó Rosalind en tono azucarado.

Sentí los ojos de Sam y de O'Kelly posándose en mí y me mordí el interior de la mejilla para prohibirme negarlo.

Aunque no es algo fácil de admitir, hasta ese momento mantuve un cobarde residuo de esperanza de que todo aquello fuese un horrible malentendido. Un chico dispuesto a decir cualquier cosa que creyera que querías oír, una chica a la que el trauma y el dolor habían vuelto cruel y mi rechazo como colofón; podíamos haberlo malinterpretado en mil sentidos diferentes. Pero fue en ese momento, ante la facilidad de esa mentira gratuita, cuando entendí que Rosalind, la Rosalind que yo había conocido, aquella muchacha herida, cautivadora e impredecible con la que me había reído en el Central y con la que me cogí de la mano en un parque, nunca había existido. Todo cuanto me había mostrado lo había preparado para impresionar, con el mismo cuidado y atención con los que un actor adopta su papel. Debajo de la miríada de velos relucientes había algo tan simple y mortífero como un alambre de espinos.

—¡Tonterías! —A Cassie se le quebró la voz—. Él nunca haría una gilipollez como…

—No se atreva a hablarme así —espetó Rosalind.

—Lo siento —respondió Cassie, contenida, al cabo de un momento—. Es que yo… no me lo esperaba. Nunca se me ocurrió que se lo contaría a nadie. Nunca.

—Pues lo hizo. Debería pensarse mejor en quién confía. ¿Es esto lo que quería preguntarme?

—No. Tengo que pedirte un favor. —Movimiento: Cassie pasándose una mano por el pelo o por la cara—. Va contra las normas… confraternizar con el compañero. Si nuestro jefe llegara a enterarse podrían despedirnos a los dos, o mandarnos otra vez de uniforme. Y este trabajo… Este trabajo significa mucho para nosotros. Para ambos. Nos hemos esforzado mucho para entrar en la brigada. Nos rompería el corazón que nos expulsaran de ella.

—Deberían haberlo pensado antes, ¿no cree?

—Ya lo sé —dijo Cassie—, ya lo sé. Pero ¿sería posible que no dijeras nada de esto? ¿A nadie?

—Que encubra su pequeña aventura. ¿Es eso lo que quiere decir?

—Yo… Sí. Supongo.

—No tengo muy claro por qué cree que tengo que hacerle algún favor —replicó Rosalind con frialdad—. Ha sido horriblemente maleducada conmigo cada vez que nos hemos visto; hasta ahora, cuando quiere algo de mí. No me gusta la gente que utiliza a los demás.

—Lo siento si he sido maleducada. —La voz de Cassie sonó forzada, demasiado alta y demasiado rápida—. De verdad. Creo que me sentía… no sé, amenazada por ti… No debería haberlo demostrado. Te pido disculpas.

—Es cierto que me debía una disculpa, pero la cuestión no es esa. Me da igual el modo en que me insultara a mí, pero si me trató así, estoy segura de que también se lo hace a otras personas, ¿no? No sé si debería proteger a alguien con un comportamiento tan poco profesional. Tendré que pensarme un poco si es mi deber contarles a sus supervisores cómo es usted en realidad.

—Menuda zorra —comentó Sam con suavidad y sin alzar la mirada.

—Se está buscando una patada en el culo —musitó O'Kelly. Muy a su pesar, empezaba a parecer interesado—. Si yo hubiera sido así de insolente con alguien que me doblaba la edad…

—Es que no es solo por mí —suplicó Cassie con desesperación—. ¿Y el detective Ryan? Él nunca ha sido maleducado, ¿verdad? Está loco por ti.

Rosalind se rio con modestia.

—¿En serio?

—Sí. Sí, lo está.

La otra simuló reflexionar.

—Bueno… Supongo que si era usted la que lo perseguía, en el fondo no fue culpa de él. A lo mejor no sería justo hacerle sufrir por ello.

—Supongo que fui yo, sí. —Pude oír la humillación, descarnada y desnuda, en la voz de Cassie—. Fui yo la que… Siempre era yo la que lo empezaba todo.

—¿Y cuánto tiempo ha durado esto?

—Cinco años —respondió Cassie—, de forma intermitente.

Cinco años atrás Cassie y yo no nos conocíamos, ni siquiera estábamos destinados en la misma parte del país, y de pronto comprendí que lo había dicho por O'Kelly, para demostrar que estaba mintiendo en caso de que a este le quedara un resquicio de duda; por primera vez comprendí la sutileza del doble juego al que estaba jugando.

—Desde luego, tendría que saber que ha terminado —señaló Rosalind— antes de plantearme si los encubro.

—Ya ha terminado, lo juro. Él… rompió hace un par de semanas. Esta vez, para siempre.

—¿Sí? ¿Por qué?

—No quiero hablar de ello.

—Vaya, pues no le queda otra opción.

Cassie cogió aire.

—No sé por qué —afirmó—. Es la pura verdad. He hecho todo lo posible para que me lo explicara, pero solo dice que es complicado, que está hecho un lío, que ahora mismo no se ve capaz de mantener una relación… Yo no sé si hay alguien más o… Ya no nos hablamos. Ni siquiera me mira a la cara. No sé qué hacer.

La voz le temblaba como un flan.

—¿Lo estáis oyendo? —comentó O'Kelly, sin demasiada admiración precisamente—. Maddox tendría que haber sido actriz.

Pero no estaba actuando, y Rosalind lo percibió.

—En fin —dijo, y noté el tono de suficiencia en su voz—, no puedo decir que me sorprenda. Desde luego, no habla de usted como lo haría un amante.

—¿Qué dice?—preguntó Cassie, sin poder contenerse, al cabo de un segundo.

Estaba mostrando sus puntos vulnerables para atraer los golpes; permitía de forma deliberada que Rosalind la hiriese, la vapulease, le arrancase delicadamente capas de dolor para cebarse con ellas a su antojo. Se me revolvió el estómago.

Rosalind dilató la pausa, haciéndole esperar.

—Que es terriblemente dependiente —dijo al fin. Su voz, alta, dulce y clara no había cambiado—. «Desesperada» es la palabra que utilizó. Por eso era usted tan detestable conmigo, porque tenía celos de lo mucho que le importo yo. Él hacía lo posible para comportarse de un modo agradable porque creo que siente lástima por usted, pero ya se estaba cansando de soportar su actitud.

—Eso son chorradas —masculé, furioso—. Yo nunca…

—Cállate —dijo Sam, en el mismo instante en el que O'Kelly soltaba:

—¿A quién coño le importa?

—Silencio, por favor —dijo el técnico con educación.

—Yo le advertí contra usted —explicó Rosalind con aire pensativo—. ¿Así que al final siguió mi consejo?

—Sí —respondió Cassie, con voz muy grave y temblorosa—. Supongo que sí.

—Oh, Dios mío. —Una nota minúscula de diversión—. Realmente está enamorada de él, ¿verdad? —Nada—. ¿Verdad?

—No lo sé. —Cassie habló con voz pastosa y dolorida, pero hasta que no se sonó no me di cuenta de que estaba llorando. Nunca la había visto llorar—. No lo pensé hasta que... Es que yo no... Nunca he estado tan unida a nadie. Y ahora ni siquiera puedo pensar con claridad, no puedo...

—Vamos, detective Maddox. —Rosalind suspiró—. Si no puede ser sincera conmigo, al menos séalo consigo misma.

—Es que no lo sé. —A duras penas le salían las palabras—. A lo mejor...

Se le hizo un nudo en la garganta.

En la furgoneta reinaba un ambiente de pesadilla subterránea, como si las paredes se inclinaran vertiginosamente hacia dentro. La cualidad incorpórea de sus voces les confería un matiz añadido de horror, como si estuviéramos espiando a dos fantasmas perdidos atrapados en una lucha de voluntades eterna e inalterable. La manecilla de la puerta era invisible entre las sombras, y capté la dura mirada de advertencia de O'Kelly.

—Tú has insistido en estar aquí, Ryan.

No podía respirar.

—Debería ir.

—¿Para qué? Todo va según lo previsto, sirva para lo que sirva eso. Tranquilízate.

Una leve y terrible respiración por los altavoces.

—No —dije—. Escuche.

—Está haciendo su trabajo —intervino Sam. Su rostro resultaba impenetrable bajo la sucia luz amarillenta—. Siéntate.

El técnico levantó un dedo.

—Espero que sepa controlarse —dijo Rosalind con desagrado—. Es terriblemente difícil mantener una conversación sensata con alguien que está histérico.

—Lo siento. —Cassie se sonó otra vez y tragó saliva—. Por favor. Ha terminado, no fue culpa del detective Ryan y él haría cualquier cosa por ti. Confió lo bastante como para contártelo. ¿No podrías... dejarlo correr, no decírselo a nadie? Por favor.

—Bueno. —Rosalind lo consideró—. El detective Ryan y yo nos hemos acercado mucho durante un tiempo. Aunque la última vez que lo vi, también estuvo horriblemente maleducado conmigo. Y me mintió acerca de esos amigos suyos. No me gustan los mentirosos. No, detective Maddox. Me temo que no me siento tan en deuda con ninguno de los dos como para hacerles favores.

—Muy bien —replicó Cassie—. Vale, muy bien. ¿Y si yo pudiera hacer algo por ti a cambio?

Se oyó una risita.

—No se me ocurre nada que pueda querer de usted.

—Pues lo hay. Concédeme cinco minutos más, ¿de acuerdo? Podemos bajar por este lado de la urbanización, hacia la carretera principal. Hay una cosa que puedo hacer por ti, te lo juro.

Rosalind suspiró.

—Solo hasta que lleguemos de vuelta a mi casa. Pero algunos tenemos ética, ¿sabe, detective Maddox? Si pienso que es mi responsabilidad hablar a sus superiores de esto, de ningún modo podrá sobornarme para que me calle.

—No es un soborno. Solo… una oferta de ayuda.

—¿De usted?

Otra vez esa risa; ese pequeño y fresco gorjeo que me había resultado tan encantador. Caí en la cuenta de que me estaba clavando las uñas en las palmas.

—Hace dos días arrestamos a Damien Donnelly por el asesinato de Katy —expuso Cassie.

Una fracción de pausa. Sam se inclinó hacia delante, con los codos en las rodillas. Y luego:

—Bueno, ya es hora de que deje de pensar en su vida amorosa y preste un poco de atención al caso de mi hermana. ¿Quién es Damien Donnelly?

—Él dice que era tu novio hasta hace unas semanas.

—Pues obviamente no lo era. De haber sido mi novio, me parece que sabría quién es, ¿no cree?

—Hay un registro con un montón de llamadas entre tu móvil y el de él —respondió Cassie con cautela.

A Rosalind se le heló la voz.

—Si quiere algo de mí, detective, acusarme de mentirosa no es la mejor manera de plantearlo.

—Yo no te acuso de nada —dijo Cassie, y por un instante pensé que se le quebraría la voz otra vez—. Solo digo que sé que esto es un asunto personal que solo a ti te incumbe, y no tienes por qué confiarte a mí…

—Tiene toda la razón.

—Pero trato de explicarte cómo puedo ayudarte. Mira, Damien confía en mí. Me ha contado cosas.

Al cabo de un momento, Rosalind tomó aire.

—Yo no me emocionaría mucho por eso. Damien habla con cualquiera que le escuche. No es que usted sea especial.

Sam asintió con un gesto veloz: «Paso uno».

—Lo sé, lo sé. Pero el hecho es que me contó por qué lo hizo. Según él, lo hizo por ti. Porque tú se lo pediste.

—Nada, durante largo rato—. Por eso te hice venir la otra noche. Quería hacerte algunas preguntas al respecto.

—Por favor, detective Maddox. —La voz de Rosalind se había aguzado, solo un punto, y no supe si era buena o mala señal—. No me trate como si fuera una estúpida. Si tuvieran alguna prueba contra mí, estaría arrestada y no aquí, escuchando sus lamentos por el detective Ryan.

—No —respondió Cassie—. Esa es la cuestión. Los demás todavía no saben qué contó Damien. Si lo averiguan, te detendrán.

—¿Me está amenazando? Porque es muy mala idea.

—No. Yo solo intento… Vale, se trata de lo siguiente. —Cassie cogió aire—. En realidad no necesitamos un móvil para acusar a alguien de asesinato. Tenemos su confesión grabada en vídeo, y en el fondo es lo único que necesitamos para meterlo en la cárcel. Nadie tiene que saber por qué lo hizo. Y, como ya he dicho, confía en mí. Si le digo que debería guardarse su móvil para él, me creerá. Ya lo conoces.

—Mucho mejor que usted, de hecho. Dios. Damien. —Puede que sea una prueba de mi estupidez, pero ese matiz en la voz de Rosalind, que más allá del desdén denotaba un rechazo absoluto e impersonal, aún tenía la capacidad de desconcertarme—. La verdad es que no me preocupa. Es un asesino, por el amor de Dios. ¿Cree que alguien le creerá? ¿Más que a mí?

—Yo le creí —contestó Cassie.

—Sí, en fin. Eso no dice mucho de sus habilidades como detective, ¿verdad? Damien apenas tiene la inteligencia suficiente para atarse los zapatos, pero se saca una historia de la manga y usted le toma la palabra. ¿De veras cree que alguien como él sería capaz de explicarle cómo ocurrió realmente, aunque quisiera? Damien solo puede tratar con cosas simples, detective. Y esta no era una historia simple.

—Los hechos básicos se pueden comprobar —dijo Cassie con dureza—. No quiero oír los detalles. Si tengo que callármelo, cuanto menos sepa, mejor.

Un momento de silencio mientras Rosalind evaluaba las posibilidades de la situación; después, la risita.

—¿De veras? Pero se supone que es usted detective. ¿No debería interesarle saber qué ocurrió en realidad?

—Sé cuanto necesito. De todos modos, nada de lo que me cuentes me servirá.

—Eso ya lo sé —replicó Rosalind vivamente—. No podría utilizarlo. Pero si oír la verdad la coloca en una posición difícil, no deja de ser culpa suya, ¿no? No debería haberse puesto en esta situación. No veo por qué tengo que ser indulgente con su falta de honradez.

—Yo… Como tú has dicho, soy detective. —Cassie estaba levantando la voz—. No puedo escuchar un testimonio sobre un crimen y…

Rosalind no modificó su tono.

—Pues tendrá que hacerlo, ¿verdad? Katy era una niña muy dulce. Pero cuando se le empezó a prestar tanta atención con lo del baile, se le subieron los humos de una forma espantosa. De hecho, esa mujer, Simone, era una influencia terrible para ella. A mí me entristecía mucho. Alguien tenía que ponerla en su sitio, ¿no le parece? Por su propio bien. Por eso yo…

—Si continúas hablando —dijo de repente Cassie, demasiado alto—, tendré que advertirte. De lo contrario…

—No me amenace, detective. No se lo volveré a repetir.

Un instante. Sam observaba el vacío con un nudillo atrapado entre sus dientes delanteros.

—Por eso decidí que lo mejor sería demostrarle a Katy que en realidad no era nada del otro mundo —resumió Rosalind—. Desde luego, no es que fuera muy inteligente. Cuando le daba algo para...

—No tienes obligación de decir nada a menos que desees hacerlo —la interrumpió Cassie, y la voz le tembló de forma desaforada—, pero cualquier cosa que digas constará por escrito y podrá utilizarse como prueba.

Rosalind reflexionó largo rato. Oí sus pisadas sobre las hojas caídas y el jersey de Cassie, que rascaba ligeramente el micrófono a cada paso; en algún sitio arrulló una paloma, hospitalaria y alegre. Sam tenía los ojos puestos en mí, y a través de la penumbra de la furgoneta me pareció ver en ellos una expresión de repulsa. Me acordé de su tío y le sostuve la mirada.

—La ha perdido —afirmó O'Kelly. Se estiró, moviendo los hombros hacia atrás, y se hizo crujir el cuello—. Es por la maldita advertencia. Cuando yo empecé no había mierdas de esas: les soltabas unas cuantas indirectas, te explicaban lo que querías saber y con eso le bastaba a cualquier juez. Claro que ahora al menos podremos irnos a trabajar.

—Aguarde —replicó Sam—. La recuperará.

—Respecto a lo de ir a nuestro jefe... —dijo Cassie al fin, con un largo suspiro.

—Un momento —interrumpió Rosalind con frialdad—. No hemos terminado.

—Claro que sí —respondió ella, aunque la voz le tembló, traicionera—. En lo que a Katy se refiere, sí. No pienso quedarme aquí escuchando...

—No me gusta que la gente trate de intimidarme, detective. Diré lo que me plazca y usted me escuchará. Si me interrumpe otra vez, se acabó la conversación. Si se la cuenta a alguna otra persona, les diré exactamente la clase de persona que es usted, y el detective Ryan lo confirmará. Nadie se creerá ni una palabra de lo que diga y perderá su precioso empleo. ¿Entendido?

Silencio. El estómago se me revolvía cada vez más, lenta y terriblemente; tragué saliva.

—Menuda arrogante —observó Sam en tono suave—. Vaya maldita arrogante.

—No jorobes —respondió O'Kelly—. Es la mejor baza que tiene Maddox.

—Sí —continuó Cassie, en voz baja—. Entendido.

—Bien. —Sentí la sonrisita remilgada y satisfecha en la voz de Rosalind. Sus tacones golpeaban el asfalto. Habían girado por la carretera principal, en dirección a la entrada de la urbanización—. Como iba diciendo, decidí que alguien tenía que bajarle los humos a Katy. En realidad era tarea de mi madre y de mi padre, es evidente; de haberlo hecho ellos, no habría tenido que hacerlo yo. Pero no podíamos molestarlos. De hecho, esa clase de abandono me parece una forma de maltrato infantil, ¿a usted no?

Esperó hasta que Cassie dijo, con tirantez:

—No lo sé.

—Ya lo creo que lo es. A mí me disgustaba mucho. Así que le dije a Katy que tenía que dejar la danza porque tenía un efecto pernicioso en ella, pero no me escuchó. Debía aprender que no poseía una especie de derecho divino a ser el centro de atención. No todo en este mundo giraba a su alrededor. Así que la alejé de la danza de vez en cuando. ¿Quiere saber cómo?

Cassie respiraba deprisa.

—No, no quiero.

—La hacía enfermar, detective Maddox —dijo Rosalind—. Dios, ¿me está diciendo que ni siquiera se habían imaginado eso?

—Se nos pasó por la cabeza. Pensamos que a lo mejor tu madre había hecho algo…

—¿Mi madre? —Otra vez ese matiz, ese menosprecio más allá del desdén—. Por favor. A mi madre la habrían pillado en una semana, incluso si dependiera de ustedes. Mezclaba zumo con lavavajillas o productos de limpieza, o lo que me apeteciera ese día, y le decía a Katy que era una pócima secreta para bailar mejor. Era tan tonta que se lo creía. A mí me interesaba ver si alguien lo averiguaba, pero nadie lo hizo. ¿Se lo imagina?

—Dios santo —dijo Cassie, apenas en un susurro.

—Vamos, Cassie —masculló Sam—. Eso son lesiones graves. Vamos.

—No lo hará —aseguré. Mi voz sonó rara, entrecortada—. No hasta que la tenga por asesinato.

—Mira —continuó Cassie, y la oí tragar saliva—, estamos a punto de entrar en la urbanización, y me has dicho que solo me concedías hasta que estuviéramos de vuelta en tu casa… Necesito saber qué vas a hacer respecto a…

—Lo sabrá cuando yo se lo diga. Y entraremos cuando yo decida entrar. De hecho, creo que deberíamos volver por ese camino, para que pueda terminar mi historia.

—¿Quieres rodear la urbanización otra vez?

—Era usted la que quería hablar conmigo, detective Maddox —le recordó Rosalind en tono de reproche—. Tiene que aprender a asumir las consecuencias de sus actos.

—Mierda —murmuró Sam.

Se estaban alejando de nosotros.

—No va a necesitar refuerzos, O'Neill —dijo O'Kelly—. Esa chica es una arpía, pero no lleva una pistola escondida.

—En fin, que Katy no aprendía. —Ese tono afilado y peligroso filtrándose de nuevo en la voz de Rosalind—. Al final consiguió averiguar por qué se ponía enferma, aunque le llevó años, y pilló un berrinche espantoso. Me dijo que nunca más se bebería nada que le diera yo y blablablá, hasta amenazó con contárselo a nuestros padres. Claro que nunca la habrían creído, siempre se ponía histérica por nada, pero aun así... ¿Ve a qué me refiero con Katy? Era una mocosa malcriada. Siempre, siempre tenía que hacer lo que le parecía. Y si no lo conseguía, iba con el cuento a mamá y papá.

—Ella solo quería ser bailarina —señaló Cassie con discreción.

—Y yo le había dicho que eso era inaceptable —espetó Rosalind—. Si se hubiera limitado a hacer lo que le decía, nada de esto habría pasado. Pero en lugar de eso intentó amenazarme. Ya sabía yo que eso de la escuela de danza y todos esos artículos y recaudaciones de fondos tendrían ese efecto; era vergonzoso, se creía que podía hacer lo que le diera la gana. Me dijo, y son sus palabras exactas, no me lo estoy inventando, se plantó ahí delante con las manos en las caderas, Dios, esa pequeña *prima donna*, y dijo: «No deberías haberme hecho eso. No vuelvas a hacerlo nunca». Pero ¿quién se creía que era? Estaba completamente fuera de control, el modo en que se comportó conmigo fue absolutamente indignante, y yo no iba a permitirlo de ningún modo.

Sam tenía las manos apretadas en dos puños y yo contenía el aliento. Estaba bañado en un sudor frío y enfermizo. Ya no lograba hacerme una imagen mental de Rosalind; la tierna visión de la chica de blanco había volado en pedazos, como reventada por una bomba nuclear. Aquello era algo inimaginable, algo vacuo como los caparazones amarillentos que dejan los insectos tras de sí en la hierba seca, algo traído por vientos fríos y lejanos, corrosivo y destructor con todo cuanto tocaba.

—Me he topado con personas que intentaban decirme lo que tenía que hacer —dijo Cassie, con voz tensa y entrecortada. Aunque era la única de nosotros que sabía lo que podíamos esperar, aquella historia la dejó sin aliento—. Y no he hecho que alguien las matara.

—De hecho, me parece que coincidirá conmigo en que nunca le dije a Damien que le hiciera nada a Katy. —Noté cómo Rosalind sonreía—. No puedo evitarlo si los hombres siempre quieren hacer cosas por mí, ¿sabe? Pregúntele si quiere: fue a él a quien se le ocurrió cada idea. Y tardó siglos, Dios mío, habría sido más rápido entrenar a un mono. —O'Kelly resopló—. Cuando finalmente cayó en la cuenta, parecía que acabase de descubrir la ley de la gravedad, como si fuera una especie de genio. Luego empezó a tener esas dudas que no se acababan nunca… Cielos, unas cuantas semanas más y creo que habría tenido que dejarlo por inútil y empezar otra vez, antes de perder la cabeza.

—Al final hizo lo que tú querías —intervino Cassie—. ¿Por qué rompiste con él entonces? El pobre chico está destrozado.

—Por la misma razón por la que el detective Ryan rompió con usted. Me aburría tanto que me daban ganas de gritar. Y no, en realidad no hizo lo que yo quería. Fue un desastre. —Rosalind estaba levantando el tono de voz fría y furiosa—. Mira que entrarle el pánico y esconder el cuerpo… podría haberlo echado todo a perder. Podría haberme buscado serios problemas. Sinceramente, es que es increíble. Hasta tuve que molestarme en buscarle una mentira que contar a la policía para que no se fijaran en él, pero ni siquiera eso supo hacer.

—¿Lo del hombre del chándal? —preguntó Cassie, y percibí la tirantez en el filo de su voz. El momento se acercaba—. No, nos lo contó. Solo que no fue muy convincente. Nos pareció que hacía una montaña de un grano de arena.

—¿Ve a qué me refiero? Se suponía que debía violarla, golpearla con una piedra en la cabeza y dejar el cuerpo en algún lugar de la excavación o en el bosque. Eso era lo que yo quería. Por el amor de Dios, uno pensaría que es algo sencillo incluso para Damien, pero no. No hizo bien ni una sola de estas cosas. Dios, tiene suerte de que solo rompiera con él. Después del lío que armó, debería haberlos puesto a ustedes sobre su pista. Se lo tiene merecido.

Eso era todo lo que necesitábamos. El aire salió de mi interior con un ruidito extraño y desagradable. Sam se dejó caer contra la pared de la furgoneta y se pasó la mano por el pelo; O'Kelly lanzó un silbido grave y prolongado.

—Rosalind Francés Devlin —anunció Cassie—, quedas arrestada como sospechosa de matar a Katharine Bridget Devlin, contrariamente a la ley, alrededor del pasado 17 de agosto en Knocknaree, en el condado de Dublín.

—Quíteme las manos de encima —espetó Rosalind.

Oímos una refriega, el crujir de las ramas al partirse bajo las pisadas y luego un ruidito rápido y feroz, como el bufido de un gato, algo entre una bofetada y un golpe, y un jadeo agudo de Cassie.

—¿Qué coño…? —exclamó O'Kelly.

—Vamos —dijo Sam—, vamos.

Pero yo ya estaba agarrando el tirador de la puerta.

Corrimos, derrapando al doblar por la esquina, carretera abajo hacia la entrada de la urbanización. Tengo las piernas más largas y dejé atrás fácilmente a Sam y O'Kelly. Todo parecía sucederse ante mí a cámara lenta: las verjas oscilantes y las puertas de colores vivos, un crío montado en un triciclo que alzó la vista con la boca abierta y un viejo con tirantes que dejó de mirar sus rosas. El sol de la mañana caía pausado como miel, dolorosamente brillante después de la penumbra, y el estruendo de la portezuela al cerrarse de golpe retumbó hasta el infinito. Rosalind podía haberse apoderado de una rama afilada, de una piedra, de una botella rota; hay muchos objetos que pueden matar. Yo no sentía el contacto de mis pies con el pavimento. Di la vuelta en el poste de la verja, me lancé por la carretera principal, y las hojas me cepillaron la cara cuando giré por el sendero que bordea el muro, con hierba húmeda y crecida y retazos de barro en los que dejaba mis huellas. Me sentí como si me estuviera desvaneciendo, mientras la brisa de otoño soplaba dulce y fresca entre mis costillas y penetraba en mis venas, entregándome de la tierra al aire.

Estaban a la vuelta de la urbanización, donde los campos se encuentran con esa última franja de bosque, y las piernas me flaquearon de alivio al ver que las dos estaban en pie. Cassie tenía a Rosalind cogida de las muñecas (por un instante me acordé de la fuerza que tenía en las manos, por aquel día en la sala de interrogatorios), pero Rosalind forcejeaba, intensa y ferozmente, no para huir, sino para cogerla a ella. Le daba patadas en las espinillas, intentaba arañarla y la vi propulsar la cabeza al escupirle a Cassie en la cara. Grité algo, pero no creo que ninguna de las dos me oyera.

Se escucharon unos pasos detrás de mí y Sweeney pasó como un relámpago, lanzándose al estilo de un jugador de rugby mientras sacaba las esposas. Agarró a Rosalind del hombro, le dio la vuelta y la lanzó contra la pared. Cassie la había pillado con la cara lavada y el pelo recogido en un moño, y por primera vez vi con un alivio descarnadamente alegórico su fealdad, sin las capas de maquillaje y los tirabuzones cuidadosamente dispuestos: mejillas con bolsas, una boca delgada y ávida fruncida en una sonrisita odiosa, y unos ojos vidriosos y vacíos como los de una muñeca. Llevaba el uniforme del instituto, una falda sin forma de color azul marino con un blasón delante, y no sé por qué ese atuendo me pareció espantoso.

Cassie dio un traspié hacia atrás, se apoyó en el tronco de un árbol y mantuvo el equilibrio. Cuando se volvió hacia mí lo primero que vi fueron sus ojos, inmensos, negros y cegados. Después vi la sangre, que le trazaba una extravagante telaraña en un lado de la cara. Se tambaleó un poco bajo las sombras confusas de las hojas, y una gota brillante cayó en la hierba a sus pies.

Yo estaba a solo unos metros de distancia, pero algo me impidió acercarme más. Aturdida, contrariada y con el rostro surcado por unas marcas feroces, parecía una sacerdotisa pagana surgida de un rito demasiado vigoroso e implacable como para ser concebido, aún como si estuviera en otra parte, como si fuera otra, como si no se la pudiera tocar antes de que diera la señal. Se me erizó la nuca.

—Cassie —dije, y extendí los brazos hacia ella. Sentí el pecho como si me estallara y se abriera—. Oh, Cassie.

Levantó las manos en respuesta, y por un instante juro que todo su cuerpo se movió en mi dirección. Entonces recordó. Dejó caer las manos, la cabeza retrocedió, y deslizó la mirada a un punto inconcreto del inmenso cielo azul.

Entonces Sam me apartó del camino y se plantó torpemente a su lado.

—Dios mío, Cassie... —Estaba sin aliento—. ¿Qué te ha hecho? Ven aquí.

Se levantó el faldón de la camisa, le secó la mejilla con cuidado y ahuecó la otra mano para sostenerle la parte de atrás de la cabeza.

—¡Ay, joder! —exclamó Sweeney con los dientes apretados cuando Rosalind le dio un pisotón.

—Me ha arañado —respondió Cassie. Su voz era terrible, aguda y fantasmagórica—. Me ha tocado, Sam, esa cosa me ha tocado, Dios, me ha escupido... Quítamelo, quítamelo.

—Tranquila —le dijo él—, tranquila, todo ha terminado. Lo has hecho muy bien. Tranquila...

La rodeó con los brazos y la atrajo hacia él, y ella le apoyó la cabeza en el hombro. Por un instante la mirada de Sam se cruzó con la mía de frente; luego la apartó, bajándola hacia la mano que acariciaba los rizos de Cassie.

—¿Qué diablos pasa? —preguntó O'Kelly, detrás de mí, con desagrado.

En cuanto se lavó la cara, Cassie no tenía tan mal aspecto como pareció al principio. Las uñas de Rosalind le habían dejado tres líneas anchas y oscuras que le atravesaban el pómulo, pero a pesar de la sangre no eran profundas. El técnico, que sabía primeros auxilios, dijo que no hacían falta puntos y que había tenido suerte de que Rosalind no le alcanzara el ojo. Quiso ponerle tiritas en los cortes, pero ella se negó, al menos hasta que volviéramos al trabajo y se los desinfectaran. A ratos temblaba de pies a cabeza; el técnico dijo que seguramente sufría una conmoción. O'Kelly, que aún parecía desconcertado y exasperado por cuanto había sucedido ese día, le ofreció un *toffee* con chocolate.

—Azúcar —explicó.

Era obvio que no estaba en condiciones para conducir, así que dejó la Vespa donde la había aparcado y ocupó el asiento delantero de la furgoneta. Sam conducía. Rosalind iba en la parte de atrás, con el resto de nosotros. Se había calmado después de que Sweeney le pusiera las esposas y estaba sentada rígida e indignada, sin decir palabra. Cada inspiración que tomaba estaba impregnada de su perfume empalagoso y de alguna otra cosa, algo que parecía pudrirse, opulento, contaminante y tal vez imaginario. Su mirada me decía que su mente trabajaba a marchas forzadas, si bien su rostro carecía de expresión. Ni miedo, ni hostilidad, ni ira. Nada de nada.

Cuando llegamos, el humor de O'Kelly había mejorado ostensiblemente, y cuando los seguí a él y a Cassie a la sala de observación no intentó echarme.

—Esa chica me recuerda a un tipo al que conocí en el colegio —nos contó pensativamente, mientras esperábamos a que Sam terminase de leerle los derechos a Rosalind y la llevase a la sala de interrogatorios—. Te hacía las mil y una sin pestañear y luego se daba la vuelta y convencía a todo el mundo de que era culpa tuya. Este mundo está lleno de chalados.

Cassie se apoyó contra la pared, escupió en un pañuelo manchado de sangre y se frotó otra vez la mejilla.

—Ella no está chalada —dijo.

Las manos todavía le temblaban.

—Es una forma de hablar, Maddox —respondió O'Kelly—. Deberías ir a que te vieran esa herida de guerra.

—Estoy bien.

—Buena jugada, de todos modos. Tenías razón. —Le dio unas palmaditas torpes en el hombro—. Ese cuento de hacer que su hermana se pusiera enferma por su propio bien, ¿piensas que realmente se lo cree?

—No —contestó Cassie. Volvió a doblar el pañuelo en busca de algún trozo limpio—. Creer es un verbo que no existe para ella. Las cosas no son verdaderas o falsas: le convienen o no le convienen. Para ella nada más tiene significado. Si la sometiéramos a la prueba del polígrafo, lo superaría sin problemas.

—Debería haberse metido en política. Mirad, ya están. —O'Kelly señaló el vidrio con la cabeza. Sam entraba con Rosalind en la sala de interrogatorios—. A ver cómo intenta salir de esta. Puede ser divertido.

Rosalind miró la estancia a su alrededor y suspiró.

—Quisiera que llamasen a mis padres ahora mismo —le anunció a Sam—. Dígales que me consigan un abogado y luego vengan aquí. —Se sacó un pequeño lápiz cursi y una libreta del bolsillo de la chaqueta, escribió algo en una hoja, la arrancó y se la entregó a Sam—. Aquí tiene su número. Muchas gracias.

—Verás a tus padres cuando terminemos de hablar. Si quieres un abogado…

—Me parece que los veré antes. —Rosalind se atusó el trasero de la falda y se sentó en la silla de plástico con un mohín de disgusto—. ¿Es que los menores no tienen derecho a que sus padres o un tutor estén presentes durante todo el interrogatorio?

Durante un momento todo el mundo permaneció inmóvil, excepto Rosalind, que cruzó las rodillas con recato y le sonrió a Sam, saboreando el efecto que habían causado sus palabras.

—Se suspende el interrogatorio —dijo Sam con brusquedad.

Cogió el archivo de encima de la mesa y se dirigió a la puerta.

—Santo Dios bendito —exclamó O'Kelly—. Ryan, ¿vas a decirme que…?

—A lo mejor está mintiendo —señaló Cassie.

Miraba atentamente a través del vidrio, el puño alrededor del pañuelo.

Mi corazón, que había dejado de latir, empezó a hacerlo a una velocidad el doble de lo normal.

—Pues claro que sí. Miradla, seguro que no puede tener menos de...

—Sí, muy bien. ¿Sabes cuántos hombres han acabado en la cárcel por decir eso?

Sam irrumpió en la sala de observación con tal fuerza que la puerta rebotó en la pared.

—¿Qué edad tiene esa chica? —me preguntó.

—Dieciocho —respondí. La cabeza me daba vueltas; sabía que estaba seguro, pero no recordaba por qué—. Ella me dijo...

—¡No me lo puedo creer! ¿Y le tomaste la palabra? —Nunca había visto a Sam perder los estribos, y era más impresionante de lo que me esperaba—. Si a esa chica le preguntases la hora a las dos y media, te diría que son las tres solo para joderte. ¿Ni siquiera lo comprobaste?

—Mira quién habla —soltó O'Kelly—. Cualquiera de vosotros podría haberlo comprobado en cualquier momento del proceso, que Dios sabe que ha sido largo, pero no...

Sam ni siquiera le oía. Tenía sus ojos ardientes clavados en mí.

—Nos fiamos de ti porque se supone que eres un puto detective. Enviaste a tu compañera a que la crucificaran sin molestarte tan solo...

—¡Lo comprobé! —grité—. ¡Comprobé el expediente!

Pero mientras esas palabras salían de mi boca caí en la cuenta, con una sensación horrible y angustiosa. Una tarde soleada, muchos días atrás; hojeaba el archivo con el auricular encajado entre la mandíbula y el hombro,

O'Gorman protestando en mi otra oreja y con ganas de hablar con Rosalind y asegurarme de que era adulta y podía supervisar mi conversación con Jessica, todo a la vez («Y tenía que saberlo —pensé—, incluso entonces tenía que saber que no podía confiar en ella, ¿o por qué iba a molestarme en comprobar algo tan insignificante?»). Encontré la hoja de datos familiares y la leí por encima hasta la fecha de nacimiento de Rosalind, hice una resta...

Sam se había alejado de mí y rebuscaba con urgencia en el expediente, y vi el momento justo en que se le hundieron los hombros.

—Noviembre —anunció, en voz muy baja—. Su cumpleaños es el dos de noviembre. Cumplirá dieciocho.

—Felicidades —dijo O'Kelly con pesadez, después de un silencio—. A los tres. Bien hecho.

Cassie soltó aire.

—Inadmisible —dijo—. Cada maldita palabra.

Se dejó caer pared abajo hasta quedarse sentada, como si sus rodillas hubieran cedido de pronto, y cerró los ojos.

Un sonido débil, agudo e insistente salió por los altavoces. En la sala de interrogatorios, Rosalind se aburría y había empezado a tararear.

25

Esa tarde, Sam, Cassie y yo empezamos a recoger la sala de investigaciones. Trabajamos metódicamente y en silencio, descolgando fotos, borrando el embrollo multicolor de la pizarra, clasificando archivos e informes y guardándolos en cajas de cartón con sellos azules. La noche anterior habían prendido fuego a un piso de Parnell Street, que había provocado la muerte de una refugiada política nigeriana y su bebé de seis meses; Costello y su compañero necesitaban la sala.

O'Kelly y Sweeney interrogaban a Rosalind en el vestíbulo, con Jonathan en segundo plano para protegerla. Creo que me esperaba que Jonathan llegara con las espadas en alto y quizá con ganas de pegar a alguien, pero él no resultó ser el problema. Cuando, en la puerta de la sala de interrogatorios, O'Kelly les contó a los Devlin lo que Rosalind había confesado, Margaret se volvió hacia él con la boca muy abierta; luego inhaló una enorme bocanada de aire y gritó: «¡No!», con una voz ronca y salvaje que retumbó en las paredes del pasillo.

—No, no, no. Ella estaba con sus primas. ¿Cómo pueden hacerle esto? ¿Cómo pueden… cómo…? ¡Oh, Dios, ya me avisó, me avisó de que harían esto! Usted —me apuntó con un dedo grueso y tembloroso, y me estremecí sin poder evitarlo—, usted, llamándola una docena de veces al día para hacerla salir, y no es más que una niña, debería darle vergüenza… Y ella —Cassie— la odia desde el primer día, Rosalind siempre dijo que intentaría culparla de… ¿Qué intentan hacerle? ¿Es que quieren matarla? ¿Así se quedarán contentos? Dios mío, mi pobre niña… ¿Por qué la gente cuenta esas mentiras sobre ella? ¿Por qué?

Se clavó las uñas en el pelo mientras estallaba en unos sollozos horribles y desgarrados. Jonathan se había quedado agarrado a la barandilla en lo alto de la escalera mientras O'Kelly procuraba calmar a Margaret, y nos lanzaba miradas desagradables por encima del hombro de su esposa. Iba vestido para el trabajo, con traje y corbata. No sé por qué recuerdo ese traje con absoluta claridad. Era azul oscuro y estaba inmaculado, con un ligero brillo en las partes planchadas demasiadas veces, y, en cierto modo, me pareció indeciblemente triste.

Rosalind estaba arrestada por asesinato y por agredir a una agente. Solo había abierto la boca una vez desde la llegada de sus padres, para asegurar —con el labio trémulo— que Cassie le había dado un puñetazo en el estómago y ella solo se había defendido. Enviaríamos un archivo al fiscal con ambas acusaciones, pero todos sabíamos que los indicios de asesinato eran, como mucho, escasos. Ya ni siquiera teníamos la conexión del Chándal Fantasma para demostrar que Rosalind era cómplice, ya que, de hecho, ningún adulto supervisó mi sesión con Jessica, y no tenía forma de demostrar que esta hubiera tenido lugar. Teníamos la palabra de Damien y un puñado de llamadas de móvil. Eso era todo.

Se estaba haciendo tarde, serían las ocho aproximadamente, y el edificio estaba en silencio, excepto por nuestros movimientos y una lluvia suave e intermitente que tamborileaba en las ventanas de la sala de investigaciones. Recogí las fotos de la autopsia y las instantáneas de la familia Devlin, los ceñudos sospechosos de ser el

Chándal Fantasma y las ampliaciones de baja resolución de Peter y Jamie, quité el adhesivo de los dorsos y las archivé. Cassie comprobaba cada caja, les buscaba una tapa y las etiquetaba con un rotulador negro y chirriante. Sam recorrió la sala con una bolsa de basura, recopilando vasos de papel, vaciando papeleras y quitando migas de las mesas. En la parte frontal de la camisa llevaba manchas secas de sangre.

Su mapa de Knocknaree empezaba a doblarse por las esquinas, y una de ellas se rompió cuando lo descolgué. Alguien lo había salpicado de agua y la tinta estaba corrida en algunos puntos, de modo que a la caricatura que hizo Cassie de un promotor inmobiliario parecía que le estuviera dando un ataque.

—¿Guardamos esto en el archivo —le pregunté a Sam— o...?

Lo sostuve ante él y miramos los tronquitos nudosos de árboles y las volutas de humo saliendo de las chimeneas de las casas; frágil y nostálgico como un cuento de hadas.

—Será mejor que no —concluyó, al cabo de un momento.

Cogió el mapa, lo enrolló en forma de tubo y lo metió en la bolsa de basura.

—Me falta una tapa —comentó Cassie. Se le habían formado unas horribles costras oscuras en los cortes de la mejilla—. ¿Hay alguna por ahí?

—Había una debajo de la mesa —respondió Sam—. Toma...

Le tiró la última tapa y ella la encajó en su sitio y se enderezó.

Nos miramos el uno al otro bajo la luz de los fluorescentes, por encima de las mesas desnudas y la colección de cajas. «Me toca a mí hacer la cena...» Por un instante casi lo digo, y sentí que la misma idea cruzaba las mentes de Sam y de Cassie, estúpida, imposible y no por ello menos hiriente.

—Bueno —dijo Cassie con discreción, tras respirar hondo. Miró la estancia vacía y se limpió las manos en los costados de los vaqueros—. Pues me parece que ya está.

Soy absolutamente consciente, por cierto, de que esta historia no me muestra bajo una luz demasiado halagadora. Soy consciente de que, en un lapso de tiempo impresionantemente corto, Rosalind me tuvo comiendo de su mano como a un perro adiestrado: subiendo y bajando escaleras para traerle café, asintiendo mientras ella chismeaba sobre mi compañera y creyendo como una especie de adolescente encandilado que éramos almas gemelas. Pero antes de que nadie me desprecie, hay que considerar lo siguiente: habría engatusado a cualquiera. Cualquiera habría tenido tantas probabilidades como yo. He contado todo lo que vi, tal como lo vi en ese momento. Y si eso en sí mismo ha dado lugar a engaños, recordemos que también lo dije: desde el principio, ya advertí de que miento.

Me resulta difícil describir el nivel de horror y autoaversión derivado del hecho de comprender que Rosalind me había embaucado. Estoy seguro de que Cassie habría dicho que mi credulidad fue de lo más natural, que todos los mentirosos y criminales con los que me había topado eran simples aficionados, mientras que Rosalind lo era de una forma auténtica y nata, y que ella misma resultó inmune solo porque ya había caído víctima de la misma técnica; pero Cassie no estaba. Días después de cerrar el caso, O'Kelly me anunció que hasta la lectura del veredicto trabajaría fuera de la unidad de detectives principal, en Harcourt Street, «lejos de cualquier cosa que puedas joder», cito sus palabras, que a mí se me hicieron muy difíciles de rebatir. Oficialmente seguía en la brigada de Homicidios, por lo que nadie sabía muy bien mi cometido en la unidad general. Me dieron un escritorio y de vez en cuando O'Kelly me mandaba un montón de papeleo, pero la mayor parte del tiempo era libre de vagar por los pasillos a mi antojo, escuchando a hurtadillas fragmentos de conversaciones y esquivando las miradas curiosas, inmaterial y superfluo como un espectro.

Pasé noches en vela conjurando destinos morbosos, detallados e improbables para Rosalind. No solo la quería muerta, sino eliminada de la faz de la tierra, aplastada en una papilla inidentificable, pulverizada en una trituradora, quemada hasta convertirse en un puñado de ceniza tóxica. Nunca sospeché en mí tal capacidad para el sadismo, y aún me horrorizaba más comprobar que yo mismo habría ejecutado cualquiera de estas sentencias con gran regocijo. Cada conversación que había tenido con ella se reproducía una y otra vez en mi cabeza, y veía con implacable claridad lo hábil que fue jugando conmigo, de qué modo tan certero lo había detectado todo, desde mi vanidad hasta mi dolor, pasando por mis miedos más hondos y escondidos, y me los había sacado de dentro para usarlos a voluntad.

Eso era lo más odioso de todo. Al fin y al cabo, Rosalind no me había implantado un microchip detrás de la oreja ni me había sometido a base de drogas. Yo mismo había roto cada promesa y había hecho naufragar cada barco, con mis propias manos. Ella, como cualquier buena artesana, se limitó a aprovechar lo que le salía al paso. Con apenas un vistazo nos evaluó a Cassie y a mí hasta la médula, y a ella la descartó como inservible; pero en mí había visto algo, un rasgo sutil aunque fundamental, por el que pensó que valía la pena conservarme.

No testifiqué en el juicio de Damien. Demasiado arriesgado, según el fiscal, ya que había demasiadas probabilidades de que Rosalind le hubiera hablado a Damien de mi «historia personal», como dijo él. Era un individuo llamado Mathews que llevaba corbatas chillonas y al que la gente solía calificar de «dinámico», y que a mí siempre me había agotado. Rosalind no había vuelto a sacar el tema —por lo visto, Cassie había sido lo bastante convincente como para que lo dejase estar y pasara a otras armas más prometedoras—, y yo dudaba de que le hubiera contado a Damien algo realmente útil, pero no me molesté en discutir.

Sin embargo, fui a ver testificar a Cassie. Me senté al fondo de la sala, que, en contra de lo habitual, estaba abarrotada, pues el juicio llenó las portadas de la prensa y fue tema estrella en las tertulias radiofónicas incluso antes de que empezara. Llevaba un pulcro trajecito gris y se había alisado los rizos. No la veía desde hacía meses. Estaba más delgada, más contenida; la vivacidad de gestos con que la relacionaba había desaparecido, y esa calma nueva hizo que me diera cuenta de la delicadeza de sus rasgos, de los arcos acentuados encima de sus párpados y de las curvas amplias y nítidas de su boca, como si nunca antes la hubiera visto. Se la veía avejentada, ya no era esa muchacha ágil y pícara de la Vespa estropeada, pero no por ello me resultó menos hermosa. Esa belleza elíptica que posee Cassie siempre ha radicado no en los planos volubles de textura y color, sino más adentro, en los contornos refinados de sus huesos. La observé en el estrado con ese traje que no le conocía y pensé en los suaves cabellos de su nuca, cálida y con olor a sol, y me pareció algo imposible, me pareció el milagro más inmenso y triste de mi vida: una vez toqué su cabello.

Estuvo bien; Cassie siempre ha estado bien en los juicios. Los jurados confían en ella y ella mantiene su atención, algo mucho más complicado de lo que parece, sobre todo cuando el juicio es largo. Respondió a las preguntas de Mathews con voz clara, tranquila y con las manos enlazadas en el regazo. Cuando la interrogó la defensa hizo lo que pudo por Damien. Sí, este se había mostrado agitado y confuso; sí, pareció creer sinceramente que el asesinato fue necesario para proteger a Rosalind y Jessica Devlin; sí, en su opinión estuvo influenciado por Rosalind y había cometido el crimen bajo la presión de esta. Damien se acurrucó en su asiento y la observó como un niño pequeño que ve una película de miedo, con ojos aturdidos, inmensos y perplejos. Había intentado suicidarse con las dichosas sábanas de la celda al enterarse de que Rosalind testificaría contra él.

—Cuando Damien confesó este crimen —preguntó el abogado defensor—, ¿le explicó por qué lo había cometido?

Cassie negó con la cabeza.

—No, aquel día no. Mi compañero y yo le preguntamos varias veces por el móvil, pero él se negaba a contestar o decía que no estaba seguro.

—Eso a pesar de que ya había confesado, y tras decirle ustedes que el móvil no podía causarle ningún perjuicio. ¿A qué cree que se debía?

—Protesto: incita a la especulación.

«Mi compañero.» Por el modo en que pestañeó Cassie al decirlo, por el minúsculo movimiento del ángulo de sus hombros, supe que me había visto ahí embutido en la parte de atrás; pero en ningún momento miró en mi dirección, ni siquiera cuando los abogados terminaron con ella, se bajó del estrado y abandonó la sala. Entonces pensé en Kiernan, en lo que debió de pasar cuando, después de treinta años siendo compañeros, a McCabe le dio un infarto y murió. Y envidié a Kiernan, más de lo que he envidiado nada a nadie, aquel dolor excepcional e inalcanzable.

La siguiente testigo era Rosalind. Se subió al estrado de puntillas, en medio del súbito aluvión de cuchicheos y el ruido de los periodistas tomando notas, y le ofreció a Mathews una tímida sonrisita de pitiminí a través de su máscara. Me fui. Al día siguiente leí en los periódicos cómo había sollozado al hablar de Katy, cómo tembló al relatar que Damien la había amenazado con matar a sus hermanas si rompía con él y cómo, cuando el abogado defensor empezó a escarbar, gritó: «¡Cómo se atreve! ¡Yo quería a mi hermana!», y luego se desmayó, obligando al juez a aplazar el juicio hasta la tarde.

A Rosalind no la procesaron, por decisión de sus padres, estoy seguro, pues de haber sido por ella no me la imagino dejando pasar esa oportunidad de ser el centro de atención. Mathews había llegado a un acuerdo con su caso. La acusación de confabulación es especialmente difícil de demostrar; no había pruebas concluyentes contra Rosalind, su confesión era inadmisible y de todos modos se había retractado, por supuesto (según explicó, Cassie la había aterrorizado imitando el gesto de cortarse el cuello); además, como era una menor tampoco le habría caído una sentencia ejemplar aunque la hubieran hallado culpable. También alegaba de forma intermitente que yo me había acostado con ella, lo que dejó a O'Kelly en estado catatónico y a mí más todavía, y llevó la confusión general a un nivel al borde de la parálisis.

Mathews decidió apostar su baza y se centró en Damien. A cambio de su testimonio contra él, le ofreció a Rosalind una pena de tres años de libertad condicional por imprudencia temeraria y resistencia a la autoridad.

Me enteré por radio macuto de que ya había recibido media docena de propuestas de matrimonio, y de que periódicos y editoriales mantenían una guerra declarada por obtener los derechos de su historia.

Al salir de la sala vi a Jonathan Devlin, apoyado en la pared y fumando. Sostenía el cigarrillo apretado contra el pecho y tenía la cabeza inclinada hacia atrás para contemplar las gaviotas que planeaban sobre el río. Me saqué el tabaco del abrigo y me uní a él. Me echó un vistazo y volvió a apartar la vista.

—¿Cómo está? —le pregunté.

Se encogió de hombros con pesadez.

—Se lo puede imaginar. Jessica intentó suicidarse. Se metió en la cama y se cortó las muñecas con mi cuchilla de afeitar.

—Lamento oír eso —dije—. ¿Se encuentra bien?

Torció una comisura de la boca en una sonrisa forzada.

—Sí. Por suerte se hizo un lío, se cortó hacia arriba en lugar de hacia abajo o algo así.

Encendí mi cigarrillo ahuecando la mano alrededor de la llama, pues era un día ventoso en que empezaban a cernirse unas nubes violáceas.

—¿Puedo hacerle una pregunta? —dije—. Absolutamente extraoficial.

Me miró con una expresión sombría y desesperanzada, con cierto desdén.

—Por qué no.

—Usted lo sabía, ¿verdad? Lo supo desde el principio.

No dijo nada durante un buen rato; tanto, que me pregunté si estaría ignorando mi pregunta. Finalmente suspiró y respondió:

—Saberlo no. No pudo hacerlo ella porque estaba con sus primas, y yo no sabía nada de ese tal Damien.

Pero me lo figuraba. Conozco muy bien a Rosalind. Me lo figuraba.

—Y no hizo nada.

Intenté que mi voz sonara inexpresiva, pero aun así debió de filtrarse cierto matiz reprobatorio. Podría habernos dicho el primer día cómo era Rosalind; podría habérselo dicho a alguien años atrás, cuando Katy empezó a ponerse enferma. Aunque yo sabía que quizás eso no habría cambiado nada a largo plazo, no pude evitar pensar en todas las víctimas que causaba el silencio, en la estela de destrucción que dejaba tras de sí.

Jonathan tiró su colilla y se volvió hacia mí, con las manos hundidas en los bolsillos de su abrigo.

—¿Qué piensa que tendría que haber hecho? —preguntó con voz grave y dura—. Ella también es hija mía. Ya había perdido a una. Margaret no quiere oír ni una palabra contra ella; hace años quise enviar a Rosalind a un psicólogo por la cantidad de mentiras que decía, y Margaret se puso histérica y me amenazó con dejarme y llevarse a las niñas. Y yo no sabía nada. No habría servido de una mierda que les dijera algo a ustedes. Yo la vigilaba y rezaba por que fuera algún promotor inmobiliario. ¿Qué habría hecho en mi lugar?

—No lo sé —respondí con sinceridad—. Es muy posible que hubiera hecho exactamente lo mismo.

Continuaba mirándome, su fuerte respiración le ensanchaba de forma sutil los orificios nasales. Me aparté y di una calada; al poco tiempo le oí respirar hondo y reclinarse en la pared otra vez.

—Ahora soy yo el que quiere preguntarle algo —dijo—. ¿Es verdad lo que dijo Rosalind de que usted es ese chico cuyos amigos desaparecieron?

No me sorprendió. Tenía derecho a ver o escuchar filmaciones de todos los interrogatorios que se hicieran a su hija, y creo que hasta cierto punto siempre esperé que tarde o temprano me lo preguntara. Sabía que debía negarlo —la versión oficial era que, legal aunque no sin cierta dosis de crueldad, me inventé la historia de la desaparición para ganarme la confianza de Rosalind—, pero no tuve fuerzas para hacerlo, ni tampoco le veía sentido.

—Sí —admití—. Adam Ryan.

Jonathan volvió la cabeza, me miró largo rato, y me pregunté qué vagos recuerdos trataba de relacionar con mi rostro.

—Nosotros no tuvimos nada que ver con eso —declaró, y el trasfondo delicado y casi compasivo de su voz me sobrecogió—. Quiero que lo sepa. Nada de nada.

—Lo sé —contesté al fin—. Siento haber ido a por usted.

Asintió unas cuantas veces, despacio.

—Supongo que yo en su lugar habría hecho lo mismo. No puede decirse que sea un santo inocente. Usted vio lo que le hicimos a Sandra, ¿no? Usted estaba ahí.

—Sí. Y no piensa presentar cargos contra ustedes.

Movió la cabeza como si la idea lo turbara. El río, oscuro, parecía denso, con un lustre aceitoso y poco saludable. Había algo en el agua, un pez muerto, quizás, o un vertido de basura; las gaviotas lo sobrevolaban y chillaban en un torbellino frenético.

—¿Qué van a hacer ahora? —pregunté sin más.

Jonathan sacudió la cabeza y alzó la vista al cielo encapotado. Se le veía agotado, pero no de esa manera que puede sanar una buena noche de sueño o unas vacaciones. Era un agotamiento que lo calaba hasta los huesos, imborrable e instalado en los surcos y las bolsas que le rodeaban los ojos y la boca.

—Nos mudaremos. Nos han lanzado ladrillos por la ventana y alguien me pintó «Pedofilo» en el coche con espray; fuera quien fuese no lo escribió bien, pero el mensaje quedó muy claro. Puedo aguantar hasta que se tome una decisión sobre la autopista en un sentido u otro, pero luego...

Las denuncias de abuso infantil, por muy infundadas que puedan parecer, tienen que comprobarse. La investigación de las acusaciones de Damien contra Jonathan no halló ninguna prueba que las corroborase y sí una cantidad considerable que las contradecía, y Delitos Sexuales había mostrado toda la discreción que era humanamente posible, pero los vecinos siempre se enteran mediante algún misterioso sistema de tambores selváticos, y siempre hay gente que cree que cuando el río suena, agua lleva.

—Enviaré a Rosalind a terapia, según el dictamen del juez. Me he informado un poco y en todos los libros se afirma que no les sirve de nada a personas como ella, que son así y no tienen cura, pero tengo que intentarlo. Y la mantendré en casa todo el tiempo que pueda, para ver dónde se mete y tratar de evitar que utilice sus trucos con otros. En octubre irá a la universidad, estudiará música en Trinity, pero ya le he dicho que no pienso pagarle el alquiler de un piso; o se queda en casa o tendrá que buscarse un trabajo. Margaret sigue creyendo que no hizo nada y que ustedes le tendieron una trampa, pero se alegra de tenerla en casa un tiempo más. Dice que Rosalind es delicada. —Se aclaró la garganta con un sonido áspero, como si la palabra le hubiera dejado un mal sabor—. Enviaré a Jessica a vivir a Athlone con mi hermana, en cuanto le desaparezcan las cicatrices de las muñecas; para que esté a salvo. —Su boca se torció en una medio sonrisa amarga—. A salvo. De su propia hermana.

Por un instante pensé en lo que debía de haber sido aquella casa en los últimos dieciocho años, en lo que era todavía. Sentí una horrible angustia en el estómago.

—¿Sabe una cosa? —dijo Jonathan, súbita y lastimeramente—. Margaret y yo solo llevábamos dos meses saliendo cuando supo que estaba embarazada. A los dos nos entró el pánico. Una vez conseguí sacar el tema de que a lo mejor deberíamos pensar en... coger un barco a Inglaterra. Pero claro, ella es muy religiosa. Para empezar, ya se sentía bastante mal por el embarazo, o sea que lo otro... Es una buena mujer, no me arrepiento de haberme casado con ella. Pero si llego a saber lo que era... lo que aquello... lo que Rosalind iba a ser, que Dios me perdone, pero yo mismo la habría arrastrado a ese barco.

«Ojalá lo hubiera hecho», quise decir, pero habría sido muy cruel.

—Lo siento —repetí, en vano.

Me observó un instante; luego tomó aire y se estrechó el abrigo alrededor de los hombros.

—Será mejor que entre, a ver si Rosalind ya ha terminado.

—Me parece que aún tardará un rato.

—Seguramente —respondió en tono apagado.

Subió las escaleras con pesadez en dirección a la sala del juicio, con el abrigo agitándose detrás de él y algo encorvado contra el viento.

El jurado declaró a Damien culpable. Dadas las pruebas presentadas, no podían emitir otro veredicto. Hubo varias batallas legales, complejas y multilaterales, respecto a la admisibilidad, y los psiquiatras mantuvieron debates cargados de jerga sobre los procesos mentales de Damien. (Todo esto lo supe por terceros, en fragmentos de conversación cogidos al vuelo o en llamadas interminables de Quigley, que al parecer había convertido en la misión de su vida averiguar por qué me relegaron al papeleo en Harcourt Street.) Su abogado optó por una defensa desdoblada —sufrió una enajenación temporal y, aunque no fuese así, él creía que estaba protegiendo a Rosalind de unas lesiones corporales graves—, un arma que a menudo genera la suficiente confusión como para instaurar la duda razonable. Pero disponíamos de una confesión completa y, tal vez más importante, teníamos las fotos de la autopsia de una niña muerta. A Damien lo declararon culpable de asesinato y lo condenaron de por vida, lo que en la práctica suele saldarse con unos diez o quince años.

Dudo que él apreciara las múltiples ironías del asunto, pero es muy posible que esa paleta le salvara la vida, y desde luego le ahorró algunas experiencias desagradables en la cárcel. Debido a la agresión sexual a Katy, se le consideró un delincuente sexual y lo condenaron a la unidad de alto riesgo, junto con los pedófilos, violadores y otros prisioneros que no saldrían muy bien parados con los internos ordinarios. Supongo que era una bendición ambivalente, pero al menos incrementó sus posibilidades de salir de la cárcel con vida y sin enfermedades contagiosas.

Se formó un pequeño grupo de linchamiento, constituido por una docena de personas, que lo esperó a la salida del juicio después de que se dictara sentencia. Vi las noticias en un pub pequeño y deprimente cerca de los muelles y un grave y peligroso murmullo de aprobación se elevó entre los parroquianos mientras, en la pantalla, unos uniformados impasibles guiaban a Damien a trompicones entre la multitud y la furgoneta arrancaba bajo una lluvia de puños, gritos roncos y algún que otro medio ladrillo.

—Habría que reinstaurar la pena de muerte —musitó alguien en una esquina.

Yo era consciente de que debía sentir lástima por Damien, de que estuvo jodido desde el momento en que se acercó a esa mesa de inscripciones y de que precisamente yo debía ser capaz de alimentar compasión por él, pero no podía. No podía.

La verdad es que no me veo con ánimos de entrar en detalles sobre el significado de «suspendido pendiente de investigación»: aquellas vistas tensas e interminables, el desfile de sombrías autoridades con trajes y uniformes requeteplanchados, las explicaciones y autojustificaciones torpes y humillantes, la angustiosa sensación tipo «a través del espejo» de estar atrapado en el lado equivocado del proceso interrogatorio... Para mi sorpresa, O'Kelly resultó ser mi defensor más ferviente, y se lanzó a largos discursos apasionados sobre mi índice de casos resueltos y mi técnica a la hora de interrogar y toda clase de cosas que nunca antes había mencionado. Aunque yo sabía que seguramente no se debía tanto a una vena insospechada de cariño como a la autoprotección —puesto que mi mala conducta lo desacreditaba a él en gran manera, tenía que justificar el hecho de haber albergado durante tanto tiempo a un renegado como yo en su brigada—, me sentí agradecido de una forma patética, casi con lágrimas en los ojos. Parecía ser el último aliado que me quedaba en este mundo. Incluso en una ocasión traté de agradecérselo, cuando estábamos en el pasillo después de una de esas sesiones, pero apenas había dicho unas cuantas palabras me miró con un asco tan profundo que empecé a farfullar y me eché atrás.

Finalmente, las autoridades decidieron no despedirme, ni siquiera (lo que habría sido mucho peor) hacerme vestir otra vez de uniforme. Igual que antes, no lo atribuyo a ningún sentimiento particular por su parte que me hiciera merecedor de una segunda oportunidad; lo más probable es que simplemente se debiera a que mi despido podía llamar la atención de algún periodista y provocar toda clase de preguntas y consecuencias inconvenientes. Por supuesto, me echaron de la brigada. Ni en mis momentos de optimismo más desaforado me atreví a albergar la esperanza de que no lo hicieran. Me mandaron de vuelta al grueso de refuerzos, insinuando (con bella expresión, en realidad, delicada, entre líneas y mordaz) que no esperase salir de allí en mucho tiempo, si es que llegaba a salir. Quigley, haciendo gala de una crueldad más refinada de lo que le creía capaz, me solicita para la línea abierta o un puerta por puerta.

Por supuesto, el proceso completo no fue ni mucho menos tan simple como lo presento. Tardó meses y meses, durante los cuales me quedé sentado en el apartamento en un estado de aturdimiento horrible y como de pesadilla, mientras mis ahorros menguaban, mi madre traía tímidamente macarrones con queso para asegurarse de que comiera, y Heather me acorralaba para explicarme el defecto de carácter subyacente en la raíz de todos mis problemas (por lo visto, debía aprender a ser más considerado con los sentimientos de los demás, y en particular con los suyos) y darme el número de teléfono de su psicólogo.

Para cuando me reincorporé al trabajo, Cassie ya no estaba. Oí, de varias fuentes distintas, que le habían ofrecido un ascenso si se quedaba; que, al contrario, había dejado el cuerpo porque la iban a expulsar de la brigada; que alguien la había visto en un pub del centro, cogida de la mano con Sam; que había vuelto a la universidad y estudiaba arqueología… La moraleja de casi todas esas historias era, por extensión, que las mujeres nunca habían pertenecido de verdad a la brigada de Homicidios.

Al final resultó que Cassie no había dejado el cuerpo. Se trasladó a Violencia Doméstica y negoció un permiso para acabar su carrera de psicología (de ahí el cuento de la universidad, supongo). No me extraña que se desataran rumores: Violencia Doméstica es tal vez la ocupación más horrible del cuerpo, pues combina los peores elementos de Homicidios y de Delitos Sexuales, mientras carece de su prestigio, y la idea de dejar una de las brigadas de élite por esa otra a la mayoría de la gente le resultaba inconcebible. Según radio macuto, había perdido el coraje.

Personalmente, no creo que el traslado de Cassie tuviera nada que ver con perder el coraje; y, aunque estoy seguro de que sonará simplista y autocomplaciente, la verdad es que dudo que tuviera que ver conmigo, o al menos no en el sentido que cabría pensar. Si el único problema se hubiera reducido a la imposibilidad de soportar estar en la misma habitación, se habría buscado un nuevo compañero, cerrado en banda y aparecería en el trabajo cada día un poco menos y con un aire más desafiante, hasta que aprendiéramos a vivir con el otro cerca o hasta que yo pidiera el traslado. De los dos, ella siempre era la testaruda. Pienso que pidió el traslado porque había mentido a O'Kelly y también a Rosalind Devlin, y ambos la habían creído; y porque, cuando a mí me contó la verdad, la traté de mentirosa.

En cierto sentido me decepcionó que lo de la carrera de arqueología resultara no ser cierto. Era una imagen agradable y en la que me gustaba pensar: Cassie en una colina verde, con azadón y pantalones militares, con el viento apartándole el pelo de la cara, morena, sucia de barro y sonriente.

Estuve más o menos pendiente de los periódicos durante un tiempo, pero nunca salió a la luz ningún escándalo referente a la autopista de Knocknaree. El nombre del tío Redmond apareció, al final de la lista, en el gráfico de una publicación sensacionalista sobre la cantidad desorbitante que se gastaban los contribuyentes en la imagen de distintos políticos, pero eso fue todo. El hecho de que Sam continuara en la brigada de Homicidios tendía a hacerme pensar que al final le había hecho caso a O'Kelly; aunque, por supuesto, es posible que en efecto llevase esa cinta a Michael Kiely y ningún periódico lo mencionara. No lo sé.

Sam tampoco vendió su casa, sino que, por lo que oí, se la alquiló a un precio simbólico a una joven viuda cuyo marido había muerto de un aneurisma cerebral, dejándola con un niño pequeño, un embarazo complicado y sin seguro de vida. Puesto que era violonchelista por cuenta propia, ni siquiera podía acceder al cobro de un subsidio; se había atrasado con los pagos del alquiler, el casero la había desahuciado y ella y los niños llevaban un tiempo viviendo en un albergue subvencionado por una organización caritativa. No tengo ni idea de cómo encontró Sam a esa mujer (yo habría dicho que había que remontarse al Londres victoriano para hallar ese grado pintoresco de sufrimiento desgarrador); supongo que dedicó a ello un esfuerzo de investigación singular. Se mudó a un piso de alquiler de Blanchardstown, creo, o algún infierno equivalente de las afueras. Las teorías principales eran que estaba a punto de dejar el cuerpo por el sacerdocio y que tenía una enfermedad terminal.

Sophie y yo salimos un par de veces; al fin y al cabo, le debía varias cenas y cócteles. Me pareció que se lo pasaba bien y nunca hacía preguntas difíciles, lo que consideré una buena señal. Sin embargo, después de unas cuantas citas y antes de que la relación avanzara lo bastante como para merecer ese nombre, me dejó. Me informó como si tal cosa de que ya tenía edad suficiente para distinguir entre alguien enigmático y alguien que está jodido.

—Deberías buscarte mujeres más jóvenes—me advirtió—. Ellas no siempre lo notan.

Era inevitable que, en algún momento a lo largo de esos meses interminables en mi apartamento (mano tras mano de solitario póquer nocturno y cantidades casi letales de Radiohead y Leonard Cohen), mis pensamientos regresaran a Knocknaree. Por supuesto, me había jurado no permitir que ese sitio volviera a poblar mi mente; pero supongo que los seres humanos no podemos evitar ser curiosos, siempre que el conocimiento no se cobre un precio demasiado elevado.

Cabe imaginarse mi sorpresa, pues, cuando me di cuenta de que allí no había nada. Todo lo anterior a mi primer día de internado parecía haber sido extirpado de mi mente con precisión quirúrgica, y esta vez para siempre. Peter, Jamie, los moteros y Sandra, el bosque, cada pedacito de recuerdo que había rescatado con un esmero tan laborioso en el transcurso de la operación Vestal: todo había desaparecido. Recordaba cómo había sido recordar esas escenas en un momento dado, pero ahora tenían ese cariz remoto y usado de viejas películas o de historias que me habían contado; las veía desde una vasta distancia —tres chicos de piel bronceada con pantalones cortos y estropeados, escupiéndole en la cabeza a Willy Little desde las ramas y alejándose a trompicones entre risas— y sabía con fría certeza que, con el tiempo, incluso esas imágenes desarraigadas se marchitarían y se quedarían en nada. Ya no parecían pertenecerme a mí, y no podía deshacerme de la lóbrega e implacable sensación de que era porque había perdido mi derecho a ellas, de una vez para siempre.

Solo permanecía una imagen. Una tarde de verano, Peter y yo estábamos tumbados en la hierba del jardín de su casa. Habíamos intentado con poco entusiasmo montar un periscopio según las instrucciones de un viejo álbum, pero necesitábamos el tubo de cartón de un rollo de papel de cocina y no se lo podíamos pedir a nuestras madres porque no les hablábamos. En su lugar habíamos utilizado papel de periódico enrollado, pero se torcía y lo único que veíamos a través del periscopio era la página de deportes, y al revés.

Los dos estábamos de un humor de perros. Era la primera semana de vacaciones y hacía sol, o sea que tendría que haber sido un día genial, tendríamos que haber estado arreglando la cabaña del árbol o congelándonos el pito nadando en el río, pero de camino a casa después del último día de colegio el viernes anterior, Jamie dijo, mirándose los zapatos: «Dentro de tres meses me voy al internado».

—Cállate —respondió Peter al tiempo que la empujaba sin fuerza—. No es verdad. Tu madre se rendirá.

Pero aquello nos había empañado las vacaciones como una nube inmensa de humo negro planeando sobre todo lo que estaba a la vista. No podíamos entrar porque nuestros padres estaban furiosos con nosotros porque no les hablábamos, y tampoco podíamos ir al bosque ni hacer nada que estuviera bien porque todo lo que se nos ocurría nos parecía estúpido, y ni siquiera podíamos ir a buscar a Jamie y decirle que saliera porque se limitaría a sacudir la cabeza y decir: «¿Para qué?», y lo empeoraría todo aún más. Así que estábamos tumbados en el jardín, aburridos, picajosos e irritados el uno con el otro, con el periscopio que no funcionaba y con el mundo entero que era un grano en el culo. Peter arrancaba briznas de hierba, les mordía las puntas y las escupía al aire, a un ritmo impaciente y automático. Yo estaba tumbado bocabajo, con un ojo abierto para observar a las hormigas que correteaban de aquí para allá; tenía el pelo sudado por culpa del sol. «Este verano ni siquiera cuenta —pensé—. Este verano es una mierda.»

La puerta de Jamie se abrió de golpe y ella salió gritando, como disparada por un cañón, su madre corría tras ella llamándola con una sonrisa compungida en su voz. La puerta rebotó al cerrarse con estrépito y el horrible *jack russell* de los Carmichael estalló en una histeria innata y aguda. Peter y yo nos enderezamos y Jamie se detuvo ante la verja derrapando, giró la cabeza para buscarnos y, cuando la llamamos, bajó corriendo, saltó el muro del jardín de Peter, cayó de plano en la hierba con un brazo rodeando el cuello de cada uno y nos arrastró con ella. Los tres chillamos a la vez y tardamos unos segundos en distinguir qué estaba gritando Jamie:

—¡Me quedo! ¡Me quedo! ¡No tengo que irme!

El verano cobró vida. Pasó del gris a un azul y oro intenso en un abrir y cerrar de ojos; en el aire repicaron cantos de saltamontes y ruidos de cortacéspedes, se arremolinaron las ramas, las abejas y las semillas de diente de león, y volvió dulce y suave como la nata montada. Más allá del muro, el bosque nos llamaba con una intensa voz silente, agitando sus mejores tesoros para darnos la bienvenida. El verano lanzó una cascada de hiedra, nos atrapó por debajo del esternón y tiró de nosotros; el verano rescatado se desplegó ante nuestra vista y duraba un millón de años.

Nos desenredamos y nos sentamos jadeando, incapaces de creerlo.

—¿En serio? —pregunté—. ¿Seguro?

—Sí. Ha dicho que ya veremos, que se lo volvería a pensar y que encontraríamos una solución, pero eso significa que vale, pero que aún no lo quiere decir. ¡No me iré a ninguna parte!

Jamie se quedó sin palabras, así que me hizo caer de un empujón. Yo le agarré el brazo, me subí encima de ella y se lo retorcí. Una sonrisa inmensa me surcaba el rostro y era tan feliz que pensé que nunca lo dejaría de ser.

Peter estaba de pie.

—Tenemos que celebrarlo. Pícnic en el castillo. Vamos a casa a buscar cosas y quedamos allí.

Salí como un cohete hacia la cocina de mi casa, mi madre pasaba la aspiradora en algún lugar del piso de arriba. «¡Mamá, Jamie se queda, cojo cosas para un pícnic!», me hice con tres bolsas de patatas y varias natillas y me llené la camiseta con ellas, crucé otra vez la puerta, saludé ante la cara de sorpresa de mi madre en el rellano y salté el muro con una mano.

Las latas de Coca-Cola silbaron y lanzaron espuma y nosotros, de pie en lo alto del muro del castillo, las entrechocábamos.

—¡Hemos ganado! —gritó Peter a las ramas y las franjas refulgentes de luz, con la cabeza hacia atrás y hendiendo el aire con el puño—. ¡Lo conseguimos!

Jamie gritó:

—¡Me voy a quedar para siempre! —Y bailó encima del muro como si fuese de aire—. ¡Para siempre, siempre jamás!

Y yo chillaba gritos salvajes y sin palabras, y el bosque atrapó nuestras voces y las lanzó hacia el exterior en grandes ondas expansivas y las tejió con el remolino de hojas, la algazara, el borboteo del río, la telaraña de susurros, llamadas de los conejos, los escarabajos, los petirrojos y todos los demás habitantes de nuestros dominios, en forma de himno largo y elevado.

Este recuerdo, el único que atesoro, no se diluyó ni se me escurrió entre los dedos. Permaneció —y aún lo hace— nítido, cálido y mío como una brillante moneda en mi mano. Supongo que, si el bosque tenía que dejarme un único momento, era una buena elección.

En uno de esos despiadados coletazos que dan a veces estos casos, Simone Cameron me llamó poco después de que me reincorporara al cuerpo. El número de mi móvil estaba en la tarjeta que le di, y ella no podía saber que yo me dedicaba a verificar declaraciones de ladrones de coches en Harcourt Street y que ya no tenía nada que ver con el caso Katy Devlin.

—Detective Ryan —dijo—, hemos encontrado algo que creo que debería ver.

Era el diario de Katy, aquel del que Rosalind nos dijo que se había cansado y que había tirado. La señora de la limpieza de la Academia Cameron, en un acceso de meticulosidad poco habitual, lo había encontrado pegado con cinta adhesiva detrás de un póster enmarcado de Anna Pavlova que estaba colgado en la pared del aula. Al leer el nombre de la cubierta, llamó a Simone muerta de excitación. Debería haberle dado a Simone el número de Sam; sin embargo, dejé a un lado las declaraciones sin verificar y me dirigí a Stillorgan.

Eran las once de la mañana y Simone era la única persona que había en la academia. El aula estaba inundada de sol y las fotos de Katy habían desaparecido del tablón de anuncios, pero una exhalación de aquel olor profesional tan específico —resina, sudor reciente e intenso y abrillantador de suelo— me obligó a recordar: patinadores gritando en la calle oscura de abajo, las prisas de unos pies acolchados y la cháchara en el pasillo, la voz de Cassie a mi lado, la agitación aguda y cantarina que causamos al entrar en la habitación...

El póster yacía bocabajo en el suelo. En la parte de atrás del marco había unas hojas de papel polvoriento pegadas para formar un soporte improvisado, y encima de ellas estaba el diario. Era un simple cuaderno de los que utilizan los niños en la escuela, con hojas pautadas y la cubierta de un repugnante naranja reciclado.

—Paula, que es quien lo ha encontrado, está en su otro trabajo —dijo Simone—, pero tengo su teléfono.

Me lo quedé.

—¿Lo ha leído? —quise saber.

Simone asintió.

—Un poco. Lo suficiente.

Llevaba unos pantalones negros estrechos y un jersey suave del mismo color y no sé por qué eso la hacía parecer más exótica que con la falda plisada y el maillot. Sus extraordinarios ojos tenían la misma expresión inmovilizada que cuando le contamos lo que le había sucedido a Katy.

Me senté en una silla de plástico. «Katy Devlin MUY PRIVADO NO LO ABRAS TE LO DIGO A TI», rezaba la cubierta, pero lo abrí de todos modos. Tenía unas tres cuartas partes llenas. La letra, redonda y esmerada, empezaba a desarrollar toques de individualidad: marcadas florituras en las «y» y las «g» y una alta y sinuosa «S» mayúscula. Simone se sentó frente a mí y me observó, con una mano colocada sobre la otra en el regazo, mientras leía.

El diario cubría casi ocho meses. Las entradas eran regulares al principio, como de media página al día, pero al cabo de unos cuantos meses se volvieron intermitentes: dos por semana y luego una. La mayoría eran sobre danza. «Simone dice que mi arabesco es mejor pero que aún tengo que pensarlo como que viene de todo el cuerpo no solo de la pierna sobre todo en la izquierda la línea tiene que ser recta.» «Estamos haciendo una pieza nueva para fin de año con música de *Giselle* y yo tengo *fouettés*. Simone dice que recuerde que es la forma de Giselle de decirle a su novio que le ha roto el corazón y que lo echará mucho de menos es su única posibilidad así que esa ha de ser la razón de todo lo que yo haga. Una parte es así», y entonces unas cuantas líneas de una notación laboriosa y misteriosa, como una partitura musical codificada. El día que la aceptaron en la Real Escuela de Danza fue un estallido salvaje y sobreexcitado de mayúsculas, signos de exclamación y adhesivos con forma de estrellas: «¡¡¡¡¡¡ME VOY ME VOY ME VOY DE VERDAD!!!!!!».

Había pasajes sobre las cosas que hacía con sus amigas: «Nos hemos quedado a dormir en casa de Christina y su madre nos dio una pizza rara con aceitunas y jugamos a verdad o prenda y a Beth le gusta Matthew. A mí no me gusta nadie las bailarinas casi ninguna se casa hasta después de su carrera o sea que igual cuando tenga treinta y cinco o cuarenta. Nos maquillamos y Marianne estaba muy guapa pero Christina se puso demasiada sombra de ojos y parecía su madre». La primera vez que a sus amigas y ella las dejaron ir solas al centro: «Hemos cogido el bus luego de compras a Miss Selfrige. Marianne y yo nos hemos comprado el mismo top pero ella en rosa con letras lilas y yo azul cielo con rojo. Jess no podía venir y le he traído un clip de flores para el pelo. Después hemos ido al Mac Donalds y Christina ha metido el dedo en mi salsa barbacoa y yo le he echado un poco en el helado nos reíamos tanto que el guardia ha dicho que nos echaría si no parábamos. Beth le ha preguntado ¿quiere helado de barbacoa?».

Se probaba las zapatillas de punta de Louise, odiaba la calabaza y la expulsaron de la clase de lengua por enviarle una nota a Beth desde el otro extremo de la clase. Una niña feliz, se diría, risueña, decidida y demasiado apresurada para emplear los signos de puntuación; nada de particular excepto la danza, y satisfecha con eso. Pero entre líneas el terror se desprendía de las páginas como vapores de gasolina, acre y malsano. «Jess está triste de que me vaya a la escuela de danza y lloraba. Rosalind dice que si voy Jess se matará será culpa mía no tendría que ser tan egoísta siempre. No sé qué hacer si pregunto a mamá y papá a lo mejor no me dejan ir. No quiero que Jess se muera.»

«Simone dice que no puedo volver a ponerme enferma y hoy le he dicho a Rosalind que no quiero beberme eso. Dice que me lo beba o ya no bailaré bien. Me he asustado mucho porque se ha puesto furiosa pero yo también y le he dicho que no me lo creía y que creo que me pone enferma. Dice que me arrepentiré y ahora no deja a Jess que me hable.»

«Christina está enfadada conmigo vino el martes y Rosalind le dijo que yo he dicho que ya no sería lo bastante buena para mí una vez que vaya a la escuela de danza y Christina no me cree pero no lo dije. Ahora Christina y Beth no me hablan pero Marianne aún sí. Odio a Rosalind LA ODIO LA ODIO LA ODIO.»

«Ayer este diario estaba debajo de mi cama como siempre y después no lo encontraba. No dije nada pero entonces mamá se llevó a Rosalind y Jess a casa de la tía Vera yo me quedé en casa y busqué por toda la habitación de Rosalind estaba dentro de una caja de zapatos de su armario. Me daba miedo cogerlo porque entonces lo sabrá y se enfadará de verdad pero me da igual. Lo guardaré aquí donde Simone puedo escribir cuando me quede a practicar sola.»

La última entrada del diario estaba fechada tres días antes de la muerte de Katy. «Rosalind siente haberse puesto así porque me iba solo estaba preocupada por Jess y triste porque estaré muy lejos y ella también me echará de menos. Para que la perdone me va a regalar un amuleto de la suerte para que me traiga suerte en danza.»

Su voz resonaba en un hilo brillante a través de esas letras redondeadas de bolígrafo, y se arremolinaba en el haz de luz junto con las motas de polvo. Katy, un año muerta; sus huesos, en el cementerio gris y geométrico de Knocknaree. Apenas había pensado en ella desde el final del juicio. Incluso durante la investigación, para ser sincero, ocupó en mi mente un lugar menos prominente de lo que cabría esperar. La víctima es una persona a la que nunca conoces; ella solo fue un conjunto de imágenes translúcidas y contradictorias que se reflejaban a través de las palabras de otros, crucial no en sí misma sino por su muerte y la inmediata retahíla de consecuencias que esta provocó. Un instante en la excavación de Knocknaree había eclipsado todo lo que Katy había sido. Me la imaginé tumbada bocabajo en aquel suelo de madera clara, con las frágiles alas de sus omóplatos moviéndose mientras escribía y la música dibujando espirales a su alrededor.

—¿Habría servido de algo que lo encontrásemos antes? —quiso saber Simone.

Su voz me sobresaltó y me hizo palpitar el corazón; casi me había olvidado de su presencia.

—Seguramente no —dije. No tenía ni idea de si era cierto, pero ella necesitaba oírlo—. Aquí no hay nada que vincule a Rosalind directamente con un crimen. Se menciona que le hacía beber algo a Katy, pero se habría buscado alguna explicación, como que eran vitaminas, quizás, o una bebida energética. Y en cuanto al amuleto de la suerte, no demuestra nada.

—Pero si lo hubiéramos encontrado antes de que muriera —señaló Simone en voz baja—, entonces...

Y, desde luego, no pude responder nada a eso; nada de nada.

Metí el diario y el soporte de papel en una bolsa para pruebas y se los mandé a Sam, al Castillo de Dublín. Acabarían en una caja del sótano, en algún lugar cerca de mi ropa vieja. El caso estaba cerrado, no se podía hacer nada salvo, o hasta, que Rosalind le hiciera lo mismo a otra persona. Me habría gustado enviarle el diario a Cassie, como una especie de disculpa muda e inútil, pero ahora tampoco era su caso, y de todos modos ya no podía estar seguro de que entendiera lo que quería decir.

Unas semanas más tarde oí que Cassie y Sam se habían prometido; Bernadette mandó un correo electrónico general, pidiendo aportaciones para un regalo. Esa noche le dije a Heather que el hijo de no sé quién tenía escarlatina, me encerré en mi cuarto y bebí vodka, despacio pero a conciencia, hasta las cuatro de la madrugada. Luego llamé al móvil de Cassie. A la tercera señal dijo, balbuciendo:

—Maddox.

—Cassie —dije yo—. Cassie, no vas a casarte con ese pueblerino aburrido, ¿verdad?

La oí coger aire, dispuesta a decir algo. Al cabo de un momento lo soltó otra vez.

—Lo siento —continué—. Por todo. Lo siento mucho, mucho. Te quiero, Cass. Por favor.

Aguardé de nuevo. Tras una pausa larga oí un golpe. Entonces, de fondo, se oyó a Sam:

—¿Quién era?

—Se han equivocado —respondió Cassie, ahora mucho más lejos—. Un borracho.

—Entonces, ¿por qué has estado tanto rato?

Su voz era algo burlona, para hacerla rabiar. Ruido de sábanas.

—Me ha dicho que me quería, por eso he querido ver quién era. Pero resulta que estaba buscando a Britney.

—Ya somos dos —dijo Sam; y después—: ¡Ay! —Una risita de Cassie—. ¡Me has mordido la nariz!

—Te está bien empleado —respondió Cassie.

Más risas graves, un susurro y un beso; un largo suspiro satisfecho.

—Cariño —dijo Sam con dulzura, feliz.

Después, solo escuché sus respiraciones, aligerándose al unísono y cada vez más lentas, hasta que volvieron a dormirse.

Me quedé ahí sentado largo rato, observando cómo el cielo se aclaraba al otro lado de la ventana y me di cuenta de que mi nombre no había aparecido en la pantalla del móvil de Cassie. Podía sentir cómo el vodka se introducía en mi sangre; el dolor de cabeza empezaba a hacer su aparición. Sam roncó, muy suavemente. Nunca he sabido, ni ahora ni entonces, si Cassie creía que había colgado o si quiso herirme o darme un último regalo, una última noche escuchándola respirar.

Por supuesto, la autopista siguió con la ruta trazada en un principio. «No a la Autopista» logró detener su avance durante una cantidad de tiempo impresionante —mandamientos judiciales, recusaciones policiales, creo que a lo mejor incluso lo presentaron al Tribunal Supremo europeo— y un puñado de manifestantes andrajosos que se autodenominaban Knocknafree[22] (entre los cuales apuesto a que se incluía Mark) acamparon en el yaci-

---

[22] Juego de palabras entre Knocknaree y *free*, «libre». *(N. de la T.)*

miento para detener el paso de las excavadoras, lo que implicó una nueva interrupción de varias semanas mientras el gobierno obtenía una orden judicial contra ellos. Nunca tuvieron ni la más remota posibilidad. Me gustaría haber podido preguntarle a Jonathan Devlin si de veras creía, a pesar de lo que nos enseña la experiencia, que esta vez la opinión pública tendría algún efecto, o si supo que no desde el principio, pero aun así tenía que intentarlo. En cualquier caso, lo envidiaba.

Fui allí el día que leí en el periódico que la construcción había empezado. Se suponía que debía recorrer Terenure puerta por puerta para encontrar a alguien que hubiera visto un coche robado utilizado en un atraco, pero nadie me echaría de menos por una hora. No sé muy bien por qué fui. No se trataba de un intento de colofón dramático o algo por el estilo; solo sentí un impulso postrero de ver aquel sitio una vez más.

Era un caos. Me lo esperaba, aunque no hasta ese punto. Oí el rugir salvaje de la maquinaria mucho antes de alcanzar la cumbre de la colina. El yacimiento entero era irreconocible, hombres con prendas protectoras fosforescentes se agitaban como hormigas y gritaban órdenes ininteligibles y roncas por encima del ruido, y excavadoras sucias y gigantescas arrojaban a un lado enormes cantidades de tierra y husmeaban con una delicadeza lenta y obscena los restos excavados de los muros.

Aparqué al lado de la carretera y salí del coche. Había un desconsolado corrillo de manifestantes en el área de descanso (de momento aún no la habían tocado y el castaño volvía a soltar sus frutos), blandiendo pancartas rotuladas a mano —«Salvemos nuestra herencia» o «La historia no está en venta»— por si los medios volvían a aparecer. La tierra descarnada y revuelta parecía extenderse en la distancia mucho más inmensa de lo que había sido la excavación, y tardé un buen rato en comprender el porqué: aquella última franja de bosque casi había desaparecido. Troncos pálidos, astillados y raíces expuestas que empujaban como locas hacia el cielo gris. Las motosierras farfullaban al puñado de árboles que habían dejado.

El recuerdo me impactó contra el plexo solar con tanta fuerza que me dejó sin aliento: nosotros trepando a los muros del castillo, bolsas de patatas crujiendo en mi camiseta y el sonido del río al reírse en algún lugar, más abajo; la zapatilla de Peter buscando un punto de apoyo justo sobre mí, y la mancha rubia que era Jamie alzando el vuelo entre el balanceo de las hojas. Todo mi cuerpo recordó aquello, el tacto familiar y rasposo de la piedra contra la palma, el tirón de un músculo en el muslo al darme impulso para subir hacia el remolino verde y la explosión de luz... Me había acostumbrado tanto a pensar en el bosque como un enemigo invencible y acechante, como una sombra que cubría cada rincón secreto de mi mente, que me olvidé por completo de que, durante gran parte de mi vida, había sido nuestra zona de recreo más agradable y nuestro refugio más adorado. Hasta que vi cómo lo cortaban, ni siquiera se me ocurrió que había sido hermoso.

En el límite del yacimiento, cerca de la carretera, uno de los obreros acababa de sacarse un paquete aplastado de tabaco de debajo del chaleco naranja y se palpaba los bolsillos metódicamente en busca de un mechero. Encontré el mío y fui hacia él.

—Gracias, hijo —dijo a través del cigarrillo mientras ahuecaba la mano alrededor de la llama.

Tenía cincuenta y tantos, era bajo, enjuto y con cara de terrier: cordial, indefinida, cejas pobladas y un grueso bigote en U invertida.

—¿Cómo va? —le pregunté.

Se encogió de hombros, inhaló y me devolvió el mechero.

—Bah, he estado en sitios peores. Esas puñeteras rocas grandes salen por todas partes, pero ya está.

—A lo mejor son del castillo. Antes era un yacimiento arqueológico.

—¿Me lo dice o me lo cuenta? —preguntó, señalando a los manifestantes con la cabeza.

Sonreí.

—¿Han encontrado algo interesante?

Su mirada se volvió bruscamente hacia mí y noté que hacía una valoración rápida y concisa: ¿manifestante, arqueólogo o espía del gobierno?

—¿Como qué?

—No lo sé; fragmentos arqueológicos, quizás. Huesos de animales. O humanos.

Sus cejas se movieron al unísono.

—¿Es policía?

—No —respondí. El aire era húmedo y denso, cargado de tierra revuelta y lluvia latente—. Dos amigos míos desaparecieron aquí, en los ochenta.

Asintió con aire pensativo, pero sin sorpresa.

—Me acuerdo de eso, sí señor —señaló—. Dos críos. ¿Es usted el chico que estaba con ellos?

—Sí —dije—. Soy yo.

Dio una calada honda y pausada a su cigarrillo y me miró con ojos entornados y un interés relativo.

—Lo siento por usted.

—Fue hace mucho tiempo —comenté.

Asintió.

—No hemos encontrado huesos, que yo sepa. Puede que hayan aparecido conejos o zorros, pero nada más grande que eso. Si no, habríamos llamado a la policía.

—Ya lo sé. Solo quería asegurarme.

Reflexionó un instante, con la mirada vuelta hacia el yacimiento.

—Uno de los chicos ha encontrado esto hace un rato. —Buscó en todos sus bolsillos y se sacó algo de debajo del chaleco—. ¿Qué diría que es?

Depositó el objeto en mi palma. Tenía forma de hoja, era plano, estrecho, más o menos de la longitud de mi pulgar y estaba hecho de un metal liso ennegrecido por el tiempo. Un extremo estaba cercenado; se habría partido hacía mucho tiempo. El hombre había intentado limpiarlo, pero aún presentaba pequeñas incrustaciones de tierra dura.

—No lo sé —respondí—. Una punta de flecha, tal vez, o parte de un colgante.

—Se lo ha encontrado pegado en la bota durante el descanso —comentó él—. Me lo ha dado para que se lo lleve al crío de mi hija, que está loco por la arqueología.

Esa cosa era fría y más pesada de lo que cabría esperar. Unas muescas estrechas y medio erosionadas formaban un dibujo en un lado. Lo incliné bajo la luz: un hombre, poco más que una figura hecha de palos, con los cuernos anchos y bifurcados de un ciervo.

—Puede quedárselo si quiere —me dijo—. El chico no echará de menos algo que no ha tenido nunca.

Cerré la mano en torno al objeto, sentí sus extremos en mi palma y mi pulso que latía contra él. Quizá debería haber estado en un museo. Mark se habría vuelto loco con eso.

—No —le contesté—, gracias. Creo que debería quedárselo su nieto. —Él se encogió de hombros y levantó las cejas. Le puse el objeto en la mano—. Gracias por enseñármelo.

—No hay de qué —comentó el hombre, y se lo guardó otra vez en el bolsillo—. Buena suerte.

—Lo mismo digo.

Empezaba a caer una lluvia fina y difusa. Tiró la colilla en el surco de un neumático y volvió al trabajo mientras se alzaba el cuello por el camino.

Me encendí un cigarrillo y observé cómo trabajaban. El objeto de metal había dejado unas marcas delgadas que me atravesaban la palma. Dos niños de unos ocho o nueve años se balanceaban bocabajo sobre el muro de la urbanización; los obreros gesticularon y gritaron por encima del rugir de las máquinas hasta que los chicos desaparecieron, pero volvieron al cabo de unos minutos. Los manifestantes abrieron sus paraguas y repartieron sándwiches. Me quedé mirando largo rato, hasta que mi móvil empezó a vibrar con insistencia en el bolsillo y la lluvia comenzó a caer con más fuerza; entonces tiré el cigarrillo, me abroché el abrigo y regresé al coche.

Nota de la autora

Me he tomado muchas libertades con el funcionamiento de la Garda Síochána, el cuerpo de policía irlandés. Para poner el ejemplo más evidente, no hay ninguna brigada de Homicidios en Irlanda —en 1997 se fusionaron varias unidades para formar el Departamento Nacional de Investigación Criminal, que colabora con los agentes locales en la investigación de delitos graves, incluido el asesinato—, pero la historia parecía requerir una. Agradezco especialmente a David Walsh su ayuda en una increíble variedad de cuestiones sobre los procedimientos policiales. Cualquier imprecisión es mía y no de él.

Agradecimientos

Tengo una deuda inmensa con muchas personas: Ciara
Considine, mi editora en Hodder Headline Ireland,
cuyo instinto certero, amabilidad inagotable y entusiasmo ayudaron a que este libro saliera adelante, de principio a fin, en demasiados aspectos como para enume-
rarlos; Darley Anderson, superagente y cumplidor de
sueños, que me ha dejado sin habla más veces que ninguna otra persona; su increíble equipo, sobre todo
Emma White, Lucie Whitehouse y Zoë King; Sue Flet-
cher de Hodder & Stoughton y Kendra Harpster de Vi-
king, editoras *extraordinaires*, por su impresionante fe
en este libro y por saber exactamente cómo mejorarlo;
Swati Gamble por su fenomenal paciencia; todos los de
Hodder & Stoughton y Hodder Headline Ireland; Hele-
na Burling, cuya amabilidad me proporcionó el refugio
en el que escribir; Oonagh «Juncos» Montague, Ann-
Marie Hardiman, Mary Kelly y Fidelma Keogh, por
darme la mano cuando más lo necesitaba y mantenerme más o menos cuerda; mi hermano, Alex French,
por arreglarme el ordenador cada tanto; David Ryan, por
renunciar a derechos de propiedad no intelectual; Alice
Wood, por corregir con ojos de lince; al doctor Fearghas
Ó Cochláin, por la parte médica; Ron y el Ángel Anóni-
mo, que por alguna oscura magia siempre sabían cuándo era el momento; Cheryl Steckel, Steven Foster y
Deirdre Nolan, por leer y animar; todos los de la com-

pañía de teatro Purple-Heart, por su apoyo continuado; y, por último pero en absoluto el menos importante, Anthony Breatnach, cuya paciencia, apoyo, ayuda y fe quedan por encima de lo expresable.